Date: 8/14/19

SP FIC HERRASTI
Herrasti, Vicente F.
Fue /

PALM BEACH COUNTY
LIBRARY SYSTEM
3650 SUMMIT BLVD.
WEST PALM BEACH, FL 33406

Fue

Vicente Herrasti
Fue

Esta novela fue escrita, en parte, gracias al apoyo otorgado por el Sistema Nacional de Creadores de Arte.

Fue

Primera edición: noviembre: 2017

D. R. © 2017, Vicente Herrasti

D. R. © 2017, derechos de edición mundiales en lengua castellana:
Penguin Random House Grupo Editorial, S. A. de C. V.
Blvd. Miguel de Cervantes Saavedra núm. 301, 1er piso,
colonia Granada, delegación Miguel Hidalgo, C. P. 11520,
Ciudad de México

www.megustaleer.com.mx

Penguin Random House Grupo Editorial apoya la protección del *copyright*.
El *copyright* estimula la creatividad, defiende la diversidad en el ámbito de las ideas y el conocimiento, promueve la libre expresión y favorece una cultura viva. Gracias por comprar una edición autorizada de este libro y por respetar las leyes del Derecho de Autor y *copyright*. Al hacerlo está respaldando a los autores y permitiendo que PRHGE continúe publicando libros para todos los lectores.

Queda prohibido bajo las sanciones establecidas por las leyes escanear, reproducir total o parcialmente esta obra por cualquier medio o procedimiento así como la distribución de ejemplares mediante alquiler o préstamo público sin previa autorización.
Si necesita fotocopiar o escanear algún fragmento de esta obra diríjase a CemPro (Centro Mexicano de Protección y Fomento de los Derechos de Autor, http://www.cempro.com.mx).

ISBN: 978-607-315-897-8
Impreso en México – *Printed in Mexico*

El papel utilizado para la impresión de este libro ha sido fabricado a partir de madera procedente de bosques y plantaciones gestionadas con los más altos estándares ambientales, garantizando una explotación de los recursos sostenible con el medio ambiente y beneficiosa para las personas.

Penguin
Random House
Grupo Editorial

*Para Carmen, quien en un santiamén
supo iluminarme la vida.*

*Para mi madre, Teresa, mujer arcoíris,
toda corazón y pundonor.*

*Para Eugenio, Diana y Sofía,
tres almas indispensables para la existencia
de la mía.*

Índice

El *Ambracia*	11
Avi	45
Evaristus	295
Avi	545
El *Ambracia*	633
Nota del autor	639

El *Ambracia*

Bienvenido era el silencio que, tras su partida, legaban los cormoranes y las gaviotas a los miserables del *Ambracia*. Un ocaso idéntico a otro medio centenar acompañaba la retirada de las aves y pronto —bien lo sabían aquellos que habían aprendido a mantenerse despiertos por las tardes— el muelle de Kibotos quedaría vacío de portadores, bestias, desempleados, guías y bribones. Como siempre, sobrevenía entonces el último atisbo de sol entre dorados y lilas que clausuraban la jornada. Después, estacionados en las aguas calmas del puerto de Eunostos a una distancia ya insoportable de la costa, la tripulación y los pasajeros del barco sólo distinguían las hogueras de la guardia y el cuerpo de inspectores. Acaso una procesión funeraria aderezaba la oscuridad del litoral en su trayecto a la necrópolis, pero escasos eran los muertos que transgredían la costumbre de quedar sepultos en el curso del día. Desde el Gran Puerto, al norte de la ciudad, o en las aguas del de Piratas, en Pharos, el espectáculo era más variado. Otros tendrían la suerte de presenciarlo. A ellos, hasta la panorámica de palacios u obeliscos les negaban. "Tal vez mañana", murmuró un salador de pescados con el ánimo desvenado mientras jugaba a arrancar una astilla del tablado de popa. Y la nada venidera le bastaba para hacerse de palabras con Sepet, su astro preferido, o para embriagarse discreto con vino de cebada. No era el único absorto en nimiedades semejantes: conformes con la inminencia de la segunda luna nueva, la vecindad de otro carguero y un buque de guerra impasible, los más en el *Ambracia* se entregaban a la observación mecánica del cielo estrellado sin lograr sacudirse el espejismo de esa Alejandría en lontananza que, orgullosa y precavida, se negaba a recibirlos.

Razones de peso para tal determinación imaginaban en su fiel languidecer los de a bordo, aunque aparte del miedo a un brote de fiebres contagiosas por vapores envenenados de hombres o ganado manso, ninguna otra se les ocurría. Los condenados que las autoridades usaban como emisarios para comunicarse con el buque poco o nada podían aclarar sobre los verdaderos motivos que habían llevado a imponer la cuarentena. En varias ocasiones los solitarios remeros negaron que una pandemia hiciera estragos en tierra o que alguna plaga equivalente hubiera sido anunciada en otra provincia cercana. Lo cierto era que la medida se aplicaba a cuanto navío divisaban las flotas romanas o los imponentes cercuri egipcios que patrullaban las aguas costeras, independientemente del puerto de origen. Aún más extraña era la novedad reportada por un mensajero griego en el sentido de que incluso las embarcaciones que realizaban navegación de cabotaje, sin intención de tocar puerto en las inmediaciones, habían sido obligadas a estacionarse con la amenaza de ser echadas a pique por los celosos arietes. Absurdas resultaban las versiones de los condenados, pero de ninguna otra disponían los ahora moradores del *Ambracia* debido a la ausencia de comunicados escritos que abundaran en las anomalías o las causas de la situación. Las tentativas por obtener tan elemental información parecían no haber llegado a las manos indicadas en las garitas de Kibotos. Once cartas había confiado el capitán a otros tantos emisarios sin obtener respuesta. Ni siquiera una propina generosa servía para garantizar la entrega, pues los improvisados estafetas retornaban a la costa sabiendo que su ejecución era inminente terminada la encomienda. Cabizbajos por desdicha remaban los moribundos hacia un destino cierto tras descargar la provisión de agua potable, cerveza y víveres que enviaban las autoridades puntualmente. Por otra parte, no faltaban los desesperados que, con voz apenas audible, sugerían planes de escapatoria, pero estos eran abortados en los estadios iniciales por la presencia del cercuri que custodiaba a los enviados y a las embarcaciones detenidas. Nada ni nadie podría enfrentarlo o evadirlo para alejarse de las aguas de Eunostos que, convertidas en una suerte de lazareto, albergaban esa noche sólo a nueve de las cuatrocientas doce naves que el *Ambracia* encontrara a su llegada. ¿Por qué no levantaban la prohibición para ellos si el plazo se había cumplido de sobra? Algo tendría que ver el cuerpo. El maldito cuerpo.

Marineros y viajeros atribuían a ese cuerpo la prolongación de la cuarentena y sus ya incontables penurias, mas ninguno atinaba a explicar las circunstancias sin caer en contradicciones rayanas en la estupidez. Hombres y mujeres coincidían en que el extinto había abordado el barco en Laodicea poco antes de soltar las amarras, pero dejando atrás este punto de acuerdo los pormenores variaban hasta derivar en versiones tan dudosas como las que los remeros sentenciados ofrecían en sus visitas cotidianas. El grumete insistía en que el pasajero lindaba los sesenta años, mientras que la esposa de un peletero tripolino afirmaba que el señor, galante y bien parecido, tendría a lo más treinta y cinco. El capitán, no obstante haber negociado el costo del traslado hasta Alejandría, confesaba haber olvidado arrugas o lozanía, por lo que respecto a la edad del susodicho aducía reserva y desmemoria; seguro estaba, eso sí, de que el extraño cargaba un perrillo de lanas blanco, ya que, para sacar el dinero de entre sus ropas y liquidar los costes, fue menester que él mismo le sostuviera al chucho por un momento. Quien lo negara era un insensato y tal negativa adquirió, durante la primera discusión, la jerarquía de grave insulto, por lo que nadie volvió a cuestionar el asunto (so pena de despertar la ira del mandamás) a pesar de que ni rastro del perro recordaban la tripulación o los viajeros. En otro particular disentían el capitán y el resto: aquél pretendía que un acompañante había registrado un baúl mediano y cierto paquete envuelto en muselina para ser depositados en la bodega junto con la carga habitual, en tanto que los demás recordaban al ahora muerto solo en su abordaje, con las manos entrelazadas a la altura del pecho, sin bolsa, atado o equipaje. Una búsqueda exhaustiva en la bodega dio la razón a la mayoría, por lo que el capitán, estupefacto, optó por refugiarse en el puente comiendo almendras bañadas con miel de dátil para paliar el desaliento. Aprovechando su ausencia, uno de los pinches apuntó un hecho irrefutable: el anciano o galante caballero o lo que fuera jamás compartió la mesa de los principales ni fue servido en su minúsculo camarote desde su abordaje hasta el día del incidente.

*

Cincuenta y cuatro días habían transcurrido desde el inicio de la cuarentena. El tedio, los juegos de azar y la conversación menuda no bastaron para aplacar un remedo de algarabía que invadió al *Ambracia* cuando, reunidos en la proa, sus moradores contemplaron una interminable procesión de antorchas que iluminaban el cielo cual si el sol, desdiciéndose de una retirada intempestiva, enmendara a tiempo el error para solazarse con los cantos provenientes de Rhakotis, el barrio griego. Una humareda difusa compuesta de incienso, asados, confites y fuegos ceremoniales descendía lenta, burlándose de las murallas para internarse en la plácida negrura del Eunostos. Y hasta el barco parecían llegar la bruma festiva, la música de flautas, de trompetas, el retintín de los címbalos, el rumor de los tambores, asiéndose imperceptible pero firmemente a la barandilla. Una bellísima ingenuidad dominaba a los más emotivos que, sintiéndose partícipes de la honra anual a Serapis como si en tierra firme departieran, entonaban cada cual su himno, su plegaria, fundiéndose en la intención del coro aquel. Los silentes estiraban el cuello para entrever la magnificencia alejandrina de que se hablaba en todo punto cardinal y sus rincones con familiaridad improbable, con nostalgia imposible o, en casos aislados, con experiencia inobjetable.

Sólo un pasajero mostraba indiferencia ante los jirones del festival. El anónimo de edad incierta perdía la mirada a estribor sin que prodigio alguno justificara el extravío. A no ser por el vaivén hipnótico de mástiles y palos menores, difícil era explicar la fijeza y el nulo parpadeo de sus ojos verdipardos, las cejas enarcadas. Entre la borda y su inmovilidad mediaban dos codos al menos, lo que aunado a sus tobillos apretados y a la evidente falta de apoyo, daba al extraño la apariencia de un monumento inanimado que entrecruzara en arrobo las manos sobre el esternón para no salir ya de ese estado nunca más. Una paradoja en sí constituía su equilibrio perfecto en la postura antedicha, considerando que las aguas, aunque calmas, reavivaban por momentos su natural de mar abierto. Todo esto observaba Kerit, un imberbe que, con su nombre de afluente y quince años a cuestas, se parapetaba tras un par de velámenes rotos para no importunar. En tres ocasiones se había topado con el imperturbable durante el viaje sin que éste reparara en la hermosura que los infieles del barco destacaban como su atributo principal. Indiferente a los halagos, no lo era Kerit ante la fiera autosuficiencia y el mutismo sistemático con que el extraño rechazaba cualquier intercambio. Ya se tratara de una amable invitación a la merienda o de la noticia infausta de la cuarentena, el hombre se limitaba a sonreír antes de volver la espalda para desaparecer por días enteros en su camareta, pero en aquella incipiente noche de Serapis la sonrisa característica había desertado el rostro llevándose consigo la amenaza implícita en el gesto. Cuánta razón tenía el rabino de la Santa Casa al decir que el soberbio sin desdén semeja ánfora quebrada. Así de frágil se le antojaba el impávido al muchacho que, animado por el vino escanciado en la proa, decidió por fin salir de su escondrijo dispuesto a conversar. Con las manos a la espalda y la parsimonia de un noctámbulo que busca en el aire fresco el antídoto al insomnio, Kerit se aproximó fingiendo naturalidad. Tras saludar amablemente sin obtener respuesta, hizo una pausa para luego apoyarse en la barandilla y darse a la tarea de contar las naves visibles desde ese costado del *Ambracia*. En las más cercanas logró distinguir grupos de espectadores entretenidos con la procesión de Rhakotis, rito idólatra cuyo encanto despreciaba el joven sin miramientos.

—Quiera Dios que la espera termine pronto —insistió Kerit en hebreo esta vez, deseando que el desconocido reaccionara favorablemente.

—Dos lunas, ni un día más, hermano del Jordán —escuchó el mozo inquietado por el aire casual y la seguridad con que el hombre había mencionado el río.

Y es que Kerit debía su nombre precisamente al torrente, situado al este del Jordán, en que Elías se refugió siguiendo el mandato de Dios, pero el joven no tardó en darse cuenta de que la frase bien podía hacer referencia llana y simple a su origen judío. Sintió un dejo de vergüenza por el resquemor que el comentario le había provocado. Se disponía a presentarse formalmente cuando el extraño, con la mirada aún perdida y moviendo apenas los labios, prosiguió: "Calla, hijo de Manóaj". Kerit palideció al escuchar el nombre de su padre carnal. "¿Quién es usted?", inquirió sin lograr que el hombre volviera a articular. Confundido, el joven se retiró a su dormitorio obviando la despedida.

Fue el segundo quien, a la mañana siguiente, se percató de que el anónimo había olvidado extinguir la tea situada junto a la puerta de su camarote. Vaya descuido. Menos mal que el soporte era seguro y en esas latitudes el viento no variaba su curso a capricho. Dispuesto a reconvenir al culpable, el segundo llamó a la puerta una, dos, tres veces. Nada. No se atrevió a irrumpir en el habitáculo sin antes obtener la autorización del capitán que, en ese momento, pinchaba garbanzos con una espeta echado en su camastro. Alarmado por la premura a que su subordinado impelía, de mala gana aceptó acompañarlo. "Sal y espera a que me lave", ordenó pensando menos en la tea que en la segura indigestión que el imprevisto acarrearía. Concluidas las abluciones, el dueño del *Ambracia* se echó encima los vestidos del día anterior y acudió al encuentro de su segundo. El vientecillo fresco del amanecer le recordó, no por su debilidad sino por su aroma, a los etesios que soplaban en el Nilo, pero el ensueño se disipó al constatar que, por muy fuerte que golpearan la puerta de la camareta, nadie replicaba desde el interior.

—Consigue una palanca.

—Aquí la tengo, señor —contestó el segundo ofreciendo la herramienta al capitán.

Al ceder la puerta, el hombre demudó y la palanca de hierro se le escapó de las manos. El cadáver yacía boca arriba sin acusar agonía prolongada ni huella de violencia. "Maldita sea", dijo el capitán golpeando con el puño en la mesita de noche. "Tenemos que deshacernos del cuerpo para que nadie sospeche que murió en el *Ambracia*; si llega a saberse en Kibotos sin duda quemarán la nave. Envuélvelo en la sábana y manda a reparar la puerta. ¡Rápido!", vociferó el contrariado marinero dudando en su interior de que la sabanilla bastara para fungir como sudario. Entretanto, el segundo se adelantaba a los hechos consternado por la indispensable alteración de la bitácora y los azotes a que serían sometidos si los romanos se percataban de la enmienda —con egipcios, griegos o judíos podía negociarse, pero los romanos eran inflexibles.

—Convendría echarlo al agua desnudo, capitán. La mortaja sería una pista si se inicia una investigación. Por mucho calor que haga, la descomposición no será problema si lo arrojamos esta misma noche —sugirió el subalterno—. Y no hay que olvidar la bitácora…

—Mejor, mucho mejor, Histapes —aceptó el capitán acariciando suavemente el lóbulo de su oreja derecha, manía que denotaba un estado de reflexión intensa—. Lo que sea con tal de que no descubran el desacato al edicto. Arregla esta puerta y que nadie más se entere.

El edicto aludido establecía que, bajo ninguna circunstancia, las embarcaciones podían arrojar despojos humanos a las aguas marítimas o fluviales. Con esta medida, el favor de los dioses devolvería la abundancia a las aguas del imperio, mancilladas sobremanera por la sangre romana derramada durante las campañas de Agripa y Sexto Pompeyo en la costa este de Sicilia. La referencia a estos ilustres movía a risa, dado que su enfrentamiento databa de unos sesenta años atrás. Sin embargo, la risa se apagaba al adentrarse en la cuarentena obligatoria que el edicto proclamaba. Aunque los oficiales del *Ambracia* conocían sólo de oídas el contenido y —por fuentes de nula fiabilidad— sabían que contravenirlo acarrearía una sentencia sumaria de muerte. En cualquier caso, los entendidos y los no tanto se preguntaban qué relación justificaba la inclusión de las cuitas entre Agripa y Sexto Pompeyo en una declaratoria de cuarentena regional. Sólo el emperador Tiberio podría aclarar sus motivos y ninguna intención de hacerlo había mostrado; hasta el Senado desconocía los antecedentes, el sustento y las verdaderas intenciones de la determinación cuando de epidemia o amenaza emparentada ni traza se conocía en esos territorios.

Histapes obedeció. En su apremio, omitió apagar la tea que había facilitado el hallazgo y se alejó en busca de un desocupado digno de confianza. Al posar un pie en la escalinata que conducía a los dormitorios generales bajo la cubierta, el segundo fue avisado de que el bote de aprovisionamiento se acercaba más temprano que de costumbre. "Vaya momento para madrugar", musitó de mala gana el oficial despidiendo al mensajero harapiento que ya sudaba a pesar de que el calor tramaba apenas su agobio de mediodía. Antes de encontrarse con el nuevo condenado se cercioró de que nada fuera de lo común pudiera verse desde el bote y, seguro de ello, se dirigió rápidamente a estribor. Justo en el sitio ocupado por el muerto la noche anterior, observó el segundo a dos marineros que, en vez de preparar el cordaje para izar la carga, se entretenían como chiquillos en un juego de manos. El buen humor de la tripulación le tranquilizó; no estaban las cosas como para disciplinar por boberías, así que ignoró la falta anudando él mismo el primero de los ganchos a las cuerdas.

—Ni se moleste, señor. No hay carga que subir —comentó uno de los ayudantes en un griego lamentable, difícil de achacar en exclusiva a la falta de dientes que no fueran muelas.

—¿Entonces de qué se trata? —preguntó Histapes dejando caer el gancho.

—Traen un mensaje para el capitán, señor —dijo el otro marinero abriendo paso al segundo que, sin dilación, asomó medio cuerpo por la borda para echar un vistazo al bote.

—¡Buena ventura allá abajo! —saludó cortés el oficial—. ¿Qué nueva nos tienen esta mañana?

En el bote, un hombre de barba larga y blanquísima pasaba el segundo remo a una mujer vestida de negro que llevaba la cabeza cubierta; se incorporó con tiento para no alterar el equilibrio de la barcaza, inclinó la testa respetuosamente y luego de disculparse respondió que sólo le estaba permitido hablar con el capitán tratándose de un comunicado urgente. Histapes notó entonces que el barbado ostentaba en la frente, no el tatuaje de los condenados, sino una simple marca de ceniza y grasa que su esfuerzo en la remadura había escurrido hasta las cejas. El hecho de que el mensaje fuera transmitido por un sujeto a proceso y no por un condenado ameritaba la presencia inmediata de su superior. Asintió. Rehízo el camino a paso acelerado y descubrió al capitán hurgando desvergonzadamente en las pertenencias del finado. Tres rollos de calibre variable estaban dispersos en el suelo. En la mesilla, un objeto de plata relumbraba indiferente junto al recibo que el capitán expidiera como constancia de pago cuando el extraño abordó el *Ambracia* en Laodicea. El segundo carraspeó para llamar la atención del capitán y éste, sin disimulo, continuó su pesquisa.

—¿Y ahora qué? —preguntó el principal, sabedor de que el carraspeo no podía provenir más que de su segundo al mando.

—Ha llegado un emisario. Dice que sólo a usted puede transmitir su mensaje. Quizá se trate de algo importante. Mandaron esta vez a un sentenciado.

—¿Viste si la marca era triangular? —preguntó el capitán deteniendo con la sandalia la carrera de uno de los rollos.

—Me parece que era circular, aunque la trae desdibujada.

—Ya, ya… entonces no es un prisionero común. Vamos —ordenó el capitán atorando a su salida la portezuela maltrecha con el recibo de pago.

Un corrillo integrado por la terna de la cocina, el vigía ocioso, seis marineros y tres pasajeros hartos de mal dormir especulaban en voz baja a la espera del líder. Los optimistas, para contrarrestar la desesperanza crónica de la mayoría, defendían la tesis de que una exención se avecinaba. Por su parte, el cocinero atestiguaba complacido la voracidad que su dádiva de pan ácimo despertaba en el portavoz. "Mira qué hambre tiene el pobrecillo… si le han de aplicar el garrote o lo hunden con piedras, que sea con la barriga llena", monologaba el piadoso al oído de su ayudante favorito cuando el capitán los apartó lo suficiente como para que él e Histapes cupieran a su diestra. El grupo acalló paulatinamente mientras el jefe esperaba a que el mensajero, embebido en la limpieza meticulosa de su barba, terminara de cazar la última migajada que, enemigo del desperdicio, se echó a la boca con un lento ademán casi teatral. "¡Ey, tú, venga ya con lo que tengas que decir!", espetó un pasajero enardecido por la insolencia, logrando que el procesado dejara de escudriñarse la barba.

—En cumplimiento de las órdenes dictadas por el divino César Tiberio Claudius Nerón, ejecutadas por su pretor, por el alto epistratego y su alabarca, se le comunica que a partir de este momento usted, Serifón de Laodicea, como capitán del barides Ambracia y en razón de los hechos acaecidos la víspera, queda designado como depositario provisional de las pertenencias y bienes del fallecido, cualquiera que sea su nombre u origen. Es usted responsable también por la custodia del cuerpo y, en consecuencia, deberá tomar las medidas indispensables para su aislamiento a bordo del barides *Ambracia* hasta que las autoridades portuarias consideren conveniente. Será notificado en su momento. Dixit.

La ridícula macarronea del barbado dejó mudos al capitán y su segundo. ¿Cómo diantres se habían enterado en Kibotos de lo sucedido?

—Se equivocan —gritó divertido el cocinero adelantándose a la ya tarda respuesta de su superior—, aquí no hay cuerpo que custodiar.

—¡Imbécil! —reaccionó el capitán propinando un puñetazo en la cara al imprudente que se atrevía a hablar por él.

Los curiosos, desconcertados por la nunca antes vista explosividad del jefe, atestiguaban boquiabiertos los empeños de los ayudantes por controlar la hemorragia del cocinero. La falta, si la había, no merecía un castigo tan severo.

—Quedo enterado. Notifique a su regreso que daré cumplimiento cabal a la orden.

"¿Cuerpo?", cuestionó en voz alta uno de los pasajeros, visiblemente descompuesto ante la perspectiva de que los oficiales hubieran ocultado la llegada de una plaga. En instantes, la inquietud se generalizó sin que las dudas fueran aclaradas por el capitán, que, seguido por Histapes, abandonó al grupo a paso acelerado en pos de la tranquilidad del puente. Ahora sí tendrían que envolver al desgraciado ése e iniciar un inventario de sus pertenencias que, debido a la curiosidad, el conocimiento y la presteza de Kerit, no incluiría los rollos que desde el entablado parecían velar el cuerpo. El maldito cuerpo.

*

Extinta desde aquel momento se mantuvo la tea adosada a la puerta del camarote negro, llamado así por el aspecto que los sellos de brea y esparadrapo daban a los tablones en el afán de cubrir el resquicio, el ventanucho y cualquier otra hendidura por la que pudiera escapar el hedor. Histapes ordenó desocupar las cámaras linderas y prohibió que se deambulara en la zona para evitar el contagio, pero ni las medidas de apremio ni la vehemencia al exponer los riesgos impidieron que, la noche misma del suceso, un macedonio que vaciaba a deshoras su orinal diera la voz de alarma. "¡Fuego! ¡Fuego en la puerta negra!", gritó con el rostro enjuto desfigurado por la urgencia en tanto se alejaba convenientemente del siniestro. Cuatro veces insistió antes de detenerse en la popa, extrañado de que nadie acudiera. Aún jadeante se debatía entre la repugnancia que el cadáver le inspiraba y el miedo de terminar abrasado cuando notó que el salador dormía al fresco sin inmutarse. Las llamas crecían segundo a segundo. Rápido. Sin pensarlo mucho tomó al salador por los hombros y lo sacudió con fuerza. Odiosa le resultaba la cerveza con que el egipcio se embrutecía a diario. Soltó los hombros del borracho y se desnudó venciendo el pudor. Con el himatión de lino en la diestra se encarreró de vuelta al fuego decidido a enfrentarlo solo. Conforme se aproximaba al camarote negro, se percató de que el resplandor ya no era tan intenso como antes. El cielo despejado le permitió observar atentamente las inmediaciones sin aproximarse demasiado. Nadie rondaba el área del incendio. El anhelado silencio de las aves mudaba ahora en una entidad corpórea, asfixiante. Qué lejos se sintió de todo aquello que en la vida normal le pertenecía, del terruño, de sus costas habituales, de las charlas casuales con que un porquerizo lo instaba a hacerse a la mar siendo un jovenzuelo. Y no llegó a recordar sus correrías preferidas por culpa de una mano áspera que le asió firme el antebrazo. El salador, tambaleante, le miraba las nalgas.

—¿Por qué vas desnudo?

El macedonio se aprestaba a contestar cuando advirtió que el fuego se había convertido en un destello casi indiscernible.

—Acompáñame —pidió el marinero sin que el ebrio dejara de apretarle.

—Perdona si te lastimo, pero hace mucho que no siento las manos. Dicen que es la sal.

—Descuida —repuso el macedonio al tiempo que retiraba el brazo para vestirse de nuevo. Mientras lo hacía, relató al salador el episodio sin omitir detalle, pero éste apenas podía tenerse en pie y muy poco comprendía. Lo mismo daba la compañía de ese amante de las estrellas que, a altas horas de la noche, ya sólo podía mirar al tablado de popa. Con el himatión bien ajustado a la cintura, avanzó hacia el camarote clausurado. Al pie de la puerta, una palmatoria ardía con llama menudísima. Escasa era la cera derramada sobre el plato e imperceptible el estrago en la madera, el cerrojo o los esparadrapos embreados. El evento y su gravedad tornaban ahora en sinsentido. ¿Había perdido la razón? ¿Se mofaban de él los dioses? Cuán gratuita resultaba la sorna para ese hombre piadoso. Menos mal que nadie había acudido a sus llamados de auxilio. Se vio a sí mismo corriendo a estribor en cueros y dando alaridos como un mono asustado. Menos mal. La reprimenda habría sido vergonzosa. Quizá la soledad carcomía el seso o la enfermedad del raro fenecido se manifestara así en principio para volverse calamidad insoportable cumplido el plazo. Y el miedo que incubaba el macedonio cedió pronto su lugar al desconcierto pues, ayudado por la luminosidad discreta que la palmatoria le ofrecía, distinguió en la parte alta de la puerta un dibujo peculiar en cal muerta. Acercó la flama. Un triángulo equilátero dentro de un círculo, toscos si se quiere, adornaban el ventanillo. "Sabios a bordo", interrumpió el salador con la mirada entrecerrada.

Respecto de los dibujos, ninguna opinión externó después el capitán. Ignorante del vínculo entre el símbolo y la cofradía, tomó a chanza el trazo argumentando que el autor tenía un pulso deleznable.

En cambio, la palmatoria de plata que Histapes le mostró enseguida dio al traste con su buen talante matutino.

—No sé de dónde salió esto; la encontré ahí, muy próxima al umbral —dijo el segundo indicando el lugar preciso sin reparar en que su superior comenzaba a acariciarse la oreja.

—Déjame verla.

Antes de concentrarse en la palmatoria, retiró el cabo extinto para analizarlo a fondo. La blandura extrema y el trenzado del pabilo hacían pensar en una manufactura extranjera. A juzgar por el perfume, grasa animal no era. ¿Quién, en su juicio, optaría por gastar el triple en una vela de panal amasada con viruta de sándalo? Y de sándalo viejo debía tratarse dada la persistencia del aroma y los tonos oscuros. Olisqueó de nuevo para imaginar el sahumerio y, antes de que la ensoñación se desbocara, metió el cabo entre sus ropas. El que una vela india apareciera en el *Ambracia* despertaba sus sospechas, pero más le preocupaba el candelero que sostenía en la mano izquierda, pues tenía la certeza de haberlo resguardado personalmente en el arcón de su camarote.

—Es casi igual a la que hallamos en la mesa —apuntó Histapes por lo bajo, temeroso de que los denunciantes lo escucharan—. Yo diría que es la misma…

—La otra estaba sucia y fue inventariada, Histapes. No me vengas ahora con que te has creído las habladurías de tu gente —intervino el capitán—. Lo importante es que nadie vuelva a ponernos en peligro; y puesto que la prohibición de andar por aquí ha sido un fracaso, conviene que implementes una guardia.

—Llamaríamos la atención innecesariamente. Mejor pidamos a esos dos que se callen la boca. Siempre están solos, así que no les costará mucho ayudarnos a evitar rumores.

—Bien, muchacho —dijo el capitán olvidando lo mucho que el apelativo molestaba al segundo, quien, a sus cuarenta y tantos años cargaba ya con dos críos en Laodicea y al menos uno en el oasis de Siwa—. ¿Crees que sean de confianza?

—El borracho me da mala espina, pero si le ofrece un dinerillo o más cerveza que echarse al cogote, seguro que no dirá más que los buenos días al resto. El otro parece de fiar.

Sin esperar la anuencia del capitán, Histapes se dirigió al salador y al macedonio. "Muchacho…", farfulló el segundo procurando sin éxito que su superior notara la indignación. Lejos de ello, Serifón se entregó a una superficial revisión de la palmatoria.

Absortos en una conversación evasiva y dispersa, como suele ser el intercambio entre solitarios que se reconocen, los pasajeros aludidos demoraban lo suyo en obedecer al segundo, quien los conminó de nueva cuenta desganado. El tercer exhorto distrajo finalmente al macedonio. Irresuelto, el hombre alternaba la mirada entre el segundo y las correas de sus calzas sin librarse por entero de las vaharadas ni del roce abrasante que la mano del salador imprimía al contacto con el hombro o la cintura. Nada valía la prudencia con el necio aquel. Cansado de desasirse, el macedonio consideró incluso dar un manotazo al estilo de los que propinaba cuando las prostitutas lo asediaban en las callejuelas de Rhakotis, pero la intentona fue tan débil que en nada disuadió al vehemente. Al contrario: aguijoneado por un gesto tan prosaico e infantil, el salador redobló la insistencia hasta el grado de sacudir groseramente al macedonio sin parar de increparle su indolencia; pero ni así logró que el palurdo se dignara volver la vista al puerto, donde un cuarteto de banderas, tres moradas y una roja, ondeaban de arriba abajo y de derecha a izquierda en una coreografía rematada por los destellos intermitentes que un escudo bruñido proyectaba. Y es que de marinería el macedonio sabía lo mismo que de catapultas o cálculo astrológico, por lo que el suceso se le antojaba baladí. Caso perdido. Fue entonces cuando el salador, agitado, advirtió que el segundo los conminaba todavía de buena gana, divertido por el jaloneo y por los reclamos que a sus espaldas soltaba el capitán. Olvidando por completo al macedonio, el salador agitó los brazos en alto al tiempo que exclamaba: "¡Banderas, capitán! ¡Banderas en el puerto!" Y la última sílaba del término "puerto" fue inaudible por fundirse en ese instante con la nota de un cuerno entonado desde la vecindad de las garitas. Salador, segundo, macedonio y capitán guardaron silencio como sucede cuando un estrépito imprevisto enmudece a las aves y aquieta los párpados en alto. El compás de espera terminó sucinto con la carrera que el capitán emprendió para cerciorase de que ni el salador ni sus oídos lo engañaban. El digno Histapes hizo lo propio a grandes zancadas, sin llegar al trote o a la marcha desbocada. A medio camino, el superior se volvió y preguntó si la cuarta bandera, la de la derecha extrema, era roja en verdad. Allegándose a la borda, Histapes aguzó la vista y confirmó: sí, era roja y triangular.

—Benditos sean los dioses, capitán —dijo el segundo con los ojos anegados fijos en la costa. Contaba los destellos. De nuevo el cuerno.

—¡Rápido, Histapes, trae las banderas!

La compostura era de más. Ahora sí corrió el segundo cual si en ello le fuera la esperanza. No le importó que su vestido se rasgara al atorarse con el pasamanos de la escalerilla. En la intimidad del cuarto de trebejos se dio un respiro. Con la mirada perdida en los estantes, escuchó otra vez el cuerno y ya no se contuvo. Sollozó. La cuarentena era historia y el segundo era feliz.

*

Bebió en las entrañas del *Ambracia* para celebrar sin que nadie lo viera. Medio cuenco sin aguar y ya. Qué delicias y peligros ofrecía en cada trago ese vino aderezado con especias de las Molucas y más. La magia residía en el clavo y en el posterior reposo al que era sometido en las grutas de Catania. Se decía que, al paso de los años, cuando las barricas de limonero mohecían con tonos blanquecinos, era mandatorio agitarlas sin cesar por días hasta que la espuma generada tornara mínimo el rumor del líquido. Otro año daban los expertos para que la espuma cediera y luego, cuidando que la luz no estropeara la finura, en la cámara remota de la cueva una docena de ciegas se encargaban de retirar los tapones de cada barrica para añadir extracto de opio, flor de belladona, hojas de datura y pizcas de delicia en proporción secreta. Cosa de mujeres. Lo que pasaba en el fondo de la gruta era un misterio. Dicen que las ciegas reían, lloraban, gritaban y cantaban la noche entera, pues les era dado el lujo de beber hasta embriagarse, sólo a ellas, prebenda que envidiaban las demás cual si fuera riqueza. Los crédulos afirmaban que estas hembras veían en las paredes de la cueva lo indecible, los crímenes ocultos, los amores clandestinos, las enfermedades latentes, las desdichas, las bondades del clima y hasta la cuantía de cosechas y fortunas personales. Tenían prohibido hablar de las visiones so pena de muerte y no se sabe de ninguna que violara la ordenanza. Pasado el éxtasis, las mujeres esperaban un día entero rodando los toneles de una a otra como si de una pelota se tratara. La parte delicada consistía en aguzar el oído para escuchar atentamente los rumores crecientes de las barricas, deteniéndose antes de que las anillas comenzaran a ceder. En completo silencio, dicen, las ciegas lograban un trance, semejante quizás al que Histapes experimentaba esa mañana en el cuarto de trebejos al sentirse envuelto, refugiado por esa intimidad que el *Ambracia*, sus rumores y vaivenes prodigaban. Tres barricas del elixir se confundían con siete de vino corriente y ligero. El sello de Catania las diferenciaba y así el ojo entrenado, conocedor, podía distinguirlas. La versión oficial, la de Serifón de Laodicea, relataba que el vino siempre había estado ahí, desde la compra del *Ambracia*, pero Histapes sospechaba que el capitán había invertido en realidad una fortuna en la panacea que sólo con él compartía. Generoso era a las claras Serifón, generoso y necio.

Una sonrisa timorata, luna menguante, se dibujó en el rostro del segundo. Ajeno al ondeo de banderas y al barritar de los cuernos, Histapes se perdió en ensoñaciones inocentes que, previsiblemente, se relacionaban con los amores idos, los venideros y... Podría jurar que un soplido le había recorrido la nuca. Se estremeció sin ahondar en el asunto, consciente de que ese vino de ciegas podía sorprender hasta a los bebedores consumados y su pretendida reciedumbre. Esfumada la sonrisa pero no la calma, Histapes se preguntó por qué, transcurrido tanto tiempo, ninguno le habría importunado con la urgencia de banderas. Le extrañaba también que la campana del puente no tañera como era menester para avisar a los pasajeros y la tripulación de un evento principalísimo. "Que se jodan", murmuró entre dientes al imaginar con desagrado los suspiros aliviados de las damas o, específicamente, la teatralidad ridícula de la tripolina. Desvariaba. El tránsito caprichoso de las ideas le llevó a revivir una anécdota jocosa que festejó desmesurado. Al doblarse de risa sobrevino la basca. Se recostó sobre el tablado y extendiendo el brazo izquierdo buscó a tientas cualquier cosa que pudiera servir de almohada. La encontró. Mulló la tela hasta sentirse a gusto. Terso como manzana de Persia era el retazo aquel; un día de estos pediría a su esposa que le cosiera una túnica así, de muselina. "Muselina", pensó, y aunque tardó bastante en hilar la incongruencia, se espabiló al recordar el supuesto atado de muselina atribuido al muerto. ¿Muselina entre las jarcias? Examinó la tela a ojos cerrados. En principio, corroboró la lisura; sus dedos repasaron la fina urdimbre alterada únicamente por un bordado indistinto. Se incorporó de un salto pagando las consecuencias sin rechistar. Vomitó largamente apoyado en una marmita vetusta e inmediatamente notó la mejoría. Para limpiarse los labios recogió la tela que había causado el sobresalto. No se le escapaba que el brebaje era capaz de convertir la vida en sueño, pero confundir el velamen de cáñamo con muselina… Demasiado bebedizo. Soltó el trapo y se dirigió a la escalerilla para volver a la cubierta. Remontaba el primer escalón cuando un impulso del todo absurdo lo contuvo. Dio la vuelta, se acercó de nuevo al retazo, lo pisoteó y, sorprendido por sí mismo, idiota se dijo. Harto de alucinaciones, emergió ojirrojo a la cubierta.

Pausa. El sol maquillaba apenas sus ojeras de horizonte. Más que efectos de un desvelo, las sombras largas, medrosas, dieron a Histapes la impresión de ser chiquillos garabateando pisos y paredes a hurtadillas de su padre. Trémulo de opio y atropina, el segundo resistió otra embestida de la náusea. A la distancia, vio que las banderas de las naves vecinas ondeaban ya elipses y lemniscatas en respuesta al mensaje codificado del puerto. Le costaba trabajo enfocar la vista y la atención. Sus pupilas, dilatadas hasta la frontera con la esclerótica, desvaían el panorama. Los planos meridionales y sagitales se ofuscaban en una reyerta casi dolorosa que le obligaba a entrecerrar los ojos o, en su defecto, a humillar la mirada hacia el suelo desgastado por edad, trajín, brisa, luz y agua. "Igual que yo", lamentó Histapes, extraviado en una imagen que le hablaba de su repentina erosión. Si el sol no le mentía, ni siquiera dos horas habían transcurrido desde que el superior le enviara a buscar las banderas. Y él allí, de pie, sin estandartes o espejo, al insistir en caminar de un lado a otro alentaba a sabiendas su debacle, pues el opio abomina el movimiento y la vertical sobremanera. "Mejor vuelvo a la bodega", se dijo, pero al levantar la vista y fijarla lo posible, demudó al mirar a un hombre que, a unos quince codos, hacía aspavientos. ¿Barbablanca, el condenado de la marca de ceniza y grasa? ¿Desnudo? Como pudo se las arregló para transformar el grito en gemido; el sudor le perló la frente en un parpadeo y aterrado vio que el hombre se acercaba amenazante. A los pasos del intruso Histapes respondía con uno en reversa. Por instinto cerró los puños y se dispuso a atacar, pero, por fortuna para el capitán, su segundo se embebió al ver que la barba blanca se acortaba como si creciera en sentido contrario. Simultáneamente, la piel desnuda que antes viera se plegaba. Cuatro codos mediaban entre Serifón y su segundo cuando éste lo reconoció. Salió de su estupor pero no logró arrancarse el miedo. Se inventó que el capitán quería pegarle y quiso su locura o daturismo que Histapes ahora sí gritara.

—¡Se me olvidó, señor! ¡Perdón!

—¿Qué te pasa? ¿En dónde te has metido? —preguntó el capitán dominando la ira al notar que algo raro sucedía al subalterno. Histapes se cubrió el rostro.

—¡No me pegue, mi señor!

"Qué viaje de mierda", maldijo el capitán al tiempo que posaba la mano en el hombro de Histapes para consolarlo, ante lo cual el segundo se cubrió la boca apanicado, con los ojos abiertos como platos, para después echarse a correr despavorido exclamando en alarido "¡la campana!, ¡la campana!". Serifón siguió la carrera del segundo lo más rápido que pudo. Hasta el puente se allegó el huidizo, abriéndose la ceja por chocar en la carrera con una saliente filosa y cayó de hinojos atontado por el golpe. Ágil como un adolescente, Histapes se incorporó y de un salto remontó los tres escalones faltantes para asir la cadena de la campana y sacudirla con fuerza animal hasta desprenderla del techo. El capitán se le fue encima sin remilgos para detener la barahúnda.

—Ya está, señor... perdón —rogó falto de aliento, no tanto por la carrera sino por la presión que la rodilla del capitán imprimía a su esternón para someterlo.

—Tranquilo... soy yo, tu amigo —repitió Serifón mesando el cabello de Histapes. Poco a poco su segundo se calmaba. Consideró entonces pertinente quitar la rodilla y, sentado a un lado del amigo, limpió amoroso la mezcolanza de sangre y sudor que cubría el ojo y pómulo izquierdos. Un grupo de curiosos dispuestos a ayudar se había reunido en el puente de mando.

—No hay problema. Esperen afuera —pidió el capitán, aceptando el pañuelo que un marinero le ofreció después de recoger la campana.

—No se enoje, por favor.

—Está bien, Histapes —dijo ausente el capitán, considerando la mejor manera de interrogar al segundo sobre un asunto de importancia mucho mayor.

—Fue su vino. Medio cuenco y mire cómo estoy —justificó rehecho.

—Olvida el vino. Ya no estás solo y nadie te va a pegar, mucho menos yo, muchacho.

No cabe duda de que en la vida manda la ocasión. El alivio que ese "muchacho" dio al segundo contrastaba con el desagrado que el mismo sustantivo despertara otrora. Para algunos, de bálsamos y paliativos se compone la jornada. Eso y mucho más es la palabra.

—Ponme atención, Histapes. Es importante que me digas con detalle qué paso, qué viste en el camarote negro... en la puerta, específicamente. ¿Notaste algo anormal?

El segundo tomó su tiempo para responder.

—Todo me parece raro, capitán; el fuego, los dibujos...

—No, no. Eso ya lo sé. Me refiero a los sellos. ¿Estaban intactos los sellos de brea?

—No me fijé, pero supongo que sí. ¿Por qué lo pregunta?

El capitán suspiró.

—Te lo diré de una vez. Procura no alarmarte, pero al revisar los daños vi uno de los esparadrapos tirado por ahí.

—¿Y qué?

—El cuerpo no está.

—No vuelvo a probar ni gota…

—Es verdad. Se esfumó el cuerpo. Así como así. Ya no está.

Histapes cerró los ojos. Su gesto se relajó paulatinamente dejando asomar al cabo la misma sonrisa de luna que había aflorado en el cuarto de los trebejos. Qué belleza. Mil campanas de colores repicaban obedeciendo la voluntad de Histapes. Y luego un coro.

—Beba un poco, capitán.

*

Pasaba del mediodía cuando las primeras embarcaciones ligeras se alinearon a babor en espera de que el capitán autorizara el proceso de descarga. En cuanto las bodegas fueran vaciadas, el *Ambracia* se vería acosado por una flotilla variopinta y caótica de comerciantes, porteadores, hosteleros y demás prestadores de servicios dispuestos a cualquier cosa por hacerse de clientela. A unos veinte codos de la nave, muchos de ellos negociaban ya, a voz en cuello, el coste del transporte hasta Kibotos, tarifas de hospedaje, guía experta por día, semana o mes, tipos de cambio y hasta el precio de ánforas con leche de cabra y vino para los pasajeros acalorados o los miembros de la tripulación, quienes más que un refresco buscaban subastar con el infaltable libanés, famoso por su mercancía de blancas y negras que, ajuareadas, cantaban sin devolver la mirada a los clientes potenciales.

Entretanto, el capitán se daba a la tarea de revisar inventarios y bitácora para los inspectores de la aduana, actividad más bien mecánica que no le preocupaba tanto como la apología a esgrimir con relación al muerto. Aparte del salador, el macedonio y él mismo, sólo Histapes sabía de la desaparición, con lo que las posibilidades de una fuga informativa eran mínimas. La negociación con los pasajeros involucrados había sido fácil, pues ninguno de ellos quería ser citado por nombre en los procesos. A cambio del silencio el capitán había ofrecido el suyo. Nada por nada. Tu silencio por el mío. A esta muda colusión pudo añadir la prebenda del pronto desembarco u otra parecida, pero la satisfacción evidente de la contraparte hizo innecesario el complemento.

Terminada la revisión, el capitán apartó tres monedas de oro para suavizar el celo de los funcionarios. A su izquierda, Histapes se revolvió haciendo caer la manta que su jefe le había echado encima. En lugar de cobijarlo nuevamente, Serifón se cercioró de que el vendaje no llamara mucho la atención. Qué bien: el linimento funcionaba. El capitán retiró un par de grumos que afeaban la curación y, por un momento, logró interesarse en el encanecimiento de las sienes de Histapes, en el trazo hirsuto que tan cómica tornaba la sorpresa del segundo en las conversaciones de sobremesa o al obtener la combinación ideal tras arrojar sus amadísimos dados de hueso. La mitad de su sueldo iba y venía en cada puerto sin que nadie lograra convencerle de que los dados proveían, cuando más, una fortuna mediana si se comparaba en rendimiento con lo que el capitán guardaba en el fondo de su arcón. Y el pensar en el arcón ahuyentó los paliativos en todas direcciones, cual si una piedra dispersara a las gaviotas que se ceban en el grano o la carroña. El arcón. La carroña. El cuerpo. Si sus cálculos eran correctos, a punto estaba de llegar el inspector en jefe, y con él las preguntas y otras situaciones incómodas que debería atender sin despertar sospechas. Manos a la obra. Tomó la llave que colgaba de su cuello y la insertó en la cerradura, que no por fina y recia escapaba a la herrumbre. Con trabajo giró la llave hasta descorrer la trabilla, levantó la tapa del arcón para ordenar los bienes del finado y, sin saber por qué, volvió a cerrarla cuando la luz comenzaba a insinuar las formas del contenido. Antes de continuar, Serifón de Laodicea se aseguró de que la palmatoria estuviera todavía en el tocador. Y sí. A un costado de la jofaina, la plata renegrida inquietaba aún más que la herida o los consabidos faltantes de mercadería que ya afloraban al desalojar las bodegas. "Si la carga fuera de elefantes, alguno faltaría en el desembarco", improvisó el capitán antes de levantar la tapa una vez más y constatar que la palmatoria del extraño no estaba en el arcón. El documento de resguardo la destacaba al final de la lista, justo encima de la firma de los testigos. ¿A qué tanta locura en el *Ambracia*? Como cualquier barco viejo, contaba por cientos los incidentes aislados, pero nada semejante a esta confabulación de dioses o demonios recordaba el capitán. Años enteros pasaban sin que nada comparable lo inquietara y ahora la incongruencia se le venía en tropel. Añoraba la rutina cuando un rostro familiar asomó por la puerta entreabierta.

—Vaya, el viejo lancero cuenta sus tesoros como un pirata. Supongo que podrás reponerme el modio que te bebiste en Teutoburgo.

—¿Minucio? —preguntó gratuitamente el capitán al reconocer a su antiguo compañero de barraca.

—Gordísimo y cantando. Venga, dame un abrazo.

Cuatro años habían transcurrido desde el último saludo costumado. La alusión a la trágica emboscada de los germanos ponía la piel de gallina al capitán, sobre todo al pensar en la escapatoria milagrosa que junto a este hombre emprendiera muchos años atrás. Un modio de vino, raíces amargas y dos mustelas fueron sustento durante las seis semanas que mediaron entre la carnicería y su arribo a territorio aliado. Desde entonces, gracias al alto puesto de Minucio en la Oficina de Control de Abastecimientos Provinciales y a las contadas rutas que el capitán transitaba, la pareja se encontraba con cierta regularidad para repasar en sosiego las andanzas. Sin embargo, en esta reunión el sosiego era a todas luces unilateral.

—¿Estás enfermo? —inquirió el funcionario al notar desgano en el recibimiento de Serifón.

—No. Es sólo que no esperaba verte aquí —mintió el capitán.

—Los de aduanas han sido rebasados por la carga de trabajo y me pidieron apoyo. Son buenos amigos, así que acepté. Al ver tu barco entre los estacionados torcí el rumbo para llevarte a casa antes de que te alojes en ese hostal mugriento que te gusta. Apuremos los trámites y no hagamos esperar a mi Ulpia, que a esta hora prepara la sopa.

—Muy fría la hemos de comer con este asunto del muerto —dijo apesadumbrado el capitán.

—¿Cuál muerto? —preguntó el obeso al tiempo que repasaba minuciosamente el registro de incidencias portado en la diestra—. Nada se asienta aquí —continuó Minucio intrigado.

—Por decirlo así, hombre. Me refiero a la curda que se carga Histapes. Con decirte que hasta la frente se abrió —volvió a mentir el capitán con una agudeza de la que se sintió orgulloso. La moneda estaba en el aire.

—Después de los veinte años nadie cambia por gusto, y tu segundo cuenta el doble cuando menos. Doblemente terco, tú entiendes… Mejor apurémonos, lancero. Ya en tierra enviaremos al médico de guardia para que le diga que beber así no es bueno, excepto para ti y para mí —concluyó Minucio dedicando una mirada benévola a Histapes. Cogió del brazo a su amigo y salieron del camarote con rumbo a las bodegas.

—¿Tienes algo bonito para regalar a Ulpia?

El capitán asintió.

*

Soy el primero en afirmar que Alejandría convierte en aves a los hombres. Algunas, las que atraviesan las aguas para encontrarla de frente, suelen imaginar que la vuelta al punto de partida es imposible y, al igual que las picofeas establecidas en el faro, se aprestan a negociar más la residencia definitiva que la estancia temporal. Rara vez se ausentan las que arriban, y al hacerlo, las pocas atrevidas temen con razón que el firmamento olvide alejarse a la par del vuelo. "Con lo difícil que es llegar", lamenta una juiciosa que estira el cuello para mirar la evasión desde la costa mientras su hermana, una verdiazul acicalada, intenta sacudirse la impresión de que las pobres se hundirán exhaustas donde el cielo monta el agua. "Ay, el horizonte", dice. "Ese largo se ha tendido en la distancia". Pero se engaña. No es el horizonte en rebeldía. Es la brava, seminueva y blanca Alejandría que aprendió a saberse centro y, cual centro que se precia, al resto torna periferia. Mira: es la guapa que se basta. Es la guapa que se gusta. Y tanto basta y gusta que las aves obvian pronto el origen y el destino. Así los hombres, cuentan.

Joven como era, bien seguro estaba Kerit de que el baulillo y los costales servirían para acarrear su historia adondequiera, pero la certeza se fue a pique en algún punto entre el barco y la barcaza. Nada se dijo al completar el salto porque ignoraba qué había perdido, mas al clavar la vista en sus sandalias reconoció una suerte de vacío. Algo en él faltaba. Joven como era, quiso dar a la oquedad nombre y sentido. Se dio a la tarea de hacer un inventario, pues creyó que algo material (la jofaina, un cepillo) se había dejado en el *Ambracia* en un descuido. No. Todo estaba en el baúl, en los costales, en su morral o cosido en el dobladillo. Los que tienen poco no saben perderlo y Kerit se contaba entre ellos. Había supervisado personalmente la estiba, el aseguramiento. ¿Qué entonces? Fuera lo que fuera, nada lograría quedándose ahí, de pie, mirando anonadado la humildad de sus calzas. Se resignó a no ser ya lo mismo y achacó el malestar al tablón grosero que servía de asiento. "Sólo falta que me astille las nalgas", pensó al recorrerse para hacer lugar al tripolino, quien, fiel a su costumbre, se dio a relatar anécdotas obscenas hasta que uno de los remeros anunció la partida. Calla el tripolino. Ya está. Han soltado las amarras. Cuánto sudor en el torso de ese hombre moreno. Alza el remo. La primera paletada. Kerit mira sobre su hombro y distingue la talla imperfecta del mascarón de proa. La barca se aleja del *Ambracia* y Kerit desea que el tripolino abunde en furcias o muchachos. Es como alejarse de todo lugar a un tiempo. ¿Qué le ha sucedido a los azules, a los gradientes? Kerit busca la respuesta en la bóveda celeste pero olvida la pregunta al deleitarse con el vuelo de un cormorán recién llegado.

Avi

Nueve meses tardó la nueva en llegar hasta Sirkap: "Hillel ha muerto", dijo el viajero ante una discreta congregación de diecisiete personas. "Quiso Elohim que el rabino cerrara los ojos el primer día de Tishrey para que nadie olvide su marcha. Ayer soñé que las mujeres seguían llorándolo como si ciento veinte años no bastaran para cansarle el cuerpo." El desconocido se postró y, tomando un puñado de polvo, lo dejó caer lentamente sobre su cabeza. Se disponía a repetir el gesto cuando una mujer de cabello negro rompió en llanto con un alarido exagerado. Sorprendidas, las hermanas del cardador trataron de llorar con idéntica vehemencia, pero un decoro elemental les impidió igualar a la primera, quien gritó de nuevo como sólo a una viuda sin hijos le es dable hacerlo. Consternado por la desmesura, el marido trató de alejarla del corrillo para reprenderla por lo bajo. "¡Ya, mujer! ¿Qué va a decir la gente?", murmuró al oído de su compañera sin notar que ésta respiraba agitada y con evidente dificultad. "¡Mujer!", insistió asiéndola firmemente del brazo. "Es el niño, Manóaj..." Y allí mismo, tendida sobre el talit de su esposo y resguardada por el celo del mujerío, dio a luz la parturienta en una labor rápida, sin contratiempos. Se escuchó entonces un llanto nuevo que interrumpió la oración de Manóaj y su parentela masculina. A la distancia, los hombres vieron cómo una anciana se abría paso entre las mantas que, a modo de cortina, sostenían las asistentes con tal de que ni un atisbo del tobillo gozaran los excluidos. La añosa sonrisa de la vieja tranquilizó al marido, quien a duras penas contuvo el impulso de correr en dirección a la emisaria. Tras detenerse a una distancia prudente, la anciana exclamó solemne: "Ha nacido la criatura. Es varón bendito, como tus nubes." Emocionado, Manóaj recibió la enhorabuena del menor de sus hermanos y, terminado el abrazo, anunció que el primogénito se llamaría Kerit, decisión que más de uno, entre ellos el viajero, reprobó sin dudar: "Debes llamarlo Hillel. No desoigas el presagio", insistió el extraño mientras Kerit paladeaba golosísimo el pezón más dulce de la madre.

Y Manóaj desoyó. Nada relativo al nombre volvió a discutirse durante los ocho días que permaneció en Sirkap, alojado en casa del hermano. Terminaba apenas el convite de Brit Milah cuando Manóaj comunicó a sus familiares la intención de partir antes del alba. Arguyó que no podía darse el lujo de perder más tiempo si quería asegurar una cosecha óptima, pero a nadie convenció el pretexto.

—¿No puedes pasar ni un mes lejos de las plantas? A veces pienso que las necesitas más que a tu mujer —observó el hermano divertido, aprovechando la ausencia de su cuñada.

—Son mujeres... Y me entristece el aire —confesó Manóaj aludiendo a la melancolía, al desasosiego que padecía en Sirkap, Taxila o cualquier otro poblado que lo retuviera más de una jornada. Cuánta falta le hacían el rocío de la montaña, el olor a pimienta húmeda con dejos de anís y el ulular armónico que por las noches entonaba el viento al enredarse de paso con tallos y hojas. Coro de damas. Luego la danza matutina y así hasta el arribo de la calma medianera. Nada interrumpía entonces el silencio que, como noche del oído, cobijaba. Palabras, trinos, rumores, todos aguardaban. Y otra vez los coros, dos: el de las ganjikas y el otro casi entero de cigarras. Bichos.

Manóaj se percató de que su hermano miraba al suelo ofendido.

—No malinterpretes. Tu mujer y tus hijos me han tratado como a un padre. En nada me han faltado. Es sólo que extraño la montaña.

—Ve tranquilo. Abigaíl y Kerit estarán seguros.

Faltaba mucho para que saliera el sol cuando Manóaj se despidió de la familia. Besó a la madre en la barbilla, al pequeño en una ceja, y se encaminó al noroeste. Cuánta felicidad le embargó al ensoñarse en la ruta al sembradío acompañado por el neonato ya crecido. "Nunca antes de los ocho, Manóaj", había dicho su padre con firmeza, refiriéndose a la mínima edad para que un varón de la familia visitara por primera vez el plantío de la montaña.

*

La memoria de las viejas embellece cuando han amado en exclusiva. A la plenitud de los años mozos sucede lo mismo que al ánfora de vino: de tanta entrega demuda en vacío. El rito de amar al ser amado es porque sí, natural e inmanente, pero amar su ausencia es otra cosa. Ninguna disyuntiva se ofrece a la vida larga de una viuda, a no ser por el oficio de entregarse al espectro de lo ido con las manos en puño y la frente indignada en montes, valles, cuencas. ¿Qué mortal despoja al ánfora de los vapores de un buen vino, de los aromas que a la postre tapizan el vacío? Mucho esfuerzo de las horas se requiere, más de las que sobran a las hembras amorosas para distraerse del olvido. Benditas las palabras, las andanzas, las mentiras, las pasiones, el exabrupto, la voz, la mirada —esas cejas— y el olor que trae consigo desde lejos un marido. Hay que buscarlo en el lecho, en los pliegues de las mantas, en la correa de la sandalia gastada, en las comisuras de la alcoba. Y las viejas, que por instinto saben esconder, por instinto también encuentran la belleza, en mendrugo si se quiere, pero belleza al cabo comparada con el hambre de la ausencia que invade, que desborda, como la crecida al río.

Para Adah, abuela de Manóaj, la crecida principiaba en cuanto alguno de los suyos soplaba la palmatoria. A nadie había comentado sobre la recuperación de ese miedo de infancia a la oscuridad, pero lo cierto era que a sus sesenta y nueve años volvía a sentir angustia por la mera posibilidad de que, fugada la luz, todo lo existente dejara de ser lo que era. Igual le daba si la silla se convertía en monstruo o en protector; lo inquietante residía en el hecho de que, a oscuras, nada garantizaba la naturaleza de las cosas. Y menos las intenciones. La incertidumbre se había tornado insoportable desde antaño cuando su madre, a un solo día de matrimoniarse Adah con Tóbit, le dijera por lo bajo que los hombres se transformaban al dormir con una mujer; que de noche le convenía dejarse hacer pasara lo que pasara, doliera cuanto doliera. "No durará mucho. Si quieres llorar, espera para hacerlo hasta que ronque tu marido."

Es fácil imaginar el horror de la desposada en la noche de bodas. ¿En qué se convertiría el hombre amoroso y trabajador que de ahora en adelante extinguiría la flama? Vaya fecha inolvidable cuando el marido y la mujer se conocieron de verdad pasada la boda. Recuérdalo. Ya se inclina el hombre tras mirar de hito en hito, impaciente, ese pabilo. Aspira y sopla. ¿Por qué la noche atraviesa puertas, postigos y techumbres? La negra se le antojó poderosa, pues ni el sol gozaba de prebendas tales. Desesperada, encubrió el sollozo con el regalo de su hermano —una manta de Beth Shean borlada en las cuatro esquinas y traída especialmente para la ocasión—. Luego acudió a las oraciones, pero todo fue en vano. De entre todos sus temores, el peor se hizo realidad: su hombre dejaba de serlo. Una serpiente le nacía a Tóbit del ombligo. Controló el sobresalto, pero al cabo, previsiblemente, el ofidio arremetió contra su vientre y la habitación nupcial se llenó de un grito que estremeció al marido. Adah lo empujó con una fuerza tal que lo hizo caer de la cama y, sabiéndose en ventaja momentánea, se propuso aprovecharla. Apartada cuanto pudo, tentaleó hasta dar con el viejo atizador que nunca nadie había quitado de la esquina y lo asió dispuesta a… no podría. En un instante supo que asestarle a Tóbit era impensable. "Me regaló una flor", se dijo, y la imagen de la flor, tan fiel a la belleza, de algo bueno la colmó. El fierro cayó al piso. Adah no enfrentaría al hombre que, con la flor, le había regalado también su vida. Se recogió en la esquina a la espera de cualquier anomalía. "Si has de llorar…" El consejo de la madre se le vino a mientes de la nada, encabalgado en esa oscuridad que obligaba a abrir los ojos en pleno sin lograr nada con ello. "En espera del bocado, los hambrientos abren más la boca", solía decir su hermana. La avidez, que a nadie consuela y siendo de luz menos, la acompañó hasta la llegada de esa voz. Tóbit.

—Mujer de Dios. Mujer buena. Dice el rabí que el grito aterra porque detiene el tiempo. Mira: la luna no se ha movido desde que al gritar me llenaste de miedo, de miedo y de frío. Si algo temo desde que te conocí es darte miedo, flor hermosa. Ay, mi vida: quiero pedirte algo simple y complejo: no temas. Miedo no. Nunca temas a Tóbit, pues al hacerlo en cierta forma me dices que mi amor es falso, que no es. Ya, tranquila. Te escucho respirar… no sé… como con frío. Bueno, te decía, te pedía que desterraras al miedo de tu vida y de la mía. Mira: pocas veces hace falta (alabado sea el buen Dios por esta paz de nuestros días), y cuando urge maniata la razón. Además, como los gritos, el miedo detiene el tiempo. Piénsalo. Y en ese instante en que el corazón siente que el tiempo ya no es lo que debe ser, algo del vivir se muere. Al temerme, Adah bonita, echas por tierra la confianza, sin la cual, tú sabes, al amor le termina faltando el arco y la flecha. Ya te oí. Qué alegría me da cuando te ríes de mí. Anda, loca hermosa, mi loca y eterna compañía. ¿Qué no hable así? ¿Cursi yo? Tú me lo dijiste: "el amor es cursi y justo por eso hace feliz". Sí, sí. Bebí vino de más, pero ¿desde cuándo, si por ventura estás presente, logra el vino seducir? Bien: antes de preguntar qué te espantó de mí, debo insistir en que miedo no. La vida siempre pasa de uno u otro modo, o algo así decía mi tía… ¿Me dejas darte la mano? Soy yo, tu Tóbit hablador y feo que se muere por tenerte. El de la flor (yo flor roja y tú flor fiel). El que te enamoró hablando, hablándote de amor para entender las noches y los días transcurridos desde que nos prometieron. Mira, bella: la luna se ha movido. Lo logramos. El miedo está hecho para esfumarse, para convertirse en otra cosa. Escucha la nada de nuestra noche en calma. Ahora que estás tranquila, habla conmigo.

—Por favor enciende un cabo. Necesito verte —repuso Adah, enternecida pero con un dejo de suspicacia que tuvo mucho cuidado en ocultar. Pensaba en allegarse la manta para no resultar impúdica al marido cuando sintió una caricia en la mejilla. Cerró los ojos, entregada a la mano de ese hombre que, lenta y suavemente, hacía lo posible para no dañar con su aspereza. "Que nunca se termine", pensó poco antes de que el meñique de Tóbit le recorriera los labios en el viaje a la otra mejilla. Y no pensó más, pues el roce obró un prodigio. Algo en ella supo entonces que el amor no era obediencia, templanza o una extraña forma de honrar a Dios a través de su marido. El amor y la luz, siendo lo mismo, se le agolparon en el pecho. Luz que se lleva dentro. De aprender a amarlo con el tiempo, paciente, ni siquiera se acordaba. La caricia de Tóbit la hacía única entre las mujeres. Flor impar.

—Espera mientras voy por un tizón —dijo él, ignorante de que su voz representaba un universo de cosas nuevas.

—Ya no, amor. Te veo mejor que nunca.
—Repite lo que acabas de decir.
—Te veo mejor que nunca.
—No, no… la frase entera.
—Amor.

Sabiendo dar lo que reciben, las manos de Adah se entregaron al rostro de Tóbit hasta convertirlo en un centro que sólo ella era capaz de circundar. Nada superior le había permitido Dios en sus quince años de vida. Nada tan delicado. Ni la flor. Imaginó el delcite de besarlo por primera vez, mas no quiso arriesgarse a dejar en él una impresión de ligereza. Sorprendida por el atrevimiento desechó la idea, pero enseguida se le abalanzó un nuevo deseo tan indecoroso como el primero. Qué no daría la hembra por hundir los dedos en el cabello del otro, por mesarle la barba. Se contuvo unos segundos con la esperanza de que algo superior a ella misma le impidiera ceder al impulso. ¿Sería el Adversario quien le inspirara esas ideas? Rogó la intercesión divina y añadió una pizca de consuelo memorando los tatuajes de henna que protegían su matrimonio desde el jueves anterior. "No es asunto de ha-satan", se convenció cuando escuchó que Tóbit murmuraba. A pesar de no comprender, supo que el murmullo era oración. Adah estaba segura de que ninguna plegaria había faltado en un día tan principal. "¿Qué olvidaste, atolondrada?", se repetía sin dar con la omisión hasta que una lágrima del marido le humedeció la palma. Alarmadísima, recordó el empellón con que lo había apartado, pero, tal como había dicho su hombre, el miedo abrumador de entonces ya no lo era.

—¿Te hice daño? Vaya si soy tonta. Perdona el rechazo y cualquier otra falta. Te lo pido. No sé qué me pasó.

—En nada has faltado —farfulló Tóbit enjugándose con discreción—. Creo que lo sucedido es, en todo caso, tan ridículo como lo que me pasa a mí.

—Lo dudo —dijo Adah en voz muy queda y sintiéndose profundamente avergonzada al recordar que había estado a punto de golpear a Tóbit con el atizador.

—Hagamos un trato: cuéntame de tu ridículo y yo te contaré del mío. Si quieres empiezo yo, pero antes déjame taparte.

Halló la manta y arropó a su mujer con un esmero casi femenino antes de arrellanarse junto a ella en el suelo, como si éste fuera un trono muelle.

—¿Por fin me tomarás la mano? —inquirió Tóbit, logrando disfrazar el reproche de ocurrencia bienintencionada.

—Si prometes que más tarde abrazarás a tu esposa.

A petición expresa, Tóbit confesó que había llorado precisamente por la aversión al llanto que desde niño le habían inculcado en la casa y en el templo. Doce años antes, a los siete, lloró por última vez. No tenía la menor idea de qué había desencadenado el episodio, pero hasta el día de su muerte recordaría el dolor y la humillación padecidos cuando el rabí lo obligó a remangarse la túnica para postrarlo con las rodillas desnudas sobre un puñado de arroz cuidadosamente dispuesto en el piso. Advertido sobre las represalias a que se haría acreedor si se movía o quejaba, Tóbit permaneció quieto media mañana y la mayor parte de la tarde. Al principio el castigo era soportable, pero conforme avanzaba el día, la piel de sus rodillas fue cediendo. Para no llorar mientras el arroz se le incrustaba, tuvo la ocurrencia de pensar que esas piernas y su dolor no le pertenecían. Y sí. El dolor cedió hasta el punto de permitirle comer un pedazo de pan sin levadura que un compañero de buen corazón le obsequió furtivamente en el periodo de descanso. Tras la comida, Tóbit se dio cuenta de que, salvo un par de indolentes, el resto de los niños e incluso el rabino procuraban no mirar la sangre que manaba escasa pero incesante de las abrasiones. Nadie imaginaba que, entretanto, Tóbit se ensoñaba gorrión en vuelo con tal de olvidar el suelo. Sólo él comandaba su cuerpo. Al término de la jornada, muchos creyeron que el infractor se había dormido a juzgar por la placidez y quietud del rostro. Nada semejante había visto el rabí en su vida, pues las criaturas sometidas a idéntico martirio imploraban perdón después de dos o tres mitzvos. Francamente preocupado, el rabí dio fin a la sesión apurando la salida de los párvulos con tal de que no formaran corro para saciar su curiosidad a costa del reprendido.

—Y yo seguía volando, Adah, pero ya no era un gorrioncillo. Escuchaba claramente la voz del rabí, mas el halcón en que me convertí al cabo se negaba a obedecer sus instrucciones. El desvarío fue tan intenso que cuando el rabí Jose optó por llevarme a casa sentado en sus hombros, me creí sobrevolando una presa y le clavé las uñas en la cabeza. El pobre manoteaba como si lo atacara un enjambre; por más que se esforzaba no lograba liberarse de ambas manos a un tiempo. Yo me divertía muchísimo con los aspavientos. Imagina al hombre más solemne de la aldea atacado por un niño de siete años entregado a una especie de trance místico. Todavía lamento lo breve del episodio porque, la verdad sea dicha, muy pocas veces he vuelto a reír y a gozar con esa intensidad. Es curioso: hace unas semanas volví a pensar en esto después de años y llegué a la conclusión de que nunca dejé de saberme Tóbit, pero se trataba de un Tóbit diferente, poderoso. A esa edad los niños tienen nociones fijas; saben ser lo que son y no les pasa por la cabeza que su alma está integrada por versiones de sí mismos. Lo que llamamos carácter es la combinación resultante de todos los que somos gracias a los hechos cotidianos o al empeño personal. Te decía que me sentí poderoso; utilicé esa palabra porque odiaría que te hicieras una idea errónea de mi forma de ser. Lo que en verdad me mueve a contarte todo esto es la revelación de que podía ser peligroso, aun a mis siete años. Sin la ley de Dios, que acota y define lo que Él quiere de sus hijos, que nos convierte en un proyecto, por decirlo así, el azar, careciendo de intención, transformaría la vida en pura gratuidad. El gorrión de aquel día nació para arrancar el dolor y alejarme de la tierra. No fue una alucinación. Mi alma salió del cuerpo. Voló. Lo que vino después, el halcón, no quería vengarse, quería divertirse porque sí. Era un acto gratuito, inmotivado y, por lo tanto, contrario a la palabra divina, que a fin de cuentas enseña a tener motivos, los motivos afines a Su voluntad, a nuestra naturaleza. ¿Adah? ¿Sigues despierta?

—No podré dormir en toda la noche.

—¿Dije algo que te molestara?

—¿Te crees que un hombre como tú puede molestar a su esposa? —cuestionó Adah al tiempo que, involuntariamente, apretaba con fuerza la mano del marido.

—Hablar sin pausa en un vicio.

—Cuando lo que se dice no interesa a los demás. Todo hebreo de Sirkap lamenta tu negativa a enseñar en el templo. Y yo también.

—Si me conocieran bien, no lo lamentarían. Un rabino que habla de todo y de nada es inútil a los demás. Confundo. Ya ves que ni siquiera terminé el relato del arroz.

—La noche es larga —dijo Adah con el ímpetu del que anticipa un festín sin haber experimentado festín alguno. Sus quince años obstaban para seguir los meandros de Tóbit, mas la juventud colma el vacío con arrobo e intuición para solventar el presente. Aferrada a la intuición y navegando en el arrobo, Adah especulaba sobre un mundo novísimo que hasta esa noche le había sido vedado. Su contacto con los hombres se limitaba al intercambio familiar cotidiano y a las hueras referencias pergeñadas en las conversaciones de sus mayores, en el mercado o la plaza. Esa noche, los hombres comenzaban a revelarle la otredad que a ellas atañe para dejar de ser mera constante, cual las sillas, el harnero o las semillas. Esa parte del amor que sabe emocionar le indicaba que no era Dios en exclusiva, su Ley, el que daría motivos y directrices; los hombres, su hombre para ser exactos, era hoy tan capaz de reconfigurarla, tan poderoso —y peligroso— como el Creador. Ese otro, cuya conversación semejaba apenas las conocidas, podía engrandecerla o empequeñecerla sin siquiera proponérselo. Con sus devaneos, Tóbit obsequiaba a la niña un aforismo mínimo que resume el amor en la pareja: "Me existes". La lección entretejida con hebras de lenguaje poblaba el habitáculo que las mujeres reservan a quien sabe convencerlas de que el interés es caricatura de la pasión. Un habitáculo minúsculo, dicen.

—Te decía que aún lamento la brevedad del episodio. Deseaba que el halcón le hincara las garras hasta arañar el hueso, pero el rabí supo ponerme en mi lugar: se inclinó lo bastante para hacerme caer de espaldas, maldijo y se largó dejándome tirado en el camino. Ay, Adah. La vuelta a la tierra hizo que mis rodillas dolieran más que la caída. Al flexionarlas sentí el movimiento de los granos y sólo entonces se me ocurrió revisar las heridas. No exagero al decir que las rótulas parecían media manzana. La inflamación las deformaba. Ya no sangraban. Las costras, todavía blandas, me impedían ver el arroz incrustado. No obstante, al escudriñarme con más atención, distinguí unos bultitos oblongos que me aterraron. Hace un rato te dije que el miedo está hecho para esfumarse, y sí, pero eso no garantiza que las cosas vuelvan a ser como antes. El miedo deja rastro igual que el vino evaporado lo deja en el vaso. Ahí estaba yo echado como un perro y consciente de que la marcha a casa sería penosa. Hay cosas que no cambian y, hasta donde da mi entendimiento, todos los niños son dados a expresar la ira, la frustración y el dolor por medio del llanto. Obvio. Lo saben el aya, la cocinera y el herrero. Imagina mi sorpresa cuando quise llorar y no pude. Me esforcé. Ni una lágrima, mujer buena. Ni una. Llorar contigo devuelve la vida a una parte de mí que ya pensaba clausurada. Al decirme "amor" restituiste un candor extinto. Es idiota, pero algo me dijo que contigo sí, que llorar ante ti era condición indispensable para amarte. Otra vez. No puedo… —y Tóbit sollozó en el hombro de su mujer. Y voló como antaño.

Quien todo lo puede dispuso los esponsales del agua y la tierra a sabiendas de que nada genera un elemento en exclusiva. Lo uno y lo otro se necesitan para ser de nuevo y quebrarle la finitud al tiempo. La plántula que era el amor de Adah crecía al beber la llovizna de Tóbit y, como todo lo que viene de mujer, pronto mostró su natural de hiedra. La niña que dudaba en mesar la barba de lo suyo se fue enredando en el alma del gorrión. ¿Qué es la hiedra sin aquello a lo que abraza? Ramaje. Y como todo lo que abraza, en alguna medida teme. El exhorto de Tóbit había arrasado con gran parte de sus temores, pero un corpúsculo remanente impedía el abandono irrestricto de Adah. La serpiente aquella, el gorrioncillo y el halcón se fundían en el imaginario de la desposada lastrando injustamente a los amantes. Envidió la claridad de los sabios que, sin dudar, reconocían la obra divina sin confundirla jamás con la inmundicia de hechiceros. La legitimidad del prodigio exigía virtud y sapiencia extraordinarias que Tóbit estaba lejos de haber alcanzado. ¿Qué pensaría él de lo sucedido? Harta de sus especulaciones, Adah cobró arrestos para indagar abiertamente, pero, cuando estaba a punto de permitírselo, la intuición dijo que no, que una pregunta directa sería sinónimo de afrenta. Optó por la prudencia, convencida de que, al cabo, todo el que habla responde y todo el que escucha cuestiona.

—¿Y cómo llegaste a casa? —inquirió sin reparar en que su intervención arruinaba la serenidad que el llanto, la caricia y las aves brindaban a Tóbit.

—Cansado de dolerme. Cansado de temer al rabí, a mi padre y a mi madre. A mis hermanas. ¿Sabes? Cometemos el error de pensar que el dolor y el miedo nos pertenecen. "Mi dolor. Mi miedo", solemos decirnos y a partir de ese momento nada puede convencer de lo contrario. Nos engañamos al pensar que el dolor pertenece al cuerpo y el miedo al alma. El dolor y el miedo pertenecen a Dios. Gracias a ellos podemos medir las fuerzas, anticipar y remediar. No quiero decir que yo, a los siete años, meditara cosas semejantes mientras renqueaba por la calle como un viejo, sino que en ese recorrido se gestaba la certeza de que el dolor y el miedo, más que vivirse, deben analizarse a la distancia, como hacen los niños al picotear con una rama al pájaro muerto. Paso a paso, me convertía en un espectador de la dolencia y el temor que me aquejaban. Testigo y no cómplice. Llegó un momento en que reí de tanta angustia que la reprimenda de mi padre me inspiraba. ¿Qué importaba un bofetón o la acritud de mamá? ¿Qué si mis hermanas se jactaban de cuidarse más que yo siendo mujeres? Hoy sé que el peligro estaba en torcer ese principio de templanza hasta convertirlo en cinismo, que es la burla que los tontos hacen de sí mismos. Ya vuelvo a hablar de más. Es como una incontinencia.

—Te hacía falta una esposa que la aguantara —interpuso Adah, divertida. Tóbit, embebido, la ignoró.

—Ya podrás imaginar la cara de mi madre cuando me vio cruzar el huerto arrastrando las sandalias. La pobre laboraba la parcela tan tranquila. "¡Mi niño!", gritó llevándose las manos a las sienes. "¿Qué te pasó?" "Me castigó el rabí." Fue todo lo que dije. Algo muy grave debería haber hecho para sacar al sabio de sus casillas. "A mí no me engañas. Seguro que..." Agrega lo que quieras: robo, blasfemia, perjurio, pereza. El catálogo de faltas que mi madre me achacaba parecía no tener fin. "Ya lamentarás tu obcecación." Pero ni la insistencia ni los golpes pudieron contra ella. Luego, ya de noche, mi padre se dedicó a extraer los granos encarnados con un estilete para escritura y un cuchillo al rojo. Retiraba las costras, limpiaba la sanguaza, hundía el punzón, torcía, lamentaba entre dientes y después cauterizaba breve y eficientemente. Ocho veces. Ocho granos de arroz que todavía conservo (los guardo en una pañoleta). No dolía. Y no lloré. Ocho veces me miró mi padre, entre preocupado y sorprendido por mi falta de reacción al contacto de la hoja. Al terminar, volvió a calzarse las sandalias que recién se había quitado, sacudió los faldones del haluq, tomó su adorada flauta y se encaminó a la puerta con mirada ausente. Mi madre, serena ya, se dio a preparar una infusión de adormidera que me hizo efecto en poco tiempo. Recostado en el jergón, cerca del fuego, me hundí en sueños. Entrada la noche arreciaron el frío y la fiebre. Me revolvía en el lecho cuando sentí unas palmadas cariñosas en la mejilla izquierda. Era él. "Te respeto", dijo.

"Yo también", pensó Adah al besar la rodilla flexionada de su compañero, quien descubría maravillado el poder ambarino de los labios. La súbita intimidad allanó el camino para que la joven refiriera al fin el consejo de su madre, el terror a los prodigios de la noche y la aparición de la serpiente. La inocencia enterneció genuinamente a Tóbit.

Ajeno a la curiosidad de la parentela que aguzaba el oído al otro lado de la puerta, el amante explicó el vínculo de los cuerpos y todo lo que un hombre de su edad cree saber en relación con el origen. Y la inocencia de Adah se tornó pudor y el pudor, eternamente avergonzado, se marchó arrastrando su impericia. Qué alegría la de dos que se conocen.

Al romper el alba, cuando ambos sospechaban que ninguna confidencia era ya tan necesaria, la mujer, encantadora, separó el rostro de la almohada en que había transformado el pecho del marido y, como si tal la cosa, aventuró la pregunta que muchos en Sirkap habían formulado a los primogénitos de la familia sin obtener una respuesta convincente.

—¿Qué pasa cuando van a la montaña?
—...
—Prometo no decirle a nadie.
—...
—¿Me llevarás algún día?
—No es lugar para mujeres —respondió Tóbit, creyéndose inmune a los mimos y arrumacos de su esposa. Hasta la fecha, ninguna mujer ha vuelto a oír la historia del plantío, esa jungla de las flores.

*

Hasta el nacimiento de Kerit, doce primogénitos de la familia habían consagrado su vida al sembradío en la montaña. De hecho, los nombres de estos varones constituían una suerte de árbol genealógico en que ni las mujeres ni los hombres restantes figuraban. La razón de un proceder tan estricto fue muy simple, al menos en principio: sólo estos primogénitos conocían al detalle las vicisitudes de sus antecesores y, en virtud de un voto de silencio inflexible, les estaba prohibido referir el menor detalle a quien no fuera legítimo heredero de la empresa. El mujerío, respetuoso de la voluntad masculina hasta lo absurdo, se conformaba con la regularidad y abundancia del sustento aunque, siendo mujeres y por ello incapaces de tolerar el vacío, se entregaban gustosas a llenarlo de cuanta ocurrencia les venía a la cabeza. La curiosidad y la secrecía fueron integrando una mitología familiar que los elegidos desdeñaban sin intención de desmentirla; los otros, entregados a las faenas cotidianas en Sirkap, pretendían saber tanto o más que los protagonistas con tal de no sentirse inferiores, mas lo cierto es que gran parte de sus días eran invertidos en detectar matices, datos aislados o cualquiera otra clave que los ayudara a explicar, a explicarse cabalmente ante sí y ante los demás. Cabe señalar que esta avidez crónica afectaba únicamente al círculo íntimo, pues, ante los ojos de la mayoría, la familia no representaba ya nada fuera de lo común, a no ser por el aislamiento al atender el templo, factor irremediable, ya que los fieles se agrupaban según el gremio al que pertenecían y nadie más en todo Sirkap se dedicaba a oficio equivalente. Debemos agregar que habían pasado más de ciento cincuenta años desde el inicio de esta tradición, por lo que las suspicacias iniciales del Rabí en turno o de otros miembros de la comunidad, incluyendo a quienes no formaban parte de los elegidos por Dios, habían quedado en el olvido. Para los habitantes de Sirkap, el linaje iniciado por Avi era tan digno, piadoso y respetable como el de cualquiera o más. Muestra de ello eran los tres rabinos que la simiente del fundador había regalado al mundo y el rumor, inconfirmable, de que los restos mortales de Avi se hallaban sepultos en las faldas del Sinaí, nada menos, colindando con las tumbas de otros sabios, discípulos excepcionales de profetas y magos. Verdad o no, los destacados antecedentes dieron a la familia un prestigio sólido y ni un alma en Sirkap se atrevía a sugerir algo que no denotara genuino temor a Dios u observancia inobjetable de su ley. Así, el misterio inaugurado por Avi había dado origen a tres versiones radicalmente distintas entre sí: la popular, que a nadie inquietaba, la de quienes vivían en carne propia las consecuencias del misterio sin comprender su entraña y la que exigía primogenitura masculina. La secrecía inherente a esta última no impedía que las variantes se multiplicaran, sobre todo tratándose de episodios supuestamente transcurridos tres o cuatro generaciones atrás, pero lo esencial permanecía inalterado y los implicados no dudaban en descalificar categóricos los pasajes brumosos que pudieran desvirtuar la historia confundiendo fatalmente al sucesor. "Lo inmanente te perseguirá como el lobo al rebaño, como el lúbrico a la mujer, como la ira de Dios al oprobioso", sentenció Avi al primer estafetero de la jungla, su hijo mayor, el día en que éste cumplió ocho años, la edad propicia.

*

Los viejos coincidían en afirmar que, a la llegada de los partos y su imperio, muy poco quedaba ya del antiguo esplendor babilónico. En los que otrora fueran palacios, residencias señoriales o centros de culto, residían ahora mendigos, putas escitas, forajidos e incluso una colonia de leprosos abastecida con los miserables locales y de las inmediaciones. Ay, las avenidas. Ay, los jardines. El fasto de los relieves, la coloratura sensacional de las fachadas, los depósitos de sedas y cuanto tumulto las ansiara eran ya decrepitud, polvo. Los cuatrocientos ochenta estadios de murallas que dejaran atónitos a Heródoto y a Ctesias semejaban dentadura maltrecha; tan grave era el deterioro que los pastores, acomodaticios, se disputaban la explanada del segmento noroccidental para que sus rebaños se alimentaran. Los canales de riego que el persa horadara al desviar los grandes ríos eran hoy un recinto de bajeza: trapos malolientes, el barril desfondado, un tablón hongoso y allá el cadáver inflado de un chacal que los perros jaloneaban a colmilladas en trifulca. En la antigua sede de ingenieros, un rapaz hambriento hervía una paloma y tres sandalias claveteadas que un contingente de romanos había dejado ahí tras la francachela. En el mercado, los tenderetes apenas bastaban para surtir al puñado que todavía podía ostentarse como babilonio de cepa, pero rara vez se establecía un nuevo comerciante, pues la producción local de casi todo lo necesario era insuficiente para mercar. Las famosas rutas comerciales agonizaron por cinco décadas contadas a partir del final de la deportación masiva a Seleucia; al morir, surgieron rutas más propicias que evitaban a la inviable Babilonia y sus colonos, quienes tuvieron que acostumbrarse a carecer también de lo importado para sobrevivir. "Qué pena", se lamentó una bailarina entrada en carnes al ver las pintas obscenas que adornaban la puerta de Ishtar. Lo único seguro en Babilonia era que el chozno de todos había visto tiempos mejores.

El rapaz hambriento agregó cascarones y raíces, tomó una piedra de sal, arrancó un pedazo con los dientes y la arrojó al caldero sin muchas esperanzas de lograr un resultado plausible. Revolvió la cocción con un palo que luego usó para retirar el calzado de la sopa. Feliz con su artimaña, guardó entre las ropas la paloma desollada que había cazado por la mañana gracias a la buena puntería de su pedrada y gritó para avisar a sus hermanos que el almuerzo estaba a punto. Casi olvidaba esconder las sandalias, pero la morosidad de los famélicos le daría oportunidad de hacerlo antes de que el primer comensal se presentara. Como nadie hizo caso a su llamado, deambuló por el recinto de ingenieros dando voces. Extrañado ante la falta de respuesta, bajó una escalinata y se dirigió al cuarto en que él y sus hermanos habían improvisado el dormitorio. Veinte pasos más tarde, habiendo traspuesto el derrumbe que bloqueaba una tercera parte del corredor, la culpa lo abrumó. "¿En qué cabeza cabe?", se dijo contrito al tiempo que rehacía sus pasos con la intención de destazar el alimento y arrojarlo al caldero en buena ley sin reservarlo para sí. Ascendía la escalinata cuando escuchó la voz debilitada de su hermana. "Avi..." El tono era idéntico al que acompañara los estertores de su madre. Transido, apretó los puños reviviendo la impotencia de la última semana que vivió en casa. Ni cinco días habían transcurrido desde la marcha forzosa hasta ese día. Años parecían. El rostro de la madre, de su padre, de la tía soltera, el de media parentela, todas las facciones y los gestos se desdibujaban presurosos, como si todavía huyeran de los mosquitos que invadieron un buen día el banco izquierdo cebándose en la sangre de griegos, indios, persas y judíos. Qué le importaban los otros cuando la fiebre había consumido la sonrisa de mamá y el ceño fruncido de papá. Cuatro jornadas duró la agonía una vez que se manifestaron los primeros síntomas. Tanto rezar de él y sus hermanos. Todo el día. Todos los días. Todo el tiempo que la atención a los enfermos le dejaba libre había invertido en rogar fervientemente al Misericordioso sin que nada diera fin a la tragedia. "Adiós mamá." "Adiós papá."

Puesto que ya no tenían rabino y los sepultureros habían huido en cuanto la nube de mosquitos ennegreció el cielo, los cuatro hijos improvisaron las exequias y cavaron una fosa grande para ambos y la tía. Solos. Avi, siendo el mayor, decidió que la prole se mudara de inmediato si no quería correr la misma suerte. Se dividieron para buscar a una nodriza que diera de mamar al benjamín, pero el esfuerzo fue en vano. Envolvieron al pequeño en una camisola sucia a falta de sudario y, luego de remover la tierra del sepulcro de sus padres y la tía, arrojaron el cadáver de su hermano obviando la ceremonia. "¿Quién seguirá?", cuestionó tartamudeando. "Ojalá sea yo." Pero no. Hasta esa prebenda le negaban. Los tres afortunados anduvieron tomados de la mano por media ciudad. Daba pena verlos cabizbajos, lagañosos, flacos, cansados y mudos de tristeza. Cuando pretendieron que el griego escandaloso del molino les diera algo de comer, descubrieron el cuerpo del desgraciado asiendo fuertemente un nabo en cada mano. Entre todos le quebraron los dedos con un cincel hallado en sus correrías y se dieron el banquete de la vida. Durmieron al fresco esa noche y la siguiente. A la tercera, encontraron deshabitada la sede de ingenieros. Se instalaron en la planta subterránea para evitar el contacto con otros enfermos, pero la precaución fue en vano, dado que ya desde la caminata hasta la sede, otro, el más débil, enfebrecía. Dos días enteros desde esos nabos deliciosos. Tenía que encontrar alimento, aunque fuera impuro. Eso se propuso y eso encontró en la paloma blanca. La vio indolente, muy quieta, posada en un tendedero abandonado. Apuntó y lo hizo. La sorpresa animaría a sus hermanos. "¡Alabado Elohim!"

Subió el resto de los escalones a la carrera y echó la paloma al caldero. Incapaz de resistir la tentación, tomó un cuenco, lo hundió en la sopa y degustó. Los hierbajos estaban aún correosos y resultaba difícil tragarlos, pero el sabor no era del todo malo. Sólo necesitaba esperar a que la paloma soltara sus jugos. Consideró largamente la posibilidad de agregar otro pedazo de sal y decidió en contrario al pensar que luego lamentarían el desperdicio. Se le ocurrió entonces que era mejor idea llevar la sopa a sus hermanos, consentirlos como cuando tenían casa y familia. Después de buscar meticulosamente otro cuenco o cualquier artilugio que hiciera las veces, se dio por vencido y colmó el único que poseía hasta rebosar. Suficiente para dos. Escudriñó con la cuchara el poco caldo remanente, extrajo la paloma, le arrancó las patas quemándose los dedos y las sirvió en un ladrillo. Se empeñaba en asir el ladrillo sin derramar la sopa cuando sintió que alguien le tocaba la espalda. El presente quebrado.

—¡Era el único plato! ¿En qué comeremos ahora? —reclamó Avi sintiendo una ira desconocida. Qué desastre. Al mirar los pedazos regados por el suelo, deseó insultar a la culpable, mas no encontró palabras para ello.

—Ya no respira —anunció la niña a punto de estallar en llanto y arrepentidísima por la imprudencia.

—¡Mientes!

—No. Estaba calladito. Tuve que cerrarle los ojos. Daban miedo.

—Seguro te quedaste dormida en lugar de atenderlo. Y yo aquí preparando la sopa mientras tú... ¡Es tu culpa, estúpida! ¡Cuándo aprenderás a... a... —y cegado por la frustración le estrelló en la cabeza el ladrillo que asía en la mano derecha. La pequeña se desplomó malherida.

—¡Hannah! No quise hacerlo. Te lo juro por papá. ¡Hannah! —exclamó de nuevo al tiempo que besaba la mano de su hermana. Los dedos se movieron y el muchacho suspiró dando gracias. El alma le volvía al cuerpo.

—Nunca volveré a asustarte así —prometió Hannah con voz apenas audible pero suficiente para exaltar a su hermano, que no paraba de pensar en el crimen de Caín. Qué cerca había estado de hacer lo mismo.

—Perdóname —insistió una y otra vez mientras limpiaba con diligencia exagerada el hilillo de sangre que bajaba por la frente de su hermana—. Siéntate aquí. Te traeré el caldero con la paloma entera. Yo no la quiero.

Recogió las patas para devolverlas a la poca comida que les quedaba y acercó el caldero.

—No tengo hambre.

—Tienes que comer. Anda, prueba un poquito de carne. Es muy suave —propuso Avi tratando desesperadamente de congraciarse con Hannah, pero la niña insistió en la negativa moviendo la cabeza—. Aunque sea tantito caldo. Te hará bien. Así. No te atragantes. Un poco más y te bailo como la tía.

Hannah sonrió y el hermano, alentado por el gesto, se puso de pie y comenzó a bailar imitando la torpeza que el sobrepeso daba a la buena mujer al bailar en las fiestas. "Chaz-chazz-chazzzz." El supuesto pandero arrancó una carcajada debilucha a la chiquilla y esto bastó para que Avi exagerara las bufonadas. El grotesco remedo funcionaba. Hannah ya era la de siempre. Concluido el acto, la niña aplaudió alegre sabiendo que Avi ya no estaba enojado.

—Si comes algo de carne, imito a un pato —propuso Avi. Recobró el aliento, partió un pedazo de paloma y lo acercó a los labios paliduchos de su hermana, que se obstinaban en rechazarlo. Insistió. Y luego le cerró los ojos. "Adiós, Hannah."

Formó un hato con sus pertenencias y se fue de la sede de ingenieros. Un poco más tarde, observó inexpresivo la pinta obscena dibujada con piedra caliza en la puerta de Ishtar. Al cruzarla rogó que las fieras acabaran con él esa misma noche, pero supo que el ruego era en vano, que ya nada podía suplicar al Altísimo.

Ni un mosco lo picó durante la noche a pesar de haberse dormido en las márgenes de un recodo desolado. Reinició el éxodo a ninguna parte deseando que una voz omnisciente le dijera que no, que la niña había muerto por las fiebres y no por el ataque. Quimeras.

*

Paradójicamente, la quimera de la hermana fallecida a causa de las fiebres reemplazó a lo acontecido. Muy bien se guardó Avi el crimen aprovechando que ningún sobreviviente podía llamarlo a cuentas. Conforme pasaron los días, el único testigo de los hechos tomó la determinación de omitir para siempre el asunto del ladrillo. Su hermana había muerto por la plaga después de reír encantada con su espectáculo. Pobrecilla. Y contrario a lo que muchos creen, la incesante repetición del embauco sirvió de paliativo a la culpa. No se engañaba; el error lo perseguiría por el resto de su vida, pero cuando a la simulación se le abren las puertas suele instalarse a sus anchas hasta erigirse en señora de la casa y, disponiendo en fondo y forma, ofreció un ramillete de atenuantes a su huésped: las trampas del hambre, el efecto de la pena, una orfandad inmerecida. Al cabo, la culpa perdió terreno y se le enquistó moribunda en la memoria, petrificada, dispuesta a resurgir si las condiciones lo ameritaban, pero también resuelta a no incomodarle mientras tanto. Pacto de truhanes. Sin embargo, una cláusula de esta especie de armisticio fue pasada por alto. De acuerdo: podía mentir a los cuatro vientos alegando muerte natural; podía incluso omitir rampantemente la existencia de su hermana o cambiar el nombre de sus padres, mas nunca logró contener las lágrimas al ver una paloma.

Manóaj creía en esta mentira. Para el resto, la legendaria ornitofobia de Avi era una curiosidad, un pretexto ideal que motivaba bromas inocentes y sabrosas. Lo importante era el orgullo, la reciedumbre, la templanza. Del agravio ni sus luces. Así, para la descendencia de Avi, Babilonia era la fuente, la primera causa de un linaje excepcional.

*

El fundador no habló gran cosa sobre las semanas posteriores a la salida de Babilonia. Se desconocen los motivos, pero cabe suponer que, aunado a la culpa soterrada y a su afán por ocultar indicios que generaran preguntas incómodas, la humillación, el maltrato y la pobreza fueron pan de todos los días. Para un joven de su edad, el mayor peligro consistía en ser apresado por los infieles que transitaban las rutas comerciales noroccidentales; si hemos de confiar en la leyenda, Avi jamás fue esclavizado, no obstante haberse integrado al contingente extranjero de una caravana numerosísima. No tenemos noticias del origen de estos camaradas que, sin preguntarle el nombre, lo hicieron caminar por semanas junto a sus cabalgaduras repartiéndoles agua y alimentos durante el atardecer, la noche entera y la mañana incipiente, con tal de no hacer pausas innecesarias (dormían la mayor parte del día). A cambio de ello recibió el sustento, pues los aventureros consideraban impropio que un imberbe devengara en metálico o especie cuando sumarse al contingente era la única garantía de supervivencia asequible en esos lares. Avi no abundó en las penurias de esta época, soslayables si se toma en cuenta que ninguna otra andanza igualó el sufrimiento que la plaga y la orfandad le habían obsequiado al abandonar su ciudad natal. "Cuídate de quienes relatan espontáneamente los pasajes más tristes de su historia, en especial si son extranjeros, pues con la piedad que inspiran allanan su camino y no el tuyo", citaban en Sirkap aludiendo el consejo que Avi diera a su hija menor, mas nadie puede asegurar que tuviera en mente a los extranjeros de esa caravana primera. Especulaciones.

Aparte de los detalles ya referidos sobre la "caravana numerosísima", sólo estamos ciertos de que la abandonó en Armizia para retomar el camino al Portus Macedonum en compañía de veinticinco comerciantes semitas especializados en corales, prendas de cáñamo, algodón en flor y bdellium, una resina aromática superior a la mirra que llegaba a cotizar su peso hasta en dos veces el del oro. La minucia tiene importancia si se considera que el pago por la travesía, cualesquiera que hayan sido las encomiendas, consistió en una muda nueva y un fragmento de bdellium apenas mayor que un puño. Con lo obtenido por el bdellium sufragó los gastos de viaje a la planicie de Sambastai. Se ignora por qué no siguió hacia el norte si pretendía hacer fortuna cruzando el Hindukush por la Senda de los Huesos, como la mayoría de los expedicionarios. La falta de medios, quizás. O su juventud de nueva cuenta.

O una de esas comandas que el destino, por la vía sumaria, le impone a algunos hombres sabiendo que el camino recto ha de torcerse para no estropear un devenir prefigurado. Al hacerlo, justo antes del ocaso, los vientos se encabritan en ráfagas breves que no saben presagiar tormenta. Nadie sospecha que, al sobrevenir la calma, el destino —ese inflexible— ha hundido ya la mano en su arcón de madera levantina para elegir las argucias que abatirán el albedrío, ilusión cuprífera que a base de engaños y complacencia se ostenta áurea. Cuando el alma dormita, el oropel engarza la razón —ese vidrio de colores— completando la falsía. No todo está perdido, pues existe un puñado de elegidos al que, a su tiempo, le es dada la rara facultad de ignorar el dibujo mismo de la filigrana e indagar más bien en los resquicios. La luz, que no sabe de falacias, amanece las almas. "Despierta." Y sí. Ya nada dormita. Por inercia, la ilusión esfumina al cabo lo probable, lo posible, lo casual. La rencilla entre la jauría de causas y el cubil de los efectos pierde sentido. Fieras y escondrijos capitulan. Un efecto puede ahora originarse en multitud de causas y, a la inversa, nada impide que una causa derive en sinfín de efectos. La nueva causalidad obra en paralelo a la de siempre. Los iniciados omiten nombrarla, los demás la denominan. Magia. Aquellos la viven; los otros la piensan. Los unos meditan; el resto debate. Para los afortunados, lo posible; para el común lo probable. El común descree y los menos se maravillan. El prodigio de estos es la paradoja de aquellos. Unos saben y otros creen. A los que saben, el pasado, el presente y la sonrisa; a los demás, el futuro y Miedo, su parásito. Los iluminados distinguen el milagro cotidiano en la rutina; el grueso se jacta de atisbar contradicciones. El destino, que conoce el natural de los hombres, usa y abusa justamente convencido de que el puñado ha de procurar a la mayoría el resquicio. Para eso ve. Por eso vive. Para vivir a ojos abiertos ha nacido la vida y el destino, ese faro, a nadie de la luz margina sin por ello regalar a dos la misma. Para éste, una chispa; el incendio para el guía. Al de allá, casualidad; a éste, epifanía. El derrotero no varía. Todo a modo. Todo siempre a la medida.

Y dado que hemos mencionado el arcón de madera levantina, cabe destacar el esmero que el destino pone al elegir entre las variantes que a cada quién convienen. Pensemos en el tozudo que, por genuino azar, departe con un aedo. Terminados los parabienes y escanciado el vino, dice el primero señalando a la distancia: "¡Mira! Mira ahí, detrás del promontorio... ¿Ves la polvareda? Juro que un águila negra dejó caer su presa desde muy alto. Cayó a plomo. ¿Qué tal si es una liebre? Aprovechemos para hacernos de ella ahora que está muerta o alelada." Corre el inocente y nada encuentra. "Te juro que la vi. No sé..." Mas el aedo ni se inmuta. Un águila negra que suelta a la presa anuncia escasez, no abundancia. Qué suerte tuvo el bruto al fracasar tratando de hallar la presa, pues, siendo liebre, quien la encuentra descubrirá en pocas semanas el cadáver de un allegado en postura infame. Aun así, lo mejor es alejarse rápido con la intención de no volver. "Vamos. Es mal presagio", dice el aedo sin convencer al tozudo, quien opta por sestear a la sombra del arce que los cobija. Un hecho. Una señal. Dos destinos. Ahora imaginemos a un hombre simple que no encuentra la moneda para ello reservada justo en el instante en que ha de liquidar el coste de un viaje importante. "Me han robado", lamenta rabioso al tiempo que decide entre planear la indagatoria o robar también lo suficiente para embarcarse. Lo mismo sucede a otro hombre simple de alma despierta que, por intuición, rehace el camino hasta la posada en que despertó esa mañana. El posadero chasqueará la lengua al enterarse de que así, sin más, el loco ese decidió aplazar el viaje para renovar su calidad de huésped una semana...

dos, tal vez. A los pocos días se enteran de que nueve jóvenes ociosos encontraron en la playa despojos de un naufragio dieciséis estadios allende la rada. "Estoy seguro: es el mascarón del *Gaviota*", insiste el posadero ya ebrio mientras almuerza. Si el primero de los hombres simples descubrió al ladrón o hurtó para pagar, no lo sabemos. En cambio, fuimos testigos de cómo el segundo quedó boquiabierto largo rato tras la noticia del naufragio, dejando la cuchara suspendida a medio camino entre el plato y la boca. Desconoce que nunca mercará en los puestos ambulantes de esa Roma tan soñada, pues esa misma noche una sonrisa engalanada con un par de ojos grandes, como de hada, lo obligará a cambiar de planes cuando la mañana ahuyente la negrura a fuerza de empellones. Un hecho. Una señal. Dos destinos.

Algo parecido sucedió a Avi en Sambastai. Ni pagando el doble convenció al camellero de aceptar la moneda extranjera con que unos negros le habían pagado el bdellium. Por Dios, ¿en qué cabeza cabe? Hasta el porteador del mulo tuerto se cobró sin carantoñas ni remilgos, pero no hubo argumentos que hicieran cambiar de opinión al camellero. En un momento de la polémica, se le ocurrió cubrir los costes permutando la muda de cáñamo que aún no estrenaba por el traslado. Pensaba en la mejor manera de plantear el asunto cuando una de las bestias rugió con tal intensidad que casi todos los presentes enmudecieron, siendo el camellero la única excepción. Vociferando en lengua desconocida, el hombre se llevó las manos a la cabeza y arrancó en pos de la bestia que se desbocaba en torpes zancadas. La joroba, recién aprovisionada en las inmediaciones, bamboleaba de uno a otro costado cual si pretendiera desmontar al resto del animal. De pronto, el camello se desplomó y comenzó a gemir. Cada gemido le hinchaba una espantosa membrana azulada que salía del hocico para volver a esconderse en la garganta al agotársele el aliento. En su desesperación, el camellero saltó un arbusto para no perder el tiempo con un rodeo que, aunque mínimo, resultaba inaceptable en tales circunstancias. Superado el obstáculo, desapareció. Sus compañeros se aprestaron a auxiliarlo. Sin ponerse de acuerdo, tres de los cinco corrieron hacia el arbusto; al resto no le interesó demasiado la suerte del saltarín y, raudos, se dirigieron al punto en que el camello agonizaba, sito a treinta pasos de su dueño. Avi se sumó al contingente que corría hacia el camello. No obstante, al rodear el arbusto vio que el camellero yacía en un vado disimulado por la planta. Bocabajo y con las nalgas asomando por el faldón, el hombre se golpeaba frenético la rótula luxada para devolverla a su lugar. Apretaba las mandíbulas con tal fuerza que las venas, parodiando la membrana del camello, le saltaban en las sienes y la frente. Los ojos desorbitados, las cejas enarcadas y la dentadura incompleta que el rictus delataba, brindaba a la escena un toque tragicómico que ni Avi ni los tres de la vanguardia pudieron resistir. Así, mientras el desafortunado golpeaba inútilmente la rótula gruñendo por lo alto cuando el dolor y la respiración irregular lo permitían, sus colegas y el babilonio se desternillaban de risa. Ofendido, el camellero externó un reclamo que todos desoyeron para atender a medias el parte que los otros dos caravaneros ofrecían. "Lo sacrificamos", dijo uno palpando una daga que asomaba la empuñadura y buena parte de la hoja desde el cinto. "Seguro que fue un áspid. Los ojos le sangraban." Ante la nueva, los del camellero se anegaron. "Era tan manso", alcanzó a pronunciar desconsolado cuando dos de sus acompañantes intercambiaron miradas de complicidad y, sin advertencia de por medio, se arrojaron sobre el accidentado para inmovilizarle el tronco uno y las piernas el otro. El de la daga comprendió y asestó una patada contundente al hueso dislocado sin pensarlo demasiado. Listo. El alivio era evidente, tanto como las lágrimas que, tras descender la piel cetrina, se internaban en la barba para lamentar a solas. Un pedazo de goma de opio acalló al convaleciente.

La paz volvió al campamento. Llegada la noche, Avi se tendió cerca del fuego, ya que nadie lo había invitado a cobijarse en alguna de las tiendas. Dormitaba cuando escuchó una extrañísima combinación de silbidos y cantos dulces. Los hombres del desierto daban sus adioses al animal, compañero infatigable y sustento. Fieles a la costumbre, pasado el treno cortaron los belfos del camello para enterrarlos lejos del cuerpo, cancelando así la posibilidad de que la bestia revelara a los dioses intimidades y vergüenzas achacables a su dueño. Poco tiempo después, uno de los porteadores se acercó a Avi y le ofreció un cuenco de leche bronca. Terminada la bebida, se sentó a un costado del muchacho y sugirió que éste pasara la noche en su refugio con tal de reponer las fuerzas para caminar hasta el Portus. Al día siguiente reemprenderían la marcha y, debido al accidente, de ninguna montura ociosa disponían. Ni la apreciada moneda local ni todo el oro del mundo convencerían a los caravaneros de sobrecargar a uno de los camellos. Nunca. Y menos por la Senda de los Huesos, con sus acantilados, derrumbes, borrascas, espectros y bandidos. "A mayor altitud, el aire vuelve locos a los hombres. La nieve, el viento… Debes ir al Portus aunque no quieras." "Qué casualidad", se dijo Avi pensando en el áspid, la moneda extranjera y el camello cuando la primera de cinco ráfagas intensas estremeció la tienda acallando a su anfitrión.

*

En esa época del año, el discreto poblado del Portus Macedonum bien podría haberse confundido con algún barrio periférico de las grandes ciudades. Los vientos propicios y el cielo despejado atraían a cientos de viajeros que aprovechan su localización estratégica para aprovisionarse a buenos precios y descansar lo indispensable. Si bien es verdad que el camino del Sinthos ofrecía todavía nutridos puntos de abastecimiento más al norte, como Pagala o Kamigara, el último antes del ascenso, dos de cada tres visitantes preferían la estancia en el Portus por los precios y otras razones. Las poblaciones ubicadas junto al mar, por mísero que sea el puerto o desembarcadero, ofrecían productos más frescos y mayor variedad. El hecho de que muchos comerciantes al detalle compraban sin intermediarios en cuanto las naves anclaban, permitía a los naturales del pueblo ofrecer precios inmejorables en comparación con sus vecinos norteños. La mercancía expendida en la plaza de Pagala, por ejemplo, alcanzaba ya entre veinte y veinticinco por ciento de incremento. Pasado este punto, los especuladores se daban el lujo de "ofertar" los mismos artículos hasta ochenta por ciento más caros en Kamigara, lógico si se considera que más allá de este poblado nada distinto al peligro del Kush encontraría el aventurero. Recapitulando, las caravanas provenientes de Barna o Basigara que no hicieran pausa en Portus Macedonum pagarían el doble por productos que sólo se transportaban a lo largo de cuarenta estadios, distancia que podía cubrirse en dos jornadas apurando el paso o en tres si la caravana optaba por un ritmo relajado. Los que podían darse el lujo, ganaban poco o nada. Vale la pena apuntar que la diferencia de precios no afectaba en lo más mínimo a los de Kamigara, dado que una considerabilísima parte de los ingresos provenían no de los viajeros que se aprestaban a jugarse la vida en el Hindukush, sino de aquellos que ya habían culminado la travesía de regreso. Desfallecientes, enfermos, heridos, los arribados carecían de ímpetu para regatear las tarifas y estaban dispuestos a pagar lo que fuera por buena comida y techo, lo que aminoraba rivalidades y tensiones, más teóricas que fácticas, entre ambas poblaciones.

Independientemente de los precios, el Portus era famoso por la habilidad de sus artesanos, destacándose el meticuloso trabajo de los herreros. Cualquiera en la región estaba al tanto de que en este humilde asentamiento había surgido la idea revolucionaria de calzar con hierro a las cabalgaduras. Preocupado ante el desgaste evidente que el suelo pedregoso regalaba a las bestias de carga y montura, un ingenioso cantero de nombre engullido por los siglos tuvo la idea genial de sustituir las tradicionales calzas fabricadas con cuero recio por suelas de hierro que en verdad protegían de la abrasión. La productividad de los animales era muy superior y podían recorrerse distancias mayores en menor tiempo. Además, las calzas de animales muertos y las descartadas por uso continuo podían fundirse sin problemas para fabricar nuevas. El costo del material y, consecuentemente, del producto final era bajo gracias al reciclaje y la disponibilidad del mineral en los alrededores. Paulatinamente, los viajeros adoptaron el invento. A pesar de que éste fue copiado rápidamente en la región, especialmente, sí, por los vanidosos de Kamigara, la reputación de los herreros porteños superó en todo momento a la competencia inmediata.

 Y ya que hemos abundado en la competencia, es justo apuntar que los yerberos del Portus se tenían por insuperables. Los remedios que se ofrecían en el mercado no debían su éxito a los nombres exóticos, hueca charlatanería, sino a la innegable eficacia demostrada en el tratamiento de fiebres, tremores, convulsiones, locura súbita, vómitos blanco y amarillo, sarna, impotencia, debilidad general, y cuanta dolencia se pueda concebir. Exageraríamos al decir que este gremio de herbolarios-curanderos constituía un genuino estamento médico al estilo griego, pero tratándose de la eficacia rara vez se escuchaban opiniones encontradas. El origen de esta excelencia peculiar no debe atribuirse en exclusiva a los yerberos, sino más bien a los usuarios en su conjunto y a un concepto brillante, importado de Egipto, que con el paso de los años demostró sus bondades. Cuando un enfermo se recuperaba completamente de cierto mal, quedaba por ley obligado a sentarse cerca del mercado, a veinte codos de la entrada principal para ser específicos, integrado a dos filas paralelas de curados entre las que todo cliente potencial debía caminar para visitar el recinto. Así, durante siete días completos. Cuando un viandante transitaba entrambas hileras, escuchaba voces que mencionaban el mal del que se habían aliviado recientemente. "¡Diarrea!" "¡Tos con esputos!" "¡Fractura expuesta!" "¡Sangrado bajo!" "¡Dolores menstruales!" "¡Almorranas!" "¡Esterilidad!" A este tipo de concierto se exponía el peatón hasta que, invariablemente, oía una voz relacionada con el mal de su interés, ya fuera padecido en carne propia o por familiares o allegados. Entonces, la persona se acercaba al aliviado y éste tenía la obligación de referir al detalle los síntomas y el desarrollo de la enfermedad para luego ser aún más exhaustivo al relatar el proceso de cura y rehabilitación. El conocimiento médico y sus pormenores eran transmitidos de este modo a cualquiera que lo requiriera, sin importar la jerarquía social o el origen del afectado, garantizando automáticamente la preservación de los tratamientos probados y el desecho de remedios dudosos o falsas panaceas. Con el tiempo, esta especie de método empírico popular se convirtió en una incipiente política de salud pública, debido al cosmopolitismo que las caravanas y los particulares promovían. Conscientes de que la economía en el Portus Macedonus dependía de los viajeros en tránsito, y considerando que el grueso desconocía el dialecto local, las autoridades exigieron que los recuperados dispusieran en las piernas o pendiente del cuello una tablilla o cuero en que figurara el nombre del padecimiento en griego, persa y latín. Más aún, el estado financiaba la compra y escritura del letrero, alentando la actividad de escribas, peletcros y artesanos de la madera al tiempo que se mostraba la correcta disposición de una etnia que se ganaba la vida atendiendo extranjeros. Gracias a esta difusión del conocimiento médico, más de uno prefería hospedarse en el puerto a hacerlo en las poblaciones norteñas, ya que, dejando en paz la baratura, era muy posible que se hicieran de consejos y tratamientos desconocidos en sus lugares de origen.

    La situación geográfica, los costos, la disponibilidad de productos frescos y la asesoría médica gratuita fueron pilares trascendentalísimos en la conformación de la sociedad porteña, pero sería irresponsable continuar sin referir otro de sus atractivos principales: la isla de Bibakta. Ubicada a seis estadios de la costa, Bibakta debía su fama al dinamismo de la trata de esclavos con sus remates públicos matutinos, vespertinos y nocturnos, sin contar eventos especiales reservados a los opulentos y poderosos. Una de las consecuencias de esta actividad era la proliferación de burdeles y otros establecimientos de recreo en que los porteños se solazaban ocasional pero recurrentemente. El traslado en bote era accesible y rápido, hecho que la población flotante apreciaba tanto como la permanente. El hospedaje era económico, la comida buena, la fiesta larga, la bebida fuerte y el sexo memorable. Negociaciones de todo tipo se concretaban en las pesadas mesas de los hostales y lupanares. La experiencia dicta con autoridad que atributos tales bastan para proveer sobradamente a poblaciones enteras, pero, como si no fuera suficiente, a las virtudes de Bibakta debemos sumar el gran número de encantadores que apretujaban sus tenderetes en vías paralelas a la principal y, sobre todo, la subasta anual de solteras.

Las levas a que la población era sometida en épocas de guerra, las escaramuzas constantes y la migración natural en un enclave de aprovisionamiento como el Portus Macedonum provocaron un conflicto que, en un momento u otro de la historia, ocupó prácticamente a todas las etnias europeas y asiáticas: la escasez de varones. El caso más sonado, acaecido en Mesopotamia, demostró que de no actuar con severidad, la ausencia de hombres deriva en problemas aún más graves que terminan por amenazar la gobernabilidad y la estabilidad social. Las solteras púberes no encontraban marido, por lo que debían ganarse la vida en la calle, los mercados, prostíbulos o lo que fuera. Nunca antes se habían visto tantas mujeres solas, desprotegidas, mugrientas, jalando escuintles flacos y malcomidos. El núcleo familiar se desintegraba para dar lugar a una población callejera de la que nadie se ocupaba. El aumento de la criminalidad, los abusos, la desaparición de linajes y el tráfico de mujeres libres obligadas a prostituirse en otros confines pusieron en jaque al entramado social. Algo semejante, toda proporción guardada, sucedió en el Portus Macedonum, Bibakta, Morontobara, Pagala, Kokala, Rhambakia, Naagramma, Kamigara y demás asentamientos menores de Sakai y el sur de Kusanas. Admirados por el ingenio y pragmatismo de la solución mesopotámica, un cónclave de veintinueve líderes tribales decidió implementar una vez más las medidas extranjeras: al despuntar el alba inmediatamente posterior al tercer plenilunio del ciclo agrícola, cualquier soltera núbil nacida en las veintinueve comunidades, mayor de doce años y menor de veinticinco, podía presentarse en la plaza de la isla de Bibakta limpia, tan ricamente ataviada como sus medios le permitieran y libre de afeites que indujeran a error. Un funcionario designado para la ocasión emprendía una rigurosa inspección de las damas para asegurarse de que ningún requisito fuera pasado por alto. Luego, un comité tripartito evaluaba a las mujeres para clasificarlas, según su belleza, en tres grupos. Mientras tanto, los solteros mayores de 14 años se reunían expectantes del otro lado de la plaza, frente a una tarima de seis codos de altura. Los galanes debían ser acompañados por tres testigos, hombres libres por supuesto: dos familiares (colaterales en caso de no tenerlos en línea directa) y un tercero sin relación de consanguinidad.

Estando todo a punto, el funcionario designado encabezaba el primer grupo, el de la hermosura indiscutible, en un periplo que abarcaba la plaza entera para después formarlas a un costado de la plataforma. El funcionario ascendía los escalones, acallaba los piropos, las bromas, y daba inicio a un aburrido pero breve discurso en que recordaba a los varones sus obligaciones esenciales. Cumplidas las formalidades, iniciaba propiamente el desfile. Una a una, las bellas caminaban lentamente por el escenario mientras el asistente del funcionario hacía públicos los datos generales de la mujer con ayuda de un megáfono, haciendo énfasis en la castidad o falta de ella y extendiéndose en los atributos de la interesada. En el momento oportuno se comunicaba que el estado exigía posturas serias; las ofertas hueras implicaban pena de muerte para el principal y sus acompañantes. Sin excepción. Naturalmente, los acaudalados se disputaban las bellezas deslumbrantes en pujas que alcanzaban cifras astronómicas. Al cierre de la subasta, el ganador juraba solemnemente que sus intenciones eran puras y limpias, que no tenían compromiso precedente, que por ningún motivo someterían a explotación a sus esposas, que harían lo posible para engendrar en el plazo de tres años, y abundaban de paso en la credibilidad de los testigos. Acto seguido, la cantidad acordada se contabilizaba en público. Una tercera parte se entregaba al padre o familiar más cercano de la prometida; el segundo tercio se entregaba a la susodicha en calidad de guardiana de la dote y el último tercio quedaba momentáneamente en custodia oficial. Terminada la subasta del primer contingente, iniciaban las pujas para las menos agraciadas del segundo grupo. La mecánica era idéntica a la ya descrita, salvo por el hecho de que la suma obtenida se dividía en dos partes: una para el padre o familiar más cercano y la otra también permanecía bajo custodia preventiva del estado. El tercer grupo, conformado por feas, estériles probadas, idiotas, tullidas y deformes, originarias casi siempre de los estratos más pobres, era subastado con precios de salida irrisorios por lo bajos, que podían cubrirse en especie excepcionalmente. No faltaba un feo, un impotente, un idiota, tullido, deforme o paupérrimo dispuesto a hacerse de una compañera potencialmente cariñosa y fiel, de ser posible. Las que nadie quería eran después adjudicadas discrecionalmente a igual número de zarrapastrosos. Entrada la noche, cuando toda soltera había sido emparejada, el funcionario principal anunciaba la cuantía que la instancia oficial había obtenido por los primeros dos grupos, la dividía entre el número de las mujeres subastadas o adjudicadas en el tercer grupo y daba una mitad a los parientes y otra a la pareja. Si el ganador había subastado en metálico y la cantidad no superaba un límite preestablecido, el estado la devolvía sumándola a la mitad destinada a los esposos para su sostenimiento inicial. En el caso de las invendibles que eran adjudicadas, los elegidos se daban por bien servidos al tener una pareja y recibir en metálico una cantidad nada despreciable como indemnización. Así, el dinero invertido por los ricos en sus bellezas era utilizado para procurar esposa a los desposeídos, en tanto que las ricas y elegantes del primer grupo se complacían al matrimoniarse con sus iguales, pues no abundaban las hermosas correctamente ataviadas entre los miserables. Cada oveja con su pareja; todos contentos sin alterar significativamente las clases sociales y, obviamente, los privilegios. Quince años más tarde, era prácticamente imposible encontrar a una desamparada o un solitario en Sakai o Kusanas, las conductas delictivas se redujeron drásticamente y los nacimientos se multiplicaron. De esta forma, el estado garantizaba también su provisión para reclutamiento, dejando las levas forzosas para tiempos de extrema urgencia. La implementación de este método obró maravillas en Mesopotamia y en las regiones que supieron replicarlo con seriedad. Prueba de ello es el número de ejecuciones por falsía matrimonial consumadas a lo largo de quince años en las veintinueve comunidades: dos.

*

El regreso al Portus Macedonum transcurrió sin novedad. Lo creía de corazón.

Con tal de que el dinero rindiera al máximo, Avi inició la vuelta a pie. No obstante los contratiempos con los camelleros y el aplazamiento de sus planes, el muchacho se sentía feliz. El sol todavía no calcinaba; las márgenes del Sinthos alardeaban su esplendor veraniego. Era extraño que, a pesar de haber dedicado las últimas semanas a los preparativos para cruzar la Senda de los Huesos, ni un dejo de frustración lo aquejara. Por mucho que la razón se esforzaba en convencerle de que la intentona había derivado en fracaso con todas sus letras, algo en su interior tendía al consuelo y terminaba por hacerle sonreír. ¿Qué más podía pedir a su Dios? Con agua, leche, queso y capital suficiente para satisfacer las necesidades básicas, la vida le sonreía en reciprocidad. Por si fuera poco, a los cinco estadios de recorrido dio el joven con un grupo de señoras que lavaban ropa en la orilla derecha. La algarabía del mujerío, sus incomprensibles cotilleos y una que otra mirada de soslayo fueron motivo más que suficiente para inventarse un descanso prematuro. Tendido a la sombra de un monolito, se descalzó, bebió moderadamente, dormitó hasta el mediodía, volvió a calzarse y retomó el camino con idéntico entusiasmo. Meditaba sobre la pertinencia de consumir leche de camella siendo judío cuando un rebuzno a sus espaldas lo puso en alerta. Al volverse vio a un joven de su edad o algo mayor que, montado en el jumento, avivaba su andar con un latiguillo improvisado tras ser alertado de la presencia de Avi por las féminas. Al advertir que Avi lo miraba, el joven la emprendió a silbidos de imposible interpretación. "Dale con los silbidos", pensó al memorar la despedida de los caravaneros e interrumpió la marcha para no ofender a su repentino perseguidor. Cuando éste le dio alcance, se apeó del burro e inclinó la cabeza a modo de saludo. Ingenuo, procuró darse a entender con ruidos que Avi supuso palabras. Determinado a hacerse entender, el joven palmeó repetidamente el lomo del animal para luego señalar a Avi. A continuación, apuntó su índice al propio pecho y simuló caminar al lado del jumento. "¿Portus?", preguntó Avi tras interpretar las señas y los gestos como una oferta de traslado. El otro asintió con ánimo renovado al darse cuenta de que el mensaje había sido descifrado sin problemas. Superado el primer escollo, tocaba ahora acordar el precio de los servicios. Tras reflexionar unos instantes, Avi metió la mano en su saco de viaje, palpó el metálico y extrajo solamente dos monedas de baja denominación, suficientes para iniciar el regateo. Al mostrárselas, el oferente pareció muy complacido y escupió en la palma de su mano derecha. Avi hizo lo propio y las manos se estrecharon. Trato hecho. Vaya alivio el que Avi sintió al imaginarse encima del burro sin tener que caminar hasta el puerto. Satisfecho y aún más contento que antes, se encaramó en el animal con pericia envidiable.

Durmieron a medio camino sin que ventiscas, bichos o pesadillas los incomodaran. Al alba, el trío echó a andar nuevamente para aprovechar la jornada. Un día más tarde, a poco de vencer la última pendiente, divisaron las murallas del Portus Macedonum y no tardaron en cruzarse con los vendedores que, impertérritos ante el ominoso calor medianero, esperaban a la clientela con su dotación de frutos, refrescos y baratijas. Nada les compraron, pero gracias a ellos constató Avi que la suerte le favorecía: arribaba al puerto justo a tiempo para embarcar a Bibakta y presenciar la famosa subasta que todos mencionaban con emoción desbordada. "Qué casualidad." Pagó a su acompañante y anduvo hasta cruzar el umbral de la puerta norte.

Cuando a nadie interesa tu nombre siendo que hasta la espina lo ostenta; cuando la cresta de un gallo apasiona más que tus brazos, tus piernas o tu pecho; cuando una brizna de pasto resulta más novedosa que tu paso; cuando las viejas prefieren esperar a que te vayas para arrojar la miga a sus palomas temiendo que al cabo seas tú el beneficiario; cuando se es extranjero en todas partes y tu lengua es sinsentido y tu letra, si la hay, garabato, entonces la soledad viene a ser tan familiar como el camino recorrido. Ya no espanta la muy puta. Pegada a ti por todas partes se niega incluso a ser tuya en exclusiva. A todos y a ninguno pertenece y al creerte que eres suyo te abandona a los demás como partera. "¿Lo conozco, caballero?" Mucho gusto le da irse en cuanto alguien busca en ella compañía. Nunca está. Nunca se ausenta. Inasible, negra, muda, a la vanguardia o caminándote muy cerca de la espalda, esta hermana de la sombra, esta hueca que embeleca, esta loba-soledad que te muerde y amamanta, es igual a fin de cuentas que una costra. El dolor, su heraldo, la precede. Vive en la herida. Ama la piel y después la olvida. Se va pero queda en cicatriz hasta que el sol o la muerte, ya cansados, optan por incluirla entre las cosas que uno u otro día van y expiran. Sólo ella sabe recordarte que estás solo y sólo ella, entretenida en otro idiota, te permite en un descuido algarabía. Entonces te das cuenta de que puedes tener nombre, incubar pasión, alegar origen, pronunciar tu angustia, dibujar un corazón. Y en ese instante los pichones dejarán de darte envidia. Y entonces, sólo entonces, lograrás sonreír con la certeza de que la furcia-soledad miente por sistema, porque estar solo si se vive es un engaño. Recuérdate de olvidarla, y si la recuerdas por olvido que sea breve, distante, indolente el extravío porque la soledad no es siquiera. A ser aspira, como el mal, que *no es* lo contrario del bien sino su ausencia; como la sombra que quiere ser cuerpo a toda hora, con excepción del mediodía.

Entrado en años supo Avi que esas lavanderas, el muchacho incomprensible, el jumento, los vendedores y, principalmente, la puerta norte, dieron fin a su soledad-quimera. No sugerimos que al trasponer el umbral diera de frente con la compañera de sus sueños ni nada por el estilo. No. Fue el entorno. El gentío recién llegado de las comarcas vecinas para el festival teñía al Portus Macedonum de matices extraordinarios. La gala transformaba a ese pueblo denodadamente ocre en un mosaico de rojos, púrpuras, verdes de malaquita, amarillos vibrantes. Los colores irradiaban una fuerza tal que, al doblar por la calle de escribanos y notarla desierta (los letrados obtenían casi tres quintas partes de su ingreso anual durante la subasta, por lo que prácticamente todos viajaban a Bibakta o se encontraban ya en la isla), Avi sintió una súbita animadversión que lo obligó a rehacer sus pasos para continuar la marcha por la vía del puerto. Vaya alivio le sobrevino en cuanto la multitud volvió a azotarlo con la extravagancia de la fiesta. Desde aquella noche pasada en un recodo solitario, con el fratricidio aquel ahora sepulto en un predio remoto del alma, el fundador no advertía diferencia entre estar solo o departir, aunque fuera en silencio. Pero ahora…

La elegante mascada de un mozuelo le rozó el antebrazo con sus flecos lánguidos, azules. Un estremecimiento nacido en las plantas de los pies ascendió repentinamente hasta anidarle en el cuello. Aspiró hondo y contuvo el aliento procurando no la vuelta a la apatía perdida, sino un instante de recogimiento para asumir el encanto de los días nuevos, denodadamente nuevos. Chocar con otros cuerpos, espiar los brazos admirables de las hembras, interpretar arbitrariamente las conversaciones de extranjeros, burlar oportuno la mirada de un marido celoso, estas y otras naderías representaron para el errante un asidero. Ningún trabajo le costaría andar toda la noche si este andar era de frente. Que nada ni nadie lo condujera al inútil estar ahí cuya aniquilación celebraba su ser entero. Crecía.

Conforme se alejaba de la puerta en dirección al embarcadero, percibió en su intimidad un contraste que iba más allá del cromático: hasta esa tarde, el desamparo, mote de la soledad, había condicionado cada uno de sus actos con tal maestría que Avi llegó a confundir sus hierros con la libertad, pero esa tarde elegía sin notar el aliento de ese algo que nos respira en la nuca cuando el miedo gobierna, empujando del alba al ocaso y sometiendo por la espalda. Rehén al cabo. Ahora la fuerza impulsora otorgaba una prebenda nueva, como si al avanzar en la montura que es la vida lo hiciera viendo el porvenir que se extiende por sobre la testa de la bellísima cabalgadura y no el trecho recorrido que la grupa dilapida. Los flecos de la mascada se le antojaron crin de azurita y se dio el gusto de seguir al mozuelo de la mascada, quien pronto se le escapó en las inmediaciones del mercado, ahora llamado "ágora", costumbre indigna según los viejos conservadores. Por un momento consideró la posibilidad de internarse en ese laberinto emocionante, mas cambió de opinión al sentir la apretura provocada por los muchos viandantes que se detenían para consultar a los enfermos recuperados que, como ya hemos apuntado, acostumbraban formar valla a ambos costados del acceso principal. Hasta cinco individuos rodeaban a los expertos en el combate de los males más comunes, quienes dejaban de vociferar para deleitarse en relatos siempre exagerados por el simple gusto de acaparar la atención de los oyentes. Si tomamos en cuenta que los dedicados a explayarse respecto del insomnio sumaban una veintena, podremos imaginar la aglomeración que cerca de trescientos aliviados causaban con sus pregones en esa calle estrechísima. Harto de los empellones, Avi trató de escabullirse por uno de los costados. Tropezaba a cada paso con el auditorio de los más socorridos cuando llamó su atención un desaseado con ojillos jabalunos que lo escudriñaba indecorosamente. A diferencia del resto, guardaba silencio; nadie le requería y se daba a tamborilear una síncopa curiosa y reiterativa con las uñas renegridas de la diestra sobre una caja de madera. La mitad inferior del rostro estaba oculta tras una pañoleta de muselina blanca. Tan poderosa era la mirada que Avi tardó lo suyo en percatarse de que el hombre estaba semidesnudo. Un taparrabo manchado de orina constituía la indumentaria toda. El resto de su cuerpo parecía haber estado a la intemperie desde la cuna; el polvo tornaba repulsiva la magnífica constitución de sus piernas y abdomen. Colgado del cuello y descansando entre los fortísimos pectorales, un pequeño letrero anunciaba el mal en caracteres también descuidados que Avi no podía leer, mas sí reconocer como letras griegas, persas y latinas, en estricta observancia de la ley. El joven lamentó su total impericia en la lectura de esas lenguas que comprendía sin problemas en la conversación menuda. Apartó la vista del letrero y se encontró con la mirada imperturbable del… ¿viejo? La frente arrugada, la ausencia completa de cejas, los mechones ralos y las ojeras inflamadas daban impresión de ancianidad, en tanto que el cuerpo hacía pensar en los pancraciastas que se batían en los festivales de su ciudad natal. La paradoja no tenía sentido, a no ser que la parte del rostro oculta por el pañuelo contuviera la clave, el nexo lógico. Entonces, apartando la mirada de Avi, ese hombre indefinible alzó los brazos hacia la nuca para descolgarse el letrero de rigor, puso la tablilla sobre los muslos, sacó de la caja una piedra caliza y añadió raudo otros términos al letrero: בצע את הודאות. "Las facciones me delatan", se dijo el joven. No obstante la velocidad con que había escrito y lo primitivo de su instrumento, los caracteres hebreos eran perfectamente legibles. "Incertidumbre." La mirada volvió a posarse en Avi, pero un cambio apenas perceptible había obrado en esos ojos inquietantes. Al relajarse el ceño, las arrugas de la frente se mostraron como lo que en verdad eran: cicatrices. El percance que fuera había restado elasticidad a la piel, por lo que cada movimiento de la frente o las mejillas distorsionaba la parte visible de la cara en su conjunto. La mirada impertinente resultaba ahora cálida, cual si los ojillos hicieran las veces de sonrisa. Sin dejar de mirar a Avi, el extraño se colocó el letrero en la posición original y, ocurrente, arrojó la piedra caliza a la multitud. Avi sonrió divertido con la travesura. "Pobre loco", pensó el fundador y se dispuso a seguir la ruta al embarcadero. Cinco pasos después sintió que algo le golpeaba la cabeza. Doliéndose, vio que una piedra de tamaño semejante a la caliza rodaba por el suelo. Un chiquillo regordete, casual testigo de los hechos, festejó descaradamente, ganándose la reprimenda inmediata de la madre. Seguro de que el desfigurado era culpable, se volvió para hacerle una higa al tiempo que, ofendido, murmuraba un "toma por culo" que bien merecido se tenía el deformado. De nada sirvió el insulto, ya que el hombre se entregaba al tamborileo sin prestar atención a Avi. Divertido ahora por la higa, el gordito se hizo acreedor a un coscorrón materno que le esfumó la carcajada. Temeroso de meterse en problemas si insistía en cobrársela al vagabundo, Avi desquitó su frustración asustando al chico mientras la madre se distraía con una mujer que recomendaba belladona para combatir la "teta seca", refiriéndose con ello a la poca leche en época de lactancia. El niño se abrazó fuertemente a las piernas de la madre y se echó a llorar. "¡Un muerto!", escandalizó el niño señalando a espaldas de Avi. Al voltear, la visión lo dejó helado. El extraño se había quitado el pañuelo de muselina, aniquilando así cualquier incertidumbre. En lugar de mejillas, se abrían en el rostro un par de agujeros que en su circunferencia abarcaban desde debajo de los pómulos hasta la base misma de la mandíbula inferior. El contorno irregular dejaba a la vista los molares perfectos. La blancura de los dientes sorprendía al compararse con el rojo encarnado de las encías, visibles también a ambos lados de la cara y separadas únicamente por una hermosa boca con labios llenos y delineados. Estupefacto, Avi fue testigo del trabajoso nacimiento de una sonrisa, si es que puede llamarse de este modo al mohín grotesco que el hombre le dirigía. "Dios de mi vida", pronunció Avi con voz prácticamente inaudible a causa del barullo. La madre del gordo abría la boca olvidando la belladona y sus beneficios mientras el hijo preguntaba insistentemente si ese monstruo era la muerte. Y es que la muerte, en efecto, parecía con esa sonrisa que enseñaba la dentadura entera. El gesto se fue desdibujando conforme aumentaba el número de curiosos. De entre tantos que ahora se codeaban para comentar la anormalidad, sólo Avi existía para el enorme forzudo. El adefesio tomó su atado con la mano izquierda y sacó un nabo tan sucio que daba la impresión de haber sido arrancado de la tierra en ese mismo instante; metió el tallo por uno de los agujeros y mordió. Al masticar, grandes fragmentos de alimento ensalivado escapaban por los huecos. Enemigo del desperdicio, el sujeto ubicó la mano diestra justo debajo del hueco para recuperar la inmundicia y tratar de comerla nuevamente, introduciéndola esta vez por la boca sin parar de mascar el tallo como un rumiante. Incapaz de tolerar la escena, Avi se abrió paso entre la multitud mirando sobre su hombro de cuando en cuando para verificar que el desmejillado no lo siguiera. Y no.

El episodio le obsesionó durante el trayecto, mas la juventud, aliado efímero de quienes nada tienen, le permitió distraerse con el tropel apiñado en el embarcadero. Esperaban para abordar un bote de seis remos en el que cabían al menos cuarenta pasajeros, muchos de ellos enmascarados para divertirse a la usanza romana en el carnaval de las solteras. Moneda en mano, Avi aguardó paciente. Llegado su turno extendió la palma abierta ofreciendo el pago, pero en ese momento, el empleado le dio la espalda y saltó al bote dando por terminado el abordaje. "¡Completos!", resumió. Los obedientes remeros alzaron las paletas, manteniéndolas en posición hasta que el empleado soltara las amarras y diera la orden de partir. El nudo de la segunda y última amarra resistía los afanes del marinero, en vista de lo cual nuestro Avi tuvo la ocurrencia de ofrecerle su navaja (la hoja mellada de un cuchillo sin mango que había encontrado en sus recorridos por la sede de ingenieros). Nada más verla, el empleado se sonrió, tomo el filo de Avi y lo arrojó al mar. Avi no podía creerlo. La indignación se tornaba incontenible.

—Tranquilo, hijo, tranquilo. Dudo que esa porquería lograra cortar un pan, no digamos esta cuerda de quinientas hebras —dijo con buen humor antes de tomar un verdadero cuchillo y cortar la amarra fácilmente.

—Pero…

—¿Qué esperas? ¡Sube ya! No zarpará otro barco hasta mañana.

Avi saltó y el hombre pudo asirlo antes de perder el equilibrio. "El viaje es gratis", afirmó al ver que Avi volvía a extenderle la moneda.

—Y el cuchillo también. Cuídalo —prosiguió el bondadoso guiñando un ojo a su emocionadísimo pasajero antes de ofrecer el arma asida por la hoja, entre el índice y el pulgar, como manda la prudencia.

—Muchas gracias, señor. Gracias.

—Ya, ya. ¡Y a reemaaaar! —ordenó el generoso palmeando la cabeza de Avi. Nunca había recibido un presente tan valioso de parte de un desconocido. "Es mi día de suerte." Y sí, claro está.

*

Nada como descalzar los pies exhaustos y hundirlos en el mar por vez primera. ¿Te acuerdas? Avi nunca olvidó ese momento único en la vida de los hombres. Si bien durante el primer viaje en caravana había entrevisto las grandes aguas con emoción desbordada, quiso el destino regalarle su primer contacto real aquella tarde, en esa barcaza que no necesitaba de temporales para bambolear su madera hinchada. El sobrecupo era regla en la operación cotidiana de estas embarcaciones, diseñadas para soportar penuria y media en travesías cortas. Gracias a ello, Avi, el afortunado, tuvo que sentarse en un tablón malamente habilitado como silla, en el borde mismo de la popa. Enfrente del inmenso, ni se le ocurrió al fundador en ciernes sentarse cara a cara con otro pasajero. Toda su alma se entregaba a la abrumadora experiencia de ser el mundo. Al andar la tierra se es en el mundo. La caricia de las aguas es distinta. Anonada. Funde. Porque tocar el mar es ser el mar, beberlo de algún modo por contacto. Porque ser el mar es convertirse en mundo entero. Avi se resumía en el pataleo. A ratos le daba por seguir el rítmico chapalear de los remeros; luego sus pies eran quilla para hundirse hasta donde la audacia permitiera. El mar. El mar. El mar. "Toda la belleza al mismo tiempo." Y toda la ingenuidad también. Para meternos en el pecho su deleite, consideremos el que Avi jamás había oído de rayas, escualos, morenas, aguas malas ni sirenas, por lo que su disposición general ante la vivencia distaba mucho del común. Miedo no. Y el mar sin miedo, desdentado, es abuelos, padre, madre, hermanos mayores y menores. El mar seguro pronto engendra un vínculo equiparable al parentesco, la mar de antiguo también. Y quiso así la vida arrebatarle orfandad, soledad e incertidumbre. Todo el mismo día.

Por casualidad y de reojo advirtió el empleado que Avi hundía las pantorrillas casi enteras en el agua. Con la línea de flotación tan alta por el sobrecupo era muy fácil que el chico se cayera. Parecido a un mono que huye en desbandada por las ramas, el empleado amable se las arregló para de proa ir a popa valiéndose del equilibrio, la audacia, los postes de una techumbre inútil ya por el maltrato cotidiano, el hombro de un subalterno y de la hulla importada con que había reparado las suelas poco tiempo atrás. Se acuclilló junto al muchacho y le reconvino.

—Si llegaras a caerte, tendrías que nadar hasta la costa, y eso suponiendo que los tiburones estuvieran distraídos. Lo más que podríamos hacer por ti es lanzar una cuerda para remolcarte hasta Bibakta, pues dar la vuelta con este peso nos haría volcar.

—No sé nadar —repuso automáticamente Avi para ocultar su ignorancia respecto de los tiburones que, distraídos o no, debían ser criaturas temibles.

—Peor todavía. Anda, ponte las sandalias y ve a sentarte con los de la tercera fila, que pueden apretujarse para hacerte lugar —mandó impaciente al ver que un borracho vomitaba con la máscara de zorro levantada hasta las cejas.

Avi cogió el trapo que le ofreció el marinero junto con el calzado y se secó los pies para evitar que el cuero de las sandalias se mojara. Antes de calzarse, echó un vistazo en derredor por si acaso distinguía uno de esos tiburones. Le costaba imaginar que tanta grandeza entrañara peligro, igual que los caminos de montaña o los desiertos. "Siendo tan bello…", lamentó Avi mientras ajustaba la segunda y última correa. Al incorporarse aspiró hondo y exhaló con un suspiro teñido de nostalgia. La primera vez dejaba de serlo para siempre cuando Avi sintió un dolor agudo cerca de la oreja. Al sobarse notó que una piedra yacía mustia cerca de su pie izquierdo. De la sorpresa pasó a la indignación, mas ésta no bastó para hacerle reaccionar valiente, decidido. La absurda posibilidad de encontrar al desmejillado entre los pasajeros tornó la indignación en franca inquietud. "Tonterías." Rehecho en un tris, se volvió para constatar que los pasajeros se dedicaban a sus asuntos sin reparar en él. Allá, por la mitad del bote, un enano elegantísimo reclamaba airado al de la máscara de zorro. "¡Cerdo! ¡Cerdo!", vociferó el enano en tanto señalaba una mancha blancuzca que afeaba su túnica. Dado que el zorro lo ignoraba, el enano se paró en el asiento para amenazar al ebrio con el puño en un desplante que provocó la risa generalizada. Avi se unió a las carcajadas sin saber muy bien por qué. Ni rastro del monstruo. Aliviado se dirigió a la tercera fila, en donde otro enmascarado le hizo lugar sin mediar palabra.

—Como el cachorro que ladra al toro —sentenció Avi amigable refiriéndose al desplante del enano, con la idea de chacharear el resto del viaje.

—Sí, sí —respondió el vecino dando por terminado el intercambio mientras un gamberro barbiespeso alzaba al enano por los sobacos amagando con echarlo al mar si no se callaba de una buena vez. El hombrecillo pataleaba en el aire espetando cuanto insulto conocía. "¡A los tiburones!", propuso un ocurrente de muy buen humor. "¡Ni para botana sirve!", respondió alguno entre la multitud renovando la algarabía y con ello los ánimos del bromista, que pasó a otro al vomitado y éste al de junto y así, de babor a estribor, hasta que el empleado tomó cartas en el asunto logrando que dejaran al enano en paz.

La fiesta daba inicio.

Si el ambiente del puerto había grabado en Avi una impronta vitalicia, podemos imaginar lo que el arribo a Bibakta representó para el muchacho. Año tras año, durante su infancia en Babilonia, escuchó el tajante desprecio que los carnavales inspiraban a su padre. El lujo de ofender a Dios que los infieles se permitían durante las fechas del carnaval y otras fiestas populares encendía la animadversión del perfecto observante. Imitando el proceder de la comunidad judía en su conjunto, el jefe de la familia prohibía que las mujeres y los niños salieran de casa en esos días. Desde su perspectiva, el jolgorio era capaz de percudir irremediablemente al insensato que lo mirara, por lo que cualquier propuesta en el sentido de disfrazarse o cantar rimas atrevidas por las calles estaba descartada de antemano. Para Avi y sus hermanos, el carnaval era una más de las amenazas que se cernían sobre los suyos en tierra extraña, tan peligrosa como la idolatría zoroastriana o las patrañas que los helenos habían puesto de moda desde su terruño hasta los confines del imperio tras las incursiones de Alejandro. Y al igual que Ahuramazda, el panteón griego o cualquier otro peligro que nunca llega a concretarse, el carnaval fue cediendo su natural malévolo, abstracto, para transformarse en mera obsesión de su padre, una obsesión respetable, inofensiva y, en última instancia, irrisoria. Si a esta degradación natural añadimos el hermosísimo candor de la adolescencia temprana y la suficiencia recién negociada con la vida en Portus, no es de extrañar el que Avi desoyera las advertencias. El temor infantil no tenía cabida en esa Bibakta seductora. En su lugar, quiso el instinto dotarlo con el armadijo del escepticismo, compinche fiel de la cautela en la edad adulta.

El desembarco en la isla fue como una extensión de la insolencia atestiguada en el bote. Las carcajadas y ocurrencias abundaban entre los pregones de cambistas, prostitutas, estafadores, comerciantes, enmascarados y viandantes que se dirigían al centro por una callejuela con pretensión de avenida principal. Por alguna razón que no comprendía, el peculiar comité de recepción parecía decidido a tocarlo incesantemente. Dos furcias se entretuvieron con su angustia acariciándole las nalgas; el aguador ofreció su escancia sujetándolo por la nuca y acercando el cuenco a los labios por la fuerza. Para colmo, una anciana maloliente le aferró la mano tratando de desviarlo en pos de "una buena, muy buena posada" que le costaría "poquititito, casi nada." En cuanto se libró de su insistencia sintió que alguien le calaba un antifaz pidiendo a cambio sólo un chalkoi. Enceguecido momentáneamente, tiró codazos a diestra y siniestra para evitar que algún vivales le arrebatara el hato. Oh, sorpresa: al retirar el antifaz notó la falta de su regalo, el cuchillo que portaba en la cintura. Malparidos. La pérdida dolió menos que el engaño. Tenía que salir de allí cuanto antes y lo hizo al doblar por la primera calle que encontró. Recobrado el aliento se puso a revisar sus pertenencias y descubrió que el saco había sido rasgado. De su contenido quedaba la muda de cáñamo y el cuero medio vacío en que el camellero le había servido la leche. Ni rastros del dinero. Casi tres meses de penuria en caravana para ganarse el bdellium y ahora todo estaba perdido. Sin blanca, ofendido, marchó resignado a dormir en las calles. Bebió los remanentes de la leche, se limpió la boca con el cuero, rogó a Dios que le concediera trabajo de estiba y volvió a unirse al tumulto con la esperanza de encontrar refugio antes del anochecer.

Y el tumulto, en crecida por el cierre del embarcadero y la inminencia del desfile, acabó llevándolo consigo a donde quiso. Al principio resistió el embate, pero no tardó en considerar inútil cualquier esfuerzo por gobernar el curso. La apretura fue tal que pudo avanzar recogiendo los pies como si fuera una criatura prendida a la muñeca de la tía, renuente a dar un paso más. El asunto no pareció tan divertido al sobrevenirle un sofoco que lo tuvo a punto del desvanecimiento. Resistió. Gracias a la fortuna y a un decreto en virtud del cual habían demolido los viejos hornos comunitarios a ambos lados de la calle, ésta formaba un redondel que aligeró la compresión permitiendo también la escapatoria en lateral. Trepó a una pila de cascajo que los picapedreros habían dejado intacta por descuido y en la cima pudo al fin darse un respiro. Echó atrás la pelambrera, se revisó las piernas, buscó los restos de su equipaje y constató que también se los habían robado. Sin saber ya qué hacer, le dio por gritar la frase más obscena de cuantas pudo hallar en su repertorio. Se felicitó por ello y, enardecido al ver que nadie se escandalizaba, rompió en carcajada allí, montado en su atalaya. Y rió como nunca antes lo hiciera, sin parar hasta agotársele el aliento, recobrándolo y volviendo a comenzar. "Ya… ya…", pedía a la nada con una mano en el vientre mientras la otra palmoteaba ora el muslo ora la piedra. Dios. Vaya risa melodiosa es la que explota a costillas de uno mismo. Suena a agua que entrechoca los guijarros en el río. Suena a un alma que se goza. Suena a niña que pintarrajea furtiva unos bigotes al destino. Otra vez primera que culmina a hora oportuna. Viene el desfile. Avi se regocija con la joven inusitadamente obesa que, enamorada, persigue en vano a un escuálido vejete. A quién se le ocurre. Mira a esa y su disfraz de muerte embarazada. ¡Al vejete se le cayó el calzón y corre en círculos mostrando el culo! ¿En dónde estaba este mundo irrisorio y burdo? Si papá lo hubiese permitido. Dime papá si en tu cielo hay borricos teñidos de azul, barbadas, equilibristas o magos que convierten tu óbolo en humaredas de colores. Tu rigor, papá. El de mamá. No hay quien extrañe la vara pero todos añoran el árbol. Eres árbol. Soy el nido.

Y acurrucado entre las ruinas se quedó dormido.

*

Ensartaba la última flor de una guirnaldeta cuando el sueño lo devolvió abrupto a la vigilia. A medio palmo de su rostro, un puñal relumbraba amenazante. Tras la hoja, el desmejillado lo observaba sin mediar parpadeo. Transido de espanto, Avi supo en un instante que escapar era imposible. El cascajo a sus espaldas impedía la retirada y el monstruo acuclillado entre sus piernas, corpulento como era, frustraba cualquier intento de ofensiva. Resignado a la desgracia, el muchacho se sometió a la mirada de su captor con mansedumbre lastimosa mientras el otro se daba al silencio. Pasados unos instantes, el desmejillado sonrió de rostro entero.

—Temes al gesto tanto como al filo. ¿Me equivoco? —dijo el hombre en un hebreo distorsionado por la falta de carrillos. Avi comprendió las palabras, pero no el sentido. El siseo emitido por el ruin al pronunciar la "f" lo distrajo momentáneamente—. Se ha quedado mudo mi chiquillo. Los años te enseñarán a desconfiar hasta del propio silencio, de los impulsos primarios, de la supuesta evidencia que proveen los ojos abiertos. Ver es otra cosa. Abrirlos como tú, no garantiza nada. Ahora piensa de nuevo; fíjate bien si mi sonrisa y la navaja son lo mismo.

—No...

—No sabes, lo sé. Se te ha metido en la cabeza que juego contigo igual que lo hace el gato con el ratón. Me asumes cruel, despiadado, capaz de todo. Y sí, en cierta forma tienes razón. Todos somos capaces de todo llegadas las circunstancias precisas. ¿Qué pasa? He visto un rastro de dolor asomando por encima de tu miedo. Mmm... Rezas porque yo sea el sueño, o mejor, la pesadilla; pides al eterno volver a esa vida en que ensartabas margaritas. Allá tú con los ruegos. Ahora es preciso que desconfíes de la idea que de mí te has formado. Sospecha de lo poco que tus ojos tan abiertos saben ver en la cuchilla. Muy bien. Respira hondo. Otra vez. Así. Ahora inhala muy lento hasta llenarte los pulmones, poco a poco. No, no. Mucho más lento, sin pausa. Cuando ya no quepa más, ni una menudencia de respiro, exhala igual de lento. Eso es. Cierra los ojos. Olvida mi cara. Olvida el puñal. Olvídate del miedo, de la posibilidad de muerte y obliga a que renazcan tus sentidos. Date tiempo, que ni tú ni yo tenemos prisa. Nosotros nunca tenemos prisa. Somos los que no tenemos prisa, dicen. Respira de nuevo como te he enseñado. Siete veces. Yo las contaré por ti. Uno… ya no existe lo que has visto. Dos… los sonidos nunca volverán a ser lo mismo. Tres… el olor revelará intenciones. Cuatro… no más alimentos rojos y la palabra justa llegará a ti como un soplido. Cinco… el roce de tus manos obrará prodigios. Seis… nadie te hará daño porque has sido elegido. Siete… cuida tus deseos pues desde hoy serán cumplidos. Ya está. Reposa y en silencio promete jamás tornarte indigno de ti y de los demás. Nada lamentarás de tu pasado, porque estaba escrito y porque ya no es. El temor a lo futuro cederá porque tu alma tiene la certeza de que el fin, la muerte, es principio redivivo y el presente es en realidad el punto de partida, el eterno inicio del camino. Somos dioses y la vida del puñado que es como nosotros ha de mostrar al resto no su divinidad, que no la tienen, sino la brutal belleza de aspirar a lo divino. Para ellos, la felicidad… la plenitud acaso. Para nosotros, la inmanencia. Respira hondo de nuevo como recién has aprendido. Ocho… el octavo sentido al que sólo se accede cuando la incertidumbre se ha vencido. De entre todos los aquejados del mercado fuiste el único que se interesó en mi tablilla. Te esperaba y tú, sin saberlo todavía, al acudir aligerabas también la espera. Los amigos se esperan la vida entera; no se conocen: se reconocen. Y así irás reconociendo el mundo que te rodea y el mundo que rodea al mundo que te rodea. Y reconocerás también a esa caterva de miserables que son hijos de la nada y que en nada semejan lo humano a pesar de la apariencia. No hay maldad en ellos porque el mal, no siendo en realidad sino la ausencia del bien, hasta la existencia niega. Ni son siquiera. El mal es un no ser, es un vacío decretado, una nada que aspira a ser fracasando en cada intento. De esta impotencia nace su envidia y esa impostora de lo humano: la perfidia. Nada pueden contra nos, muchacho. El mal es poca cosa, pero sabe cebarse en el rebaño. No lo permitas. Basta exhibirlos para iluminar su vacío y devolverlos a la nada perpetua. No temas. No les temas. Ya nada puedes temer, porque en tu naturaleza no cabrá la incertidumbre. Ocho… todo es certeza. Conoces ya todo lo pasado y todo lo futuro. Y cuando abras los ojos el mundo será nuevo. Siete… lo indispensable y más será provisto. Seis… sólo tú podrás vencerte si desoyes o descuidas. Cinco… si el prodigio no conduce a la esperanza de los hombres, será fuente de desdicha para ti y los tuyos. Cuatro… el verbo es la diosa en vuelo; repártelo a manos llenas. Tres... respira antes de juzgar motivos. Dos... el sonido es canto y el canto revelación. Uno... ante ti, la belleza, que si no es brutal no es belleza... y te advierto que lo bello es el milagro. Míralo siempre en derredor y sabe que cuando miras el milagro, el milagro te mira. Mírame. Responde ahora: ¿temes al monstruo?

—No.

—¿Temes al cuchillo?

—No.

—¿Reconoces el milagro?

—Lo veo —repuso Avi al darse cuenta de que el cuchillo otrora amenazante era el mismo que había encontrado en la sede de ingenieros, ese del filo mellado, sin mango, que el marinero arrojara a las aguas en el embarcadero del Portus.

El desfigurado puso la hoja en el regazo de Avi. Tomó el saco vacío y rasgado con que Avi había improvisado su almohada, lo extendió en el suelo y acarició suavemente el tejido. Las arrugas se borraban al paso de la palma cual si ésta fuera una plancha rebosante de tizones avivados. Luego, el extraño metió el brazo en el saco y extrajo una segunda hoja con el mango intacto.

—El regalo del barquero —confirmó Avi, sintiendo una paz desconocida.

—Y ya que no necesitas ver para creer, dime qué más hay en tu equipaje.

—Monedas, una muda de cáñamo, el cuero vacío y... una piedra.

—¿Cómo lo supiste?

—Lo supe nada más.

—El común ha de ver para creer. Los pocos vemos el milagro en sí, no sus accidentes. Te lo he dicho ya. Cuenta las monedas.

—Trece; diez de plata y tres de oro —respondió Avi sin necesidad de escudriñar el saco.

—Proveeremos y seremos provistos. Son tuyas, en agradecimiento por tu ayuda.

—¿Cuál ayuda?

—La que me prestarás al romper el alba.

—¿Por qué yo?

—Porque estás destinado a ver. Pronto lo entenderás —advirtió el desmejillado antes de guardar ambos cuchillos en el saco y se incorporó dando por concluido el intercambio.

Qué alto le pareció su interlocutor al mirarlo desde abajo, recostado aún en el lecho de cascajo. Cuánto lujo en el vestido, en el cinto adornado con crótalos dorados. Nadie reconocería en este hombre al sucio mascanabos del mercado. En lugar de la tablilla que antes anunciara la dolencia ya vencida, pendía desde su cuello un extrañísimo pectoral.

—¿Cómo te llamas? —inquirió Avi.

—Becerro —espetó el desfigurado para después tomar el supuesto pectoral y calárselo en el rostro—. El nombre perfecto para una noche como esta —agregó críptico.

Becerro se acuclilló de nuevo y, escondidas ya las mejillas descarnadas, susurró al oído de Avi:

—Evaristus.

—Yo soy Avi.

—Espérame en la plaza al despuntar el alba. Consigue un lugar en la primera fila, lo más cercano posible a la tarima. La subasta comenzará en punto.

Y Evaristus se perdió entre las sombras de las que parecía haber surgido.

*

En el barrio judío de la Babilonia que nos atañe, se podía comprar pan de cardamomo y sal por un óbolo. Un famoso panadero fenicio logró que los ricos —seres casi fantásticos por escasos— se disputaran boletinos rellenos con pasta de adormidera e higo, pagando hasta cinco óbolos por una pieza ordinaria y el dracma entero si tenía forma de hongo. El padre de Avi, en épocas propicias, ganaba dos y medio dracmas a la jornada, pero los dos años negros que antecedieron su enfermedad trabajó por un dracma al día, bastante para la subsistencia de un matrimonio sin hijos. Si consideramos a los tres que de la unión habían nacido, podemos darnos una idea de las privaciones que soportaba la familia. Al cumplir con los encargos de la madre, se le entregaban a Avi cinco chalkoi de cobre para adquirir una hogaza decorosa, un óbolo jamás. A cambio del bdellium que los semitas le habían dado en pago, Avi obtuvo nueve dracmas, un capital de proporciones desconocidas. Valgan las referencias para ofrecer una impresión clara del estupor que se produjo en el joven al saberse dueño de diez monedas de plata. Durante largo rato se entregó a descifrar cuántas hogazas compraría con cada una, asumiendo que las monedas de un dracma podrían cambiarse por circulante local con relativa facilidad al cinco por ciento de comisión —la mejor que podía esperar en días de fiesta—. "Cincuenta hogazas, cuando menos", se dijo muy satisfecho. Cincuenta días de sustento seguro. Y él que rezaba por un trabajo de estiba.

Respecto a las tres monedas de oro que, seguro estaba, encontraría con la otra decena, las dudas se multiplicaban. Aunque el oro era motivo frecuente en las conversaciones de su ahora extinta familia, referencia obligada en los textos sagrados, los cuentos infantiles y en los cotilleos políticos de los mayores, muy pocos lo habían visto o tocado con sus propias manos. De hecho, ni Avi ni sus allegados concebían el oro como una posesión asequible; su concepto del mismo se basaba en las fachadas de edificios y monumentos públicos en los que a veces le era dado admirarlo en hoja, adosado principalmente a los altares profanos de Ahuramazda y otras deidades más ricas que su dios. Si bien desconocía las pasiones del brillo áureo, Avi no ignoraba que los comerciantes solían tasarlo en una proporción de diez a uno en relación con la plata. El número de hogazas que esa fortuna proveería era tan grande que excedía sus limitadas capacidades aritméticas.

Resulta curioso el que Avi, entregado al ensueño de la multiplicación de los panes con la mirada fija en el plenilunio, no meditara sobre la veracidad de lo dicho por Evaristus. La duda era un concepto ajeno a él en ese instante, lo mismo que el miedo. Había tenido las cuchillas frente a sus ojos y todavía podía sentir el influjo sanador que las palabras del hombre le conferían. Era como si cada palabra descendiera desde lo alto hasta asentarse en lo más íntimo de su ser, brindándole una coherencia y una seguridad que nunca antes experimentara. En otro momento, el discurso de Evaristus habría despertado sospechas o incluso un ataque de risa, pero no. No en esa noche memorable. Al contrario: las aseveraciones, el tono en que fueron pronunciadas, esa dicción perfecta poblada de silbidos imperfectos y la cadencia melódica gobernada por el ritmo de la respiración devinieron, no en verdad y sí en certeza, en una de esas certezas en las que no caben las indagaciones ni el escepticismo ni la suspicacia. Se adentraba en el territorio de las cosas que son como son, ese lar inescrutable reservado a quienes son lo que son, pésele a quien le pese, dígase lo que se diga. A nadie tenía que convencer. Bastaba con saber que detrás de cada suceso, de cada acto, de cada coincidencia, existía un motivo, oculto, sí, pero necesario e indisputable. Su desgracia, el crimen, la muerte del camello en Sambastai, el discurso y al fin todo lo acaecido conformaba el único derrotero concebible. Punto. Nada había que lamentar. Lo que fue constituía el entramado perfecto del ahora y el único posible en adelante. Cuando se sabe que el aire sopla, que las bestias comen, por ejemplo, el entendimiento deja de cavilar y se avanza de frente. Cuando se sabe lo que Avi sabía ya, cuando se recibe el honor incomparable de existir para y por algo, el alma va también de frente embebida en la certeza de que el vaivén de la fortuna es, porque sí, brutalmente bello. Si doloroso, igual. Emocionante.

Y coincidiendo plenamente con Evaristus en que la belleza o es brutal o no es belleza, adelantamos que, a partir de esa noche, la vida entera de Avi sería un episodio, sólo eso, un episodio brutalmente bello entre los muchos por venir.

Inmerso en el ámbito espiritual que se ha descrito, puede comprenderse que Avi se mantuviera sereno a pesar de una emoción que, como el aroma de cierto pan inflado de la India, transfigura la percepción, la naturaleza de las cosas. La irrupción de ese Becerro descabellado y encantador fue diluvio: partió en dos la historia de Avi del mismo modo que las aguas escindieron el relato de lo humano.

Sin importar lo increíble que parezca a los descreídos, por la mente de Avi no cruzó la idea de hurgar en el saco. A decir verdad, se le ocurrió hacerlo faltando un par de horas para el amanecer, y lo hizo más para matar el tiempo que para probarse nada. Ahí estaban los objetos y las diez monedas de plata eran estáteras, no simples dracmas. "A cuatro dracmas cada una…" Usando los dedos de pies y manos para ayudarse en el cómputo, concluyó que su riqueza equivalía a doscientos cuarenta panes de un óbolo o cuarenta fungiformes. "Dios de mi vida." Y no tuvo la paciencia requerida para estimar el valor de las tres monedas restantes: eucrátides de veinte estáteras áureas, con el diámetro de un limón chipriota. Deslumbrantes.

Con un estado de ánimo sito entre el aturdimiento y el embeleso, Avi encontró al fin los arrestos para echar a andar una jornada prometedora. Tomó una estátera de plata y se dirigió a la plaza en busca de un cambista madrugador que ofreciera una tasa aceptable. A treinta codos de los hornos demolidos, encontró a uno lo suficientemente adormilado como para cambiarle la moneda al cuatro por ciento sin hacer preguntas incómodas (ninguno solía hacerlas, pero el bisoño no lo sabía). Descontando la comisión, obtuvo tres dracmas y cinco óbolos que le permitirían alojarse en un hostal techado y darse un baño. Ya tendría tiempo para recuperar el sueño perdido.

No muy lejos, encontró una posada en que, tras cobrarle por adelantado el triple de lo normal, aceptaron preparar un baño caliente además de servirle en el momento pan, leche caprina y un embutido sazonado con nueces. Rechazó el embutido marrón, apuró la leche y mordisqueó el pan. Más o menos satisfecho y pulcro, decidió estrenar los vestidos de cáñamo y se dio a la tarea de esconder el dinero sin que se notara. Contento con el resultado, se prometió el eventual placer de una tina humeante siempre que los medios le bastaran. El lujo y sus hechizos. Luego, marchó deprisa para llegar antes que la mayoría al sitio acordado.

No obstante la hora, el bullicio en las inmediaciones de la plaza era ya considerable. Funcionarios, cambistas, vendedores y curiosos compartían el amanecer con trasnochados de andar incierto y mujeres ojerosas. En el costado sur, frente a la tarima, se amontonaban los interesados más ansiosos, que, por tratar de espiar a las beldades del primer grupo, estiraban la cabeza señalando discreta o falazmente a las candidatas que ultimaban afeites antes de partir al lado opuesto de la plaza, listas para el desfile preliminar. Algunos se atrevían a piropear sin importar la animadversión que sus ocurrencias causaban entre los familiares y conocidos de las subastadas. Cuando Avi se unió a la muy entretenida concurrencia, los ánimos entre un aspirante y el padre de la muchacha aludida se habían encendido.

—¡Contigo nunca, hijo de puta! —gritaba el ofendido padre mientras el rival manoteaba para zafarse del abrazo con que sus acompañantes lo sometían.

—¡Ya verás si traigo o no lo suficiente! —exclamaba entre jadeos el enamorado—. ¡Miserable! ¡Carcamal!

La guardia oficial, improvisada con elementos de casi todos los territorios involucrados en el evento, arribó enseguida para calmar a los rijosos con la mención de cuatro vergajazos en castigo si no se portaban a la altura. El remedio surtió efecto y Avi fue testigo de las discretas reprimendas que los testigos dirigieron al joven belicoso. El otro se puso a caminar en círculos bufando la ira a cada paso sin que nadie le reprochara mínimamente.

—Mira que insultar a Boro… a ver si no lo destripan esta misma noche —comentó a espaldas de Avi un espectador familiarizado con el personaje.

—Le queda medio día para escapar. Ya hacía falta que uno se atreviera —respondió el contertulio para luego darse a remedar los bufidos del tal Boro con sobradas dotes cómicas.

Acuciado por tan sabrosos comentarios, Avi estaba a punto de indagar en las andanzas del temible cuando sintió que una mano le tocaba la cintura. En principio, no vio a nadie que pudiera haberlo hecho, pero al bajar la mirada se encontró con un niño rapado que, antes de mediar palabra, dio un par de tirones a la camisola nueva de Avi.

—A ver —dijo el pequeño metiendo la mano entre las piernas del muchacho; palpó la bolsa con el dinero y retiró la mano satisfecho.

—¿Cómo te atreves? —reclamó Avi, dispuesto a vengar la ofensa a puño cuando el desvergonzado rogó calma protegiéndose el rostro por si acaso. Al entrever que Avi refrenaba el golpe, el niño retiró las manos del rostro lentamente. Y Avi enmudeció al reconocer al elegantísimo rival del borracho con la máscara zorruna. Tan elegante o más que la tarde anterior en la barcaza, el enano se mostró aliviado ante el estupor del joven. Sonrió.

—"Llegará puntual. Lo reconocerás por la bolsa que esconde en las calzas." Ja. Cuánto sabe Evaristus. Por lo demás te pareces a todos. Ay amigo, yo sí temía un retraso. Toma: ve a cambiarte por ahí y vuelve enseguida. Ja —rió de nuevo el emisario lanzando miradillas recurrentes a la entrepierna de Avi mientras éste se preguntaba qué hacer—. ¡Rápido! —impelió el enano con voz tan sonorosa que parecía maldispuesta en ese cuerpo cuadrado de rostro también cuadrado por tanto apretar la mandíbula.

Avi echó a andar sin entender absolutamente nada, pero la mención a Evaristus obraba su magia. Caminó hasta encontrar refugio apropiado tras una columela, deshizo el envoltorio y quedó admirado en cuanto sus dedos acariciaron el terciopelo y el hilo de oro que dibujaba una media luna al frente de la túnica. Envuelto en muselina blanca, halló un par de zapatillas confeccionadas con piel de ternero y repujadas con motivos para él abstractos. Pudoroso, se aseguró de que nadie lo mirara antes de desnudarse. Sin perder tiempo y calado hasta los huesos por el rigor del alba, Avi se enfundó en la prenda y calzó las zapatillas orgulloso. El conjunto parecía confeccionado a la medida. Nada tan suave y terso había tocado sus pies. Ni el terciopelo competía al roce del calzado. Acaso las mejillas febriles de Hannah serían un referente afortunado, pero Avi no se permitió el desliz. Verificó que la indecencia del enano no le hubiera costado ni un óbolo, arrancó un jirón de sus ropas de cáñamo, lo guardó como amuleto en la misma bolsa de las monedas y retornó a la plaza cavilando su facha.

La asistencia era más nutrida de lo esperado. Unos instantes le había tomado a Avi solazarse en la abundancia y ahora tenía que codear y escurrirse de costado si quería hacerse paso. Pero algo había cambiado.

"¡A un lado!"

¿Por qué había dicho lo que dijo? La apretura no era tanta. Él, que a fuerza de carencia, rezo y palos aprendiera a estar como esfumado en el entorno con sólo pedir a cambio que ni lo vieran ni lo oyeran ni lo pensaran ni lo advirtieran; él, de natural humilde, obediente, considerado, mostraba ahora una actitud rayana en la petulancia. El mozuelo asumía su lugar en el mundo sin necesidad de explicarse. Porque sí. Una pareja se soltó la mano para dejarlo pasar antes incluso de avistarlo. ¿Quién de entre esos pobres concebía siquiera un teñido de turquesa que pudiera rivalizar con el manto de Avi en caída, uniformidad, clase, brillo, corte, elegancia y riqueza? Habrase visto cosa igual en Tebas, Siracusa o Roma, no en Bibakta. Así no. Sin temor a equivocarse, siguió de frente con aplomo, aguardando lo necesario para no tocar al próximo en quitarse y cierto de que entre su espalda y el siguiente admirador mediaban tres codos. No agradecía las deferencias y sin embargo ninguno de los presentes podía achacarle soberbia o vanidad o ligereza. "Ábranse", empezó el enano en tono ordinario y zahiriente al divisar a Avi entre los muchos. Azotaba una rama contra el suelo levantando polvareda para así agrandar el corro, en cuyo centro figuraba una cabalgadura de tremenda estampa, con la crin trenzada de fantasía y sudando desde el cuello hasta los cuartos delanteros. Evaristus, vestido de gala, estaba de pie junto al caballo mirando el entablado-pasarela. No reparó en la llegada de Avi hasta que el enano mismo se lo hizo saber. Evaristus asintió enmascarado por un diseño en triple espiral de plumas verdeblanquirrojas. El enano se aproximó a Avi y, después de alejar con la rama a un perro despistado, le dijo al oído:

—Párate a su derecha y no te le separes. Cierra la boca a menos que él te indique lo contrario.

—Y tú no vuelvas a callarme —repuso Avi, clavando la mirada en el rapado. Luego caminó hasta ubicarse a la diestra de Evaristus.

—El hombre hace al vestido, Avi querido —saludó Evaristus.

—¿Quién si no, Becerro herido? —rimó Avi con una solvencia que nadie le habría adivinado el día anterior.

—Toro alado —corrigió Evaristus entre severo y divertido, aludiendo a Ahuramazda, al tiempo que soltaba la rienda para arrancar una pluma de su máscara; la ensartó en el bordado de la túnica de Avi.

Sonrió y Avi no lo supo.

*

Las candidatas más bellas iniciaron la vuelta de rigor. Los vítores, piropos y baladronadas detonaron a la par del desfile prenupcial. "¡Guapa!" "¡Corazón!" "¡Cereza!" Los tímidos eran azuzados por los audaces. "Qué andar de ésa con cadera de venada", se antojó el más flaco. ¿Cuánto valdrían sus ojos glaucos? Quién fuera rico. Perdido entre la muchedumbre, un enardecido lloraba su imposible mientras otros muchos se daban a contar secretos falsos y veraces. Enamorados, fanfarrones, lúbricos, soñadores, los hombres de Bibakta y las inmediaciones discutían las pujas o memorizaban el nombre anhelado apretando el oro, la plata y los cobres en el puño. Las bellezas locales despertaban una admiración franca pero alejada de la inmensa que generaban las mujeres extranjeras. Ah. La novedad. "¿De dónde vendría la seria? Es… Es…" "Dicen que la novena, esa bajita, es hija de carpintero, pero no hay príncipe que desprecie sus pechos." "Cuando esa canta las aves callan." "Si mi tío me hubiera prestado, la gruesa sonrojada sería mía; como él ya no puede… avaro de mierda." Cuánta blancura en los dientes de la prieta. Y los perfumes. El desfile de las maravillas dejaba a su paso fragancia de rosas, maderas dulces, lilas, lotos. Aunque tenían prohibido mirar directamente a los ojos de los hombres, no faltaba la que de hito en hito buscaba al prometido rogando porque la suma entre ambos reunida fuera suficiente. "Tal vez sobre un poquito para flores y mantones", se decía la más joven con tal de no pensar en que la subasta la empujara a un abrazo desconocido, golpeador o feo o vicioso o indolente o impotente o flojo o desabrido. Con los dedos de una mano se contaban las que mañana agradecerían al sino. La mayoría sería vendida al ávido más pudiente, y entre tanta aclamación, entre tanta coquetería, peinados, perfumes y sonrisas, entre tantas luces, el observador nato distinguía las sombras que la incertidumbre proyectaba en todas con sus nubes. Había que andarse con cuidado: una sonrisa equivocada y al día siguiente amanecías asqueada por los besos de un borracho maloliente. Benditos los que a viejos y cascados marginaban de la oferta. "Te va a tocar un aburrido", deseó la pelirroja a una rival. "En tres días descubrirás que tu marido gastó en ti hasta el último chalkoi y para comer tendrás que lavar lo mío." "En la familia de esa presumida las hembras no paren ni un gato; su mozo en persona me lo dijo", alardeaba una sabihonda, la más hermosa de entre dieciséis que el comité tripartito destacara.

Evaristus, silente, entreveía a ésta emborronada por dos plumas verdes y una blanca. La seria abrumó el corazón de Avi con un sinfín de parasiempres. El perfil ostensiblemente hebreo, las comisuras caídas.

—Evaristus: ¿cuánto cuesta una mujer como la que mira al suelo acariciando su medalla? —aventuró Avi al término del periplo, cuando las subastadas se formaban a un costado de la tarima listas para mostrarse.

—Es una Mano de Miriam.

La aclaración aceleró el pulso de Avi. Era judía.

—No me respondiste —perseveró el adolescente.

—¿Qué edad tienes? —preguntó Evaristus afectando el tono.

Tras una pausa larga y dolorosa, Avi aceptó que no sabía.

—¿Te acompañan parientes u otro tipo de testigos?

—Sabes que no.

—Entonces sólo tienes el dinero. En tu caso es igual que no tenerlo.

Avi se derrumbó por dentro. A pesar de ello, al cerrar los ojos, la vio ciertamente junto a él, toda la vida. La amaba en imaginario y ella, en imaginario, correspondía.

—¿Y si nadie la compra?

—Estará aquí mismo el año entrante, a no ser que la casen antes —respondió Evaristus. Tras una pausa dramática, continuó: —Sería la primera vez. Las bonitas nunca quedan.

La belleza sabe de seducción, de hechizos, pero sólo el alma enamora al alma. Lo que Avi asumiera como seriedad en la bella iba tornándose más suave y auténtico. Mirarla de nuevo fue constatar que nuestras reacciones a la impresión inicial derivan del miedo, del repentino estremecimiento del alma que se resiste a dejar de ser ella en exclusiva para entregarse a la completa fusión y derivar en una entidad tercera, independiente, autónoma. Igual que lo masculino y lo femenino dan todo lo que son y tienen en pos de un otro novísimo, síntesis y negación simultánea de todo lo anterior, Avi vivía arrobo en desconcierto por no ser ya solo en el mundo. Porque amar reconfigura cada elemento. Porque hace caber dos donde antaño cabía uno. Porque incluso el desamor es soportable cuando se ama a la persona amada. Porque amar en verdad y para siempre es buscar el bien de esa nueva entidad, de ese flamante número primo que no divide ni se divide entre dos porque dos ya no es y punto. Avi dejó de pertenecerse y se entregó al viento que la vida usa para disipar el ego. Creyó distinguir su perfume entre tantos pero se equivocaba: era el alma que tocando a su gemela se rehacía. Perfume parecía el contacto. Mirra no. Bdellium. Porque los perfumes más antiguos transportan al alma y la belleza entretejidas cual la pluma y el vuelo. Porque usar un perfume es buscar en el aire a quien deba respirarnos.

Avi cerró los ojos. Impaciente como era, le dio por abrirlos de inmediato, pues conoció esa angustia que a casi todos invade cuando sospechamos que lo bello, precisamente por serlo, puede dejar de pertenecernos en un descuido. Si lo bello fuera sólo para uno. Entonces se dio cuenta de que el enano se relamía viendo de soslayo la tarima. Puerco. Le dio por imaginar que ese esperpento la miraba. Y al imaginarlo inmundo le vino a mientes el hilillo salivoso que un caravanero se limpiaba con el dorso de la mano siempre que alguien hablaba de mujeres. Avi supo entonces que el enamoramiento suele parir gemelos: ah, la devoción; ay, los celos. Tramaba el modo de reclamar al enano o a cualquiera lo que fuera cuando el funcionario principal de la subasta levantó los brazos pidiendo silencio a los asistentes. Avi tuvo la sensación de que la multitud acallaba debido al pasmo que brazos tan entecos producían. Vaya flacura. Como la de los perros más tristes; como la de esos niños en taparrabos que dibujan rayas en el polvo con la punta de una vara. "Como la mía", se dijo Avi, consciente por vez primera de lo desagradable que puede resultar la delgadez extrema. "¿Qué pensará ella?" Avi prefirió convencerse de que la seriedad de esa mujer adusta estaba dedicada a él. Tanto deseaba ser en ella que, sin notarlo, se tornó adusto él mismo como si eso fuera suficiente para estar a la altura de la hembra. Tan linda era que hasta parecía que con su seriedad la muchacha le sonriera.

Al aminorarse el rumor del gentío, el funcionario bajó los brazos y se dio a revisar el megáfono que un empleado le alcanzaba. Torció la boca, señaló una abolladura y secreteó con su asistente riñéndolo por el detalle. "¡Señores! ¡Naturales de

Bibakta!", exclamó antes de seguir con los naturales de todos los pueblos participantes. Transcurrida la retahíla, confirmó a los asistentes los derechos y obligaciones de subastadas, subastantes, familiares y testigos, así como las penas que cualquier malfacer acarrearía.

El funcionario cedió la palabra a otro miembro del comité tripartito, quien se encargó de ensalzar la visión, el mérito y la benevolencia del gobernante en turno. "¡Ya! ¡Qué venga la fiesta!", exclamó un espontáneo que el flaco no logró identificar. Visiblemente molesto, el segundo funcionario cedió prematuramente la palabra al tercero del comité, quien inició la presentación oficial de las subastadas.

El enano volvía a relamerse. El caballo coceaba discretamente, como si con ello evitara quedarse dormido. Evaristus daba la impresión de permanecer incólume. Pero no. Bien seguro estaba el enano de que la respiración de Evaristus se había agitado al conocerse el nombre de la primera agraciada. Aladah se llamaba la sabihonda. "Aladah de Bibakta, hija de Boro y su legítima mujer. Sin hermanos ni hermanas. Muy cerca de cumplir los diecisiete años. Virgen. Sana. Toca la vina y teje. Obediente. Dote negociable. Suma y resta con asombrosa naturalidad. Notable capacidad de mando. Limpia. Buen hueso, fuertes pulmones, cabello recio. Ni tose ni sangra a destiempo." Aladah recorrió el entarimado sin exagerar el cadereo. Pudorosa, bajaba la mirada siguiendo al pie de la letra las instrucciones de los organizadores. Su padre, el riquísimo y temible

Boro, estiraba el cuello para ver mejor a su princesa. Y sonrió. Sólo Aladah hacía sonreír a Boro. "Muñeca. Qué soltura… qué elegancia", murmuró al oído de su ayuda, quien lamentaba la suerte del desdichado que esa mañana llegaría a convertirse en yerno de Boro. "Pobre." Ya conocían muchos en la isla y en el Portus la maldita suerte que otros se habían granjeado por el hecho de arrobarse al verla cuando el padre o los criados estaban pendientes de ella. La belleza y sus anzuelos. Qué peligro.

A no ser por un ligero tremor del meñique que sostenía la rienda, nada en Evaristus denotaba expectativa. Los pliegues de sus ropas, las plumas del antifaz, el cabello bien peinado y hasta la cabalgadura misma parecían aguardar un desenlace que no llegaba. Al terminar el elogio, el funcionario se dio un tiempo para recuperar el aliento que tanto grito en el megáfono le había robado. Recuperado en breve, insistió en la debida seriedad de las posturas, en la forma correcta de sostener el distintivo de puja y en la buenaventura que el principal de Bibakta garantizaba a los contrayentes que dieran su nombre al primogénito varón. "¿De qué no serán capaces con tal de extender su fama? Tipejos", se dijo molesto un batanero pensando en lo mucho que la gente estaba dispuesta a hacer por una talega de centeno, pues en eso y nada más consistía la pretendida bienaventuranza oficial. Una vez desahogada la propaganda, el enteco sostuvo en lo alto un triángulo de sonoridad probada y lo golpeó repetidamente.

El retintín se extinguió antes de que el público y los oficiales escucharan la primera postura. Nada.

En lugar de las consabidas leperadas, un silencio incómodo se extendió por buena parte de la plaza. Extrañado por la demora en las pujas, el flaco pidió a otro que colocara el megáfono frente a sí y puso el triángulo en la boca del artilugio antes del golpear con mayor fuerza todavía. Los asistentes se miraban buscando una explicación coherente, pero no la encontraban. ¿Cómo justificar el que la primera belleza del día, la más hermosa y deseada de entre todas las subastadas, no recibiera oferta inmediata? ¿Tanto temía Bibakta los estropicios de Boro? Eso quiso creer la mayoría. Y quizás también Boro. En principio al menos. Cuando el instante inicial se convirtió en más de medio minuto, Boro pasó de la sorpresa a la incredulidad, y de la incredulidad a esa ira ya legendaria. ¿Cómo se atrevían a despreciar a Aladah?

Evaristus buscó al rufián con la mirada. Supo que el momento había llegado. Levantó el distintivo. No más incertidumbre.

—¡Nombre! —exclamó el funcionario, apenas haciéndose escuchar sobre la aclamación de la gente.

—Evaristus de Pagala, con testigos completos —dijo el hombre sin que la máscara obstara para hacer oír su voz.

Volvieron los silbidos y el cruce inevitable de apuestas ilegales, al menos entre los que estaban más lejos de la tarima. Quienes por su cercanía habían escuchado el nombre del postor pensaron que no, que eso no era posible. Lo mismo sucedió al fedatario y a su escriba, que se limitó a torcer la boca expresando reserva al tiempo en que asentaba los datos recién obtenidos. A poca distancia, Boro había dejado de gesticular mostrándose pensativo, casi suspicaz. Quiso expresar algo urgente, mas sus labios no se abrieron. Los ojos sí: abiertos a lo más, se fueron cubriendo de venillas rojas.

—Presente a sus testigos —continuó el funcionario apegándose al protocolo oficial.

—A mi derecha, Avi de Sirkap, sobrino carnal por parte de madre e hijo putativo. Hace cuatro lunas cumplió los quince años. Conoce la ley de los hombres, las consecuencias de su incumplimiento y ya ofrenda en las fiestas.

Evaristus empujó suavemente a Avi obligándolo a dar un paso al frente. Avi hizo media reverencia. Como nadie pareció esperar más de él, volvió a su posición original sintiendo un enorme orgullo al imaginarse hijo de Evaristus. Súbitamente, con la pura mención, Evaristus regalaba origen a quien había decidido no tenerlo y edad al mozuelo que no la recordaba. "Sirkap", se repitió Avi tratando de grabarse el nombre; cuando estuvo seguro de que jamás lo olvidaría, se prometió ir allí. Algún día. Avi de Sirkap. El hombre.

—A mi izquierda —siguió Evaristus—, Anpú del Portus, primo cercano por vía paterna que muchos conocen aquí en Bibakta.

Avi no lograba ver al supuesto primo, pues el caballo, que también estaba a la izquierda de Evaristus, bloqueaba la mirada curiosa del muchacho. Se juraba que a nadie había visto en ese sitio a su llegada cuando el referido saludó también, permitiendo así que Avi lo distinguiera. El generoso marinero, el barquero del regalo, prolongó el ademán hasta que Evaristus indicó con un gesto bien estudiado que ya era suficiente.

—Mi tercer testigo es Frixo, uno de los cuatro enanos nacidos en Pagala. Desde niño integra el peculio familiar, habiéndolo destinado mi padre para darme compañía, esparcimiento y servicio. Siendo yo único heredero, le otorgué la libertad en toda ley. Cumplo así los requisitos y me presento en esta tierra de Bibakta para pretender esposa. Por Aladah, hija única de Boro, hago oferta pública de dos eucrátides áureos, o cuatrocientas estáteras de plata, su justo equivalente.

Cuánto había cambiado el mundo desde el día anterior. Avi tuvo la impresión de haberse dejado la otra vida en la orilla del Portus Macedonum. El mar le corría ahora por las venas con todo y sus peligros. Conocerlo no era poca cosa. No. El monstruo del taparrabos y el letrerillo dejaba de arrojarle piedras y ahora miraba en derredor parapetado en semejante plumajería. Ay, la mascarada. Y el enano y el marino y el caballo. Y quién sabe por qué, en ese instante ahondó para darse cuenta de que la pobreza no era ya una condición sino el miedo a su retorno —no quería gastar las zapatillas y cuidaba que la túnica ni por asomo le arrastrara—. Y la belleza que minutos atrás fuera, como el oro, una noción lejana, se le había metido al cuerpo, al alma, como pasa a los adultos que sin saberlo y sin la boca abrir siquiera acaban apurando el bebedizo. Ay. La necesidad de ver de nuevo a la seria fue como una mano grande que le apretaba el cuello.

Agolpado, adulto, febril, adinerado, sobrino e hijo imaginario, confundido y nuevo se puso en puntas, pero no atisbó a la seria sino a Boro, que con el rostro congestionado enfrentaba al marinero vocingleando. Éste, plantado frente al grosero comerciante y su ayuda, les impedía el paso a la zona en que Evaristus aguardaba. Entretanto, la voz del funcionario subastador, habiendo conseguido un megáfono de mejor calidad, resonaba la puja con excitación fingida pero eficiente. "¡Dos eucrátides de oro! ¡Se escuchan posturas! ¡Cuatrocientas estáteras de plata! ¡Vamos! ¡Es Aladah, la guapa!" Y el populacho ovacionaba cada una de las guasas que, anónimas, abundaban en ofertas hueras de tres, cuatro o hasta cinco eucrátides y dos perrazos del Tíbet. Mas ni una postura seria. (Lejos de las ciudades principales, con dos eucrátides una casa bien decente se compraba.)

Evaristus levantó una vez más el distintivo y dijo a voz en cuello haciéndose oír apenas:

—¡Sean tres eucrátides y olvidemos a cualquier otro pujador!

Una década atrás, cierta morena con doble hilera de pestañas y ojos violáceos había sido comprada en un tanto así. El subastador miró a sus colegas. Asintieron.

—¡Vendida! —declaró el funcionario trazando en el aire una lemniscata con la mano derecha, como exigía la tradición.

—Dame la bolsa —exigió Evaristus a Avi, quien sin pensarlo hurgó entre sus ropas hasta dar con el tesoro. Lo entregó de buena gana. Evaristus extrajo las tres monedas de oro y regresó la bolsa a Avi, dejando clara la encomienda de dar la plata a Frixo en cuanto él se dirigiera al entarimado.

El desmejillado de las plumas echó a andar. Entretanto, el enano apareció a un costado de Avi para tomar las riendas de la cabalgadura que su dueño había soltado y extendió la mano libre. Avi le dio la bolsa. Sin más, el enano brincó agilísimo alcanzando el corto estribo de la silla y de ahí, saltando de nuevo con medio giro, montó el lomo del caballo, lo que no era tan fácil como parecía, pues la alzada del animal era dos y media veces mayor que la de Frixo. Cuando vio que Evaristus doblaba a la izquierda para acercarse a la escalera que daba acceso a la tarima por un costado, contó hasta tres en voz alta, fijó la mirada en Boro y escupió. Frunció el ceño y, con gesto de furia que a todos asombró por súbito y exagerado, jaló varias veces la crin trenzada de la bestia como para dejar bien claro quién mandaba allí. El animal giró sobre su eje dos veces, más por perplejidad que por rebeldía, y al término de la vuelta segunda se detuvo en seco. Los resoplidos cortos y reiterados parecieron devolverle la calma. Parsimonioso, el caballo se fue acercando al punto en que Boro era retenido. Anpú sintió los jadeos de la bestia en la espalda y se hizo a un lado dejando al padre de la subastada frente a la bestia altísima y su ínfimo jinete. Entonces, el enano trepó el cuello negro y sudoroso que tenía frente a sí y exclamó al oído del animal, señalando a Boro: "¡Shaaa!" Si algo quiso decir, eso no lo sabemos, pero el caballo fijó los ojazos en el vulgar y lanzó una dentellada que estuvo cerca de prender a Boro por la nariz. Luego, quedaron enfrentados. Si el acechado trataba de escapar por la derecha, a la derecha se movía ese negro. Con qué celo le cerraba la huida el hermoso al otro. Si dándole la espalda Boro se escapaba, era ahora el cruel gentío quien de buena gana le cortaba la retirada. "Dos talentos de plata al que retenga a éste", gritó el pequeño y muchas manos de las inmediaciones se asieron a las ropas del gordo. "Aquí nadie se va, grasoso", le musitó un cruel al oído, pero ni al oportunista ni al caballo atendía ya Boro, pues de reojo pudo ver que el emplumado remontaba las escaleras. Y supo que sí. Que era él. Lo supo desde el principio, igual que el escriba y ese otro, el fedatario. "¿Te sorprende?", inquirió en silencio el marinero como si pudiera hablarle mentalmente al otro.

Ni los funcionarios ni el cautivo eran los únicos sorprendidos ante la mención de Evaristus. Los más entre quienes habían logrado captar el nombre creían que el tal señor era ficticio. Tres, cinco, nueve años habían pasado desde que ésta o aquél o ése repararon en su nombre, en la leyenda. Cada quién su habladuría: si la criada por descuido perdía la moneda, la prenda, la honra, el tiempo o la dicha, su señora no tardaba en imprecarla aludiendo al susodicho. "Ah, ladina, seguro te robó Evaristus." "¿De quién es el niño? ¿De Evaristus?" "Mira a ese patojo; se piensa guapo como Evaristus." La valentía, la desdicha, los retruécanos, la súbita iluminación, la sordidez, la elegancia, la virilidad, los caprichos, el arrojo, la inteligencia, el mal de amores, la desgracia, su contrario, la soledad, la tertulia y hasta el tedio, eso y mucho más podía ser atribuido a Evaristus y sus huestes, sean éstas las que fueren. Porque unos le atribuían gavilla y otros gustaban de revestirlo con una soledad fantasmal más dramática y melancólica. En fin, que el nombre era para el pueblo una suerte de encantamiento, una invocación miscelánea, un auxiliar didáctico, una vía alterna a la razón que restituía lo justo, que daba lecciones o miedo o risa. Esa magia era Evaristus, pero ninguno de estos referentes lo era para Avi, pues el origen y la circunstancia hacían ubicua su extranjería. Para él, Evaristus era la vida saliéndole al paso intempestiva. Todo parecía caber detrás de sus máscaras y daba la impresión de tener sentido si el señor lo proponía, pero a diferencia de la mayoría, que por lo que fuera estaba predispuesta, Avi reconocía en el boato al mascanabos de la pañoleta en el mercado. La incertidumbre, el letrero tetralíngüe, el asqueroso taparrabo daban una versión distinta de lo mismo, caótica también pero abrasiva. La expectativa que la maquinación de Evaristus creaba en los demás carecía del tinte trágico, asible y terreno que permeaba la versión de Avi. Para el común, el enmascarado era un perfecto atributo del mito, una corroboración; para el imberbe, éste representaba la encarnación de la materia de los sueños, un desdoblamiento concreto de la realidad, pero trémulo e imprevisible, cual la pompa de jabonadura que nace del aro y el aire para darse unos instantes de liviandad, de capricho. Danza. Y como esas burbujas que no se rompen cuando es debido, las que ensalzan el tornasol más de lo previsto, la realidad desdoblada de Evaristus hacía dudar de los pronósticos y los principios. Ahí va la pompa, arriba, a la izquierda, de frente y abajo, pero no para entregar la ligereza al suelo, sino para echarla a volar de nuevo. Va hacia la rama. Tuerce el rumbo. Pero dicen que nada de aquel mundo dura en el de siempre. ¿Cuándo desaparecería ese universo novísimo que pende del nuestro como una fruta redonda, como un encanto en racimo?

Avi estiró el cuello para ver la llegada de Evaristus al tinglado sin darse cuenta de que, a un costado, Anpú y otros dos sometían a Boro inmovilizándole las manos con un cincho y lanzándole insultos que por tanta rabia pronto se convirtieron en amenazas y agresiones aisladas. No obstante lo anterior, Boro no se resistía. Hacía rato que el instinto le había dicho que no luchara ni imprecara si quería salir con vida de ese trance tan absurdo. Por más que hacían los captores para acuciarle el genio, Boro se resignaba a mirar de soslayo la marcha de Evaristus, quien la dio por terminada después de subir de dos en dos seis escalones y plantarse arrogante frente a los funcionarios. La burbuja persistía. El de los brazos flaquísimos dio un paso atrás al darse cuenta de que algo negro y blanco y rosáceo y rojo asomaba por el borde de la máscara de Evaristus. "¡Leproso!", temió en voz alta el funcionario impeliendo con el gesto a que los demás se retiraran también de la amenaza, pero justo en ese momento Evaristus se quitó la máscara y presumió la miseria de su rostro. Aladah ahogó un grito y cayó desmayada a los pies del anunciador, tirándole el megáfono de las manos. Tres subastadas hicieron coro al grito de la guapa al tiempo que se retiraban unos pasos de esta y del sujeto ese que tan decidido a armar jaleo se mostraba. Pasados los primeros instantes, cuatro agraciadas más se sumaron a las otras. Todavía no mediaban palabras entre sus miedos y estupefacciones, pero la camaradería exclusiva del género las llevó a tratarse de inmediato como amigas, dejando a un lado envidias y otras bagatelas. Así, tomadas del brazo, se sintieron un poco más protegidas, lo suficiente como para empezar a desentrañar los sucesos llevando las miradas de la guapa al monstruo, del monstruo al megáfono o del megáfono a las de junto. "¿Es una broma?", preguntó una azorada rogando porque el desastre en ese día importantísimo fuera aparente nada más. La respuesta no vino de ninguna de sus compañeras. Fue Boro quien la alertó de la seriedad del asunto con un alarido de muerte. De hinojos entre la multitud, Boro trataba de gritar otra vez pero la hemorragia se lo impidió. Un borbotón de sangre le vino a la garganta y se fundió con la que ya manchaba sus manos, que, apretadas por el cincho, trataban de sacarse la hoja mellada de un cuchillo sin mango que Anpú le había enterrado discreta e irremediablemente unos diez centímetros por encima del ombligo. Carcamal.

Los testigos no lograban todavía vociferar ni dar alarma, y los otros, muchos más, se esforzaban por entrever de quién era la caída. El escriba del fedatario vio el suceso a las claras y trató de escapar dejando ahí sus utensilios, pero un Evaristus sonriente le impidió la huida con sólo mirarlo. Su felicidad era evidente. Desde la tarima, el alegre advirtió que Anpú montaba atrás del enano y que la guardia hacía un esfuerzo inútil por acercarse al lugar de los hechos. El momento justo. Evaristus levantó el brazo derecho sosteniendo una de las tres enormes monedas en que ya hemos abundado y exclamó: "¡Porque hoy el mundo es más justo!" y lanzó el eucrátides y su fortuna hacia el sitio en que se desangraba Boro. Hizo lo mismo con el oro restante y, cuando el caos ya lo ameritaba, el enano empezó a arrojar la plata de Avi desde el caballo, hecho lo cual Frixo espetó un "¡Shaaa!" que el caballo obedeció. El sudor lustraba el pelaje del animal que, obediente, se puso en movimiento girando un par de veces para pisotear a Boro y luego marchó a trote medio entre el tumulto hasta situarse a un costado de la tarima. Sin pérdida de tiempo, Anpú saltó al tablado, cargó con Aladah y la echó sobre el caballo. Entretanto, Frixo desmontó y se extravió entre las piernas de la gente hundiendo un alfiler en las nalgas o genitales del que fuera para abrirse paso y facilitar la huida. No sólo la propia, sino también la de Evaristus, que desde las tablas montó al caballo en el sitio dejado por Frixo y se alejó aprovechando la ruta que el enano le abría a punta de alfiler.

De Anpú ni sus luces. Boro pensó en el "¡shaaa!" del enano y muy poco después sus ojos abiertos no supieron ya mirar.

*

Huelga decir que el homicidio y el rapto dieron al traste con la subasta. Mucho se esforzaron los funcionarios por evitar que las más guapas se desperdigaran, pero no pudieron impedir que familiares, amigos y postores potenciales subieran al tablado con el afán de proteger a las mujeres para luego llevarlas a un lugar seguro. Sin la venta de las bellas, el esquema entero se venía abajo, y ningún sentido tenía insistir en la reorganización cuando ni siquiera la improvisada guardia oficial sabía por dónde comenzar, pues el cuerpo estaba pensado para evitar pleitos y otros accidentes menores, pero no para contener una desbandada. Además, el cadáver de Boro tardó mucho tiempo en ser retirado de la plaza, dado que su gente prefirió alejarse para no llamar la atención del populacho y de los cómplices de Evaristus, que, si los tenía, seguro estaban pendientes de los restos. Nadie se acercaba. La soledad del bribón era acentuada por ese círculo desierto de unos quince codos de diámetro que la gente improvisó alrededor del fenecido por pura precaución. Loco estaría el que se arriesgara a despertar la ira de Evaristus acercándose al tendido. Ya se veía que el deforme no se andaba por las ramas. De lo que se te ocurra era capaz, pues poder con Boro era poderlo todo, y al poderlo todo iba conquistando el imaginario de los crédulos y el recelo de los cautos. De su monstruosidad circulaban mil rumores, mil motivos, y de todos ellos era casi imposible entresacar un poco de sentido. Ah, pero qué bien se sentía ofrecer una verdad cualquiera en el figón. Bastaba con arrebatar la palabra e inventarse algo plausible para centrar en uno la atención. Así, entre todos se iba urdiendo la leyenda y la tendencia a contarla en cuento. Aún no había terminado de llegar el rigor mortis a lo que fuera Boro cuando el mito ya tenía sus primeras versiones cantadas gracias a dos músicos calvos que se acompañaban con flautín y pandereta. La burbuja de Evaristus había estallado, pero sus coloraturas flotaban todavía en el ambiente.

La pequeña Bibakta estaba a rebosar. Con o sin Boro y pésele al que fuere, el día de la subasta era ideal para la juerga. Si a esto agregamos que el muelle estaría cerrado hasta después del mediodía por la falta de interesados en regresar al Portus a deshoras, pues tenemos que el desmán comenzaba mucho antes de lo acostumbrado, amenazando con salirse de control gracias a la fantasía y el ánimo exaltados. Las libaciones rituales a las afueras del templo eran vigiladas por un destacamento también variopinto, pero fuera de eso, la isla estaba obligada a vérselas por sus propios medios. En años anteriores, la subasta terminaba un par de horas antes de la caída del sol, pero la cancelación del evento alteraba las previsiones regulares. Los pocos establecimientos o tenderetes que ya estaban abiertos se saturaron y, mientras el resto de los comerciantes se adaptaba a la situación, visitantes y lugareños se las apañaban de maravilla en donde fuera, armando corrillos junto al mercado y en algunas esquinas bien soleadas, atendidas por chiquillos vivarachos que rentaban bancos de madera a un óbolo por día.

Uno de estos grupos, el que se asentaba frente a la puerta de un aguador negro, daba la impresión de estar integrado por personas serias y solventes que no maldecían tanto como las demás. Avi los miraba a la distancia pensando en cómo sacarles provecho, mas nada realmente viable se le ocurría para conseguir calderilla o algo de comer. Lamentó haber rechazado el embutido marrón con dátiles que tan amablemente le ofrecieran en la posada. Ahora que volvía a tener nada, el adolescente se comportaba como viejo, memorando los "buenos tiempos" de riqueza desmedida. Dichos tiempos no llegaban ni a media jornada, pero el relumbre de ciertos metales, como el de algunas miradas, tiene la llave del corazón de los hombres y sabe abrirlo en un suspiro. Así pues, cargado de tiempos mejores, hambriento y melancólico, Avi se preguntaba qué demonios hacía ahí, en Bibakta, cuando debía estar entrando ya a la Senda de los Huesos en un camello bien aprovisionado. ¿Por qué no había esperado en Sambastai hasta conseguir lugar en otra caravana? Una ráfaga breve le desordenó el cabello y esta menudencia le recordó el mar, y el mar a Anpú y al enano, y estos al monstruo. Toda idea derivaba en Evaristus, el prestidigitador. Aunque lo mismo sucedía a toda la isla en ese momento tan peculiar, el caso de Avi era distinto. La concurrencia lo había visto. Evaristus lo había señalado y por una u otra razón eran muchos los que podían relacionarlo con el homicidio de Boro. Nunca más se sacaría de la cabeza el gesto del muerto que trataba de extraer el filo con las manos atadas, tirado y mostrando la corcova incipiente que, de haber llegado a viejo, lo habría deformado sin remedio. Pero no. Las manos, el rostro, el cuello ensangrentados. Gracias a ello había salido Avi del estupor, dándose cuenta de que era uno de los implicados y de que, si no escapaba, podía meterse en líos más serios. Y vaya ironía: la ropa elegantísima, las calzas, el atuendo que antes lo llenara de orgullo, de atenciones, lo transformaba en foco de las miradas. Tenía que perderse rápido entre la multitud. Quiso ser nadie o ser cualquiera, como antes de Evaristus, pero ya no se podía. Uno es lo que es, y él era Avi de Sirkap. Eso no se negociaba. Eso no se lo quitaba nadie. Tuvo que olvidar su identidad cuando Anpú casi lo tira al chocarle en la escapada. Por instinto procuró seguirlo, pero el marinero era habilidoso y lo dejó atrás perdiéndose en la turba. ¿Y ahora? Recordó que al desnudarse en la plaza había dejado la muda de cáñamo tirada junto a la columela. Sí, le había arrancado un pedazo de la pernera, pero era lo de menos. Alentando por la idea, fue hasta la columela y, qué alivio: ahí estaba la ropa tirada como un trapo. Nadie había reparado en ella. Cuánto deseó tener aún la bolsa con el amuleto de esas prendas, con las monedas y los cientos, miles de panes que traían aparejados. Ya. Olvida, que para olvidar tienes los años que tienes. Y se olvidó de panes fungiformes al quitarse la túnica preciosa para enfundarse en cáñamo. Faltaba un pedazo a la pernera derecha y el detalle le dio confianza, porque para el muchacho representaba una vuelta a la invisibilidad, a la calma. Eso lo sabía Avi desde las plagas babilonias. E igual que había sucedido en la sede de ingenieros, se alegró al ver unas sandalias, las suyas esta vez. Se sacudió el recuerdo de la sopa y se calzó recargado en la columna. Vendería la túnica y las zapatillas de ternera y con eso podría tirar hasta Sambastai para negociar con los camelleros. Le pareció buena idea regresar al hostal para buscar compradores potenciales; además, la estancia de esa noche ya había sido pagada. Menos mal que tenía en dónde descansar. Por un instante consideró la posibilidad de volver a darse un baño caliente, pero eso dependería de que lograra vender la ropa a un buen precio. Decidido, levantó las prendas caras y, cuando estaba a punto de echarse a andar, vio en el suelo la pluma de la máscara de Evaristus, la que el monstruo le había calado en la túnica al comenzar la subasta. La recogió, se quedó mirándola unos instantes y luego la guardó como recuerdo en sustitución del jirón de cáñamo que había perdido con sus otras posesiones. "Mejor", se dijo, e inició la marcha hacia el hostal, sintiéndose mucho más seguro que ataviado con las galas.

Para llegar al albergue era necesario atravesar una de las intersecciones más concurridas, por ser el lugar de trabajo preferido de los encantadores que habían ayudado a hacer famosa a la isla. Aunque la mayoría trabajaban en el Portus ostentándose como oriundos de Bibakta, el día de la subasta todos se habían quedado para competir por la clientela a gritos, con pregones de lo más exótico e inverosímiles, sosteniendo alimañas rarísimas. Nada más con ver la facha de un prodigiador risueño, Avi sintió aversión y se propuso rodear el sitio para llegar al albergue por atrás. Retomaba el camino cuando se le atravesó un tipo extraordinario, mucho más extraño aún que las alimañas o las indumentarias. Estuvo a punto de echarse a correr cuando vio a un joven encanecido, de piel casi blanca, más parecida a la cal que a la piel humana. Era feísimo y se daba aires al andar. Los milagreros se fueron callando al paso del extraño, pues ninguno había oído hablar de los albinos y mucho menos visto alguno. La anomalía dispuso un taburete en medio del paso, lo sacudió con la mano y se encaramó. Alzó los brazos y emitió un fuerte silbido que atrajo la atención de magos y viandantes. Se presentó como portavoz de Evaristus de Pagala y dijo que, en esos momentos, veintinueve aedos como él se dedicaban a explicar la infamia de Boro y los motivos de Evaristus en los veintinueve asentamientos de Sakai y Kusanas. Antes que nada, dijo solemne el albino, el señor se disculpaba con las solteras y otros afectados. La referencia a Evaristus puso en guardia a Avi. De soslayo, el muchacho vio que el prodigiador risueño ya no reía y se le aproximaba por un costado mirándolo suspicaz. Avi trató de alejarse, pero la gente ya rodeaba al albino y le impedía el paso. Cinco pasos después, el suspicaz se detuvo junto a Avi y achinó la mirada para distinguir mejor los rasgos. Tras unos segundos de silencio, el hombre se permitió rozar con el índice la punta de las zapatillas de Avi, las de ternera, que el muchacho llevaba mal envueltas en la túnica de terciopelo. Se embebió en la tersura y dijo: "Estabas con él". Avi reaccionó abriéndose paso por un costado del taburete y aprovechó para largarse. Al volver la vista atrás advirtió que el tipo lo señalaba diciendo algo a otros mientras el albino continuaba su relato detallado, fascinando al populacho.

Ninguna curiosidad sentía Avi por los motivos de Evaristus. Al contrario: la sola mención del nombre le aceleraba la respiración. Miraba por encima del hombro cada cuatro o cinco pasos. El que nunca se había cuidado las espaldas, insistía ahora en hacerlo. Era la única forma de contener la angustia, de procurarse ya no calma sino algo semejante que no traía paz consigo. En cambio, la inminencia del hostal sí le brindó algo de alivio.

Pasó junto a la criada que cortaba flores del macetón de la entrada y fue al comedero de la posada para solicitar al dueño su dotación de paja y refundirse en el galerón de descanso. Pensaba en lo bien que la pasaría hasta el día siguiente echado en el suelo sin que nadie lo molestara —ninguno de los huéspedes perdería el tiempo ahí con la fiesta estando en pleno— cuando el posadero retornó con la paja y una manta incluida en la tarifa. La manta le recordó su necesidad apremiante de vender la túnica bordada y los zapatos. Habló al dueño de la extraordinaria oferta que le tenía, extendió la ropa sobre los tablones de una de las mesas del comedor y enseñó el calzado al cliente. Ni hablar: esa calidad era de otros lares, pero ¿creía el jovencito que los pies de ese hombretón cabrían en calzas tan chiquitas? Ni siendo señorita entrarían sus pies en esas linduras. Nada anormal tenían los pies de Avi, pero los del hostelero parecían de esas raquetas que los viajeros usan para caminar sobre la nieve. Lástima. "La túnica me la quedo yo, y los zapatos… es que aquí no los venden como esos. No. Tengo un sobrino que tal vez…" El interés del posadero tranquilizaba a Avi, pero la calma fue efímera, pues cuando el dueño le daba indicaciones para encontrar a su sobrino, el indiscreto de la sonrisa se presentó con otros dos en la entrada del establecimiento y se puso a hablar con la criada, que sosteniendo un ramillete de flores atendía las palabras del recién llegado con interés evidente. Cuando éste hizo una pausa, la mujer paró de manipular el ramillete, se mesó la barbilla meditabunda con la mano libre y después asintió repetidamente dando por fin con la idea buscada. Avi entró en pánico pero hizo un gran esfuerzo por controlarse y mantener las apariencias. Se ocultó tras la corpulencia del posadero, quien se interponía sin saberlo entre Avi y la entrada, y pensó que lo mejor era escurrirse con la paja al dormitorio y de ahí saltar al callejón de atrás por la única ventana disponible en una estancia suficientemente grande para albergar a veinticinco. Mas el posadero estaba hechizado por las zapatillas. El pobre se esforzaba en dar con el ser querido que tuviera los pies del tamaño ideal —"pensándolo bien, los de mi sobrino son mayores"—. Para hacerse una idea más clara, metió la mano en un zapato y, con tal de ver hasta el último detalle, se acercó al rayo de sol que participaba de la escena sin mayores pretensiones, con lo cual dejó al descubierto a Avi. De nada valía volver a ocultarse.

"¡Es él, te digo!", alcanzó a escuchar Avi poco antes de echar a correr al dormitorio general dejando túnica y zapatillas atrás. Al ver que tres extraños entraban a su negocio con tales modos, el posadero se indignó y les hizo frente sacando el pecho. "Aquí mando yo, señores. ¿Qué quieren?", dijo con cara de pocos amigos. Desesperado, el perseguidor explicó al oponente quién era el jovencito y el mucho dinero que pronto ofrecerían por su captura. En una fracción menudísima de tiempo el avaricioso posadero meditó con lógica impecable que si el trío se hacía con Avi, la ropa y los zapatos serían suyos sin pagar un chalkoi, por lo que, en silencio, se hizo a un lado señalando en dirección al galerón. Pero el daño ya estaba hecho. El retraso, por mínimo que hubiera sido, daba ya ventaja definitiva a Avi, quien recorría el callejón a la carrera con el alma en vilo, sin túnica, sin calzas de ternera, pero lejos del prodigiador de la facha y su triple amenaza.

El peligro quedó atrás. Avi se dio un tiempo para recobrar el aliento. Al hacerlo cerró los ojos, pero volvió a abrirlos muy pronto, angustiado por la probabilidad de que alguien lo acechara. Tuvo la impresión de que nunca más volvería a sentirse tranquilo, de que la paz se alejaba dejando un hueco perenne que ninguna edad lograría recomponer del todo. Hay días que no saben transcurrir sin ir dejando cicatrices. Avi lo tenía muy claro desde el asunto de las plagas y sabía que, en esos casos, lo mejor era humillar y someterse al vendaval.

Deambuló cabizbajo meditando qué hacer a continuación. El trabajo de estiba volvía a metérsele en mientes, pero sólo lo conseguiría en el embarcadero de Bibakta o en el Portus, y no, no tenía ninguna gana de acercarse por ahí, corriendo el riesgo de encontrarse con Anpú u otro de esos. Fue entonces que llegó al sitio en que el grupo departía frente a la casa del aguador negro y notó que dos de los ahí reunidos tenían rasgos familiares. Se recargó en un murete y desechó la idea de ayudar a servirles, pues el negro mismo los atendía y entre él y una chiquilla se bastaban para hacerlo. El hambre le recordó la padecida en la sede de ingenieros. El potaje. Ahí estaba la sandalia dando vueltas en el caldero. La paloma. El baile de la tía. Hasta ahí llegó la remembranza. Con el tiempo se le iba facilitando la omisión de lo indeseable, gracias a lo cual pudo sonreír al pensar en lo mal que bailaba la tía; daba gusto remedarla. "¿Y si les bailo silbando la flauta?" Ya no dudaba de que al menos dos eran judíos, así que cobró arrestos y se aproximó al grupo. Saludó en hebreo y bailó cómicamente silbando una melodía que acompañaba casi todos los festejos de la que había sido su familia. El aguador no tardó en pedirle que se fuera, que dejara tranquilos a sus clientes. Avi se marchaba cuando una voz lo llamó a sus espaldas. "¡Ey!", exclamó uno de los clientes. Cuando Avi se volvió, lanzó una moneda que terminó muy cerca de los pies del muchacho. Agradeció Avi al generoso, quien dio a entender con un movimiento de la mano derecha que todo estaba bien y no había nada qué agradecer. Judío o no, la benevolencia del hombre era suficiente para alejar el espantajo del hambre. La moneda en el puño lo alegró tanto que se echó a correr. No era que valiera mucho ni nada semejante, pero la limosna era prueba de que Elohim veía por él a pesar de todo.

Terminada la carrera, Avi respiró cansado pero contento. Ni cuenta se dio de todo lo que había olvidado en tan breve recorrido. Lo primero era procurarse comida y para ello tuvo que retornar a la calle principal, la que nacía en el embarcadero para adentrarse en la isla. Quizás fuera por la hora tan temprana o porque muchos se guardaban para enfiestarse terminada esa subasta que no era, pero, a diferencia del día anterior, se podía caminar por la vía con mediana tranquilidad y escasa apretura. Avi reparó en que, de hecho, a esa zona de Bibakta no parecía haber llegado la noticia de lo sucedido, por lo que el ambiente general no había cambiado gran cosa desde la mañana. Eso sí: los vendedores de comidas, de bebidas, de embaucos y demás, se habían repartido buena parte de los costados de la calle. Las mercaderías que disponían en el piso o en tablones poco de especial tenían, pero a los ojos de Avi eran extravagancias, exotismos, polvos y colores de otras tierras. Y lo mismo sucedía con los olores. Inciensos, grasas, carnes, panes, perfumes, carbones, leña, flores, jabones… ¡hasta un par de lechones! Avi controló el asco que estos animalillos le causaron y tres puestos más adelante encontró lo que hasta entonces supo que quería. El pan de garbanzos con ajo acababa de salir del horno y quemaba. La vendedora, acostumbrada a esos calores, movió la pieza por lo alto, de izquierda a derecha y de derecha a izquierda, hasta enfriarla lo indispensable para dársela a su cliente. Como la jornada era incipiente, no había cambio y dos piezas de ese pan dieron al muchacho a cambio de su moneda. "No se comparan con los de higo y adormidera", se dijo Avi petulante, mas no tardó en desdecirse aceptando ante sí mismo que nunca los había probado. Es más: ni siquiera los había visto. Eran sólo para ricos, pero hoy cualquier cosa era posible y esa riqueza que a últimas fechas iba y venía, había cambiado su manera de ver las cosas, de juzgar al mundo. La afluencia se convertía en algo más que un imposible conceptual. La llevaba en ese instante bajo el brazo. ¿A dónde ir para regodearse a solas? El pan quemaba todavía a pesar de los esfuerzos de la vendedora. "Recién salido del horno", había dicho la mujer. Y claro: se dirigió entonces a los viejos hornos derruidos en que había pasado la noche anterior.

Fue más cuidadoso que la primera vez en elegir el sitio adecuado. Entre las pilas de cascajo encontró una desde la que podía mirar la calle sin ser visto. Era tan reconfortante saber que a nadie más le interesaba ese sitio baldío. Ni a los gatos. Si por casualidad o error alguien entraba al terreno, Avi podría verlo para reaccionar según fuera necesario. Los cuidados que a su ubicación y seguridad dedicaba le hicieron notar que algo había cambiado desde la última visita a los hornos. Estaba a la defensiva. En efecto, a su edad Avi había padecido tanto o más que la mayoría, pero el mundo, peligros aparte, no era en principio una amenaza. Ahora sí. La inquietud le llevó a mover unas piedras para protegerse bien de las miradas intrusas e incluso prefirió que sus panes se enfriaran a comerlos de inmediato sin ponerse a seguro. Esa dilación habría sido impensable el día anterior. Cuando la seguridad ya no inquietaba, tomó uno de los panes y se puso a mirar esa función maravillosa que la vida le ofrecía al paso.

Era temprano aún como para que el ambiente se llenara de carnaval. Nada tan divertido como la gorda que perseguía al viejo sucedió ya. A pesar del hambre, comió lentamente deleitándose con cada bocado. Consumida la mitad de la primera pieza, se sintió pesado y somnoliento. Arrancó hierbas que encontró cerca y las dispuso como almohada. Lástima que no se le había ocurrido traerse consigo la manta del hostal. Mejor así: la manta no era suya y Avi no robaba. Bastante pesada era la carga de ser partícipe involuntario en la muerte de Boro como para complementar esa barbaridad con una acusación sólida por hurto. Pero no valía la pena torturarse con esas ideas. Vio las hierbas durante unos segundos antes de tenderse a ver el cielo. Quiso distraerse con las nubes y lo hizo, pero no por mucho tiempo. Apenas había pegado el ojo la noche anterior y la modorra era intolerable, pero el solo hecho de haberse despertado la última vez para hallarse frente a los ojos de Evaristus le quitaba las ganas de abandono. El Becerro se le presentaba cada dos por tres, entretejido a alguna nube. Luego eran las plumas, el enano, el caballo o cualquier otro detalle. Al reunir los elementos de sus divagaciones, se dio cuenta de que Bibakta entera parecía un sueño.

Incluso antes de llegar a la isla había advertido cierta insolencia en el ambiente, como la de esos sueños en que uno se atreve a decir o hacer cosas incompatibles con el gusto y temperamento propios. Cedió a la tentación del lugar común e imaginó que al dormirse despertaría de este sueño bibaktiano para hallarse en el habitáculo de su antigua casa babilonia, con la familia, la tía y el resto de la parentela, pero el recuerdo de la vocecilla de Hannah hizo que el ensueño terminara abrupto. Babilonia no. Dormir tampoco. No ahí. La presencia intempestiva de Evaristus la noche anterior le dio más miedo esa mañana que en su momento. "Miedo no", se dijo. Pronto se dejó de nubes y se sentó en el promontorio.

El malhumor crecía por el insomnio y la ansiedad. Con la mirada fija en el tráfico incesante de la calle, Avi pensaba en que, para efectos prácticos, regresar a las ruinas había sido tan imprudente y arriesgado como ir al embarcadero. Una mujer de peineta blanca interrumpió su paso y volteó a mirar las ruinas en que Avi se ocultaba. La señora se entregaba inocente a la nostalgia que le inspiraban esos hornos, pero su presencia despertó en Avi fantasías persecutorias. "¿Qué busca esa bruja? ¡Vete!", deseó el inquieto en silencio y la mujer obedeció. En el momento en que se iba, Avi reparó de nuevo en la peineta y por casualidad se fijó en lo que estaba detrás de ésta, al otro lado de la vía, que no por principal era ancha ni mucho menos. Como ya se ha señalado, los hornos comunales derruidos estaban a ambos costados de la calle. Del otro lado también había promontorios ideales para ver sin ser visto, y lo mejor de todo era que se trataba de un lugar distinto a ése en que había tenido lugar el encuentro con Evaristus. Cansado de la inquietud, Avi decidió trasladar su mirador al terreno de enfrente. Cualquier cosa con tal de sentirse tranquilo. Tomó el pan entero, la mitad del otro, las hierbas y descendió de su escondite. Fue todo lo discreto que pudo al atravesar la calle con la mirada gacha. En cuanto llegó a las ruinas de enfrente sintió un alivio desmedido que lo estremeció de placer. Aunque estaba a unos codos de su igual, el nuevo derribamiento lo tranquilizaba. Animoso, reemprendió la selección de su atalaya, la acondicionó para asegurarse nuevamente la invisibilidad, agregó nuevos hierbajos a su almohada y decidió esperar un rato para tratar de dormirse, pues la actividad le había espantado el sueño.

Se entretenía deshaciendo un pedacito de pan con el pulgar y el índice cuando notó que otra mujer cualquiera detenía la marcha para ver las ruinas. A no ser por la falta de peineta y por el hecho de que ahora la veía de espaldas, los demás detalles variaron mínimamente. La pausa fue breve y la señora se retiró sin aspavientos. Apelando a la verdad, nada fuera de lo común había sucedido, mas su sentido de alerta seguía al máximo.

Pasó el resto de la mañana atento al derrumbe de enfrente, cavilando sobre si este o aquel peatón en realidad se amarraba las calzas o lo espiaba. Cuando el sol fue pleno, el tráfico aumentó considerablemente, por lo que ya no era tan fácil perderse en los detalles. La mascarada entraba a su fase principal. Las risotadas, los disfraces, los grupos de contertulios empezaban a abundar como en la tarde pasada, pero ya no se percibía un tono expectante. Las bebidas, los abrazos, los talantes eran otros. Antes se interponía la espera entre las ganas y la fiesta. Ahora no. Los vendedores ambulantes se integraban a la escena como salidos de la nada salpimentando el jolgorio. Relajado, Avi pensó en que de seguro ya estaba abierto el embarcadero. ¿De dónde si no venía tanta gente rara? El ambiente se llenaba con un ánimo similar al de la barcaza en que el muchacho llegara el día anterior. Los gandules, de a dos, tres, cuatro o cinco, peinaban la calle en busca de mujeres, broma y brava. La edad hizo que Avi quisiera ser como ellos, departir así, vestido de gala, despreocupado y solvente como lo estuviera antes. Al cuadro sólo le faltaba noche para ser entero. Pero por mucho que se le antojara sumarse a la fiesta, pudo más el recato, versión desapasionada del miedo a la que podemos entregarnos sin menoscabo de la dignidad. ¿Qué le costaba esperar la noche? Decidió aguardar hecho un ovillo.

Y acurrucado entre las ruinas volvió a quedarse dormido.

Despertó atribulado por haber descansado de más. Miró a su alrededor y comprobó hasta donde pudo que seguía solo. A sus espaldas, la negrura; enfrente, más gente que nunca y el otro pedregal. Anegado en somnolencia entrevió una silueta más alta que el promedio, completamente inmóvil y de pie sobre una roca grande que antes fuera parte del horno de enfrente. Cruzaba las manos sobre el esternón. Parecía mirar fijamente en dirección a Avi, pero no era posible saberlo con seguridad. En la misma roca, a los pies de la figura, notó un bulto blanquecino que no logró identificar a la distancia. Se talló los ojos conteniendo el sobresalto y al abrirlos otra vez vio que la silueta seguía allí, pero no el complemento. Nada de bulto. "Calma", se exigió sabiendo que la oscuridad hacía imposible que el otro lo viera. Las flamas de las antorchas que iban y venían bastaban para iluminar la vía, pero ninguna de esas luces llegaba al escondrijo. El animal nocturno en que Avi estaba convertido acechaba al extraño ese cuando entre los pies de la multitud distinguió a un perrillo de lanas blanco que, atravesando la calle, daba la impresión de dirigirse al horno de Avi. El perro convirtió el trotecillo en carrera y sin dudar un instante se internó en los restos del horno comunal. Avi quedó atónito al comprobar que el animal seguía la ruta más corta hacia su escondite, como si fuera una mascota que obediente acude al llamado de su dueño en un sitio familiar. El perro trepó el túmulo de rocas, saltó un obstáculo pequeño, luego optó por un rodeo muy lógico y terminó sentándose a dos codos de Avi. Por unos momentos, el animal mismo fue invisible porque la luz de las antorchas le llegaba ahora desde atrás, pero estaba ahí. Las pupilas gigantescas miraban en silencio. Noche, ruinas y judío cabían en esos ojos con holgura. Por instinto, Avi rompió con la mirada del animal y buscó la silueta. Ya no estaba. El pánico volvió a gobernarle al pensar que el alto, fuera quien fuera, saliera ahora de entre la gente para seguir la ruta del chucho y dar también con él. Atisbó estirando el cuello mas no encontró rastro del alto. Faltaba y punto. Volvió a los ojos del perro y escuchó que algo ligero, blando, caía donde las patas del vigía como si habiéndolo traído en el hocico decidiera al fin soltarlo. Las pupilas del perro desaparecieron y volvieron a cubrirse de pelo blanco a unos diez codos, al alcance de la luz. El bicho no dejaba de mirarlo, pero a diferencia de la quietud hipnótica de antes, se volvía de cuando en cuando como si buscara algo entre la gente. Avi se aseguró de que el alto no estuviera en las inmediaciones antes de estirar la mano palpando la negrura. No podía ser. La reconoció de inmediato con solo tocarla. La zapatilla de ternera. Una de las dos. La misma que el posadero traía puesta en la mano para su valoración.

Tenía poco tiempo para actuar si quería salir de esa apretura. Se imaginó huyendo de quién sabe quién, por quién sabe dónde, para hacer quién sabe qué. La isla era pequeña y, claro, podía pasar la noche despierto recorriéndola entre los celebrantes, sospechando de todos y echando vistazos angustiosos sobre su hombro cada dos por tres, pero estaba harto de escapar como si hubiera cometido un crimen. El cansancio le quitaba la fuerza y buena parte de las ganas. Se pensó errando a oscuras, sin dinero para dejar Bibakta. "¿Y mañana?" No estaba dispuesto a vivir acosado otro día más. Su única intención había sido buscar fortuna en las rutas comerciales y ahí estaba, lejos de Sambastai y sin perspectivas de retomar pronto sus planes. El absurdo era flagrante: ¿qué podía importar un muchachito judío a alguien como Evaristus? Tuvo la sensación de que la vida se burlaba de él gratuitamente. Entonces vio que el perro se le acercaba medroso y se retiraba de nuevo para detenerse a los pocos pasos. "Sígueme", parecía decirle. Avi tomó una piedra y la aventó al perro, fallando por un margen considerable. El animal ni se inmutó. Entonces una piedrecilla golpeó la nuca de Avi rodando después hasta fundirse en la negrura de las inmediaciones. Como en el mercado. Igual que en la barcaza. El muchacho cerró los ojos estremecido. Atrás de él había la nada, sin entrada ni salida, y nada había venido de la calle a adentrarse entre las ruinas además del perro ese tan necio. La posibilidad de que el enemigo estuviera a sus espaldas lo puso de pie. Descendió por el cascajo; el perro hizo lo propio enseñándole el camino. Avi dudó por última vez si convenía salir del escondite, pero el miedo a sus espaldas lo empujó como una mano en pos del perro que ya le metía prisa al recorrido internándose entre piernas y faldones. Llegado al gentío se animó por fin a mirar atrás para constatar si alguno le seguía. El terreno, hasta donde llegaba el relumbrón, seguía vacío. Apúrate, Avi. Al volverse para ubicar de nuevo al chucho, halló no la pelambrera blanca sino la barba hirsuta del prestidigitador sonriente. La inercia lo estrelló de frente contra el hombre, quien lo asió por los brazos como quien se encuentra a un conocido.

—¡No hice nada! ¡Ni siquiera conocía al señor! —adelantó Avi sin intentar librarse del extraño.

—Cállate y camina. Te he buscado todo el día —ordenó tranquilo su captor.

—¡Pero juro que yo no fui! No me entregue —rogó el joven sintiendo que lo invadía un temblor irrefrenable.

—Me manda Evaristus. Soy amigo.

Quiso creerle al tipo y, luego de recomponerse por unos instantes, se entregó al alivio de volver a sentirse protegido. En cuanto el hombre notó que Avi cooperaba, dejó de asirlo con fuerza, pidió por lo bajo que lo siguiera y echó a andar pausadamente en dirección al embarcadero apoyando el brazo en los hombros del joven como si fuera un camarada. Eran más o menos de la misma altura, por lo que era improbable que fuera éste el mismo que acechaba desde el derrumbe de enfrente, si es que algo tenían que ver.

—¿Adónde vamos? —preguntó Avi.

—Lo importante es llegar al puerto antes del amanecer —dijo el emisario con tranquilidad al tiempo que apretaba la marcha—. Nos esperan.

No tenía idea de que era posible la navegación nocturna. Ni loco metería los pies al agua, a esa oscuridad espesa que parecía dispuesta a tragarse todo.

Guardó para sí las dudas, los temores idiotas. La proximidad del embarcadero lo ponía nervioso, pero respiró aliviado cuando el guía dobló a la izquierda por una calle tan estrecha que no les permitía caminar uno al lado del otro. "De frente", indicó el hombre permitiendo que Avi caminara el primero. A los pocos pasos, el empedrado terminó abruptamente dando inicio a un lodazal en que Avi estuvo a punto de resbalar. El titubeo hizo reaccionar al supuesto prestidigitador, quien instintivamente asió al muchacho por el cuello. La mano en la nuca erizó la piel del fundador. Si al de atrás le daba la gana, podía quebrarle el cuello y dejarlo ahí tirado en el lodo como una cáscara de fruta. Ni quien lo viera u oyera. "Para", dijo de repente el hombre uniendo las manos y llevándolas a la boca para soplar en el hueco conformado imitando un ulular. Aguardaron en silencio. Nada. Vuelta al ulular. A sus espaldas, unos diez pasos de donde estaban, alguien corrió una tranca y demoró en abrir la puerta correspondiente. Los goznes chirriaron y luego dieron paso a una figura encorvada que se movía lentamente. Usaba ambas manos para apoyarse en una rama nudosa que hacía las veces de bastón. La luz que provenía del interior de su vivienda era débil, por lo que ni Avi ni el otro sabían con seguridad si la figura correspondía a un hombre o a una mujer. La prudencia se impuso; ninguno se atrevió a inquirir o a comentar. Silentes, vieron cómo la puerta se cerraba a espaldas de la presencia sumiéndola de nuevo en la morosa luz que dos teas públicas aportaban a la calleja. El andar y la indumentaria dejaron en claro que se trataba de una vieja. Su rostro exhibía una mezcla de rictus y sonrisa que ya nada tenía que ver con la alegría. Avanzaba hacia ellos y no había modo de que pasara sin que el par tuviera que hacerse a un lado, mas la mujer ni una mirada furtiva les dirigía. Cuando estaba a unos cinco codos, el prestidigitador se pegó al muro para cederle el paso. A esas alturas ya dudaba de que la mujer fuera parte de la componenda, pero la duda se esfumó cuando ésta le asestó un repentino bastonazo al de la barba. "¿Qué no entiendes, imbécil? ¡Un solo llamado, no dos! ¿Quién te crees para cambiar los planes?" El apaleado se cubrió el rostro a destiempo temiendo una segunda agresión de la anciana, pero ésta daba ya por terminada la reprimenda y continuaba el cansino avance satisfecha por el ajuste de cuentas. El barbado abría y cerraba la boca para cerciorarse de que la vieja no le había quebrado la mandíbula cuando Avi se acercó a ofrecerle ayuda. "Ve con ella", respondió entre dientes visiblemente ofendido por el proceder de la señora y dando a entender que prefería quedarse solo. "¡Anda, anda!", insistió. El joven dudó en seguir a la loca de la rama, quien lo esperaba a poca distancia, pero la mirada de la vieja lo convenció. Cuando le dio alcance, la mujer le dio el bastón. "Mucho mejor, hijo. Sin él podemos ir más rápido." "Mucho mejor", pensó Avi tranquilizado por ser él quien portara ese bastón, tan peligroso en manos de la vieja.

"Deja que sea yo la que te agarre. Tú pon el brazo y camina junto. Ni te adelantes ni te atrases. ¿Has visto esos relojes que dan la hora con la sombra del sol? Pues así. Al tiempo justo, no como los de agua o los de arena. Esos se tapan y no son confiables. Tú eres como los de sombra habiendo sol: preciso, sencillo, veraz." La vieja se colgó del brazo de Avi con las manos nudosas, ásperas de brega y manchadas de intemperie. Andaba paso a pasito y gesticulaba al ritmo de la andada entrecerrando un ojo, abriéndolo de más, torciendo la boca a un lado y luego al otro. Avi notó que la mujer tenía la dentadura completa, como de muchacha, pero este detalle pronto pasó a segundo plano debido a la inquietud constante de las comisuras que se acercaban y alejaban, que subían y bajaban maniáticamente cuando a su acompañante le daba por guardar silencio y concentrarse en el avance. El movimiento continuo daba la sensación de que la boca tenía vida propia e independiente de la vieja, y de que ejercía el mando en el rostro entero sin parar de reconfigurarlo a cada instante, pero toda esa acrobacia se interrumpía súbitamente en cuanto la añosa se ponía a hablar. "Me gusta que seas calladito. Disimulas, te avienes, pero llevas los ojos bien abiertos y el oído atento. Haces bien. Te aferras a la pasividad infantil porque temes ser tú quien controle los acontecimientos, pero es normal, hijo, créeme. Además, esa tendencia funciona de maravilla para el papel que te reserva la vida." ¿Qué papel era ese? Avi se volvió a mirar a su acompañante con la intención de abundar, pero se topó con los ojos contagiados de inquietud por la boca de la anciana y perdió la oportunidad, pues la mujer aprovechó ese mínimo desconcierto para calar la templanza del joven y siguió hablando sin darle oportunidad de intervenir. "Mira nada más qué cara pones. Eres tan joven, mi niño. Piensas todavía que el que sabe es el bendito. No siempre, no. A veces, como en tu caso, el asunto es al revés y es mejor saber lo justo sólo para no errar, para no temer, para no convertirte en obstáculo de tus propios intereses y destino. Ja. Pones cara de tonto cuando aludo a tu destino. Quítala ya, que pronto llegaremos a la calle de la que vienes y has de mostrarte natural. Como un nieto. Como un sobrino." Estaban muy cerca de llegar a la intersección con la calle principal. A sus espaldas quedaba la calleja que había recorrido de ida con un acompañante para regresar con otro. Echó un vistazo sobre el hombro y constató que ni rastro había del fachoso. "¿Te preocupa el tipo ése? No lo volverás a ver en esta vida. Es un criado de Evaristus que vale igual vivo o muerto. Te buscó todo el día junto con varios más. Si será idiota; no se le había ocurrido ir a buscarte a tu derrumbe. Y luego viene aquí y me llama doble como si yo fuera su… Perro él. ¿Quién se cree el mugroso para llamarme así, para apurarme? Ya se enterará el don y le dará lo que merece. Malnacido. Imbécil." La vieja se ofuscó tanto que empezó a murmurar ofendida en una lengua indiscernible. Recuperó la compostura tres pasitos más adelante. "Avi precioso: déjame tomar tu brazo un poco más fuerte. En la calle grande hay mucha gente que va aprisa, que se empuja, y me da miedo caerme. Ya casi llegamos. Eso. Tú deja, que yo me agarro. Si otros tienen prisa, es su problema. Que se adelanten si quieren. Odiosos. Nosotros a lo nuestro, que lo nuestro es salir de la isla con bien y disimulo esta misma noche. Cuidado con el guardia." La vieja improvisó una regañina en que reprochaba a Avi la indolencia de haber olvidado el pan en casa. Cuando el guardia estuvo lo suficientemente lejos de ellos, la mujer del pelo blanco continuó: "Hay muchas formas de

saber lo que se sabe. A mí me cuenta todo mi Evaristus porque soy de fiar, porque lo entiendo. Un hombre como él no puede confiar en cualquiera. Para eso me tiene. Para pedirme lo que a otros no, para decirme lo que a otros no. Me trata como a una madre y me gusta que así sea; sé quién soy y quién es él. No me engaño. Y no te engañes tú tampoco, Avi, pensando que eres un judío igual a cientos o que has llegado hasta aquí por mero azar. Sucede, pero en tu caso no. No, no, no. La diferencia está en tus ojos. Eres el que ve, pero te falta paciencia, silencio, para entender lo que estás viendo."
Se hicieron a un lado para permitir el paso a los viajeros que recién habían llegado a la isla. A esa hora, todavía eran más los que llegaban comparando con los que partían, de manera que no fue difícil encontrar dos buenos lugares en la barcaza apenas desocupada. La vieja pagó los pasajes a la recaudadora y se arrellanó en el tablón con el abandono del que se entrega a un sillón favorito. Subió los pies al tablón de enfrente e inició una rebuscada digresión para explicar la hinchazón crónica que le atacaba las piernas. Mientras la vieja se perdía en los argumentos, Avi miraba las luces del Portus Macedonum que rutilaban para hacer más llevadera su duermevela. El delicado movimiento de la nave en aguas calmas y el sonsonete de la vieja conspiraron para hundirlo en un sopor inaguantable. Llevaba cerca de dos días durmiendo lo mínimo aquí y allá, por lo que no pudo resistir los arrullos del agua y la voz. Canción de cuna. El encantamiento lo llevó a gozar del hombro de la anciana. Tan mullido era que ni

se acordaba de las hierbas arrancadas para semejar almohada en los hornos derruidos. Era una lástima haber dejado sus panes, su pan y medio allí tirado. Bien le vendría otro bocado.

Cuando el encargado desanudó las amarras, Avi ya estaba dormido. Un par de veces quiso volver a la vigilia, pero el cansancio lo impidió. Eso sí: las escenas oníricas seguían acompañadas por el runrún de la vieja, quien no paraba de hablar o canturrear o tararear a pesar de que el muchacho le roncaba cerca del oído, con la boca abierta.

Calma la mar. Cálida la brisa. La vieja le mesa el cabello. La vieja lo besa suave. Canta otra estrofa a ojos cerrados y vuelta besarlo con mesura. No despierta. Ahora le acaricia la mano. Algo ya muerto se enardece al roce de la piel del muchacho. Algo ya muerto revive al tallarse con la vida. Y vuelve a morir tan pronto como vive, porque su tiempo ya es destiempo. Como la vejez. Como la juventud. Como el viento que parte a deshoras plantando a la hoja seca. Toda vejez es destiempo y toda juventud lo es también. Por eso, al mirarse, lo joven y lo viejo capitulan. A los dos les falta algo que está entrambos. Uno no termina de ser lo que será y el otro no termina de ser lo que ha sido. "Para deshojar la flor al viento", musita la grande y al terminar la última estrofa de la canción se le esfuma de la cara éste y el otro gesto. También aquél. Ni cuenta se da la doña de que por primera vez en diez o quince o veinte años las carantoñas la dejan en paz. Como al hablar. Como al dormir. La hipnotizaba el chapalear de los remos, igual que sucediera a Avi el día anterior al descubrir las aguas, pero a diferencia de entonces, todo era paz en la barca. Unos cabeceaban, otros intimaban con su yo sosiego abandonados al placer de un intercambio familiar. Ni quien se acordara de la máscara zorruna, del enano o los tiburones. Para qué si se ha sofocado la rebelión de los gestos. Para qué si el rostro está en calma. Como la vieja y el joven que se entienden a canto y ronquido. Como las luces que a golpe de remo se ensanchan, se alargan. Cada vez más cerca, el Portus Macedonum encendió una luz y apagó otra para decirle a su Bibakta que la amaba en lontananza, fiel, viril, inamovible, atento.

Cuánto hubiera dado la mujer porque el trayecto durara mucho más. El roce del joven dormido la sumía en una calma extática que todo en uno incorporaba. Melancolía, nostalgia, serenidad, una pizca de suave erotismo, amor materno, sentido del deber y gratuidad se fundían en la caricia a ese cabello rojizo que en su desorden inspiraba dignidad. El abandono del muchacho aterciopelaba ese conglomerado amplio de emociones y ternuras que sólo puede contener la noche. Y gracias a la diosa que entre todo ese amasijo se escuchaba el contrapunto de los remos, porque sin esta referencia el instante habría sido de por vida y ni la vieja ni el muchacho habrían llegado al fin a la otra orilla.

Esa distancia medianera entre la isla y el puerto —terca, terca, terca— fue cediendo a palos, igual que fue cediendo el gozo de la vieja. Cuando el marinero se desperezó para corregir mínimamente el rumbo, la mujer ya no ensoñaba. Mejor. Porque ese tipo de quietudes deben vivir poco o llevarnos para siempre. Como los viajes en barca. Como las noches de los días.

La verdad era que al muelle le faltaba vigor y argüende. Desde la barcaza, ya muy próximo el atraco, la vieja notó que un par de auxiliares se sacudían la modorra y un montón de fruslerías inspiradas por el mal dormir a cabezadas. Ya no podían de sueño por limitarse a descansar entre barcaza y barcaza, pero se acercaba la última del día y eso mal que bien los animaba. A un costado de ellos, un grupo de tres armados con escudo y espada se entregaba a su afición por las confituras de sakar negro. Al ver que los auxiliares preparaban el arribo, los otros se aprestaron también dejando sus bocadillos para mejor momento. La camaradería que se había desarrollado entre los guardias estaba a punto de terminar —el destacamento se conformaba para la ocasión, y llegada la última barca al puerto ya no había encomienda que cumplir—, lo que daba al grupo un talante emotivo aderezado por el cansancio y la inminencia de un descanso en forma. De muy buena gana dejaron pasar a la anciana y al joven adormilado que la acompañaba. Pobre. Cargar con ese esperpento era tarea ingrata. Ni hablar podía. Un alud de muecas trabajosas precedía a la primera palabra de sus respuestas, por lo que el trío se impacientó dejándolos pasar sin entender bien a bien en dónde tenían pensado pasar la noche. A ellos qué. "Mira al de atrás; algo raro se trae", dijo uno tras codear a su compañero para luego disponerse a la pesquisa del primer inocente que encontró. Entretanto, Avi y la anciana se perdieron en el Portus ignorando a un vendedor de tentetiesos que insistió más de la cuenta en endilgarles su juguete. ¿A quién si no?

"Tú a la izquierda. Pon el brazo y yo me agarro. Me siento más segura si llevo el bastón en la derecha. Ya deja de ver el juguetito si no quieres que nos fastidie toda la noche. Pobres hombres, siempre cargados con un niño al que no lograrán parir jamás. Evaristus insiste en que esa es la gran ventaja que tienen sobre nosotras: juegan toda la vida, y las hembras no. Las hembras nos olvidamos de jugar cuando dejamos de ser niñas y luego ya nada más sabemos vivir en serio. Alguien tiene que hacerlo porque ustedes no. Ustedes beben, ríen y se van. Los mejores, digo, porque otros comen, beben, ríen, lloran, pegan y se van igual. Todos se van. Al juego, a la juerga risa y risa, al trabajo, pero al fin se van. Los hombres están yéndose de alguna parte todo el tiempo. Y tienen hijos porque es la única manera de quedarse. Y nosotras los parimos porque sólo así se nos quedan muchos años y nos dejan alimentarlos y atenderlos y vestirlos y enseñarlos y dormirlos. Con las niñas no es distinto hasta que la vida se bifurca: ellas se van volviendo nosotras y ustedes ellos. Un buen día se ponen a hacer caras cuando nos ven con las papillas, desdeñan la prenda que ayer era buena y les da por sentirse ofendidos si una les canta para encantarse viéndolos dormir. Y se van. Porque así es la vida, para formar una familia, para inventarse un destino, porque lo hace el padre, el hermano, el hijo del vecino, los hombres se van. Las madres, las esposas, las hermanas, los miramos al llegar y nos decimos qué dicha, porque si de todos modos han de irse, el requisito para ello es llegar y estar y hacer como que quieren quedarse y ponernos el alma en vilo para luego volver a las andadas, como lobos, y largarse. Ay, la tristeza que da cuando una ve la espalda ancha de sus varones en la retirada. Ya se fueron. Ni modo. Pero muchas veces vuelven porque los niños que los habitan son eternos y nos extrañan. Nos necesitan. ¿Me vas a extrañar? Te conozco hace un pedacito de día y ya quiero verte regresar. Una se vuelve emotiva con la edad."

Llegaron a una encrucijada cuya única importancia consistía en permanecer alumbrada la mayor parte de la noche. La mujer interrumpió la marcha, desasió el brazo de Avi y se apoyó con las dos manos en la empuñadura de la rama para espantar el leve sofoco que empezaba a dificultar su discurso. Poco amiga de la pérdida de tiempo, la vieja aprovechó el momento para echar un vistazo hacia ambos lados de la transversal. No pareció encontrar lo que buscaba, pues el desafuero de los gestos se intensificó. "¿Esperamos a alguien?", preguntó Avi para romper el incómodo silencio, mas la vieja no apuró la respuesta. Clavó la mirada en el suelo, recordó quién sabe qué y, embebida, contestó que sí, que la vida entera se trata de esperar a alguien, que a veces lo sabemos y a veces no. Nada más. La locuacidad de la anciana halló un remanso que pronto dejó atrás, convencida de haber escuchado algo a mano derecha. "¿Oíste?" Avi aguzó el oído, pero nada percibió a no ser por el constante chisporroteo de la tea que alumbraba el crucero. Estaba a punto de responder negativamente cuando, en efecto, oyó algo similar al choque de un casco contra el suelo. "Te dije. Ahí está. No iban a cambiar los planes por el idiota que no te encontraba. Cómo no, señor: si Evaristus dispone…" La vieja volvió a colgarse del brazo izquierdo de Avi y, con la rama-bastón a la diestra, echó a andar por la calle transversal. Unos pasos después, cuando la luz de la encrucijada se hizo insuficiente para allanarles el camino, la vieja se detuvo de nuevo y chasqueó seis veces. Avi chasqueó un par de veces más procurando ser útil, pero su guía lo acalló. Entonces ya no cupo duda de que habían encontrado el objetivo. La oscuridad aledaña les devolvía un resoplido discreto. Cuán distintos eran los resuellos breves, vigorosos, con que el caballo negro de Evaristus presumía brío y disposición en la plaza de Bibakta. "Trae la antorcha", pidió la mujer temiendo una caída. Avi regresó a la encrucijada, tomó la antorcha más ruidosa y regresó al lado de su acompañante despejando cualquier duda. El jamelgo estaba a unos ocho pasos. Le costaba mantenerse despierto y, a primera vista, se tenía la impresión de que el carro de dos ruedas que tiraba estaba ahí para sostenerlo y no para lastrarlo. Una cuerda excesivamente delgada para la faena lo ataba a un aro de hierro mal claveteado en el muro, pero no hacía falta mayor garantía para mantener quieto a este caballo que sólo quería permanecer en donde estaba. Dirigió una mirada de reproche a la pareja que se le acercaba iluminando la calle y luego cabeceó resignado al intercambio. La mujer se puso a palmearle el cuello mientras Avi revisaba el carro. Sólo había paja y aperos inservibles. "Ayúdame a subir al pescante", dijo la anciana acercándose al tablón con la rama en vilo, como si tuviera veinte años menos en virtud de la emoción. Las piernas no le ayudaban, pero las manos tenían aún parte de la fuerza de antaño y se aferraron a una anilla especialmente dispuesta como agarradera. Avi empujó con fuerza y al segundo intento la anciana quedó instalada en el pescante.

—Ahora desátalo y pásame la correa, que no veo el latiguillo por ninguna parte.

—¿Adónde vamos? —cuestionó Avi alertado por la súbita vitalidad de la anciana.

—A la montaña. Evaristus te espera en el sembradío. Súbete al carro y goza del viaje. Si buscas bien entre la paja, seguro te encuentras algo de comer.

Avi protestó la decisión de ser llevado a cualquier parte así, de noche, como una bestia, como un condenado. ¿De qué sembradío hablaba la loca esa? En todo caso, sus reclamos fueron prudentes. ¿De qué le servía airarse cuando la única opción viable ante la propuesta de la montaña era quedarse en el Portus sin dinero, sin comida y sin tener en dónde dormir? Y solo. Siempre solo. Más que el hambre, la miseria o el sueño, lo convenció el terror de estar consigo mismo. Como fuera, la vieja era una compañía pasable. Le ofrecía respeto y una traza de deferencia que nadie más le había brindado. Sí, Evaristus lo distinguía con el trato y con algunas extravagancias, pero la estatura vital del hombre era demasiado grande como para que el casi niño la sintiera asequible. El caso de la anciana era distinto. Avi no lograba definir el sentimiento, que no era confianza nada más, ni alivio, ni seguridad. Cierta calidez paciente, respetuosa, emanaba de la vieja para fundirse con la debilidad, con los gestos, con el bastón y su patetismo. En efecto, Avi no tenía opción ante la muy vaga propuesta de la montaña y el tal sembradío, pero ella dependía también de su apoyo para seguir adelante. Lo necesitaba. Y ser necesario puede ser tan alentador como ser querido. Este sucedáneo del cariño obró su magia para acallar momentáneamente las reticencias de Avi. Sin argumentos en contrario, el muchacho subió al carro, se tendió en la paja y quedó abrumado por la profusión de estrellas que le miraron distantes. Un fuerte chasquido echó por tierra el intercambio de miradas. La correa se estrelló en las ancas del animal poniendo fin a su somnolencia. Avante.

La vieja no dejó de cantar en todo el recorrido hasta la puerta norte. Un destacamento les marcó el alto en las inmediaciones de ésta, pero los guardias se contentaron con una revisión somera advirtiendo a los viajeros sobre los peligros que entrañaba el hacerse al camino por la noche. "Hay bandoleros, madre. Quédense por aquí hasta la mañana." El buen juicio de los guardias no hizo eco en el par de la carreta, que se fue rodando lentamente por el sendero hasta perderse en la oscuridad que engullía el camino pasada la primera curva. Las luces del Portus quedaron ocultas por un promontorio, pero no pasaba lo mismo con los resplandores de Bibakta que esa noche iluminaban la algarabía de los hombres por las guapas.

Avi pensó entonces que todo lo ocurrido en la isla ya no era. El joven que ayer llegara a ella se había quedado allí, deambulando en sus callejas. Creía en cosas que un día antes ni siquiera imaginaba. Era una versión distinta de sí mismo iluminada por una versión también distinta de la luz. Avi en plenilunio.

Tal como había previsto la vieja, entre la paja se encontraba un saco pequeño con ciruelas, higos y aceitunas. Ante la confirmación, la vieja se desvió del camino acercándose a una enramada y frenó vigorosa el paso del animal aclarando que el lugar era perfecto para cenar en calma. Pidió un higo y siete aceitunas.

"Me gusta masticarlos juntos. Prueba tú si quieres. La combinación es excelente para matar las lombrices, pero da acidez. Ya, ya. A tu edad nadie conoce la acidez, pero no tienes tanta suerte como para escaparte de los gusanos. Tienes la panza hinchada y las mejillas hundidas. ¿Has notado que las uñas te crecen más rápido de lo normal?", cuestionó la mujer sin dar tiempo a que Avi respondiera. "Ah, pues entonces los gusanos son seguros. Si quieres acabarlos haz como yo: muerde el higo y luego una aceituna, mastica bien y listo." La vieja puso el ejemplo y se entregó al sabroseo de la comida con gran apetito. Cuando terminaba de mondar alguna aceituna, escupía el hueso arrojándolo lejos de la carreta. El muchacho la imitó con una ingenuidad que enterneció a la anciana. "Sostenlo con los labios, no con los dientes. Respira hondo y escupe con todas tus fuerzas… ¡Naaa! Lo hago yo mucho mejor", dijo la mujer antes de constatar su dicho sobradamente. Parecía divertirse de lo lindo y su entusiasmo pronto contagió al otro, quien perdió la competencia pero demostró ser un digno rival. Ninguna importancia tendría el hecho a no ser porque así, entre hueso y hueso, la mujer fue ganando la confianza de Avi. El juego se convirtió en el puente que unía los extremos disímbolos de aquel binomio. A la larga, fue la causa directa de que el joven se relajara tras un día rico en desconciertos. El par debatió si tal lanzamiento superaba al anterior o si la vieja se había ayudado con un inaceptable impulso del tronco. Como sea, al agotarse las aceitunas el niño y la anciana tenían entre manos algo que, si bien todavía no lograba confundirse con la amistad, se le acercaba bastante. La mutua compañía fue tornándose más grata con el aderezo de la risa, pues resultó que de cómica la vieja tenía lo suyo. Su afición al canturreo afloró de nuevo, pero ahora lo cantado tenía matices francamente picarescos que aligeraron todavía más el trato. La intimidad que iba naciendo entre ellos contrastaba con la aspereza y el pragmatismo de los caravaneros o de los transportistas de Sambastai. De hecho, ahora que lo pensaba mejor, era la primera vez desde que quedara solo en Babilonia que alguien se dirigía a él de igual a igual, con camaradería y espontaneidad. Se disponía el muchacho a preguntar alguna menudencia cuando un detalle en la pronunciación de la mujer le hizo reparar en que los monólogos y la conversación y la competencia y el canto habían tenido lugar en su lengua natal. ¿Cómo pudo pasar por alto algo así? El hebreo de la señora era prácticamente idéntico al que se hablaba en Babilonia pero las diferencias, aunque menudas, iban aflorando y su presencia melló el ánimo festivo. La suspicacia volvía a ser piedra de toque, pero la cena y sus secuelas dieron a Avi una solvencia que antes no existía. Su temperamento reservado y el tenor de los acontecimientos lo habían llevado a mostrarse reactivo en casi cualquier situación, lo que fácilmente podía confundirse con una tendencia a la pasividad, pero ésta no era un atributo natural sino mero accidente. La familiaridad promovida por la vieja incitaba a la disolución de buena parte de los miedos y ésta, ineludiblemente, conducía al resurgimiento de Avi. Envalentonado por el sutil retorno de sí y cambiando drásticamente el tema de conversación, el joven aventuró una pregunta ya francamente indispensable.

"Que desarrolles tu naturaleza para cumplir con el papel que se nos ha asignado. Eso queremos. Queremos tu fuerza, tu determinación, tus ojos. Necesitamos que mires en la dirección correcta", insistió la mujer, torciendo la cintura trabajosamente para hacer contacto visual con el joven desde el pescante. "Ven. Siéntate conmigo. Aquí te hago un lugarcito. Hasta ahora lo hemos logrado, pero ya no eres un niño y cada vez es más difícil doblarte la voluntad. A tu edad dejas de ser la plántula flexible para empezar a envolverte en reciedumbre, en corteza vital. Un griego de otros tiempos dijo que crecer es desdecirse, y tal cual, pues para llegar a ser lo que sea tienes que dejar de ser lo que eras. Te digo que sucede con la plántula: cancela su existencia de semilla para hacerse brote y el brote va dejando de serlo para convertirse en rama y luego en tronco. Nada vive sin morir y nada puede continuar viviendo sin aniquilarse constantemente. Y así como a las plantitas podemos gobernarles la forma y el tamaño amarrándolas o manipulando su raíz, podemos gobernarle el destino a los niños. Luego no. Cuando llega la verdadera autonomía hay que ganarse la voluntad. No hay alternativa. Pásame otro higo", pidió la vieja cortando bruscamente el hilo de su discurso.

Avi bajó del pescante para buscar la fruta que había dejado atrás, en el carro. El joven y la vieja agradecieron en su interior ese silencio inesperado que les permitía la reflexión, el respiro intelectual, por así decirlo. Avi volvió a sentarse junto a la mujer y esperó a que diera cuenta del fruto. A la luz de la luna, era imposible saber si la mujer masticaba todavía un bocado o si gesticulaba, como sucedía cuando guardaba silencio sin hallar verdadera quietud. De pronto, Avi entendió que esa mujer nunca había estado ni estaría en paz y sintió profunda pena por su desdicha. Nada dijo al respecto, pero supo tomarla de la mano en el momento justo prolongando ese silencio fantasmal en que el espíritu se aviene a la vida para seguir de frente.

—Habla igual que Evaristus —comentó Avi al notar que la pausa se hacía innecesaria. Ella, sujeta a la inercia reflexiva, demoró la respuesta unos segundos y luego, divertida, embrolló.

—O es él quien habla como yo. Nos conocemos hace tanto que si el viento le sopla, me mueve a mí. Pero no, no. Evaristus sabe lo que yo repito. Evaristus dispone y yo obedezco. Él es la voz. Yo los labios. Tú la lengua. Y entre todos conformamos la palabra, pero él es la idea que rige el discurso. Nadie puede ser como él, porque como él sólo puede serlo uno. Así está dispuesto. Punto. Nada que agregar. Ninguna queja. Sin apostillas. Evaristus posee la gravedad del que ha ido y venido de la vida a la muerte. Dicen que el dolor y la dicha son lo mismo en esos lares y que no hay distancia entre el yo y el tú. Todavía no sé, pero él sí que lo sabe y para averiguar más deberás de preguntarle allá en el sembradío.

—¿Trabajaremos la tierra, madre? —preguntó con todo respeto, esperando que la respuesta fuera "sí", que todo derivara en una vuelta a lo de siempre, a lo factible, a lo mensurable.

—Aprenderás a prepararla para unas invitadas muy especiales que te esperan desde hace tiempo. Las cuidarás atento al detalle más pequeño. Aprenderás a esperar, a escuchar a tu entorno para al fin poder distinguir su voz de coro. Hablo en serio, Avi: esas ganjikas cantan secretos al mediodía y poco antes de caer la tarde, pero toma tiempo entenderlas. Yo nunca pude, pero tú eres distinto, chiquillo. Sospecho que no gustan gran cosa de las hembras y por eso exigen varón. Te eligieron para meditar sus modos a cambio de beberse tu dulzura. Evaristus las conoce y está seguro de que aman, de que celan. E igual que hacen las enamoradas, cuentan lo suyo al hombre indicado, a su estirpe nada más.

El caballo sacudió la cola para alejar las plagas nocturnas y luego volvió a hundirse en su sopor crónico. Nada repuso Avi. El silencio los fue emboscando como el salteador que es mientras la imaginación del fundador se desbocaba con el brío que el jamelgo desdeñaba. La mención a las tales ganjikas, fueran lo que fueran, removía, sí, la curiosidad de Avi, pero no lo inquietaba. Al contrario, las referencias a los cantos, a las revelaciones medianeras y tardías iban configurando una placidez que no requería explicaciones. El joven se hundía en un abandono agradabilísimo que nacía de la baja espalda para terminar anidándole en la nuca. Confiaba. Y confiando dejó de obsesionarse por los posibles desenlaces, por todas esas contrariedades que jamás llegaban a ser pero, eso sí, intimidaban como diablos, como brujas. La confianza lo ensanchó, le permitió respirar de un modo nuevo. Se vio mugroso y feliz trabajando la tierra. Se vio cantando los estribillos de la vieja y otros más que inventaría en el día a día, sobre la marcha. Por primera vez en mucho tiempo sintió que las aguas de la vida le viajaban por el cauce correcto, que el siguiente meandro era suyo en todo derecho y no por una imposición sesga. Inexperto como era, Avi fue confundiendo esa paz estática que no sabe de mañanas con el cariño sosegado que la vieja le brindaba. La buena voluntad lo llevó a creer que su serenidad novísima era la que faltaba a la pobre anciana —las carantoñas, el descontrol— y volvió a tomarla de la mano como poco antes para que esa rebeldía autónoma no fuera a destruir el momento. Lo hizo. Entre la paz y su espejo, la serenidad, lograron que nada se perdiera en esa noche magnífica cuando retornaron las palabras. "Es tarde. Descansemos", dijo la anciana, sabedora de que sólo el sueño es digno de suceder a instantes como ése y, sin soltar la mano de su acompañante, dio inicio a la faena de pasar del pescante al carro para recostarse en forma.

La paja era tan suave y mullida que parecía un lecho verdadero. Y la luna, desnuda de nubes en todo lo alto, los arropó con su manto vaporoso, cuidando de que ni el frío ni los peligros molestaran a esos dos hasta poco antes del alba.

Avi fue el primero en estremecerse con el rocío matinal. Se había dormido viendo la luna e instintivamente la buscó en cuanto abrió los ojos. La blanca estaba cubierta de nubes pero su resplandor se proyectaba trabajosamente a través de éstas formando un halo que deslucía a las estrellas aledañas. A su derecha, la vieja dormía de costado con la trenza desgreñada. Mientras se acostumbraba a los primeros instantes de la vigilia, Avi se concentró en el pecho de la mujer para constatar el más leve subibaja y asegurarse de que estaba viva. La calma del paraje terminaba por acallar el ligerísimo siseo emanado de sus labios y el rumor que, de cuando en cuando, producía la cola del caballo al espantar alimañas imaginarias, más por costumbre que por necesidad. Del viento, ni sus luces. Y menos mal que la paja era abundante y seca, porque quienquiera que se hubiera ocupado de los pormenores había olvidado incluir una manta entre lo necesario para el viaje. De no ser por el chal de lana cruda que la vieja llevaba puesto y que en ese momento compartía con el muchacho, nada bien la habría pasado el fundador en los preámbulos de la aurora. Una grata sensación lo recorrió entero al acurrucarse contra la anciana al tiempo que se arropaba bien con la prenda de lana. La deliciosa tibieza del cuerpo era acentuada por el frescor que, resignado, se limitaba a incomodar el rostro del muchacho. Todo estaba bien. El ayer y el mañana se distraían por otra parte dando la impresión de un ahora eterno, autosuficiente, irreprochable. Qué grato pasarse la vida en ese instante de descuido que se le escapa al tiempo, tutor severo, atemporal, para restituir el aliento, la fuerza, la calma, el sueño perdido, la esperanza, la disposición general y otras riquezas que en tal quietud pueden hallarse. A este divino abandono ha de sumarse el hecho de que, por primera vez desde que dejara la sede de ingenieros en esa Babilonia ya borrosa de tanta postrimería, estaba genuinamente acompañado. La soledad calcárea le había hincado las garras siendo aguador en la caravana numerosísima; desde su incorporación al grupo aquel, tuvo la sensación de estar denodadamente solo a pesar de que los días transcurrían entre una caterva de lenguas, intercambios y sucesos, pero la miseria fue encubierta por la noción de que el sinsabor generalizado se debía a la muerte del hermano y de Hannah, claro está. Y sí, por supuesto que la tragedia era el vórtice del remolino, la centrípeta, su giro, pero la soledad resultante, el descenso, era incluso mayor que la del remolino de Caribdis en el estrecho de Messina. La aparición súbita de Evaristus distrajo a Avi de la soledad, pero el caos superviniente terminó por exhibir su absoluto vacío y la imposibilidad de colmarlo. Ahora, la tibieza de la vieja era familia; su manto, lecho. Algo del sueño de una niña tenía el de la anciana por su hondura y placidez. Algo en la boca abierta instaba a imitarla, a entregarse como ella a la vida en otra parte. La insistencia hizo presa en Avi, quien seguramente se habría sumado al sueño de la otra durante varias horas más, a no ser por una sacudida repentina del caballo que dio al traste con la escena. Tras el sobresalto inicial, el animal dio la impresión de recuperar la calma, pero el daño estaba hecho y la vieja, muy molesta, se dio a murmurar quejas con los ojos aún cerrados y frunciendo el ceño. Mientras tanto, Avi se incorporó para echar un vistazo alrededor y constatar que todo estuviera en orden. Nada fuera de lo común advirtió al principio, pero cuando divagaba meditando si el caballo preferiría soñar con sus iguales o con hombres, advirtió que muy cerca del piso lo miraban unas pupilas semejantes a las de los hornos. Tampoco se movían. Y claro que podían haber pertenecido a un chacalillo o a cualquier otra criatura, pero el joven supo de inmediato que no, que el perro de lanas de Bibakta y el dueño de estas fijas eran el mismo. Una idea así de endeble lo habría hecho reconsiderar en situaciones normales, pero la inercia de la isla y su episodio había trastocado la realidad toda. Las cosas optaban por un orden distinto al del día anterior.

Entonces, la primera reacción ante cualquier estímulo era el miedo y de este mostrenco dependía la valoración general, pero desde la isla la ecuación se había invertido desplazando al miedo a un lugar segundo. El miedo ya no era generador casi exclusivo de la experiencia, sino acaso una consecuencia indeseable de otro precedente. La intuición, esa brújula que nos regala el sino, ya no buscaba el norte ciegamente. Parecía que ahora su aguja se orientaba a un tiempo en todas direcciones para convertir en certeza los giros y tremores. Avi no lo sabía aún, pero años después estaría seguro de que en esa noche magnífica se había gestado en realidad su presciencia legendaria. Pero no adelantemos vísperas. Contentémonos con saber que Avi recordó la silueta de los hornos y supo que también, como entonces, la silueta estaba allí. En alguna parte. Y supo que no tenía sentido buscarla entre las sombras, ni atrás del perro o junto al sauco, porque la silueta de ese hombre o espectro o forma, el natural de esa cosa, no estaría ya donde estaba, fuera donde fuera. Porque lo que está en su sitio no puede estar en todas partes y lo que se halla en todas partes jamás será encontrado si se le busca en un resquicio.

—Madre —murmuró entre dientes codeando delicadamente a la anciana, quien volvía a hundirse en un agradable sopor dejando a un lado lo quejicoso.

—¿Llegó alguien? —preguntó la mujer, ostensiblemente abrumada por la modorra.

—No, no. Hay un animal que nos mira ahí muy cerca del caballo. No pude verlo bien, pero creo que es un perro. Apenas se le miran los ojos.

—¿Y me lo dices así como así? —reclamó la anciana incorporándose de inmediato como si llevara horas despierta—. ¿En dónde está? ¿Qué hizo?

—Nada más me miraba callado. Pero estoy seguro de que vi a este mismo animal en la isla, poco antes de encontrarme con el tipo que me llevó contigo.

—Ni dudes. Es el mismo. No lo veo —dijo la mujer torciendo el cuello para buscar a la criatura cerca del caballo. Al no encontrarlo, empezó a chistar tan sonorosa que hasta el caballo coceó en reclamo.

Cuando Avi asomó de nuevo por el borde de la carreta, vio al perro con toda claridad en el mismo lugar de antes. Era imposible que la vieja no lo hubiera advertido, a menos de que se estuviera quedando ciega. No se inmutaba ante los llamados de la mujer ni parecía inquietarle el creciente nerviosismo del caballo.

—Ahí, junto a la roca esa que tiene forma de odre.

Pero por más que oteaba, nada encontraba la otra. La luz de la luna, aunque generosa, no era bastante. Guardó silencio por unos momentos y después pidió a Avi que la ayudara a pasar al pescante. Cuando ya estuvo instalada, estiró un brazo, acarició la nalga del caballo con la yema de dos dedos y lo instó amabilísima a seguir al perro que no veía. Y entonces el perro que Avi divisara ya dos veces echó a andar hacia al camino y luego esperó a que la carreta y sus pasajeros lo alcanzaran en esa madrugada tibia. El jamelgo hizo lo propio y la vieja, tomando la rama que hacía de bastón y fusta, sonrió complacida sin decidirse a azotar a la bestia. No era necesario. Habían vuelto a las andadas. Ya en movimiento, Avi pasó también del carro al pescante para observar mejor la ruta que el chucho les marcaba ya sin mirar atrás.

—Son los ojos de Evaristus. Así lo hace para mirar en todas partes. Ayúdame a seguirlo hasta que salga el sol, no se me vaya a escapar, que mis ojos ya no son los de antes.

—No lo ves, madre, pero yo te ayudo —afirmó Avi seguro de sus palabras. La vieja lo miró largamente.

—Si se aparece ante ti, no puede verlo otro. Uno a la vez quiere el destino y a ése no se le discuten las reglas —repuso críptica la vieja y echó a reír sin causa aparente antes de hablar a Avi de una linda canción que había inventado muchas décadas atrás, el día en que su primer pretendiente le había regalado una flor delicadísima.

—Era tan bella, pero palidecía junto a la más humilde de las ganjikas.

*

Aunque no era la primera vez que Avi recorría la vía norteña que llevaba a Sambastai, se le dificultaba reconocer los accidentes del camino siendo de noche. Claro que se pensaba experto en viajes nocturnos gracias a su trabajo con los caravaneros, pero nunca antes había sido responsable de la marcha del grupo. Lo cierto es que la nueva encomienda lo ensanchaba y, al menos durante la primera hora, Avi estiraba el cuello para no perder la guía del perrito que, sin mirarlos prácticamente nunca, caminaba el sendero a un ritmo perfecto para el caballo. Entretanto, su acompañante se esforzaba por permanecer despierta, pero desde el principio supo el muchacho que era cuestión de tiempo para que la mujer quedara vencida por tan recalcitrante silencio, únicamente quebrado por el crujir de la madera y el chirriar de los metales. De hecho, era imposible escuchar nada que no fuera la carreta y su estrépito. Ni las cigarras ni los demás bichos cantaban a pesar de ser verano. Las aves nocturnas cancelaban revoloteos, ululares, graznidos o zureos, e idéntico marasmo padecían los mosquitos, verdadera pesadilla que en época de lluvias arruinaba el sueño de los habitantes de la región. Qué suerte. Y al pensar en la suerte, el joven sintió que la anciana se le dormía en el hombro. La ternura que el gesto inspiraba estuvo a punto de devolverlo a la culpa de Hannah, pues a no ser por la cabecita de su hermana y la que ahora le dormitaba confiada, ninguna otra había descansado en su hombro llenándole de ensueño y de una especie de responsabilidad gozosa. Sin embargo, como ya hemos señalado, Avi se iba volviendo experto en espantar al fantasma de Hannah y la noche que nos ocupa le facilitaba el quehacer, porque nadie que se dedique a cuidar el sueño de otro está ocioso, y menos cuando en la escena se entreteje la ternura. Porque muy pocas cosas pueden compararse al rotundo placer de quedarse inmóvil para que otro —el amado, la hija, ese viejo o el crío— se arrope en la paz de un hombro dándose en vida a otra vida, pues eso es el sueño del durmiente: una entrega sin destinatario puntual, un abandono en que nadie se queda ni se va.

Ah, pero qué distinto es todo cuando resta poco para que termine la noche. No faltan las indiscreciones, los cotilleos que delatan su intención de escapatoria. Aquel grillo masculla al oído de una larva que se azora; el escarabajo oculta lo que sabe en el interior de su pelota y nunca falta el ave que medita muy seria si vale la pena interrogar de un picotazo al aludido. El secreto a voces es el antecedente de la huida y, de repente, sobreviene. Mira su avanzada de horizonte —huye la negra—. La hojarasca se va llenando de rumores. Un grajo abre el ojo y sin pensarlo mucho despierta a otro. La mosca, inmóvil en la corteza de una higuera de Bengala, va llenándose de ansiedad conforme transcurre la espera y daría lo que fuera por echarse a volar en ruta a donde sea, indecisa, vehemente, idiota. Se frota las manos de impaciencia. No puede más. Levanta el vuelo. Allá. No, acá. Sube, baja y vuelta. Zúmbale. La vida no alcanza para deshacerse de tal angustia. Algo grave y peculiar hizo en alguna parte a algún principal, pues no es de dios ni de los dioses lo que a esa puerca le sucede. Malhadada. ¿Que no? Déjame que te cuente el final de su historia: buscaba retruécanos en las inmediaciones del sendero cuando le llegó un fuerte olor a paja, sudor y pelo. Recuerda que ella no sabe dejar su avidez para otro día, por lo que va y revuela el hocico del jamelgo, luego el ojo izquierdo, ahora los ollares. Se le planta en un belfo, pero la comisura tiene espuma de agua brava y se muda a la crin por desagrado. Mejor. Cómoda la crin. Pero ahí no pasa nada. Lo que sea es mejor que tanto tedio y levanta el vuelo. Y a medias entre la crin y el belfo se olvida de su impaciencia para optar por esa cascada blanca, seca, que se ofrece a la distancia. Rauda va hacia el cabello de la vieja y se aquieta un instante en una curva de la trenza. Distraída, la mosca se pregunta por qué a esa dama le sale pelo de la oreja. Va, indaga, y cuando se le olvidaba lo indagado la vieja reacciona como escuincla y de un manotazo le estalla vísceras y todo. Colorín colorado.

—¡Mira el Sinthos! —exclamó la anciana sacudiéndose los despojos de la trenza, mientras con la otra mano señalaba a la izquierda del camino. Espabilada, miraba los primeros resplandores que el río ofrecía esa mañana. A un lado, Avi se recuperaba aún del susto que la mujer le había dado con su reacción instantánea. La margen derecha del Sinthos despertaba. Hubiera sido un buen momento para rellenar los pellejos de agua, pero les sobraban estadios de trayecto siguiendo el río hasta Sambastai y bien podían hacerlo más tarde—. Es tan bonito, pero ni se te ocurra echarte a nadar en él porque terminarás cubierto de sanguijuelas. Y ten cuidado si los caballos abrevan, porque seguro que te pasas un buen rato quitándoles las alimañas del hocico y la nariz con palitos encendidos. A los perros no les pasa nada, quién sabe por qué. ¿Dormiste bien? —preguntó la mujer cambiando abruptamente el tema sin darse cuenta de que Avi ya no miraba el Sinthos, sino que buscaba al perro guía sin encontrarlo por ninguna parte.

—No lo perdí de vista. Estaba por ahí hace un momento, antes de que despertaras.

—¿Quién necesita ojos para la noche cuando es de día? Olvídate del perro y revisa si nos queda por ahí una aceituna perdida, que no es bueno desayunarse con el sol en alto.

Y vaya que el sol fue un factor a considerar en el recorrido matinal. Cuando ya asomaba pleno, lentificó el avance del caballo en muy buena medida, tanto que la mujer sugirió ahora sí una pausa para que los pellejos quedaran repletos y poder bañar con el contenido de uno a la pobre bestia, que supo agradecerlo retomando el paso vigoroso hasta llegar al sitio en que, dos días atrás, Avi había visto a las lavanderas, muy cerca de Pagala. Siendo de mañana, el grupo no era tan nutrido como el de la primera vez, lo que no impidió que el joven propusiera descansar bajo el mismo monolito con tal de mirar de reojo a las hacendosas más bonitas. El detalle no escapó a la agudeza de la vieja y Avi tuvo que aguantar algunas bromas subidas de tono. Terminado el descanso retomaron el camino cruzándose con tres contingentes pequeños que hacían el recorrido en sentido contrario. En todos los casos fueron saludados efusivamente, pues los grupos recién habían salido de la Senda de los Huesos reabasteciendo en Kamigara las provisiones, el buen humor y la algarabía. El intercambio con los primeros dos grupos fue breve, casi al paso, pero suficiente para constatar que ninguna ventisca dificultaba el tránsito en el primer tercio de la ruta; después de eso, imposible saberlo sin preguntar a los que apenas estarían por llegar al punto de reunión. El tercero de los grupos, al cual avistaron faltando poco para la caída de la tarde, les sugirió pasar la noche con ellos para mayor seguridad, lo que ambos aceptaron de muy buena gana. Comieron y bebieron en abundancia alrededor de una fogata indispensable en las proximidades de la montaña. La vieja divirtió a los contertulios con gracia inusitada. Las ocurrencias alternaban con cancioncillas picaronas que hablaban de bebida y, claro, de mujeres, pues todos los expedicionarios eran hombres. En cuanto el sol se ocultó tras las primeras elevaciones de la cordillera, el grupo se fue a dormir anticipando una salida temprana para aprovechar el fresco en la andada.

Entre sueños, el fundador escuchó que los hombres se despedían de la vieja regalándole avellanas, uvas y pasto sin trébol para el caballo. Ella agradeció exageradamente. Después, el carro empezó a moverse conducido por la vieja, quien no habló ni cantó para respetar el descanso del otro que, exhausto, roncaba echado en la parte de atrás cuan largo era.

El segundo amanecer los sorprendió a unos cuatro estadios de Kamigara. Al salir de una curva, el caserío se fue extendiendo con la cordillera al fondo. La cima más alta de este tramo se perdía entre nubes que resbalaban por la ladera occidental hasta asentarse en las faldas. Su languidez ocultaba más de la mitad del poblado haciendo que la mitad visible semejara una mera extensión de la nubarrada. El humo de tres hogueras completaba la escena de esa mañana novísima y sin viento. Era imposible saber si las columnas de humo provenían de grupos que esperaban nuevos miembros para hacerse al sendero en compañía más numerosa o si descansaban ya pasada la aventura dándose solaz. Como fuera, las posibilidades de sumarse a un contingente mayor eran excelentes.

Casi nadie se internaba en la montaña a solas. Claro que se sabía de insensatos que lo habían hecho por terquedad, por estrechez de entendederas u obligados en circunstancias especiales, pero lo usual era allegarse a Kamigara y esperar a otros para no compartir crédito en las tragedias, reales o imaginarias, que abundaban en las conversaciones de fuereños y locales. Por supuesto que nueve de cada diez versiones eran falsas, pero la cháchara de los viajeros que volvían por la misma ruta o la de quienes repetían la hazaña se sumaba a la de guías y porteadores, integrando un cuerpo narrativo no necesariamente veraz pero inapreciable para los dispuestos a jugarse el pellejo en la empresa. La información empezaba a fluir en todas sus modalidades en cuanto se divisaba el grueso del caserío, al salir de la ya mencionada curva en el camino. Medio estadio más adelante, un corro mayor albergaba cabalgaduras moribundas y hombres exhaustos que se apretaban alrededor de sus muy abundantes mercaderías. Unos bebían tisana mientras otros perdían la mirada en la montaña acordándose de quién sabe qué a horas tan tempranas. Pocos hablaban. Al pasar la carreta de Avi y la vieja, dos parlanchines callaron;

un tercero pregonó sin muchas ganas que tenía piel de zorro-plata y opio negro de potencia inusual. Al notar que los pasantes seguían de largo sin voltear a verlo, guardó silencio un momento para después seguir pregonando a la nada o para sí, cabizbajo. "Amuletos de búho negro… ámbares…", rumió el desdichado acordándose de los feos dientes de su cuñada.

A poca distancia, otro grupo numeroso se disponía a la partida en lugar de abandonarse a la llegada. Era fácil notar la diferencia si se prestaba atención a la indumentaria y a la naturaleza de la oferta. En este caso, era obvio que los viajeros pretendían ganar lo que fuera vendiendo lo que ya no era indispensable para el viaje montaraz. Nada exótico o medianamente atractivo resultaba del catálogo variopinto que una truhana con vitíligo ofrecía entornando los ojos con un toque salaz. Ni Avi ni la otra le prestaron atención. La pobre hembra manchada entreabrió los labios sin animarse a decir lo que quería. Qué apuesto era el muchacho. Qué largas sus piernas. La embelesada se despidió en silencio y quiso ser quien acompañara a ese hombre joven a dondequiera que fuera. El brillo de sus ojos la acompañaría por el resto de sus días. Esta mujer fue la primera en advertir un halo casi indiscernible que sólo las hembras muy sensibles llegarían a notar en el fundador. La fuente del prodigio residía en la mirada, en su pureza. Nada malo podía hallarse en esas gemas que sólo portan los limpios, los hondos, los suaves. De los ojos, la luz-caricia se desbordaba hasta iluminarle el rostro por entero.

Años después, añorando con su hermana, la manchada se confesó satisfecha y casi feliz por haber visto pasar al hombre de su vida. Los demás no le importaban, pero ése, el luminoso, ya nunca la dejó sola. Nada de esto supo Avi ni en su momento ni en otro. De muy poco le habría valido hacerlo, pues el encanto del milagro consiste en su disfraz de cotidiano. A diario obramos prodigios, a diario somos amados. Amamos sin darnos cuenta y sin saber que al hacerlo salvamos y somos salvados. Cuánta espuma a nuestro paso.

A los caminos les sucede lo mismo que a las vidas largas. Nacen sin saber ni cómo. Su infancia de ruta los va calando hasta darles trazo y sentido. Luego, van y vienen caminantes, carros, bestias. Aquél huye de no sé qué y ese otro busca esto o aquello. Al igual que las vidas, los caminos se van poblando si el destino hace sentido. Los pasos, como días, apuestan su resto a la secuencia dejando todo atrás para seguir de frente. El horizonte, esa zanahoria que baila frente a nosotros sin dejarse alcanzar, obnubila, distrae, engaña. ¿Qué se cree? ¿Se piensa inabarcable de tan ancho? Ya traman camino y hombre echarle un lazo, pero los ingenuos le pierden la pista al caer la noche. Siempre. Además, por las noches ruta y vida se vacían. Nada promete. Nada avanza ni retorna. La vida y el camino se ríen de sí cuando se piensan a solas, pero la aurora les devuelve la ceguera, el trajín y el horizonte. Y vuelta a lo mismo. Entonces, de buenas a primeras, sin importar cuán largo haya sido el tendido, cuán grato haya sido el trote o cuántas almas hayan poblado el recorrido, ya cerca del objetivo vida y camino se hacen uno y luego ninguno porque ambos van y se terminan. Y los pasos y las voces y las piedras y las veras y las ruedas y los ejes y el cansancio y sus pezuñas y las cuitas y subidas y bajadas y los ecos… El camino se desvanece a la llegada. Tanto extenderse, tanto caminar para llegar al fin, para ser nada. De la nada a la nada. Hombre y camino. Polvos.

Todavía espiaba el carro la manchada cuando la ruta se estrechó notoriamente. Los campamentos que la flanqueaban daban paso a las primeras casuchas de Kamigara, poblado sin centro como suelen serlo los que dependen de una sola vía. A partir de este punto, las sesenta o setenta edificaciones que integraban el sitio parecían honrar las postrimerías de un camino que, humilde, se echaba a los pies del gigante. Severísimo, el Hindukush empequeñecía todo a su alrededor. En su extremo occidental, esta cordillera de unos seis mil estadios de largo presentaba una elevación contada entre las diez mayores que los hombres conocían. Por todos los confines se abundaba en las ventiscas, monstruos, aventuras, fantasías, sevicias y bondades de esta frontera que todo lo conocido acotaba para transformarlo en gran promesa, en un todo por conocer. Los órdenes, las jerarquías se reordenaban al segundo de presenciar al titán y no era raro que los visitantes primerizos dedicaran buena parte del tiempo subsecuente a extraviarse en las alturas siempre nebulosas con la boca entreabierta y el juicio confuso. ¿Será posible andarle por la testa a semejante roca? ¿Existe lo que dicen que hay a sus espaldas? Hombres muy enteros se necesitan para hincar los pies en esas nieves. Qué duda cabe. ¿Valdrá la pena? ¿Moriré de frío, hambre, caída, altura, soledad, locura, avalancha o extravío? ¿Y allende, insisto? La misma sensación que abruma al otear las aguas grandes de los mares se ceba en quienes piensan la montaña: ¿será un esfuerzo baldío? Porque nada vale la audacia cuando en tontera la convierten los peligros, porque no hay sedas que protejan de ese frío ni botas finas que te salven del vacío. Extenso, nuevo y rico ha de ser el territorio al que se llega para atreverse a apostar la vida en esa empresa. Quizás. El que se hace a la montaña y el que se hace a la mar saben de promesas, de fábulas, de enormidades. Como casi todos los misterios que se precian, los mares y las montañas son inabarcables. Como todos los misterios que se precian, las aguas y las cimas terminan escondiéndose en la tierra o entre nubes. No hay regateos u opciones: la única apuesta posible es el resto. Si se gana, un mundo entero abre las puertas; si se pierde, hasta la más pequeña se cierra en las narices. Pero incluso en ese caso, el peor, la derrota es dulce, más que digna. "Fue de nieves", dicen los del pueblo al referirse a algún perdido. Y en cierto modo todos lo son, pues el que llega a su destino tras cruzar esta barrera de barreras jamás lo logra siendo el mismo. Sucede entonces que la risa no es tan pronta, los dolores ya no aquejan como antes. A los más les da por pensar muchísimo antes de responder. A otros, parecen haberles robado las palabras de tan poco que hablan y, en casos extremos, ni una más. Lo mismo da si escuchan a los persas referirse al Hindukush o si los griegos le dicen Paropamisos con tal de no llamarle Pariyatra Parvata, nombre espantoso que los cobrizos de tierras lejanas impusieron a la mole por puro mal gusto. Da lo mismo, en efecto, porque sea cual sea el motivo no hay palabras que describan el rito de paso. El Kush, como le llamaban familiarmente los locales, sabía partir en dos a los hombres que lograban cruzarlo con vida. A los otros, por costumbre, respeto y superstición, dejaron de llamarlos "muertos" porque en los fríos nadie muere del todo. El cuerpo se aferra, y eso justificaba un eufemismo memorable: los acallados.

No era un asunto de todos los días, pero rara vez pasaban tres sin recibir la noticia de una muerte o desaparición en la montaña. A la mayoría, poco le importaba el fallecimiento de un desconocido que lo mismo podía ser tejedor, paria o bandido. Lo grave era que a los acompañantes se les ocurriera bajar de las alturas el cuerpo del infortunado. Mala idea, porque la sangre que la montaña frena, en la montaña ha de quedarse quieta, como abrazándose a las venas. Los locales sabían muy bien que el Kush no toleraba los despojos y que se daba gusto regalando ventiscas, derrumbes o avalanchas excepcionales cuando alguien le quitaba lo suyo. La casualidad tenía muy poco que ver en ello. Años y años de constatar el resultado derivaron en generaciones de convencidos. Los escépticos (que los había) presumían de sensatez y acusaban a los demás de credulidad, de superchería, pero su arrogancia quedaba sepultada con los hechos la misma noche, al día siguiente lo más. Tanto era el miedo de los kamigaros, que de plano los guías se pusieron de acuerdo para negar el servicio a quienes no juraran respeto a la montaña y sus acallados. Lo contrario bien podía hacer que el tránsito fuera imposible por semanas, aun en época propicia. ¿Y qué familia decente lograba vivir sin ingresos tanto tiempo? A los viajeros —siempre en marcha, siempre deprisa— les daba igual el infortunio que heredaban a los kamigaros y no había montazgo que lograra compensar las pérdidas.

Exhalaba la manchada el tercer suspiro por nuestro Avi cuando ya la vieja dejaba en claro que, ni con mucho, era ésa la primera vez que visitaba el poblado. "A la puta de esa tienda no le compraremos nada", espetó la anciana cuando Avi reparó en las cuatro cabalgaduras que esperaban atadas fuera del establecimiento. Y eso fue sólo el principio. A partir de ese momento, a la vieja le dio por detallar las virtudes de un almacén anodino, las capacidades de una costurera casi ciega pero infalible con su aguja, y lo conveniente que era buscar caravana o guía en el último figón, el que estaba sito a uno, no, a medio estadio del final del camino. Siendo el primer lugar de reunión y abastecimiento con que se encontraban los que volvían del Kush a Kamigara, el negocio presumía de ser el más redituable, el más socorrido y de tener la mejor cocina disponible en los alrededores. Además, la vieja innominada arguyó que los guías solían reunirse en el figón para ser los primeros en recibir noticias de colegas y viajeros recién llegados, lo que les permitía calcular con mayor precisión los incesantes cambios del clima en la montaña. Así, quienes requerían de un servicio experto e informado, terminaban forzosamente en el mentado expendio negociando el jornal, la ruta o el número de porteadores.

Huelga señalar que muy pocos negocios de la región podían compararse al que nos ocupa en exotismo y maravilla. A su alrededor descansaban los caballos, los mulos, las carretas, los toneles, los arcones y cuanta cosa traían de lejísimos los clientes. El ambiente era festivo, pues nadie que acabara de salvarse de la senda lo hacía sin trago y algarabía. Por si fuera poco, sentarse con un vaso de vino aguado en cualquiera de las mesas o en los tablones de los costados era una aventura memorable. Imaginen la cantidad de verdades y mentiras que se ventilaban en el mesón, la multitud de lenguas en que todo se contaba —una vez alguien intervino largo en un idioma extraño, todos atendieron y a la postre, cuando el desconocido se marchó, descubrió la concurrencia que ninguno le había entendido una jota—. En ocasiones, sobre todo a la llegada de grupos nutridos, el lugar daba la impresión de ser más un mercado que una hostería, especialmente si los recién arribados usaban una lengua poco común. Los gestos y las señas subsanaban entonces la carencia y pronto las telas, las perlas o cualquier otra riqueza era exhibida en la mesa del rincón ante la mirada avariciosa de la famosa hija del dependiente que se dedicaba a husmear entre los comerciantes para reportar cualquier operación comercial o de trueque, pues en caso de que la convivencia deviniera en intercambio, la ley obligaba al posadero a cobrar un impuesto. En la calle era otro el cuento. Allí nadie cobraba por mercar, razón de peso para que, en las inmediaciones del local, sobre las monturas mismas y encima de los carros de por sí repletos, los aventureros de la utilidad improvisaran expendios obteniendo los primeros beneficios de su peligrosa brega, nada despreciables, por cierto, si se piensa en los intermediarios mayoristas que cual buitres pretendían hacer fortuna comprando lo mucho por lo menos desde ese punto, pues dos estadios más abajo los precios ya no eran los mismos. En suma: para hacerse de una buena tajada, nada como el hostal, o sus alrededores, para ser exactos.

Los ojos de Avi crecieron en cuanto percibió el colorido de la oferta. A hora tan temprana, tres viajeros extenuados procuraban hacerse de clientela y algunas mujeres mostraban un interés comedido, bien administrado. A éstas se sumaron la vieja y su muchacho sin que la novedad sacudiera el tedio de los oferentes, ya que los compradores de peso al por mayor eran hombres invariablemente. Ya se presentarían en cuanto percibieran a la distancia el aroma de un trato ventajoso. Seguro que sí. Por lo pronto, la vieja renqueaba apoyada en su rama por un lado y en el brazo de Avi por el otro. Nada le gustaba. Criticó abiertamente la talla de unas cucharas de marfil y se mostró decepcionada cuando le confirmaron lo obvio: que no, que a decir verdad tenía razón y esos rojos no eran púrpura de Tiro, pero casi. "Imitaciones por aquí; imitaciones por allá.

Vándalos. La creen a una idiota porque viaja sola", sentenció la vieja a media voz sin darse cuenta de que su observación resultaba ofensiva para Avi. La indignada dio la espalda al vendedor encaminándose a la entrada con el amor propio ofendido. Una cortina de lana de yak caía desde la parte superior del marco hasta el piso, haciendo las veces de puerta y promoviendo la ventilación a un tiempo. A dos codos del acceso, la mujer levantó su rama y asestó un par de bastonazos a la tela sin lograr abrirse camino. Paciente, Avi le ahorró el trabajo franqueándole el paso con tal de que no repitiera un gesto de tan mal gusto. Los pocos clientes del figón, sobresaltados, reprocharon la insolencia de la vieja con una mirada aviesa. "¡Queso y vino, niña, queso y vino!", escandalizó de nuevo la anciana dando un azote al respaldo de una silla desocupada y haciendo que la chiquilla saliera de su aturdimiento en el rincón más oscuro del local. Qué alivio sintió Avi al sostener el bastón para ayudarla a sentarse. Tras un comentario baladí que distrajo a la mujer, Avi aprovechó para alejar la rama de su alcance. La vieja notó la insolencia, pero se tragó el reclamo con tal de no maltratar el ingenuo disimulo del rapaz.

"Es imperdonable pasar por Kamigara sin probar el queso de estos cabreros. Los pastos de verano le dan un sabor que no se consigue en otra parte", comentó la anciana provocando más molestia en quienes comprendieron, pues, a todas luces, ninguno de los presentes se dedicaba al pastoreo, oficio al que los comerciantes achacaban ordinariez.

Llegada la comida, la inusual pareja se dedicó a corroborar las bondades del queso acompañándolas con las uvas remanentes del día anterior, pues la anciana las traía escondidas en el seno. En cuanto la niña se descuidaba, metía la mano entre el pecho y los vestidos para sacarlas de una en una. Si la uva en turno le tocaba a Avi, su contertulia la hacía rodar como canica desde su costado de la mesa hasta donde estaba el joven. Nadie notó la repartición clandestina. Seis uvas para la vieja y seis para el otro. Grandes como ciruelas.

Una vez saciados, la vieja se puso a jugar a las migajas en tanto el muchacho se aburría limpiándose los dientes con la lengua. Nadie había entrado o salido del figón y muy poco restaba del ímpetu inicial con que la añosa había anunciado su llegada. La joven iba de cliente en cliente haciéndola de copera; terminada la ronda volvía al rincón con la mirada pendiente de la puerta por si su padre regresaba, pero al local no llegaban ni el papá ni los guías ni los comensales habituales. A la vieja no se le escapaba la tendencia de la memoria a embellecer, pero apenas lograba reconocer el figón si lo comparaba con la última impresión que de él había tenido unos años atrás, en una mesa parecida, acompañada por Evaristus. Al él también le había dado por quitarle la rama o el bastón o lo que fuera. "Si una quiere hacerse oír y respetar...", justificaba ante sí la vieja en un diálogo interno cuando la cortina de pelambrera de yak se abrió súbitamente. El padre de la joven se notaba ansioso. Miró de derecha a izquierda hasta encontrar a la hija y sin pérdida de tiempo le ordenó calentar una jarra de vino con miel. "¡Desgracia!", dijo a media voz mesándose el cabello con la mirada clavada en el suelo. Luego se escucharon unas voces y a los pocos segundos sus dueños irrumpieron en la taberna cargando a un ensangrentado que respiraba trabajosamente. Pusieron al desdichado en el suelo y salieron de nuevo para volver cargando a un segundo herido que sangraba menos y gemía más. El húmero expuesto bajo la ropa era la fuente del gemido pero nadie lograba ver ni el hueso ni su sangría. Colocaron al infeliz junto al primer herido y pidieron agua caliente a gritos. La joven no había tenido tiempo de poner a calentar el vino y encima el agua. A instancias de la vieja, Avi corrió a ayudar a la hostelera, no sin antes regresarle el bastón a la vieja, quien pronto se acercó a los heridos con el oído aguzado y los ojos muy fijos en los del primer desdichado. "¡A un lado!", espetó la mujer con sus pésimos modales dándose autoridad a punta de rama. "¡Quieta, abuela!", reclamó el golpeado sin saber bien a bien por qué le había dado el palo, pero obedeció retirándose de inmediato. El guía la había reconocido en el acto. La trenza blanca, los ramazos. Lo mismo le sucedió a su compañero de faenas y, extrañado, el dueño se dio a escudriñar a la mujer asintiendo al fin. Sí. El aya de Evaristus se olvidó de su rama dejándola caer, se arrodilló junto al maltrecho como si sus rótulas tuvieran quince años. Le impuso las manos en el pecho primero, luego en el vientre, los genitales y los ojos. Tres guías más entraron apurados al lugar y se encontraron con el corro absorto. El dueño los calló a señas y pronto se unieron estos tres a sus dos colegas, al propietario mismo y a los clientes. Avi, que acarreaba agua de la parte trasera de la cocina al fogón, vio a la vieja en el suelo y rápido se acercó para ayudarla. Pero no. Déjala sola. Igual que los demás, supo que lo prudente era permitirle obrar a sus anchas. El agua estaba ya tibia sobre el fuego cuando la vieja cambió de cuerpo y recomenzó. Tenía las palmas manchadas con la sangre del pecho del primer herido y, al imponerlas al de los gemidos, las retiró dejándole marcas rojas en la lana cruda del sayal. La segunda imposición duró mucho menos que la primera.

—A éste no hay quien lo salve. Al otro ya le para la hemorragia y estará bien. Que no se mueva en once días. Lávenle el pecho, la frente y los pies con aceite de oliva cada cuatro, nunca antes de que el sol esté en lo alto.

—Gracias —dijo el salvado con voz apenas audible y la cara repugnante, pues a la mugre, el sudor, la grasa y las barbas de su rostro se sumaban ahora las huellas rojas de las manos de la vieja.

El guía que la había reconocido le tendió la mano para ayudarla a incorporarse. Ya de pie, la mujer hizo un rictus de dolor y se sentó en la silla que le acercó uno de los clientes que los habían precedido esa mañana. Avi estaba de piedra, igual que el resto. Entonces gimió el de los gemidos y un olor nauseabundo invadió el figón. Era la hemorragia interna que hallaba salida.

El salvado parecía dormido junto al muerto y el muerto parecía estar vivo por los ojos aún abiertos. Un cliente piadoso los cerró.

—Vaya momento para volver a verla, abuela —dijo el guía del reconocimiento y se postró para besar la mano de la vieja.

—Ya, ya. A ti te estaba buscando. Estos otros no me sirven para nada —dijo señalando con la mano libre al resto de los presentes—. ¡Carajo, niña, el agua, que la sangre seca me da asco!

El guía tomó la jofaina y la puso enfrente de la anciana para luego sentarse junto a ella. El resto de la concurrencia hablaba de lo ocurrido en voz muy baja, cuidando de que las miradas furtivas que lanzaban a la mesa no coincidieran con los ojos de la taumaturga, pues a los ojos de ese tipo de gente se le atribuían toda clase de peligros. Avi terminó de disolver la miel en el vino caliente y le llevó un tarro entero a su compañera. La joven sirvió el tarro del herido adormilado y le ofreció el contenido reparador a cucharadas, mostrando una paciencia encomiable. El orgulloso padre de la muchacha y el resto de los guías se dieron a sacar el cadáver del establecimiento, prefiriendo el hedor que la proximidad de la agresiva anciana.

—Estoy seguro de que la vi con Evaristus hace un año más o menos —comentó discreto el guía que sostenía la pierna izquierda de los despojos al colega que cargaba la pierna derecha—. Nadie sabe cómo se llama, pero le dicen "La blanca", por las canas, yo creo. Muy ingeniosos no son.

—Bastaría con preguntarle —respondió malhumorado el de la pierna derecha al tiempo que dejaba su carga en el suelo.

—Yo mejor la dejaba en paz. Imagina que le da por acusarte con su señor y entonces sí la ibas a tener buena.

—¿Acusarme de qué? ¿De preguntarle el nombre? —dijo el guía, tan cansado de la delicadeza con que la gente se refería a la mujer como del peso muerto que acababa de transportar.

—Yo sólo te digo que te andes con cuidado. Si te encuentras con alguien de Bibakta, mejor sácale la vuelta, y mucho más si es gente de Evaristus.

—Vaya, vaya. ¿Así que eres de los que cree que existe el Evaristus ése? —dijo burlón el guía escéptico, pero la sonrisilla maliciosa con que pretendía castigar a su interlocutor se le esfumó muy pronto al ver que se aproximaba el resto del grupo accidentado.

Eran unos quince comerciantes. Su caravana incluía cuando menos una decena de monturas y tres carros desbordantes. Una de las monturas parecía vacante, pero se trataba de una ilusión óptica, pues cuando el grupo se aproximó un poco más, los guías notaron que el caballo sí venía cargado, pero no con mercancías o comerciantes, sino con otro que venía echado boca abajo sobre el lomo. El guía amargado temió lo peor y nada dijo al crédulo para no hacerse fama de pesado entre sus compañeros del gremio, pero poco después, cuando los desastrados se acercaron lo suficiente, ambos guías vieron confirmados sus temores. Un tercer accidentado. Y a juzgar por el ritmo de la marcha, debía estar muerto desde hace tiempo, pues nadie se apuraba. Varios niños kamigaros se acercaron a los recién llegados para ofrecer servicios innecesarios o para mendigar de plano, pero en cuanto notaban el cadáver e intuían la circunstancia, se echaban a correr por donde habían venido

—Un acallado —decretó el del natural incrédulo ante el peso de la evidencia.

—Lo que nos faltaba. Y en pleno verano —respondió desanimado el compañero, haciendo cálculos mentales para saber si podría pasarla sin ingresos una semana por lo menos. El Kush no perdonaba que se le quitara lo suyo.

Entretanto, Avi era testigo de la negociación más extraña que había presenciado en su vida. Después de las cortesías habituales, la vieja pidió a su conocido una tarifa preferencial por llevarlos, no hasta los puestos de aprovisionamiento que se hallaban cruzando la cordillera, a unos siete días de camino, sino por conducirlos a un punto ubicado un poco más allá de la mitad del recorrido, prácticamente en medio de la nada y recién comenzado el descenso de las partes más elevadas. El guía ya conocía las excentricidades de la mujer y su célebre Evaristus, por lo que omitió dar su opinión respecto a la idea. En cambio, asintió con naturalidad y, tras pensárselo un poco, propuso la mejor oferta posible.

—Nada le cobro, madre. Le doy gratis mi trabajo —dijo el guía cambiando el tono del intercambio al llamar "madre" a la anciana, lo que era moneda común en esas tierras para demostrar respeto a los mayores.

—No acepto regalos ni caridad que no solicito, Jaurum. ¿Es Jaurum o Juarum? No escucho bien.

Perdona, me distraje. Te decía que no acepto regalos desde que fui niña, y eso sólo de mis padres. Tu trabajo vale, y nadie debe aceptar el trabajo de otro sin dar nada a cambio. Nunca se sabe cuándo o en qué condiciones se ha de pagar el favor recibido. No, no. Para mí eso de los obsequios está vetado porque nadie como yo puede deberle nada a nadie. ¿Entiendes… Juarum?

—Insisto, madre: a usted no le cobro.

—Eres hombre prudente y tus ojos limpios dicen que sólo una vez hiciste daño innecesario. Una vez no es mucho a tus años. Dime ya qué quieres a cambio. Lo tienes en la punta de la lengua y no te atreves. Déjame ahorrarte la pena: sí a lo que me pidas, así que pide bien.

—Mi hija está enferma de bultos en las mamas. Antes no dolían y ahora duelen cada vez más y en más partes del cuerpo. Ya no sé qué hacer. Si la cura, madre, la llevo a donde sea mientras las piernas me lo permitan, en esta ocasión o en cualquier otra. Por favor, se lo ruego, madre. Es bien decente y trabajadora. Tiene dieciséis años y si le pasa algo no podré ni comer de tanto llorar. Es mi vida. Mi chiquita. Mi única alegría. Ande, madre, apiádese.

La vieja se adentró en los ojos del guía y éste contuvo la mirada, cosa que, como hemos dicho ya, no era corriente. Y cuando la anciana parecía dispuesta a responder, la cortina de yak volvió a abatirse, con mucha prisa esta vez. Los guías que habían sacado al muerto se acercaron a la mesa que nos ocupa saltando al vivo que dormía en el suelo.

—Ya viene el resto del grupo. Y no vienen solos —dijo el del buen talante al que estaba en la mesa.

—Ya déjate de cosas y dime qué pasa.

—Traen un acallado.

Y guardaron silencio en consonancia.

—¿Vino? — preguntó la joven con la jarra dispuesta, pero nadie respondió, puesto que el grupo accidentado llegó a la hostería derruido, sí, pero necesitado de todo. Vino, pan, guisado y catre solicitaron en un abrir y cerrar de ojos. La muchacha y el dueño atendieron las solicitudes pasando repetidamente sobre el herido en que ninguno reparaba. Aunque desolados por sus muertos, el alivio y la comida los animaba. Pensándolo bien, lo más probable era que ni siquiera conocieran a los infortunados o al herido. En esos grupos los extraños se hacían de amigos que ni se volvían a ver ni se mentaban después del recorrido. ¿Quiénes eran o adónde iban? Pieles finas uno, baratijas el herido e inciensos el acallado. Si no eran de la zona ni los acompañaban deudos, la costumbre era repartir las mercaderías en partes iguales incluyendo a la autoridad, al guía y a los demás expedicionarios varones. Quizá por eso se notaba desparpajo en los comensales.

—Lo siento, madre, pero usted sabe cómo son las cosas. La montaña no perdona hasta que se le deja una semana sola —comentó el guía, visiblemente afligido por el giro que habían tomado los acontecimientos, y se retiró de la mesa sin ruta que intercambiar por el bien de su muchacha. Cuando estaba por salir del figón, la vieja lo llamó con un grito que destempló a la concurrencia.

—¡Juarum! ¿Te atreves a irte cuando no he terminado contigo?

—Eh… es que…

—Trae —espetó la vieja blanca tomando la mano del guía. Le escupió en la palma y le cerró el puño. Lo mismo hizo con la otra mano—. Ve a tu casa sin abrir los puños, saca a tu hija a la intemperie y haz que se desnude bajo un tilo. Cógele las tetas, una en cada mano y ruega en voz alta que se cure mencionando el amor que le tienes, los años que quieres que viva y el número de machos y hembras que ha de parir para hacerte abuelo.

—Por supuesto, madre. Sí. Ahora mismo. Gracias —dijo descubriéndose la cabeza y haciendo reverencias mientras caminaba de espaldas a la entrada con los ojos llenos de lágrimas—. Muchas gracias.

Quería echarse a correr, pero por ningún motivo le iba a dar la espalda a su benefactora. Cuando salió del local, el guía de la amargura lo alcanzó antes de que iniciara la carrera hasta su casa.

—¿Le crees a esa mujer que ni tu nombre sabe? —inquirió tomando al esperanzado por la manga.

—Hace treinta y ocho años que nadie me dice así. Desde que murió mi abuela —respondió el guía librándose del otro para emprender la carrera con los puños apretados.

*

En el interior del principal figón de Kamigara el ambiente se recuperaba paulatinamente del sobresalto. La joven y su padre atendían frenéticos al gentío, pero por muy ocupados que estuvieran, cada dos por tres se daban una vuelta para rellenarle el tarro a la vieja y al muchacho.

—¿Qué haremos? ¿En dónde pasaremos la noche? —preguntó Avi.

—En la montaña, si desean —dijo el amargado a espaldas del joven—. A cambio le pido que me salve, madre, porque este mal de amores va a terminar matándome.

La vieja asintió. Hombres.

El propio guía se encargó de reunir las provisiones necesarias para el trayecto. También preparó al caballo de la pareja, que era bastante más fuerte de lo que su aspecto denotaba. Eso sí: la carreta era un vejestorio que se desarmaría a las primeras de cambio. Mucho mejor era que montara la anciana y que el muchacho lo hiciera por tramos para no agotar a la bestia. Además, no tenían opción, pues ningún kamigaro les rentaría una montura sabiendo que tomarían la Senda de los Huesos ese mismo día, desoyendo todo buen juicio. Y vaya que los colegas del amargado, su madre y hasta el potencial cuñado le pidieron que reconsiderara sin conocer los motivos para desear contravenir, pero los ruegos llegaban a oídos necios que, en el fondo, se jactaban de la valentonada. "Tú lo que quieres es llamar la atención de alguien", sentenció justa y visionaria la madre del guía, pero ya conocía al dedillo el carácter de su hijo y le quedaba claro que sólo por fuerza mayor recapacitaría. Mas no se presentó tal fuerza antes de la despedida. El sol pasaba el cénit cuando el trío se dio al camino.

*

La aprensión de Avi fue cediendo conforme la ruta se angostaba. Ya no era posible distinguir a Kamigara cuando la vereda torció el rumbo a la derecha para iniciar el ascenso. El caos del figón, acentuado por la llegada de la caravana, contrastaba bárbaramente con el silencio todopoderoso que se iba adueñando del entorno y de las almas. La eternidad de la montaña se insinuaba paso a paso, recogida, serena. Fuera de los ruidos de la andada, ningún otro afeaba la quietud del entorno. ¿Quién diría que tan peligrosa ruta podía hacerse pasar por un jardín cualquiera? Los árboles, las hierbas, los polvos, contagiaban pureza e ingenuidad. Era tal el escenario que a ninguno de los tres le habría extrañado encontrarse de súbito con un grupo de muchachas jugando a la ronda o cogiendo flores o parloteando sus amores. Por un instante, Avi deseó que la vida le permitiera buscar hongos como lo hacía con sus hermanos. Cuánto se entretenían.

Como procede en esos casos, hablaron lo estrictamente necesario. El resto se les fue en ensoñaciones muy acordes con la edad de cada uno. Acaso la única incongruencia de ese lienzo idílico fuera el que Avi caminara ayudándose con la rama de la vieja, pues ésta, entre añoranza y añoranza, cabeceaba tirando el bastón continuamente. A la tercera caída

Avi optó por no devolvérselo y fue entonces que el joven notó un grabado en la empuñadura, si cabe llamar así al nudo extremo de la rama. Lo reconoció de inmediato: una media luna en idéntica posición que la bordada en la túnica de Bibakta. Cerca del astro distinguió otros motivos que también le resultaban familiares, pero estaban borroneados por las cuitas de años entre palma y rama. En principio, no logró identificarlos, pero justo cuando dejó en paz el asunto le vino a la cabeza la respuesta. Claro. El repujado de las zapatillas de ternera era parecido. Por un momento, Avi revivió la isla y sintió un estremecimiento que no tenía cabida en la montaña. Apretó los párpados tan fuerte como pudo, los abrió y mandó al cuerno aquel calzado. Se iba volviendo experto en olvido voluntario.

La paz de la avanzada inicial fue memorable y finita. Conforme la pendiente aumentaba, disminuía la serenidad, la cantidad de insectos y la belleza de las flores. En cuanto a la tibieza, el verano cumplía todavía con sus promesas, pero el viento antes ausente empezaba a resoplar avivando los rumores de hojarascas y enramadas. Al notarlo, el guía propuso hacer un alto para comer. El propietario del figón les había regalado dos piezas grandes del queso ya aludido e igual número de hogazas, por lo que el trío se dio un banquete formidable mientras el caballo los imitaba amarrado a una acacia seyal, árbol extrañísimo en aquellos lares cuya presencia dejó boquiabiertos al guía y a la vieja, quien logró reconocerlo a distancia haciendo gala de una visión magnífica. Al terminar de comer, la canosa arrancó unas hojas del árbol y se las ofreció al caballo. La bestia rehusó en principio pero después las comió con naturalidad. "Con esto tendrá más fuerza que con una talega de avena", remató la mujer orgullosa de su ocurrencia, y luego ofreció un par de hojas a Avi y al guía. "Másquenlas pero no traguen", apuntó severa mientras se volvía a subir al caballo con ayuda de una roca y de sus hombres.

El viaje continuó hasta que las nubes comenzaron a bajar por la ladera oriental. El frío no era problema hasta ese momento. De hecho, cualquiera hubiera apostado a que los viajeros tendrían una noche tranquila, mas el peor consejero en las alturas es la confianza y el grupo lo sabía, por lo que prefirieron hacer un alto para aprovechar un antiguo refugio de piedra que nadie sabía quién había levantado. No tenía techo, pero los tres muros que le restaban y su inteligente ubicación eran un regalo valiosísimo para los que llegaban a encontrarlo desocupado. Bastaba la improvisación del cuarto muro con una manta bien atada para lograr que el albergue funcionara de maravilla, pues la falta de techo, nada arbitraria según la vieja, permitía que el humo de las fogatas se ventilara eficientemente. Mientras no nevara, la noche transcurriría en calma. Las probabilidades de que así fuera eran excelentes, pues la nieve no solía aparecerse a tan baja altura en el verano.

El refugio quedó acondicionado poco antes de que las aves callaran. De no ser por el chisporroteo de las llamas, el silencio de la montaña los habría envuelto de temores, pues tan implacable podía ser el viento como su ausencia en esos parajes. Ni una hoja decidía moverse. Hasta el aleteo de un gorrión despertaría al guía en esas condiciones, por lo que no sería necesario montar guardia nocturna. A esas alturas del Kush casi nunca se veían gatopardos, lo que permitía pasar noches tranquilas, pues a mayor altura ni el oído más atento podía detectarlos. Tendrían que estar atentos a los lobos, eso sí, pero más por precaución que por peligro real, porque en tiempo de calores no faltaba a estos sustento más asequible, sabroso y honesto que los hombres. En suma, la noche pintaba bien con su cielo plagado de estrellas, aunque tendidos en el suelo boca arriba los viajeros pocas distinguían por el resplandor de su hoguera.

Puede que las estrellas invadieran el cielo, pero ese solo hecho no justifica siempre la llegada del sueño. A veces ni el cansancio extremo lo convence de venírsenos encima. Huidizo. Sesgo. El sueño no se aviene a una voluntad cualquiera, y si despierta de malas no hay ruego que le valga. Te vence cuando le plantas resistencia y se ausenta cuando implorias su presencia, como hacen los amantes que no saben irse ni volver ni quedarse.

—¿Duerme, madre? —preguntó muy bajito el guía para no despertar a sus acompañantes en el caso de que ya hubieran conciliado el sueño.

—Casi nunca y todo el tiempo, como la gran mayoría de los viejos —respondió la mujer terminando su dicho con un suspiro.

—¿Puedo preguntarle algo?

—Pregunta, que ya veré si respondo.

—¿Cómo se llama? Nadie lo sabe —aventuró el guía en voz un poco más alta, estimando que el sueño de Avi era tan pesado como ligera su juventud. La vieja tardó tanto en responder que, por un instante, el guía creyó que su interlocutora se había quedado dormida.

—Tener nombre es un peligro. Yo lo tuve alguna vez. Todavía no me convertía en mujer cuando una vendedora de peras invernales me hizo la misma pregunta que tú en el mercado de Bibakta. Estuve a punto de responder, pero algo me detuvo en seco. No sé si fueron esas uñas largas que empezaron a clavarse en la pera que ofrecía o si me lo impidió su mirada ansiosa, pero estaba segura de que debía cerrar la boca. La bisabuela estaba conmigo y se quedó de un cuarto al ver que desobedecía. Según ella, nunca antes había dudado siquiera en responder las preguntas u obedecer las órdenes de un adulto. Vaya, que hasta ese momento había sido una criatura ejemplar —dijo la vieja antes de aclarar la garganta sonoramente para continuar con voz más limpia—. Ni la vendedora ni mi bisa insistieron. Al contrario. La que agarraba la pera sonrió muy complacida y luego miró a mi bisabuela asintiendo una y otra vez. "La niña es especial", dijo asintiendo todavía. Mi bisa me mandó a buscar alcaparras y se quedó conversando con la mujer. A mi regreso, la bisa me dio la mano y nos fuimos a la casa como si nada. Me acuerdo de que silbaba raro al caminar, quizá por la falta de dientes.

Esta vez la pausa de la vieja fue excesivamente larga. Ni dudar de que el relato estaba trunco, pero insistir en su continuación parecía afrentoso al considerar el placer evidente que el recuerdo de los hechos traía a la anciana. Ni cuenta se dio la mujer de que al abordar el tema se le dibujaba una sonrisilla entre traviesa y melosa. Al cabo de no sabemos qué, la vieja blanca continuó:

—Ese mediodía, con el pretexto de enseñarme a usar las alcaparras, la bisa me sentó junto al fogón cuando los hombres ya se habían ido a faenar. Quedamos solas ella y yo, porque a mi abuela y a mamá ya las habían raptado unos encaballados que por cientos vinieron del norte. No volvimos a... Pero me pierdo. Eso no tiene nada que ver. Te decía que quedamos solas la más vieja de la casa y yo, que entonces era la más joven. Yo tenía el cabello blanco y ella negro; nos reíamos diciendo que yo era la vieja y ella la joven. Mi bisa. Olía a pasta de lentejas —afirmó la blanca abismándose de nuevo en una pausa larga pero diferente a la anterior. Esta vez no la dominaba la ensoñación o la nostalgia. Sus ojos se fijaron en el fuego y no parpadearon una sola vez hasta terminar un canto que comenzó inaudible y terminó en susurro—. ¿Oíste qué suave la voz? Cantaba de repente, como ahora. Quién sabe qué le daba o qué decía, pero nunca la interrumpíamos antes de que ella misma se callara y volviera a tratar el tema que antes se trataba. Como ahora. Machacaba las alcaparras en aceite cuando muy seria se volvió y me dijo tomándome por los hombros. "Mira en mí, tesoro. ¿Te fijas en esas nubes azulosas que me cubren los ojos? A la gente especial se le forman cuando viejos para dar seguridad, porque gracias a ellas nadie puede entrar a nuestra alma cansada." Yo no le entendía nada y la bisa lo notó. Ella nunca regañaba, así que de buenas volvió a arrancar tratando de hablar más claro que antes. Dijo que uno de los grandes peligros de la vida era permitir que los de mala intención entraran en nosotros. Los más viles saben que existen dos maneras de hacerlo: mirando los ojos y usando el nombre. Si alguien te mira los ojos hondo y fijo, de inmediato notarás que te estremeces porque se trata de un alma que se anima a habitarte. Si el alma es buena o por lo menos no pretende el daño, el resultado se parece al amor, a la amistad, y viene un calorcillo agradable que da paso a lo que venga. Si no, si el alma del cuerpo que te mira quiere hacerte a un lado para usarte, para abusarte, para satisfacerse, para joderte a ti o a otros, el contacto profundo te dejará amargura, celos, tristeza o cualquier porquería que convenga al que te invade. Evitar la invasión por los ojos es muy fácil si no dejas que te miren fijo y largo o si usas amuletos o remedios eficaces, como las alcaparras con aceite y tantitita sal. Total, que los ojos como quiera los vigilas, pero el nombre… Hace tanto que no pienso en el mío. A lo mejor ya ni me pertenece.

La vieja miró fijo y largo al guía, como poniéndolo a prueba. Sin amedrentarse, éste sostuvo la mirada y la mujer pareció complacida.

—Eres valiente, pero lo valiente dura poco.
—Primero muerto que cobarde, madre.
—No te preocupes: morirás pronto —dijo la anciana con desparpajo. El guía palideció—. No es cierto. Jaja. Eso no lo puedo averiguar al vuelo. Hay

que preguntarlo. Confundes la valentía con la temeridad. Le pasa a muchos. Si pudieras verte la cara te morirías también de risa. Cualquiera diría que se te aparecieron los rudras.

La mención de los demonios de la montaña descompuso al hombre. Como todos los nacidos en las faldas del Kush, nuestro guía temblaba desde niño cuando alguien mencionaba a estos seres aviesos y salvajes, lo que había cambiado poco con el paso de los años. Esa noche, entrado en barbas y mal de amores, el hombretón rogó a la vieja que no se extendiera en ese tema.

—¿Y si hubiera hablado de fantasmas te habría entrado el mismo miedo?

—Los fantasmas son un cuento, los otros no.

—No son cuento. La diferencia es que carecen de nombre y mentarlos no los invoca. Decir "rudras" es otra cosa. ¿No? Vuelves a estremecerte con ganas de meterte bajo las cobijas, ¿no? Tu temeridad me dio acceso a lo tuyo más íntimo y ni cuenta te diste. ¿De dónde crees que saqué lo de los rudras? Fuiste tú, bobalicón, que me permitiste la entrada tal como se la permitiste a tu amada, la que te seca el seso, la que te tira el pelo, la que al andar te ablanda los huesos. Entrar al alma es más sencillo que cardar lana. ¿Quieres que me salga? Vamos. Déjame verte fijo otra vez. Listo. ¿Te das cuenta de que entro y salgo? —preguntó la vieja al guía, quien pronto sintió una paz muy similar a la que le invadía cuando despertaba temprano en jornada de asueto.

—Sí, madre —respondió con la cabeza gacha.

—Ya sabes: alcaparras con aceite y una pizca de sal. Las untas en las ojeras y sólo unos pocos podrán entrarte a fuerza, pero no la mayoría. Con el nombre es otra cosa. Ahí sí tenemos la puerta de casa abierta. Y el nombre es de esas puertas que se abren una vez, porque, dime, ¿quién las cierra? Si, por ejemplo, el muchacho se entera de que eres Narela, ¿cómo vas a revertirlo?

—Narala —interrumpió Avi dejando de hacerse el dormido por la emoción de haber oído, sentido, percibido el nombre. Lejos de las conjeturas, la palabra estaba ahí, como las cosas que no recordamos en las cajas viejas.

La mujer festejó la ocurrencia con tres "muy bien" mientras el otro pobre alternaba su atención entre Avi, la maga y el suelo tratando de evitar el contacto visual. Sin dudar un segundo afirmaría que había sido violentado, pero no hallaba la forma de definir esa violencia.

—Ten cuidado, Narala, el enamorado, porque el nombre se funde con el alma y nos distingue de todo y de todos. He ahí el peligro de muerte: el que te mira los ojos ha de tenerte enfrente, el que sabe tu nombre no. Con el nombre y un rostro asociado, las flechas de cualquier arquero harán blanco. ¡Narala! —exclamó la vieja intempestiva con voz de quejido—. Si te estremeces, ya eres mío. Basta con secuestrarte el nombre y saber usarlo. Y ahora te respondo la pregunta: me llamo vieja blanca. El otro nombre, el que usaba mi bisa para todo lo bueno que cabe en una niña, sólo lo conoce Evaristus. Lo averiguó mientras le enseñaba yo a contar.

Tenía dos añitos, pero esa es otra historia. No les incumbe.

La vieja guardó silencio al fin y se hizo un ovillo cerca del fuego. Avi se entretuvo con las cabriolas del humo que se alzaba a la negrura. El guía se puso de pie y anunció que saldría a dar una vuelta por ahí. La ansiedad lo desbordaba. Trató con toda su alma de ignorar a los rudras y no pudo. Cuando el miedo lo venció, el temerario volvió al refugio y encontró a los otros dos dormidos. Roncaban y hacía frío.

*

Avi no recordaba la última vez que había dormido dos noches seguidas en algún sitio. La vida errante iniciada en Babilonia empezaba a carecer de sentido. Desde el abandono de la casa paterna en compañía de sus hermanos, cada despertar era preámbulo a una avanzada. Siempre llegando a tiempo a alguna parte, atrasado, recuperando el tiempo perdido o aprovechando el ganado. Cuánto extrañaba la languidez de la infancia, el despertar inconsecuente y suave que en un instante constata que sí, que todo lo de la noche anterior sigue ahí, que nada ha sido robado. Ese impulso por comprobar la permanencia de las cosas seguía intacto; lo que ya no encontraba era la paz que proviene de ignorar qué se hará en un día determinado. El pobre ya no sabía perder el tiempo o no encontraba motivos para hacerlo. Era demasiado joven para extrañar el tiempo perdido y tampoco lograba ignorarlo al cien por cien, como cuando era niño. La prisa, el deber, el sentimiento de culpa inmotivado iban colonizándole el mundo. La desazón de los adultos.

Despertó apesadumbrado. La vieja estaba de espaldas al fuego y daba la impresión de no haberse movido. El guía dormía sentado abrazándose las piernas y recargando el mentón en el pecho. El reducido ímpetu de la hoguera sugería que no faltaba tanto para el amanecer, pero era imposible saberlo sin otear la luna o el horizonte. ¿Qué caso tenía? En ese momento decidió conformarse con el recogimiento que la madrugada le brindaba. Era poca cosa al compararse con la expectativa de jugar el día entero en casa de sus primos o de vagar con los hermanos por las orillas de los ríos, pero fuera como fuera, ese tiempo era tan suyo como las piernas, el pelo o los brazos. Y apenas tenía otra cosa que le perteneciera. Se cuestionó si la vida podría ser de otra manera. Primero pensó que no, que hasta el fin tendría que ir de un lado al otro empolvado de veredas y caminos, mas luego reparó en que la vida suele dar bandazos cuando menos te lo esperas, como sucedió con las plagas de su amada Babilonia. En dos semanas no quedaba nada ni de su vida ni de la vida de la ciudad entera. Aunque el referente estaba cargado de tragedia, obró positivamente en el ánimo del chico, pues algo en él ya estaba harto de depender, de obedecer, de seguir los pasos, y el simple hecho de que las cosas pudieran llegar a ser distintas era aliciente. Si distintas para bien o distintas para mal, eso era lo de menos. En el momento, bastaba con imaginar que algún día tendría una casa en la que podría encerrarse dos, tres o cuatro días si se le daba la gana, una casa con mujer, con niños y animales. Se imaginó barbado, un poco más gordo, autoritario pero amoroso y justo. Si a pesar de Hannah podía enmendar la vida, sería un hombre ejemplar. Se lo propuso seriamente y entonces, como por arte de magia, la pesadumbre se volvió más tolerable. Buscó una razón para ello y se encontró con que la diferencia entre el ahora y el hace rato consistía en que ahora tenía un objetivo. Y es que sin dirección, sentido, meta o diana, aceptemos que la vida es un carcaj vacío.

Se durmió otra vez arrullado por el crepitar del fuego.

*

El segundo despertar del mismo día tuvo lugar poco después, pero a diferencia del anterior, ni la vieja, ni el guía estaban en el refugio. La hoguera perdía vigor; la manta que hacía de muro había sido retirada y ya estaba atada a la grupa del caballo. Avi jugueteó con la modorra, pero al ver que la vieja pasaba con el famoso bastón en una mano y una hogaza nueva en la otra, se desperezó al instante. El frescor mordía, pero la luz era tan bella, diáfana y oblicua que daba culpa reparar en la mordida. Con toda esa montaña qué frío ni qué ocho cuartos. Saludó animoso, le hincó el diente a la hogaza y dejó el queso para más tarde. No tenía mucha hambre, por lo que pudo conformarse con el pan y un puñado de moras silvestres que el guía había recolectado mientras él y la anciana dormían. Después de desayunar, apagaron la fogata con tierra y pusieron algo de orden en el refugio. Era indecente irse sin pensar en los que vendrían después. La etiqueta de montaña se imponía.

El ascenso continuó durante buena parte de la mañana. Un clima inmejorable facilitaba las cosas pero también tendía a convertirse en obstáculo pasado el mediodía, pues el calor y la inclinación de la pendiente los obligaban a detenerse con regularidad para revisar el estado de la montura y refrescar el ánimo con un poco de agua en las cabezas. Tras la segunda pausa, el guía les advirtió que la pendiente disminuiría y que el sendero iría perdiendo anchura hasta quedar prácticamente pegado a la ladera. "Quienes no usamos carros podemos ir por esa ruta para ahorrarnos medio día de camino, aunque en su parte más estrecha no llega a los cuatro codos y el desfiladero provoca pánico de altura a los primerizos. Usted ya lo conoce, madre, pero el muchacho es nuevo", observó el guía, quien durante toda la mañana se había cuidado de establecer contacto visual con la mujer valiéndose de cualquier pretexto: ajustar los cinchos, revisar alguna planta de la vera, unas pisadas o rellenar los odres que ni a la mitad se habían vaciado en alguno de los nueve riachuelos que bajaban la montaña. En esta ocasión pretendía mirar en lontananza para anticipar cualquier cambio climático. Se daba sombra con una mano y entrecerraba los ojos simulando combatir los resplandores. Vaya, que el miedo se le notaba a la distancia y esta situación empezaba a molestar a la vieja.

—Deja de eludirme y pórtate como un hombre —encaró la vieja al guía desde el lomo del caballo mientras Avi se ausentaba entre las plantas para hacer aguas.

—Me disculpo —dijo el guía humillando no solamente la mirada sino la cabeza entera esta vez—. Desde ayer tengo una angustia muy rara y no me la puedo sacudir.

—Lo que tienes es miedo de una pobre anciana que viaja con un chiquillo. A los hombres como tú hay que enmendarlos desde niños o se tuercen —apuntó la blanca mientras acariciaba su bastón con una delicadeza casi romántica, cuando en realidad pensaba en lo bien que le sentaría un varazo en la nuca a ese cobarde.

—Me disculpo otra vez si en algo la molesto. Pero no sea dura conmigo, madre. Usted me da miedo pero sobre todo la respeto y eso de algo vale, ¿no? Además no todo es cobardía. ¿Ya se fijó en ese resplandor rojizo casi imperceptible que se ve en el horizonte? Si estuviéramos en otoño no me preocuparía, pero en verano… —interrumpió el guía, considerando que su punto quedaba claro.

—Déjate de resplandores y concéntrate, que al temer ahuyentas la buena fortuna.

El guía asintió. Unos momentos más tarde regresó Avi y el trío reanudó la marcha en una nueva formación que anticipaba ya la futura estrechura del sendero. El guía lideraba la andada sosteniendo el correaje del caballo. La vieja, muy femenina, montaba de lado como señorita y no perdía detalle del panorama; de cuando en cuando comentaba la belleza de tal árbol, las virtudes de tal planta o el carácter del paraje y volvía a un mutismo que a los otros dos reconfortaba, pues sentían que el inicio de la Senda de los Huesos exigía un avance solemne, reconcentrado.

Al salir de un bosquecillo de coníferas interrumpieron otra vez la marcha para admirar lo que se presentaba ante sus ojos. El desfiladero surgía de la nada y se convertía en garganta abisal al cabo de cincuenta codos. Desde el sitio en que admiraban el vacío podía verse también el súbito estrechamiento del sendero. A la derecha del mismo, la caída; a la izquierda, el muro de roca que remataba en una cima de hermosura lacerante. Muy rara vez se dejaba ver la vanidosa sin el tocado de nubes, por lo que hasta el guía se entregó al espectáculo como novicio. El viento estaba en las mismas. Pasaba de largo y al echar un vistazo se prendó. Quieto y mudo permaneció en compañía de los tres y la bestia. Y es que cuando la montaña le rapta el sonido a la vida se gesta en los hombres la certeza de que se está en el lugar correcto sin importar el punto de partida o de llegada. Ese mirador en la montaña enardecía la sangre e impedía pensar en todo lo ocurrido, en el mañana. La contundencia del presente era, como la belleza de verdad, brutal e inusitada.

Nadie se atrevía a romper el hechizo. De haberse puesto de acuerdo, a la misma conclusión habrían llegado: no volverían a presenciar algo así. Imposible. Mejor llenarse los ojos hasta colmarlos, porque era muy probable que esta imagen acudiera a ellos cerca del día postrero. Y los dioses quieran entonces que, al capitular, los colores, las honduras, lo requiebros, las flores y los taludes sean tan abrumadores como los de esa mañana ya tardía.

El guía fue el primero en salir del embrujo. Sabía que era imprudente entrar a la senda después del mediodía, pues se necesitaban unas cinco horas para recorrer el trecho más riesgoso y media más para llegar a la zona de cuevas en que los viajeros se recuperaban desde hace algunos milenios. Si se tomaba el sendero después del mediodía era muy probable que la llegada a las cuevas tuviera lugar de noche, lo que hacía casi imposible la mínima exploración de los refugios y aumentaba las probabilidades de entrar en uno ya ocupado por animales o semejantes. A decir verdad, la disponibilidad no preocupaba demasiado al guía, pues no había grupo que se hubiera hecho a la montaña en días pasados y los que optaban por la Senda de los Huesos para el regreso a Kamigara eran poquísimos. No olvidemos que la ruta era un atajo dificultoso y recorrerla a la vuelta con animales sobrecargados era suicida. La mayoría elegía el camino largo. Además, ni los guías experimentados conocían tan bien las cuevas como él y dos amigos más que se dedicaban a otro oficio. Tres veranos invirtieron los chicos explorando casi todas casi por completo, salvo las más largas, que se adentraban en las entrañas del Kush. Encontraron de todo: huesos, fogatas extintas, cuentas, pellejos para el agua y catorce objetos de jade. En el fondo de la gruta grande, dieron los chicos con un cadáver momificado que tuvieron el buen tino de dejar en paz. Vender los objetos no fue tan fácil como creyeron en principio, pero esa es otra historia que no viene a cuento. "Fuimos tan ingenuos", se reprochó nostálgico el guía memorando los enredos y esbozando una sonrisa.

—¿Y tú de qué te ríes? —intervino la vieja, cansada de esperar a que el bruto saliera de sus ensoñaciones—. ¿Qué no tienes ojos? ¡Mira! —exclamó la blanca señalando al cielo, molestísima por la indolencia de su empleado, a quien no parecía importarle que el sol ya estuviera en lo alto.

—Ya. No se enoje —concilió el guía apartándose dos pasos para meter distancia entre su cabeza y el bastón de la vieja. Nunca se sabía con qué linduras podía salir la mujer esa—. Vamos.

Y volvieron a formar la fila india, con el guía a la cabeza, seguido por el jamelgo en que montaba la vieja y por Avi, quien cerraba la procesión a unos cinco pasos de la grupa del animal.

La primera hora fue desconcertante. La belleza del paisaje les robaba el aliento continuamente, tanto que el líder tuvo que reconvenirlos para que la avanzada no se viera interrumpida cada poco. Mirando al sur, el panorama se extendía prácticamente hasta Bibakta. La bruma impedía ver el mar, pero en días despejados se veían las aguas sin problemas. Avi se sintió aliviado al constatar la gran distancia que lo separaba de la isla. Pertenecientes a otra vida parecían las andanzas de Bibakta. Supo que jamás regresaría a la isla y supo también que lo vivido en ella le había cambiado el resto de los días. El niño que había llegado al Portus era hoy un hombre joven. Avi de Sirkap. El capítulo estaba cerrado, pero sus consecuencias se extenderían por muchísimo tiempo.

El guía concentraba toda su atención en el camino, pero cada pocos pasos desbarraba y volvía a perderse en lontananza. Se decía que nunca llegaría a acostumbrarse al panorama, porque éste en especial provocaba la ilusión de primera vez eterna. Incluso podría decirse que el impacto era cada vez más intenso que la ocurrencia anterior. Si calculamos en un ciento las ocasiones en que el guía se había encontrado con tal maravilla, y si creemos en la excepcional belleza susodicha, el paraje era ahora cien veces más hermoso que la vez primera. "Tanta belleza puede perder a los hombres", pensó, y en ese momento se dio cuenta de que ni una vez en todo el día había pensado en la cabrona del engaño, la culpable del dolor y del rechazo. El mal de amores no aquejaba por única ocasión en más de un año. No. Un año casi exacto. Ahora que lo pensaba mejor, había pasado un año. Ni un día más ni uno menos. "Qué casualidad."

La vieja miraba a lo lejos tan fijo que cualquier observador casual la hubiera dado por ciega. El parpadeo era nulo y cruzaba en arrobo las manos sobre el esternón. Los otros dos ignoraban que la anciana se vaciaba a voluntad desde chiquita para entretenerse en los sentires de otros. Muy contenta deambulaba clandestina en los rencores de su guía, y quiso la blanca cancelarle la obsesión cumpliendo al pie de la letra con lo que había prometido al antes amargado a cambio de sus servicios. Ya. No la amaba tanto como creía. Lástima. Estaba decretado que no conocería el tan ansiado amor genuino, mas gracias a la vieja el guía se serenaba. "Que sea la paz", deseó la vieja en los adentros del guía y salió volada a sentarse muy discreta en su caballo. Iba y venía en el lomo sudoroso de la bestia. Parpadeaba.

La hora dos transcurrió sin novedad, a no ser por el rodamiento espontáneo de algunas piedrecillas que fueron a parar justo enfrente de los pies del guía. El grupo siguió andando con normalidad, pero Narala se preguntaba cómo era posible que hubiera olvidado preguntar en dónde había sorprendido el derrumbe al grupo anterior, el del acallado. Seguramente transitaban la vía larga, pues con los carros y la carga la breve les estaba vetada. Además, salvo casos excepcionales, sólo la ruta larga permitía recuperar los cuerpos, pues el desfiladero que bordeaba el atajo solía quedarse con los despojos sin devolver una bota siquiera. "Avara", reprochó juguetón el guía a la montaña. Desde chico le hablaba.

La hora tercera se distinguió por su belleza, al menos para los dos que cerraban la procesión. Como ya hemos apuntado hasta el cansancio, el panorama era abrumadoramente hermoso, pero ahora el viento se dignaba intervenir con suaves rachas que aliviaban a los viajantes. El rigor veraniego cedía al fin y daba a la marcha un aire de paseo del que instantes atrás carecía. Incluso el caballo agradeció con resoplidos. Y nadie sabe qué traían en mientes, pero la vieja y el muchacho esbozaban una sonrisa tranquila de esas que sólo saben ocuparse de sí mismas. En el caso del guía, la sonrisa estaba ausente. Clavaba la mirada en el suelo, retirándola del mismo para otear el horizonte cada veinte o treinta pasos. Nada decía a los otros, pero sus temores daban la impresión de convertirse en realidad. El resplandor rojizo cedía protagonismo a una nubarrada todavía incipiente, pero segura. De seguir así las cosas, el grupo se encontraría con la ventisca en la zona de máximo estrechamiento, lo que, obviamente, inquietaba al líder. El olor a humedad aumentaba y las rachas, aunque leves todavía, eran cada vez más frecuentes. La zona de la angostura se extendía por más de seis estadios y se requería de al menos una hora y media para cruzarla. Si sus cálculos eran correctos —que lo eran—, debían acelerar el paso para evitar que las nubes los envolvieran en la zona de máxima peligrosidad. La otra opción era detener la avanzada antes del angostamiento y aguardar a que la tormenta pasara. En esa época del año, las ventiscas vespertinas eran fugaces, pero esperar pasivamente a que las nubes los alcanzaran podía requerir dos horas, mismas que ya no les era posible malgastar si no deseaban correr el riesgo de ser atrapados por la noche en la senda. Los que alguna vez tuvieron que pernoctar en esas condiciones, relataban que la noche entera se les iba en asegurar los toldos que, a fin de cuentas, perdían de cualquier modo. No era opción viable y punto.

—Debemos apurarnos para atravesar la angostura antes de que lleguen allí esas nubes —sentenció el guía sin abundar en los peligros—. Es la única manera de llegar con luz a las cuevas, así que vamos

—dijo tirando de la rienda del caballo con la venia de la anciana. Avi, que marchaba el tercero en la procesión, no escuchó muy bien lo que el líder explicaba por culpa de una racha, pero supo inferirlo a partir de la marcha acelerada. Los días en la primera caravana, la masiva, le habían educado la vista y el olfato. De los perros que los caravaneros usaban —"salukis", les decían—, aprendió Avi a escudriñar constantemente el horizonte y a husmear en busca de tormenta. Llegaban a avisar hasta con una hora de anticipación. Qué bien les vendría un saluki, pensó Avi dudando que el guía tuviera un instinto comparable, pero se equivocaba de plano.

Llegaron a la angostura con perspectivas inmejorables. El viento había dejado de soplar y las nubes que preocupaban al guía no se movían con la rapidez anticipada. No obstante las buenas nuevas, el primer contacto frontal con el desbarrancadero robó el aliento de los tres. A cierta distancia, la estrechura parecía imposible de remontar, pero esto se debía al efecto visual que la desproporción de la garganta daba al conjunto. De hecho, el abismo parecía adentrarse en lo más hondo de la tierra, ya que nadie podía observar el fin de su caída sin acercarse demasiado al borde.

—A usted la conduzco yo, madre. No se inquiete. Le pido que no haga movimientos bruscos que puedan asustar al caballo. Por experiencia le digo que estos pobres animales la pasan tan mal como nosotros en la senda. Siempre van con los nervios en punta, así que cálmelo a palmaditas y no alce mucho la voz. Lo mismo va para ti, muchacho, pero además, tú que caminas, debes mantenerte lo más lejos posible del borde aunque te parezca seguro. Nunca se sabe y más vale prevenir. Un error aquí y no la cuentas —advirtió el guía, divertido por los ojos enormes que ponía Avi al embeberse las instrucciones—. También te recomiendo que no mires al frente ni hacia la caída. Clava los ojos en el suelo y confía en mi andar para que no se te desmaye el cuerpo con la fuerza.

—¿Cuál fuerza? —interrumpió Avi.

—Los desfiladeros del Kush son como remolinos. Si te dejas atrapar no te sueltan y vas para abajo irremediablemente. No te confíes: es normal que el vértigo surja de la nada, así que evita los riesgos innecesarios. Y te insisto en que camines lo más pegado a la montaña que puedas, porque además de los desmoronamientos, las rachas por aquí han llegado a levantar mulos con todo y carga. No es por asustar; sucede a finales del otoño, pero a la montaña no se le puede tratar con ligereza en ninguna época del año. Antes de caminarle por los hombros, debemos pedir ventura. Los tres.

El guía se hincó, besó la tierra, dijo algo inaudible y después pegó el oído al suelo como si esperara respuesta. Si la hubo, sólo él lo supo, pero en todo caso la montaña respondió presta, ya que el guía se reincorporó inmediatamente. Mientras tanto, Avi rogó también de hinojos y la anciana se limitó a guardar silencio como si nadie le hubiera dicho absolutamente nada. Confundido por la indiferencia, el guía se aseguró de que la blanca hubiera escuchado sus palabras. "Me sé de memoria los peligros", respondió la mujer con una impaciencia que salía de tono en aquella circunstancia. Tenía miedo pese a haber cruzado la senda varias veces, pero jamás lo aceptaría.

El estrecho balcón de la montaña parecía una talla de los artesanos divinos. La saliente rocosa, con sus once codos de anchura promedio, daba la sensación de estar adosada con alfileres al cuerpo principal del Kush. A pesar de su solidez, la vía daba a los caminantes la sensación de atravesar un puente colgante. Aunque por supuesto no era el caso, el vértigo jugaba malas pasadas a Avi a pesar de que caminaba viendo el suelo. Durante los primeros veinte o treinta pasos, tuvo la impresión de que el sendero se le movía de arriba a abajo y de lado a lado, pero la desagradable sensación fue fugaz. Una pausa mínima le permitió recuperar la ecuanimidad y el equilibrio suficientes para seguir adelante. Además, ¿qué opción tenía? Como fuera, al poco se aburrió del suelo y prefirió fijar la vista en las ancas del caballo. La cola espantaba moscas inexistentes de vez en cuando. Eran los nervios.

Por su parte, el guía empezaba a preocuparse por lo mismo que un rato atrás lo había hecho sentir alivio. Las nubes del fondo no aumentaban. Al contrario, parecían desdibujarse a cada paso de la avanzada. "Qué raro", meditó el guía intuyendo que un cambio en la dirección del viento era el culpable de la anomalía. ¿Qué si no? En todo caso, era mejor esto que traer la angustia de collar viendo la formación de la tormenta. Tranquilizado, Narala se entregó al nuevo desenfado que las artes de la vieja le habían dado en contraprestación. El desamor obraba su magia.

Avi ya ni recordaba el bamboleo mental de los inicios cuando la cola del caballo dejó de balancearse. Después, la bestia apretó la cola fuertemente contra las ancas y la mantuvo así un tiempo, prácticamente inmóvil a no ser por la agitación que un viento suave procuraba a la pelambre. Luego de unos minutos, el animal resopló decidido y levantó la cola. El guía no ignoró la alarma y comenzó a husmear el ambiente. Se chupó el índice y lo alzó para constatar la dirección del viento, que dejó de soplar justo en ese momento. Al hacerlo, el guía vio lo que el caballo había percibido mucho antes. La negrura se les había agolpado a espaldas de la montaña y no por el frente debido a un cambio en la dirección del viento. La variación había sido discreta y Narala no la advirtió, distraído por su nueva libertad afectiva, pero la cima que el buen clima les había permitido ver el día anterior quedó completamente oculta por una cargada de nubarrones que se les venían encima. Entonces una racha fuertísima estremeció el paraje y el guía ya de plano interrumpió la marcha sin saber qué decisión tomar. La vieja le reprochó su incompetencia con ojos de fuego y después se volvió para indicar a Avi que se acercara al caballo. El muchacho estaba petrificado por la fuerza de la racha y no reaccionó de inmediato, por lo que la blanca redobló los ademanes hasta que el joven comprendió que no había tiempo para nada. Remontó a la carrera el muy corto trecho que lo separaba del caballo y obedeció la orden de la vieja en el sentido de trepar junto a ella. Debían estar juntos para lo que sobreviniera. El guía se les unió para protegerse del viento amenazante con el cuerpo del animal. La vieja empezó a insultarlo pero una nueva ráfaga la obligó a callarse la boca. Y entonces, el terror en la tormenta.

Igual que una avalancha, las nubes los engulleron sin piedad. Avi no alcanzaba a distinguir de la vieja más que el bulto, pero lo más peligroso era que al quedar rodeado de nubes, el caballo se encabritaba. Narala, pegado cuanto podía a la pared de la montaña, asió la brida y lo calmó mínimamente. Resoplaba otra vez el animal cuando vino el agua en desafuero, sin advertencia, como arrojada a la tierra desde un balde gigante. Y todo en ese momento acusó gigantismo. Ya ni bultos distinguían. Lo único factible era envolverse en los propios brazos y rogar. El azote del agua era furioso y el viento la imitaba. Hasta el caballo aceptó entregarse a la espera sin rezongar y, por instinto, se pegó lo más posible a la piedra que tenía en el flanco izquierdo. La vieja, que miraba al flanco derecho del caballo, buscó con la mano a Avi y lo atrajo hacia sí. "¡Abrázate al caballo como puedas para que no te arrastre el viento!", gritó la anciana al oído de Avi, logrando hacerse escuchar por sobre el estruendo de la ventisca. La oyó también el guía e hizo lo propio asiéndose del cuello grueso y empapado. Tuvo suerte. Desoír a la vieja le habría costado la vida, pues el viento hizo crisis y, de no ser por el cuello, el guía se hubiera precipitado en ese abismo, muriendo a brumas y descenso como en las pesadillas de su juventud.

El chubasco se calmó un poco y algo de luz llegaron a ver los cuatro entre la niebla. La vieja y el guía seguían prendidos al cuello del caballo, mientras que Avi se abrazaba de la mujer para no salir volando. Como podían, cada cual trataba de pegar el cuerpo a la roca. Mientras el caballo estuviera a la altura, podrían resistir. Pero entonces la vieja notó que el agua que le corría a las espaldas era mucha más que antes. El escurrimiento ya no sólo la mojaba, sino que fluía alrededor de su rostro como si éste fuera una saliente rocosa a superar en la caída. A ese ritmo, el incipiente despeñadero de agua pronto llegaría a cascada. La vieja buscó a tientas las manos del guía y, al dar con una de ellas, la jaloneó para que el hombre se acercara.

—¡Se forma una caída sobre nosotros! ¡Debemos movernos!

—Si el caballo quiere —repuso el guía, desconfiando del aplomo que el animal pudiera mostrar en tal situación. La vieja estaba en lo correcto.

Las nubes los envolvieron por segunda vez y la lluvia arreció. Ahora, la oscuridad era casi total. Una centella reveló que el guía buscaba la rienda del caballo sin hallarla. La vieja se la acercó y Narala logró asirla. La enredó en su antebrazo derecho y tiró suavemente. El caballo estaba tranquilo y obedeció noble dando unos cinco pasos. Se detuvo. Avi, que montaba en ancas, sintió que la calma del animal se iba embrollando, pues golpeaba el suelo con los cascos traseros sin atreverse a avanzar. Los tirones del guía, aunque suaves, crispaban a la bestia. Con suerte logró Narala que el caballo diera otros seis pasos y entonces sí que aumentó su reticencia. La caída de agua a las espaldas del grupo era menor en el punto actual. Bastaba con poner la mano en la roca para comprobar que la fuerza no era tanta, así que no disponían de lugar mejor que aquél para aguardar su destino.

La montaña se apiadó y poco a poco les fue quitando la venda de los ojos. Seguía lloviendo intensamente, pero la paulatina vuelta de la luz les brindó una sensación ilusoria de control que agradecieron como si fuera real. Era tan grato ver las manos nudosas de la anciana, y luego su cabeza blanca con esa trenza que chorreaba. Después, de la bruma nació la testa del caballo, que al voltear eliminó de golpe los dos puntos ciegos de su conformación. Avi recordaría siempre el pánico que vio reflejado en el ojo derecho del animal. Era imposible saber si el miedo derivaba de lo que veía con su ojo derecho o con el izquierdo, pero la expresión no dejaba lugar a dudas. El caballo infló las fosas sin dejar de fijarse en el joven y éste por instinto sospechó alguna amenaza a sus espaldas. La advertencia no era en vano. A unos cinco codos de la grupa del animal, y a unos seis de Avi, la cascada ganaba volumen a cada momento. Esta caída ya no resbalaba por la pared rocosa, sino que se proyectaba agresiva hasta llegar cerca del borde del sendero. Bendita la vieja y su idea de avanzada, pues con ésta los había salvado de ser arrastrados por las aguas al fondo de la garganta. La fuerza del torrente era tanta que no habrían logrado resistirla. Avi llamó la atención de la anciana sacudiéndola ligeramente. Cuando ella volteó, el muchacho señaló con el pulgar a sus espaldas. La vieja levantó la mirada por sobre el hombro de Avi y asintió dándose por informada; luego hizo la misma seña con su pulgar derecho llevando la atención del joven al frente del caballo. Ahí estaba el guía casi untado a la piedra, con la diestra rodeando el cuello del caballo y la siniestra aferrada a las riendas. Miraba al frente embelesado por la retirada de las nubes y todavía no parecía percatarse de la cascada que también se había formado a su izquierda. Aunque esta caída no parecía tan violenta como la primera, acarreaba mucha más agua. Era obvio que sus cinco codos de anchura pronto se convertirían en seis y más, tomando en cuenta que la lluvia no se detenía. Ambas crecidas se ensanchaban a la derecha y a la izquierda de los viajeros. Tenían que hacer algo antes de que las dos cascadas se fundieran en una sola justo donde aguardaban. El caballo detectó el riesgo y resopló chocando los cascos delanteros contra el suelo, como anunciando un reparo. El guía salió de su ensimismamiento y calmó a la bestia hablándole al oído mientras de hito en hito miraba la cascada que les impedía el paso. Poco después dirigió la vista a la grupa del caballo y advirtió por fin el verdadero peligro que los cercaba. A su derecha, la caída larga les impedía la retirada; a la izquierda, la otra les regateaba el avance. Y cada vez era menor el espacio que mediaba entrambas. La situación era desesperada y exigía medidas desesperadas. Ya no era posible superar las crecidas saltando. Y la vieja no ayudaba con tu torpeza. "¡Hijos de la gran puta!", gritó frenético tratando de que su insulto llegara hasta los desgraciados que le habían robado el muerto a la montaña. Satisfecho, decidió actuar. Soltó las riendas de la cabalgadura, arrebató el bastón a la vieja y luego se dirigió sin pérdida de tiempo a la retaguardia del grupo. "¡Agárrense fuerte!", exclamó asestando un bastonazo ingente que hizo temblar a la bestia. Estuvo a punto de pararse de manos, pero la vieja le tomó la crin y la jaloneó con un furor inenarrable. Los tirones no convencían al caballo ni para calmarse ni para avanzar, así que vino el segundo bastonazo y la vieja, comprendiendo el plan, gritó "¡Shaaa!" El caballo cubrió a la carrera la poca distancia que lo separaba de la segunda cascada y remontó sus seis codos de anchura. Avi estuvo a punto de caer al vacío, ya que no había logrado aferrarse a la cintura de la anciana, pero el desbalance lo llevó a su flanco izquierdo, por lo que la pared misma impidió el desplome a cambio de un severo encontronazo. La vieja, que había relajado el castigo a la crin para facilitar el salto, volvió a ensañarse para controlar al animal y evitar su desbocada. Excitado por la vara y la ventisca, el caballo refrenó a duras penas. Era una criatura inteligente y demostró fino instinto para enfrentar la situación. "Gracias, bonito", susurró la anciana y luego se disculpó tácitamente por el maltrato a base de caricias.

—¡Madre! —exclamó Avi sin comprender que la blanca se olvidara del guía para disculparse con un caballo—. ¡Tenemos que hacer algo!

—Nada. Ya dije que moriría.

La frialdad de la anciana estremeció a Avi. ¿Cómo podía quedarse tan tranquila cuando el otro los veía estupefacto, sin saber ni qué decir ni qué gritar ni qué reclamar? A Narala, el enamorado, le quedaba claro que no había salida. Jamás podría remontar la distancia que el caballo había cubierto en el salto, así que del pánico hizo resignación. Encaró el desfiladero y, cuando faltaba muy poco para que ambas cascadas se hicieran una, se lanzó al vacío con la dignidad de un halcón.

Sus huesos se sumaron a los miles que daban nombre a la senda. Pasado el vuelo, la blanca se cubrió el rostro con las manos y rompió a llorar. Había perdido su bastón.

*

La borrasca dejó a su paso una cascada violenta y cierta sensación de indolencia. Fuera del estruendo que la caída provocaba, todo era tranquilidad al disiparse las nubes de montaña. Allá muy lejos llegaba a escucharse todavía el reverbero furioso de los truenos, pero ya no era asunto que compitiera a los atónitos de la senda. Ellos se ocupaban en maravillarse con la vuelta de la paz, de la luz. Millones de gotas pendían de un sinfín de rocas. Los destellos simultáneos de algunos miles alegraban el paisaje sumándose a la sutileza de las aves, que, escasas, volvían a sus cantos aislados y a sus vuelos recurrentes. "Aquí no pasa nada", resonaba la calma. "¿Cuáles rachas?", se extrañaba la montaña. Nada de aquello quedaba. El aire quieto amplificaba ese silencio. "¿Cuál Narala?"

Sólo Avi pensaba en el guía. ¿Qué harían sin él? Ahí estaba el trío, de pie en la angostura, empapado, enmudecido, aunque la vieja, el joven y el equino callaban por muy distintos motivos. La una insistía en el bastón, el otro en la muerte de su guía y el tercero, harto de los otros dos, quería pastar tranquilo, por lo que, amante de la acción, echó a andar sin que nadie lo ordenara, con paso muy lento y la cabeza gacha. Avi saltó de la grupa al suelo, se adelantó y tomó las riendas para conducir al noble animal por el último tercio de la senda. Los escurrimientos abundaban, pero ninguno era ni remotamente tan peligroso como lo había sido la cascada creciente. El cielo se extendía, como siempre, hasta donde alcanzaba la vista y no había en el horizonte señal alguna de aquel resplandor rojizo. "Aquí no pasa nada", se dijo Avi, pero la cínica conjetura, al igual que la paz, no hacían sino acentuar el drama. Más valía no hacer confianza y acelerar la marcha, porque en la montaña nunca se sabe. Lo importante ahora era dejar atrás la senda. Lo prometió: si la vida deseaba que volviera a remontar el Kush, jamás lo haría por el atajo. Ni en verano.

La anciana fue la primera en notar que la senda se convertía en vereda. Luego se hizo camino y las almas retornaron a los cuerpos. A lo lejos, el desfiladero afectaba inocencia. Caía la tarde. Los colores brillantes, ya cansados, propendían a los ocres y a las escalas de grises. A falta de guía, la ruta misma hizo los honores conduciéndolos a la zona de cuevas. Podían elegir cualquiera. Solos otra vez, la vieja, el joven y el caballo se quedaron dormidos. Bienaventurados.

*

El caballo soñaba con su cubeta favorita cuando un ruido extraño lo despertó cerca del amanecer. El animal se incorporó instintivamente, olisqueó alzando la cabeza y nada pudo detectar. Aunque jamás había conocido la vida silvestre, sus sentidos aguzados mantenían la alerta en cualquier circunstancia. Las argucias de los depredadores eran infinitas, e igualmente infinita era su prudencia, pues la condición de depredado no permitía otro tipo de vida. Fiel a su naturaleza, el caballo prefirió aguardar la aurora dormitando de pie. Cuán feliz habría sido la vieja de poder volver al sueño a voluntad, parada, aborregada o de cabeza si fuera necesario. Rara vez tardaba en dormir, pero cuando algo o alguien la devolvía a la vigilia, todo estaba perdido. Ni luces del sueño reparador. En tales casos, ella dedicaba algunos segundos a lamentar esta tendencia para después, aceptando lo irremediable, entregarse a la íntima recomposición del mundo. La bisabuela, fuente original de varias de sus certezas, decía que estos súbitos despertares eran bendición, pues cuando todos duermen el despierto puede valerse de los sueños ajenos para orientar el día venidero. "El futuro no existe; te equivocas si piensas que es como llegar a un sitio desconocido que siempre había estado allí esperándote. No no no. Al futuro lo vamos inventando a golpe de miedos, esperanzas, imaginaciones y cosas así. Los que se despiertan igual que todo mundo ni pueden ni saben conformarlo, pero quienes lo hacen en las últimas horas de la noche tienen oportunidades que los demás desconocen. Cuando despiertes muy temprano, no te lamentes. Si tienes un problema, repásalo y deja de pensar. ¿Te has fijado en esos instantes en que una se queda alelada mirando un punto fijo sin parpadear? Ese no pensar fugaz es el origen de lo que llamamos realidad. Si tratas se formarla sola, te arrastrarán los acontecimientos. Si con la práctica y el tiempo llegas a no pensar correctamente mientras otros duermen, sus aspiraciones, ocurrencias y lo que quieras estará a tu disposición. Inténtalo. Cuando despiertes por la noche, no trates de volver a dormir. Busca el no pensar y aguarda. Ni te duermas ni te impacientes, niña, porque eso echa a perder las cosas. A su tiempo llegará una imagen, una idea, un sonido, un suceso que podrás reconocer. Tus dones afilados sabrán partir de eso para darle curso a lo venidero, para inclinarlo hacia donde te conviene. Imagina libremente primero, identifica tus deseos, las conveniencias, y manos a la obra. Tu mente sabe disponer los elementos. Tú déjala. Confía. Insiste hasta el amanecer, eso sí, con calma. Luego, deja que la voluntad vuelva a tomar las riendas. Si los más ya están despiertos de nada te sirven. El futuro está echado. Ni tu abuela ni tu madre saben esto. Para qué si no pueden. Que quede entre nosotras." Las palabras de la bruja cambiaron la vida de su bisnieta. El procedimiento probó ser eficaz desde el primer intento. La hermana de la vieja había ganado un pollito en un concurso y estaba feliz, pero la vieja, entonces niña también, no lo era mucho que digamos por la envidia. Despertó esa noche, hizo lo que pudo con los consejos de la bisa y al fin se le ocurrió de la nada que el pollo no estaría en donde la noche anterior. Y fue. El pollito desaparecido conformó el primer triunfo de su magia. Le cambió la vida, decíamos, porque supo que no era inofensiva y ese solo detalle la distinguió de la mayoría de las mujeres. Ella orientaba su destino. Ella podía mover los hilos.

La vieja abrió los ojos y vio al caballo tan tranquilo, ahí de pie, atarantado más que dormido. Extrañaba su cubeta, pero ni remotamente tanto como la vieja extrañaba su bastón. La rama seca era perfecta, resistente, ligera. Desde que la bisa se la diera a los trece años, la rama-bastón había acompañado a la vieja. Décadas sin astillarse y no pocas. Era de tilo. La bisa, fiel a su costumbre, se había disculpado largo con el árbol antes de partirle la rama con una hachuela. "Úntale cera de panal cada estación y te va a durar toda la vida aunque se moje." Toda la vida. ¿Sería que la vida toda había pasado ya y le restaban solamente las postrimerías? Imaginó que la pérdida del artilugio podía tener efecto en sus dones, devolverla al estado de indefensión original del que su bisabuela la había sacado consejo a consejo. ¿Qué diría Evaristus al enterarse de que la blanca carecía de rama? ¿Se burlaría? ¿Le procuraría otra? ¿Confiaría en ella, en sus capacidades, todavía? Si la vieja misma dudaba, poco cabía esperar de los demás. No se lo permitiría, con o sin bastón grabado. Además, pensar en tales cosas era frívolo e inútil estando sola o casi en medio Kush. Sí, recordaba que pasadas las cuevas el camino se dividía en tres y que una de esas rutas llevaba al punto en que debían abandonar el sendero para internarse en la espesura. En el punto exacto estaba un árbol que había echado raíces sobre un monolito. El problema era que no recordaba cuál de las tres vías tomar. El arbolazo del monolito era un punto de referencia famoso, pero sin guía que los condujera a él de nada servía. Originalmente, el plan de la vieja era llegar al punto, despedir a Narala e internarse en la espesura caminando hacia el poniente, pero la muerte del enamorado obligaba a replantear las cosas. Ya hemos dicho que se hallaban a solas en las cuevas y eso complicaba la situación, puesto que los grupos que marchaban hacia Kamigara tomaban invariablemente la ruta larga y no pasaban por las cuevas. Tendría que transcurrir una semana para que los guías de Kamigara entraran a la montaña tras el incidente del acallado, por lo que era muy poco probable que la ayuda llegara desde el pueblo vía la Senda de los Huesos. Esperar en las cuevas era opción, pero las provisiones durarían acaso tres días, mas nunca la semana. "Blanca… blanca… a ver: déjate de bastón y de pensar. No te distraigas mientras los otros duermen. Mira que el caballo y el chico sestean y la oportunidad la pintan calva. 'Si tienes un problema, repásalo y deja de pensar'." Y dejó la mente en blanco para diseñar la jornada venidera. Se tuvo fe, pero el mensaje no quedaba claro. Veía un espectro pálido. "Con que no sea un rudra", se dijo cuando el pensamiento pudo al fin arrancarla del trance.

Algo le dijo a la mujer que la mejor opción era quedarse en las cuevas. Ya verían en un par de días si les convenía seguir adelante. Además, el chico estaba exhausto. "A esa edad yo descansaba el doble", recordó la vieja, enternecida por el abandono con que Avi dormía. En el fondo, ella también prefería hacer una pausa. Si en verdad estaban solos en las cuevas, la espera sería gratísima. A reserva de confirmarlo a la luz del día y si la memoria no la engañaba, el paraje era de los más hermosos y recónditos del Kush. Claro que desmerecía comparado con la jungla de las flores, pero el lugar tenía lo suyo. El muchacho podría entretenerse pizcando bayas o explorando las cuevas más someras mientras ella se dedicaba al trabajoso asunto de deshincharse las piernas. Agua no faltaba, así que en el peor de los casos tendrían dos días de descanso y ya para el tercero, de ser el caso, enseñaría al joven cómo improvisar trampas para ardillas de las que fallan poco. Vaya, que por unos días nada faltaría con un poco de ingenio y siempre quedaba abierta la posibilidad de que Evaristus, al notar el retraso, enviara a alguien a buscarles los pasos.

Cuando Avi despertó, el día ya estaba en pleno. La hoguera, situada en la boca de la pequeña cueva para evitar acumulación de humos, estaba casi extinta. Nadie más lo acompañaba, por lo que seguramente la vieja había llevado al caballo a pastar afuera. De cómo se las habría arreglado para hacerlo sin el bastón, ni idea tenía. Al salir la vio sentada en una piedra. Atado al árbol contiguo, el caballo pastaba muy tranquilo mientras la mujer le hablaba con seriedad. Al fijarse en la presencia de Avi, apuntó: "Tú también deberías agradecerle lo que hizo. Es un buen animal".

La vieja se explayó entonces en sus motivos para preferir la espera y Avi estuvo de acuerdo. Le ilusionaba hacer el vago un día entero sin tener que llegar a ninguna parte y sin preocuparse de cómo ganarse el sustento ni nada semejante. Desde que sus padres vivían no recordaba un día dedicado a hacer absolutamente nada, o bueno, nada de provecho, vamos. Y si el día se convertía en dos o más, lo peor que le podía pasar era aprender a cazar ardillas como profesional. "Anda, ve por ahí y cuidado con las cobras", recomendó la vieja, de muy buen humor en esa mañana encapotada pero alegre. Acababan de desayunar cualquier cosa.

Efectivamente, eran los únicos viajeros en el lugar. En contra de lo que afirmaba la anciana, eran siete y no once las cuevas habitables. De las siete, cinco eran someras y las otras dos no parecían extenderse mucho. Hasta donde pudo observar, estaban vacías, a no ser por los murciélagos que vivían en las dos cuevas mayores y por los huesos de una cabra montesa que los lobos habían desperdigado en una de las otras. Tomó uno de los huesos más largos y se lo llevó con la intención de hacerse una flauta en cuanto tuviera las herramientas. Jamás había tocado una, pero abundaban los flautistas ambulantes y seguramente encontraría por ahí a alguien que quisiera enseñarle. La música le había anidado en el alma a pesar de la desconfianza que su padre le tenía a todo lo que derivara en alegría. "¿Qué tan difícil puede ser?", se dijo al alejarse de la cueva con el hueso ideal para la talla y con la intención de buscar fresas silvestres.

Mas no pasó de la intención al acto, porque al dejar el sendero principal para internarse en la espesura, advirtió un movimiento peculiar en la copa de un árbol. Sería algún animal, dado que el viento estaba inmóvil. La curiosidad hizo que Avi se parapetara de inmediato en el pasto crecido para desde ahí acechar a la presencia de la copa. Falsa alarma. Por más que esperó, ningún movimiento volvió a llamar su atención. Lástima, porque le ilusionaba avistar una criatura exótica, un ave de canto memorable, por decir. Seguro volaba hacia otra parte o se mantenía quieta para no delatarse, pero la realidad era que Avi, el acechante, era ahora el acechado. El furtivo se las había arreglado para descender con un salto habilidoso y escurrirse por detrás de Avi. La estrategia era certera, tanto que el joven insistía en buscar al frente cuando la amenaza le respiraba en la espalda, a no más de seis codos. Extrañamente, las cosas permanecieron en suspenso. Los protagonistas de la escena llevaban la tensión al máximo, pues ni el acechado se animaba a irse ni el acechante aprovechaba la emboscada. La paciencia de Avi estaba cerca de agotarse cuando el silencio, tan conveniente para todos, quedó roto de improviso por el quiebre de una vara. Alertado, Avi se volvió inmediatamente pero no logró ver al oponente, pues el pasto era tan espeso que la criatura podía permanecer oculta estando prácticamente junto al muchacho. "Un leopardo de las nieves", temió Avi sintiendo que el corazón se le frenaba.

Fijó la mirada en el punto del quiebre de la rama y se propuso caminar de espaldas, muy lentamente, para salir del pasto y retornar a la vera del sendero. Sería más fácil enfrentar a lo que fuera en campo abierto. Antes de dar el primer paso en reversa, el muchacho asió fuertemente el hueso que recién se había llevado de las cuevas. Era mejor que nada para la defensa. Entonces vio a la criatura blanca entre la hierba y el monstruo que todos llevamos dentro despertó. Se abalanzó blandiendo el hueso con tal de ser el primero en dañar. O tú o yo. Y a juzgar por el berrido del rival, el golpe había sido contundente, tanto que el hueso para la flauta se había roto a la mitad como un juguete de barro. Sin pérdida de tiempo, Avi redobló el ataque con el hueso mocho y en ese momento supo que lo blanco no era un monstruo ni un leopardo, sino un hombre joven todo ensangrentado que no se defendía. Con un brazo se protegía la herida del rostro y con el otro pedía clemencia y se cubría a un tiempo. El gesto logró su cometido y Avi se contuvo con la respiración agitadísima y los nervios en punta. Dispuesto a morir y a matar, Avi reconoció estupefacto el rostro de su atacante. El albino de Bibakta se decía desarmado e inocente. Estaba malherido. "Espera, déjame explicarme." Avi mantuvo la guardia por si sus sentidos o el albino le mentían. Apretaba los dientes como perro de pelea y un hilillo de saliva le asomaba por las comisuras. El herido levantó los brazos, trató de incorporarse sin alarmar a Avi y, cuando estaba cerca de la vertical, se desplomó. Imposible olvidar esa fealdad. Era rotunda.

Corrió sin parar hasta llegar a las cuevas. La vieja seguía en la piedra, pero ya no le prestaba atención al caballo.

—¡Madre! Allá atrás, un hombre... —empezó a decir Avi sin terminar la frase por la falta de aliento.

—Tranquilo. No te entiendo —repuso la vieja alarmada mientras buscaba a tientas su bastón con la mano derecha. El joven empezaba a explicarse cuando de la enramada surgió el albino tambaleante. El pobre era un desastre. La vieja lo reconoció a pesar de la sangre y el estado lamentable.

El albino era uno de los suyos. Evaristus lo había incluido entre los veintiséis aedos que se encargaban de contar la infamia de Boro en todos los poblados de la comarca, como ya hemos apuntado, pero a diferencia del resto, la encomienda de éste no se limitaba a ello. El blanco tenía que relatar lo convenido en la encrucijada de los milagreros de Bibakta, sitio por el que debía pasar cualquiera que se dirigiera de la plaza al hostal o al embarcadero. Tanto él como su secuaz, aquel prodigiador risueño que llevara a Avi hasta la vieja, el que tanto despreciaba por imbécil nuestra blanca, tenían órdenes de seguir a Avi y a la anciana a la distancia para evitarles cualquier peligro que surgiera en la travesía, pero el idiota compañero del albino, campesino impresionable, se había espantado de estar tan cerca de la célebre vieja, la blanca, la bruja, y por horror los dejó perderse. Cuando el albino dio con él y le exigió cuentas era demasiado tarde, pues Avi y la vieja navegaban ya hacia el Portus Macedonum y ninguna otra nave se hizo a la mar esa noche. La noche de retraso y otros contratiempos le hicieron perder tanto tiempo que necesitó de casi dos jornadas para darles alcance en Kamigara, o casi, pues el asunto del acallado y la insensatez de Narala hicieron que la vieja y el muchacho le doblaran la delantera. El albino confesó que estuvo a punto de huir por el miedo a hacerse al Kush en solitario, pero pudo más el miedo a la ira de Evaristus (tarde o temprano lo hallaría) y helo ahí, tras casi morir en la ventisca de la Senda de los Huesos. Él había sido más sensato y atento que Narala, por lo que detectó la llegada de la ventisca a espaldas de la montaña y no quedó atrapado a media senda como Avi, la vieja y el guía. ¿En dónde estaba, por cierto, el incapaz que a tal amenaza los había expuesto? Nada más recuperarse, el albino le ajustaría las cuentas. En efecto, al refugiarse de la ventisca, el albino se había perdido el vuelo de Narala.

Aunque la vieja le había advertido en contrario, el albino se durmió sin importarle el que ese sueño pudiera ser el último. "Nunca te duermas luego de un golpe fuerte en la cabeza", recomendó la anciana a Avi, quien toda la explicación había presenciado apretando el cacho de hueso con la diestra, la misma mano que antaño se manchara de ladrillo. La mujer se puso a limpiarle la fea herida al horroroso. "Ojalá se salve", pensó, "pero ya no es indispensable". El albino, quien desde hace mucho conocía la ruta al sembradío, le indicó qué vía tomar en la trifurcación antes de quedarse profunda y definitivamente dormido.

Horas después, al constatar que el pulso se había esfumado, la vieja amortajó al albino en su sayal; luego Avi lo puso en el lomo del caballo y juntos lo llevaron al abismo. Se despidieron. Desde ahí lo arrojaron al vacío, como dictaba el sentido común. Quién sabe qué habría allá abajo, pero lo inhumano era dejárselo a las fieras de acá arriba. Dos muertos en menos de un día. Así era la vida.

*

Nadie más llegó al paraje de las cuevas. El niño, la vieja y el caballo se mantuvieron unidos el resto de la tarde. La montaña no era lugar para deambular en solitario. Con tanta hermosura al alcance de la mano y toda simulando inocencia, resultaba sencillísimo olvidar que detrás de los macizos de flores, en cada árbol, había cientos de ojos avizores de cualquier tipo, muchos pendientes de uno y listos para huir, dar alarma, ignorar o defenderse. Si de todos modos iban a ser blanco de miradas, mejor juntos. Las aventuras los tenían cansados y dieron la bienvenida a aquella, la primera tarde aburrida en varios días. Ni el viento sopló ni la lluvia exigió nada. Antes de recogerse, Avi se separó de los otros para rellenar dos pellejos en el arroyo y no retrasar la partida temprana al día siguiente, en cuanto rompiera el alba.

Fueron puntuales al hacer camino. El trío marchaba de buen talante gracias al descanso, al ocio y a la prudencia, pues a ninguno le había dado por referirse a los muertos o a las desagradables circunstancias de los días pasados. Por extraño que parezca, el día en las cuevas quedaría en la memoria de Avi como uno de los más bonitos de su vida. El episodio del albino, lejos de oscurecer lo sucedido, lo alumbraba. Sin querer había entregado la vida y sin querer se la habían robado. Las culpas no tenían cabida en la montaña, ese territorio en que las cosas son como son y punto. Además, el funeral improvisado en aquel escenario majestuoso, sin más asistentes que el caballo, la vieja y el muchacho, llenaba de solemnidad el episodio. Avi recordó la caída del guía y la del amortajado. Ese extraviarse en el abismo entrañaba un halo sublime, originario, digno de la muerte de cualquiera, rey o esclavo. Quedar inmóvil allá abajo era postrarse ante el mundo mismo. Qué honor lavar los pies a la montaña por los siglos de los siglos.

La vieja notó que a Avi le brillaban los ojos.

—¿Te pasa algo?

—No, madre. Me despedía de las cuevas.

—Te entiendo. Uno deja parte de su alma en ese lugar, pase lo que pase, e incluso cuando no pasa nada. Pero es la fuerza del abismo, niño querido. A las cuevas todavía no las conoces. Ya verás qué poder.

Avi se detuvo en seco y de la nada rompió a llorar. Una felicidad abrupta se le había echado encima con el "querido" de la vieja. Jamás le habían dedicado una frase tan bonita. No es que dudara del cariño que en otros momentos había recibido, sino que nunca nadie se tomó la molestia de decirlo. "Niño querido." El joven le besó la mano a la vieja y siguió andando sin callarse el llanto por un rato.

El trío descansó a la orilla de un riachuelo. Alistaban las cosas para comer algo cuando a Avi se le ocurrió darse un baño. Caminó hasta un punto en que la anciana no podía verlo, se desnudó feliz y al agua. Por supuesto que estaba helada. Se talló vigorosamente, metió la cabeza al agua y la echó hacia atrás para emerger peinado. Al abrir los ojos vio el cielo despejado y una rama que contrastaba con el azul intenso. El fuste era casi recto y sus tres o cuatro codos de longitud podían adaptarse sin mayor esfuerzo a la altura de la anciana. Era como si le entregaran un presente en las manos, pues apenas tuvo que saltar para llegar a ella. Con su peso logró trozarla en el sitio perfecto. Por supuesto que tendrían que arreglar un detalle aquí y otro allá, sobre todo para dar la forma correcta a la empuñadura, pero el nuevo bastón era muy resistente y no pedía nada al otro en lo que a funcionalidad se refiere. Salió del agua, se vistió todavía mojado para no perder tiempo y corrió hasta la vieja ofreciéndole el regalo.

—Es para usted, madre querida —dijo Avi bien peinado mientras el agua le escurría por la sonrisa.

—Gracias, mi niño. Es el regalo más bonito que me han dado —dijo sinceramente la vieja, pues este bastón era más recto que el otro—. Y es de tilo —añadió, ahora sí visiblemente emocionada.

Avi no sabía reconocer un tilo, pero se felicitó por la suerte de encontrar el regalo perfecto para su compañera que, estrenando, se acercó y abrazó fuertemente al muchacho. La vieja olía a tibieza.

Pasada la comida, esperaron a que el caballo terminara de abrevar y buscaron la típica piedra a modo para que la anciana montara al dócil. Anduvieron mucho más de lo esperado sin encontrar la trifurcación, pero al cabo dieron con ella. Un poste clavado en el suelo la anunciaba. Era todo. La hermosa desolación de la derecha conducía al retorno por la ruta larga; seguir de frente los haría salir de la montaña en unos tres o cuatro días, y la senda de la izquierda, dijo el albino, nunca la había recorrido completa pero se internaba de vuelta en el Kush sin ascenso pronunciado. Ni idea de dónde terminaba, pero máximo a medio día de andada encontrarían, también a la izquierda, el arbolazo del monolito. No había forma de pasarse sin verlo.

Torcieron a la izquierda y, aunque pensaban seguir adelante un par de horas, cambiaron los planes para acampar en un sitio que ni pintado. Las técnicas y los materiales que el guía les heredara dieron frutos, pues el refugio quedó instalado prontamente y Avi tuvo tiempo de sobra para reunir madera y encender el fuego.

Un gris uniforme cubría el cielo pasado el amanecer. La blanca montaba como un hombre y prácticamente no le dirigió la palabra al muchacho durante media mañana. El mutismo acentuaba la soledad imperante en el Kush. En dos días de andada no se habían encontrado con una sola alma. Pensándolo bien, descontando al albino eran cerca de cuatro las jornadas completas sin avistar un semejante. Según dijera el guía, en la cordillera vivían poblaciones enteras, no muy numerosas, pero las había. Sin embargo, dada la enormidad de la cadena, podían mediar cientos de estadios entre grupo y grupo. Las habladurías se referían a ellos genéricamente, pues el aislamiento evitaba que el nombre mismo de la etnia llegara a los demás hombres. Los encuentros con ellos eran esporádicos, ya que evitaban las rutas comerciales y los senderos transitados de la montaña. Les achacaban salvajismo e intransigencia por negarse al trueque y a cualquier otro intercambio. Los kamigaros sospechaban que vivían del pastoreo, pero nadie estaba seguro. Sus vestidos eran lanares y de ahí provenía la idea. En esa inmensidad, superior en tamaño a la mayoría de los imperios, se contaban por miles los recovecos en donde los rebaños podían pastar sin que los extranjeros los advirtieran en siglos, por lo que era imposible corroborar las versiones. Vaya: de que existían, existían, pero hasta ahí llegaban las certezas.

La mañana plomiza que nos ocupa regaló al mundo exterior una certeza más, la primera en muchísimo tiempo: adoraban a los árboles, a ciertos árboles al menos. El baniano del monolito era la prueba indiscutible. Avi calculó su diámetro en cinco codos y en el caso de la altura, no se le ocurrió referencia cierta, pero el árbol era de los más grandes que había visto en la montaña. La piedra sobre la que se asentaba, con la talla de un par de elefantes, estaba cubierta casi por entero con las raíces que de la parte superior bajaban al suelo para enterrarse decididas. Varias de estas raíces superaban el grosor de otros árboles adultos. El amorío entre esta higuera de Bengala y su roca estremecía. Era tal la apretura del árbol a su base que el espectador bisoño sospechaba a las primeras de cambio que, brindándole el tiempo necesario, el árbol terminaría por reventar al monolito como lo haría una mano con la fragilidad de un huevo. Y esto mismo pensó Avi sin acusar originalidad, pues al pie del monolito y su carga se encontraba una especie de altar en cuyo centro figuraban nueve huevos verdosos de faisán dispuestos en semicírculo. En el centro del mismo habían hecho arder algo fragante cuyo aroma persistía. "Alguna resina, pero mirra no", opinó la anciana oliendo desde el caballo un puño de cenizas que Avi le había acercado. En las inmediaciones del semicírculo hallaron pétalos, flores enteras, una guirnalda y un recipiente de piedra con restos de miel y cuatro semillas gruesas. Las flores no estaban del todo secas, por lo que se podía inferir que la ceremonia o lo que fuera había tenido lugar hacía poco. "Mira", dijo Avi señalando un crudo dibujo rojo. La pintura escurría en partes del trazo y dejaba una impresión parecida a la sangre. No era el caso, pero el escurrimiento dio pie a que la vieja comparara la roca con la cara del albino. "Alguien le habrá dado un huesazo, ¿no?" Al joven no le hizo gracia el comentario, pero fingió una sonrisa que en el fondo era mohín. Sin dar importancia a la broma, Avi preguntó a la anciana cómo estaba tan segura de que esto era obra de montañeses y no de un transeúnte aburrido con tamaña soledad, por ejemplo. "Los huevos, muchacho; sólo los locales podrían dejar tantos sin echarlos en falta para un viaje riesgoso. Ya sabes que en la montaña todos lo son. Y no creo que haya pasado mucho desde que estuvieron aquí, porque los animales han dejado los huevos intactos, a menos de que se hayan contentado con robar la mitad del círculo y ya." Avi estuvo de acuerdo y agregó que el viento todavía no arrastraba los pétalos y otras minucias, seña de que la ofrenda era reciente. Exacto. "Lástima que no los vimos. Eso sí nos hubiera dado qué contar, porque estos son evasivos como leopardos. Es más fácil encontrarse una pepita de oro que una huella de montañés. Este altar es todo un hallazgo. Suertudo."

Lo decente en casos parecidos era orar a la deidad local y, de ser posible, dejar una ofrenda, por mínima que fuera. Eso garantizaba la buena fortuna y, decían, la tolerancia de los escasísimos locales. Hicieron lo propio dejando moras sobre las cenizas y se encomendaron. Luego, salieron de la ruta conocida para internarse en el bosque hacia el poniente. Debían seguir muy recto, durante quién sabe cuánto. La vieja no recordaba el dato y esto, al ponerla de malas, la sumió otra vez en un mutismo que ya no resultaba tan agobiante, pues al penetrar la espesura, los insectos y las aves iban alertando a sus iguales de los intrusos que se adentraban en esas tierras conocidas solamente por un puñado.

La blanca se familiarizaba con los detalles de su nuevo bastón. Sin demérito del primero, éste parecía más recio. Para probarlo, arrancó de un golpe seco cuatro hojas de un árbol que encontraron al paso. Convencida de las bondades de su rama, se fijó en que la vegetación, además de multiplicarse, variaba ostensiblemente en comparación con la de las inmediaciones de Kamigara y, sobre todo, con la que adornaba el territorio de la senda y sus cuevas.

En éste, las coníferas dominaban con sus ejércitos de acículas, pero aquí las hojas se ensanchaban y los troncos perdían solemnidad retorciéndose un poco aquí y allá, o inclinándose caprichosos para recuperar una vertical cuestionable al cabo. El asunto tenía lógica, tomando en cuenta que su dirección poniente los llevaba también hacia la otra cara de la montaña. Seguramente habían descendido sin darse cuenta y la temperatura aumentaba consecuentemente, dos o tres grados, no más, pero eso bastaba para modificar el escenario. A lo anterior debemos aunar el que la montaña sirviera de barrera natural a los vientos cálidos provenientes del levante, por lo que la cara oeste y sus faldas mostraban una vegetación más espesa y variopinta, como ya hemos señalado. La abundancia vegetal multiplicaba también la fauna, casi toda oculta pero bien audible, tanto que llegaba a lastimar los oídos por momentos. El escándalo de los insectos iba y venía; de pronto se tornaba insoportable y diez, quince pasos después el volumen cedía casi por completo para volver a aumentar, regular y anárquico a un tiempo, como toda voz multitudinaria. Y ya sabemos qué pasa cuando sobran los bichos: las aves también aumentaban en número, colorido y canto. El chillido de un águila los alertó primero y luego fueron fijándose en la constante actividad que removía las hojas de los árboles. "No se te olvide que donde abundan las aves hay serpientes", aclaró la anciana después de golpear una rama con el bastón para asustar a una culebrilla que se asoleaba tan tranquila. Avi alcanzó a verla en la huida y, lejos de asustarse, quedó prendado de los anillos rojinegros que le poblaban el cuerpo. Algún día tendría algo confeccionado con piel de serpiente. Lo que fuera estaba bien. Ojalá se pareciera a la de esa.

Con el entorno variaba también el estado anímico de los tres. Ella recuperaba algo de su locuacidad, pero el malhumor era la estrella: el calorcillo la empezaba a incomodar y a cada momento tenía que agacharse para evitar las ramas gruesas o debía valerse del bastón para retirar las más ligeras y abrirse paso. Los reclamos de la mujer divertían al chico y, la verdad sea dicha, dos veces condujo al caballo por zonas de ramas bajas para divertirse con el malestar de su compañera. Simpática esa blanca. Lo curioso era que, a pesar de advertir la malicia de Avi, no le reprochaba a él sino a la montura. "¿Cómo te atreves? Si serás animal", espetó de pronto la vieja e hizo reír al joven con su ocurrencia. Por su parte, el susodicho animal se entretenía espantando, ahora sí, moscas reales y no imaginarias, como en la Senda de los Huesos. Su andar tenía un toque de altivez que estaba ausente en el ascenso y se mostraba más comunicativo intercalando resoplidos suaves, gratos, en la conversación de la pareja. En suma: la vieja estaba de malas pero en el fondo gozaba, Avi estaba de buenas por las travesuras y el caballo parecía contento de espantar moscas en forma y no vaguedades. Pero más allá de todo es importante hacer notar que, por vez primera desde la salida de Bibakta, el trío se deshacía del miedo. La anciana no sufría ya por las demoras y la incompetencia, Avi dejaba de sentir que su vida estaba en vilo y la familiaridad hacía que el caballo fuera queriendo a sus compañeros de camino. En el fondo, todo esto respondía a la distancia creciente que se interponía entre ellos y el desfiladero y sus muertos y su natural abrasivo y su clima. A sabiendas o no, iban internándose en una nueva vida.

Con el paso del tiempo, las novedades lo fueron siendo menos. El cansancio exigía su cuota y los obligó a hacer un alto para comer, beber y recuperarse. Sin embargo, a diferencia de los días anteriores, ni el último pedazo de queso veraniego bastó para devolverles el buen humor de antes. Tal vez era la falta de objetivos concretos, o de una ruta. El constante temor al desvío hizo que la vieja y Avi discutieran por primera vez desde su encuentro. "No vamos a dar un rodeo por allá para que usted no se agache, madre. ¿Qué trabajo le cuesta?" La anciana estaba harta de evitar las ramas bajas de los árboles y Avi estaba harto de sus peticiones estrambóticas. El colmo fue cuando quiso obligarlo a rehacer el camino unos treinta codos para identificar una planta que le había llamado la atención al paso. Ya en tres ocasiones habían parado para lo mismo, pero regresar era excesivo. El joven se impuso por primera vez y la vieja dejó de hablarle un trecho largo, el último de la jornada si querían tener tiempo de acampar. En un par de horas el sol caería y quién sabe qué podría sucederles si la noche los atrapaba por ahí sin estar listos, pero la blanca insistía en su mutismo cada vez que el compañero le daba argumentos. Ni la mirada le dirigía. Las cosas no podían seguir así. Sin un buen fuego y sin refugio, los lobos no tardarían en encontrarlos.

—Aquí pasaremos la noche. Si quiere quedarse ahí callada, pues allá usted, madre, pero acuérdese de los lobos —dijo Avi encaminándose a un recodo muy a modo para refugio. Al llegar, amarró al caballo y comenzó a desatar los aperos de acampada de la grupa, pero no había terminado de desatar la segunda correa cuando la vieja puso su mano en la de Avi para evitar que siguiera.

—Y dale, madre. Yo no sé qué le pasa, pero si no coopera…

—Ya llegamos —afirmó la anciana, alzando la cara al cielo y llenándose los pulmones al límite. Desconcertado, Avi buscó a su alrededor y nada vio distinto.

—Usted juega conmigo.

—Huele. Debe estar por aquí —y la vieja se dio a olisquear el ambiente.

Al imitarla, Avi detectó un olor distinto que se entretejía con el de la vegetación en general y la tierra. Al principio lo notó apenas, pero una vez identificado el olorcillo iba cobrando protagonismo y resultaba casi imposible fijarse en cualquier otro olor. Hedor, mejor dicho. Como a ajo hervido. Desagradabilísimo. Menos mal que no era intenso, porque de serlo le habría provocado náuseas.

—Deja los trapos estos y busca por aquí cerca un cedro gigante. El tronco es el más grueso que has visto y tiene unos noventa codos de altura. Imposible que te confundas. Junto a éste, el baniano de la mañana da risa. Y huele peor que un oso. ¡Anda! ¿Qué no me oyes?

Avi tuvo vergüenza de confesar que no sabía lo que era un cedro, pero el árbol descrito parecía tan distinto a los demás que, de existir, no le costaría trabajo encontrarlo. Se fijó muy bien en la dirección del viento y caminó en contra pensando dar con la fuente del hedor mientras su compañera de viaje se quedaba sola, montada en el caballo, ansiosa, como niña castigada que se pierde la diversión.

La búsqueda no se prolongó mucho, pues tras avanzar hacia la peste a lo más un cuarto de estadio se abría un claro que permitía ver a la distancia. No fue necesario adentrarse mucho en el claro para lograr una perspectiva favorable. Ya en los linderos de éste, Avi observó que el suelo estaba lleno de flores blancas pequeñitas y el aire, ahora sí, se tornaba irrespirable. El olor nauseabundo provenía de las florecillas y éstas seguramente caían de… Qué razón tenía la vieja. Nadie podía confundir al monstruo con ninguna otra cosa. El joven quedó estupefacto. En efecto, el árbol era muy alto, ni con mucho el más alto con que Avi se había encontrado, pero el tronco, eso sí lo contaría algún día a sus nietos. Una emoción atávica lo embargó haciéndolo correr a tope hasta la base misma del desaforado. Al llegar, se postró, abrazó una raíz seis veces más gruesa que él y se puso a llorar sin saber qué le pasaba. Si habían llegado al fin a alguna parte, no lo parecía, pero el árbol, como fuera, era un destino en sí. Calculó groseramente en unos veinte a los adultos necesarios para, tomados de las manos, rodear la circunferencia basal de la titánica criatura. Avi no lo sabría nunca, pero el descomunal se había anclado al paraje 1,754 años antes. Había visto de todo y, aunque muy pocos lo habían visto a él, la mayoría había reaccionado de modo parecido al joven, unos con y otros sin carrera, pero al cabo una o más lágrimas asomaban ante esa belleza consustancial a la vida entera, adusta, antigua, de esas que calan el pecho de cualquiera. Porque criaturas como esa dignifican a quien las observa y el observador lo sabe al instante. Por eso el llanto espontáneo, inolvidable. Porque criaturas tales nos hacen hombres y mujeres más rápido y mejor que los años. Porque viviendo tanto esas criaturas saben lo que ignoramos y de algún modo nos lo dejan claro.

Más tranquilo ya, tal vez hasta sereno, Avi se disponía a retornar adonde la vieja para confirmarle el hallazgo cuando sintió un golpe en la espalda. Al punto vio que rodaba a sus pies una piña oblonga. Por reflejo miró a lo alto. Cuál no sería su sorpresa al ver que ahí, en una rama robustísima de las más bajas, estaba recostado Anpú.

"Bienvenido."

*

La vieja pidió que antes de dirigirse al sembradío la llevaran al cedro. Tenía "deudas" con el árbol y quería saldarlas. En qué consistían las deudas o cómo las saldaría, eso nadie lo sabía. Lo llamativo del momento no eran los caprichos de la blanca, sino la actitud de Anpú en su presencia. En cuanto la vio sentada en el caballo, el semblante le cambió. Se alarmó visiblemente y preguntó a Avi en dónde estaba el guía. El joven supo improvisar una evasiva que no convenció de nada al porteño. ¿Cómo era posible que hubieran viajado solos? Habían dispuesto todo justamente para evitar algo así. Él mismo envió a un confiable para seguirles los pasos y evitarles los peligros. ¿Nadie los seguía? ¿Estaba el joven completamente seguro? A unos pasos de la vieja Anpú se recompuso y, desde ese momento, evitó verla de frente. Remontó los últimos codos con la mirada gacha y se presentó solemne. Ella ni caso le hizo e indicó a Avi que desatara al caballo para conducirla al cedro. Entrando al claro la anciana quedó boquiabierta y sólo la cerró para comentar que siempre, siempre que veía a ese árbol, era como la primera vez. Pidió que Avi la ayudara a bajar y, ayudándose con el bastón nuevo, se acercó a la misma raíz ingente que Avi abrazara en su encuentro y, sentada en ella, habló con el montaraz en una lengua que ni el joven ni el otro reconocieron. Al terminar, se sacudió la ropa y fue directamente a Anpú. "Hay un recado para ti: si lo vuelves a trepar te mata. ¿Quién te crees?" Y esta fue la última vez que la blanca se dirigió al barquero. A partir de entonces, cada comentario, instrucción o reclamo era dirigido a Avi, aunque el otro estuviera a dos pasos. Y cuando era Anpú el que se dirigía a la blanca, también se valía del muchacho para hacerlo. Era como si pertenecieran a mundos incompatibles. Con nadie más se había mostrado la vieja tan soberbia. Ni con el hostelero, ni con el guía y menos con el albino accidentado al que incluso atendió humanamente. Avi nunca preguntó a la anciana cómo era que el cedro se las arreglaba para acusar y amenazar, porque llegando al río la duda se esfumó para dar paso a otras más acuciantes.

El caudal era mediano y no parecía entrañar ningún peligro. Las aguas se movían perezosas un trecho antes de internarse en una cueva grande. El barquero se metió entre los juncos que bordeaban la orilla y al poco tiempo emergió halando una cuerda que en su otro extremo amarraba un bote hermoso pintado de rojo con rebordes negros. Avi recordó a la culebra de los anillos rojinegros, la que le había gustado, no tanto por la combinación de colores sino porque la barca llevaba en la proa un mascarón dorado de talla habilidosa con forma de serpiente en postura de ataque. Estrecha y larga, la barca tenía espacio para unas seis personas sentadas una detrás de otra. Un remo largo de paleta doble descansaba en la popa sobre un tablón que servía de asiento al remador, aunque conducir sentado una embarcación como esa sería poco menos que imposible.

Cuando la barca estuvo frente a los viajeros, Anpú ató la cuerda a un árbol que, comparado con el cedro, era una mera espina. Luego, se aproximó al caballo y lo condujo hasta un sitio propicio para que la mujer desmontara. La vieja aspaventó llamando a Avi para recibir la ayuda indispensable. Al barquero ni palabra. La blanca descendió del animal y antes de buscarse asiento le dio varias palmadas en la crin. "Noble de alma: nunca te podré agradecer lo suficiente", murmuró la vieja al oído del animal cuando éste le acercó la cabeza cual si no quisiera perderse palabra. La vieja se reflejaba en los ojos del caballo cuando Anpú empezó a quitarle la rienda larga.

—¿Qué haces? —inquirió Avi, extrañado por la faena.

—Lo libero.

—¿Estás loco? ¿Y cómo vamos a llevarla después de cruzar el río? —increpó Avi alarmado.

—Saliendo de la cueva ya no nos hará falta.

Hasta entonces se percató Avi de lo obvio. El plan era adentrarse en la cueva y no cruzar el río. Sintió un nudo en el estómago, pero no por la negrura inminente de la gruta sino por la despedida, también inminente, del caballo, ese gran compañero que en todas había estado con ellos, salvándolos, llevándolos, hablando a resoplidos y obedeciendo. Comprendía que no podían llevarlo consigo en una barca como esa a dondequiera que fueran, pero ni podía ni quería despedirse de su amigo.

—¡Madre! No podemos dejarlo. ¿Verdad que no? Lo van a matar los lobos.

—Podemos sacrificarlo para ahorrarle el sufrimiento —intervino frío el barquero sin intención de recrudecer la tristeza.

—Despídete, muchacho, y dale —ordenó la vieja ofreciendo el bastón nuevo a Avi.

No tenían opción. Avi fue breve. "Te debo la vida", dijo. Le besó los belfos y luego caminó hasta las ancas para darle duro y alejarlo. Ay. Ni por el guía ni por el espectro se había sentido la mitad de roto. Qué injusto era pagarle así, con soledad y montaña, todos sus servicios. El jamelgo, desconcertado, avanzó unos pasos para librarse de un segundo bastonazo, pero no comprendió qué se esperaba de él y regresó noble a donde estaba primero sin importarle recibir otro varapalo. Y Avi ya no tuvo arrestos para azotarlo de nuevo. Le dio la espalda y fue a sentarse con la blanca.

La nave se movía lentísima, casi sola, mientras el barquero se dedicaba a orientar la marcha hundiendo una paleta en el agua, sin chapalear. En la boca de la gruta, caminó trabajosamente hasta la proa, tomó una antorcha que los esperaba ya encendida en un portateas y la fijó en un agujero dispuesto en la cabeza de la serpiente antes de volver a la popa. Al despedirse de la luz del día, Avi vio que el caballo metía los cascos en el agua pensando en echarse a nadar tras ellos. "Quédate ahí", deseó hondamente conmovido.

Algo irrecuperable quedaba atrás con el caballo. Avi, como todo lo joven, lo supo a destiempo. Mejor así, porque la nostalgia y la melancolía desentonan con las almas nuevas. En el momento, atribuyó la pesadumbre al abandono del animal y se le vino una idea extraña a la cabeza: ¿y si más que seguirlos para ahorrarse montaña, soledad y colmillos, intentaba salvarlos de nuevo? El súbito fatalismo del muchacho tenía sentido si se considera que había cometido el error de sentarse el primero, atrás de la serpiente dorada y de la tea. En un principio, le pareció buena idea estar cerca de la luz, mas pronto se dio cuenta de que la antorcha era una chispa tratando de alumbrar esa noche interminable. Pobrecilla. Con todo y su mejor esfuerzo irradiaba un halo miserable que sólo bastaba para que el barquero se aviniera a la ruta sin dar con una orilla o con rocas peligrosas. Fuera de eso, la luz era un mero acento de la negrura que no llegaba a iluminar la bóveda de la cueva, así que era imposible saber si tenían la roca a tres codos de la cabeza o si transitaban por una cámara descomunal. Por el costado izquierdo se avistaba la orilla y algunos de sus accidentes, pero en ciertos tramos ésta desaparecía haciendo que la barca avanzara prácticamente pegada al muro de piedra. Por el costado derecho, sólo agua, pura, clara. Y al frente nada. Lamentó no haberse sentado entre el barquero y la anciana.

Siendo el avance tan lento y el panorama tan exiguo, el sonido se imponía como única referencia sensorial. Ninguno había dicho ni pío desde el abordaje y ese callar instintivo acentuaba la dimensión sonora como la tea a la negrura. Pero a diferencia de la oscuridad, el silencio de la cueva estaba habitado por un sinfín de escurrimientos, golpeteos aleatorios y rumores innominados. Los sonidos parecían lejanos en su origen y de pronto, un instante después, se encontraban en todas partes de la cueva. Avi, desconcertado por el caos de los ecos, se preguntaba a dónde voltear o qué era aquello. El eco le era familiar, pero no esta sonoridad interminable, reiterativa, que, dígase lo que se diga, era todavía silencio. La paradoja era fascinante. El joven se volvió para comentar algo interesante, pero el barquero, con el rostro afeado por la flama, indicó a señas que mejor callara. La vieja, ubicada entre ambos, le reiteró a murmullos que ya se lo había advertido, que ignoraba el verdadero poder de las cuevas y que, aunque no lo creyera, esto era una probada. Y recalcó la conveniencia de quedarse callado. "Los murciélagos", dijo como si de pronto le entrara miedo, pelando los ojos para escudriñar mejor, "son inofensivos, pero a mí me matan de miedo. Óyelos: chilla uno que otro pero no te fíes, porque diez o cien mil están dormidos. Son tan feos que no se les puede sostener la mirada". La descripción, justa y viva, atizaba la confusión de Avi porque el joven no había visto murciélagos y cien mil de lo que fuera siendo feo y chillando así, eran motivo sobrado para dar miedo.

Las preguntas se multiplicaban, pero no era momento de buscar respuestas o especular, sino de vivir el tránsito con los sentidos abiertos, dejando de ser lo que se era a cada paletada, para bien, para mal, siendo más o dejando un atributo por aquí y otro por allá. En ese medio tan avaro, tan reconcentrado, el ser se protege primero pero no le vale. Porque en el río es todo transcurso; y a oscuras más. Ni un remanso para la razón, para sopesar, para rehacerse. Ni una pausa. Y prescindiendo el hombre del juicio dilatado, se somete a una transformación en que no se es lo que se era ni lo que será, como el nonato que se apretuja en el canal del parto para salir entre las piernas de la madre siendo ya otra cosa, respirando nuevo en espera de una explicación que jamás le será dada sin entregar la vida a cambio.

El río perpetuo se hizo meandro por un trecho que Anpú remontó con pericia inobjetable. Navegaban prácticamente a la misma distancia de la orilla y el ritmo de avance no variaba. Como una burbuja de luz, la barca flotaba en las aguas de la cueva sin sobresaltos, etérea. A lo lejos, Avi escuchó un rumor muy débil que no se ahogaba en ese mar de ecos. Se distrajo con una formación rocosa que parecía un gato, mas pronto el rumor volvió a captar su atención. Crecía. Conforme el rumor aumentaba, iba enmudeciendo al resto de los sonidos. "Espera a ver el espectáculo", comentó la anciana a voz en cuello cuando vio la cara de confusión que ponía Avi. Luego palmeó el hombro del muchacho y el efecto tranquilizador fue instantáneo. Poco después, un resplandor muy débil rompió la negrura furiosa de la cueva. Era una línea oblicua que se cruzaba delante de la barca, a una distancia todavía considerable. Siendo el único punto de referencia ajeno a la burbuja de luz que formaba la tea, daba la primera idea de qué tan grande era aquello que rodeaba a la barca de la serpiente. Hasta ese momento, sólo era posible afirmar que la luz entrometida rasgaba el velo negro a la distancia, pero el hilacho luminoso crecía a la par del ruido conforme se acercaban. Tras un giro repentino que Anpú anticipó de maravilla, la barca, ya muy cerca de la luz, viró a la derecha y, luego de veinte codos de expectativa, se les reveló la maravillosa bóveda pétrea que, alta como cien hombres, remataba en una entrada de luz casi redonda, de unos noventa codos de diámetro. La tercera parte de esa lucera natural era reclamada por una cascada que se precipitaba al vacío para estrellarse contra las aguas de un lago subterráneo amplísimo y de color azul claro. Gracias a la luz vespertina y al choque de las aguas, se formaba un arcoíris que adornaba como diadema la inverosímil belleza del paraje, una de esas que el hombre arrastra hasta su tumba sin remedio. "Abre bien los ojos", se dijo Avi para no perder detalle de las plantas que colgaban por el perímetro de la lucera. Pendían con sus flores amarillas y decenas de aves pequeñas iban de una a otra sin adentrarse en la gruta. La luz se reía de la prudencia de las aves y entraba proyectándose en todo lo posible para destacar la exuberancia, el retruécano y el capricho de las formaciones rocosas que millones de años y millones de litros embebidos habían dispuesto por todas partes. Estalactitas, estalagmitas, por millares, en ramilletes inverosímiles, coloreados a capricho por la acuarela de las sales.

—Esto sólo lo conocemos desde aquí —interrumpió Anpú esforzándose por hacerse oír sobre la barahúnda—. Nunca hemos encontrado ni el río ni la lumbrera por afuera. Es un misterio.

—Lo que no es un misterio son las nubes de murciélagos que entran y salen por aquí al caer la tarde —remató la vieja al oído de Avi, insistiendo en su repulsión a los animalejos.

La corriente del río subterráneo se lentificaba al dar con el lago. Sólo en ese punto Anpú tuvo que remar en forma para conducir la embarcación detrás de la cascada y adentrarla una vez más en la negrura absoluta del cauce. La luz de la antorcha se convertía ahora sí en la única referencia, pues el escándalo de la cascada se fue diluyendo con el avance y volvió a transformarse en un rumor y luego en nada. Pero esta vez la nada era más real, porque los ruidos cesaron casi en su totalidad, a no ser por goteos indistintos y por los chapaleos ahora recurrentes del barquero. Ningún murciélago chillaba y los ecos daban la impresión de retornar al orden habitual, claros, distintos y mucho menos insistentes que en la primera parte de la travesía. Avi intuyó correctamente que la galería se estrechaba y por eso el eco era menor. Un poco más adelante corroboró su versión al fijarse en que, por primera vez desde el internamiento, el halo de la tea llegaba a iluminar las dos orillas del río, si es que podemos llamar orillas a esas franjas irregulares, blanquecinas, lustrosas, que de buenas a primeras desaparecían en el agua dejando en su lugar sólo la pared de roca y reemergiendo al azar para lucir su esterilidad resbaladiza. Algo semejante sucedió con el techo de la galería. La luz fue iluminándolo cada vez más conforme éste bajaba o el agua subía. Las formaciones calcáreas no abundaban, pero por escasas que fueran, empezaban a resultar peligrosas si no se ponía atención al camino, pues las más largas rozaban ya la cabeza del remero cuando éste la movía para evitarlas. Mientras tanto, la vieja cerraba los ojos o se había quedado dormida. Mal momento para hacerlo. Avi puso atención en calcular que ninguna estalactita desmedida fuera a golpear a su compañera. Pero la blanca no dormía. Reconcentrada, aguzaba el oído y seguro escuchó lo que esperaba, porque de repente abrió los ojos y buscó entre su ropa la planta que había arrancado en sus devaneos sobre el caballo, los que impacientaron al muchacho obligándolo a rehacer los pasos más de una vez. Era una especie de salvia que la mujer rompió en tres pedazos, entregando uno a Avi, ofreciendo el otro al barquero y conservando el tercero. "Frota las hojas y póntelas en la nariz hasta que yo te diga." El joven obedeció y notó que Anpú hacía lo propio sin necesitar las instrucciones de la anciana. El olor era intenso y tenía cierto parecido al de las hojas de menta, pero un acento acre lo distinguía de los aromas familiares. Lo curioso era que el olfato, difícil de impresionar por mucho tiempo, se acostumbraba a las notas de la salvia pero no al tufillo. Avi cerró los ojos como había hecho la anciana y, de no ser por el acento mencionado, la privación sensorial pudo secuestrarlo a un universo casi idéntico al del sueño, pero sin el matiz reparador. A su mente llegaron imágenes perturbadoras en que predominaba una mujer joven, a veces con los pechos desnudos y dueña de una hermosura innegable pero fallida. El fallo, el vicio oculto, se intuía y encontrarlo era la primera reacción instintiva, nada normal ante una hembra tan guapa que ora miraba directo a los ojos y después daba la espalda presumiendo la piel de la nuca, el torso y parte de la cintura. El resto del cuerpo iba cubierto con prendas que cambiaban a cada imagen pero nada mostraban de la parte inferior. Hombre al fin, Avi quiso centrarse en los pechos de la mujer y ésta, como si tuviera voluntad propia, le negaba la vista y sonreía burlona. En la siguiente imagen los labios estaban entreabiertos. Besarlos sería un sueño, mas al desear la boca imaginaria el olor acre, el acento aquel, aumentó de improviso convirtiéndose en un hedor que no era parte de la salvia sino algo muy independiente que la planta combatía. Al abrir los ojos vio que la anciana se cubría nariz y boca con ambas manos. Las hojas de la salvia asomaban entre los dedos nudosos y apretaba los párpados cómo impidiendo a toda costa que la luz aprovechara algún resquicio. Anpú hacía lo mismo que la vieja pero con una sola mano, ya que el remo le requería la otra. Y lejos de cerrar los ojos, los llevaba bien abiertos, como si con la pura fijeza lograra penetrar la oscuridad venidera de la cueva. Entonces el olor se volvió intolerable y Avi tuvo que resistir las arcadas apretando la salvia al máximo contra su boca y nariz, tal como lo hiciera la vieja. Por reflejo, cerró también los ojos y la imagen femenina le plantó cara con el ceño adusto. Ni pudo ni quiso adentrarse en esa mirada lastimera y su imaginario humilló el rostro para evitar el contacto visual. Perdía la razón. ¿Cómo justificar si no la tortura a que su mente lo sometía? La maldita cueva jugaba con él. Y la peste dulzona era ya tan intensa que juró Avi la llevaría en la piel por días. El asco y la desesperación estuvieron cerca de inducirle un ataque de pánico que no escaló debido a un sonido ahogado que lo distrajo de la actividad incontrolable de su cerebro. El sonido se convirtió rápidamente en un alarido que resonó en la gruta entera con más potencia que la cascada de la bóveda. Aterrado, buscó una explicación a sus espaldas, pero la vieja seguía en la misma postura defensiva y Anpú no daba muestras de oír nada. Al no encontrarla, miró por todas partes sin hallar algo distinto al mustio resplandor que los guiaba. El alarido volvió a abrazarlo, mas no escaló al máximo como lo hiciera la vez pasada sino que se fue tornando en gemido de mujer, sufriente, desesperanzado, roto de tristeza. Lo que fuera estaba cerca y ahora sollozaba. El llanto venía de todas partes. Avi prefirió su loca imaginería a la realidad de esa cueva muerta de pena y apretó los párpados. En ese momento algo cayó al agua en las inmediaciones, salpicándole la mejilla izquierda y la frente. Tras unos segundos de calma, Avi sintió una energía que recorrió su costado estremeciéndolo. La sensación llegó al cuello y tuvo la seguridad de que la entidad le husmeaba el rostro. Apestaba a muerte. Avi retiró las manos de la cara y enfrentó. Del hedor ni se acordaba. A ojos cerrados todavía, esperó lo peor. Y lo peor no fue. Algo helado le besó los labios y al partir salpicó la mejilla derecha esta vez. El joven creyó estar muerto y se abandonó a un vacío físico y espiritual en que ya no cabían los terrores ni las instantáneas de la dama. De pronto creyó darse cuenta de que no respiraba y un estremecimiento ya humano lo devolvió a la gruta. Inhaló hasta el fondo y ahora fue él quien gritó a tope para exhalar el miedo-pánico que se le agolpaba dentro. Tan intenso fue su desahogo que no se percató de que veía la cabeza dorada de la serpiente y el relumbre penoso de la tea. La vieja le acarició el cabello y la caricia le devolvió algo de coherencia.

Avi se preguntaba qué le faltaba al cuerpo para poder sentir ese vacío. En el pecho donde antes había de todo, el vacío le gobernaba. Las palabras que la anciana pronunciaba a sus espaldas hacían eco en el muchacho sin cargarlo de sentido. Su ser era una cueva en que la palabra reverbera confundiéndose con la siguiente y la anterior para devenir en ruido. ¿Se puede estar lleno de ruido y aun así seguir vacío? Avi era el ejemplo vivo. Por una parte, rogaba que la mujer callara y por la otra preferiría que el palabreo siguiera. El silencio de la blanca podía convertirlo en algo inútil —avispero abandonado—, pero su discurso, pensándolo bien, tampoco aportaba maldita la cosa. Ni lo uno ni lo otro. En ese momento, Avi dudó estar vivo, porque la vida no podía parecerse a la zozobra de la cueva, a ese tránsito lánguido, a ese infinito partir la oscuridad con una chispa. Tampoco era normal que le costara trabajo parpadear. Tuvo que obligarse a ello dos veces y para la tercera, ya se le había vuelto a olvidar. Si en ese momento se extinguía la antorcha, lo mismo daba a Avi. Si la vieja callaba o insistía, lo mismo daba a Avi. Si llegaba alguna vez a mirar de nuevo la luz diurna, lo mismo daba a Avi. Eso sí: daría una mano con tal de no volver a sentir la energía en el costado ni el beso frío. Ni el olor. Nada más recordarlo y vuelta a la basca. Vomitó apoyado en el reborde negro de la barca y entre arcadas logró esbozar media sonrisa porque para vomitar hay que estar vivo. Pero la sonrisa se le esfumó cuando la anciana sugirió que masticara lentamente dos de las hojas de salvia tragándose el jugo. "Son tan amargas y fragantes que te sacarán del cuerpo el olor de la lamia. Tenerlo es peor que el recuerdo más horrible. No se puede vivir con él." Aún conservaba en una mano el tercio de rama que la anciana le diera momentos antes. Lo apretaba tanto que las uñas ya casi se le clavaban en la palma. Avi se limpió la boca con el antebrazo y, apoyado todavía en el reborde, buscó por encima del hombro derecho los ojos de la blanca.

—Debió advertirme —pensó Avi.
—No hubieras podido. ¿Te tocó?

Avi arrancó las hojas y comenzó a mascarlas. Ni su amargura podía competir con la ira que la ligereza de la vieja le inspiraba. Tiró al agua el resto de la planta y estiró la mano para inundarla. Restregó fuertemente los labios y el mentón. El agua le escurría por la barbilla cuando vio que la ramita, luego de flotar un trecho, se hundía de repente, sin más, como si espontáneamente se hubiera transformado en una plomada. Quiso ofender a la vieja, pero se contuvo. Tragó las hojas y se estremeció de la cabeza a los pies por la amargura. Al recuperarse, miró de frente una vez más, como al principio. La talla de la serpiente era formidable. Sus escamas perfectas.

"Mira bien los colmillos", murmuró la vieja a espaldas de Avi, mientras le retiraba la última gota con el dorso de la mano. "Son reales y gracias a ellos han muerto por lo menos un hombre y una mujer la misma noche. Después del sacrificio, la cobra es ahorcada a mano limpia, se le despelleja y la piel de la cabeza se arroja al crisol para fundirse con el oro. Se arrancan los colmillos y se insertan en la talla de madera pasado el baño de oro. Ella es sabia y nos abre paso con su inteligencia. Sospecho que discute con la lamia desde mucho antes que nosotros podamos detectarla. En el fondo son iguales: una se finge inanimada y la otra finge ser mujer. La raza de las víboras es fría, pero no injusta y sabe dar a cada quién lo suyo. Jamás muerden por azar, ¿sabes? Detrás de los ataques hay una intención más sutil que la pulsión de muerte. Una intención muy seria. Para ellas todo es serio. Por eso ni juegan ni disimulan. No saben las pobres. Yo no las culpo… a ella, más bien. Ésta todavía se acuerda de la luz del sol y del sabor de la sangre y eso puede pasar por alegría, pero la otra miserable, la pobre lamia aúlla de tormento en esta cueva desde hace tanto que ni las nieves existían. Le mataron a los hijos y se oculta aquí para lamentarse. Es la doliente de la montaña, la que lleva una eternidad muriéndose de pena. Y esa pena ha hecho que no tolere a los niños pequeños, como fueron los suyos. Que se recuerde, no se ha tentado a la suerte, pero es sabido que si la lamia se encuentra con una criatura menor de ocho años, se hace con ella y la devora entre riendo y llorando bajito. Habla sola y esa es la causa del rumor indefinible que repta por la cueva. Y yo no la he visto, pero es guapa de la cintura para arriba. Abajo se cubre porque le faltan piernas para abrir. Si le gusta un hombre, lo toma y si vale dos óbolos lo que la hace gozar, lo deja ir. Pero ya no vuelve a ser lo mismo. Pregúntale a éste, que tuvo la pestilencia pegada al cuerpo tres años seguidos. Y no puede quejarse: pasó. Como yo y los otros que han llegado al sembradío porque contamos con la venia de Evaristus. Si nuestro señor no lo quisiera, ni la serpiente dorada puede domar la rabia, el salvajismo de la lamia. Somos afortunados, Avi. Somos especiales y ella lo constata husmeando. Algo de Evaristus llevas en ti para que sólo nos haya atormentado con un gemido y no veinte o treinta hasta enloquecernos. Ha sucedido que al sexto quejido se va la razón, pero hoy lo tuyo le trajo paz, muchacho, Avi querido. Eres tú, hermoso, del que habló Evaristus. Y estás aquí, donde debes estar. Y te respondo: no soy quién para advertirte de lo que esperaba en esta cueva. No es mi papel. Tú eres el que sabe ver aunque no te enteras todavía. Ya verás. Mi papel es ayudarte, guardarte, enseñarte, estar contigo cuando no tienes a nadie, pero no facilitarte la vida. Eso es asunto tuyo y de la diosa. Yo qué me meto. Yo soy la vieja blanca nada más y mi promesa fue llevarte de la mano al sembradío por donde se puede entrar. Porque claro, sí que hay otros caminos allá afuera, pero si no has flotado por acá, no llegarás por arriba. Sin este rito de paso, han fracasado todos. Es imposible saber qué les ocurre porque nunca se les vuelve a ver, ni en el sembradío ni en ninguna otra parte. La montaña tiene mil recursos para desaparecer ejércitos; imagina lo que puede hacer con un hombre. Frío, lobo, derrumbe, agua, leopardo, caída, enfermedad, hambre. Serpientes. La montaña te da y te quita según toque. Acuérdate de Narala. Del albino. Pero yo y éste y ahora tú estamos vivos. Y cuando la lamia deja vivir la primera vez, se puede llegar a la jungla de las flores por cualquier otro camino. Felicidades, Avi. Puede que estés viviendo uno de los días más hermosos de tu vida. Ya, muchacho. Adiós a la zozobra. Ahora ríe, que de verdad estás vivo."

Y Avi vio luz al final del túnel, una luz mortecina, una grisura clara. Era la despedida de aquella tarde; el inicio de una noche nueva.

*

Rosa, naranja, dorado, blanco, azul, rojo, lila, verde. El crepúsculo apostaba su resto antes de recogerse. La paleta elegida para clausurar esa jornada exaltaba a las aves, que cruzaban el cielo usando el desplante como telón de fondo. Sus cabriolas tenían una pizca de gratuidad que resultaba conmovedora, pues daban la impresión de olvidarse de la ruta original hasta sus árboles para celebrar la rotunda belleza del atardecer con una pirueta aquí y uno que otro escándalo más allá. Si a la algarabía de las festivas sumamos la laboriosidad zumbona de los insectos, el resultado era abrumador. Claro que esta actividad no era el sello a cualquier hora del día, pero aun así, nadie en sus cabales pensaría que la abundancia de las aves era comparable con la del otro lado de la montaña: diez veces más que en la Senda de los Huesos y mínimo el doble que en el Portus o Bibakta, lo que extrañaba considerando la riqueza de las aguas. Pero aquí, a primera vista, tampoco escaseaba nada y se tenía la ventaja de una temperatura más estable, cálida, pues el valle era pequeño y, al estar completamente rodeado de macizos, el viento era obligado a dejar por ahí regados su ímpetu, la prisa, el mal genio y el vaivén. En el fondo, lo que le gustaba era fingirse brisa para andar a sus anchas sin que nadie lo apurara o hacer el golfo mientras galanteaba a las orquídeas. En esta época del año, únicamente alrededor del mediodía el aire volvía a darse a correrías por poco tiempo, casi siempre en el sureste, en pleno sembradío, a unos ocho estadios de la cueva y del río mustio que emergía de ella dividiendo el valle en partes prácticamente iguales. Además de éste, otros tres ríos y varios riachuelos descendían por las laderas sur, norte y oeste, pero eran intransitables por la velocidad de la corriente, por la abundancia de rocas o por la miseria del caudal. La benignidad general del paraje era acentuada por una rica variedad de plantas y árboles única en las inmediaciones. Por donde se mirara abundaban las flores y los frutos silvestres. En fin, que sobraban motivos para aludir a las flores en el nombre de este sitio casi virgen, oculto y alegre, pero la Jungla de las Flores no se llamaba así para honrar a las beldades misceláneas, sino en honor a las señoras de señoras, las ganjikas, que bien podían ser oriundas de este edén o traídas de zonas aledañas como Chitral, e incluso de las remotísimas faldas del Himalaya. Si las ganjikas habían nacido aquí para extenderse al resto del mundo conocido, o si del mundo conocido habían llegado a esta jungla para luego tornarse únicas e incomparables, nadie lo sabía. Si habían llegado por aire gracias a la voracidad de los pájaros o flotando por casualidad en las aguas de los ríos, igual. Si la mano de los hombres la había traído hace eones, daba lo mismo. La Jungla de las Flores tenía un tesoro que conocía apenas un puñado y nosotros a partir de ahora.

En modo alguno se pretende afirmar que las ganjikas comunes eran desconocidas. Al contrario. Desde que el hombre se recuerda hombre la planta ha estado ahí, a su lado, como uno de los regalos más generosos, sublimes y útiles que el mundo ha brindado. Tomemos como ejemplo a un tipo cualquiera, al azar, al pescador aquel o al arriero ese. Fíjate bien: lo más probable es que la mayor parte de su vestido sea tejido con fibra de ganjika; el sedal del que vive el primero seguro que es un hilo también trenzado con fibra de ganjika y las suelas del calzado del arriero, puedes apostar, están unidas a sus pies con atados de nuestra planta. Si otro descubre que el vestido le cuelga de más, nueve de cada diez cintos asequibles serán de ganjika, pues nadie aprecia la tiesura de los cueros para llevarlos apretados a la cintura. Y ya que aludimos a la incomodidad de otros materiales, aclaremos el porqué: fuera de las sedas, ninguna tela podía competir en suavidad y tersura con la de ganjika. Si se trabajaba correctamente, la fibra de estas plantas podía urdirse fácilmente y su suavidad era rival del lino egipcio, pero a una tercera parte del costo. A diferencia del lino citado o de la seda inaccesible, las prendas de ganjika abrigaban al que fuera y se podían conseguir en los mercados más humildes. Ah, y cuánto duraban. En ese rubro no las superaba ninguna otra tela. Su resistencia a la abrasión era famosa y se necesitaban dos décadas para que un velamen bien tejido comenzara a ceder a la humedad, el moho y los hongos. Nada más resistente encontraron los expertos en marinería para confeccionar sus velas. Todos los pueblos de mar la eligieron sin pestañeos para los cargueros o buques de guerra, e igualmente sensatos fueron los pescadores asiduos de las costas cualesquiera, pues nada resistía las aguas como la flexible ganjika de las velas, de los cordajes, de los costales. Un buen costal de ganjika duraba casi toda la vida, era asequible y podía lavarse una y otra vez para ser rellenado con lo que fuera por décima o centésima ocasión. De hecho, desde más allá del Kush hasta las costas del mediterráneo existía un muy nutrido mercado secundario para las prendas usadas en buen estado y los costales reutilizables. Decenas de miles de familias vivían de los derivados de la planta y, en caso de necesidad, de la planta misma, pues se sabía de cierto que el hombre podía sobrevivir alimentándose exclusivamente con las semillas pequeñas, redondas y abundantísimas. Su sabor no era ni grato ni revulsivo, mas sí bastante peculiar. Al meterlas en una prensa de aceitunas se obtenía también un aceite valioso para encender lámparas, remojar teas o para uso de lubricación general. Las juntas móviles de las carretas se bañaban sin falta con el aceite antes de los viajes largos y recurrentemente para el uso cotidiano, lo que no evitaba el uso de manteca regular, pero sí era suficiente para mantener los mecanismos y llegar a buen destino. Al igual que sucede con otros aceites, las mujeres pronto le hallaron al de ganjika propiedades cosméticas. Suavizaba la piel, tanto que algunas damas lo preferían al aceite de oliva para darse baños sin agua; el olorcillo remanente no era tan agradable, pero a la piel los olores no le importaban. Otras veces se le usaba como excipiente para ungüentos misceláneos, pero una partera avezada se fijó en la posibilidad de que fuera el excipiente y no los polvos añadidos el que sanara heridas, infecciones cutáneas, sarpullidos, picaduras de insectos y rozaduras en los niños pequeños. La misma matrona, ya perdida en la noche del tiempo, se fijó en que sus manos adoloridas quedaban mejor tras untarse el aceite en las articulaciones. Los dolores reumáticos desparecían en cerca de media tarde o, en casos más graves, los tornaba llevaderos. El hallazgo le valió una fortuna a la mujer, pues la clientela de edad o sus familiares no reparaban en gastos para conseguir el remedio, pero esa es otra historia que no vale la pena relatar aquí, salvo por el hecho de que esa dama de quién sabe dónde inició una tradición médica multimilenaria cuyos efectos se extenderían al tratamiento de la inapetencia, la debilidad visual, la recarga estomacal, la indiferencia sexual, la impotencia, el insomnio y la tristeza. Vaya panacea, me dirán algunos. "Nos vende aceite de víbora. Vivales."

Salvo casos rarísimos, las ganjikas viven casi un año que va desde el inicio de la primavera hasta el inicio del invierno en zonas cálidas y un poco antes en donde se adelantan las heladas. En estado silvestre, la plántula surge diminuta, trémula y crece en unos meses hasta medir, según el caso, entre diez y doce codos. Las variedades domesticadas van, según la región, de los cuatro a los veinte codos de altura. Las plantas menos altas suelen ser robustas; sus hojas, con forma de mano, presentan entre cinco y catorce dedos anchos de borde serrado, mientras que las primas, espigadas y flexibles, presentan dedos más angostos. Como si emularan a lo animal o nosotros a ellas, existen ganjikas machos y ganjikas hembras. Los machos, larguiruchos y con menor densidad foliar, crecen un poco más aprisa y llegado el verano forman pequeños depósitos de polen que, en conjunto, producen nubes para sus hembras. Éstas, en dicha temporada ya presentan inflorescencias que al ser polinizadas devienen en gruesas flores sin pétalos que pueden abarcar la rama entera o sólo el extremo, según la variedad. Miles de semillas se ponen a esperar la muerte de su planta madre hasta la maduración y, llegado el momento, caen al suelo para dar festines memorables a las aves y así, por tierra y por aire, se completa el ciclo. Suponemos que el hambre, mecenas de la astucia, hizo que alguien probara las poco apetecibles flores para evitarse la muerte o el espantoso malestar, porque vaya que son lindas con sus pistilos coloridos y sus aromas recalcitrantes y perdurables, pero de eso a comerlas, el trecho es largo. No obstante, alguien lo hizo por vez primera y entonces cambió todo. Ese alguien notó que a las dos horas empezaba a dominar un zumbido y después de un rato, que la mirada tendía a fijarse en un punto determinado para descansar en él, tan a gusto que costaba trabajo ponerse a mirar otra cosa. Mas al hacerlo, todo en derredor se presentaba con colores mucho, mucho más vivos y brillantes. Y algo similar pasaba con los sonidos, ya que se podían escuchar con detalles y claridad hasta entonces desconocidos. Las ideas parecían agitarse y empezaban a llegar en tropel, a veces formando imágenes aisladas y a veces generando ideas nuevas, estrambóticas, manidas, divertidas o aterradoras. Si se tenía suerte, esas ideas revelaban el ridículo de nuestros afanes y hacían que el comedor de flores se pusiera a reír histéricamente sin lograr parar, a no ser con mucho esfuerzo. La jovialidad y el placer eran incomparables. Y hablo del placer porque, terminada la risa, las flores producían una sensibilidad al tacto extraordinaria también. Tocar lo que fuera era un idilio con el mundo y más si lo tocado era piel ajena. De fémina, infinitamente mejor. Y entonces, consumidas en pareja, las flores de ganjika podían llevar a los machos y a las hembras a un territorio de placer común, de unidad máxima que disimulaba las diferencias y acentuaba las coincidencias. Esos encuentros no podían ser humanos. No. Esos encuentros nos los regalaba la diosa para ser como ella un poco de tiempo, así de sensatos, de risueños, de ligeros. El éxtasis final, con su entereza y su potencia, era distinto al de la vida normal. Parecía transcurrir muy lentamente pues, dicho sea de paso, al comerse la flor de ganjika el tiempo se hacía extenso, diluido, con un toque de intrascendencia que le venía magníficamente a los amores. El alguien mencionado de la primera vez, el incipiente, bien pudo quedarse con esa maravilla y acallar el resto porque, aceptémoslo, no todo eran virtudes en la ganjika. Si se estaba de buenas, el consumo de las flores llevaba al extremo idílico recién descrito, pero si se estaba de malas o afectado por algún trajín, se llegaba a un universo más oscuro en el que abundaban los miedos inmotivados y la prudencia excesiva. Eso ya dependería de cada uno, de la ocasión. Y también se presentaba otro efecto, deseable en unos casos e indeseable en otros. Tras el placer, llegaba la somnolencia y era muy difícil soportarla. Claro, si se luchaba para quedarse dormido, la ganjika era milagrosa, pero si lo conveniente era seguir con el trabajo y la rutina, el sueño abrupto y prolongado podía dejar a la persona en un estado de indefensión que las vidas de antes no podían permitirse muy seguido. Al despertar, nada de malestares, salvo una bruma mental que al poco desaparecía sin dejar rastro. Fuera de estas propiedades, de la náusea que el consumo excesivo producía y de la resequedad bucal segura, nada malo se le podía achacar a la planta. Al contrario: los beneficios superaban en cien a uno a los problemas y, siendo así, la ganjika tomó la mano del hombre y se fundió a su destino, como pasó por otros motivos con el mágico opio y con recursos menos conocidos.

Después de aquella partera visionaria tuvo que llegar al mundo un ser que, por necesidad, ocio o accidente, dio con una nueva forma de administración. Al incinerar las flores secas acumulando el humo en interiores poco ventilados para luego respirarlo del ambiente, se lograba una experiencia similar, pero mucho más rápida y no tan amiga de los episodios paranoicos. Además, era posible tener un control mayor sobre la intensidad de la experiencia dependiendo del tiempo que uno quisiera exponerse a los humos. Así, la euforia era más delicada y permitía un intercambio mayor con los demás, pues los episodios de somnolencia se reducían permitiendo una convivencia rica, honda, mágica. Era como si hombres y mujeres hubieran robado la esencia de los sueños para usarla despiertos. Se convivía soñando, y la riqueza de esta convivencia estrechaba los lazos del grupo, dirimía enfrentamientos que nada había podido dirimir, los vínculos se ahondaban y la entrega en los amores no se parecía a nada. En cuanto la flor tocaba el brasero empezaba esa aventura, siempre igual y siempre distinta, renovada, como sucede al probar una vez más lo que nos gusta. El calor de los tizones lograba que el alma de la ganjika saliera de su planta para hacerse al aire y adentrase en el universo de lo humano a bocanadas. Una cosa era segura: a la planta le gustaba adentrarse en los hombres para ver el mundo a través de sus ojos, con lucidez y sin la inmovilidad de las raíces. Por su parte, a los hombres, mujeres y niños les fascinaba esa nueva dimensión de la experiencia. Ambos se beneficiaban con una perspectiva distinta que redoblaba la riqueza de la vida; por ello, las ganjikas se transformaron poco a poco en el centro de un culto que fue adaptándose al carácter, cosmovisión y necesidades de cada pueblo, de cada grupo. Las humaredas divinas propiciaron veladas rituales a las que, naturalmente, se sumó la música. A golpe de ritmo y canto, el sonido cobraba trascendencia y se montaba en las nubes fragantes para llevar al éxtasis, a la revelación, a los momentos de verdad absoluta e indiscutible que la vida reserva para ocasiones especiales. Sólo la ganjika tenía ese poder de amalgamar la experiencia humana, de hacer tangible el mundo de los otros en uno mismo. Cuando la música, el fervor, la humareda y los semejantes se sumaban, la experiencia quedaba cogida del alma, porque la entrega y la fusión con el mundo no llegaba a revertirse cuando la ceremonia terminaba. No. Al día siguiente el sol los encontraba a todos conmovidos, mejores, risueños, afables. La ganjika obraba algo muy parecido al milagro de la felicidad, y con ese salvoconducto, más las virtudes antes expuestas, se abrió paso por todo el mundo conocido.

Benditas las ganjikas. Benditas sus flores. Benditos los milenios en su compañía. Bendito el consuelo.

Si tuviéramos que resumir en una sola palabra la aportación de estas plantas a lo humano, el término sería libertad. El humo de las ganjikas promovía el pensamiento original, el sabroso desprendimiento de la risa, el gusto redoblado, la sensibilidad, la hondura, y al sumar elementos semejantes se obtiene un amasijo de pureza rara, libertaria. Porque al pensar lo que antes no se pensaba se es libre. Porque al reír de lo que antes era indiferente u ominoso, uno se libera. Porque al gustar más de lo que ya gustaba o gustando por primera vez de lo que antes disgustaba, las mujeres y los hombres son liberados. Porque al sentir lo mismo pero más hondo, hasta el fondo, el hombre se reinventa y se descubre creación y creador, y esa epifanía también libera. Porque el hombre no nació para ser esclavo de nadie, vaya. Ni las ganjikas. De ahí el respeto mutuo, la benévola dependencia, el reconocimiento de lo individual en lo colectivo. De ahí el amor que le tenemos y nos tiene.

Sin embargo, ya se sabe que lo que ama y es amado pronto se difama. El ensanchamiento del alma ofende a los de alma estrecha, la verdad a los engañados y la libertad a los esclavos. Esos gustan de otra cosa. Son los otros. Son rivales. Se anegan de vino, cerveza o fermentos de lo que sea siempre y cuando se pudra, igual que a la postre pasa con el carácter y la vida de quienes acostumbran la bebida. La degradación nunca dejará de mirar de hito a lo sublime. "Qué libertad ni qué alforja", sentencian. El placer los ofende porque el suyo no dura y se les esfuma al día siguiente. Y deviene en mierda. En mentira. En dolor. En sed. Y la mierda, la mentira, el dolor y la sed sólo quieren beber de nuevo para no morirse y renacer. Los vinos saben perpetuar la miseria igual que la ganjika perpetúa la libertad y eso no lo perdonan y nunca lo perdonarán esos otros. Los borrachos no saben del perdón más que pedirlo al día siguiente y negarlo en la ebriedad. Prestos para la risa, sí, pero también para la lágrima y el puño, los tambaleantes odian todo lo que no se les parece. Lo desprecian. Lo aniquilan si es que pueden. Lo difaman. Los aberrantes sólo saben aberrar e insisten ya por los siglos señalando iracundos, inflamados, tufosos, rojizos, sensibleros e incoherentes a las flores de ganjika que jamás podrán amar. Lástima que todo pueda dividirse en dos al menos, salvo el amor y el odio. Es penoso porque en este caso único los opuestos no se complementan aunque del uno al otro medie un paso. Pero ya. Dejemos en paz a los dipsómanos, si es que se puede. Ésta no es su historia. Que otro relate lo que fue en su caso. Para nosotros, las flores.

En relación a la calidad, la de las ganjikas era variable, como sucede con cualquier producto de primera necesidad, en especial tratándose de uno con usos tan diversos como ya se ha señalado. En siete de cada diez casos, se procuraba obtener las fibras más largas para facilitar la elaboración de cordajes, telas y el sinfín de subproductos. Para ello, la gente buscaba las variedades silvestres de tallos altos y flexibles. Claro que existían cultivos de cepas especiales para satisfacer el grueso de estas necesidades, pero la voz popular insistía hasta el cansancio en que nada superaba a los tallos silvestres para garantizar la durabilidad. En dos de cada diez casos, la planta se cultivaba con el fin de apagar dolencias y sólo en el caso restante se perseguían los efectos espirituales que, debemos aclarar, no eran tan conocidos ni socorridos como podría pensarse. Claro que la práctica espiritual y religiosa se había extendido por los cuatro puntos cardinales, aunque en pocas instancias llegó a permear a los cultos oficiales, tan suspicaces de los ímpetus libertarios y de la individualidad. La búsqueda espiritual con ganjika y otras maravillas solía limitarse a grupos pequeños de gente afín, y cuando estos grupos encontraban lo buscado o parte de ello, tendían a reconcentrarse formando cofradías reacias a compartir los hallazgos por miedo a la reacción celosa, gazmoña, de la religión establecida y de las autoridades, que en más de una instancia eran la misma cosa. Por supuesto que esta relación tirante entre los exploradores del alma y los explotadores de almas era menos llevadera en zonas donde la densidad poblacional era mayor. En el área que nos incumbe, los poderosos lo eran menos ya que el terreno accidentado e inexplorado casi en su totalidad permitía una atomización de los grupos que, a la postre, derivaba en un aislamiento conveniente y hasta deseable. "Si no puedo encontrarlos para recaudar y no me estorban, ¿qué me importan?", parecían cuestionarse los gobernantes con un pragmatismo irrebatible que no convencía del todo a los sacerdotes y otras alimañas, pero nada podían hacer. Bueno, sí, podían seguir haciendo lo que han hecho siempre, difamar, pero difamar en abstracto no era eficiente. En fin.

Nadie sabía cuántos de estos grupos cerrados se asentaban en el Kush ni desde cuándo. En las pocas ocasiones en que llegaban a rozarse, las escasísimas comunidades de la montaña optaban por el respeto liso y llano. Y con esto nos referimos a que, para evitar conflictos, ni siquiera mercaban entre ellos, como ya se ha apuntado. Era una suerte de ley no escrita con vigencia indefinida. El aislamiento y la crudeza del entorno permitieron que los grupos, fueran los que fueran, mantuvieran una población mínima pero constante. Al no crecer sus necesidades, tampoco crecían sus ambiciones, por lo que a ninguno interesaba apropiarse de los recursos vecinos pues, primero, la vecindad era bastante relativa y, segundo, ¿para qué querían más de lo que ya tenían en abundancia? Los recursos eran muy semejantes en las partes medio conocidas y medio intuidas de la cordillera. ¿Entonces? Estos factores derivaron en una estabilidad autosuficiente y duradera que no había variado salvo en épocas de excepción que ya nadie recordaba. Es obvio que no se pretende sugerir una inmovilidad completa de los grupos. Como toda comunidad, las de la montaña tenían también integrantes que optaban por otra forma de vida. Es natural y punto. De vez en cuando, estos inconformes salían de sus refugios para no volver y se asentaban en Kamigara los menos y en el Portus y Bibakta los más. Los emigrados solían ganarse la vida nueva mercando lo que fuera o usando el halo de magia, de encantamiento, que el folclor atribuía a los montañeses. Con el paso del tiempo, insistimos, el puerto y sobre todo la isla se convirtieron en la meca de adivinos, encantadores, sanadores, videntes y demás. La inmensa mayoría, como sucede en toda pretensión humana, eran sólo farsantes, pero los había herederos de cultos muy antiguos, únicos, con conocimientos y habilidades arcanas, y esos fueron los que dieron a la región su fama. La montaña, a cuentagotas, devolvía al entorno lo que criaba en sus entrañas.

Entre todos esos grupos, el más hondo, el más famoso, el más temido y el más antiguo, era liderado por un hombre, por un mito que ni siquiera había nacido en la montaña: Evaristus de Pagala. Nunca, o casi, se dejaba ver pero existía. Las habladurías lo habían matado y revivido hasta cansarse. Y coincidían en que no había en el mundo nadie tan cercano a Evaristus como la blanca, su nana, visible y hasta pública si se quiere, pero intocable.

Evaristus

En toda leyenda subsiste un rastro de verdad que los olfatos más finos detectan al vuelo. Un detalle en apariencia insignificante, cierto giro idiomático disfrazado de inocencia, el improbable denominador común entre dos versiones antagónicas, el nombre de una región, los vicios de un encumbrado, los atributos de su patrimonio, este o aquel defecto, o los pormenores de una sonrisa, cualquier minucia puede transformarse en el trillo que separa la paja del grano, pero la leyenda es la espiga. Como la ironía o el sarcasmo en el discurso, la verdad se entreteje en el relato no para desdecirlo por aviesa, sino para sustentarlo. Porque igual que la red de seguridad no es nada sin el vacío que criba, lo legendario tampoco existe si no puede mediar entre lo acaecido y el olvido. Si para burlarse del vacío la red se vale de la retícula y el hilo, la leyenda fabrica sus perlas envolviendo con nácar fantástico la arenisca de los hechos que, sin duda, ahí está, en el centro, esencial pero invisible, menuda, cierta, mustia. No conozco a quien prefiera la arenisca sobre la perla, pero sí a muchos que dedican su vida a despojar a la verdad de su belleza. A veces es indispensable hacerlo y gracias al cielo casi nunca el arte es designado para ello. En ese trajín, la política es reina, pero hablemos mejor de nuestras perlas y sus emblemáticas verdades a medias.

Digamos, por ejemplo, que los más viejos insistían en que Evaristus había nacido de un íbice y no de hembra humana. Aducían que su padre, el agricultor y ganadero más acaudalado de Kokala, Naagrama, Morontobara y Pagala, se había obsesionado con la captura de una hembra excepcionalmente grande y vigorosa que se le aparecía en los linderos del pastizal de Morontobara. Para qué pudo haber querido a esa hembra en especial, es el primero de los misterios de esta versión, pues teniendo más de ochocientas cabezas de ganado caprino, le sobraban ejemplares de conformación ideal para la producción de leche y carne. Como sea, los añosos argumentaban que la idea de capturar al íbice se le metió entre las cejas al grado de reunir a tres de sus jaurías en el pastizal mencionado para ir tras ella. La jauría principal era encabezada por el mandamás, la segunda por su hermano menor y la tercera por el capataz de Pagala, un primo lejano que trabajaba en los negocios familiares desde la adolescencia. Nada lograron tras una jornada entera de búsqueda en los bosques bajos. Si el animal existía, de seguro estaba sano y salvo en las alturas rocosas y no esperando a las partidas de caza en las faldas, pero nadie se atrevió a contradecir los deseos del patrón, quien dispuso que los tres grupos reiniciaran la búsqueda a la mañana siguiente. Se cuenta que la partida del primo encontró el rastro que los condujo a un claro remoto. Los perros rodearon unos matorrales espinosos y ladraron convencidos de haber hallado a la presa. El primo ordenó que los perreros calmaran a la jauría y se adentró solo entre los espinos. La hembra, recién parida, expulsaba la placenta cuando clavó sus ojazos temerosos en el joven, pero éste no hizo gran caso de ella, pues a un costado, todo lleno de baba, sangre y lodo, se entretenía en abrir y cerrar las manos un recién nacido que no se daba al llanto como otros. Evaristus, por supuesto.

Otra versión más retorcida acusaba de zoofilia al rico ganadero para justificar su obsesión por la hembra y el escandaloso alumbramiento, pero sólo los soeces se contentaban con ese cuento. La verdad sea dicha, ninguna tendencia a la bestialidad o a cualquier otra actividad contra natura se le conocía al dueño de aquellas tierras. Al contrario. El hombre visitaba a sus seis esposas con regularidad y ninguna se quejaba de maltrato excesivo o indiferencia sospechosa. La virilidad del don estaba probada, pero algo raro sucedía, ya que únicamente dos de las seis mujeres habían quedado preñadas, y ninguna de ellas logró llevar el embarazo a término, pues un par de lunas antes del plazo sobrevenían abortos dramáticos que ensombrecían lo indecible el ambiente familiar. El último de ellos sumió al padre de Evaristus en una melancolía detestable que no desapareció hasta una templada mañana de otoño en que la blanca, ya anciana desde entonces, se apareció por la vereda principal y pidió hablar con el señor. Ahí sentada, con el bastón-rama descansando sobre las piernas, se las arregló para convencer al ganadero de que ninguna de las seis mujeres era digna de cargar en su vientre con un hijo suyo. ¿Qué más prueba requería? Ella sí sabía quién estaba llamada a ser la madre de su hijo, el único que vería la luz. La niña vivía en Bibakta, tenía catorce años y era una belleza de la que todo mundo hablaba en la isla y en el Portus. Era rubia, la única rubia ojizarca que se había visto nacer ahí en media década, probablemente fruto de la unión entre alguna lugareña y cierto viajante de ojos claros. Como fuere, la vieja lo convenció de que la niña debía ser su séptima esposa, pero por ningún motivo debía convivir con las otras seis. El giro tenía sentido, pues la blanca argumentaba que la envidia del sexteto se cebaría en la pobre rubia, y que tanto mal de ojo terminaría por pudrirle el vientre como a las demás. No, no, no. Para evitarlo, la boda sería en privado. Ella oficiaría en la montaña y estaría atenta todo el invierno para garantizar que los afectos dieran fruto. Las artes de la blanca, ya vería el señor, se encargarían. No, no, no de nuevo. Esto no se pagaba con dinero. La vieja le pedía fe y tiempo. Un invierno y a cambio el hijo añorado, el hijo perfecto, un varón dignísimo de ostentar el nombre del padre. "Evaristus, como usted."

De nada se enteraron las esposas ni ningún otro que no fueran la blanca y el hermano menor del patrón. Entre los hermanos dispusieron lo indispensable para la boda y para la larga ausencia de terrateniente. El menor ordenó la construcción de un supuesto pabellón de caza muy sencillo en un paraje aislado. A ninguno de los peones le extrañó el asunto, pues el jefe disponía de once refugios en zonas estratégicas y casi inexploradas de sus propiedades. Cuando el pabellón estuvo listo, la blanca pidió que le consiguieran cuatro cabezas de íbices machos, viejos, con cornamenta entera. Tal vez alguno de los encargados de conseguir las astas fue el primero en alimentar la leyenda de Evaristus y los íbices. Quién sabe. Lo cierto es que una de las cornamentas se dispuso encima de la puerta principal y dos en el interior, a cada lado del lecho. La cuarta estaba reservada para el altar. El ardor de los íbices era del dominio popular, pero no así la trascendencia de las astas para procurar fertilidad a las uniones estériles. Nunca fallaban, y menos proviniendo de los machos más corridos.

Cuando los arreglos terminaron, el patrón se despidió pretextando urgencias profesionales y se hizo al camino en compañía del hermano benjamín. El refugio estaba tal y como lo habían dejado la última vez. Nadie había tocado la leña, ni la carne seca ni las demás conservas; las armas estaban ahí por si acaso los lobos o leopardos merodeaban, pues los osos brillaban por su ausencia cuando las nieves aparecían y de los hombres nadie tenía que preocuparse en pleno invierno. Satisfechos, los hermanos bebieron toda la noche y a la mañana siguiente el menor emprendió el regreso a la casa principal de Pagala. La blanca había sido clara: sólo el novio, la muchacha y ella.

Don Evaristus esperó en el pabellón de caza a lo largo de dos días. En sus caminatas por el bosque se dio cuenta de que extrañaba la soledad, pero también de que ya era demasiado mayor como para entregarse a ella. De no estar acostumbrado al mando y a la supervisión cotidiana, bien habría podido avenirse a ese estilo de vida reconcentrado, durísimo, encantador. Pero, dicha sea la verdad, al anochecer de la segunda jornada ya extrañaba la alegría familiar, los cotilleos de sus mujeres, el sazón del caldo y hasta las quejas constantes de su primo, el capataz. Menos mal que al día siguiente era ya solsticio de invierno, la fecha acordada para el encuentro y los esponsales.

Despierto desde antes del amanecer, don Evaristus, vanidoso como era, se dio un baño de agua helada y se vistió con una elegancia acorde a la ocasión. Ya engalanado, esperó hasta que, cerca del mediodía, la vieja apareció tomada de la mano del tesoro prometido. La piel era tan blanca que por un momento creyó confundirla con los encajes de las mangas y con el armiño que bordeaba el cuello de su capa. El frío le adornaba el rostro con un chapeado que aludía a la ingenuidad infantil, pero hasta ahí llegaban las similitudes con una menor cualquiera. De hecho, la dama era alta para su edad, y el patrón calculó que estando lado a lado ella fácilmente le llegaría al mentón. Habría que ver ya sin el gorro, pero así, a la corta distancia que mediaba entre ellos, se veía que la gracia rebosaba por do fuera que la hembra se paseara. Si de él hubiera dependido, le habría retirado el gorro de inmediato para verle el rostro entero, ya con la corona del cabello, mas las formas son las formas y, según manda la decencia, se presentó formal, besó ambas manos de la prometida y al hacerlo aspiró el olor de esa piel que parecía traída de un mundo obsesionado por las rosas y las fragancias. Los besos le entibiaron los labios al señor y esa menudencia fue la que, después de todo, lo enamoró. Hombres. Don Evaristus estuvo cierto de que no volvería a tener fríos los labios ni vacía la mirada, porque al dar de lleno con los ojos de la niña, el azul se le metió hasta el fondo del alma. Mujeres. Quiso el don tocarle delicado las pestañas, pero se contuvo por decoro, por respeto a la anciana. La joven notó al instante que su mirada doblaba al prometido. Parpadeó lentísimo, fijó sus pupilas en las del señor, esbozó una de esas sonrisas que casi no lo son y empezó a cantarle a don Evaristus con una dulzura que silenció de inmediato a las canoras de los alrededores. El señor no entendía lo cantado, pero sí reconocía la pieza, que era tradicional entre las segadoras núbiles y solteras de Kokala. Valiéndose de un dialecto casi olvidado en la localidad, las muchachas entonaban esa suerte de llamado amatorio para atraer la atención de los jóvenes casaderos que se dedicaban recolectar la siega. Así lo habían hecho por generaciones esas sirenas de Kokala, y la beldad de los ojos azules tomaba prestado su canto, su dialecto y sus artes para conmover al señor. El gesto, la transparencia inusitada de la voz y la contundencia de la mirada hicieron que el patrón volviera a los años mozos en que, tumbado muy a gusto en un túmulo de paja, miraba al cielo buscando coincidencias entre las nubes y el cantar de las mujeres de sus tierras. Y parecía que en ese momento encontraba el mismo azul, el mismo cielo en los ojos de la hembra. Se sintió tan joven como ella. Igual de vivo. Ávido. Quiso respirar el vaho que exhalaba la cantante. ¿Cómo permitir que se extraviara el hálito tibio en ese frío? Clavó los ojos en los labios y empezó a inclinarse hacia ellos, pero entonces la niña calló repentinamente y, afrentada, advirtió: "Contrólese o lo mato". Don Evaristus se quedó petrificado. Nadie le había dicho algo semejante en su vida. Ni cuando señorito. Sin embargo, logró tragarse el orgullo y fingió una risilla incrédula que lo ayudó a salir del paso con mediana dignidad.

—¿Y ese carácter tan fuerte, le viene bien a una niña? —cuestionó irónico don Evaristus.

—A la niña aún le falta el marido, señor —respondió la muchacha sin ambages.

—Se lo advertí, patrón, ésta no tiende a lo dócil como las otras —intervino la anciana, muy contenta por la reacción de su pupila, y luego propuso entrar al pabellón para quitarse tanto abrigo. A don Evaristus le brillaron los ojos, pues dos o tres hebras de cabello rubio asomaban bajo el gorro. Ya podía imaginar el resto. Al entrar, el calor de la hoguera hizo que todos se desabrigaran pronto. Y qué pobre había resultado la imaginación del mandamás. El cabello rubio y ondulado cayó en pretendido desorden hasta cubrir casi enteramente la espalda de la niña. El olor a rosas volvió a estremecerlo. Esa flor dorada lo iba a volver loco de amor. Y fue.

La blanca ofició una ceremonia sencilla que comenzó al atardecer y terminó ya bien entrada la noche del solsticio con un banquete de tres. Para los brindis postreros, los recién casados usaron copas de alabastro nuevas que se colmaron con vino de amores, preparado al que la vieja dedicó lo suyo dándoles la espalda mientras mezclaba en las copas el contenido de cuatro frascos de cristal. El vino y los añadidos se enaltecieron después con plegarias dirigidas a las copas. Luego, la oficiante miró de frente a los novios sosteniendo una copa en cada mano. Las hizo chocar tres veces aludiendo al primer trimestre del embarazo. Más plegarias. Tres veces más, y a ojos cerrados continuaron los encantamientos. Previsiblemente, el rito terminó con tres toques suaves entre copa y copa. La desposada fue la primera en llevarse el brebaje a los labios y lo apuró en nueve tragos, según las instrucciones de la anciana. El novio hizo lo propio y entonces la casamentera tomó un mechón del cabello de la niña, lo mojó en el poco vino que quedaba en ambas copas y luego dejó caer una gota en los labios del varón y una en los labios de la hembra. Y sí: un beso selló la unión. Y luego dos y luego tres. Ni ella ni él volvieron a pensar en la vieja, quien muy discreta los dejó a solas y se fue a acostar en el cuarto de trebejos. La noche más larga del año pudo haber durado el triple sin que por ello bastara para satisfacer el ardor de los amantes.

  La anciana volvió a aparecer hasta la noche siguiente. Se repitió la ceremonia de las copas y lo mismo sucedió a la caída del día tercero. Luego, la blanca se despidió del matrimonio visiblemente emocionada. Los quería como si fueran los hijos que nunca tuvo y, si el señor tenía a bien permitirlo, la vieja le ofrecía lo que le quedaba de vida para cuidar al fruto de aquella unión. El marido y la séptima esposa dieron el sí inmediato. "¿Está segura?", preguntó don Evaristus por prudencia, que no por escepticismo. La blanca tocó el bajo vientre de la esposa y confirmó. Que sí. Que el pequeño Evaristus ya era el cuarto en el trío aquel. Que sería fuerte como un bisonte. Y bello como el que más. Y luminoso. Estaba decidido. "Enhorabuena, mi señor, enhorabuena", felicitó la blanca haciendo un gran esfuerzo para postrarse frente al amo y a la señora. Besó las botas del hombre y los pies desnudos de su mujer. Don Evaristus la ayudó a incorporarse y la llevó del brazo hasta los límites naturales de la espesura. Ahí se despidió la blanca del patrón y prometió volver acompañada por el benjamín en cuanto la primavera despuntara. "Una estación de amores, señor, vale para la vida entera. Dispóngase a gozar los fríos gloriosos, pues son el regalo que manda su niño para celebrar la concepción."

Cada día de los noventa que estuvieron en el pabellón y su paraje, las palabras de la anciana resonaron en el alma de don Evaristus. En cuanto salía del sueño, todavía de noche, palpaba a ciegas con la siniestra para verificar que la gloria seguía ahí. Y sí. La flor dorada no se separaba de su esposo. Era como si don Evaristus fuera la tierra indispensable en que esa belleza enraizaba. Rieron, cantaron, se contaron la vida entera, se entregaron a los amores cuanto pudieron. El señor y la señora salían temprano a pisotear la nieve como críos porque les gustaba encontrarla perfecta, purísima. Él volvió a ser niño; a ella le dio por estar a la altura del hombre. La soledad del bosque, el frío, alimentaban los ardores de la piel y la tibieza del lecho compartido. Nunca antes estuvieron así de solos y nunca antes se sintieron más acompañados. Nada extrañaron los amorosos porque nada era factible desear. El pequeño pabellón fue su palacio de invierno, su alcoba real, y el jardín de los paseos llegaba hasta donde alcanzaba la vista. ¿Qué más? Y aquella respuesta abrasiva, amenazante, que la hembra diera cuando el primer intento por robarle un beso jamás se repitió. Don Evaristus podía robar a su mujer lo que fuera y él se declaró prendado, abatido por el amor de la otrora niña. Nada se negaban, porque nada se niegan los que todo quieren entregar. La rubia agradecía a la vida el darle mucho más de lo esperado y el terrateniente no podía creer que esto existiera en el mundo sin que él lo hubiera notado. Treinta y siete años cumplidos, treinta y siete años ciego. El que creía verlo todo lo miraba ahora por primera vez. Con las otras seis al terminar quería alejarse lo más pronto posible, botarlas en su mundo de hembras para encontrárselas de nuevo cuando el tedio o las ganas lo llevaran a ello. Pero la ojizarca era el sol de su día, y del sol no se puede prescindir. Y si se pudiera, ¿para qué? ¿Para qué obcecarse en prescindir del aire, del agua, de su piel?

No obstante la dicha, una espina diminuta los incordiaba. ¿Se confirmaría el pronóstico de la anciana? Porque los dos sabían que sin ese elemento, los demás del entramado terminarían por caer. Sin embarazo, el idilio era idiota, un paroxismo hueco, una fiesta en el vacío. En cambio, con el niño la fiesta duraría lo que la vida. El primogénito, el vástago, el heredero era piedra de toque para ambos aunque no se atrevieran a abordar el tema abiertamente. Al inicio de la semana cuatro, él notó que su diamante estaba inquieto. Ni trazas de un temperamento melancólico le habría podido atribuir antes del hecho, pero hasta la expresión era distinta y costaba un poco más sonsacarle la risa. No obstante, con el paso de los días el talante fue semejándose poco a poco al de antes y la alegría redobló. La semana seis fue de especial algarabía, pues ya no se dudaba de que las cosas marchaban en la dirección correcta. Tan seguros estaban del éxito, que ni se quejaron por las crudezas de la temporada. Total, que intramuros el frío no pesa, y ni quien quisiera salir de esas paredes estando los tres dentro.

El fin de la semana ocho coincidió con una luna roja de proporciones fantásticas. La flor alertó al señor del hecho, pues se le ocurrió abrir el postigo de la ventana y ahí estaba la sorpresa colgando del cielo como si perteneciera a la pareja del invierno en toda regla. El tinte rojizo daba al astro una solemnidad sólo comparable con el descomunal tamaño que presentaba. Decían los lugareños que el crecimiento se debía a la preñez de la diosa y a la proximidad del parto. La felicidad de la luna en esos casos era tan evidente que muchos, especialmente las mujeres, aprovechaban para hablarle de sus cuitas personales como hacen las hijas ya casadas con una madre experta. La tradición exigía dirigir la plegaria honesta despojado de toda pretensión y habiendo meditando si el cumplimiento del deseo entrañaba daño colateral. Si el daño no era evidente, la diosa luna sabría escuchar. Siempre lo hacía. Ilusionada por el prodigio y su coincidencia con el fin de la octava semana y el principio de la novena, la rubia soltó su cabello y luego se quitó la ropa de dormir. El aire helado entraba por la ventana y se estrellaba con la altivez de esos pechos primorosos, con el talle perfecto. Don Evaristus supo que no era momento de entrometerse y observó nada más, embrujado por la redondez generosísima de las nalgas y por el fino remate de los pies descalzos. Desnuda hasta lo más hondo, la esposa corrió la tranca y movió el panel de la puerta principal. La noche helada, clara y sin viento permitió al marido seguir cada detalle de esa cita de damas mirando a través de la ventana. Cuánto deseó el hombre que la esposa cantara de nuevo como la primera vez, pero supo contenerse en el pedir. Desde el solsticio la niña no había vuelto a entonar. Pero no. Solicitar algo en ese momento de intimidad irrecusable era un error, por decir lo menos. El silencio nocturno y el brillo intenso de la luna ofrecían al marido un panorama de belleza estremecedora. La beldad hundía los pies en la nieve y la blancura de las pantorrillas parecía una extensión natural del entorno. Así, de la nieve surgía la hembra perfecta y, frente a ella, la gran luna roja escuchaba atenta. Supo el señor que estaba ante la imagen más bonita que vería en la vida, una imagen que calaba hasta los huesos por su denodada pertinencia, por el matiz obsceno y la perfecta congruencia. Las hembras se miraban. Las hembras se entendían. Míralas y calla.

El marido supo que le era dado el admirar sin la posibilidad de intervenir. El universo de lo femenino acaso toleraba un vistazo como aquél pero no más. Intervenir era violentar y no quisiera la diosa que él fuera culpable de algo semejante en esa noche de fantasía casi onírica. Don Evaristus llegó a plantearse la idea perenne de que ellas y los hombres tenían orígenes distintos y futuros entretejidos. Misiones distintas. La elegancia, la sutileza, el garbo, estaban más allá de las hombrías. Atisbar decorosamente era la prebenda, pero lo atisbado, su significado último, escapaba a don Evaristus. Porque era hombre y ya. Porque sí. De repente, una traza de envidia le nació en el pecho haciéndolo sentir innoble, ordinario. Se equivocaba. No era envidia. Era la lenta asimilación de una condena inapelable. La masculinidad condenada a no entender, a no generar, a no fundirse en el mundo como aquella. Se le reveló entonces la miseria del varón: los secretos más elusivos, las recónditas esencias son accesibles sólo para ellas. Por eso nos da por amarlas y volvernos locos, porque al abrazarlas y tenerlas y besarlas y comerles los pechos y el sexo tratamos de robar lo que ningún macho logra poseer aunque se lo proponga. Cosa de hembras, de aguas, de flores. Cosa de lunas. Nocturnas son en el fondo las mujeres. ¿Ya ves que sí, que están hechas de abismos y de estrellas? Ahí tienes la prueba. Mírala alzar los brazos sabiéndose admirada, sabiéndose escuchada, sabiéndose adorada. Mírala ahí, convertida toda ella en religión, en vértice de los mundos posibles. Y al darse cuenta de todo esto don Evaristus hizo al fin las paces con la vida. Nos pasa a todos. Tarde o temprano.

La rubia salió de la noche para adentrarse en el refugio. El desposado quiso cubrirla con la capa de visón, mas era innecesario. Otro prodigio: la piel estaba tibia. También la de los pies. Cualquiera juraría que acababa de salir del lecho. Otra de mujeres. Brujas.

*

Según lo acordado, el hermano menor regresó al paraje al término de la duodécima semana. Las nieves cedían el paso a la euforia primaveral y los caminos, aunque fangosos, ya eran transitables. Pero sería exagerado llamar camino a la ruta que conducía al nuevo pabellón. En su caso, la nieve estaba prácticamente intacta, pues ni las bestias de carga ni los hombres tenían qué hacer por la zona. Por supuesto que muchos arroyos renovaban bríos y que las aves trajinaban de un lado al otro, pero las postrimerías invernales dominaban todavía en los alrededores por más que el rigor no fuera el de antes. Mucho más sencilla habría sido la avanzada si el hermano de don Evaristus hubiera podido hacerse acompañar por su gente para controlar a los tres caballos y distraerle de las regañinas de la vieja, pero desde el principio se calló el destino del amo y, sobre todo, la ubicación del nuevo pabellón para así evitar tentaciones a los enemigos. La estratagema funcionó de maravilla. Nadie se apareció por el pabellón desde la partida de la blanca hasta su regreso en esa mañana no tan fría. Ni un alma se encontró la pareja principal en tres meses. Tanto la rubia como el patrón sabían que el reencuentro con la vida estaba próximo, pero entre arrumacos, besos y esas cosas perdieron la cuenta exacta de los días y la verdad es que no tenían idea de cuándo llegarían por ellos. Así las cosas, el hermano y la blanca hallaron a los recién casados acurrucados al pie de un árbol, envueltos con cuatro mantas de lana gruesa. Don Evaristus hacía cosquillas a su esposa y ella trataba de disuadirlo amenazando con tirarle de la barba en cuanto se quedara dormido. Jugaban a los chiquillos.

Pobres. Ninguno logró disimular el desencanto ante el arribo prometido. El juego, el paréntesis más bonito de sus vidas, terminaba. Tras unos segundos de reflexiones más bien tristes, don Evaristus logró sonreír a su hermano querido. Éste se acercó a los envueltos y empezó a escudriñarlos medio en broma y medio en serio. Era la primera vez que veía el esplendor de su cuñada; la niña le agradó en el acto, tanto como verle la barba crecida, desgreñada, al hermano mayor, que por lo regular se afanaba de más para cuidarla. Ahora la barba le importaba lo mismo que la piel de una cebolla.

—Ustedes dos no tienen muchas ganas de volver, por lo que veo —dijo el recién llegado a modo de saludo, provocando risitas nerviosas en la rubia, quien por pudor y vergüenza se dio a ocultar el rostro en el cuello del señor—. ¿Me vas a presentar a mi cuñada, o qué?

—Te presento a la mamá de tu sobrino.

El hermano de Evaristus tardó un par de instantes en emocionarse y abrazó a los tórtolos exultante. Ellos le devolvieron el abrazo y el trío se colmó de enhorabuenas. "No sabes lo felices que nos haces, hermanita." La blanca observaba la escena conmovida. Dos noches antes, al preguntar en sueños por el éxito de la empresa, una amapola le había dicho que sí, que sólo era cuestión de tiempo para que el pequeño Evaristus se sumara al mundo de los hombres. Albricias.

Cuando el sol estuvo en lo alto, los casados se dijeron listos para emprender el regreso. Limpios y acicalados, se despidieron de una vida que los había unido para no sabemos cuántas otras. Doce semanas antes llegaban al pabellón siendo extraños y ahora eran esposos, amigos, cómplices, amantes, confidentes, futuros padres y todo lo que nace cuando queda uno de lo que eran dos.

*

Llegaron a Pagala siendo ya de noche. El servicio alertó al resto de la casa de que el patrón estaba de vuelta. Qué emoción. Tras una ausencia tan larga querrá descansar con una de las favoritas, pensó la tercera esposa creyéndose especial pero, extrañamente, don Evaristus no fue a dar las buenas noches a la casa de las mujeres, por lo que la tercera y las otras cinco se preguntaron si el viaje habría sido provechoso. Seguro que sí. El marido necesitaba descanso. Mañana sería otro día y entonces los ánimos del señor estarían reestablecidos.

Al romper el alba aludida, el mujerío estaba ya despierto y muy ocupado con los cambios de ropa y los afeites. Los pasillos de la casa femenina olían a ungüentos y perfumes con un toque de frituras para atolondrar el hambre antes del desayuno. Con el sol en pleno, las seis estaban listas, hablantinas, expectantes. Pero ni el marido ni los criados se aparecieron para saludar o para llevarles los consabidos regalos. Vestidas y alborotadas se quedaron hasta que la costurera les vino con el rumor de que don Evaristus no estaba solo en su alcoba. Entonces los ánimos se helaron. La segunda esposa escupió a la costurera en el ojo y cerca estuvo de arrancarle las greñas. Hija de la puta. ¿Quién se creía para faltarles a las señoras? La agredida se largó con su música a otra parte prometiéndose dejar en paz lo asuntos ajenos, pero el daño ya estaba hecho. Las seis, ofuscadas, buscaron pretextos para disimular la incredulidad, los celos, la ira. "Para qué le escupiste", reclamó la uno a la dos. "Mejor tenerla de oreja que de enemiga, pero, ah no, tenías que humillarla siendo la gorda estúpida que eres." La dos reaccionó y atacó a la uno con una copa de bronce que no logró su cometido. Las otras intervinieron; cuando los ánimos se calmaron un poco, discutieron la versión de la criada y se dieron a atar cabos. El día anterior, nada extraordinario las preocupaba. Hoy, en cambio, cada detalle del viaje intempestivo y largo resultaba sospechoso. Y qué decir de la actitud remilgada del cuñado, del capataz. Indicios.

Pasó el día entero y el esposo ni las mandó llamar ni se dignó ir a verlas a su casa. Llegada la noche, las mujeres se habían reconciliado y entre todas se dieron a obtener algo de información por aquí y otro tanto por allá. Las criadas fueron y vinieron susurrando, aguzando el oído y afinando los instintos. Tenían razón las cacatúas aquellas: algo fuera de lo normal sucedía, pues don Evaristus no salió de su alcoba ni para comer. Al mediodía se hizo llevar una charola con frutas que él mismo recibió en el quicio de la puerta sin permitir que la encargada espiara sobre su hombro. El vino lo tenía en la estancia y solía escanciarlo su ayudante personal. A ese nada le sacaban ni con los guiños más provocadores. De maricón no lo bajaban y, si por ellas fuera, el tipo estaría de patitas en la calle con la espalda cruzada por cinco latigazos. Insolente.

Cuatro de las seis no pegaron el ojo en toda la noche. Salvo la última de las esposas, el resto ya estaba familiarizado con los celos que la llegada de una nueva favorita traía consigo. La rutina del harem quedaba hecha añicos y tenían que empezar de cero para dejarle bien claro a la susodicha que las jerarquías seguían vigentes a pesar de que el patrón la procurara más que a las otras. En tres lunas las aguas volverían a su nivel y no querría la nueva lindura vivir con seis enemigas juradas, ¿o sí? Allá ella si se pensaba distinta a las demás. Se solazaban en la idea de verla llorar al enterarse de que su vientre tampoco tenía magia. La escena era harto conocida y, por más que el mujerío afectara preocupación genuina, cada cual conocía las limitaciones del consuelo que estaba dispuesta a ofrecer a la pretenciosa jovencita, pues la juventud era lo único seguro en la elección del señor. Siempre lo mismo.

Hasta ahí las semejanzas, porque antes del alba se presentó el marido de todas vestido a punto para la cacería. El más elemental decoro exigía avisar con antelación si se proponía visitarlas a deshoras. Les repateaba dejarse ver con alguna costura marcada en las mejillas o inflamadas por el sueño reciente, en especial si las otras por azar estaban frescas. Para colmo, el señor las mandó reunir en la habitación de convivencia. Se le notaba impaciente mientras esperaba a sus mujeres. Una a una fueron llegando con distintos grados de presteza y disposición. La tres estaba adormilada y de malas, en tanto que la uno, más acomedida por madura, se mostró encantadora y risueña. Esa risa era su fuerte. En fin. La última dama llegó sacudiéndose los restos de talco de las palmas y siendo la postrera ni un saludo ocasional le mereció. El mandamás de aquellos lares fue breve y al grano. Tenía el placer de comunicarles que una nueva joven formaría parte del grupo. La había desposado formalmente y por lo pronto quedaría instalada en los aposentos personales de la casa grande. Confiaba en que, llegado el caso, le brindaran el apoyo indispensable, igual que lo harían con una hermana. "Que tengan un hermoso día", remató don Evaristus y salió presuroso a reunirse con la partida de caza. El mal trago había pasado, para él al menos. El cuanto al harén, la nueva le resultaba peor que un trago amargo; la mayoría de las esposas sintió que el aviso más bien se le clavaba en la garganta como una espina de pescado. Ni el nombre de la advenediza les había dicho. La aducida formalidad del matrimonio las llevó a hacerse de palabras, ya que, para unas, esto significaba que el evento se había celebrado con fausto y ni siquiera habían sido invitadas. ¿De dónde sería esta mujer que de buenas a primeras llegaba a vivir en la casa grande?

—Qué hermana ni qué hermana —exclamó la del talco—. Lo primero es averiguar todo sobre esa perra.

—Perra tu madre y tu abuela —resonó una voz amenazante que ninguna de las mujeres reconoció. Al volverse, el sexteto se encontró a la blanca que, hecha una furia, blandía el bastón un instante antes de azotarlo en la cabeza de la escuincla. Ya estando en el suelo, le recetó tres golpes más que le arrancaron a la curiosa un llanto doloroso e indignado. Parte de las otras cinco se puso llamar al eunuco y las demás trataban de hacer sentido de la escena mientras calmaban la ira de la vieja, que ya aprestaba la rama para azotar a la valiente que se atreviera—. ¿Alguna otra quiere cuestionar la voluntad del señor de estas tierras? No, ¿verdad? ¿Alguna otra piensa faltarle en mi presencia a la señora? Cuidado, lobas, que no está sola.

El eunuco salió de entre las cortinas de la estancia y se acercó para evitar que alguna de las jóvenes se las cobrara a la vieja. Don Evaristus había sido claro: ahora mandaba la anciana. Se acabó. Y para no dejar lugar a dudas, la blanca le recetó un último golpe en las nalgas a la llorona. Entonces suspiró con la satisfacción que da el deber cumplido y pidió al eunuco que la llevara a sus aposentos. "Viajar me cansa", remató la vieja a modo de despedida y se echó a andar tras el castrado. Las esposas se miraban atónitas, buscando la palabra exacta para calificar la extravagancia, pero no dieron con ella y optaron por retornar a sus respectivos lechos para pensar detenidamente. La ofendida del talco se quedó ahí tirada sollozando por un rato. Le palpitaba la herida de la cabeza y la nalga derecha ardía como si se hubiera sentado en un tizón. Por atrevida.

Así comenzó la dictadura de la blanca en el harén. Esa misma tarde fue llamando a las esposas por orden jerárquico y habló largo con cada cual. Desde la uno hasta la seis fueron asintiendo con la mirada gacha. La vieja no les permitía réplicas ni nada semejante. Explicaba lo que fuera y daba por terminada la perorata cuando lo creía pertinente. La improbable mansedumbre de las hembras era posible porque la blanca, de entrada, se lanzaba a referir los secretos más íntimos de las esposas, los episodios acallados de sus vidas, las ideas más turbulentas e inapropiadas que a las mujeres se les ocurrían. Si en ese momento la cinco, por decir, pensaba en la trenza mal peinada de la blanca, ésta abría diciendo: "Conque te disgusta mi peinado, ¿eh? Al señor le disgustaría más enterarse de que le has robado el anillo de ojo de tigre que escondes en el dobladillo del caftán floreado en batik, el que te trajo hace dos años". Tras los desplantes, la docilidad de las mujeres quedaba medio garantizada; la otra mitad de la garantía era aportada por la temida confirmación de que la nueva, fuera quien fuera, sería madre del primogénito de don Evaristus, situación que, obviamente, cambiaría las cosas para todos. La madre del heredero era desde ese momento la principal, y a la que no le gustara podía elegir entre la lapidación y el repudio. El patrón Evaristus no quería perder el tiempo con cosas de mujeres. Advertidas estaban. A cambio de la cooperación irrestricta, el marido les ampliaría el jardín instalando tres pérgolas magníficas y sumaría al servicio de la casa el de un citarista dispuesto a la castra, que tocaría para ellas día y noche si así lo querían. "Hazte a la idea sin rezongar y da las gracias a tu esposo por la generosidad que demuestra a pesar de que tu panza sirve para maldita la cosa."

Los trabajos de embellecimiento para los jardines femeninos empezaron a los tres días de las entrevistas. El experto del patrón sometió el diseño a la opinión de las damas, detalle sin precedentes que convenció a un par de que la nueva situación podía transformarse en algo tolerable y hasta deseable si se actuaba inteligentemente. Poco después, la costurera indiscreta llegó cargando paquetes con sedas de una belleza inverosímil, lo que le recuperó el favor de las mujeres y le hizo olvidar aquel salivazo. Eso sí, por bien que pintaran las cosas, del señor marido nada se sabía. Desde la última visita no se le había ocurrido pasar siquiera a dar los buenos días. "Toda novedad se acaba. Tú tranquila. La panza estriada y los pezones negros lo volverán a traer por aquí o a nosotras por allá. Verás si no", dijo la primera, ganándose la anuencia de las demás.

Pero se equivocaban. Las pérgolas fueron levantadas y los jardines ampliados sin que don Evaristus se asomara por ahí. Los ánimos de las mujeres se encendieron al principio, pero la fina estrategia sugerida por la blanca surtió efecto al poco tiempo. Era una locura tenerlas juntas y ociosas en la estancia. Lo mejor era dividirlas, y nada mejor para ello que las bellas pérgolas del bello jardín remozado. Así, el grupo siempre estaba dividido en dos o en tres, lo que alentaba intrigas menudas restando peligrosidad. Más aún, a la blanca se le ocurrió que el versátil citarista recién castrado diera clases de cítara a dos de las esposas, de flauta a otras dos y de lira a la última. Los intereses musicales atomizados, las pérgolas, la vigilancia de un tercer eunuco y la supervisión agresiva de la vieja dificultaban las intentonas rebeldes y afianzaban el control sobre el grupo. La realidad era que, independientemente de las consecuencias previstas, todos los involucrados se creían beneficiados con la nueva forma de vida: el lugar era más hermoso, el día más divertido y hasta la soledad terminaba por ser llevadera.

En casa del señor el ambiente era distinto. Había transcurrido media primavera y a don Evaristus le costaba cada vez más trabajo separarse de su flor rubia. Las estrías torvas todavía no se presentaban y los pezones renegridos le importaban menos que un comino. Seguía levantándose unas tres horas antes del amanecer para recorrer los plantíos más cercanos a caballo mientras escuchaba el parte de novedades del capataz, pero en cuanto salía el sol por entero, delegaba las decisiones pendientes y rehacía el camino a la casa principal. El criado personal abría silencioso la puerta de la alcoba y don Evaristus caminaba de puntitas hasta el lecho. Si la beldad dormía profundamente, se daba al placer de observarla a sus anchas, sin decoro. Levantaba aquí y allá las mantas con cuidado de no despertar a la desnuda, pues desde el bosque habían pactado que jamás se meterían juntos a un lecho estando vestidos. Admirarla así le despertaba un deseo hosco, primitivo, que el don controlaba fijando la atención en el cabello de la guapa y respirando con pausa y profundidad. Entonces la besaba muy hondo y muy largo. Ese beso primero se convertía en legión y la pareja se fundía entre buenos días. A diario. Sin falta. Al fin de los amores el señor echaba mano de una campanilla para indicar al criado que dispusiera el desayuno. La ojizarca rezongaba cuando su esposo insistía en que probara los fiambres y no sólo las frutas, pero al cabo el desayuno terminaba entre bromas, risas y afecto. El señor alargaba lo posible esos instantes, pero siendo finito lo posible, los instantes caducaban. Diantres. Dale con la campanilla, pero ahora el criado entraba acompañado de la blanca, quien saludaba al patrón y se quedaba con la niña para lavarla, vestirla y atenderla. Con las pasiones en calma, don Evaristus despachaba en la oficina un par de horas, hecho lo cual regresaba ávido de rubia como el primer día y vagaban por el enorme y rústico jardín del señor. Cada árbol era una pérgola para el matrimonio enamorado. Cuánto les gustaba imaginar las futuras carreras del niño en esos prados, sus audacias trepadoras, los gritos de contento. Por lo común, el criado los devolvía al mundo llevando exquisiteces elegidas cuidadosamente por la anciana hasta dondequiera que el par se encontrara. Después de comer, la siesta era de ley y ya ninguno de los dos salía de los aposentos hasta la madrugada siguiente. Nada más despertar, el patrón se permitía un parpadeo de culpa y juraba darse una vuelta por casa de las mujeres, pero conforme la nueva jornada iba poniéndole enfrente las delicias mencionadas, la obligación quedaba postergada. Y no sólo la visita a sus mujeres se veía afectada, sino que también le dio por encomendar a su hermano las supervisiones distantes que, por lo regular, se realizaban cada dos semanas. Ni loco se separaría tanto de la rubia. No ahora que estaba de encargo y era imposible llevarla. Entiende, hermano. Y el hermano entendía lo que el mujerío disgregado reprobaba.

*

El término de la novena luna de gravidez coincidía con el cumpleaños del terrateniente. La blanca reparó en el detalle y pensó que el evento era el pretexto ideal para que el jefe se apareciera al fin en la casa de sus mujeres. Cada vez que la vieja insistía en que el patrón visitara a las damas para terminar con el ambiente hostil que la ausencia atizaba, don Evaristus se negaba en redondo argumentando bagatelas, pero la anciana supo revestir de trascendencia la coincidencia de las fechas y animó así a que el indiferente marido diera el visto bueno a un convivio celebratorio.

La noticia sacudió los ánimos del harén. A todas se les iluminó la mirada pensando en que tendrían la oportunidad de halagar al esposo extrañado, ya fuera con regalos, danzas, cantos o interpretando de sorpresa los instrumentos que el citarista les enseñaba a ejecutar. Faltaban diez días para la fecha especial, así que la uno y la cinco se dieron al telar para tenerle listo al principal un precioso chapán bordado en oro, mientras que la tres se las ingenió para conseguir almendras de Kowtal, indispensables en la elaboración de sus famosos mazapanes. La dos, la cuatro y la seis, mujeres pragmáticas, secuestraron al citarista para que las ayudara a componer una pieza sugestiva que permitiera danzarle al amo —conocedoras de sus gustos, sabían que difícilmente se resistía al embrujo del baile—. Nunca las había visto ejecutar la flauta, la lira y la pandereta, así que la sorpresa sería mayúscula. Buena idea. Para las damas, acaso, porque la costurera casi se muere de la angustia al enterarse de que contaba con diez días para alistarles vestidos excepcionales, no sólo a las tres bailarinas, sino a también a las del chapán y a la de los dulces. A punto estuvieron de incordiarse seriamente al escoger las telas para sus ropajes, pues ninguna quería llevar puesto el mismo color que las otras y a todas les gustaba la seda roja; la blanca terminó por rifar esta tela y dispuso un sistema de asignación azarosa para los demás colores. Sólo una quedó contenta, pero no había manera de lograr un resultado más justo.

Ocho días antes de la fiesta, la vieja logró convencer a don Evaristus de que la celebración tuviera lugar en el jardín de las señoras y no en el principal. "Imagine el gusto que les va a dar. Se sentirán especiales y pueden presumir las pérgolas que tanto nos han beneficiado. Y lo más importante, señor, si lo hacemos en su jardín no necesitamos invitar más que a su hermano, al capataz y a quien usted considere digno de confianza, con lo que dejamos fuera a la mayoría y evitaríamos preguntas molestas sobre la ausencia de la niña nueva y el chiquito —será hombre, descuide." La propuesta era anómala e incluso extravagante, pues a los terrenos del harén sólo entraban el esposo, los eunucos y mujeres, por lo que jamás se había usado ese jardín para una convivencia amplia. Sin embargo, la idea no era del todo mala. Lo último que deseaba don Evaristus era someterse a la curiosidad, a veces intrépida, de ciertos invitados. El festejo íntimo tenía sentido, pero lo tendría aún más si el dueño permitía que asistieran las familiares más próximas, como las mamás o las hermanas de cada esposa, si es que vivían en las inmediaciones.

—Imagine, mi señor, el orgullo de enseñar a sus familias cómo se vive en la casa de don Evaristus. Además, llevan tanto sin ver a sus parientes que la puesta al día puede convertirse en un favor importantísimo para sus señoras. Lo tomarán como un gesto de buena voluntad y usted, la niña y su heredero cobrarán los beneficios a mediano y largo plazo, señor. Piénselo. Si acepta, la fiesta puede disipar la maledicencia del harén mejor que el incienso de Petra.

—A ver, amiga, ¿me propone una extraña fiesta de mujeres para celebrar mi día y pretende que no asista la única con la que quiero pasarlo?

—No se me ocurre nada mejor sin que tenga que ir a meterse con ellas. Usted me entiende. Y, si me permite, su hijo no podrá defenderse solo por varios años. Deje que la envidia se ventile con la fiesta. Será como abrir al mismo tiempo todas las ventanas de una casa. Yo sé lo que le digo.

La vieja vio a don Evaristus a los ojos y el hombre desvió la mirada instintivamente. Algo en el mirar de la blanca lo hacía sentir expósito. El malestar se esfumó mientras iba de un lado al otro de su despacho y sí, en el ir y venir se dio cuenta de que la vieja tenía razón. El tercer eunuco —el citarista— le había referido un par de comentarios inquietantes captados al vuelo en el corro de las mujeres. Nada halagüeño.

—Bien. Pida al criado que invite a mis dos primos solteros. La dote de algunas señoritas puede enamorar hasta a los más exigentes —respondió de buen talante el patrón y se fue dejando a la blanca sola en el despacho.

*

En la pérgola central se dispuso un majestuoso tapete redondo anudado en Kandahar. Las esposas lo habían elegido junto con otros dos rectangulares que servirían para recibir a los invitados en las pérgolas aledañas. El cojín del señor, con el escudo familiar bordado en oro, se dispuso en el centro y a cada lado se colocaron tres cojines más, uno para cada esposa. La disposición en semicírculo era ideal para recibir a los invitados, despachándolos inmediatamente después de ofrecer sus respetos. El besamanos no le hacía mucha gracia al principal, pero ni modo. Había batallas que don Evaristus no estaba dispuesto a librar con las señoras. ¿Para qué? Otra de esas batallas voluntariamente perdidas consistió en permitir que seis músicos y dos saltimbanquis ajenos a la casa divirtieran a los invitados limitándose al jardín, lo que no tenía mayor importancia siempre y cuando los eunucos no perdieran detalle de las esposas. Las demás importaban un rábano. También se solicitó excepcionalmente que cuatro criados de la casa del señor atendieran en la de las señoras, previo juramento solemne de no revelar la disposición de la cocina y aposentos. Concedido.

La blanca tuvo el buen tino de hacerse a un lado en todo lo relacionado a los preparativos. Cada adorno, los cientos de flores, los cortinajes, la vajilla, la cristalería, la comida y la bebida, fueron debatidos entre las seis como si en ello les fuera la vida, pero una vez tomadas las decisiones, las mujeres volvieron al trato cotidiano sin rencores ni asperezas. La fiesta, a fin de cuentas, terminaba por ser un evento más para ellas que para el marido, sesgo que el mismo don Evaristus había promovido en connivencia con la vieja y que las esposas agradecían tácitamente con su actitud inmejorable.

Pero las cosas no marchaban igual de bien en la casa señorial. En cuanto la rubia se enteró de los planes gracias a la vieja, el ánimo se le ensombreció. Las seis ahí rodeando a su señor y ella guardada como un perro bravo al que amarran en el patio cuando llegan los invitados. "Brutas", pensó al imaginarlas risa y risa presumiéndoles la vida a sus madres y hermanas. La araña de los celos fue tejiendo toda suerte de redes en las que terminaba por caer la embarazada. Cualquier escena imaginaria se transformaba en agravio real. Ellas habían tenido bodas públicas, con banquetes para mil, y ella en la nieve, sola con él. La carcomía no conocerlas personalmente, porque al pensar en sus risas, bailes, coqueteos y vestidos, les atribuía bellezas irreales. Claro que las seis se contaban entre las más guapas conocidas y nadie podía negar que la esterilidad les había conservado un cuerpo casi juvenil, pero la imaginación enfebrecida de la niña multiplicaba atractivos ajenos sin reparar lo mínimo en la propia belleza excepcional. Belleza… ¿Cuál belleza tenía ella con esa panza gigantesca, estriada, con las tetas caídas y los pezones desdibujados de tan grandes? Mejor ni pensar en sus tobillos y pies hinchados, gruesos como los de un leñador. Y malditas nalgas esas que le crecían por semana. Sí, el rostro era mucho más hermoso que el de las otras mujeres, incomparable si se quiere, pero ahora estaba fofo, y el aumento de peso desdibujaba la perfección de sus facciones. Lo único excepcional era el cabello. Al carajo con el cabello. ¿A qué hombre le importa cuando tiene enfrente tetas, nalgas y talles perfectos? Y los vestidos. Ya podía imaginar lo que compraban las otras sin reparar en gastos mientras ella se conformaba con ponerse lo que le quedara y ver por la ventana. Aquellas sí eran esposas, no como la rubia que don Evaristus y la vieja ocultaban so pretexto de la seguridad propia y la del niño. El niño, el niño, el niño. ¿Y ella qué? Pasaban los meses y más que esposa la rubia se iba sintiendo como un pie de cría, como una cerda cargada. No se le escapaba que, con todo, el esposo se había dedicado a ella casi por completo y esos breves paréntesis de ecuanimidad le permitieron llevar el día a día con cierto decoro, pero la mañana del evento, al mirar desde la ventana las carretas con flores que se dirigían a la otra casa sin dejar un solo pétalo para ella, explotó. Se puso violenta y roja. "¡Basta!", gritó intempestivamente, azotando una bonita peineta de carey que tenía en la mano. Don Evaristus afectó extrañeza, pues la realidad era que ya esperaba una reacción semejante desde hacía días.

—¡Estás muy equivocado si crees que me voy a quedar aquí pensando en tu fiesta con las… las golfas esas! ¿Yo qué? Soy la madre de tu hijo y me escondes como a un animal que muerde. ¿Eso valgo para ti? ¿Lo que una chacala?

—En mi familia no hay golfas ni mi hijo nacerá de un chacal —replicó muy tranquilo don Evaristus. Se puso de pie, caminó lento hasta la furibunda y le cruzó el rostro con una bofetada tan fuerte que le dejó sangrando la comisura y la nariz. Una vez repuesta, la indignación de la niña se acumuló en la mirada y don Evaristus atajó el problema repitiéndole la dosis. Esta vez la rubia cayó al suelo, por lo que la blanca, quien atestiguaba la escena desde la mesa principal de los aposentos, se dio a calmar las cosas. Se aproximó rápidamente y ayudó a que la golpeada se levantara entre sollozos.

—Contrólate o te mato —amenazó esta vez don Evaristus con las mismas palabras que la rubia usara en el bosque, lo que sacudió a la mujer recordándole que ya no se trataba de una muchacha defendiendo su honra, sino de una esposa que le faltaba a su marido. La rubia se limpió la sangre con el dorso de la mano y humilló la mirada antes de pedir perdón.

—Mi señor, mi único y grandísimo amor, perdóneme. Es sólo que no veo motivos para faltar a su cumpleaños. Todas con usted menos yo. Me siento de maravilla. Se lo juro.

—Pues yo no te veo nada bien —intervino la blanca con una imprudencia inédita que dejó estupefacto a don Evaristus. Pensó en ajustarle las cuentas a la anciana pero, mientras imaginaba el cómo, la rubia vomitó violentamente—. Te digo que no estás bien. Acuéstate. Vamos.

Al pasar junto al señor, la anciana le dirigió una mirada cómplice que éste supo entender. Nada que discutir.

La blanca atendió la hemorragia de la niña. Luego aplicó una compresa con agua fresca en la mejilla y la dejó medio dormida en el lecho, golpeada, aturdida, envidiosa, humillada y culposa. Todo en simultáneo. Y celosa. "Que no salga por nada", encargó el señor a su ayudante alejándose a grandes zancadas y visiblemente alterado. Dos gotitas de la sangre de su esposa le habían salpicado el antebrazo.

Casi llora por la rabia al limpiarlas de un lengüetazo. Mierda.

El criado le llevó al despacho lo que necesitaba para terminar de alistarse. No quería ver de nuevo a la rubia estando tan enojado. Mira que hablarle en ese tono. La niña era joven en extremo. Entiéndela. Está sola como un lince y como lince se comporta. Piensa que el embarazo la afea, y por noble que sea el fin, la fealdad es una de las más grandes derrotas para ellas aunque no tengan la culpa. Y la derrota sin culpa es la vida ensañándose gratuita; por eso amarga, por eso arrolla. Déjala en paz. Por la noche te ocupas.

Don Evaristus se hizo caso y pensó en cosas agradables, como la fiesta que estaba por comenzar. Por primera vez en muchos meses se le antojó estar rodeado de sus hembras bien acicaladas, zalameras. Le gustaba enredarse en esa nube perfumada que dejaba el sexteto por donde pasaba. Perfumes diversos, caros, raros, para bellas diversas, caras, raras. Qué curioso: tendía a divagar cuando el criado le colocaba la estola de gala, a la griega, la más discreta y elegante, pues la romana era muy larga para su gusto. Además, lo griego nunca pasaba de moda ni tenía ese regusto provinciano que le repelía en los adinerados del rumbo, tan dados a ensalzar lo que viniera de Roma.

Pensaba en tonterías semejantes cuando el hermano entró festivo al despacho. Don Evaristus estuvo a punto de reír al verlo vestido con una preciosa y larga estola romana. Se disponía a hacerle una broma, pero el otro se le adelantó justo a tiempo:

—Zorro viejo… Ni porque hoy cumples treinta y ocho te pones algo a la moda.

—La moda es para entretener a las mujeres y a los señoritos, no a los hombres —dijo don Evaristus extendiendo los brazos para estrechar fuerte y cariñosamente a su hermano.

—Las invitadas esperan en el recibidor y los primos se hacen los interesantes. Llegaron en andas con cuatro criados cada uno. ¿No te matan de ternura? Vamos, que ya es hora y por más que te adornes no tienes remedio.

Don Evaristus se dirigió al recibidor garboso y con paso firme. El menor de la familia lo seguía dos pasos atrás, según mandaban las formas. Al encontrarse con los invitados, dos de sus suegras se postraron aunque todavía no daba inicio la salutación formal. Los asistentes las ayudaron a reincorporarse y el don, después de un sonoro "bienvenidos", pidió amable que lo siguieran hasta la casa de las damas. El cortejo salió al impresionante jardín del señor. Siete pavos reales de pecho azul miraron indiferentes el paso del festejado, que lideraba la avanzada custodiado discretamente por dos guardaespaldas de Terai. Enseguida, el hermano, los primos, cuatro amigos inesperados y una horda de criados se maravillaban con los estanques remodelados y con los cientos de rosales rastreros que demarcaban el camino con un esplendor difícil de imaginar. Cada veinte codos, los rastreros alternaban con arbustos también rosáceos que, a cada lado de la vereda implícita, presumían décadas de crecimiento y selección, pues lo más admirable de tanta rosa, además de la disposición, era que cada una de las plantas producía flores de color y aroma únicos. Respirar el conjunto de perfumes alteraba como una embriaguez ligera. El breve recorrido — no más un cuarto de estadio— estaba pensado para acicatear los deseos. Algo hembruno en las rosas exaltaba a los hombres y ese algo se comunicaba a las señoras y señoritas que cerraban la procesión. Porque las flores y las mujeres exaltan mutuamente su belleza y los jardineros del mandamás lo sabían. Al término del camino, el portón de las mujeres quedaba flanqueado por un rosal gigantesco a cada lado. Cada rosal lucía no menos de doscientas rosas y a partir de ellos iniciaba una barda natural entretejida con espinos y flores. La barrera llegaba en algunas partes a tener la altura de tres hombres, aunque el promedio no pasaba de la de uno y medio. La seguridad prácticamente infranqueable que los espinos proveían era garantizada no tanto por su altura, sino por el ancho de la enramada, con unos quince codos de espesor promedio. En cierto modo, el muro de espinas era una versión local muy extendida de los fosos egipcios o babilonios pero, a diferencia de estos, el mantenimiento era más sencillo, pues no necesitaban ser dragados para evitar asentamientos que paulatinamente se convirtieran en brechas de seguridad.

Cuando don Evaristus se aproximó al portón, sonó un redoble marcial. El señor detuvo la marcha y a los pocos segundos el acceso se abrió desde dentro para revelar un espectáculo todavía mayor que dejó estupefacto al dueño mismo de las tierras. Ya se ha señalado que el don llevaba meses sin visitar a sus mujeres y, a golpe de vista, casi no reconoció los jardines de tanto arreglo que ellas les habían abonado entretanto. Sin embargo, no había jardines que compitieran en belleza con sus esposas. Lo recibieron guapísimas, tres a cada lado del portón. La uno, siendo principal, dio la bienvenida a don Evaristus y luego cada esposa se postró frente al marido para facilitar que les impusiera la mano en la cabeza como refrendo de su protección vitalicia y buena disposición. Esta renovación tácita de los votos matrimoniales dejó tranquilo al sexteto, pues había llegado a darse el caso de que otros señores repudiaran en eventos públicos a sus esposas por circunstancias bochornosas, como adulterios o cuitas igualmente graves. En casa de don Evaristus, por fortuna, bajezas como esas no habían tenido lugar en cuatro generaciones.

El portón se cerró tras la entrada del señor. La uno lo tomó de un brazo, la dos del otro y las cuatro más recientes siguieron el andar de la terna hasta un punto en que se podían ver completas las tres pérgolas nuevas, situadas al centro del jardín. Las señoras y el señor recorrieron las pérgolas, visitaron dos estanques remozados y conversaron menudencias cerca del arroyuelo que atravesaba los prados, detrás de las nuevas edificaciones. A una distancia prudente, dos de los eunucos se aseguraban de que los pavos reales, curiosos por natural, se abstuvieran de entrometerse en la visita.

Cuando el sol llegó a lo alto, el señor agradeció al astro y dio por iniciada la celebración. Fue hasta la pérgola central, la que estaba adornada con la alfombra de Kandahar y los siete cojines, se sentó cruzado de piernas y ahora sí recibió solemnemente a cada una de sus mujeres y se entusiasmó con los regalos que el mujerío le fue entregando: el chapán bordado, una daga de acero wootz fabricada por los mejores herreros de Lanka, los mazapanes, un enano muy simpático de entre doce y catorce años, supuesto experto en la fabricación de címbalos y otros instrumentos musicales de percusión, un cachorro de moloso tibetano que a sus tres meses era ya más pesado, grande y dócil que el enano y una talega del mejor incienso Maydi. Don Evaristus se emocionó al recibir los abrazos y arrumacos de las señoras. La verdad es que las extrañaba más de lo que creía. Ellas notaron su contento haciéndolo propio y, exaltadísimas por la aprobación general de su señor, pidieron permiso para abrir el portón a los invitados. "Sea."

La expectativa crecía a cada paso. Ni siquiera el adorado hermano del señor había tenido la oportunidad de conocer la casa de las esposas, o su jardín para ser precisos. En principio, la muralla de espinas dejó a todos muy impactados, pues desde el interior sí se apreciaba la magnitud de esa obra que los jardineros y la naturaleza elaboraron durante cerca de cien años. Originalmente, el sitio albergó a las mujeres del tatarabuelo, sirviendo como fuerte y polvorín si llegaba a darse el caso. La idea era que un mínimo de doscientas personas pudiera sobrevivir dos años sin ayuda del exterior. Salvo episodios aislados, prácticamente nunca se había utilizado el lugar como refugio, por lo que muchas de sus instalaciones originales se habían adaptado a otros usos. Así, el recio muro de espinos terminó adornado con miles de trepadoras que floreaban diez meses al año por las mañanas, cerrando sus flores a media tarde. En pleno verano, el espectáculo hipnotizaba.

A unos ochenta pasos de la entrada, el camino viraba a la izquierda y permitía admirar las tres pérgolas monumentales. Siendo la primera ocasión en que las mujeres recibían, se habían esforzado al máximo por decorar las edificaciones a todo lujo. Se trataba de un día especial, único en realidad, y ellas habían estado a la altura. En la pérgola central, don Evaristus y la familia esperaban sentados a sus invitados. Sin el permiso del señor, nadie podía pisar los tapetes en que él reposaba, así que, tras el anuncio de rigor, el propietario autorizaba expresamente al invitado en turno para que atravesara descalzado el tapete de Kandahar y se acercara a ofrecer sus respetos y presentes. Luego de reverenciar a las esposas, los huéspedes eran conducidos a las pérgolas aledañas, la izquierda en caso de ser mujer y la derecha si se trataba de un varón.

Pasada la salutación comenzaba la fiesta propiamente dicha. En la pérgola de las mujeres, atendida por esclavas finamente adiestradas, las damas se sentaban en cojines dispuestos en un gran tapete rectangular. Frente a ellas había una mesa baja que, con forma de herradura, promovía la conversación y el que todas pudieran apreciar los divertimentos sin perderse detalle. Antes de servir los alimentos, a las damas se les escanciaban jugos de frutas ligeramente aderezados con miel y otros aperitivos inocentes, pero una vez comenzado el servicio con sus veintiocho platos fuertes, el anfitrión había dispuesto que se sirviera a las señoras mayores lo que quisieran beber; en cuanto a si las hijas podían o no consumir bebidas espirituosas, eso dependía de sus madres. En el caso de los hombres, ellos decidían si querían ser atendidos por el servicio de la casa o por sus propios criados, pero estaba mal visto que un huésped eligiera lo segundo. Dado que los invitados varones eran menos que las mujeres, en su pérgola se dispuso una mesa baja que daba cabida al hermano menor, al capataz, a los dos primos solteros y a los cuatro colados que venían con éstos. Los ayudantes permanecían de pie tras sus señores listos para solventar cualquier necesidad. A ellos se les ofrecían desde el principio los vinos más finos del rumbo, con o sin aguar, con o sin preparados.

Una vez transcurrida la escancia inicial, comenzaba el interminable desfile de charolas acompañadas por músicos, malabaristas, saltimbanquis, contorsionistas, tragafuegos, tragaespadas, bufones, aedos y entrenadores de animales que, por turnos, iban presentándose en cada una de las pérgolas, variando el espectáculo de los comensales. Los seis músicos y dos saltimbanquis que el patrón autorizara a las esposas se habían convertido como por arte de magia en esa caterva de fenómenos entretenidísimos que dieron a los huéspedes y a la familia una tarde difícil de olvidar.

Tan contento estaba don Evaristus con la organización de su festejo que ya ni le reclamó a la principal haber abusado del permiso que le extendiera en días pasados. Mujeres. Maravillosas mujeres. Todo era más hermoso si se estaba rodeado por ellas. En su pérgola, el terrateniente se sintió como lo que de facto era: el rey de aquellas tierras. Comió un poco de casi todo y se divirtió como un chiquillo con el circo que le habían procurado sus señoras. Cerca estuvo de morirse de risa con las gracejadas de un bufón ocurrentísimo a quien ordenó regalar un par de monedas de oro. Estaba de buenas. Satisfecho. Feliz. Las seis lo acariciaban, lo atendían, lo besaban, le murmuraban intimidades al oído; las seis le sonreían y contoneaban la cadera al traerle más de esto, más de aquello. Al notar su algarabía, la uno llamó a un criado y ordenó que se corrieran los cortinajes de la pérgola y que todos sin excepción salieran para dejarlos a solas. Entonces, tres de sus mujeres se hicieron de lira, flauta y pandero para interpretarle una melodía que habían compuesto con la ayuda del nuevo eunuco. Las otras tres se ausentaron unos momentos para volver semidesnudas y sumarse al homenaje danzando como hetairas. Achispado, el don atrajo a la más próxima y la besó. Y luego a otra. Y cuando pretendía besar a la tercera, la dos apartó una seda que colgaba en las inmediaciones y le enseñó al marido un lecho ideal para los siete. El mandamás sabía de paraísos.

Una hora después se abrieron las cortinas de la pérgola central y don Evaristus salió de ella para departir ahora con los hombres, según mandaban las formas. Resultó que dos de los colados eran casi más simpáticos que el bufón premiado. Los vinos todavía no les hacían estragos, pero ya se encargaban de ello, por lo que podemos imaginar la calidad del jolgorio que los señores se traían en la pérgola derecha. En su caso, la comida no paraba de circular y los entretenedores seguían con lo suyo. Vaya tarde. A instancias del capataz, los músicos entonaron una danza que puso a bailar a todos. Al término de la pieza, los criados ya tenían listas las jofainas para que los hombres se refrescaran antes de trasladarse a la pérgola izquierda. Ahí conocerían formalmente a las suegras de don Evaristus. Si los solteros las convencían con la finura del trato, las matronas podían autorizar el intercambio con alguna de las señoritas, las más ricas y aceptablemente guapas de la región.

El señor se puso a hablar con la suegra que más le agradaba, mujer sencilla y dicharachera que, habiendo nacido en Roma, era una conversadora notable en comparación con las otras. Por lo común, su sentido del humor ponía de buenas al patrón, pero esta vez el encanto de la señora tenía una pizca de desenfado que no era posible hallar cuando estaba acompañada por su esposo. Algo parecido sucedía a las demás invitadas. Reían con una naturalidad nueva y miraban con la picardía que suelen usar las muchachas en la flor de la edad. Tal vez se debiera a que varias bebían ya su segunda copa de vino o, simplemente, a la ausencia de maridos, pero en cualquier caso daba gusto verlas animadas, parecidas a sí mismas y lejos del papel subalterno que las jerarquías familiares les imponían en la vida cotidiana. En el extremo opuesto de la pérgola, las jóvenes parecían aprender de las mayores y lanzaban miradillas recurrentes que, adosadas con esbozos de sonrisa, tenían muy nerviosos a los casaderos de la fiesta. Don Evaristus se apiadó de ellos y mandó a que los músicos tocaran una de esas danzas irresistibles para quienes tienen menos de veinte años. Las muchachas se pusieron a bailar entre ellas y esto dio pretexto para que los jóvenes se les unieran, previa anuencia de las madres que, sin duda, de buena gana se hubieran puesto a bailar ellas mismas con tan simpáticos pretendientes. "Más vino para las señoras", ordenó don Evaristus y de inmediato los escanciadores se pusieron a lo suyo. El que atendía rellenó la copa a la invitada y luego al señor. Al hacerlo, un par de gotas lo salpicaron justo en el sitio en que le había caído la sangre de su rubia preciosa e irreverente. El pobre criado palideció al ver el gesto adusto de su jefe y cabizbajo esperó la bofetada que descuidos semejantes solían merecerle, pero el golpe no llegó. Don Evaristus se quedó absorto mirando las manchas y sintiendo una culpa creciente. Sí, sí: era cierto que la niña se había pasado de la raya, ganándose el correctivo a pulso, pero estamparle la palma en ese rostro perfecto le hizo sentir ruin. Dos veces ruin. El festejo, la dedicación de sus esposas y la bebida le habían ayudado a olvidar el incidente, mas el súbito retorno de la falta le hizo sentir la necesidad de ir con su rubia del alma en ese instante, de besarle la mejilla inflamada al tiempo que le pedía perdón entregándole amores. Amarla. Tenía que hablarle de amor, consentirla, acariciarla, convencerla de que las otras esposas no le representaban nada comparable. Nunca antes de esa tarde de cumpleaños don Evaristus había sentido la necesidad de pedir perdón a alguien. Estaba ante un sentimiento desconocido que le corroía el pecho y las entendederas, pues ya ni caso le hacía a la suegra locuaz que, confundida, meditaba si alguno de sus comentarios podía haber ofendido al anfitrión. El señor salió de su ensimismamiento, se disculpó con la invitada y se retiró discreto, aprovechando que las otras suegras supervisaban el baile de los jóvenes con una mezcla difícilmente representable de celo, avidez, alegría y envidia.

Se echó a caminar a grandes zancadas y absorto. Al pasar frente a la pérgola principal, sus guardaespaldas lo alcanzaron, pero el patrón les indicó a señas que permanecieran en donde estaban. Las esposas no entendían absolutamente nada. Alguna barbaridad habrían dicho las madres de las otras, que no la propia. Eso no. Ellas, las esposas, habían cumplido sobradamente: el evento era un éxito, los regalos habían fascinado al marido y entre las seis lo habían dejado exhausto. A su manera, cada esposa se preguntó en silencio si la partida intempestiva tendría algo que ver con la preñada. A esas alturas de la celebración, ya no importaba tanto. Las madres y las hermanas estaban felices. ¿Qué más podían pedir? Tenían fiesta para rato, así que dejaron de lado las suspicacias para sumarse a sus familias y al resto de los invitados, que gozaban lo suyo en la pérgola izquierda bailando al ritmo de los karátalas y de las flautas de siete hoyos.

Don Evaristus se sintió ligero al escuchar el portón que se cerraba a sus espaldas. Por un momento quiso echarse a correr de tanta impaciencia que tenía por llegar donde su beldad, pero la dignidad, la comida y la bebida lograron que lo pensara mejor. La luz vespertina daba al sendero de los rosales matices muy distintos a los del mediodía. O quizá el cambio, el tono melancólico que advertía al rehacer el camino, no se debiera a la luz, sino al malestar que lo invadió al percatarse de que nadie mencionó ni por descuido a sus dos grandes amores: la rubia y el nonato. No parecían existir fuera de su universo personal. De suegras y esposas no esperaba algo distinto, pero tampoco el hermano, el capataz o los primos habían aludido a ellos. Entonces se sinceró consigo mismo y aceptó que, hasta la salpicadura del vino, ni se había acordado de la niña. Era como si la embarazada conformara un mundo paralelo en el que sólo cabían ellos dos. Y la vieja. Qué razón había tenido ésta al oponerse a que la linda lo acompañara. El peso de tanto juicio en esa báscula de inquina se habría cebado en la chiquilla. A estas alturas, ¿para qué? Ya tendrían las otras el resto de la vida para acostumbrarse a la nueva y al heredero. Y si no, podían largarse a donde se les diera la gana con sus arrumacos, con sus parentelas apenas tolerables.

La segunda mitad del camino a casa transcurrió entre ensoñaciones y recuerdos del invierno pasado. Extrañó la simplicidad de la vida aquella, la del pabellón y el fuego y las mantas y la mujer de cuento, con los cuernos de íbice como únicos testigos del idilio. Por unos pasos deseó volver atrás el tiempo, rebobinar la vida para tenerla virgen y con todo ese invierno mítico por delante, pero reculó al considerar que, de ser el caso, tendría que esperar lo que duró el invierno más seis meses para conocer a su heredero, y eso no. Lo más importante era el niño, la sangre de su sangre, luz de sus ojos. Faltaba poco para que la espera terminara, dos o tres semanas, las más largas de su vida por tanta expectación e impaciencia. La llegada de ese niño acabaría con la incertidumbre de década y media. Ya muy pronto. Paciencia. Mejor no: se echó a correr apurando el último tercio del camino.

A no ser por el auxiliar apostado a unos pasos de la alcoba, la casa principal estaba desierta. La actividad se concentraba en la residencia femenil, por lo que, con la celebración en pleno, se tenía la impresión de que dos mundos opuestos convivían de no muy buena gana. En éste, los ecos se entregaban a su juego de espejos acentuando el solipsismo y tiñendo la luz vespertina con un tono melancólico. Al escuchar el caminado del señor por el pasillo, el criado se desperezó a tiempo para fingir compostura, pero don Evaristus pasó de largo sin dedicarle una mirada. Los goznes de la puerta chirriaron por la casa para demostrar que la quietud estaba viva después de todo. En la alcoba, el fuego de la hoguera luchaba por mantener la tibieza e iluminaba el rostro deformado de la rubia. A un lado, la vieja terminaba de acomodar sobre una mesa los regalos inanimados que el señor había recibido momentos antes en la casa de las damas. El enano y el cachorro habían sido llevados a las perreras directamente, hecho que don Evaristus aprovechó para tratar de romper un hielo que se adivinaba grueso y durísimo, pero su intento se estrelló de frente con el resentimiento obcecado de la muchacha.

—¿De dónde saca que me interesan los perros o los monstruos? Me trata como a una niña —repuso la joven escamoteándole la mirada frontal al marido. Al hacerlo, el terrateniente observó que la inflamación de la mejilla era excesiva; sin duda le había quebrado un diente. El hematoma le sombreaba la mitad izquierda del rostro deformándole pómulo y mentón.

—Todos los invitados me preguntaron por ti —mintió don Evaristus—. Pagala entera está ansiosa por conocerte. Los rumores de tu belleza corren rápido, palomita —agregó para congraciarse de alguna manera, pero la tentativa fracasó de plano.

—La belleza me la quitaste hoy y no sé si vuelva —repuso la hembra herida mirando de frente al culpable por primera vez. Le sostuvo la mirada bastante más de lo debido y luego volvió a extraviarla en el fuego de la hoguera con un desprecio que ya no temía represalia o violencia alguna. La indignación le hinchaba las venas de las sienes. El marido contó diez palpitaciones y cambió el tema ya sin grandes esperanzas.

—¿Te sentiste mejor con el descanso? ¿Comiste bien?

—…

Ante el silencio de la rubia, el señor miró a la vieja y ésta le confirmó las sospechas con una negativa muy discreta que la otra no advirtió.

—Así que no has comido nada. Tú puedes hacer lo que quieras, pero no tienes ningún derecho a afectar al niño por un berrinche que ya va siendo excesivo. ¿No crees?

—Ahí vamos con el niño. Y yo, de piedra. El niño... Me pregunto si en esta casa se sabe hablar de otra cosa. Mira que tiene gracia: me reprendes por no comer pero antes me revientas la boca. Muy lógico. ¿Qué quieres que coma cuando apenas puedo abrirla? ¿Pretendes que viva de... de... mazapanes, por ejemplo? —dijo la rubia empezando, a perder la compostura—. Pues ahí tienes, ya.

Se puso de pie, fue hasta la mesa, tomó un pedazo grande de mazapán y se atragantó para dejarle bien claro al señor que, aun obedeciendo, ella no era una arrastrada como esas otras que se avenían a cualquier cosa para no desagradarle.

—Para ya o volvemos a lo de esta mañana. Exijo que te comportes.

—Que se comporten tus perras —alcanzó a decir la ojiazul antes de que la expresión le cambiara rotundamente. La boca se le contrajo, los ojos se le abrieron tanto que daba miedo. La niña se excedía de nuevo y no se desdecía ni se disculpaba para dar por terminado un asunto tan penoso.

A pesar de la espera, las disculpas no llegaron. La boca se torció tanto que comenzó a sangrar la comisura del lado inflamado. La herida se abría con las gesticulaciones y entonces la saliva sanguinolenta empezó a formar burbujas que en un tris se convirtieron en un esputo de sangre. La rubia volvió el estómago y la hemorragia fue ya patente. "¡Amor!", exclamó don Evaristus alarmadísimo tomando a la niña por los hombros. "¡Dulzura!", insistió cuando los ojos comenzaron a bizquearle grotescamente. "¡Es veneno!", gritó la vieja parándose de la silla en que descansaba como impulsada por un resorte. Se allegó a la pareja y acostó a la rubia sobre el tapete. Las convulsiones empezaban. "¡Tenemos que salvar al niño!", gritó la vieja, enloquecida de angustia. Sin pensarlo dos veces, tomó la daga de la mesa y se la ofreció al horrorizado marido, que no entendía absolutamente nada. "No hay tiempo." Levantó los vestidos y le clavó media daga a la niña en el bajo vientre, justo por debajo del ombligo, y luego jaló hacia el pubis desgarrando la carne con la fuerza de un hoplita. Con el esfuerzo, la daga se le escapó de las manos y fue a parar debajo de un diván cercano. Desesperada, la vieja metió la mano en el cuerpo de la esposa, rebuscó, extrajo el cordón umbilical y lo desgarró con los dientes. Ensangrentada, la vieja miró confundida los dos fragmentos de cordón umbilical que le quedaron en cada mano. Tras pensarlo dos segundos, se metió a la boca el pedazo de la mano izquierda y succionó esperando que se tratara del pedazo unido al vientre del todavía nonato. Escupió un buche de sangre en las rodillas de don Evaristus y le pidió agua como pudo. Entonces soltó el cordón de la diestra y metió dicha mano hasta el fondo de la niña para aferrar al bebé. Lo extrajo del cuerpo y sintió un poco de alivio al constatar que sí había succionado del extremo correcto. Rasgó la fuente ya medio vacía por la puñalada y sacó de inmediato la cabeza del bebito y después el resto del cuerpo azulado y rojo. La blanca arrebató el agua que el estupefacto marido le pasó, hizo un buche, escupió otra vez y succionó ahora la nariz y la boca del chiquitín. Los estertores de la rubia devolvieron los iris a la posición central de esos ojos que miraban el mundo por última vez. Simultáneamente, los ojitos del bebé distinguieron la luz novísima a través de los párpados delgados. El pequeño Evaristus lloró, pero ni siquiera el ímpetu de esos pulmones nuevos pudo superar el berrido desgraciado de su padre, que recogió al neonato de la alfombra para llevárselo al pecho sin parar de chillar como una bestia herida de muerte. La vieja lloró también, pero de alegría. Estaba salvado. En el mundo no había un niño más hermoso. "Mi señor."

*

Nada quedó de lo que hasta entonces había sido don Evaristus. Si el objetivo del veneno había sido él o la ojizarca, nada le importaba. Fuera de sí por la pérdida, el terrateniente llamó al jefe de la guardia y mandó apresar en ese instante a la tres, a la madre y a las cuatro hermanas. Él mismo verificó que la envenenadora atestiguara el sufrimiento de las mujeres, quienes fueron azotadas hasta morir en un aljibe vacío. Cuando la madre exhaló el último aliento, don Evaristus fue hasta donde la tres y le rebanó la garganta casi desganado. Para entonces, le daba igual quién vivía o moría. Nada podía hacer para recuperar a la rubia. Doliéndose hasta lo más hondo, don Evaristus pidió lo dejaran solo en el aljibe y sollozó entre los cinco cadáveres flagelados y el de la garganta cercenada hasta que el hermano se atrevió a intervenir para sacarlo del trance. Sólo él pudo acercarse a ese hombre roto que no lograba mitigar su pena por mucho que la sangre culpable corriera. Al no obtener siquiera una mínima satisfacción de su venganza, don Evaristus se azotó contra uno de los muros para que el dolor disminuyera, pero tampoco fue así. El abrazo del hermano evitó que el mayor se estampara una segunda vez contra la roca. Con mucho tiento, fue convenciendo al mandamás de que se retirara a descansar. Cuando estaban por salir del aljibe, don Evaristus pidió un momento, regresó tambaleante hasta donde estaban los despojos de su tres, se subió la túnica y orinó el rostro muerto silbando la tonadilla que un rato antes ejecutara uno de los flautistas.

El desolado no salió de su alcoba ni para las exequias de la rubia, a las que sólo asistieron la vieja y el hermano. Por órdenes del poderoso, sepultaron a la niña en el costado norponiente del pabellón en que toda esta aventura había comenzado. Prohibidísimo quedó comentar a cualquiera la existencia de dicho refugio y menos revelar que junto a éste se desintegraba la belleza de la mujer más bonita. También prohibió que se le molestara por cualquier motivo. Para eso estaba el hermano, tan capaz y dotado para el mando como él. Sólo el criado personal era admitido para llevarle comida que, al menos durante los primeros diez días, retiró intacta. El criado comentó al capataz que se podía escuchar un soliloquio incomprensible a través del portón, y que cada dos o tres horas sobrevenía un llanto desesperado que aumentaba en intensidad hasta disolverse en sollozos. Si dormía o no, eso nadie podía confirmarlo, pero era fácil adivinar que el hombre se ahogaba en vino, pues el criado le vaciaba el orinal unas doce veces al día y cada mañana intercambiaba un odre vacío por otro lleno; los pellejos quedaban secos hasta la última gota.

Al undécimo día el criado notó que una manzana había sido mordisqueada, lo que llenó de alegría al hermano. Esa misma tarde, al platón de frutas le faltó una pera completa y la alegría del hermano empezó a transformarse en algo semejante a la esperanza. El capataz no era tan optimista, pues opinaba con razón que la fruta no podría mantenerlo vivo en esas cantidades y menos siendo acompañada por el ingente consumo de vino, pero durante la siguiente semana el pan de sorgo recién horneado tampoco salió incólume de la alcoba principal. "Muy buena señal", expresó contento el hermano cuando el criado le mostró la pieza incompleta como prueba de la recuperación. Alentado por la buena nueva, el hermano llamó suavemente a la puerta. Se escucharon pasos y luego la tranca se descorrió permitiendo que el portón se entreabriera. "Por fin", se dijo el hermano aliviado, pero el alivio fue fugaz. No esperaba nada bueno, pero al ver a su hermano mayor, el benjamín tuvo que tragarse las lágrimas. Estaba en los huesos, con la barba y el cabello desgreñados. Se adivinaba que las ventanas no habían sido abiertas en varios días y el hedor era intenso. Aun así, el hermano logró disimular el asco y abrazó a don Evaristus, quien se limitó a dejarse hacer con los brazos caídos a los costados sin corresponder al gesto. Nada dijo. Se limitó a escuchar al consanguíneo con la mirada vacía y los labios entreabiertos. El hermano aprovechó la docilidad y asomó la cabeza para pedir al criado que preparara la bañera del señor. Cuando el agua estuvo lista, desnudó a don Evaristus recordándole divertidos episodios infantiles y lo ayudó a sentarse en la tina de fondo plano. "Bien. Tú tranquilo." Lo enjabonó cuidadosamente para después enjuagarlo con una jofaina. Por más que insistió no logró que don Evaristus se lavara los dientes con su preparado favorito, a base de piedra pómez pulverizada, sal, pimienta, agua, mirra, cáscara de huevo y un poco de orina humana para favorecer el blanqueamiento. "Aquí te dejo la pasta por si quieres lavarte luego." Don Evaristus asintió y al menor se le dibujó una gran sonrisa, pues temía que el envenenamiento de la rubia le hubiera sorbido el seso al amo sin remedio. Luego, cuando le peinaba el cabello y la barba estando todavía inmerso en el agua, el hermano mencionó que el niño estaba de maravilla. La vieja le había conseguido una nodriza excelente y supervisaba en persona cada alimento. Fuera de esos momentos, no permitía que nadie, salvo el hermano, tocara al niño. Lo cuidaba con un celo rayano en la obsesión. Y, por cierto, la criatura era de una hermosura que dejaba sin aliento. No había visto nada remotamente parecido. Comía como un lobo y su llanto se calmaba fácilmente con los cantos de la vieja. "Tu hijo no sabe de cólicos. Es un roble. Deberías verlo uno de estos días", propuso el hermano pero don Evaristus negó con la cabeza y volvió al anonadamiento.

Cada cinco días, el hermano bañaba personalmente al propietario aprovechando la oportunidad para calar de primera mano su estado físico y mental. Aunque los intercambios seguían limitados a asentir o negar con la cabeza, eran más frecuentes, buena señal sin duda, pero seguía negándose en redondo a encontrarse con su hijo y eso, aunque no era ni grave ni inusual, inquietaba. A mediados de la tercera semana del otoño, el hermano tallaba el codo derecho de don Evaristus cuando éste se dirigió al otro por su nombre. La sorpresa del hermano fue tal que hasta tiró la jofaina de madera. Tragó gordo y miró al amo sintiendo que los ojos se le inundaban.

—Dime, Eva —respondió el menor con la garganta medio cerrada por la emoción.

—Quedarás a cargo de todo hasta que mi hijo cumpla quince años. Ha de llamarse Evaristus, como yo. Críalo con todo el amor que nos dieron a nosotros y no escatimes para educarlo con los mejores y más grandes. Deja que la vieja lo cuide; nadie lo hará mejor. Cuando tenga quince, dejarás el peculio entero en sus manos. Te exijo que le entregues al menos dos veces la riqueza que recibes de mí. Es lo justo. Lo que obtengas más allá de eso es tuyo, y además te cobrarás la administración con la tercera parte de las tierras de Naagramma. Mis mujeres son tuyas y haz con ellas lo que te venga en gana. Todo está dispuesto y lacrado en el rollo que ves ahí junto a la cama. Si aceptas mis condiciones, lácralo tú también y el pacto quedará sellado.

—¿Qué tonterías dices? En poco tiempo estarás tan dispuesto como antes y serás tú el encargado de hacer hombre a mi sobrino.

—Si aceptas mis condiciones, lácralo tú también y el pacto quedará sellado —repitió el terrateniente con idéntica entonación.

Pasaba de la medianoche cuando el menor se retiró de los aposentos principales. La mitad del tiempo que pasaron juntos fue invertido en suplicar la reconsideración de don Evaristus. La otra mitad bebieron y lloraron abrazados como criaturas expósitas que deben contentarse con ese único consuelo. El pacto quedó sellado.

A la mañana siguiente, mucho antes del amanecer, don Evaristus hizo camino con lo puesto y nunca se volvió a saber de él. El menor, ahora amo y señor de todo lo que alcanzaba la vista en esos lares, supuso que el hermano había vuelto al pabellón, pero no era de hombres romper la palabra e ir a buscarlo. "Si tuvieras una idea de la falta que me haces, regresarías, Eva." Pero no. No regresó.

*

El dramático desenlace de aquel banquete dio origen a muchas de las leyendas adosadas a la vida del pequeño Evaristus. En el repertorio no faltaban los íbices, los corderos de dos cabezas o hasta una lluvia de estrellas supuestamente acaecida al momento de nacer el niño. El desconocimiento de los hechos no era obstáculo para llenar los huecos de la historia como fuera. Unos decían que todo había sido idea del capataz, otros echaban la culpa a un saltimbanqui siniestro y, por supuesto, muchos achacaban la confabulación al pobre hermano, quien a pesar de ser un hombre cabal fue tenido en principio por ambicioso oportunista, pero con el paso del tiempo y su tendencia al bienhacer las sospechas se debilitaron. Sin embargo, el caudal de inquietudes, que rara vez sabe quedarse quieto, pronto invadió los terrenos de la vieja, debido quizás a la inquina de las viudas, que no atinaban a explicarse cómo era posible que el primogénito de su marido fuera criado por esa mujer insolente y de baja ralea.

La insolente se ocupaba de lo suyo y dejaba que el resto resbalara. Ella misma sugirió al ahora mandamás que ocupara la que había sido alcoba de don Evaristus. Era lo correcto. El niño, la vieja, la nodriza y tres esclavas adolescentes que les ayudaban pasarían a ocupar la casa de huéspedes, prácticamente adosada a la principal pero más fácil de vigilar, con jardín y huerto propios, lo que agradaba a la vieja, pues podía asolear al bebé sin que los otros ocupantes de la casa estuvieran pendientes. Entre la blanca y las sirvientas atendían el huerto y de ahí provenía casi todo lo necesario. Así, la seguridad del heredero estaba garantizada, lo mismo que una mediana intimidad, tan necesaria en épocas de turbulencia.

Todos los días, al comenzar la jornada y a la vuelta del faenar, el cariñoso tío visitaba a su sobrino. Rara vez llegaba con las manos vacías, pues le había dado por construirle juguetes sencillos al niño, lo que enternecía tomando en cuenta que el pequeño apenas abría los ojos y sólo podía entretenerse con el pezón de la nodriza, pero al otro le daba igual. Ya crecería y entonces verían si los juguetes estaban de más. Lo que sí sobraba era trabajo en el huerto, por lo que la vieja sugirió al patrón que le prestara al enano recién llegado, pues a pesar de ser muy joven tenía vigor y carácter, lo que agradaba a la vieja. También sugirió al señor que el cachorro de moloso tibetano pasara de las perreras a la casa de huéspedes. En unos meses pesaría bastante más que la mayoría de los hombres adultos y ningún guardián sería más celoso en el cuidado del chiquitín. Eso sí: convenía que conociera al primer círculo del niño desde ahora, pues esos perros tenían fama de no permitir la presencia de ningún extraño desde los cinco meses en adelante. "Son famosos por poder contra tres lobos simultáneamente; imagine, señor, lo bien que cuidará de su sobrino." Cerrado.

El moloso, el enano, las muchachas, la nodriza, la vieja y el tío fueron la familia del riquísimo Evaristus. Los guardias apostados en la entrada de la otrora casa de huéspedes recibieron órdenes tajantes de no permitir el paso a nadie que no perteneciera al círculo antes citado. Si alguno se atrevía a transgredir la orden, para eso estaba el tibetano que, efectivamente, mes a mes crecía en tamaño y en celo protector. Por instinto, el animal supo que el centro de todos era el bebé y se entregó al cuidado de Evaristus como si para ello hubiera sido mandado a este mundo. Quién sabe. El caso es que la elegante canasta que hacía de cuna jamás era descuidada.

Ninguna precaución estaba de más, sobre todo tomando en cuenta que las mujeres ejecutadas tras el crimen pertenecían a una familia poderosa. Aunque ninguna podía compararse en riquezas e influencia con la de Evaristus, la parentela de las tres no era inofensiva. Y sí, el comportamiento de la envenenadora había sido deleznable mereciendo la ejecución, pero la madre y las hermanas habían pagado por un exceso ajeno y eso no lo iban a tolerar de buena gana. La reacción de un familiar especialmente violento y pudiente preocupaba al tío de Evaristus. Se trataba del hermano de la madre, Boro, personaje que ya hemos conocido y que encabezaba la familia más poderosa del Portus Macedonum y de Bibakta, por añadidura. Su vileza era proverbial y por ello se procuró que nadie en el círculo íntimo de Evaristus tuviera demasiado contacto con el exterior. Hombre de medios, Boro era capaz de cualquier cosa, así que ninguna precaución era excesiva. La blanca sugirió al hermano de don Evaristus que el enano, inteligentísimo, obediente y cumplidor, se encargara de supervisar discreta pero constantemente a las tres esclavas y a la nodriza. Así, Frixo empezó a ocuparse de la seguridad interna y de otras cuestiones delicadas, como mamar de la nodriza antes de que lo hiciera el señorito y probar también los alimentos de la vieja. El celo del enano era tan conmovedor como el del perro. Transcurrida una semana del inicio de su encargo, propuso que se perforara un pozo en el jardín del niño para no depender de fuentes de agua externas. Él sabía de venenos que, diluidos con sapiencia, podían engañar hasta a los probadores más avezados. También convenció a la vieja de prohibir terminantemente el uso de cualquier tipo de hongo en la casa del heredero, pues sabía de al menos cinco especies que no daban síntomas hasta tres días después de la ingesta, cuando ya no era posible reaccionar para contener la virulencia. Ningún veneno iba a alcanzar a ese niño, aunque en ello le fuera la vida a la blanca y a Frixo.

Con las medidas de seguridad y el funcionamiento familiar a punto, el primer círculo de Evaristus pudo respirar medianamente tranquilo. La anciana verificaba que ninguna de las medidas se relajara conforme pasaba el tiempo, pues sabía que los peligros abstractos suelen olvidarse pronto, pero ni siquiera su obsesión pudo evitar que un poco de complacencia fuera asentando sus reales en la casa del menor. Era la vida tendiendo puentes para seguir adelante con el alma ligera; era la vida negándose a capitular ante el abismo. Como una luz que entra por quién sabe dónde para desdecir a la negrura, la inocencia del bebé fue permeando el entorno con esa alegría que nadie resiste. El perro fue el primero en someterse a este influjo. Su natural suspicacia amainaba en cuanto veía a Evaristus. El animal prácticamente sonreía y contentísimo se sentaba a mirar absorto todo lo que el pequeño hiciera, ya se tratara de mamarle a la nodriza o de mover las manitas para atrapar un mechón de la vieja. Cuando el niño dormía, el perrazo también se permitía una que otra siesta, pero siendo guardián nato, el sueño nunca duraba más de algunos minutos. Sólo cuando Evaristus estaba en brazos de la blanca, el tibetano se separaba de él, y nunca por mucho tiempo, acaso el suficiente para beber, comer y revisar los alrededores.

Poco antes de cumplir tres lunas, el bebé dio las primeras muestras de precocidad y sostuvo la cabeza como si nada, de la noche a la mañana. Ocho semanas después aprendió a sentarse y la relación entre la bestia y el niño se hizo cada vez más estrecha. Por momentos establecían un contacto visual que duraba bastante más de lo común para romperse con la súbita desaparición del animal, que no tardaba en reaparecer con un juguete, rama o cualquier otra cosa en el hocico, ante lo cual el bebé reía complacido. Después, al moloso le dio por buscar a la nodriza cuando se acercaba la hora de que el bebé se alimentara. Con el hocico la instaba a levantarse de la silla y luego la pastoreaba hasta donde estuviera Evaristus sin permitirle desviaciones ni tardanzas. Maravillado, Frixo se fijó en un detalle interesante: desde que el perro adquirió esta costumbre, el bebé dejó de llorar. Con la puntualidad de una clepsidra, el animal buscaba a la nodriza nueve veces, de día o de noche, anticipándose al hambre de su protegido. Tranquilo, presenciaba casi siempre la alimentación del niño y, si era de día, iba a echarse en el tapete de juegos que la vieja extendía en el jardín para asolear al bebé, o en la estancia, cuando la hora o el clima impedían la permanencia en el exterior. Ahí esperaba a que la mujer recostara al bebé. Si después de ser alimentado el niño era puesto en la canasta, a los pies de ésta se echaba el mastín dispuesto a lo que fuera contra el que se atreviera a cualquier cosa que pudiera afectar a su pasión, a ese niño que le embelesaba tanto como a la vieja o al enano o a las jóvenes.

También el tío terminó por ser un declarado admirador de su sobrino. Le fascinaba mecerlo en sus piernas para arrancarle risotadas. En una de esas, pasadas apenas seis lunas del banquete fatídico, el niño dijo "papá" a las claras y luego se echó a reír como el que ha tenido una puntada extraordinaria que ni él mismo se esperaba. Y luego, al sentir en el bracito el frío contacto de la nariz de su amigo, dijo "perro". Y ese mismo día, cuando la vieja le cambiaba el pañal medio recelosa de que Evaristus hablara del moloso antes que de ella, el niño le regaló un "aya" tan dulce que se le metió en el pecho para el resto de sus días. A partir de ese momento, ningún malestar o inconveniencia pudo mermar el poder regenerador que la palabrita tenía para la blanca, especialmente cuando el niño la saludaba animoso por las mañanas. Los ojos, de un azul tan hondo y frío que superaba en primor a cualquier otro azul conocido, se iluminaban cada vez que la vieja se apersonaba en la habitación del heredero tras un buen rato de ausencia. Si la criatura estaba comiendo cuando la blanca se presentaba, soltaba el pezón de la nodriza dejándolo deforme por tanto ahínco y se daba a emitir balbuceos incongruentes para todos, salvo para la anciana, quien tomaba al niño entre sus brazos emprendiendo largos intercambios que ella atendía con celo para después asegurarse de que se cumplieran al pie de la letra los supuestos deseos atribuidos a la criatura. En principio, ninguno de los observadores casuales tomaba en serio las conclusiones estrambóticas de la vieja. La obedecían en lo que fuera, sí, pero de eso a dar crédito a las complejas peticiones que la mujer extraía de los gorgoritos, había un trecho largo. Sin embargo, este trecho largo lo era cada vez menos, pues la evidencia iba dándole razón a la vieja. Una mañana, el niño se negó a comer terminantemente. Rehusaba el pezón y apretaba los labiecitos con tal de que nadie lo entrometiera. La blanca se acercó, pegó la oreja a la boca del niño y luego arremetió contra la nodriza. "Pongámonos de acuerdo una sola vez: al bebé le repugna el ajo que te ha dado por comer en las tardes desde hace dos días. Te apestan las mamas y tu leche da asco. O dejas el ajo o te largas. Así de simple." Y sí, claro, la mujer había sido indulgente en el consumo de ajos en conserva los últimos dos días, pero a otra con el cuento de que el niño lo sabía. Por si acaso, la nodriza dejó el ajo semana y media, mas recayó en su afición al encontrar una nueva remesa de ajos en vinagre de manzana. "Un diente mediano y ya", se dijo golosa y, en efecto, el niño rehusó la teta, la vieja prestó oídos a su arenga y la pobre nodriza fue sustituida de inmediato por otra más joven a la que le abundaban la leche y la prudencia.

La nueva nodriza fue quien advirtió que también existía una comunicación especial entre el bebé y la cabeza de la familia. Al tío de Evaristus no le gustaba interactuar con el niño cerca de terceros, por lo que solía llevarlo a un rincón alejado o de plano lo visitaba en los jardines para ganar intimidad entre los setos, pero en una de esas ocasiones, mientras el hombre y el niño departían bañados por la verdiluz que se colaba entre las hojas y ramas de un ficus, la nodriza prudente escuchó que el señor le refería al sobrino asuntos inverosímiles relativos al precio del centeno. Espiando entre la enramada, la mujer vio cómo el señor asentía repetidamente, cual si valorara la justa respuesta de esa criatura preciosa que tanto la hacía gozar con su glotonería y su virtual ausencia de llanto. "De acuerdo, pero entonces debemos…" La respuesta seria y aburrida del señor casi hace reír a la nodriza, pero ésta se guardó muy bien de revelarse. Contuvo la risa a duras penas y esta risa contenida fue dando paso al estupor conforme la hembra iba hallándole sentido a esos balbuceos supuestamente inconsecuentes. Aunque no entendía, encontraba una suerte de hilo conductor en los sonidos, una especie de discurso que asomaba entre ruido y ruido. Aguzó el oído y nada más logró concluir, pero se le metió entre ceja y ceja que el patrón obedecía. Sin darse cuenta hasta ese momento, ella supo que le pasaba lo mismo cuando, al amamantar, se perdía en esa mirada azul que no era ni de niño ni de adulto ni de viejo, sino más bien una combinación de todo ello. Ni los ojos ni la lengua de Evaristus se parecían a lo que ella reconocía comparando con sus propios hijos. Por ejemplo, al comer, al niño le daba por acariciar con ambas manos el pecho que lo alimentaba. La succión natural del neonato dejaba de lastimarla; se iba suavizando hasta parecerse a la boca de un adulto delicado, experto. Bien se cuidaba de que nadie lo notara, pero cuando miraba el azul del niño y éste le trataba la ubre como un amante, ella se enardecía por lo bajo y apretaba las piernas entregándose a un placer imprevisto, irresistible, que aprovechaba hasta sus últimas consecuencias. Cuando estaba sola, permitía que el placer la venciera y se quedaba ahí, prácticamente inmóvil, dejándose hacer mientras el pequeño Evaristus seguía en lo suyo. Con el paso del tiempo, la mujer se asumió como la madre y primera amante de esa criatura excepcional. A nadie comentó nada, pero los ojos se le entrecerraban y el pecho se le inflamaba de amor cuando su niño la aprovechaba. Amamantarlo era rendirse. Amamantarlo era el amor. Esa leche era su entrega y la mujer se dio a ese proyecto de hombre toda entera, enamorada, orgullosa. Y no era la única. Las otras tres sentían pasiones semejantes aunque muy raras veces se les permitía tocar a la criatura. Lo que hubieran dado por quitarle la sed, por tener leche que darle al hombrecito de los ojos recios, blandos, malos, buenos, al pequeño de la mirada intensa que robaba el alma. Es que era tan bello. Es que era tan suave. Mirarle la carita era condenarse a mirarle la carita siempre, como fuera, como se pudiera, de soslayo, en disimulo. Ningún hombre provocaba en las muchachas algo parecido. Cada una a su manera, aprovechaba los momentos de descuido para susurrar al bebé lo que las enamoradas no pueden retener por largo tiempo, esas palabras nacidas para burlar la vigilancia del pudor y las formas. "Corazón." "Tuya." "Dulzura." Las tres y la nodriza se enamoraron de Evaristus. Como tantas luego. Como tantos.

El particular influjo se le fue revelando a la vieja en los detalles. Un día, por ejemplo, el enano comentó que ya nadie consumía los ajos en vinagre que antes volaban. Sabemos que la nodriza lo tenía prohibido, pero las muchachas, tan afectas a ellos, no querían ahora ni tocarlos. Al joven mujerío le dio también por modificar los horarios de trabajo en el huerto para que sus descansos coincidieran con la alimentación del pequeño, evento que miraban embelesadas varias veces al día. En una de esas ocasiones, la vieja procuró el contacto visual directo con las muchachas y percibió que una de ellas, la que más se acicalaba antes de mirar a Evaristus, incubaba un resentimiento peligroso contra la nodriza, por lo que adujo un pretexto loable y prohibió que el niño se alimentara en presencia de cualquiera salvo el tío y ella misma. Las señoritas debían volver al huerto o entretenerse por ahí sin acosar al niño con sus deseos insatisfechos, pues estos fácilmente transmutan en envidia y la envidia hace lo que sea para dejar de envidiar sin lograrlo nunca. De ahí el peligro latente que la blanca no dudó en extirpar con la venia del tío y la ayuda de Frixo, quien sacó a la joven de la propiedad para enviarla a un labrantío remoto en que la pobre terminó aquejada por la melancolía y la soledad. En su lugar, la blanca eligió a una jorobada de mediana edad que trabajaba a la perfección sin distraerse con asuntos que no eran de su incumbencia. Mas la joroba fue en el fondo garantía de nada. La seriedad y la dedicación de la mujer cedieron pronto al encanto indefinible de la criatura, pero el cambio se manifestaba en un arrobo distinto, maduro, mucho menos lesivo que el ardor juvenil de la desterrada, por lo que la blanca decidió que la maltrecha era ideal para asistirla en el baño, acicalamiento y vestido del bebé.

Dos lunas después, justo el día en que el pequeño Evaristus cumplía siete de haber visto la luz en este mundo suyo, la vieja se ocupaba en ordenar la ropa limpia mientras la otra hundía el codo en el agua de la bañera para verificar que la temperatura estuviera a punto. El tibetano, receloso como siempre, miraba alternativamente a ambas mujeres desde su fino tapete de lana. Estaba a días de cumplir las diez lunas y ya no quedaba nada del cachorro inocentón que llegara cuando el banquete fatal. Ahora, el animal superaba los tres codos a la cruz pesando bastante más que un varón adulto de talla promedio. De pronto, la bestia desvió la mirada hacia la única ventana de la alcoba, misma que recién había cerrado la jorobada para salirle al paso a los chiflones. A los pocos segundos, su alerta fue aderezada con un gruñido bajo, sordo. La vieja notó la inquietud del perro y se contagió con ella al percibir que sí, que algo raro sucedía tras los postigos, por lo que dejó de atildar la ropa limpia para averiguar de qué se trataba. Estaba a un paso de la ventana cuando ésta se abrió de par en par, como si alguna ráfaga intensa la hubiera vencido tras horas de vendaval. Los postigos se azotaron contra las paredes violentamente sin que ninguna otra cosa de la habitación resintiera. La madera no paraba de retemblar todavía cuando la vieja, anonadada por la ausencia de viento y a punto de reprochar a la otra su incompetencia en el manejo de pestillos, vio que un pájaro grande entraba como de rayo a la alcoba para terminar posándose en la joroba de la asistente que, inclinada, seguía hundiendo el codo en el agua de la bañera cual si no pasara nada. El mastín había dejado de gruñir y se mostraba calmo pero atento. Desde su peculiar divisadero, el estornino clavó la mirada en la blanca y empezó a imitar la mar de bien el extinto gruñido del perrazo, hecho que hizo las delicias de Evaristus provocándole una de las carcajadas más plenas que niño alguno ha regalado al mundo. La blanca sonrió a su vez, contagiada en la misma medida por la risa de la criatura y por la postura de la pobre jorobada que, inmóvil, seguía metiendo el codo en un agua cada vez más fría. "Anda, mujer, que te vas a desgraciar la espalda si te quedas así", sugirió la vieja entre divertida y preocupada por su ayudante. La jorobada obedeció y muy lentamente sacó el codo del agua para recuperar la vertical. Mientras lo hacía, el estornino pasó de la joroba al hombro de la señora dando pasitos calculados. Cuando ésta recuperó la vertical, el ave ya estaba apostada. El pájaro y la tullida miraron fijo a la blanca por unos instantes. El perro y el aya hicieron lo propio con el estornino y la criada.

Entonces la criada se volvió para mirar al niño y empezó a cantar la misma canción de las segadoras de Kokala que la ojizarca había entonado al presentarse con don Evaristus en aquel solsticio de invierno. Era ella. La blanca se disculpó a ojos cerrados mientras esa voz privilegiada inundaba la habitación con algo mullido, cálido y amoroso ajeno al sonido mismo pero comunicable por idéntica vía, omnipresente, irreductible.

El canto duró igual que la primera vez, pero con dulzura redoblada. La intención parecía haber mudado el carácter de la pieza, pues aunque lo cantado era idéntico, distinto era el objetivo de la pasión. La del solsticio seducía en tanto que la de esa mañana se contentaba con amar unilateralmente. Ninguna esclavitud pedía esa voz a cambio de su delicia. Nada que no fuera fértil, bueno, amable, cabía en aquella voz. Nada pasajero. Nada mortal. Al extinguirse, el canto dejó todo teñido de exaltación profunda, de credulidad. Esa mañana fue todo lo posible para el perro, para la vieja, para la tullida y para el niño. Cuando el ave se fue, el silencio reverente perduró unos instantes y luego vino el llanto que devolvió el orden al mundo, el llanto desconsolado de Evaristus que clamaba por una madre que no volvería más. Al berrear el adorado, los adoradores salieron de ese estupor irrepetible. A la vieja se le inundaron los ojos de prodigio y de pesar por haber tenido que lastimar a la niña que hoy se daba al vuelo. Al tibetano le volvió el celo protector e intentó calmar a Evaristus con algunas cabriolas que sirvieron para maldita la cosa. A la otra le extrañaba estar ahí de pie, con el brazo mojado y junto a un charco pequeño que parecía surgido de su brazo izquierdo. "¿Quién consuela al niño?", preguntó la criada alarmada y, tras cerrar la ventana que recién había cerrado, corrió a calmarle el llanto al bello. Y no pudo. El pequeño Evaristus lloró hasta el atardecer.

A diferencia de muchos otros sucesos que fueron modelando la leyenda de Evaristus, el de la jorobada y el estornino jamás llegó a oídos de terceros. La criada sólo recordaba el volumen inusitado de los berridos, el ímpetu con que el bebé movía las piernas al estar en la bañera y las varias horas de llanto. Además, únicamente la blanca conocía los antecedentes del evento y, por tanto, nadie más podía atribuirle sentido. Sin embargo, el canto de la jorobada fue importante porque, un par de años más tarde, a cuento de nada, mientras cavaba un agujero inútil en la tierra de su jardín acompañado por la vieja y por el enano, Evaristus espetó: "Aya, ¿por qué no ha vuelto a cantar la de la espalda doblada?" Se acordaba. De eso y de quién sabe cuántas cosas más. De hecho, el niño no sabía olvidar como el resto de nosotros y, en consecuencia, tampoco sabía lo que significaba recordar. Cualquier noción o dato o suceso parecía asequible de inmediato, siempre, sin que mediara la duda, la reconsideración o siquiera una pausa mínima que delatara esfuerzo. El pequeño respondía lo que fuera con la naturalidad del que refiere su nombre al ser interpelado y, si le daba la gana, abundaba en los detalles como quien describe lo que tiene enfrente. La disponibilidad constante de todo lo aprendido hubiera sido suficiente para ganarle mediana fama al pequeño, pero a esa peculiaridad tenemos que sumar otra igualmente sorpresiva. La formidable intuición del niño comenzó a manifestarse cual si se tratara nada más de hondura, de un conocimiento extraordinario del alma humana, pero no transcurrió mucho tiempo antes de que la hondura se fuera transformando en precognición rampante. Y es que una cosa era anticipar las acciones o reacciones de las personas y otra muy distinta revelar de antemano sucesos que muy poco o nada tienen que ver con lo humano, como la frecuencia e intensidad de las lluvias en semanas venideras o la inminencia de tal plaga que tenía un siglo de no asolar la comarca. En cualquier caso, los que conformaban el círculo íntimo de Evaristus fueron acostumbrándose a no perder palabra, a atender sus giros, sus provocaciones, sus ironías con toda seriedad. Lo más difícil era adivinarle al niño la intención, pues siendo criatura no se sabía muy bien si hablaba en serio o si procuraba divertirse porque, nada más faltaba, al pequeño Evaristus le fascinaban el juego, la risa, la broma tanto como le repelían la crueldad o la bajeza genérica que se encontraba. Hombre de buena intención desde niño, nadie podía atribuirle motivos sesgos, deslustrados o incongruentes con esa luminosidad suya que a nadie pasaba desapercibida. Al contrario. Cada día era más evidente que el peculiar influjo de Evaristus estaba conformado por varios elementos y no únicamente por esa belleza delirante, extrema, inclemente, rotunda y sí, brutal.

Porque ya hemos dicho que la belleza o es brutal o no es belleza y también insistimos en que la de Evaristus lo era. Igual que su memoria perfecta excluía el recuerdo, la belleza del heredero tornaba inútiles las tentativas de olvido. Encontrarse con Evaristus era un evento definitorio. Tal era el poder de su atractivo que mirarle equivalía a ceder un poco el gobierno de uno mismo. La más lúcida de las muchachas que atendían el huerto dijo una noche que no lograba echar el rostro del guapo en el costal de lo que ya ha acaecido. Los rasgos, la piel y cuanto atributo hubiere se mezclaba a diario con lo cotidiano impregnándolo de presente. Y algo del futuro robaba también la apostura del chico, pues al avistarlo quedaba automáticamente cancelada la esperanza de gustar de otro en la misma medida. No se podía. Ver su rostro equivalía a arruinar la hermosura de las caras precedentes. Un nuevo punto de referencia alegraba de improviso el alma del testigo y, simultáneamente, ese mismo punto de referencia denigraba las expectativas. Por esa razón, la tendencia natural de su círculo y de quienes lo conocían era perpetuar la cercanía. Si no, ¿qué esperar después de esos ojos, de la sonrisa adornada con un hoyuelo en la mejilla? Y eso que sólo era un niño.

Conforme dejaba de serlo, el tío decidió incorporarlo a los recorridos de supervisión por las tierras más próximas. Era necesario que la criatura se fuera familiarizando al menos con parte de la heredad, y también convenía que los siervos principales le dieran el trato apropiado a pesar de la edad.

"Cuando se tiene lo que tiene éste, nunca es pronto para empezar a gobernarlo", solía decir el tío entre serio y divertido mientras las mujeres terminaban de aprestar al señorito con abrigo excesivo para cualquier época del año. "Es joven para trabajar de madrugada", se quejaba la vieja con evidente malhumor por la separación del niño, cuestión necesaria que no por serlo agradaba una pizca a la mujer. Aunque el tío, el enano y el tibetano acompañaran sistemáticamente a su tesoro sin perderle de vista ni un segundo, estar lejos de Evaristus le producía un vacío semejante al que sobreviene cuando se reciben noticias fatales. La angustia de la vieja no amainaba hasta tener al niño cerca una vez más. Y es que, sumado a los temores genéricos que azotan a cualquier madre, los de la blanca eran redoblados por la expectativa que el paso del delfín suscitaba entre los peones y sus familias. Estaba muy bien eso de granjearle autoridad, lo comprendía, pero la proximidad y la ligereza evitaban que el tío se percatara de los verdaderos peligros que la exposición del niño entrañaba. Más que preocuparle, al tío le hacía gracia ver el azoro, el repentino enmudecimiento que sobrevenía cuando las mujeres de los labradores veían a Evaristus por primera vez, con sus ropas de príncipe y la hermosa montura engalanada tal como lo exigía el desaparecido padre. Al frente de la procesión y seguido del tío, el capataz, uno de los primos y la comitiva que se quiera, Evaristus tomaba las riendas y fijaba por unos instantes la mirada seria en cada rostro, en los animales, en las acequias. Tras el primer recorrido, el enano comentó un hecho curioso: las cabras, ovejas, vacas, gallinas o cerdos callaban en presencia del menor para volver a los balidos, mugidos, cacareos y guarridos en cuanto éste se marchaba. Tras el encuentro, se advertía en los animales cierto despropósito, cierta confusión que poco a poco se desvanecía hasta devenir en normalidad, pero las cosas no eran tan simples tratándose de las hembras humanas, jóvenes o viejas. El influjo de Evaristus no se desvanecía como neblina en la aurora, sino que mudaba temperamentos, talantes e intereses. Por ejemplo, no era extraño que al atisbar el recorrido del heredero, la influida se diera luego a coser o preparar lo que fuera para dar gusto al niño. De este modo, en casa de Evaristus fueron abundando los regalos misceláneos que los súbditos enviaban en buena lid para mostrar su respeto, su deferencia al patrón. Los presentes superaban en diez a uno a los que el tío recibía cerca de las festividades anuales, pero a éste, inmune a los venenos de la envidia, le importaba un pijo la sobreabundancia y reía diciendo que la vida sirve a los guapos con la cuchara grande. A diferencia de la vieja, el tío no alcanzaba a comprender el alcance del influjo porque se limitaba a pensar en dominios y conveniencias, pero la otra sabía que los regalitos eran la mínima expresión de algo más amplio que comenzaba a manifestarse extramuros. Por cada siervo, campesino o cabrero embelesado por el niño, una veintena se daba a imaginar a partir de sus vehementes y no necesariamente veraces descripciones. Los inventos descarados se iban mezclando con dos o tres verdades que llegaban a oídos de la mayoría, y la combinación acababa por deslumbrar. Y lo que deslumbra inspira, dicen. Y lo que inspira deslumbra. Y el círculo, insistente, virtuoso o vicioso, se perpetuaba derivando en una crecida, en un desbordamiento que pronto inundó la región de fantasía y verdad, de cuento, de anhelo, de magia. Evaristus dejó de ser un simple acaudalado, una debilidad de la fortuna, para convertirse en pasto de leyenda. Ya lo era, sí, desde la ausencia inexplicada de su padre por un invierno entero, pero la talla del influjo aumentaba geométricamente a partir de los paseos, de la indispensable exhibición que venía a corroborar habladurías o a modificar sensiblemente las ya existentes. Como decíamos, a la vieja no se le escapaban los peligros dispuestos por la popularidad, por la extravagancia, pero nada logró conmover en el tío para cambiar las cosas. Además, ¿quién era ella para opinar sobre el destino de Evaristus? Nadie. La blanca era una fiel que conocía perfectamente los límites de su lugar en el mundo, de sus facultades, de sus prebendas. Con la vida impediría que lo evitable se cebara en su pasión, en su niño. Con la sangre y desde la humildad defendería a ese pillastre encantador que hasta lo más negro iluminaba a resplandores sin contar aún ocho cumpleaños. Pero el hado, hado es y quiso que, con o sin la anuencia de la vieja, el mito de Evaristus se extendiera hambriento de confines como el fuego, como las aguas.

Un día después del octavo aniversario, el niño pasaba el rato en la oficina de su tío. Afuera, echado en el umbral de la puerta, el moloso observaba a su amigo, el enano, que enamoraba a una vaquera escuálida. Las lisonjas iban surtiendo efecto y la muchacha, medio escandalizada por las libertades que su galán se permitía en el cortejo, hacía la remolona para arrancarle al otro al menos una promesa hueca que esgrimir en caso de vergüenza. A un paso de la victoria, Frixo se jugó el todo comprometiéndose a entregar dos vestidos finos para la flaca y uno para su madre. La suerte estaba echada y, a juzgar por la actitud de la mujer, ésta pronto favorecería al enano, que sabroseaba de antemano la conquista sacando la punta de la lengua por una de las comisuras. La joven dio inicio a la respuesta y se quedó a medias, pues un ladrido estentóreo del tibetano, que rara vez ladraba, le heló la sangre con su urgencia evidente. Al volverse, Frixo vio que un hombre de edad avanzada se detenía a unos pasos de la fragua para no provocar más al perrazo. Aunque mediaban unos cien pasos entre el animal y el recién llegado, éste jugó a la segura y levantó los brazos para demostrar que no estaba armado. Suspicaz, el enano chascó la lengua y el tibetano interrumpió su hosco gruñido para ubicarse en el flanco izquierdo de Frixo quien, entonces sí, comenzó a aproximarse al extraño sacando el pecho con afectación. A unos cuarenta pasos del hombre, Frixo notó que su indumentaria era distinta a la de cualquiera de las etnias que habitaban los alrededores, pero el detalle pasó a segundo plano cuando se dio cuenta de que la cabeza cubierta no lo era. Ni velo ni turbante usaba el adefesio sino que de la cabeza le colgaban serpientes larguísimas de cabello entretejido o anudado o apelmazado. Frixo interrumpió la avanzada acordándose de las gorgonas, pero entonces el hombre bajó los brazos, hundió la mano derecha en los vestidos y extrajo una especie de collar extenso integrado por cuentas redondas, anaranjadas y grandes como limones. Valiéndose ya de las dos manos, extendió el artefacto frente a sí cual si fuera un vendedor ofreciendo mercaderías a los viandantes, gesto que tranquilizó al enano enfureciendo al perro que, ansioso de cuello, se lanzó contra el intruso. Todavía no le clavaba un diente el moloso cuando el rival rodaba ya fuera de combate tratando de defenderse con su morral al tiempo que las cuentas anaranjadas rodaban desensartadas como poniéndose a salvo del ataque. Cuando el moloso pensaba en no errarle al cuello por segunda vez, se escuchó la voz de Evaristus que, a espaldas del enano, vociferó un "ey" contundente que terminó de plano con las previsiones del animal. De buenas a primeras, el furibundo se aplastó avergonzado contra el suelo echando las orejas hacia atrás como un cachorrito al que se ha pillado en falta. Gemía suavemente pidiendo a lo más alto que su amo perdonara el desatino mientras el rival se mantenía quieto para no azuzarle las rabias al contrito. Las cuentas aún rodaban cuando el niño ordenó al tibetano que regresara. Sin chistar, el perro corrió hasta los pies del amo y volvió a pedir clemencia con la mirada inocente y la enorme cabeza gacha. Pero Evaristus ya no reparaba en la travesura de su animal. En lugar de ello, miró por encima de su hombro, halló al tío con la mirada, esbozó una de esas sonrisas que significan "te lo dije" y refrendó lo afirmado por la sonrisa con una variante oportuna que el tío aceptó entre divertido y resignado. Al notar el contento de su jefe, el enano se dio a resarcir los estragos reuniendo diligente las cuentas mientras el agredido se incorporaba sacudiendo primero la ropa mugrosísima, luego las rodillas, y verificando al fin el contenido de su saco. No parecía tener prisa en encontrar lo que buscaba; tomó su tiempo para llegar a lo más hondo del saco metiendo el brazo entero para luego extraerlo con una mezcla de alivio y orgullo que al enano le resultó de plano presuntuosa. De mala gana se acercó al extraño para hacerse con un cuero enrollado y atado con listones que éste le ofrecía. Los extremos de los listones estaban lacrados contra el cuero para evitar que algún indiscreto se hiciera con el contenido sin dejar evidencia del atrevimiento, por lo que el enano no pudo saciar la curiosidad ni de reojo, pero un vistazo sí le permitió verificar lo que a la distancia sospechaba. El lacre había sido marcado con el sello de la casa y esta peculiaridad era la que había permitido al visitante acercarse al despacho privado sin ser detenido en alguno de los cuatro retenes de seguridad apostados entre la oficina y el camino principal. Frixo tomó el salvoconducto y lo entregó al tío hundiendo la mirada en el suelo, como mandaban las formas. El patrón se mostró confundido de ver el comunicado con los sellos aún intactos. No entendía por qué le devolvían sin revisar la oferta económica que se le había enviado al hombre para encargarse por dos años de la educación de

Evaristus, pero lo evidente era que el sabio, por la razón que fuera, había recorrido la enorme distancia entre su Lanka natal y las provincias de la familia. Lo decente era atender al punto sus necesidades inmediatas y dejar las averiguaciones para más tarde, por lo que el tío ordenó que ayudaran al invitado con su escasa carga para alojarlo en una de las cabañas que se destinaban a los huéspedes especiales ajenos a la familia. Al día siguiente, cuando el erudito hubiera comido, bebido y dormido, hablarían para aclarar los muchos puntos oscuros de la relación que el hombre tendría de ahora en adelante con los terratenientes. "Que lo traten como a un amigo", indicó desdeñoso el tío y se volvió adentrándose en el despacho, seguido del pequeño Evaristus y del perrazo que, tristón, se obligó a respetar al estrafalario. "Órdenes son órdenes", pensó Frixo dispuesto a cumplirlas a pesar de que el pobre había estado a un tris de sacarle el sí a la escuálida. "Un rato más y me la estaría comiendo atrás de los setos."

Por supuesto, la educación de Evaristus era un tema de importancia capital que había acaparado la atención del tío. Él había prometido al hermano ausente la enseñanza de los mejores y más aptos para su hijo y estaba dispuesto a cumplir al pie de la letra. Para diseñar el plan educativo contó, entre otras, con una asesoría invaluable que le ayudó a separar el trigo de la paja en un asunto que, dada la escasez de instructores, podía tornarse exasperante. Este asesor era el propio Evaristus, con quien, hay que decirlo, el tío llevaba una relación que en nada se parecía a la de un menor entenado con su tutor.

Más bien, la pareja interactuaba con la naturalidad que se presenta entre iguales, entre socios que quieren lo mismo y están dispuestos a negociar para lograrlo. Incluso había momentos en que el tío se plegaba humilde ante las posturas del niño, casi siempre sensatas y muy rara vez caprichosas. ¿De dónde la deferencia del gran señor ante un niño, único, sí, pero niño? Para llegar al fondo de la cuestión tenemos que remontarnos a los días en que Evaristus contaba a lo más con tres años y medio. Para entonces, el menor llevaba año y medio acompañando al tío en la faena diaria para no quedarse en casa aburrido con las mujeres y el enano. La criatura misma rogó al señor que le permitiera ir con él para adentrarse en el negocio familiar, lo que no pareció descabellado al patrón tomando en cuenta la extraordinaria madurez intelectual del sobrino. En no pocas ocasiones, las intervenciones de Evaristus habían sido piedra de toque para dirimir cuestiones complejas de la administración en que ni el capataz ni los otros colaboradores se atrevían a adoptar una postura. La primera de estas situaciones había tenido lugar durante una de las visitas que el tío realizaba a la casa del sobrino para jugar y convivir largamente con él. Tomaban agua de frutas en el jardín cuando el niño preguntó intempestivamente por el estado de "sus" negocios con toda naturalidad. El tío, que no se esperaba tamaño atrevimiento ni de lejos, quedó estupefacto y divertido por la ocurrencia, tanto que se permitió resumirle en unas cuantas frases sencillas el problema que en esos días lo ocupaba. En resumen, el sorgo, indispensable, llegaba de los sembradíos en demasía y los precios habían bajado a niveles preocupantes, ante lo cual Evaristus propuso de inmediato un sistema de acaparamiento en tres etapas que fue clave para resolver la situación. La incredulidad del tío tardó una semana en diluirse. Sí, el niño tenía razón, gustase a quien gustase y tuviere la edad que tuviere. Mil vueltas dio el hombre para hacerse una idea de dónde podía sacar el niño nociones de mercado que muchos ni de grandes comprendían pero, no siendo la primera vez que lo inverosímil se cebaba en el guapísimo pequeño, se olvidó de buscar causas y se dedicó a aprovechar el sentido y el juicio que la vida misma ponía a su disposición a través del chico. Así, informó a la vieja que desde el día siguiente Evaristus lo acompañaría al despacho de las cuestiones cotidianas en la oficina principal. La blanca se escandalizó al pensar en que su primor estaría ausente por ahí en quién sabe qué compañías, y rogó al tío permiso de que el enano y el perro lo acompañaran. "Así se podrá entretener con seguridad si se aburre del trabajo", argumentó la blanca sin que el tío tuviera argumentos para desdecirla. Además, dicho sea de paso, aunque la anciana nunca se permitió confianzas desmedidas ni mucho menos, algo en ella atemorizaba al tío de Evaristus sin que éste se percatara claramente de ello, pues el miedo sabe disfrazarse de cualquier cosa para urdir sus tramas.

Las primeras semanas de trabajo del jovencísimo Evaristus transcurrieron sin novedad, pues el niño se concentraba en los intercambios sin molestar. Prestaba especial cuidado en seguir los trazos que el capataz realizaba con gypso sobre una pizarra para registrar las talegas que se estibaban a las carretas para la comercialización, asentando la procedencia, el contenido, la cuantía estimada y el destino, para luego exigir el pago correspondiente a los intermediarios o a los empleados responsables. Para el registro, el encargado usaba una variante alfabética del sistema brahmi que permitía la transliteración del prácrito, dialecto popular derivado del sánscrito que se utilizaba ampliamente en la región por aquellos años. Una tarde, mientras el capataz ajustaba cuentas con el jefe, Evaristus se acercó a la pizarra, borró la palabra "alfalfa" y después la reescribió correctamente eliminando una inconsistencia ortográfica que había advertido al comparar lo escrito ese día con lo que se había escrito en días anteriores. El empleado advirtió el hecho con el rabillo del ojo e hizo una seña discreta al patrón, quien siguió hablando afectando normalidad mientras en realidad quedaba estupefacto conforme atestiguaba los trazos del niño. Eran perfectos, legibles, mucho más que los del capataz. Luego Evaristus se dio a la copia simple de la palabra siguiente, y luego de otra. La caligrafía del empleado parecía ser la del chiquillo y no a la inversa.

—¿Qué haces, Evaristus? —preguntó divertido el tío mordisqueando una ciruela.

—Escribo bien lo que éste ha escrito mal. No sabe de plurales.

Y sí, al reparar en los detalles se dieron cuenta de que Evaristus no sólo había corregido el error ortográfico, sino que también había modificado el número gramatical. Después, vieron cómo el niño acercaba un banco a la pizarra y se trepaba en él para llegar a la parte alta del registro y emprender correcciones semejantes que, poco a poco, fueron dejando de hacer gracia al capataz, pues evidenciaban una educación elemental que nadie, a no ser por el chiquillo, había sacado a la luz.

Esa tarde descubrieron los anonadados que Evaristus había aprendido a leer solo con mediana eficiencia y a partir del dudosísimo ejemplo del capataz. Desde entonces, el niño fue interviniendo cada vez más en la toma de decisiones, aportando lo suyo en cuitas complicadas que terminaban por resolverse gracias al sentido común o a los peculiares hallazgos de la criatura. Con el paso del tiempo, los adultos que frecuentaban la oficina fueron acostumbrándose a contar con Evaristus como si se tratara de cualquier otro entendido a quien debían prestar oído.

El tío, orgulloso de Evaristus cual si fuera carne de su carne y en cumplimiento de una promesa ya añosa hecha al hermano, se propuso tomar cartas en el asunto para conseguir la mejor educación posible. Así, sobrino y tío discutieron largamente la manera más oportuna de hacer las cosas. En primer lugar, llegaron a la conclusión de que era indispensable allegarse lo más pronto posible cuanta biblioteca en brahmi pudieran hallar en las cercanías o de plano adquirir en tierras remotas alguna que ofreciera las ventajas necesarias. De este modo, el pequeño Evaristus podía entregarse a una ilustración autodidacta mientras se conseguían los servicios de tres expertos, de tres sabios que pudieran proveer al niño con las finuras del sánscrito vedanta, de la tradición grecolatina y de la lengua hebraica. Para ello, diseñaron un plan que los condujo a la detección de los indicados. Sin tardanza, el tío mandó emisarios a Lanka, a Roma y a la tierra de Canaán. Los mensajeros fueron elegidos entre los más educados e inteligentes con tal de que pudieran aprender un discurso explicativo, ya fuera en sánscrito, griego o hebreo, para después lanzarse en pos de los eruditos con un rollo lacrado en que se incluían las condiciones. Y claro, los mensajeros ocultaban entre las ropas el más poderoso de los argumentos: un saquillo repleto de oro que bastaría para la manutención de las familias de los maestros durante un mínimo de cinco años. Los emolumentos por adelantado y la bien meditada argumentación dieron sus primeros frutos aquella mañana en que el oriundo de Lanka apareció en las inmediaciones del despacho con el collar de cuentas anaranjado que hacía las veces de contraseña para la identificación de los sabios a su llegada. Nadie conocía como él los retruécanos de los vedas, textos sagrados en que Evaristus deseaba ahondar por tradición e instinto.

    Akasa, que tal era el nombre del nuevo huésped, era descendiente directo de Kanua, el vidente, místico rishi al que se atribuían varios himnos del Rigveda. Sus dones para la enseñanza lo habían llevado a hacerse con más de sesenta discípulos que vivían en un monasterio ubicado en las inmediaciones del

Sri Pada, montaña cónica sagrada que era considerada como uno de los puntos de peregrinación más importantes de todo Sri Lanka. Con el paso de los años, los alumnos más destacados de Akasa habían llevado la gloria de su nombre a los cuatro puntos cardinales, convirtiendo al monasterio en el más famoso de la isla y de buena parte de India continental. Además de su ingente conocimiento y de las dotes para la enseñanza, Akasa era respetado por su capacidad demostrada para anticipar el futuro. Desde la infancia, el don se le manifestó con potencia inusitada. Gracias a una vida de recogimiento, estudio y disciplina, la videncia se fue afinando hasta convertir al hombre en un fenómeno procurado por los poderosos y los humildes en la misma medida. Varios cientos de personas se apostaban diariamente a las puertas del monasterio, ansiosos de ser elegidos entre los ocho que el erudito atendía cada día. Una hora después de la salida del sol, un discípulo bisoño abría la puerta principal del monasterio para dar a conocer ocho nombres que el sabio pronunciaba al terminar la meditación matutina, ocho nombres que siempre coincidían con ocho de las personas reunidas para consultarlo. Lo divino se las arreglaba para filtrar así las intenciones genuinas de las hueras, por lo que ni siquiera era necesario que el rishi mantuviera contacto previo con los solicitantes. A no ser por los discípulos y los ocho elegidos a diario, nadie tenía trato directo con el iluminado, situación ideal tomando en cuenta que la gente era capaz de cualquier cosa para granjearse un lugar en la consulta de Akasa —en tiempos recientes, un solicitante desesperado había tratado de secuestrar al maestro, pero la intentona fracasó gracias a la anticipación de los discípulos que, avisados por el líder, supieron contener la agresión—. De hecho, hasta donde alcanzaba la memoria, Akasa había permanecido en el monasterio desde su ingreso siendo un niño de cinco años de edad. Se le calculaban entre cincuenta y cinco y sesenta años, aunque nadie sabía con exactitud la edad del santón. Su precocidad, la videncia, los dones para la enseñanza y el enclaustramiento conformaron una leyenda harto conocida que muy pronto llegó hasta los asesores del tío y el niño. "Es él", se limitó a afirmar Evaristus cuando tuvo que pronunciarse ante la propuesta del asesor. "Adelante", agregó el tío. Una semana más tarde partía a Lanka el heraldo con su discurso memorizado, el saquillo, la oferta lacrada y el collar de cuentas (ninguno salvo el heraldo y luego el mismo Akasa conocían el santo y seña mencionado para evitar farsadores). Tres lunas después, el mensajero se sumó a los casi cuatrocientos aspirantes que pedían consulta a las puertas del monasterio aquella mañana. Sin más, el novicio abrió la puerta y dio a conocer siete nombres. "El último del día de hoy representa a un tercero de nombre extranjero y debe identificarse ante mí ahora mismo." El heraldo se avivó y, abriéndose paso a codazos y empujones, llegó hasta la entrada exhibiendo el collar por lo alto. Se le permitió el acceso, la entrevista, y luego se le hospedó gentilmente por tres semanas hasta que, de madrugada, el mismo Akasa lo mandó llamar para darle una respuesta positiva. Partiría con él diez días más tarde, ausentándose por vez primera del lugar sagrado. Nadie debía conocer los detalles de la partida y al día siguiente de ésta se avisaría al pueblo que la consulta quedaba suspendida por dos años y medio contados a partir de ese momento. Habiendo encargado la dirección del monasterio a su segundo, partió Akasa en compañía del heraldo, pero siete días más tarde el maestro dijo al mensajero que confiara en él y se internara entre las pobres viviendas de un caserío. "Ahí te espera el futuro elaborando almíbares. Dame el collar y ve a constatarlo." El mensajero obedeció. Parece que terminó siendo un hombre feliz.

Evaristus y su tío aguardaron tres días para ir al encuentro del sabio, pues la decencia ordenaba permitirle descanso pleno tras un viaje como el recién terminado. Los meses de camino justificaban eso y más, pero la impaciencia del futuro pupilo (no olvidemos que era un niño) no soportó más espera. Intrigados, tío y sobrino se apersonaron en la estancia de invitados y el importante se les unió en el recibidor muy poco después de recibir el aviso. El rostro del hombre se iluminó ante la propuesta de pasearse por el jardín durante el intercambio. Se había aficionado tanto a los exteriores y a dormir al fresco que ahora le costaba trabajo volver al encierro y a otros hábitos semejantes.

Se entendieron de maravilla gracias al prácrito que todos comprendían, a la buena voluntad y a un arsenal de señas que les permitió subsanar malentendidos. El visitante era amable, risueño, bromista, lúcido. No parecía tomarse nada en serio y ese desprendimiento le daba encanto a manos llenas, al menos ante los ojos de Evaristus, pues el natural arisco del tío hacía imposible una camaradería rápida. Akasa, quien advertía la reticencia, optó por no forzar tan incipiente relación dándose al relato de las peculiaridades de su vida, de su Lanka amada, y a las vicisitudes del trayecto que lo había conducido hasta Pagala. Así se enteraron los encumbrados del miedo que el Akasa niño provocaba en los familiares y en el círculo cercano con sus predicciones espontáneas, de la tortura que el supuesto don representó en las etapas tempranas de su vida en general y de cuán estricto había sido el proceso de domesticación de la videncia, prebenda salvaje, caprichosa, mordaz, que exigía comedimiento sin paralelo y una honda comprensión del hombre y su circunstancia. Porque sí, tal como sugería Evaristus, la existencia misma del fenómeno llevaba implícita la obligación de comunicarlo, la forma de hacerlo, el cómo y el cuándo exigían una sutileza que no casaba con el temperamento infantil ni con el adolescente. Akasa estuvo de acuerdo en que el futuro entreverado era losa ruin para las almas en desarrollo. Cuando las inminencias se revelan, lo primero que está en juego es la visión infantil de los hechos. Para dar una idea de lo que esto representaba, Akasa pidió al tío imaginar la angustia de una criatura de dos años que, tambaleante aún, se allega llorosa al comedor de la casa paterna para informar que el hermano de su madre moriría asesinado por comerciantes de pieles, en Umma. Aquel pobre Akasa ignoraba qué eran la muerte, el homicidio, el comercio peletero y hasta la existencia de la tal Umma. Es más: nunca había visto al tío. Y así, de pronto, se le presentaban las visiones y la necesidad urgente de comunicarlas, hecho lo cual sólo ganaba miradas incrédulas, reproches doloridos, tortazos y castigos, claro, hasta que sus palabras probaban ser veraces. Entonces venía una suerte de temor reverencial que terminaba por aislar al niño. Pobre Akasa. La disyuntiva le ofrecía el monasterio o la soledad de los caminos y optó por el monasterio, pues la soledad no, esa no era para niños. El sabio refería sus andanzas con ligereza, pero Evaristus sabía que cada palabra del hombre pesaba y que estaba dirigida a él por más que el interlocutor aparente fuera el tío. Si mencionaba el horror de la videncia era para demostrar que estaba al tanto de la que el nuevo pupilo experimentaba a cada rato; si mencionaba lo injusto que era cargar con asuntos de adultos sin tener sombra de barba, lo hacía para aclarar a Evaristus que no por vislumbrar lo vislumbrado era problema suyo. Cuánto trabajo le costó a Akasa escindirse de lo pronosticado, de las visiones, de la verdad endilgada que nadie quiere a su puerta sin avisar. Un esfuerzo equivalente necesitaría Evaristus. Eso quería decir Akasa en realidad. El mensaje llegaba claro al pupilo. Se entendían.

De nada hubiera valido el esfuerzo del niño y de su maestro al no contar con el apoyo de los versos, de los cantos, de esos himnos preciosos que en la estrofa entregaban lo indispensable para distender el miedo. Comprendió gracias a éstos que su linaje era de artista, que algún antepasado allanaba el camino para él, para todos los hombres al fin, por medio de esas letras, de esas luces, de las estanzas atemporales, visionarias, eternas. Porque los vedas son eternos. Está demostrado. Y nada eterno puede devenir de la caducidad. "Quien se adentra en los vedas, vamos, abreva eternidad en el río del mundo. Yo te enseñaré a cantar", remató Akasa para dar lugar a un silencio necesario, reflexivo y muy largo. Hasta entonces se dio cuenta el tío de que el sabio había estado cantando todo el tiempo; el sonsonete detectado no era acento extranjero sino música. "Y la música es aliento divino", agregó el magi después del largo silencio referido.

A una distancia prudente, medio escondida atrás de unas palmas, la blanca aguzaba el oído. La desagradabilísima pinta del invitado la había puesto en guardia, pero ahora no dudaba de la altura de Akasa. Ganarse a la blanca no era fácil y éste lo había hecho sin afanes. Ella sabía de cantos. Comprendía que cantar es rezar sin darse cuenta y coincidía en que dios usa la canción para hacerse oír entre los ruidos. También sabía lo suyo en lo que a visiones se refiere y coincidía con la postura general del monje. Eso sí, al pobre le faltaba mundanidad, de esa que se obtiene en todos lados, menos encerrado. Se le notaba el encierro en la piel, en el ritmo sopesado de la risa. Pudo imaginarlo sublime pero no lograba identificar a ese ser luminoso y polvoriento con el visitante que rodara por tierra atacado por el mastín —quién sino el enano para enterarla al punto.

—Yo en su lugar me preguntaría cómo es que un cantor tan ufano como yo anticipa cuanta cosa y no puede adelantarse a un perro hosco que cumple con su obligación. La vida es como es y yo veo lo que ella me muestra. Las intenciones de los perros como ese han de ser arcanas o de plano la fortuna tenía ganas de echarse una carcajada. ¿Quién puede culparla? —comentó de excelente humor Akasa respondiendo a una pregunta inocente que ya se planteaban en los adentros Evaristus, el tío y la blanca—. En mi sueño era yo el que perseguía cuentas anaranjadas por el suelo, pero del contexto no me enteraron. Mejor.

—¿Y por qué no desenrolló siquiera la oferta lacrada? —se animó a cuestionar el tío, animado por la bonhomía de Akasa.

—Hace siglos que mi alma conversa con la de Evaristus. Nos conocemos bien, nos entendemos. Es hora de ponernos al día. No necesito argumentos para correr a conversar con un amigo. Además, su sello, señor, es tan bonito que da lástima romperlo —remató el sabio convenciendo al niño, al tío y a la oculta de las palmas.

Cada madrugada, faltando cuatro horas para el orto solar, se internarían Akasa y Evaristus en la vedanta. Si el clima lo permitía, era preferible dialogar al fresco, dejando los interiores para el sánscrito sacro y su lectura. Al menos medio centenar de polémicas memorables tuvieron lugar de madrugada, bajo un tilo o cobijados por una acacia. Como fuere, los singulares se olvidaban del entorno fascinados por la oportunidad de un intercambio entre iguales. Ambos aprendieron de ambos. Ambos disintieron para luego negociar acuerdos o refrendar las diferencias. Bajo la luna, el sabio hecho y el inminente se regocijaron en honduras, en extravíos. Por ejemplo, en la tercera sesión nocturna, al discutir la novena de las ciento setenta y cuatro verdades no evidentes de Vásista, la relativa a la naturaleza del tiempo, Akasa, el afable, provocó diciendo:

—Hace mucho tengo la impresión de que vivimos satisfechos con la noción del tiempo como transcurso, del tiempo como una especie de materia invisible que está en alguna parte, dispuesta a cruzarse con nosotros para luego quedar atrás, en alguna otra parte que ya no importa, cual ola que se pierde en la arena tras mojarnos los pies. Si lo piensas, nuestra disposición física puede ser la fuente de esa tendencia connatural: tenemos ojos en un solo lado de la cara y todo lo que vemos nos queda de frente. Por eso sentimos que la vida misma, su energía, es algo que viene al encuentro hasta perderse a nuestras espaldas en un mundo que ya no nos atañe por irrecuperable. Si la fuente de toda creación hubiera querido darnos cuatro ojos, dos colocados al frente como los tenemos y otros dos dispuestos a la misma altura, pero en la parte posterior de la cabeza, ¿cuál sería el frente? ¿Pensaríamos lo mismo de lo venidero? ¿Seguiríamos creyendo, amable Evaristus, amigo, que la vida viene de alguna parte para ir a parar a otra distinta o, por así decirlo, para ir a seguir transcurriendo?

—Magi: el tiempo-sucesión, el tiempo-transcurso, el tiempo como algo que nos gobierna sin parar de llegar y sin dejar de irse puede ser, sí, un efecto lógico de nuestra disposición corporal. Probablemente otra disposición facilitara la polémica, pero no la tenemos. ¿Imagina usted, magi, lo difícil que sería ir de un lugar a otro teniendo cuatro miradas? El alma terminaría por estancarse. Nadie lograría ir hacia adelante o hacia atrás, pues la orientación perdería sentido. Otro problema clásico que han discutido los curiosos desde que sale el sol es el del origen y destino del tiempo. Si el tiempo existe únicamente para transcurrir, debe partir de alguna parte y dirigirse a otra. Esa es la naturaleza del transcurso. Por eso, muchos antes de nosotros creyeron firmemente en la necesidad de un tiempo curvo, cíclico, circular, que partiera de sí mismo llegando a sí mismo, autosuficiente y con un toque de ocio muy bello por cierto. La trampa oculta en esa forma de pensar es que si el tiempo va y vuelve por natural para volver a empezar, todo lo que vivimos tiene que repetirse exactamente una y otra vez, aunque entre evento y repetición medien miles, millones de años (cómo saberlo). Usted y yo tendríamos que sostener esta conversación eternamente y mis sentidos se alebrestan ante la idea misma. Al reflexionar he dado con una tercera posibilidad. Definitivamente, el tiempo, sea lo que sea, tiene lugar en el mundo, en el espacio. Es una fuerza, algo que tiene capacidad de incidir tanto en lo vivo como en lo inerte, y al incidir termina por modificar la forma, la manera de existir de todas las cosas. Piense en la manzana recién cortada y la manzana tres meses más tarde, en el bebé que nace midiendo un codo para medir dos en año y medio. Y ahora: ¿podría el tiempo ser acumulación y no transcurso? —preguntó Evaristus mientras daba vueltas al tronco del tilo con la mirada clavada en el suelo—. Piense en las clepsidras. Arriba tenemos un tanque lleno de agua que tarda casi siempre lo mismo en vaciarse gota a gota en otro recipiente de capacidad semejante. El agua del tanque superior hace las veces de nuestra reserva de tiempo que con su peso obliga a que el agua pase por la estrechura para caer y depositarse. Así, el tanque superior sería el futuro, la caída el presente y la acumulación el pasado. Tal es el tiempo como sucesión, como transcurso. Si yo tomo el recipiente de abajo y vacío el agua en el recipiente superior para volver a comenzar, tenemos al tiempo como ciclo, lo que ya sabemos lleva por lógica a la eventual repetición de lo mismo. Entonces, magi, me pregunto y le pregunto: ¿no cree usted que el tiempo podría ser en realidad la vida misma, esa chispa de la que hablan los doctos y no sólo una medida del transcurso? Paciencia, Akasa, por favor. Lo vivo puede ser tiempo acumulado, no transcurrido. Desde este punto de vista, la vida sería la manifestación del tiempo en el espacio y los seres vivos podrían ser el contenedor del tiempo, que no pasaría a entretenerse con su inutilidad en una especie de patio trasero o a perderse a nuestras espaldas, sino que terminaría concentrado, acumulado, contenido en nosotros, en lo vivo. Así, la vejez tiene sentido porque no sería vaciarnos de vida sino colmarnos de tiempo, de un tiempo que no va a ninguna parte sino que nos da forma como la fuerza que es. Podemos ser forma del tiempo y el tiempo bien puede ser creador y no mera creación si se le piensa desde esta perspectiva. El tiempo agolpado, magi, su presencia cada vez más densa, produciría el crecimiento igual que el aire, al ser soplado en una vejiga de cabra, la va inflando. El tiempo puede ser la fuente del crecimiento, del desarrollo. La vejez no es un desgaste provocado por el transcurso abrasivo del tiempo, por su roce, sino acumulación de tiempo manifestado. Nada impide que el aire mismo esté hecho de tiempo. Y el agua. En ese sentido, el tiempo es dios, el principio y el fin, el alfa y el omega, como insisten en decir los que no son muy originales que digamos. Eso sí: vivir sería entonces la mera gestión del tiempo, su administración, y el hombre sería un tabernáculo de ese dios constante, inclemente e infinitamente justo, pues a todos trata igual aunque dotando a cada cual con armas distintas. En esa misma línea, magi Akasa, siguiendo el rudo esquema que propongo, si el pasado es acumulación, represa, el presente es acumulación de pasado, acumulación manifiesta: el pasado es presente. Si el pasado es presente, el futuro sólo puede no ser, pues la lógica indica que su nada es potencia pura. Si me lo pregunta, le diré que el futuro es el conjunto de fuerzas probables, potenciales, multidireccionales y disímbolas que todos creamos y que vienen a la existencia hambrientas de forma, como todo lo que toca este mundo. A fin de cuentas, pienso, sólo el presente existe. Es la carga que contiene nuestra piel, es peso vivo. Vivir es contener el tiempo y morir es perderlo. Vida y tiempo, pues, serían una y la misma cosa sin tener que pasar por el transcurso mecánico o la repetición idiota. Insisto: bien puede ser que la creación, que la diosa sea tiempo.

Cuatro horas al día se enfrascaban los susodichos en debates de este tenor y diez dedicaban a la lectura de las joyas contenidas en la biblioteca que el tío y Evaristus se habían procurado. Durante la lectura, maestro y alumno acordaron prohibir los intercambios para alentar la introspección y no la reacción instintiva. De madrugada, todos los afanes poéticos, musicales, retóricos y filosóficos estaban permitidos; no así durante el día. El día de los estudiosos estaba hecho para admirar y hacer sentido de lo admirado. La noche era una ocasión especial e inmejorable para reír de ese sentido y buscar otro más propicio. Y así. Akasa fue espejo para Evaristus y Evaristus espejo de Akasa. Entre los dos, mirándose de frente, pensándose de frente, trataban de hallar el sentido del mundo dispuestos a perderse si era necesario. El maestro y el alumno, espejo frente a espejo, posibilitaban lo infinito en la misma medida que el hombre y la mujer se azoran frente a frente atestiguando la vida. El otro es la medida del yo, su certeza, su posibilidad originaria. Solos no. Eso no.

Ocho lunas más tarde, el sabio afable abrazó espontáneamente a Evaristus para después confesarle que los años acordados de antemano no tenían sentido después de todo lo leído, estudiado, discutido y vivido entre los dos. Era inminente la llegada de otro sabio, el de Canaan, quien a juzgar por la visión de Akasa se presentaría con la barba llena de abalorios. Llegado ese momento, el afable debería estar emprendiendo ya el regreso al monasterio de Sri Pada. Antes de ello, el maestro pedía a Evaristus un último encuentro a solas, más largo e intenso que los demás. Tres días con sus noches. La ocasión era indispensable para que Akasa pudiera dar al ahora amigo un regalo postrero que le guardaba desde su salida de Lanka. Pasada la ceremonia en la intimidad de las cuevas, Akasa abrazó por última vez a Evaristus y se alejó sintiendo en la espalda la mirada del niño, del enano, del tío, de la vieja y, por supuesto, del tibetano, que no atinaba a explicarse por qué tanta deferencia con el intruso.

La buena impresión que el vidente había dejado en casi todo el clan quedó reafirmada por un detalle de humor involuntario. Efectivamente, el hebreo se apareció a las tres semanas de la partida de su antecesor, pero en lugar de los abalorios pronosticados, el cananita se presentó con el ya mencionado collar de cuentas anaranjadas dispuesto por encima de una barba tan larga que le llegaba cerca de la cintura. Al verlo por primera vez todos justificaron en sus adentros el desliz del afable pues, a cierta distancia y sin tener la vista de un muchacho, hasta el más certero podría confundir esas cuentas brillantes con abalorios de cristal. Imposible exigir más precisión a un mortal que se aviene a informarnos lo que en justicia deberíamos ignorar.

El viejo de los abalorios, con o sin ellos, se hizo tan famoso en Pagala como antes lo fuera el rishi, pues la barba inusualmente larga, blanquísima y con ciertos tintes violáceos en las puntas, daba al personaje un aire estrambótico equiparable con la salvaje cabellera de Akasa. A diferencia de éste, el nuevo magi no dejaba en paz su pelambrera. La acariciaba sistemáticamente, de día o de noche, con mayor o menor fruición dependiendo del tono de la polémica. Por lo común, cuando los ánimos estaban calmos, el judío enrollaba su barba en un tubito de madera, lo que le permitía mayor libertad de movimiento y parecía convertirlo en otra persona, menos acartonada e incluso más joven. Conviene imaginarlo con el dedo índice de cada mano tocando los extremos del mentado tubito que le colgaba cerca de la barbilla. Así, en profunda reflexión y silencio, el sabio iba formando una opinión que, al concretarse, parecía decidirlo a liberar esa obsesión pilosa. Paciente, quitaba las dos pinzas diminutas con las que fijaba el tubo y le daba un par de vueltas liberando un trecho de barba antes de volver a fijar las pinzas, con lo que el artilugio colgaba ahora a un palmo de la barbilla. El proceso se repetía dos o tres veces hasta que la barba volvía a colgar suelta en toda su extensión. Llegado ese momento el hombre cerraba los ojos, inhalaba profundamente, contenía el aire, lo soltaba y se guardaba el tubo entre las ropas. Entonces, con un aire de alivio, metía los dedos entre la barba y trabajosamente extraía algún objeto menudo de su espesura: un anillo, una piedrecilla, un listón, la concha de un caracol enano, una cucharilla de las que usan los médicos como parte de su instrumental y hasta dos moras azules que acentuaron los extremos violáceos de una mecha principal. Al separar el último pelo blanco del objeto en turno, el magi hebreo soltaba discursos sublimes relativos a la cosa aparecida que derivaban en lecciones de profundidad y encanto anonadante. Las conferencias podían durar algunos minutos o extenderse por muchas horas si el tema y su complejidad lo exigían. A diferencia del afable, este cananita no admitía réplicas que interrumpieran sus palabradas. El diálogo propiamente dicho comenzaba cuando el sabio arrojaba el objeto sobre su hombro izquierdo, como desechándolo por inservible luego de haberlo usado.

Las polémicas entre el viejo y el niño terminaban en enfrentamientos de virulencia considerable. Necio y docto, el barbón no solía dar su brazo a torcer ni se entregaba al suave vaivén del intercambio. Pinjas, que así se llamaba el arribado, se batía en cada argumento como si en ello le fuera la barba. Nada concedía, y para lograrlo era capaz de generar las ideas más prolijas, tan convincentes como las de un rétor célebre, mas sin el toque de cinismo que la retórica solía entrañar por esos tiempos en contraste con otros más nobles. Hombre de férreas convicciones éticas, morales y religiosas, Pinjas vivía para constatar, no para buscar. Su entramado intelectual podía llegar a ser denodadamente inflexible, pero nunca obtuso. Daba la impresión de haber leído toda su vida con el único fin de convencer y de convencerse, si es que alguna duda llegaba a surgirle en el proceso. Quebrar una idea al tozudo era tan improbable como hallarle honor a un gobernante cualquiera, lo que fue templando al pupilo en las lides del debate enconado.

La hosquedad de Pinjas era, en parte, resultado directo de la animadversión que el hombre sentía por el hecho de enseñar su tradición a infieles. Nunca antes de recibir la visita del emisario había pensado siquiera en algo semejante. Famoso por su conocimiento arcano y por los argumentos fabulosos que surgían de su inflexibilidad, Pinjas era el centro de una comunidad de estudio que extendía sus redes mucho más allá del territorio que los romanos insistían en llamar Palestina. Maestro de maestros, estaba acostumbrado a recibir y no a visitar, pero lo expuesto por el heraldo, sumado a los detalles que se exponían en el rollo lacrado, hicieron que el sabio meditara largamente su respuesta, lo que era inusual, por decirlo de algún modo. Las supuestas dotes del pupilo lo tenían sin cuidado, pero sentía una intriga casi malsana por enfrentarse a un discípulo de Akasa, cuya fama había logrado viajar de Lanka hasta la gigantesca furcia que era la ciudad de Roma a ojos de radical judío. De no aceptar las condiciones, perdería esa oportunidad inigualable de adentrarse en los secretos del santón de Sri Pada, a quien en el fondo consideraba un farsante infiel que debía ser expuesto como el fraude filosófico-religioso que era. Porque seguro lo era. Hombre de convicciones graníticas, Pinjas consideró desde el principio que un contacto directo con el supuesto sabio de Lanka era innoble, por lo que dejó en claro al emisario que no, que acaso aceptaría la tutoría del niño pero siempre que ningún otro le hiciera sombra. Nada más faltaba. Pero cuando la dignidad exacerbada parecía echar por tierra cualquier posibilidad de acuerdo, entraba en juego la eterna traidora, madre de dudas, hija de ciegos. La curiosidad mostraba sus credenciales y el sabio quedaba a sus expensas. Noches enteras se batió con la malsana y terminó perdiendo esa partida en que se jugaba quién sabe qué. Una madrugada, después de tener un sueño revelador, el magi extrajo de su barba una cuenta anaranjada y ya no hubo modo de resistirse. La señal era clara. Una vez realizados los arreglos indispensables, Pinjas se fue con lo puesto, con el tubito de madera escondido en el cinto y con un pedazo de queso duro que le bastó para una semana. Frugal, no consideró necesario llevar consigo ni una de las monedas de oro que los de Pagala habían puesto a su disposición. Jamás había necesitado dinero. Jamás pensaba en él si las circunstancias no lo exigían. Sucio dinero.

La hostilidad del rabino quedó manifiesta desde los primeros días y Evaristus no hizo nada para repelerla. Del tipo le interesaban los argumentos y la pericia discursiva. Si para llegar a ellos tenía que aguantar la amarguras de Pinjas, estaba dispuesto a hacerlo. Los primeros tratos en la relación no anunciaron nada bueno, pues el cananita sacaba las garras ante la menor provocación, real o imaginaria. Las reservas defensivas no tenían que ver en sí con Evaristus, sino con su contexto. De hecho, el niño era todo lo que le habían contado y mucho más. La intuición del menor daba sabrosura a las discusiones, especialmente cuando éste oponía argumentos del todo ajenos a la tradición intelectual del maestro. La mención constante del Rig Veda, las citas textuales que recitaba de memoria, los invaluables manuscritos que la biblioteca familiar contenía a estas alturas, todo eso se sumaba para componer un fresco que repelía al judío atrapando al intelectual.

Una madrugada, mucho antes de la aurora, Evaristus hacía tiempo en el jardín para presentarse ante el mentor a la hora indicada. El viento soplaba con violencia desde días atrás, pero esa noche las rachas hacían volar todo lo que no estuviera anclado y dormir era imposible por el escándalo que lo arrastrado producía. Temeroso de que el maestro descansara todavía, Evaristus espió por una hendidura del postigo más grande y así fue testigo de la ceremonia con que Pinjas trataba a su tubito de madera cuando creía estar a solas. Le hablaba. Le rezaba. Lo reverenciaba. Aunque el niño desconocía el hebreo, la devoción del cananita era tal que esta ignorancia no obstaba para entrever el sentido de las plegarias. Le sucedía a Evaristus lo mismo que a Pinjas con la dulzura del sánscrito sacro: la música implícita en las palabras hechizaba de modo tal que cualquier significado terminaba por distraer. De pronto, la oración fue contrapunteada por un sonido débil. El tubito de Pinjas vibraba contra la baldosa sobre la que estaba colocado, enfrente del maestro. En ese momento, el judío lo tomó con gran cuidado y enrolló la barba como ya se ha descrito, quedando el tubo de madera casi pegado a la barbilla. Entonces se percató Evaristus de que el tubo tan mentado le impedía ver el verdadero prodigio que se suscitaba ante sus ojos: Pinjas levitaba. Los tres o cuatro dedos que lo separaban del suelo, aunados a la pobre perspectiva que la hendidura ofrecía a Evaristus, dificultaban la constatación de los hechos, pero una de las rachas supo entrar por el resquicio agitando los faldones del judío para revelar que sí, que nada mediaba entre las nalgas y el suelo. A diferencia del natural airado que exhibía día con día, el Pinjas de esa noche se hallaba inmerso en una paz tal que le modificaba el semblante. Algo tan delicado, fugaz y precioso como el sueño de un niño contenía la escena del viejo montado en su ligereza, y ese algo clamaba silencio para poder seguir existiendo. Por decencia, Evaristus se alejó de la hendidura. La intimidad del místico exigía deferencia, respeto, y no hay respeto posible si se atisba a escondidas como el lobo espía al cervato.

Esa noche supo Evaristus que el hosco era sublime como el otro, pero a su modo. Esa noche supo que el camino para allegarse el corazón de Pinjas no pasaba por la solidez u originalidad de los argumentos, sino por la pureza de la intención, ya que sólo los puros alcanzan ese estado de gracia. La inteligencia extrema no impresionaba al rabino, pero ya se las arreglaría el pequeño para demostrar la pulcritud espiritual que sí conmovería a ese hombre difícil, sensible, duro. Y la intentona de Evaristus dio inicio esa misma noche, a la hora propicia, cuando el niño se presentó ante el maestro con seis rollos de la vedanta y la propuesta de enseñarle "una de las lenguas de dios", para no herir susceptibilidades a lo tonto. El recurso del pupilo cogió por sorpresa a Pinjas y lo enterneció. Ahora que lo pensaba, nadie se le había acercado con la intención de enseñarle algo valioso. Acostumbrado como estaba a ser la fuente, no le vino mal la súbita transformación propuesta y aceptó cambiar su papel de mentor por el de alumno. Y recuperó así la felicidad esquiva que, por décadas, había buscado sin hallar. Aprendía.

Pinjas aprendió sánscrito con la misma facilidad con que Evaristus aprendió el hebreo. Tan bueno resultó el chiquillo para maestro como el viejo resultó para ser alumno. Ambos se divirtieron improvisando juegos de palabras, adivinanzas, poemas y hasta intentando dialogar en ambas lenguas, cada cual en la recién aprendida. El desastre resultante era tan entretenido que muy pronto abundaron las risas otrora ausentes en la interacción. El amor por el saber, argamasa luminosa, logró unir lo que ningún otro mortero habría unido. El viejo recobraba una disposición y el joven la descubría. En el camino, las aguas de esos eruditos tan disímbolos fueron hallando confluencias y, a la postre, tallaron cauce. La combinación de dos sangres en una vena dio pulso y dinamismo a una quietud que el enfrentamiento llano no podía impulsar. Las tradiciones de los estudiosos, tan opuestas en apariencia, fueron mostrando elementos comunes que semanas antes ninguno de los involucrados hubiera podido adivinar. Cuántos sentidos inadvertidos e inesperados fueron encontrando en las derivaciones etimológicas, en las declinaciones. Dedicaban semanas a la especulación sobre un concepto o vocablo relevante y luego otro tanto a la deconstrucción de lo obtenido. En el trance, las entretelas, como decíamos, se iban revelando. Los asuntos de fondo siempre han sido los mismos y su fondo nunca ha sido hallado, lo que en nada afecta el placer de la búsqueda, el éxtasis que deriva de la inmersión franca en esas aguas. Sabedores de ello, el par se dio al estudio de los grandes temas con una frescura y una libertad que hubiera sido inviable en el contexto anterior al nacimiento de su amistad. Porque a fin de cuentas eso era lo que se traían entre manos. En algún momento de la relación, el vejestorio y el chiquillo se olvidaron de los papeles cotidianos permitiéndose la alegría de ser lo otro. Ambos enseñaban y aprendían. Ambos erraban y acertaban. Lo más curioso era verlos retornar a su natural antiguo para, de repente, callar y darse a la burla de sí mismos. La disposición era tan positiva que un buen día el viejo Pinjas aceptó lo inaceptable: confiaba. Eso sí era novedad. Desde criatura le habían impuesto la desconfianza como norma de vida. Esa pesada carga judía estaba adosada a Pinjas como la barba descomunal y prescindir de ella parecía francamente ridículo. Pero se podía. Ahí estaba la prueba. Ni la pera era peral ni la barba era el hombre. Algo semejante sucedía a Evaristus, pues el estrecho círculo del menor estaba hecho de lealtades y pasiones, vitalicias e incorruptibles si se quiere, pero nunca equiparables a la espontaneidad de la confianza y su compinche, la amistad.

Los amigos, pues, enseñaron y aprendieron diez o veinte veces más que cuando no lo eran. Gozaron tanto al bajar la guardia que luego ya no supieron volver a oponerla como antes de su encuentro. El hebreo del niño y el sánscrito del viejo, pretextos, puentes, zanjaron las diferencias importantes. El resto se acomodó solo dando cabida a las confidencias. Si alguien hubiera sugerido a Pinjas que en su aventura terminaría por revelar a un niño no judío buena parte de su sabiduría arcana, de sus secretos largamente guardados, el místico no habría dudado en castigar al atrevido a vergajazos. Evaristus, que no había tenido tiempo de amargarse el carácter en la misma medida, perdió esa tendencia a la soberbia ahijada por el solipsismo y la evidente superioridad que, comparada con la del barbado, ya no estaba tan sobrada. También él cedió a la magia de su antiguo oponente y le correspondió con versos del Rig Veda reservados al linaje Kanua, el de los videntes. Además, tras pensarlo hondamente durante casi un año, Evaristus regaló al judío amigo el secreto de la Gaiatri, oración secreta que pronuncian los brahmanes tres veces al día y que Akasa había tenido a bien enseñarle en el mencionado retiro de tres días.

—Esta oración, magi Pinjas, es el origen más antiguo de los portentos. Puede contenerlos todos o quedar vacía al instante si la intención o la persona es ruin o equívoca. Akasa, el afable, decía que el rezo, entidad autónoma y no mero conjunto de palabras y sentidos, puede escapar de la memoria humana a voluntad, de manera que siempre es invocado por la persona correcta o de plano no es, no está, desaparece. No se trata de un olvido aleatorio como la mayoría, sino de un olvido integrado en la esencia misma de la plegaria y que termina siendo garantía de pulcritud, por decirlo de algún modo. Entre otras cosas, Akasa quiso enseñarme en las cuevas lo inútil que resulta tratar de fijar el contenido en un pellejo o papiro o tableta. Se puede, mas no con los alfabetos conocidos. Es desesperante atestiguar cómo se van borrando las letras que uno recién escribe, como si los trazos se realizaran en el agua.

—La magia es siempre recíproca. Quien la ejerce modifica su situación en la misma medida que se modifica el objeto del encantamiento. Por eso la insistencia en la buena disposición y en la pureza de las intenciones. Pulcritud le dices tú, mas hablamos de lo mismo. Regálame tu magia y te regalo la mía. En el fondo sospecho que son lo mismo pero lo vemos distinto, como el horizonte que no cambia por abundar los espejismos. ¿Qué sabes de la generación espontánea? —dijo el sabio mesándose la barba.

—Que de algún modo la tiene usted en la punta de los dedos o resguardada en esa blancura luenga —respondió el niño señalando la barba del preceptor—. Nunca se lo he dicho, pero cada vez que usa el tubo me entero al instante de lo que surgirá de entre los pelos. Es como si algo me avisara que Venus está por nacer de la espuma. No falla. Akasa me educó las facultades y creo que eso ya no tiene remedio.

—Me pasa lo mismo pero a la inversa, Evaristus querido. Mira: cuando vino el don, me desesperaba no saber qué nacería de él. Si creía necesitar un dado, se me aparecía una abeja. Si rogaba por un chalkoi para comprar un mendrugo en el camino, se me aparecía una cagarruta o cualquier otra barbaridad que, a la larga, probaba ser más útil que lo imaginado. Paulatinamente terminé por asumir que mis milagros eran una especie de oráculo. Te cuento el ejemplo de la cagarruta. Moría de hambre en Samotracia. Rogué. De la barba surgió una suciedad pestilente que me embarró las manos y la barba misma. El hedor era tan desagradable que me entraron arcadas sin tener qué devolver. Asqueado, regresé a un riachuelo en que había saciado la sed momentos antes para restregarme la barba y las manos. En ese momento, me percaté de que a mi derecha había un nido de faisán disimulado entre la hojarasca. Dudo que hubiera llegado muy lejos sin los cuatro huevos crudos que desayuné aquella mañana.

—Bien pudieron ahorrarle los ascos apareciéndole cuatro huevos de la barba. No podemos negar la chocarrería de sus prodigios.

—Vuelve el insolente. Pero ahora que lo dices…

—Acepte que tengo razón.

—Pero ahora que lo dices —repitió Pinjas—, me queda claro lo fácil que es equivocarse y llegar al ridículo por extensión. Mira cómo la haces de ejemplo vivo.

—No se ensañe, magi y ya dígame qué pasó o en qué me equivoco.

—Ay, los impacientes: siempre intercambiando el hoy por un mañana que ni existe —sentenció parsimonioso el judío para acicatear al otro que, chiquillo al cabo, no soportaba las dilaciones—. Decía que gracias a esos huevos tuve fuerzas para caminar los dos o tres estadios que me faltaban para llegar a mi destino, el Santuario de los Grandes Dioses de Samotracia, en donde pretendía hacerme pasar por lo que no soy para conocer los ritos de Axieros, Gran Madre de la región que, como si fuera una Cibeles Frigia, se representa sentada en compañía de un león. Confieso que me movía además otro motivo frívolo, pues tiempo atrás me habían mostrado un anillo de esos que les dan a los iniciados y fui testigo de la maravilla. El anillo que te digo tenía magia magnética, como la que describió Tales, y se contaba que los anillos fundidos con el hierro local eran de potencia formidable. La curiosidad y el deseo confabularon para llevarme a la isla, pero el viaje terminó siendo una pesadilla.

—Por las cagarrutas, supongo —se mofó Evaristus lindando con la grosería, mas Pinjas lo ignoró.

—Los huevos de faisán me devolvieron el alma al cuerpo, pero ni toda el agua del riachuelo lograba quitarme el olor aquél. Asqueado de mí mismo seguí el camino resignado a oler peor que diez cabreros tras una llovizna. Tal vez era mi impresión, pero los perros de las casas vecinas al santuario me ladraban con especial furia corroborando mi versión. Uno de estos animales se me vino encima. Por fortuna, no era muy grande; pude repelerlo con una buena patada en el hocico, pero el golpe me lastimó tanto como al chucho y quedé tendido ahí con el tobillo dañado y apestando a albañal. Maldita mi suerte. Con profunda vergüenza acepto ante ti, amigo, que en esos años la fe me flaqueaba y al sentirme maldito asumí que tenía derecho a maldecir. Maldije. Entonces, el dolor y la peste arreciaron.

Gemía en el suelo a ojos cerrados cuando escuché que un gruñido hacía segunda a mis alaridos. Uno de los perros me mostraba los dientes a un palmo de la cara. Lo miré fijo a los ojos y el animal se arredró retrocediendo dos o tres pasos, pero entonces otro perro, blanco esta vez, mordió el manto y tiró de él haciéndome caer de espaldas. Otro animal se sumó al ataque y logró prenderme del turbante. Ya ni me acordaba del tobillo al defenderme con brazos, piernas y gritos. Sentí una colmillada en la pantorrilla y creí que los días venideros se escapaban.

—¿Y entonces?

—Es obvio que no se escaparon, pues aquí estoy viviéndolos.

—Se burla, maestro —reclamó Evaristus ante la mala broma.

—Gran placer, por cierto. Entonces uno de los perros aulló de modo tal que acalló mis alaridos. Una roca mediana le había dado en las costillas. La piedra era tan recurrida o el quejido del animal tan lastimoso que el resto de los atacantes se distrajo primero para luego darse a la huida. En realidad, la desbandada se debía a que una joven de hermosura excepcional y tez olivácea agitaba un palo con tal determinación que ninguno de los perros se atrevió a cuestionar su autoridad. Me incorporé a duras penas, agradeciendo el favor. El perro que me había asestado la dentellada era de la chica; al oír el escándalo, ésta me vio rodeado por la jauría y Elohim la mandó a salvarme. Mejor aún, la joven me ofreció el brazo para ayudarme a llegar a una casucha hecha de tablas. Ahí la esperaba su madre, bella también pero no tanto, pues el bonito cabello negro cedía al empuje de su contrario y con tanta cana la mujer se veía mucho más vieja de lo que su edad justificaba. Hablaban una variante del griego ático que no me era familiar, pero el gesto de esas almas caritativas denotaba buena voluntad a raudales. Así, entre sonrisas, la joven me desató las sandalias y se puso a lavarme la mordida de la pantorrilla mientras la madre (asumí que lo era) se entregaba a elaborar cierto preparado que hervía en un caldero. Después de unos instantes, tomó un cucharón de madera, lo hundió en la preparación y sirvió el contenido verdoso en dos cuencos de barro. La joven tomó uno, esperó a que se enfriara un poco y vertió el contenido en la mordida. Afuera, los perros reorganizaban la jauría preparándose para mi eventual salida del jacal. Ostensiblemente molesta por el ruido, la mayor de las mujeres respiró hondo, contuvo el aliento, tomó mi barba y la fue sumergiendo poco a poco en el otro cuenco. El hedor se esfumó tan rápidamente como había aparecido, llevándose consigo la creciente excitación de los perros. El silencio nuevo y el aire fresco invadieron los rincones de la choza. La paz fue tal que hube de cerrar los ojos para acabármela de golpe. Al abrirlos, vi que la dentellada dejaba de manar por una especie de cicatrización instantánea que no formaba costra como todas las que había yo visto. Además, con el furor de los canes se ausentaba también el dolor de mi lesión. El tobillo, Evaristus, recobraba su forma ante mis ojos. Mi bienhechora estaba muy satisfecha con el resultado. Habló, y la hija se puso a traducir las partes que me resultaban difíciles. Una sierva de la diosa en el santuario le había enseñado rudimentos de las artes sanatorias. El resto lo he ido aprendiendo con los años. ¿Te enseño a curar o prefieres burlarte de mi barba otro poco?

La relación entre Evaristus y el mentor de los abalorios creció día a día durante los tres y medio años que el judío prestó sus servicios en casa del hermoso. El día de su partida, Pinjas subió al elegante carro que el tío y el sobrino habían puesto a su disposición, llamó a Evaristus y, con ánimo juguetón, le puso algo en la mano. "Y por supuesto que conseguí mi precioso anillo", dijo Pinjas a modo de despedida y dio al cochero la orden de partir. El mejor amigo que Evaristus tendría en toda su vida se alejaba dejando en el casi adolescente una impronta inigualable. El pagalo siguió el coche con la mirada hasta la primera curva del camino y se puso el regalo del judío que, previsiblemente, le vino como anillo al dedo.

Bien entrada ya una tarde del otoño siguiente, mientras el tío revisaba la contabilidad general pensando en otra cosa, se presentó un trabajador para informar de la llegada de un muchacho medio estrambótico que, acompañado por un jumento atiborrado de carga, pedía hablar con el señor. El hombre no había podido encontrar al capataz, por lo que se había atrevido a molestar al amo para informarle del visitante. La facha de éste, abundó el informante, era lamentable, pero lo peor era la delgadez extrema que se adivinaba a las claras bajo la ropa maltrecha. El animal tenía también la piel pegada a los huesos y le faltaba el ojo izquierdo, detalle intrascendente que parecía haber impresionado al mensajero. Los guardias de la primera garita habían detenido al par y quedaban a la espera de instrucciones. Desdeñoso y cansado de los líos cotidianos, el tío ordenó que se hospedara a los flacos en el establo dándoles sustento. Ya les atendería el capataz a la mañana siguiente.

—Señor —aventuró en un murmullo el empleado agachando la mirada y asumiendo el riesgo de una reprimenda.

—¿Qué carajos quieres? —respondió hostil el tío sin dignarse a mirar al otro, pues a esas alturas sólo podía pensar en una infusión de corteza de sauce blanco para atajar el pertinaz dolor de cabeza que lo torturaba desde la mañana sin hacer crisis ni esfumarse.

—El flaco ese, señor, trae muchas de estas. Tal vez le interese saberlo. Me retiro, señor. Disculpe el atrevimiento, señor. Buena noche, señor —se disculpó el hombre humillando la mirada y caminando en reversa para no dar la espalda al poderoso, ligereza que podía valerle un par de azotes si el amo estaba de malas.

Sin embargo, lejos de molestarse por la precisión, el tío se olvidó momentáneamente de la dolencia y vio medio desconcertado lo que el peón le mostraba. Tardó en comprender que se trataba de una de las famosas cuentas anaranjadas que, a pesar de estar severamente maltratada, era aún reconocible. "Dame acá", ordenó el adolorido para darse a la inspección minuciosa del artilugio.

—¿Y dices que la trae un muchacho?

—Imberbe todavía, señor. Unos trece años tendrá, no creo que más.

—Llévalo al establo como te dije, atiéndanlos y ya mañana veré de qué se trata —ordenó el señor dando por terminada la entrevista.

—Sí, señor. Descanse usted, señor.

El tío se puso a rodar la cuenta sobre la mesa de trabajo. Hacía cerca de dos años que no veía una de esas. Según los cálculos, el romano debía haber llegado un año y medio antes de que se fuera el judío. El retraso les llevaba a inferir que el hombre había rehusado la oferta a pesar de la extrema generosidad de la misma, pero he ahí un nuevo giro y quién sabe cuántos otros se avecinarían, puesto que el magi era un hombre de cuarenta al menos, según los reportes del heraldo que se había encargado de establecer el contacto inicial, por lo que no tenía idea de quién podía ser el joven recién llegado. Ya lo averiguaría.

Al día siguiente, informó los hechos a Evaristus en cuanto se vieron de madrugada para la supervisión de rigor. Al menos una docena de colaboradores principales solían acompañarlos en los recorridos para atajar in situ cualquier duda que los propietarios pudieran tener, pero en la ocasión que nos ocupa el capataz y dos auxiliares estaban ausentes por motivos de trabajo. El detalle impedía que los principales delegaran la supervisión para saciar la curiosidad en los establos en ese mismo momento, por lo que hubieron de esperar hasta después del alba para apersonarse.

Muy cansado debía estar el visitante para seguir dormido a esa hora, con el sol pleno y sin importarle el trajín de las otras cabalgaduras que, mucho antes del alba, habían sido alistadas en las inmediaciones para faenar. A diferencia del muchacho, el burro parecía descansado a pesar de que nadie se había tomado la molestia de descargarlo la tarde anterior. De pie, amenazando con pisar en un descuido la mano del durmiente, el jumento recibió impertérrito a los dueños de esos lares. Era prácticamente imposible que el pobre animal se echara a descansar con tamaña carga en el lomo. El volumen del atado que la bestia llevaba era tal que superaba en más del doble el diámetro de su propio vientre. Enternecido por estoica disposición del burro, Evaristus ordenó que se librara al animal de su carga en ese momento. Cuando los empleados comenzaron a desatar las amarras, el animal emitió un roznido sonoro que despertó al jovencito. Sin saber bien a bien en dónde estaba, el chico se sentó por instinto y apretó los párpados para enfocar mejor. Tres o cuatro instantes después, recobró la noción de sí y de su lugar en el mundo, mas no la calma. ¿Cómo culparlo al verse en el suelo rodeado de extraños que le hincaban la mirada con la avidez de un colmillo? Los grandes ojos negros del muchacho se tranquilizaron un tanto cuando vieron la cuenta anaranjada entre los dedos del tío. Nada más por la limpieza de las uñas y por el lujo del vestido supo el adolescente que estaba ante un ricacho de medios excepcionales. Luego fijó la mirada en Evaristus y quedó mudo. En dos ocasiones trató de presentarse sin que saliera de su boca más que la primera sílaba del nombre. El tío lo calmó con un gesto gracias al cual el joven pudo recomponerse. Comenzaba a presentarse por tercera vez cuando la carga del burro se desperdigó gracias a la impericia de un labrador que había desatado el último nudo sin tomar precauciones. El tío estaba a punto de insultarlo cuando vio que, oculta entre los palos que componían la carga, venía una gran cantidad de rollos de cuero y papiro que rodaron entre la paja del establo. Al verlos, el visitante se olvidó de completar el nombre por tercera vez y se dio a reunirlos lo más pronto posible, soplando sobre éste o sobre aquél para que el polvo no fuera manchar ese tesoro. Porque un tesoro debían contener los documentos a juzgar por la angustia con que el adolescente se dio a su reunión y acicalamiento. El tío tomó un par que habían rodado cerca de sus botas y, tras una revisión somera, los puso a los pies del muchacho quien, ocupadísimo, contaba los rollos agrupándolos de cinco en cinco para facilitar un eventual recuento que terminó por ser innecesario. Estaban completos, o eso parecía a raíz de la sonrisa aliviada que esbozó el joven al terminar su cómputo.

El trabajador que diera el aviso la tarde anterior estaba en lo correcto. La flacura del crío era tan impresionante como la del pobre burro, tanto así que Evaristus sugirió dejarle desayunar en paz antes de pedirle una explicación. De este modo, el recién llegado se calmaría un poco, pues era notorio que se moría de miedo entre tantos extraños. Más tarde, el tío y el sobrino lo llamaron a cuentas en el despacho. El enano, quien no tardó en apersonarse en los establos para conocer al visitante, fue el encargado de llevarlo ante los jefes, hecho lo cual fingió demencia para permanecer en la oficina y presenciar la entrevista. La estratagema funcionó y pronto se enteró junto con los otros dos de que el chico y el burro eran todo lo que quedaba de un grupo nutrido de discípulos que habían emprendido el viaje con el maestro Dionte, retórico de origen siracusano que se había ganado la fama de ser el mejor instructor de griego y latín en todo el imperio romano. Además, el hombre era imbatible en el debate público. Sus dotes habían sido comparadas con las de Demóstenes, aunque los tiempos eran otros y el discurso público no tenía ya el peso de antes. Como fuera, Dionte eligió a diez discípulos para acompañarlo en la aventura hasta Pagala. El viaje sería más valioso que veinte años de debate en las plazas romanas, por lo que el ilustre fue cuidadoso en la selección. Los afortunados lo seguirían a una distancia respetuosa para poder discutir entre ellos sin afectar la concentración del rétor, y una vez al día, antes de los alimentos, se sentarían en círculo donde fuera para intercambiar las ideas generadas en el trayecto. Andar, discutir, meditar y debatir. De eso se trataba la vida de los discípulos y su líder. Por eso habían pagado fortunas y soportado malos tratos, pues el temperamento de Dionte no era tan benigno como la dulce disposición al saber que demostraba casi todo el tiempo.

El grupo permaneció unido durante seis lunas. Al final de la sexta, cuando estaban a punto de dejar atrás la región de Bitinia, el grupo entero fue aquejado por la disentería. Acamparon en un claro propicio para la recuperación durante veintiséis días y muchos de ellos pudieron sobrevivir gracias a un tratamiento novedoso basado en el consumo sistemático de incienso hojary disuelto en agua. El resto, los tres más débiles, dieron con sus huesos en el paraje mencionado y se despidieron del mundo volando en humaredas densísimas surgidas de una pira improvisada. A esas alturas del recorrido, el viaje de estudio se iba pareciendo cada vez más a una aventura sufrida y dolorosa como la expedición de los diez mil. Los ánimos menguaban. Cuatro de los supervivientes optaron por regresar con sus medios a Roma antes de alcanzar la mitad del recorrido, en las inmediaciones de Susa, la vieja. Los tres restantes, aguerridos, fuertes y lúcidos, prometieron acompañar a Dionte hasta el final, lo que iba siendo cada vez más fácil conforme se adentraban en la segunda mitad del recorrido, pasando el punto de retorno factible. Transcurrido el primer año, la ruta fue modificada para evitar territorios posiblemente hostiles —todos lo eran en alguna medida— avanzando cerca de ciudades helenizadas o de los destacamentos militares romanos que garantizaban la seguridad. En uno de estos campamentos castrenses, Dionte hizo amistad con el responsable y se les permitió avanzar unos cuatrocientos estadios en compañía de los soldados, pero llegado el punto de destino tuvieron que continuar a solas el camino. Pronto se dieron cuenta de que el militar romano tenía razón al recomendar que los estudiosos se unieran a las caravanas comerciales que se dirigían al famoso paso de montaña situado muy cerca del Portus Macedonum. De no hacerlo, las posibilidades de morir en manos de salteadores eran enormes. Solos no, vaya.

Pero las cosas no salieron muy bien que digamos después de unirse a la primera caravana. Dionte cometió el error de explicar a los pupilos los detalles del trato que ofrecieran los ricos de Pagala. Con parte del oro enviado, se había dedicado a comprar manuscritos únicos, preciosos, a los coleccionistas y eruditos más reputados de Roma. La biblioteca, conformada por ciento trece rollos, contenía joyas irremplazables de la cultura grecolatina que jamás habría podido consultar Dionte sin el metálico de por medio. La obligación de los cuatro restantes era cuidar los manuscritos con la vida misma si era necesario. Esos rollos tenían que llegar a su destino, a buen resguardo en la biblioteca del rico de Pagala quien era, a fin de cuentas, el que había pagado por las maravillas. Dionte se contentaba con poder leerlas cada día, mientras viajaba en el burro a una distancia considerable de los discípulos. Sobre las piernas llevaba el erudito su carga noble y no se separaba de ella ni del dinero restante que llevaba oculto en los faldones y en otros escondrijos difícilmente accesibles en las monturas. El relato del maestro se filtró prontamente a algunos de los caravaneros, quienes no se interesaban en lo mínimo por los manuscritos sino por el oro restante, que mucho debía ser a juzgar por el atavío y la generosidad de los viajeros. Vaya error el tomarlos por comerciantes cualesquiera. Prestos a remediarlo, dos caravaneros atacaron al cuarteto una noche sin luna, en la región de Drangiana. El flaco se salvó gracias a que la sed lo había despertado a media noche. Para saciarla, había caminado hasta un arroyo desde el que escuchó el principio de la infamia. Luego, oculto entre las sombras, fue testigo de cómo los caravaneros desnudaron a los cadáveres para buscarles el oro en todas partes. Al pobre Dionte lo dejaron ahí tirado con la garganta abierta y la piel expuesta. La ropa del maestro estaba a un lado, hecha jirones, junto a la del resto de los compañeros. Desperdigados entre la ropa, la sangre y los cuerpos, estaban los ciento trece manuscritos que los asesinos despreciaran en pos de valores más concretos. Cuando los miserables se largaron, el sobreviviente se dio a reunir los textos en un atado, los puso en el lomo del burro, rogó a éste un silencio indispensable y huyó sin rumbo, cargado de tesoros pero sin un óbolo para mantenerse. Perdido, hambriento, solo y más triste que nunca, se dio a montar en el burro guiándose por el sol y preguntando de cuando en cuando a las personas con que llegaba a cruzarse. Por allá se llegaba a Pagala en quince días de camino y por acullá se llegaba en veinte. Puras mentiras. Tardó cuarenta y ocho días en llegar por la ruta de los quince, medio muerto de hambre lo mismo que el burro. A diferencia del muchacho y el jumento, los ciento trece tesoros arribaron intactos a la biblioteca de Evaristus gracias al escondrijo de ramas que el visitante improvisara para esconderlos. "Misión cumplida, maestro

Dionte", dijo el adolescente en voz baja y embargado por la emoción cuando el enano se hizo con los rollos para su resguardo.

Tío y sobrino se sintieron conmovidos por el celo del alumno. Dispusieron una revisión por el médico local y ordenaron que se le tratara como a un amigo de la familia, lo mismo que al burro. Una vez repuestos, el burro pasó a no hacer nada en los campos de la familia y el joven se integró al círculo íntimo de Evaristus gracias a su disposición intelectual que, sin poder compararse en modo alguno con la del pagalo, tampoco era despreciable. Con el paso del tiempo, la relación se estrechó. La confianza entre ambos fue creciendo hasta llegar a ser tan completa como la que el poderoso le tenía al enano o a la blanca. Un día en que estaba de muy buen humor, el tío se refirió al otrora discípulo de Dionte como "el muchacho ese que tiene los dientes tan feos como tu primo", lo que bastó para convertir al joven en pariente putativo, el primo Anpú, pues tal era su nombre.

La nueva remesa de manuscritos mantuvo a Evaristus ocupado durante casi dos años. Cuatro horas antes del amanecer, el hermoso se disponía a la lectura concentrada auxiliado por cinco palmatorias y por los consejos referentes a la cultura griega que Pinjas le heredara casi sin darse cuenta. Las conversaciones con el amigo giraban alrededor de ciertos temas capitales, especialmente para la tradición hebraica, pero resultaba imposible no contraponer lo mejor de la tradición de Pinjas con la oleada helénica que parecía arrasar con medio mundo conocido desde hace siglos. Gracias a esas interpolaciones, muchas veces hostiles con el racionalismo griego, y a los esporádicos consejos de Anpú, Evaristus pudo concebir un marco referencial que le permitiera adentrarse en las maravillas de ese pensamiento que tomaba prestado de todos para generar un corpus completamente nuevo, vitalista, solar. La tradición vedanta, la caldea, la hebraica y la asiria, se amalgamaban en la griega con un talante antropocéntrico que distaba muchísimo de las cosmogonías más antiguas. El conocimiento como verdad autorrevelada por la psique, el afán clasificatorio, la estructura novedosa de la exposición, las temáticas y el delicioso perfil mitológico de esa cultura hicieron que Evaristus se fuera embebiendo en su rigor y lucidez. Las diversas geometrías, la trigonometría de Hiparco de Nicea, la geografía de Estrabón, los tres libros de historia de Beroso —el babilonio que escribía en griego y que mencionaba el transcurso de cuatrocientos treinta y dos mil años entre la creación y el diluvio, lo que hubiera puesto los pelos de punta al pobre Pinjas con sus pocos milenios de tradición judía—, Heródoto, el genial Tucídides, las varias vidas de Alejandro de Macedonia y decenas de tratados más ampliaron considerablemente los horizontes del estudioso. Eso sí: ninguna de las obras estudiadas, por valiosa, exhaustiva o inteligente que fuera, podía competir con la belleza de los textos literarios y su perfección formal. Fuera de los hechos puros y duros que los tratados referían o de las propuestas filosóficas que los pensadores aventuraban con mayor o menor fortuna, existía una realidad distinta, etérea, de hermosura sin par y riqueza anonadante que se expresaba en una poesía de metro nuevo, de nueva voz y de intención también nueva por irreverente. El contraste entre los himnos homéricos, por poner un ejemplo, y los inteligentísimos yambos de Arquíloco era una franca escisión en la mentalidad humana. Nada semejante había encontrado en la instrucción del afable Akasa o en las amarguras atenuadas de su Pinjas queridísimo. La intención literaria como centro, el afán de belleza superpuesto al afán de verdad, la especulación como chispa del entendimiento independiente de sus productos, todo eso conformaba un universo estético sin parangón. Ese pueblo de mirada robusta, excepcional, revolucionaba las tradiciones para ofrendarlas a la dignidad humana con recursos propios, con estructuras originales, todo ello por y para la belleza. El discurso poético regía incluso sobre la intención histórico-política, la gobernaba, como hace la belleza con el entendimiento cuando le da por conquistar. La tendencia era harto conocida desde hace tiempo gracias a los textos homéricos o a ciertas divagaciones de Hesíodo, pero el encuentro directo con el teatro griego, con su tragedia para ser más exactos, hizo que Evaristus conociera un placer mucho más sutil, femenino en la delicadeza y viril en su pureza dialógica. Todo lo humano parecía vivir y morir en la tragedia como género. La tradición, la historia, la poesía, el mito, la revelación mistérica, el rigor, la libertad —sus afluentes y sus trampas—, el destino, su contrario, el amor, lo odioso, las culpas, manchas y virtudes, eternas o temporales, abstractas o concretas, las pasiones de los dioses, de los hombres, eso y todo lo que venga a mientes cabía en ese universo llamado tragedia sin colmarlo siquiera. Tan grande era el recurso literario inventado por los griegos que se representaba para huir de los cinchos del texto y volar en palabra viva. Cuánto de sacro implicaba el ritual del teatro partiendo todo de la abolición del tiempo y el mundo para instaurar la escena, el escenario, sucedáneos, sí, como los hombres lo son de los dioses o las aves de las almas. Los vuelos de la conciencia, las tribulaciones del sueño, los caprichos del sino, el juicio de lo humano, los resquemores del otro y cuanta floritura venga a mientes se funde en el coro, nube del mundo que canta, que apunta, que guía, que protege de la inclemencia solar y de la indiferencia nocturnal. Las tragedias de Tespis, de Frínico, de Eunipes, parecían haber nacido perfectas, como si ningún desarrollo hubiera sido necesario para llegar a tal perfección. Cuando Evaristus creía haberse solazado al máximo, encontró dieciocho tragedias de Esquilo reunidas en tres cueros. Ni siquiera comió por dedicarse a las líneas de ése, el gran conocedor de los hombres. Por consejo de Anpú, el terrateniente se dio a buscar alguna de las muchas tragedias de Sófocles y resultó que de las cien que le adjudicaban, el atado de Dionte contenía cuarenta y seis. Era imposible acusar imperfección en cualquiera de ellas, por menor que fuera la temática o la intención. En cambio, las seis de Eurípides que halló en un rollo largo de papiro le desilusionaron un poco por el tenor contestatario, aunque el genio de ese rebelde era indiscutible también.

El sol de la dramaturgia griega deslumbró al estudioso en mayor medida incluso que las sofisticaciones de Tales, de Pitágoras, de Parménides. El caso de Platón, el iluminado, ya era distinto. Con ese cerebro del tamaño del Helicón, el ateniense integraba los esfuerzos meramente intelectuales con los recursos dialógicos consustanciales al teatro. Claro que la intención exploratoria podía dominar sobre la estética, tanto que ningún pensador, por riguroso y lúcido que fuera, se refería a su apor-tación como una cuestión estrictamente literaria. Ni el mismísimo Aristóteles, esa máquina inhumana de pensamiento, pretendía superar a su maestro en el rubro del equilibrio entre lo bello, lo verdadero y lo eterno. Acaso el tratado del no ser o sobre la naturaleza, del siciliano Gorgias de Leontinos hizo dudar a Evaristus de tamaña convicción. La elegancia estilística iba aparejada con hallazgos que simplemente impedían continuar con la lectura de tan hondos, abigarrados y provocadores. No obstante, en el leontino se advertía una vanidad que no era dable encontrar en el ateniense. Gorgias se gustaba tanto que todo terminaba por celebrar su excepcionalidad, su inteligencia. Otra de sus obras, una verdadera joya de menor extensión e idéntico prodigio, era la titulada *Exhorto a la prudencia*. En ese caso el retórico, excepcionalmente, se olvidaba de la gloria personal para darse al mejor análisis del poder que Evaristus había leído. Obra de madurez escrita durante su estancia como consejero del tirano Jasón de Feres, superaba en la mitad de la extensión lo aportado por *La república* de su contemporáneo Platón. De hecho, leyendo entre líneas se notaba que Gorgias no gustaba de algunas de las tesis platónicas y que aprovechaba la ocasión para dejarlo en claro. Ay, Gorgias. Tanta cabeza sin un pelo de humildad podría llevarlo al olvido. Quién sabe.

Lo de Evaristus y los griegos fue un enamoramiento. Por supuesto, el camino estaba allanado si se toma en cuenta que el griego era la segunda lengua más utilizada en la región, incluso por encima del latín vulgar, pues la coexistencia entre el idioma de las tropas alejandrinas y el dialecto local habían echado raíces que el latín no llegaría a conformar en los lares que nos interesan, pues los romanos, pragmáticos de la cabeza a los pies, conocían sobradamente los desatinos tácticos en que había caído el genio macedonio al rozar el valle del Indo y no cometerían errores semejantes incursionando en éste. Las tierras de Evaristus y la familia estaban justamente en los límites de esa expansión helénica, tan desordenada y huera en sus últimas etapas, lo que no obstó para que la población local aceptara de buena gana las novedades que las tropas traían de tan lejos. El discreto río Sinthos, que trazaba la ruta a la montaña, había hecho de frontera natural para la avanzada macedonia. Así, las propiedades de Evaristus y su tío quedaban enclavadas entre dos tradiciones culturales impetuosas, recibiendo a brazos abiertos lo mejor de ambos mundos y aprovechando al máximo las ventajas que daba la proximidad a la ruta comercial preferida por los caravaneros. Lo anterior es trascendente porque ayuda a comprender el ánimo y la disposición de una población local que, a diferencia de muchas otras igual de remotas pero más aisladas, estaba dispuesta a asimilar la diferencia como norma cotidiana. La colisión de Oriente y Occidente que inició con la invasión de Ciro a Jonia tenía su réplica pacífica a cuatro mil kilómetros, en la zona de Pagala, pero sin la carga de dolor, amargura y rencor que suele nacer de la confrontación armada, ávida de sangre, no de ideas.

Como casi todos, Evaristus era hijo de su tiempo y circunstancia. Las dotes excepcionales magnificaban los atributos o los vicios, que no eran muchos, pero en el fondo, a diferencia de los nacidos en comunidades aisladas, él y todo su entorno estaban habituados a la conciliación. Nadie en la zona se consideraba enteramente sindhu o griego o romano o persa o judío. La zona del Portus convertía a todos en otra cosa y Evaristus no fue la excepción. Sepa la diosa cuántas sangres contribuían a enrojecer la del hermoso, pero su espíritu quedó regido por tres vértices magníficos: Akasa, Pinjas y el muerto Dionte. La terna de sabios conformó un triángulo rico en equilibrio pero también en contradicciones. El contraste entre las cosmogonías había sido tolerable mientras Akasa o Pinjas estaban por ahí para que el joven se desahogara, se verificara, como lo hacemos frente a los espejos con tal de reconocernos y reconocer al mundo que nos rodea, pero la partida del lankiano y del barbado de los abalorios había dejado a Evaristus hecho un expósito intelectual. Esa soledad de pensamiento era una carga pesada para la juventud del guapo. Aislado, el muchacho sufrió en silencio los rigores de su erudición, llegando incluso a pensar en la peregrinación a cualquier parte para conseguir un interlocutor válido, calificado, que en la zona no se conseguía por ninguna parte. Ya pensaba el aventurado dejar todo para irse a Damasco, Ecbatana o Persépolis, cuando el legado del magi Dionte le llegó a las manos dando una dimensión desconocida a la biblioteca personal y a su insatisfacción intelectual. En efecto, los ciento trece rollos habían contribuido a la dilación de los planes de viaje pero, más importante, conformaron una faceta distinta e indispensable en Evaristus, pues el descubrimiento mencionado del teatro griego, del arte como forma de vida y expresión, fue un paliativo a la soledad de facto, al ostracismo intelectual que los eruditos padecen por norma. Las cabezas solitarias sabrán a qué me refiero aludiendo a estos filos que hienden el alma cuando no se cuenta con el escudo del arte, por trágico que sea.

Cual si se tratara de una forja del mismo Hefesto, el escudo de la tragedia griega, más que una simple coraza, devino en una representación viva de lo humano. Los tragediógrafos más dotados hicieron las veces de maestros y entre todos regalaron al pupilo un entendimiento que ningún tratado podía ofrecer. La soledad, tan lacerante para Evaristus, terminó convirtiéndose en aliada de esta inmersión en las honduras humanas y divinas. Porque la tragedia existe fuera del tiempo, independiente de hombres y dioses pero empapada en ellos, igual que las escrituras sagradas o los destinos. Si los textos religiosos suponían una verdad revelada, la tragedia terminaba por ser una ficción reveladora. Sí, quizás lo revelado no fuera ni la milésima parte de lo existente, pero el atisbo daba una idea de las profundidades, de las dimensiones, de la composición, como sucede cuando arrojamos un guijarro al pozo o al precipitar la sonda en aguas turbias. ¿Quién no se siente tentado a arrojar una piedra en la negrura cuando se topa con un pozo cualquiera? Indagar honduras es oficio de poceros, mineros, pescadores, marineros y artistas. Con su atrevimiento, esta clase de insensatos benefician a los que no se atreven o pueden o quieren. Y algo en Evaristus se negaba a integrar las filas de los pasivos que, por la razón que fuere, eludían el vértigo. Y la tragedia era un vértigo comunicable que los dramaturgos se encargaban de sacar a la luz para ilustrar al resto. Eso sí: para cerrar el círculo, faltaba la representación. Sin ella, ni una sombra reveladora era posible. Aunque jamás había asistido a una puesta teatral o visto siquiera un teatro, el muchacho infirió que los textos no valían ni el cuero en que estaban escritos si no eran llevados a escena. La puesta de la obra tenía que ser un objetivo mucho más noble incluso que la lectura misma. Sin representación, la dramaturgia y su primogénita, la tragedia, eran copa sin vino, música inaudible, diálogo a solas, verdad falaz. La dimensión sobrehumana de esta creación maravillosa comenzaba por el sacrificio del cordero en el altar de la orquestra y sobraban razones para ello, pues el teatro sin dios es imposible. Evaristus sospechaba que gracias a la invocación Dionisio entraba en todos los cuerpos presentes haciendo a un lado el alma-sombra, rastrera, cotidiana, para darnos una muestra de divinidad, de amor al cabo. Porque la tragedia es el amor de Dionisio a los hombres y la puesta termina por ser la ceremonia nupcial que el dramaturgo anuncia en la obra escrita, cual si ésta fuera un convenio de esponsales preparatorio e indispensable.

Conforme se acumulaban el tiempo y las lecturas, la exaltación del adolescente por el teatro griego fue transformándose en un arrebato que exigía complementariedad. La obra sin la puesta era ya francamente dolorosa, como la belleza extrema de una mujer que jamás se desnudará ante nosotros.

Una noche helada, Evaristus soñó que espiaba el koilon a través de los ojos calados en una máscara. A levantar un poco la vista, dio con el espectáculo de un graderío atiborrado en que nadie emitía sonido por la avidez con que atestiguaban la acción. Luego, Anpú llegó de la nada y le dio al soñador una antorcha encendida. En ese momento supo Evaristus que era él la representación del titán Prometeo a punto de hacerse visible al auditorio. Su amadísimo Esquilo le daba la pauta. La obligación vital era dar vida a la Prometheia del eleusino. La revelación fue tan rotunda que no lamentó el despertar intempestivo y, a pesar de la helada que ya daba cuenta de los pastos con su escarcha, corrió descalzo a despertar al tío con un plan ideal para el festejo de su mayoría de edad. En un par de años cumpliría los quince que lo facultarían para manejar todo su peculio y celebraría a lo grande representando en un mismo día la triada prometeica. El Prometeo encadenado, el liberado y el portador del fuego serían personificados por él mismo en su propio teatro, el único en por lo menos tres mil estadios a la redonda. En sus dominios vivían casi ocho mil trabajadores y ocho mil asientos tendría su obra maestra. Si llegaban más espectadores a la celebración, él los atendería como sus invitados que eran a pesar de no poder darles cabida en el teatro. Se propuso, pues, regalar a su pueblo y a todos los circundantes el arte más galano que conocía, el más puro, la homilía de Dionisio.

Una semana después del sueño, el treceañero eligió a doscientos esclavos que fueron enviados a las canteras de la familia en Rhambakia con el encargo de proveer los monolitos para la obra. Simultáneamente, cien hombres libres comenzaron la excavación de los cimientos en una zona aledaña al camino principal. La noticia cundió: el rico construía un teatro para todos. Los dioses bendigan a Evaristus, que no contento con su belleza, su dinero, su inteligencia y otros dones, pensaba en los demás como si le importaran. Cientos de enterados, hombres y mujeres, se conmovieron por el gesto a pesar de no tener idea de qué carambas era un teatro. Cuánto candor. Cuánta hermosura.

Tío y sobrino se encargaron de fijar en tierra el primer monolito traído de Rhambakia. Aunque a la ceremonia sólo asistieron los interesados y el séquito ya conocido, el momento fue emocionante por el anuncio de que ya se elaboraban cuatro esculturas de talla natural representando al tío, al sobrino, al don ausente y a su amor fallecido, esa beldad ojizarca que casi nadie había podido conocer y que se tornaba legendaria a la par de su retoño. Las piezas serían colocadas al inicio de la calzada que llevaba del camino a la entrada del teatro propiamente dicha, con inscripciones celebratorias en griego koiné y, por insistencia del tío, también en latín, lingua franca que desde hace un siglo al menos era signo de los tiempos en aquellos rumbos.

El tío ya había modelado para el artista y sus alumnos más adelantados, pero faltaba dirimir el asunto de las figuras de don Evaristus, de la última de sus mujeres y del sobrino. Por supuesto que al muchacho se le representaría con las proporciones de un adulto joven, pero la polémica inició cuando el maestro escultor sugirió partir de unos modelos de barro hallados en las bodegas de la casa para la figura del don. Según el capataz, la vieja y dos criados, las facciones del modelo eran correctas, lo que no cazaba con la opinión del tío, quien se burlaba de la floja memoria visual de sus contrarios. Es más: ni siquiera estaba seguro de que los monigotes propuestos fueran copia de su hermano. Mejor era emprender un ejercicio de memoria conjunta, obviamente liderado por él mismo, de modo que los testigos presenciales juzgaran cada facción hasta ponerse de acuerdo. Siendo el principal quien iniciaba el esfuerzo, no era raro que su propuesta pasara sin discusión hasta el papiro en que un estudiante garabateaba los rasgos sugeridos con un pedazo de carbón para conformar un retrato hablado. La vieja y el capataz eran los únicos que no temían disentir con el hermano de don Evaristus, y varias de sus observaciones fueron secundadas tímidamente por los criados, cuestión anómala que fue poniendo de malas al patrón pero que no llegó a mayores gracias al capataz, quien tuvo el buen tino de partir siempre de las "finas facciones" de su señor para derivar las del hermano perdido. "Exacto: la nariz era idéntica a la de mi señor, pero con una giba un poco más prominente", sugería el capataz administrando el amor propio y la vanidad del encumbrado con un tiento admirable. Lo que nadie administró o advirtió fue la sombra que poco a poco se adueñaba del rostro de Evaristus conforme el ejercicio avanzaba. Ni una sola vez hicieron referencia a él para orientar a los artistas. Parecía que en la reunión se dirimían cuestiones alusivas a un extraño que nada tenía que ver con el adolescente, situación incómoda que lo fue siendo más a cada instante. El maestro escultor, secuestrado por el aspecto del sobrino desde que lo vio entrar a la habitación, evitaba por decoro clavarle largo la mirada; mejor, se propuso esperar hasta que alguien mencionara al menor para referir algún aspecto de su padre y así poder mirarlo a sus anchas. Pero ese momento no llegaba. El muchacho parecía resignado a ser el simple observador de una escena perteneciente a una tragedia distinta. Ni el cabello, ni el mentón, ni la rectitud ejemplar de la nariz flanqueada por pómulos perfectos, ni el tamaño o forma de las orejas semejaban a los del padre. Medio impaciente de tanto esperar para regodearse, el escultor declaró tener elementos suficientes para representar a don Evaristus. Ahora, dijo, le preocupaba abundar en los detalles de la madre, beldad que todos alababan como si se refirieran a la misma Afrodita. Entonces, los ojos de los presentes se volvieron a mirar al guapo. Transcurrieron largos instantes antes de que alguien se animara a romper con el encantamiento surgido de los ojos azul grises que, enmarcados en pestañas tan negras y espesas como el kohl, parecían llevarse la luz toda de los alrededores para reconcentrarla en esa frente amplia y noble.

El maestro escultor fue abriendo la boca sin darse cuenta. Deseó fervientemente que el momento de apartar la mirada tardara eones en llegar. Como hacía siempre que analizaba por primera vez a un modelo potencial, procuró guardarse en la memoria los rasgos principales, mas el enardecimiento le impidió pensar claramente. Eso sí: la propia voz le insistía como si fuera ajena en que evitara el contacto directo con esos ojos, atributo de dioses y no de hombres. Notando que el silencio se alargaba y que los asistentes más que reflexionar se aturdían con la perfección de la referencia, la vieja alzó la voz describiendo la cara de la muñeca el día de los esponsales, hace ya tanto, en aquel solsticio invernal definitorio. Y sí, para hablar de la claridad de la tez, del tamaño de los ojos, de la intensidad de la mirada y de la absoluta distinción que anidaba en el conjunto, la blanca pidió resignada que los ahí presentes vieran a su tesoro para hacerse una idea clara. El maestro escultor desoyó la voz interna extraviándose en los ojos de Evaristus para no volver a salir de ellos nunca más. Cuando se le exigió compostura, el hombre no dio señas de atender y fue doblando las piernas hasta quedar postrado frente al Dionisio de carne y hueso que la vida le ponía enfrente. A sus trece años se adivinaba la corpulencia y el vigor futuros. En un esfuerzo digno de mención, el hombre apartó los ojos del guapo, se abrazó a los tobillos y le besó los dedos que asomaban por la punta de las sandalias. "No, maestro", intervino avergonzado uno de los alumnos tomando de un brazo al escultor para ayudarle a ponerse de pie. El hombre, recompuesto, se disculpó ampliamente y, sin atreverse a mirar otra vez los ojos-trampa, juró entregar los trabajos más destacados que se hubieran visto desde las joyas de Praxíteles, nada menos. Cuando esto prometía el artista, Evaristus ya se había marchado de la reunión. Salvo la blanca, el resto pensó que el joven se había indignado por los excesos del escultor. Pero no. Ni un segundo le había dedicado Evaristus al exabrupto del hombre. Se sentía ofendido sin saber a qué o a quién culpar. Habiéndose alejado unos veinte pasos del despacho, se detuvo en seco y se volvió. Tal como imaginaba, vio que la blanca salía de la oficina para seguirle los pasos. Esperó con la paciencia que no le otorgaba a ningún otro y le ofreció el brazo a la vieja.

—Quiero creer que jamás se atrevería a mentirme —expresó Evaristus con tono abrasivo.

—Mi niño: no me digas eso, que toda mi vida es tuya y no te la daría para ofenderte. Yo misma la revisé conociendo todos los trucos que pueden estrechar a una golfa para hacerse la virgen. ¿Crees tú que me habrían engañado usando un poco de alumbre? Me tienes por tonta, Evaristus. Y te engañas.

—Mientras no se le ocurra tenerme por tonto y engañarme.

La blanca se llevó las manos al rostro y empezó a sollozar cada vez más fuerte. Evaristus, desarmado, le pasó un brazo por los hombros a modo de consuelo pero la otra esquivó la reconciliación. "Vamos, ya", insistió el muchacho contrito, logrando que la mujer le permitiera tomarla del brazo otra vez. Ya más tranquila pero acosada aún por sollozos ocasionales, la blanca se dejó llevar por su adorado Evaristus mientras enjugaba con la mano libre unas lágrimas que ningún observador acucioso hubiera podido constatar. Mujeres.

Las esculturas estuvieron listas año y medio antes de que la calzada reuniera las condiciones para exhibirlas, por lo que fueron resguardadas cuidadosamente en el taller del escultor en el Portus. La costumbre en casos semejantes indicaba que las obras debían cubrirse hasta ser develadas, en especial tratándose de la representación de vivos. En cierto modo, la superstición reservaba a las tallas un cuidado semejante al que una madre tendría con un niño de brazos: se evitaba que los extraños las miraran directamente para anular el mal de ojo, se les imponían amuletos y no era raro que se llegara al extremo de protegerlas del frío con la indumentaria misma del representado. También era importante evitar que las obras se reflejaran en espejos o en el agua una vez que los ojos se habían entintado, pues venía de antiguo la creencia de que toda escultura aspiraba a la vida si lograba mirarse a sí misma, lo que fácilmente podía convertirla en una amenaza. Por eso, lo más prudente era colorear la mirada hasta el último momento. Sólo entonces se consideraba que la obra estaba terminada y lista para ver pasar la vida.

Obviamente, el maestro escultor era el responsable de verificar que se cumplieran todos estos mandatos del sentido común, comenzando por la elección de la piedra y terminando en los cuidados aludidos posteriores a la talla. Claro que los alumnos se ocupaban de las tareas más ingratas reservando al experto lo esencial, como la consagración de las piezas o la disposición final de la mirada, por lo que a todos extrañó que el maestro se negara en redondo a entintar los ojos de la figura de Evaristus. La anomalía era grave si se toma en cuenta que faltaban tres semanas para la inauguración del teatro, y desde hace una al menos el tío y el sobrino exigían ver las obras terminadas. La paciencia de los terratenientes era limitada, por lo que el capataz y el enano recibieron la encomienda de visitar al maestro escultor en sus instalaciones para pedirle cuentas. Encontraron al hombre medio abatido en la bodega aledaña al taller. Frente a él estaban las esculturas descubiertas de la madre, del padre y del tío, ubicadas de modo que los enviados pudieran constatarlas sin que los ojos de las obras fueran a reflejarse directamente en sus pupilas. La del padre desaparecido tenía una dignidad excepcional, quizás acentuada por la indumentaria de caza elegida para hacerle juego al arco recurvado que tensaba con la mano izquierda. La madre fenecida perdía la mirada en las alturas con una expresión de arrobo que rayaba en el misticismo. Sin duda que el rostro de la pieza era tan hermoso como los que era dable observar en Delfos, aunque ninguno de los enviados pudo constatar el parecido, uno por haber visto sólo excepcionalmente a la rubia sin poder fijarla en la memoria y otro por haber llegado al peculio familiar el día infausto. El tío, guerrero sin guerra, había ordenado la composición más difícil de ejecutar, pues la obra debía reflejar sus dos pasiones: la castrense y la cetrería. Daba gusto atestiguar la fineza con que el artista había fundido ambas inclinaciones en una sola: en el escudo de la pieza, el señor mismo aparecía cazando con su águila favorita y dos lebreles. Los enviados se deshicieron en halagos. Nada que objetar. Pero los ánimos ya no fueron tan festivos cuando el escultor, visiblemente apesadumbrado, indicó al par que lo siguiera. El hombre descorrió una cortina y se adentró en un patio salpicado por cachivaches de fierro que tres gallinas aprovechaban para protegerse del sol. Al llegar al otro extremo, cedió el paso a los visitantes que, sorprendidos, frenaron la avanzada poco después de cruzar el umbral de una construcción aledaña. La habitación estaba alumbrada con tres cabos de cera fina y carecía de luz natural por la falta de ventanas. En las paredes se apreciaban cientos de bocetos dibujados sobre papiro, piel y hasta en la piedra misma que conformaba los muros. El capataz llamó la atención del enano señalando el techo, que estaba cubierto con cuatro dibujos de tamaño natural que representaban torsos de musculatura titánica y decenas de apuntes centrados en el perfil izquierdo y derecho de Evaristus. "Recuéstense. Con confianza", instó el hombre a los otros dos señalando una colchoneta grande que se extendía en el suelo con la ropa de cama todavía desordenada y una almohada en que persistía la silueta de una cabeza ausente ya desde hace tiempo. Ni locos se echarían en semejante lecho, por lo que se excusaron cortésmente y fingieron interés especial por los esbozos adosados a los muros. Desde la llegada, los supervisores notaron que en un rincón se hallaba una pieza de grandes dimensiones cubierta con una cobija de lana cruda, por lo que después de afectar gran interés por los esbozos, aprovecharon la primera oportunidad para referirse a la pieza envuelta que, suponían, era la de Evaristus.

—La pieza del señor la he trabajado personalmente. Mis muchachos todavía no tienen la experiencia para algo como esto. Les confieso que, por momentos, llegué a pensar que no era yo quién para tallar la figura del joven patrón. La que está ahí cubierta es la cuarta versión de lo mismo, la única que ha logrado escapar al mazo con que fulmino mis errores. Nada le falta, a excepción de mi corroboración personal, pues me entrevisté con su señor hace dos años ya y tuve que asumir un desarrollo acorde con lo que vi entonces. Yo sé cómo se desarrollan los cuerpos. Tengo la facultad desde joven y muy rara vez me equivoco, pero en el caso de su amo la facultad no me sirvió de nada. Tres cuerpos adolescentes tuve que destruir sin saber muy bien qué me molestaba o en qué me estaba equivocando, pero algo me decía que no, que el modelo inolvidable que conocí ese día sería hoy todavía más difícil de olvidar y muy distinto al que me hizo perder la cabeza entonces —dijo el escultor mesándose el cabello para distraerse de la vergüenza que el episodio le provocaba.

—No es el primero —apuntó Frixo aburrido de tanto bla-bla al tiempo que se acercaba a la pieza con la intención de echar un vistazo.

—Lo hago yo, si no le molesta —propuso el escultor, levemente ofendido por la desfachatez del enano.

Nadie salvo el maestro escultor había tenido acceso al taller anexo en que se encontraban los tres esa mañana. Los visitantes no lo sabían, pero el hombre había pasado la mejor parte de los últimos dos años luchando a brazo partido consigo mismo y con la obra. De las otras piezas, ni se acordaba. Las había diseñado para luego encomendar la ejecución a los alumnos, dedicándoles sólo el tiempo indispensable para supervisar los trabajos y evitar contratiempos. Pero la pieza central que estaba a punto de develar le había sorbido el seso como ninguna otra obra en su vida. Desde su primer encuentro con Evaristus, supo el artista que el encargo era distinto a cualquier otro. Los ojos que conociera en esa reunión primera lo habían marcado sin remedio. Y lo que esos ojos le pidieran ese día nada tenía que ver con la pericia técnica o la elección del tema.

No. Los ojos del muchacho, los ojos de ese Dionisio vivo le exigieron amor incondicional, nada menos. Así, enamorado por primera vez en su vida siendo ya un hombre de canas profusas, el maestro escultor se entregó a la dulzura de su amor, un amor que iba derivando en la piedra para volver a su fuente, el artista, multiplicado. Durante la ejecución, el hombre valoraba perspectivas, dimensiones, proporciones, sombras y volúmenes partiendo del amor. No le interesaba lo correcto, lo conveniente, lo justo. Amar la obra en cada decisión era la comanda. Si el cuello se torcía a la derecha y no a la izquierda en la principal figura del conjunto —pues un conjunto era la pieza—, el amor era la causa. Un entusiasmo de muchacha lo invadió por meses. Comía apenas y dormía un poquito más. El resto del tiempo contemplaba sus bocetos desde el lecho mugroso, calculando, pensando, equivocándose y empezando de nuevo con la fruición de la casadera que teje, desteje y vuelve a tejer algo hermoso para el candidato a dueño de su corazón. En esa intimidad de dimensiones completamente nuevas, el hombre se daba a imaginar que el cincel y el martillo eran sus flores, las herramientas indispensables para dar vida a esa empresa amorosa, a esa rendición de cuentas ante la vida y el destino artístico. La obra se le venía encima con toda su gloria y con los mil arrebatos que causa la belleza salvaje, desnuda, innegable, la que da por tierra con el amor propio, la vanidad y la reticencia, la belleza que no para de exaltar lo divino, porque tanto amor surgido de tanta belleza no puede tener origen en lo humano.

No. Eso no. Lo bello viene de otra parte a cantarnos verdad; el maestro escultor aprendió en esas lunas de iluminación que la única ventaja del artista sobre sus semejantes es tener oídos para advertir el canto y señalarlo, imitarlo, explicarlo, referirlo, desdoblarlo, ocultarlo, revelarlo, encerrarlo, liberarlo. Cantores de la belleza son los mejores artistas. Esclavos de sus tobillos perfectos. De sus manos angostas. A tus pies, belleza. A tus pies, Señora.

El artista dudó antes de retirar el velo de lana con un solo movimiento calculado para acentuar el impacto. El mármol se lució como nunca exhibiendo una figura principal de complexión titánica que, acuclillada sobre una roca, ofrecía un tallo de cañaheja encendido a cuatro figuras que, desde la parte inferior de la roca, extendían los brazos desesperadas por recibirlo. La disposición de la pieza era tal que el torso de las cuatro figuras, dos hombres y dos mujeres, surgía del mármol como emergiendo de aguas blancas. La expresión desesperada de los cuatro rostros contrastaba con la calma rotunda que emanaba de la talla principal. El gesto imperturbable de Prometeo redoblaba el dramatismo de los otros. Los pobres atribulados rogaban al titán para librarse de fríos y hambre con ese fuego pequeño que ardía en la punta del tallo. "Tanta carencia remediada con tan poco", parecía decirse en silencio Prometeo mientras estaba a punto de dar el fuego ajeno a los penitentes. Porque una penitencia se adivinaba en esas expresiones vacías de todo lo esperanzador y anegadas de miseria. La serenidad del dios, en cambio, semejaba canto, pétalo, vuelo, tibieza, sonrisa y nube. Todo a la vez, todo adosado imperceptiblemente a ese rostro abrumador por la perfección de las facciones, de los ángulos. Simétrica y armónica como la cara de Evaristus, la de Prometeo fijaba la mirada en los dolientes como si con un solo vistazo pudiera corresponder a los ojos de los cuatro mendicantes. O casi, pues de todo el conjunto, sólo los ojos del dios acusaban falta de detalles, lo que terminaba por distraer enojosamente de la sublimidad. Malhaya.

El enano se percató de que tenía abierta la boca al ver la expresión idiota del capataz, que escudriñaba anonadado el rostro de Prometeo para luego dedicar el mismo interés a un detalle que Frixo había pasado por alto: una máscara teatral de expresión neutra yacía tirada muy cerca del punto en que la nalga de la figura principal hacía contacto con el calcañar izquierdo. El genial recurso daba a la escena mitológica un matiz humano, perecedero, que facilitaba la fusión del espectador con el motivo. La máscara fijaba la frontera natural entre Evaristus y el titán, entre la teogonía y el teatro. Dos órdenes sublimes de la existencia convivían en el mismo conjunto y ante eso sólo cabía la más profunda admiración.

—Me niego a entintarle los ojos si no me permiten volver a verlo. Tómenlo como chantaje, si les place. No puedo darles luz si el modelo original no me la da a mí. Además, necesito constatar que mis visiones fueron correctas y que el muchacho de la primera entrevista es hoy como lo soñé despierto.

—Lo es. Le saca dos cabezas al tío y dos y media al padre —declaró el capataz.

—Y ha levantado a tres adultos con una sola mano —añadió el enano.

—Háganlo venir. Se los ruego humildemente. Lo exijo de ser necesario —concluyó el maestro escultor, visiblemente emocionado ante la corroboración de su capacidad para vislumbrar el desarrollo natural de los cuerpos.

—Lo intentaremos —dijo el capataz dando por hecho que el enano daba su anuencia.

Ninguno de los emisarios fue avaro al describir las virtudes de los trabajos escultóricos. El capataz acaparó la palabra y fue describiendo cada pieza, destacando pormenores que de plano habían pasado desapercibidos a Frixo, como la cornamenta de íbice que figuraba a los pies de la escultura de don Evaristus y también en la de su última esposa. La referencia casual del capataz no lo fue para la blanca, quien dejó de revolver inútilmente el agua caliente en un pocillo para mirar suspicaz sobre su hombro en busca de su niño, que muy cerca ahora de los quince años tenía el tamaño y la complexión de un Milo de veinte. El heredero también había parado la oreja al oír de cornamentas, pues jamás le había cruzado por la cabeza que un dato tan fino viajara de boca en boca hasta terminar en los mármoles de la familia. La leyenda volaba sola. Nada podía hacer nadie para cortarle las alas, y menos ahora que la región entera estaba exaltada por el fabuloso teatro, ya prácticamente terminado, y por el alboroto que la puesta de las tres tragedias de la Prometheia implicaba. Todos los pueblos de los alrededores esperaban las fiestas en honor a ese niño-hombre que estaba a punto de convertirse en su señor, en dueño del destino de la comarca entera. En cada taberna, en cada figón, en cada mercado, se decía imbecilidad y media sobre el guapo y la cualidad hechicera de su mirada. "Y hablando de ella", comentó con aire casual el capataz, medio falto de aire tras describir cada atributo del conjunto de Evaristus, "pide el artista volver a verla para cerrar los trabajos. Nada tan bonito hay de aquí a Kandahar", terminó el hombre sintiendo que se le agolpaba en el pecho la emoción al recordar el delirio de la escena.

El empeño del capataz bastó para alebrestar la vanidad del tío y la curiosidad del sobrino. Hacía tiempo que el primero no veía el Portus y ya iba siendo hora de que el ahijado se mostrara fuera de sus dominios. La visita al taller del escultor era un buen pretexto para dar inicio informal a la celebración. Sí. Irían al Portus al día siguiente y la visita sería memorable. Las mujeres núbiles abrirían el cortejo arrojando pétalos de colores. Al paso de la comitiva, se quemarían los inciensos más finos y se ofrecerían regalos a la población, como talegas de granos, frutas y dulces de miel para los niños y viejos. "Que los caballos lleven adornos distintos a los del diario", ordenó el tío con ganas de que ya fuera el día siguiente para pavonearse en ese prolegómeno de las celebraciones.

Cuando el sol estuvo en todo lo alto, inició el desfile en Pagala. Al notar movimiento y preparativos inusuales, la gente corrió la voz y fue formando una valla que acompañó al grupo hasta el corazón del Portus. "¿Qué pasa?" "¿Quién es?", se preguntaba la gente confundida por el boato imprevisto. "¿Quién va a ser, boba? ¡Mira a Evaristus! ¡En el caballo blanco!" Entonces se hacía el silencio. El hombre era todo lo que se decía. El cabello le llegaba a media espalda. Los destellos entre rojizos y dorados eran chispas del fuego interno que parecía gobernar al joven musculoso de manos enormes. Las venas hinchadas del cuello y los antebrazos alelaban a las casaderas y las casadas por igual. Pero el rostro se llevaba las palmas literalmente. Evaristus sonreía fascinado por su primer contacto real con el pueblo y el pueblo le sonreía de vuelta sintiéndose halagado por la visita, por los regalos y agradecido por el teatro que ya modificaba el panorama de la región con su diseño prácticamente siracusano. Ese teatro de Pagala daba ínfulas al entorno incluso antes de ser inaugurado. Eso sí: ya casi todos sabían de qué se trataba el chisme ese del teatro, pues la gente de Evaristus había organizado un concurso masivo de selección para dar con los elementos ideales para las representaciones.

El cortejo se detuvo frente al taller del maestro escultor. La guardia formó un círculo de protección para que el pagalo pudiera desmontar sin que la multitud se le echara encima a ruegos, precaución que terminó por ser innecesaria, pues al verlo de pie, los presentes tendían a abrirle paso sin pretender la cercanía extrema o el contacto. Los embargaba un temor parecido al que se siente cuando nos encomiendan el cuidado de algo único y delicado que podemos arruinar. "Vengan, vengan, no se acerquen", decía a sus gemelos una madre prudente sin saber por qué la intimidaba ese distinto, ese afortunado, ese carilampiño que aturdía con la mirada, con los dientes perfectos y con el cabello ya descrito ahora en volandas. A la pobre le entraron ganas de ser viento para envolverle la piel a ese... a ese... La mujer no dio con el adjetivo buscado, pues cuando se afanaba por hallarlo el maestro escultor salió de su taller para dar la bienvenida a los ilustres, que se internaron en la construcción dejando tras de sí un halo formidable.

*

Como sucedía en cada cumpleaños desde que recordaba, la melancolía intensa era la primera en abrazarlo. Tendido aún en el lecho, Evaristus repasaba mentalmente lo que en esa fecha infausta había ocurrido según el relato del tío y de la vieja. Estaba condenado a celebrar su primera luz al mismo tiempo que memoraba la última que había visto su madre. Vaya ironía el tener que alegrarse de la vida propia cuando se apagaba la de aquella desconocida que todo le diera en connivencia con el padre ausente. Al igual que sucede cuando imaginamos el vínculo de nuestros padres, al joven se le dificultaba imaginar la relación entre dos seres tan distintos, y más todavía tratándose del amor incondicional que, según las versiones, se profesaba la pareja. Guapo, adinerado o lo que fuera, Evaristus era en el fondo un huérfano, condición perenne que suele inclinar a la soledad crónica, al carácter reconcentrado, a la suspicacia. A pesar de que muy rara vez cedía a estas inclinaciones naturales de la orfandad, cuando lo hacía le costaba mucho trabajo disimularlo y luego reponerse. Esta sombra perpetua se abatió sobre él con fiereza peculiar la madrugada del decimoquinto aniversario. Tapado hasta la coronilla, Evaristus se disponía a sentir lástima por sí mismo cuando tres golpes en la puerta de su habitación lo impidieron de plano.

El tío no podía dormir con tanto asunto importante recorriéndole la cabeza. El entenado dejaba de serlo en toda ley esa misma mañana y, aunque desde años atrás Evaristus despachaba en la misma proporción que el tutor, la llegada de una fecha que ayer parecía lejana tenía al visitante nervioso. Todo cambiaría ese día y, no obstante, el entorno seguía indiferente repitiendo el cuento de la luna, las estrellas y un puñado de chicharras empecinadas en laborar a deshoras. Nada principal tenían ya que decirse los parientes, pues la administración conjunta de la enorme heredad había sido transparente y afortunada. Muy contento estaría el hermano perdido al ver que su niño recibía el peculio original multiplicado no por dos, según la exigencia original, sino por cuatro. Los títulos correspondientes al pago por la gestión se habían firmado ante testigos semanas antes de esa noche rara, medio indefinible por genérica pero distinta al ser la última de un ciclo largo. Si algún pendiente quedaba entre los dos, se dirimiría a golpe de silencio, pues el recién llegado no tenía nada que agregar a lo dispuesto y más bien venía a estar con el sobrino por no saber quedarse en otro lado. La introspección era un juguete extraño en manos de ese hombre que no terminaba de hallarse a sus anchas mascullando solo lo que bien podía mascullar para los dos.

El huérfano, que como ya hemos sugerido lo era redobladamente esa noche de cada año, agradeció la visita haciéndole hueco al tío en el lado derecho de la cama. Por un instante menudísimo, el quinceañero se ensoñó recibiendo la visita nocturna del padre que nunca lo había arropado y se permitió extrañarlo una vez más. Y a la madre. Lo que hubiera dado por encontrarse de nuevo al estornino de aquella ocasión en que la criada robó el canto a las segadoras de Kokala. Ay, mamá. Qué ocurrencia. Por mucho que el canto de aquella vez se le quedara en la cabeza para siempre, el silencio ininterrumpido de la madre a partir de entonces tuvo un matiz sesgo, mitad castigo y mitad prebenda. Evaristus sabía de su presencia. La adivinaba en todas partes, pero de constatarla como el día de la jorobada, nada. Lo más semejante a ese canto amoroso eran las cantinelas de la blanca, pero hasta la comparación insultaba. La pobre vieja terminaba por ser un remedo de la madre, como lo era el tío amadísimo en relación con el padre en esa noche distinta por postrera.

Ahí, quieto y silencioso, el hombre miraba la ventana abierta con idéntico ahínco que el sobrino. Ni una palabra medió entre los parientes. Ambos se entregaban al temperamento melancólico en esas fechas, aunque por motivos muy distintos. En el caso del tío, el aniversario traía consigo el recuerdo del hermano desaparecido. No entendía cómo era que había logrado cumplir con su promesa de no volver, de romper todo lo existente para dejar a la familia deambulando sobre la pedacería. La ausencia de don Evaristus conllevaba para el tío esa suerte de desdén intrínseco que el silencio de la madre implicaba para el muchacho. El par guardaba reclamos airados que jamás podría solventar ante los interesados y eso los tornaba reconcentrados, silentes. Al joven y al maduro les quedaba claro que callar era la opción si deseaban adentrarse en la sensación de abandono, tan familiar y dolorosa. Porque un abandonado requería del otro y eso sí le quedaba claro a los dos. El silencio de esas noches rejegas de aniversario era el bálsamo que los afectados se procuraban para cerrarse las heridas mutuamente. Lo que iniciara cinco años atrás como un recurso para vencer el sueño era esa noche una cita impostergable. Ineludible. Esa ventana abierta era el mundo entero para los solitarios que por fin habían hallado qué hacer consigo mismos para no dolerse una vez más, una noche más, un año más. "Soy tu bastón, cojo." "Y yo tu muleta, tullido." Tan simple podría ser la esencia del intercambio, pero bastaba. Pero sanaba. Pero ayudaba a alcanzar la otra orilla de la noche a la que todo noctámbulo aspira. Porque la noche sin sueño está hecha de aguas negras. Porque la noche sin sueño está formada de aguas poderosas venidas a menos. Porque la otra orilla siempre da la impresión de ser la más benigna. Vamos por ella, sobrino amado. Sea. Sea. Sea. Desde esta orilla que antes estaba enfrente se mira mejor la aurora. Mírala. Destella para sacudirse el sueño. Ella sí duerme. A ella qué le importa haberse quedado sola. Noche madre. Noche hermano. Ya te vas para perder a otros en otro lado.

A diferencia de los años anteriores, la aurora del quince aniversario les dejó a los dos la pesadumbre intacta. Era como si las aguas incumplieran su promesa y no lavaran, y no disolvieran, y no corrieran para llevarse consigo lo lavado y lo disuelto. Amaneció y los parientes sintieron que la noche esa ni siquiera había llegado. Los gallos insistían y ellos ahí tumbados. Y así siguieron las cosas un poco más de lo acostumbrado. Entonces, con un dejo de paz originada en el simple hecho de intentarlo, los derrotados del sueño se separaron para volverse a reunir un par de horas después, mejor dispuestos y emperifollados.

*

La idea de integrar el coro de las obras con oriundos de las regiones aledañas rindió sus frutos. Desde el amanecer, el camino principal que llegaba de Kusanas extendiéndose hacia el Portus presentaba un tránsito excepcional. A pie, en carretas o a lomo de bestia, los trabajadores de la heredad cumplían su compromiso de asistir a ese evento que prometía ser maravilloso y se mezclaban intrigados con los pobladores de otras localidades que, siendo parientes o amigos de los participantes, acudían a la fiesta armados con idéntica expectativa. Tanto se había dicho sobre el teatro que de puro hablar la gente ya se sentía experta. Éste decía haber estado en una representación en Pérgamo, el otro se ufanaba de algo semejante acaecido en Agrigento y el de más allá recitaba a su parentela los seis versos que conocía de Esquilo por quién sabe qué milagro. Si lo eran en verdad, eso a nadie le importaba. El teatro y los tales griegos eran el pretexto para una verbena que prometía ser inolvidable por populosa y extravagante. Mira que emprender una obra como esa para festejar un cumpleaños. Habría que ser rico para entender sus motivos, pero no era necesario tal imposible para gozar de lo desacostumbrado. A eso venían nueve de cada diez, a gozar de lo inusual para tener de qué hablar el año entero.

Y vaya que los miles de asistentes se iban encontrando con un panorama único conforme se acercaban al centro administrativo del gigantesco latifundio. Viniendo del Portus, faltaban once estadios para llegar al teatro y ya estaba todo lleno de puestos con comida, baratijas y prestadores de servicios improvisados para hacer lo que fuera y lucrar con ello. Desperdiciar ese flujo de personas era igual que tirar el dinero, que verlo pasar sin estirar la mano, y a eso no se acostumbraba nadie, viniera de donde viniera. Los típicos magos y adivinos de Bibakta llegaron al sitio desde la noche anterior para asegurarse los lugares de mayor tránsito, previsión que no gustó a los entrenadores de animales ni a los muchos actores que, como salidos de la nada, aparecían a la vera del camino enmascarados y recitando largos fragmentos alusivos a Prometeo. La realidad era que los hombres habían sido contratados para educar el oído de la plebe al paso, para irla acostumbrando al ritmo declamatorio del arte teatral, idea de Evaristus que el enano aplaudió para terminar de convencer al tío, quien no entendía bien cuál era el beneficio de ese esfuerzo a no ser por dar trabajo a un puñado de vagos. Como fuera, los actores sí preparaban a los viandantes para lo que les esperaba ya a las afueras del teatro mismo. Ahí se concentraba la diversión oficial teniendo como fondo los primeros desplantes marmóreos de la edificación.

A primera vista, cualquiera diría que se encontraba a una plaza principal de la Hélade. Desde el camino partía una calzada con columnatas en ambos lados. La maravilla derivaba en una explanada mediana adornada con las esculturas de una veintena de tragediógrafos y comediógrafos célebres en el mundo entero. En la base de las figuras aparecía el nombre del representado acompañado por alguno de sus mejores versos. En otras plazas, era tradición recitar en voz alta el verso citado para ganarse la simpatía de las musas y del mismísimo Dionisio, quien no pasaba por alto el esfuerzo de los recitadores. Como muchos de los asistentes apenas mascaban el griego, a un lado de las esculturas un experto bien entrenado recitaba el verso para ser imitado por quienes no supieran leerlo o pronunciarlo, es decir, para prácticamente todos los asistentes, salvo un par de excepcionales. El recurso servía para adentrar al pueblo en esa magia poética de orígenes remotos que parecía dispuesta a sentar sus reales en tales lejanías. Emocionaba mirar a los supersticiosos engallados con tal o cual verso, o a los niños luchando por pronunciar correctamente una palabra larga. El caso es que ningún arribado salía de esa explanada sin haber probado un poco de lo griego. La bienaventuranza de Dionisio no era poca cosa, y recitar los versos que lo extasiaban era una oportunidad única en la vida que permitía rozar su divinidad. Porque recitar era convertirse en dios-hombre por la duración del yambo. Y de eso se trataba el teatro, de sublimar, de trascender.

El diseño de la explanada permitía el desahogo de la multitud hacia ambos costados del teatro, esto para evitar tragedias por aplastamiento y para facilitar la dispersión de la gente en dos prados hermosísimos pensados para la acampada de particulares nada más. En esa zona no se permitía el trueque, el comercio o la mendicación, y pobre del que se pasara de listo violando las reglas, porque para dichos casos se había dispuesto una guardia encubierta que, bien dispersa en ambos campos y confundida con los asistentes, vigilaba el cumplimiento de las reglas. Más lejos, en los límites naturales de los prados, quiso el tío cavar dos pozos e instalar treinta y cinco letrinas para que la gente no dejara el paraje hecho un mierdero después del festejo, asunto en el que nadie había reparado pero que a todas luces merecía consideración. El pragmatismo del tío también fue culpable de que, cerca de las letrinas, se instalaran comederos y bebederos para los animales que, sedientos y muertos de hambre, llegaban trayendo su desdicha desde los cuatro puntos cardinales. Hombre de buen corazón, el tío dispuso que la pastura, el heno y la alfalfa abundaran sin costo para los trabajadores de la propiedad y para sus conocidos de donde fuera. Por si no bastara, quienes por su origen no tenían derecho a estos bienes, podían adquirirlos a un precio ridículo. Lo que fuera, vaya, con tal de no ver bestias con ojos tristísimos y costillares más tristes todavía. No ese día. No en las tierras de esos principales admirados, temidos y respetados como los reyes que eran.

A pesar de no haber pegado el ojo en toda la noche, Evaristus y su tío se presentaron al desayuno frescos y dispuestos a gozar de fecha tan principal. Para distinguir esa mañana de otras idénticas, se permitió que el círculo íntimo de ambos hombres departiera en mesas aledañas a la principal. La prebenda fue muy aplaudida por la blanca, quien a su manera se arregló expresamente para la ocasión adornándose el cabello con un listón rojo guardado entre sus posesiones preciadas desde los once años y, aunque sólo Anpú notó el detalle, supo agradar a la otra comentando abiertamente lo raro que era ver un pigmento de esa calidad en las telas de tiempos actuales. Halagada por el comentario como la mujer que era, la blanca se sonrojó y pidió al enano y a las muchachas del huerto que empezaran a comer sin dilación, pues ya pronto tendría lugar la inauguración formal del evento con la carrera de los jóvenes desnudos portando antorchas en honor a Prometeo. Quien llegara a la meta con la tea encendida se ganaría una esposa guapa con dote y una parcela mediana, bienes casi estrambóticos de tan deseables que doscientos casaderos se disputarían para abrir boca antes de la primera tragedia del día, el *Prometeo encadenado*.

 La grasa de tres bueyes viejos empezó a arder sobre una pira armada a un lado del hito que señalaba el entronque de la nueva calzada con la ruta de siempre. Atestado por el sacrificio inaugural, el camino al Portus se engalanaba en esa mañana que prometía ser memorable y memorada. La gente se emocionó al mirar los humos que se elevaban para agradar a deidades que casi todos desconocían, pero muy importantes debían ser si los poderosos les rendían así, con la mejor grasa, con tamaña solemnidad. Los ohes y los ahes no se hicieron esperar cuando el viento, quién sabe por qué capricho, dibujó con el humo en las alturas lo que sin duda parecía la cabeza de un animal cornilargo. Dispuestos al prodigio por el ánimo festivo y la ceremonia solemne, los avezados se dieron a comentar al de junto la casualidad, pues ya era de dominio público el papel que los íbices habían jugado en la concepción de Evaristus, quien, por cierto, no se había presentado para el encendido de la pira, dejando que fuera el tío quien prendiera la yesca.

 Buenas razones había tenido para ello el festejado, pues cuando el fuego ya quemaba casi toda la grasa de los bueyes disminuyendo la humareda, se escucharon cuernos de caza, flautas, trompetas y tambores que hicieron abrir paso a la multitud. Los músicos eran seguidos por más de doscientos muchachos desnudos que en tres filas y en formación perfecta desfilaban con Evaristus a la cabeza, quien, también desnudo, marcaba el paso con su natural de punta de lanza. Los jóvenes solteros sostenían en la mano izquierda una antorcha apagada que en instantes robaría su fuego al que ahora incendiaba la hoguera, cuestión en la que sólo algunos de los más cercanos reparaban, pues el grueso, como bien puede adivinarse a estas alturas, abría la boca embelesado por la brutal belleza del cumpleañero y de varios muchachos más que, sin llegar a competirle en tono, masa, altura, definición y apostura al homenajeado, bien orgullosos podían estar de su lugar segundo.

El grupo se detuvo en las inmediaciones de la pira y fue hasta entonces que la gente pudo regodearse a sus anchas con el famoso joven que, desde ese día, era también dueño de todo lo que abarcaba la vista y más. Por supuesto que los rumores de tan excepcional disposición física no eran novedad, pero la constatación, a la inversa de lo que suele ocurrir cuando la anticipación a un hecho es excesiva, superaba las expectativas en una proporción amplísima. Si la mitad de lo que se cotilleaba sobre el propietario era tan evidente como su hermosura, seguros podían estar los asistentes de atestiguar con los propios ojos lo que la leyenda contaría por décadas o más. Qué suerte. Qué privilegio verlo de cerca. Una mujer desaseada extendió la mano para rozarle el costillar al monumento ese y, a pesar de que un guardia suspendió el contacto al instante, el roce furtivo le produjo una emoción intensa, perdurable, que muchos otros le envidiaron.

—¿Qué se siente, señora? —preguntó por lo bajo una dama que, en sus adentros, lamentaba no haber tenido los arrestos de la otra para tocar aquello cuando tuvo la oportunidad de hacerlo.

—Duele —respondió la atrevida con un candor rayano en lo genial por su sencillez.

—¿Puedo? —dijo la arrepentida al tiempo que tomaba la mano izquierda de la audaz como si ya hubiera recibido la anuencia y rozó con su índice las yemas constatando algo muy vago pero cierto.

Entretanto, los prometeos rompían filas para formar un círculo alrededor de su líder, quien ya había encendido su tea en el fuego de la pira para luego darse a mostrarla por lo alto con ceremonia y altivez. Después de un discurso breve, el celebrado ofreció la llama al joven más cercano, quien tras asegurarse de que la flama no se extinguiría, hizo lo propio con el siguiente muchacho. De fuego en fuego se incendió toda esa juventud. Cuando la llama prendió la última antorcha apagada, Evaristus lanzó su fuego original a la pira y comenzó a vestirse con un himatión de gala, lo que dejó claro a la concurrencia que el patrón no participaría en la carrera, pues hubiera sido de mal gusto disputar a los otros lo que a él le sobraba desde la cuna. El gesto arrancó algunos aplausos que se esfumaron conforme los guardias arrearon a parte de la concurrencia para permitir que los competidores se alistaran. Cuando todo estuvo listo, Frixo sacó una paloma de una jaula y se la dio cuidadoso a su jefe, quien sin mayor ceremonia la mostró en alto como lo había hecho con la antorcha primera unos momentos atrás. Soltó al ave, cuyo aleteo se perdió entre los vítores de los asistentes y el brío de los muchachos que, cual leones, se lanzaban sobre el desnudo de enfrente para darle alcance como fuera. La polvareda que el tropel juvenil levantó en la arrancada acompañó a los contendientes hasta la primera curva de la ruta, que tras dos estadios viraba a la izquierda para internarse en uno de los claros adyacentes al flamante teatro.

El clamor de la gente enardecía a los competidores en la segunda de siete vueltas al recinto cuando Evaristus y los suyos se confundieron entre la multitud para acceder al teatro novísimo por una entrada lateral. Cruzado el umbral, se extendía un pasillo que más adelante se convertía en uno de los dos paradoi que daban acceso a la orquestra. Desde ese punto se dominaba prácticamente todo el graderío de piedra, que no por estar aún disponible carecía de vida y personalidad propias. "Un teatro nunca está vacío", pensó Evaristus al admirar esa obra maestra suya que podía albergar a ocho mil sentados y un par de miles más apiñados en los pasillos distribuidores semicirculares que permitían la entrada y desahogo de la multitud. Detrás de la orquestra, la maravillosa skené, adornada con estatuas y columnas albergaba en sus alas la mayor parte de la tramoya con sus grúas, decorados, pantallas giratorias y plataformas móviles. Cerca de las alas, el arquitecto dispuso dos zonas inusualmente amplias para los camerinos, a los que se podía acceder directamente desde la salida del proscenio. En dicha zona esperaban ya la gran mayoría de los miembros del coro que iban y venían nerviosos, máscara en mano, ultimando detalles y repasando versos a deshoras.

Evaristus se despidió del tío para sumarse a sus compañeros actores que, al verlo llegar, lo saludaron con dos reverencias rápidas para luego volver a sus prisas medio vestidos para la ocasión.

A solas en su camerino, lejos del ajetreo caótico que reinaba en la skené, Evaristus escuchó los vítores cada vez más intensos de la multitud. Según sus cálculos, los prometeos deberían estar cerca de completar la sexta y penúltima vuelta al complejo. Como era lógico, al acercarse el final de la carrera los ánimos se alborotaban inundando con millares de ecos la belleza hosca del recinto que apenas aprendía a irse poblando. Las instrucciones habían sido muy claras: que nadie entrara hasta haber coronado de olivo al ganador de la prueba, formalidad de la que debía encargarse el tío por serle imposible a Evaristus ataviarse de héroe trágico y premiar al mismo tiempo. Además, bien le venía al joven el recogimiento que la carrera le procuraba, pues aún no lograba sacudirse el talante melancólico que compartiera con el tío antes del amanecer. La orfandad, el aniversario de las cosas, la culminación de un proyecto largo, costoso y difícil, todo confabulaba para saturar de grises el ánimo que en fecha tan especial debía pintarse con los colores más vivos. Por supuesto que estaba emocionado, pero la emoción no estaba a la altura de las circunstancias y, siendo que el muchacho era ajeno a los vaivenes anímicos por tener desde siempre un carácter equilibrado, el desliz vicioso en esa mañana virtuosa le incomodaba tres veces lo normal. Para distraerse, el hombretón volvió a jugar al niño disponiendo en el suelo las catorce máscaras que había escogido entre cerca de un ciento que le mostraron los comerciantes especializados en cerámica e indumentaria importadas. Las había sonrientes, carilargas e indistintas. Unas eran de madera nada más mientras que otras más sofisticadas estaban adornadas con retazos de colores, pieles, chaquiras, plumas y bordados. Sin darse cuenta, tomó una máscara triste y se dio a fantasear con la inesperada llegada del padre en esa fecha principalísima para ambos. Nadie lo sabía de cierto, pero la blanca ya había sospechado en alguna ocasión que el gigantesco alarde de Evaristus y su teatro era en el fondo una llamada, un guiño al padre perdido que quizás optara por volver un día por amor, por curiosidad, por hartazgo. Ni loca habría externado sus sospechas, pues nadie era ella para aventurar una opinión gratuita sobre un tema delicado, pero le sobraba tiempo para especular sobre su niño precioso. Pobrecito. Tan brillante y tan aislado. Guapo como príncipe de cuento que vive para encontrar a una princesa también de cuento que no llega, que no quiere, que no existe. Y la escena de ese día en que el príncipe se tornaba rey sentado en el suelo jugueteando con las máscaras vacías, hacía eco a la versión que la blanca sospechara desde siempre, a esa versión sin duda mezquina en que sólo aparecía ella como fémina en la vida de ese hombre que otra compañera además de una vieja merecía.

Evaristus se sobresaltó al escuchar el súbito rugido de la multitud que, afuera, celebraba la victoria de un mocetón formidable de piel morena y ojos claros. Jadeante, el ganador era todo sonrisas al mostrar en redondo la tea con el fuego intacto. Ninguna duda le cupo al del cumpleaños de que su favorito había ganado. Esas cosas las sabía porque sí. Y porque sí supo también que ya se aprestaba el tío para coronar al victorioso; eso le dejaba poco tiempo para alistarse y salir a espiar el momento en que su desbordada fantasía fuera poblándose con la avidez de los primeros espectadores. Dejó junto a las otras la máscara que le ayudara a paliar su desaliento y se puso los vestidos más vistosos para encarnar al héroe del fuego, la desobediencia, el águila y la roca. Conforme con la indumentaria, eligió ahora una máscara con plumas rojiblanquiverdes, se la puso y salió de su camerino abriéndose paso entre una docena de enmascarados que estaban listos para integrar el coro de Esquilo. Caminó por el pasillo que llevaba a la orquesta y, pensándose solo, se escondió tras un murete para mirar cómo se iba llenado esa creación que le había ocupado la mayoría de los dos años anteriores. Igual que en el sueño de aquella noche helada, espió el graderío a través de los ojos calados en la máscara y se permitió un último desliz esperanzado al imaginar que el padre ocupaba un lugar eminentísimo en la primera fila, junto al sacerdote de Dionisio que habían traído para la fiesta.

Y entonces un golpe fortísimo en la sien acabó con el desliz igual que la vigilia, dos años antes, había terminado con el sueño aludido.

Cuatro de los supuestos coristas enfundaron el cuerpo exangüe con una túnica genérica idéntica a la que usaría el resto del coro, limpiaron un hilillo de sangre que manaba de la sien para extraviarse en las inmediaciones de la clavícula, y ajustaron la posición de la máscara para asegurarse de que ningún rasgo importante fuera visible. Luego, dos de los bribones se colocaron a los costados del principal echándose cada uno el brazo respectivo sobre los hombros y tomándolo por la cintura, como si fueran contertulios que alejan a un compañero del episodio más sórdido de una francachela. Sin perder tiempo, sacaron a Evaristus por la parte trasera de la skené aduciendo camaradería y urgencia ante los guardias apostados en la zona. "¡No sabe beber! Otra vez la misma historia, ¡y en qué momento!", exclamó a manera de explicación un raptor supuestamente atribulado que convenció con su descaro al más ingenuo de los vigilantes y solicitó al otro un poco de agua que ayudara a sacar al pretendido borracho del extravío. Cuando el guardia regresó con el agua, los cuatro y la víctima ya se perdían entre el gentío reunido en la parte trasera del teatro. Confundido, el ingenuo oteó en los alrededores sin mucho afán y recomendó al otro olvidar el episodio para no distraer la vigilancia. Pagaron caro su ligereza.

*

Los esbirros de Boro cumplieron al pie de la letra con las instrucciones y llevaron al cautivo hasta las viejas instalaciones de una curtiduría. En una de las bodegas más remotas habían habilitado una suerte de calabozo prácticamente inexpugnable que, vigilado con un celo mucho mayor que el de los guardias del teatro, dificultaba al máximo cualquier intentona de huida o rescate. El aislamiento del sitio y su relativa proximidad al Portus eran ideales para ocultar al poderoso de Pagala en tanto el jefe Boro decidía qué hacer con él. Los subalternos no lo sabían, pero hace cerca de quince años que Boro tenía claro el plan que había decidido poner en marcha esa mañana. El dolor, la ira y el deseo de venganza seguían incólumes después de tanto tiempo. No podía ser de otra manera. A la afrenta de don Evaristus sólo podía responderse con un delito de sangre de idénticas proporciones. De acuerdo, la sobrina se había excedido al darle mazapanes envenenados a la rival, pero cargarse a la madre y las cuatro hermanas como si todas fueran asesinas era una infamia, era imperdonable, era atroz incluso a los ojos de alguien como Boro, que debía su fortuna y poder a una bien organizada red de salteadores que operaba en las rutas comerciales sin que nadie hubiera logrado detenerlo, pues para ello era necesario ser más poderoso que el truhán y nadie lo era en el Portus. De hecho, el poder de facto que Boro ejercía en el puerto era proporcional al de los pagalos en sus tierras aunque, óbolo por óbolo, la fortuna de Evaristus y su hermano superaba en cincuenta a uno a la del pillo. Pero el rencor, al igual que otras emociones extremas, puede igualar las fuerzas cuando el dinero deja de ser un elemento decisorio. Y el rencor de Boro no tenía par. Ni su paciencia. Quince años esperó el momento ideal para cebarse en quien realmente dolía, en el inocente que por herencia ya no lo era, pues crímenes como los cometidos por don Evaristus manchan de sangre a los descendientes, a los ascendientes y hasta a la parentela colateral. La vesania y la paciencia, dos extrañas que a regañadientes se daban la mano para conformar el temperamento del hombre que nos ocupa, integraban un híbrido de eficacia probada para la ejecución de los planes a largo plazo, pues una, la vesania, aporta el combustible que no se extingue mientras la otra, la paciencia, reprende todo lo reprensible en la vesania y la torna operativa, viable, siniestra. Por ello, el hombre había sabido esperar lo necesario hasta que todas las precauciones se relajaran, hasta que el episodio desencadenante quedara, si no olvidado, sí medio dormido ante el alud de las cosas que se nos vienen encima para distraernos de las que ya nos sepultan. Las medidas adoptadas en casa de Evaristus para defenderlo de la amenaza eran una reacción previsible que impedía la acción inmediata, mas no la mediata. "Todo se derrumba si se sabe esperar", solía decirse Boro pensándose ariete en sus fantasías poliorcéticas. Y esperó. Esperó al enterarse de que el niño estaba resguardado como el príncipe heredero que era. Esperó cuando supo de su belleza intolerable, insultante. Esperó cuando los chismes abundaron en sus dotes y esperó cuando la región entera fue conmovida por la ridícula idea de construir el teatro aquél, con su fasto de palacio y su pretensión extranjera. Imbécil. ¿Quién se creía Evaristus para jugar con el orgullo y el dolor de los hombres como si no debiera nada a nadie, como si en su llegada al mundo no hubiera vertido sangre a chorros? Pero supo esperar también en aquella ocasión una oportunidad más propicia para salirse con la suya y cebarse con el enemigo por extensión, pues del verdadero culpable, don Evaristus, nadie, ni sus enviados más confiables, pudieron darle cuenta. La oportunidad tocó a la puerta cuando Boro tuvo noticias de la fiesta popular con que los pagalos enemigos festejarían la mayoría de edad del bello maldito y la culminación de su teatro. Ya no quiso esperar más y urdió el plan ideal para sembrar a cuatro de sus hombres entre los participantes del evento y así tener acceso a Evaristus. El vestuario, las máscaras, la celebración y el gentío distraerían a una vigilancia ya de por sí relajada, facilitando la huida. Cuando el plan estaba a punto de ponerse en marcha, uno de sus informantes le comunicó el revuelo extraordinario que la primera visita del bello y su tío al maestro escultor del Portus había generado. El coraje se le agolpó en el pecho haciéndole temblar con una rabia que ya no era necesario contener por mucho tiempo. Su rostro mofletudo, blandengue, sonrió al adelantar las vísperas del plan. Cretino.

Boro se entretenía contando las manchitas de un huevo de codorniz cuando el ayuda le comunicó que el plan había funcionado. Evaristus estaba ya en el escondite y, aunque todavía no recobraba el sentido tras el macanazo, respiraba normalmente. "Cualquiera diría que duerme", abundó con gratuidad el mensajero en un exceso que desagradó al jefe. La impertinencia se daba en la plebe como las plumas en los patos, pero no valía la pena reprender al emisario tras la espléndida noticia. Por fin tenía al único culpable asequible entre las manos. La saña de su padre al aniquilar a la hermana y las sobrinas era una afrenta inmunda que a gritos reclamaba ser saldada. Ya pronto. La inminencia de la venganza animó de súbito al malviviente que, de pura alegría, arrojó el huevito a la cabeza de su empleado antes de ordenarle la retirada. Obediente, el mensajero fue dando pasitos para atrás humillando por igual la mirada y la dignidad hasta salir de la habitación. Uno de esos días insultaría al gordo, pero no en ese momento. No.

Boro tomó su tiempo para acicalarse debidamente, primero ante la jofaina y después frente al espejo de plata bruñida. Siendo un hombre feo que se gustaba, dio el visto bueno en un tris y se aprestó a pedir su caballo del diario. Salió de la alcoba y sintió un dejo de placer al atestiguar el nerviosismo con que su personal se daba a acatar las órdenes. Le gustaba ver los ojos agrandados por la angustia, las manos que trataban de ocultar temblores mínimos pero constantes cuando estaban en su presencia. En cierto modo, se había especializado toda la vida en el arte de dar miedo. De eso vivía y sabía hacerlo sin pensar siquiera en ello, con el sólo hecho de existir, de apersonarse. En los tiempos que corrían, la situación no exigía como antaño embestir con la mirada, la daga o los puños. Hoy bastaba con vociferar para poner de cabeza al entorno, colmándolo de posibilidades funestas. Porque eso era Boro: un hombre capaz de cualquier bajeza, y de ahí derivaba toda su autoridad, que no era poca.

El asistente que ya conocemos lo ayudó a montar por el costado izquierdo de la cabalgadura. No había tenido tiempo de limpiarse el huevazo con tal de tenerle listo el caballo a Boro, detalle que el hampón le reprochó dándole un manotazo en la testa antes de clavarle las espuelas a la bien adornada montura, que echó a andar imponiendo un ritmo ágil pero sosegado a los caballos de los seis guardias que acompañaban a Boro cotidianamente. "Tendré que usar el doble por unos años", lamentó el obeso reparando en los gastos por seguridad que su venganza acarrearía, pero el estipendio era mínimo considerando el placer que la vida y su paciencia le ponían al fin en bandeja para despacharse a sus anchas. Qué alegría sentía el maldito. Cuánta avidez por ajustarle las cuentas a Evaristus, tanta que en el camino a la curtiduría ya ni se acordó de aquello que vengaba. Esas calles, vacías por el estreno de Esquilo, lo vieron pasar ensimismado y avieso como tigre, e igual que hacen las presas potenciales cuando se cruzan con uno, las vías del Portus acallaron para no llamar la atención del predador.

En la entrada lo esperaban dos de los supuestos actores. Aún vestían la indumentaria especial para el coro de aquel día, dando a la escena un toque de absurdo y misterio, pues semejante ropa de gala en esos confines hacía pensar en carnavales, no en asuntos serios. Como suele pasar con los iletrados, Boro desdeñaba aquello que no entendía en una actitud defensiva que, en el fondo, sólo procuraba disimular la propia ignorancia, la chatura de una mente lúcida cebada exclusivamente en lo cotidiano.

—¿Alguien los vio? —preguntó Boro a uno de los falsos actores que, solícito, se apresuró para ayudarlo a desmontar, lo que no consiguió debido al celo del más alto de los guardaespaldas.

—Nadie, señor —mintió el interrogado pensando en los dos guardias que tan fácil había sido burlar—. Seguro que todavía se preguntan qué le pasó a la estrella de la fiesta.

—Qué estrella ni qué estrella —murmuró Boro, sulfurado al no captar la pretendida ironía del informante—. Y ya quítate esos vestidos, que da asco verte así.

El hombre asintió abriendo paso a Boro, quien lideró la comitiva hasta el traspatio de la tenería. Ahí esperaban los otros dos secuestradores con un ánimo menos festivo que su primer representante. Por suerte para ellos, el jefe no reparó en su presencia y pasó de largo adentrándose en un corral ruinoso. En la esquina más lejana, cerca de algunos trastos inservibles, yacía Evaristus dando la impresión de ser otro de los vejestorios allí olvidados. Sus vestidos, aún más adornados que los de sus raptores, estaban lodosos en el costado izquierdo, lo que hizo sonreír al recién llegado. Tanto pensar en ese momento y por fin estaba ahí, frente a su ofensor. Era grandísimo para tener la edad que tenía y cualquier otra. La corpulencia asomaba por el himatión cual si se le hubiera sorprendido en plena escapada de la ropa. El tono de los brazos, las piernas y el cuello denotaba afición por la actividad física incluso bajo la luz anémica que se colaba por un agujero en el techo. De hinojos, Boro se dio a un examen pormenorizado de su cautivo. Parecía muerto, pero no lo estaba a juzgar por el pulso que las venas del cuello delataban rítmicamente. La sien le manaba un poco, mas no lo suficiente como para reavivar el cauce seco de la hemorragia que, adicto a la piel, pasaba por debajo de una cadena que unía el cuello del agredido a una alcayata fija en el muro. La decencia exigía que dicha cadena hubiera sido forjada en plata o en algún otro metal valioso para avenirse a la alcurnia del cautivo, pero a Boro le importaba un bledo la formalidad pomposa que los romanos habían puesto en boga. Las cadenas de oro, plata o hierro, convertían en un perro al encadenado y eso era lo importante. Ninguna deferencia le reservaba el bribón a Evaristus. En ese contexto, hasta la preciosa máscara emplumada que todavía llevaba puesta el secuestrado resultaba afrentosa. Cauteloso, Boro levantó el borde de la máscara para espiar el rostro que tenía absorta a la comarca. Los pómulos daban la sensación de haber sido creados por el mismo Praxíteles, igual que la mandíbula poderosa y el mentón partido. Las cejas pobladas hacían juego en negros con las pestañas apretadas, gruesas y largas. El contraste con la blancura impecable de la piel era tan fascinante que parecía ideado para distraer, para embeber, para obsesionar. Por unos momentos, Boro fantaseó para darse una idea de qué se sentiría pasearse por el mundo encarnando el ideal de la hombría, de lo humano, pero desacostumbrado a la reflexión abstracta pronto dejó la especulación para solazarse con el poder concreto que tenía sobre ese maldito fenómeno que llevaba quince años consumiéndole la cabeza por el mero hecho de ser quien era. Contentísimo con su superioridad sobre el prisionero, decidió aprovechar las ventajas de su situación para divertirse a costa del otro, para lo cual le quitó la máscara de plumas coloridas y ordenó a los esbirros que lo dejaran desnudo, siempre, pues así vivían los puercos. "O qué, ¿alguien aquí ha visto a un cerdo vestido?", improvisó Boro haciendo reír a los testigos de la escena que ya se daban a cumplir las órdenes. Cuando Evaristus estuvo desnudo y desenmascarado, el captor se puso de pie, levantó los faldones de su túnica exhibiendo un pene ancho y corto que no hacía más que destacar la virilidad de su víctima y empezó a orinarle la cara. El tipejo se vació en Evaristus sin lograr que éste despertara. "A ver hasta cuándo duerme. Y pobres de ustedes si no despierta, porque fui bien claro al pedírselos vivo. No sirven para nada", exclamó Boro desencantado por no poder encarar a su rival en esas condiciones y en ese momento. "Háganle aguas antes de irnos, a ver si alguno tiene suerte", ordenó sentándose en un banco de ordeña desvencijado para presenciar la escena. Pero no despertó Evaristus. Ya se las verían después.

Nuestro Prometeo encadenado recobró la conciencia a medianoche. Por el boquete que antes dejara entrar la luz a través de la techumbre, se colaba ahora un viento helado que calaba hondo. El hambre, la sed, el frío y la cefalea habían sido más eficientes que los orines conjuntos de los captores. El charco de inmundicia en que se encontraba acostado hacía intolerable la baja temperatura de esa noche sosegada, tanto así que, en principio, le fue imposible colegir a Evaristus en dónde estaba o qué lo había llevado hasta allí. Dedicado a retemblar para darse fuerzas y allegarse hasta un punto seco del suelo, el caído enfrentó en simultáneo el terror, la impotencia y la incertidumbre de hallarse en completa oscuridad, sin contar con la menuda prebenda de revisar su cuerpo para hacer un recuento de daños. A no ser por el incisivo dolor de cabeza, ningún otro lo aquejaba seriamente. Menos mal.

La confusión cedió un poco al tentalear el enorme chichón que el porrazo le había producido en la cabeza. Vaya: una certeza distinta del frío. La debacle en que se encontraba partía de un golpe y, estando como estaba, hasta el detalle más nimio se le antojaba revelación. Así, Evaristus fue armando el rompecabezas de su secuestro. Cuando se dio cuenta de que estaba encadenado, le sobrevino un inverosímil ataque de risa que se fue extinguiendo al adentrarse en la extensión de la tragedia. ¿Y la obra? ¿Qué habría sido del festejo y de todos los millares que sin duda se habrían decepcionado por el contratiempo de su ausencia? ¿Habría corrido el tío con una suerte similar? Las preguntas se multiplicaban sin derivar en un número de respuestas equivalente. En su condición, saberse cautivo equivalía a saber nada y, por lo pronto, esa era la única seguridad del secuestrado. Si los captores pretendían obtener dinero u otro tipo de dádivas a cambio de su libertad, de eso sí que no estaba enterado. Gobernado por la confusión, Evaristus ni siquiera se había dado a sospechar de Boro o a relacionar lo acaecido con la tragedia de la muerte de su madre, quince años atrás. Más bien, el propietario imaginaba que las cosas habían llegado demasiado lejos en lo relativo al teatro, pues un grupo bien nutrido se resistía a plegarse ante una tradición extranjera que en nada representaba a los naturales de esas comarcas, lindero eterno entre oriente y occidente que aspiraba a la definición sin alcanzarla del todo. Era increíble que habiendo pasado siglos desde las incursiones alejandrinas, esos radicales pretendieran hallar lo autóctono bajo una delgada capa de helenismo, como quien rasca apenas la superficie de la tierra para encontrar algo valioso y malamente oculto, semienterrado. En realidad, aquello que los puristas defendían existía ya sólo en sus fantasías y más de un debate había terminado en reclamos airados dirigidos contra una realidad irreversible. Las polémicas habían sido enconadas, claro, pero nada que justificara una agresión como ésta. Ni los deslindes pendientes eran razón de peso para un acto semejante. Y buscando las causas de lo inverosímil cayó Evaristus en un estado sito entre el sueño y la vigilia, recurso opioide que el cuerpo reserva para las situaciones límite en que no convienen ni la conciencia ni el onirismo, sino más bien un cúmulo de sensaciones indefinibles que amortizan el transcurso del tiempo para hacerlo llevadero.

El rumor de los insectos se fue convirtiendo en un canto que hablaba de iluminaciones y amaneceres. Las aves terminaron de devolver su noche a los desvelados para apropiarse de la luz inminente, impostergable, a golpe de trinos y saltando de rama en rama. La algarabía era ya considerable cuando la puerta del cuchitril se abrió escandalosa dando paso a una figura gruesa que sostenía una lámpara en la mano izquierda. A su paso, Boro iba dando sentido al entorno que, hasta entonces, Evaristus sólo había podido adivinar malamente entre sueños y pesares. Del maleante, el pagalo conocía apenas el nombre, pues jamás había sido enterado ni por la vieja ni por ningún otro miembro del círculo cercano de las peculiares circunstancias que rodearan la muerte de su madre y la ejecución de su asesina. Por supuesto que sabía de la tres, de los mazapanes infaustos y del justo castigo que su padre ordenara en su momento, pero la prudencia del tío y el temor reverencial del resto omitieron convenientemente referirle la subsecuente ejecución de la madre y las hermanas de la envenenadora. Los excesos de don Evaristus, esa espuma de su rabia, eran la pieza que faltaba para dar sentido al porrazo, los orines, la cadena y a la saña que se advertía en cada elemento del cautiverio.

    La llegada del visitante hizo que Evaristus tratara de incorporarse, pero la cadena era más corta de lo imaginado e impidió que el quinceañero lograra ponerse de pie. Lo más que la cadena permitía era plantarse de hinojos ante el recién llegado. Pero no. De rodillas no. Nunca. Sin advertir todavía los rasgos de Boro debido al resplandor que éste anteponía a su rostro, Evaristus se las arregló para enfrentar al arribado en cuclillas, postura mucho más digna que, además, le proporcionaba cierta capacidad de reacción, no muy útil si se quiere pero tampoco despreciable en las circunstancias ya descritas.

Boro conocía sobradamente el alcance que la cadena daba al prisionero y tuvo el cuidado de no ir más allá de los límites en su primer acercamiento. La corpulencia de Evaristus, aunque agazapada, era ya un disuasivo de naturaleza muy distinta al que Boro había presenciado poco tiempo antes, cuando el cautivo estaba aún inconsciente. Ni el cuerpo ni el rostro parecían pertenecer al abatido de hace rato. Por un momento, la mirada fija de Evaristus increpó al otro con tal fuerza que Boro deseó no haberle quitado la máscara plumífera a su enemigo. Nunca pensó el salteador organizado que un sometido pudiera infundirle temor, pasión del ánimo que unos instantes atrás creía extinta y que ahora se le revelaba viva, amenazante, como el calor escondido en un tizón que parece apagado sin estarlo.

—Espero que mi gente te haya tratado como mereces. Parece que sí —empezó a decir Boro mientras caminaba de un lado al otro de la habitación, escudriñándola con ayuda del cabo de vela como si fuera la primera vez que estaba allí. Atrás del captor, mucho más cerca de la puerta que del cautivo, la incipiente luz matinal se colaba oblicua por el hueco del techo sin iluminar gran cosa.

—Ni su gente ni usted tienen idea de mis merecimientos, así que diga lo que tenga que decir sin andarse por las ramas.

Boro hizo un esfuerzo considerable para no ceder al impulso de patearle la cara al acuclillado. La mirada fija, el tono de la respuesta y la postura corporal denotaban una soberbia rayana en el insulto, pero la provocación bien podía ser una estratagema para hacer que Boro se pusiera al alcance del otro, y no estaban las cosas para correr riesgos innecesarios.

—Te recuerdo que no estás en posición de exigir absolutamente nada. Si me preguntas, yo te recomendaría la obediencia, pero, seamos sinceros: ni obedeciendo te salvarás del dolor que te he reservado todos estos años —advirtió Boro antes de hacer una pausa dramática para observar la reacción del encadenado, pero ni un músculo alteró la expresión neutra de Evaristus, por lo que el vengador, desencantado, continuó su intervención con la naturalidad del que ha recibido la respuesta esperada—. Te lo has ganado. Te pertenece en toda regla. Privarte de ese dolor tan tuyo sería afrentoso. A nada mejor puede aspirar ahora tu dignidad, pagalo maldito. Lo que tu padre hizo con mi hermana lo habría hecho yo mismo en un caso semejante, pero, ¿por qué hacer pagar a inocentes? ¿Qué sentido tuvo hacer cadáver de mi madre y mis otras hermanas que en nada le faltaron a su asesino? Dicen que las degolló con un cuchillo para puercos —afirmó Boro con la voz entrecortada por la rabia, tanto que mejor dio la espalda a Evaristus para recomponerse, pues un par de lágrimas le resbalaban por los pómulos y el llanto era algo que no podía permitirse ni siquiera ante sí mismo. Nunca.

Nada sabía Evaristus de aquel desenlace atroz. La versión dulcificada que había llegado hasta él refería la ejecución de la envenenadora, pero ni jota le habían dicho del sacrificio de la parentela. De ser cierto lo que el captor aducía, era casi justa la venganza que sobre Evaristus se venía y el hecho obligó a que el joven se replanteara todo en un momento. Al clavar la mirada en los ojillos de Boro que, por primera vez lo miraban sin rehuir y bien alumbrados por la vela, supo Evaristus que el vengador hablaba su verdad. Las venillas que solían enrojecerle la esclerótica cuando montaba en iracundia se multiplicaban de la nada, como peces que estremecen de pronto el agua calma cuando se les arroja migajo. Cuánto horror, cuánto rencor, cuánto llanto contenido encontró Evaristus en las aguas rojizas de ese rostro, en esa mirada dolorosa que sólo podía servir de antecedente a la muerte propia o ajena. La crueldad gratuita, unidimensional, achacada a su secuestrador momentos antes empezaba a colmarse de matices. Sin preguntar comprendió en un instante que, al heredarlo todo el día del aniversario, heredaba también los costosísimos pasivos del hombre que había sido su padre. Las culpas, aunque ignoradas, culpas eran al fin ahí y en cualquier parte. No hay hijo que logre salvarse de lo que fue su padre, y el caso de Evaristus, grave en extremo, estaba lejísimos de constituir una excepción. Había pasado de víctima a culpable; el rencor por la ofensa recibida se iba convirtiendo en otra cosa repulsiva y pegajosa. La vergüenza hizo que el encadenado humillara la mirada para luego sentarse con las piernas cruzadas.

—¿Qué más sabe de mi padre? —cuestionó Evaristus en un susurro que ya no contenía ni pizca de altivez. Boro sonrió consciente de que era suya la victoria en ese primer enfrentamiento.

—Vaya: así que nadie te enteró de lo ocurrido hace exactamente quince años. Pobrecillo. ¿Qué culpa tienes tú, que aprendías a mamar mientras mi madre y mis hermanas se desangraban por los vergajazos en tu aljibe? Déjame decirte qué más sé de tu padre: sé que obligó a que mi hermana viera la tortura de mi madre y de mis otras hermanas y sé que las pasó a cuchillo sin siquiera rematarlas para evitarles sufrimiento. Sé que los cuerpos se quedaron tirados varios días gracias a sus instrucciones expresas. Ordenó que nadie los recogiera y menos aún que se les cubriera. Los curiosos pudieron ver a mi familia ejecutada a sus anchas, como quien se regodea viendo despojos en el matadero. Sé que las dejó inflarse y reventar de podredumbre antes de alimentar con ellas a las piaras especialmente hambreadas para la ocasión. Y todo eso contra cinco mujeres de bien cuyo único error fue asistir a la fiesta equivocada. Cinco inocentes. Y también sé que le seguí la pista al comemierda de tu padre hasta donde fue posible y que ninguno de mis enviados supo darme cuenta de su paradero. Pero ya estás aquí y me importa un coño en dónde está el asesino que te dio la vida. Mira, guapo, prepárate: ya me encargaré yo de que en unos días empieces a comerte la belleza que te ha hecho famoso.

A partir de ese momento, el aislamiento de Evaristus fue total, a no ser por la visita de un muchacho que, una vez al día y a la misma hora, le llevaba un cuenco rebosante de agua limpia. Fuera de esa deferencia, ninguna otra tuvo Boro con su presa. De más estaba pedir a gritos una manta cualquiera para sacarse los temblores del cuerpo en las madrugadas o exigir al muchacho ya mencionado una ración de alimento sólido. Ni comida ni manta se le concedió. El día entero se le iba a Evaristus interponiendo los dedos entre la cadena y la carne del cuello para evitar rozaduras mientras observaba la paulatina transformación del haz que se colaba por el techo del calabozo. Llegada la noche, el sueño intermitente tornaba llevadera la ausencia de luz. Llevadera nada más, pues el enemigo a vencer durante las noches no era la oscuridad, sino su secuaz inseparable, el frío. Junto a éste, los prólogos del hambre fueron nada durante los primeros días de cautiverio. En cuanto el haz empezaba a insinuarse contra la negrura de la edificación, los dientes del frío dejaban de hendir la carne toda al mismo tiempo pasando la estafeta al ayuno y sus rigores crecientes, pero el ciclo no tardaba en repetirse para convertir a la falta de alimento en una ocurrencia comparada con la ausencia de cobija. Del frío al hambre y del hambre al frío. Una penuria tomaba la mano de la otra y entrambas se las arreglaban para ir domeñando las ideas útiles, las especulaciones provechosas que, en una situación como la descrita, lo eran cada vez menos.

Llegado el cuarto día, el espantajo del hambre cambió de parecer y fue benigno comparado con la jornada anterior. Las fantasías diurnas dejaron de centrarse en comilonas para volver paulatinamente a las cuestiones objetivas de la situación. La culpa heredable, las cadenas heredadas, el cuello en carne viva, las probabilidades de escapatoria, las de rescate, las de sobrevivir o morir al día siguiente fueron integrando una realidad más gobernable que la obsesionada por la falta de alimento. Esta nueva realidad daba cabida a un elemento distinto de la resistencia que consistía en no resistir, precisamente. Entrégate al hambre. Entrégate al frío. Sé el hambre. Sé el frío. Sé la piel escoriada de tu cuello y sé la libertad vulnerada. Goza la cadena. Acaríciala, bendito. Mímala. Y sé muro de piedra, alcayata, eslabón, hierro, llave y todo lo que impide volar, porque así te irán creciendo alas. Confía. Ruega. Confía. Ruega. Confía. El rostro de Akasa se aparecía inesperadamente en los momentos álgidos de la meditación para hablarle del hombre astrolabio, del buscador de estrellas que sabe hallarlas hasta en donde parece no haber cielo para ellas. Confía. Ruega. El mundo es la estrella polar, chiquillo. El mundo es tu osa mayor, precioso. Polos. Osos. Acude al oso de la fábula que te entretuvo, sugería Akasa y Evaristus encadenado obedecía. Canta la vedanta. Anda. Y Evaristus se entregaba a la absoluta belleza de los versos sin que nada mortal interfiriera, sin que nada mortificara. Porque algo de lo eterno es contenido en cada verso que producen las almas. Porque el verso es la inmortalidad y el antídoto a la locura para quien sabe recordarlo y repetirlo y repetirlo y recordarlo. Ay, el verso, se decía Evaristus cuando la memoria extraordinaria le fallaba por tanta carencia dejándolo ahora sí expósito, sin rima ni concierto. Y entonces le llegaba el siguiente verso de aquella vedanta, el ya olvidado que se avenía al recuerdo por piedad, por decencia. Cuatro, cinco, seis y siete días vivió Evaristus de versos y agua, de memoria zaherida con nueve cucharadas de frío, tres de cordura y una de fe manida. Los malabares de la conciencia se entretejían con el fino hilado de la esperanza. Mira tú lo que se puede si ésta no te da la espalda. O tú a ella. Porque tratándose de la esperanza nunca queda claro quién traiciona a quién. Como sea, para Evaristus verso, comida, esperanza, agua, confianza, calor y plegaria eran lo mismo. Confía. Ruega. Porque confiar y orar es resistencia y resistir es hacer de todo para no caer en el precipicio centrípeto de la muerte. Así de simple. Así de claro. Empéñate. Empúñate como la espada que eres. Acuérdate de Akasa y de los reinos que supo mostrarte en los mapas del ayuno. Aunque extrema, el hambre no deja de ser tuya y puedes hacerle lo que quieras. Mátala muriendo en el último de los casos, toro, bisonte, íbice, que para eso eres un hombre.

El día noveno fue especialmente cruento. El dolor de cabeza despertó al cantar el gallo y fue haciéndose insoportable conforme la luz sugería los consabidos gradientes matinales. Ni la debilidad general ni la náusea podían competirle al protagonista de la desdicha aquella. Espuma del dolor, la cefalea persistió sin que ninguno de los ejercicios respiratorios lograra contenerla o atenuarla. Ese dolor era crecida. Ese dolor no sabía conformarse. Lo quería todo el rufián. Con el hocico abierto iba tragándose lo que se le atravesara en el camino.

Celoso hasta las heces, cancelaba cualquier posibilidad de pensar en otro asunto, en otra parte del cuerpo. Creyéndose sol, el dolor gobernaba desde el centro. Era como si nada pudiera suceder mientras el dolor existiera. Era como si toda la experiencia humana acudiera a un solo llamado por tener un solo nombre. Duele. Ni en sueños podía atenuarlo. Daba risa atestiguar la capacidad del dolor para torcer cualquier argumento en su favor. Si el sueño aludía por casualidad al añorado mastín tibetano, el ladrido del moloso reverberaba hasta derivar, sí, en ese dolor que de genérico sólo tenía el nombre, pues ningún otro podía comparársele aun compartiendo apelativo. "Duele", se decía Evaristus y "ay", se respondía. No más que eso podía obtenerse de ese dolor idiota por ensimismado que negaba cabida a todo lo que doliera menos, a todo aliciente. La desesperación por olvidar al persistente hizo que Evaristus empezara a hablar solo cuando el rayo de luz se tornó mortecino. Ya ni el frío le preocupaba. "Que me distraiga", rogaba harto de no pensar en otra cosa desde el canto de ese maldito gallo. Lo que daría por desplumarlo vivo.

Inquinas aparte, la vida sabe reírse de los demás mejor que nadie y fue precisamente el siguiente canto del mismo gallo el que dio inicio a la extinción del episodio. El cambio fue tan leve que, al principio, Evaristus creyó que se trataba de mera resignación, de una adaptación desesperada de lo vivo por sobrevivir, pero no. La desdicha se fue agostando y, cuando el haz de luz se entrometía ya descaradamente en la oscuridad del calabozo, el cautivo sonreía beatífico mirando el resplandor como quien se extravía en una visión angélica. Le daba igual morir al día siguiente si el hoy se le brindaba así de generoso. El alivio incipiente era tal que le llevó a preguntarse cómo había logrado esperarlo tanto tiempo sin estrellarse contra el muro para acabar con la tortura, como una bestia enloquecida que se tira al barranco para librarse de una vez por todas de su perseguidor. La debilidad, quizás, pero lo cierto era que la sorda desesperación iba convirtiéndose en molicie. Las lanchas y la tierra del piso se le iban antojando cama genuina y, a pesar de que el sol aún aspiraba a calentar el día, el frío ya no insistía en ser el referente exclusivo. Por primera vez en esos días, la tibieza volvió a su mundo como una posibilidad real, no como una simple antítesis de la miseria. Luego, paulatina e inevitablemente, el entorno completo dejó de representar sólo aquello que no dolía comparado consigo mismo, distorsión siniestra a la que el sufrimiento extremo orillaba. Esto duele, eso no. Soy lo que duele, y si no duele, es el mundo, no yo. Hombre y mundo escindidos por el tajo del dolor. Si no duele, ni vive. ¿Vive? Entonces duele. Aprendía lo que un verdugo sabe de memoria: el dolor extremo puede teñir la vida hasta sustituirla, hasta encarnarla, y una vez conseguida la sustitución, quien la propicia debe asegurarse de que ésta jamás mengüe tanto como para recordar que existen variantes indoloras de la existencia, pues al permitir que un destello de sindolor asome la testa en el universo del grito y el gemido, el artificio queda expuesto y la esperanza vuelve a estirar la mano al paso de la vida pidiendo consuelo, protección, moneda o mendrugo, lo que sea con tal de volver a amar el ahora que el dolor siempre intercambia por la posibilidad de su futura ausencia.

Y dicha ausencia se apersonó al fin, como decíamos, al cantar el otrora gallo maldito. Nada había preparado al muchacho para el contraste. La corta edad y el peculiar estilo de vida le impedían anticipar la plenitud en la que se adentraba. No, no. Aquello era mucho más que plenitud y ninguna de las obras en que había invertido los años de su vida podía contener eso que lo envolvía. En parte era una luz, pero una luz que no sabía de sombras, una luz capaz de penetrarlo todo sin necesidad de resquicios, de grietas, de ventanas. Esa luz que ni venía de parte alguna ni a parte alguna se dirigía iba sustituyendo al dolorido, iluminándolo desde dentro y desde afuera al mismo tiempo. Él, nuestro niño-hombre, era el iluminado y la fuente de la iluminación. Él era lo que fuera y su contrario. Los ires y venires de la lógica, los dimes y diretes de la experiencia, los tantos y cuantos del cotidiano eran barridos por el precioso e inútil estar ahí. Doblegado de placer, se entregó a la vivencia de la serenidad extrema en que ni el nombre hace falta para ser lo que se es. Si eso era la muerte, bienvenida. Si eso era vivir, que sea. Qué idea iba a tener Boro de la belleza brutal, denodada, que le regalaba con tan justa venganza. Si por un instante hubieran aparecido las cadenas en ese mar de plenitud, si tal barbaridad fuese posible, la única consecuencia imaginable era la risa. Qué ridiculez. Vaya mentira. Supo entonces que las cadenas no son y punto. Que el hambre sirve para denotar el paso del tiempo como reloj de sombra, de agua, de aire, pero aboliendo el pasado y el futuro de este avieso, nada denota y termina por esfumarse con la cadena, el miedo, el dolor, la desesperanza, la oscuridad, la soledad, la incertidumbre y el frío.

El éxtasis se prolongó hasta bien entrada la tarde. Fusionado con algo muchísimo mayor a sí mismo, Evaristus declinaba verbos transitivos del griego ático para después hacer lo propio con los equivalentes en hebreo y en sánscrito vedanta. Primero lo hizo en silencio y, cuando Boro apareció en el calabozo, el cautivo declinaba ya en voz alta. Ignorante de los complejos procesos acaecidos en los diez días de ausencia, el salteador tuvo la falsa impresión de estar rompiendo a Evaristus de acuerdo a lo planeado. La corpulencia excepcional del quinceañero iba acercándose a la de un adolescente común, y de los rasgos magníficos encontrados bajo la máscara la mañana del secuestro, quedaban pómulos groseramente expuestos por la bajamar de las mejillas. El dramático hundimiento daba fe de una carencia que no terminaba de coincidir con la serenidad de la conjugación. La suciedad y el hedor, su inseparable, daban la impresión de fabular la derrota que esa belleza, desmesurada todavía, se negaba a aceptar. Ni la peste ni los pómulos de la muerte lograban cargarse la intrínseca hermosura que soportaba el tinglado de ese rostro transido pero luminoso. Algo impertérrito subsistía en el extravío de la mirada. Acaso pudiera compararse con la dignidad y de ahí el total contraste, la incongruencia, pues nada digno podía obtenerse de la basura imperante en ese encierro y, sin embargo, ahí estaba el imposible, la congruencia. Mírala. Los ojos, centro y periferia de cualquier rostro, eran el bastión de una pureza asediada que no temía morir en el asedio. Perceptivo por naturaleza, Boro supo en un instante que la retahíla incomprensible era un indicador engañoso del triunfo del hambre, sobre todo teniendo en cuenta que el encadenado ni siquiera parecía advertir su presencia. Sucio, enflaquecido y hasta cobijado ya por tanto frío, Evaristus desdeñaba al otro de soslayo. El desdén, ajeno a la compatibilidad natural entre quien infunde temor y quien lo padece, era más bien un subproducto imaginario que Boro confundía con la falta de miedo. Porque, eso sí, de miedo ni una pizca se podía encontrar en la mirada fija, blanca, límpida, del aherrojado y ese miedo era justamente lo que el captor esperaba hallar a manos llenas. De hecho, ni miedo ni ninguna otra emoción cabía en la mirada de Evaristus. Fuera del tiempo y del espacio, el joven flotaba en las desinencias secundarias del verbo volar como hoja seca recién caída en el agua quieta. Hacía mucho que el entorno significaba nada, lo mismo que el aoristo de las palabras esas. Ni el dolor dolía ni el hambre hambreaba ni el frío le enfriaba; entonces, ¿qué bien o mal podía distraer al alma evadida del muchacho? Si las llagas del cuello, los codos, las rodillas, las caderas y las nalgas no bastaban para sustraerlo del maravilloso estar ahí, mucho menos alcanzaba para ello la llegada del intruso que, despojado del miedo que inspiraba por reflejo entre los suyos, ni rozar podía la vivencia extática de Evaristus.

Boro se cuidó bien de no acercarse al encadenado en demasía. Si la conducta antes descrita era una estratagema, la cadena se encargaría de mantenerla a raya, pero la fijeza extrema de las pupilas y la extrañeza de la jerga recitada hacían pensar en otra cosa, en deprecaciones tal vez, en encantamientos. Si la mitad de lo que se contaba sobre Evaristus era cierto, muy mala idea era quedarse escuchando la retahíla como si nada, pues de esa boca, de esos ojos y del roce de esas manos podían sobrevenir los hechos más inverosímiles. Por mera precaución, Boro observó atentísimo el movimiento discreto de los labios. Al no entender ni jota, prefirió creer que las flexiones verbales era truculencia y que los insistentes rumores alusivos a las dotes extraordinarias eran sólo habladurías. "Si éste pudiera todo lo que me han dicho, ya habría convertido la cadena en queso, pan y vino", se dijo ufano el captor mientras tomaba la cubeta rebosante para arrojar el contenido al necio que lo ignoraba.

El agua de las porquerizas acalló por un momento la incoherencia de Evaristus. El cautivo cerró al fin los ojos por reflejo. En ese instante, la situación se le vino encima como fiera atigrada a un venadillo. El frío, el dolor, las abrasiones, el hambre y la humillación se le juntaron de golpe mientras Boro lanzaba sarcasmos de mediana factura que invariablemente terminaban con una risilla cruel como tábano hembra. Refugiado en la cerrazón de los párpados, Evaristus reconoció la voz del enemigo y esperó sin éxito a que algún dato útil emergiera entre tanto insulto. El tono de las imprecaciones se tornaba más violento ante el aguerrido mutismo del joven que, pese a la tensión, supo encontrar la debilidad de su rival a las primeras de cambio. Con los ojos todavía cerrados, Evaristus retomó la conjugación en el punto en que la había dejado antes de la cubetada y esperó la reacción siempre exagerada del otro. Cuando Boro preparaba el brazo para pegar al atrevido, Evaristus decidió abrir los ojos y clavarle la mirada amenazante a su captor. Nada dijo ante el repentino silencio del otro que, inmóvil, quedó con el brazo flexionado sin poder extender el golpe. De pronto, el puño cerrado de Boro empezó a temblar. El salteador no atinaba a explicarse qué le impedía lanzar el puñetazo o sustraerse a esa postura ridícula. Era como si una fuerza lo dominara repentinamente, impidiéndole todo movimiento que no fuera el tremor del puño. Boro quiso sobreponerse a la situación y sólo pudo mirar con una mezcla de miedo e incredulidad el puño cerrado que se le iba abriendo como si una mano mucho más fuerte que la suya lo obligara a ello. Entonces, de la mano recién abierta cayó un objeto metálico que rebotó contra el suelo varias veces antes de ir a parar junto al pie derecho de Evaristus.

—Ambos sabemos para qué sirve esta llave. Guárdala tú, que a mí puede distraerme en un momento como éste —dijo Evaristus poniendo la llave recién caída en la mano que involuntariamente extendía Boro para hacerse con aquello que no debía estar ahí pero lo estaba. A simple vista, era idéntica a la que abría la cerradura que atenazaba a Evaristus por el cuello.

—Anda pues; juguemos si quieres, tú a que puedes irte cuando quieras y yo a que puedo retenerte sin problema. A ver quién gana. Yo, hasta ahora, apuesto por mí —respondió convincente Boro sin dejarse intimidar al tiempo que guardaba la llave aparecida para compararla con la otra en cuanto fuera posible—. Te dejo el resto del día para probar que me equivoco. Si no, mañana empezarás a comerte tus palabras. O más. Hasta entonces —remató Boro saliendo intempestivamente del calabozo improvisado.

A solas otra vez, Evaristus se sintió reconfortado al no tener que prestar atención más que a la luz de siempre, la del techo roto. Y en cuanto a la llave, se acordó de la insistencia de Pinjas al advertirle que los objetos salidos así, de la nada, tienden a volver a esa nada en cuanto no se les mira ni se les piensa. "Viejo loco", pensó melancólico Evaristus con una media sonrisa especialmente dispuesta para extrañar al amigo.

Ni antes ni después de ese momento logró concretar el raptado algún otro objeto que pudiera resultar útil. Fallaban las fuerzas y la disposición volvía a diluirse en ausencia del oponente. A pesar de todo esfuerzo, no lograba concentrarse en el mismo asunto más allá de unos segundos. El extravío era autónomo y parecía inmune a los débiles jaloneos de la voluntad de Evaristus. Cuánto extrañó el cautivo aquel abandono absoluto, definitivo, atávico, que la súbita retirada de la cefalea le había dispensado poco antes. Estando las cosas como estaban, bien se hubiera conformado el muchacho con retomar la suave inercia de los verbos, pero hasta eso le era negado. Seis veces trató de articular el pluscuamperfecto del vuelo y seis veces se le vino a tierra la intentona. "A otra cosa", parecía insistirle el pensamiento. Y cuando le daba por enterarse de cuál era esa cosa otra, el sueño pudo al fin distraerlo para encostalarle la vigilia de una buena vez hasta el día siguiente.

*

"Claro que respira", espetó molesto uno de los hombres de Boro ante el sentimentalismo ramplón de su colega, quien daba la impresión de ablandarse con la miseria del prisionero inconsciente. Molesto o no, prefirió corroborar por tercera vez que el hálito de Evaristus, aunque débil, existía. Luego de picarle fuertemente las costillas con la punta de su espadín para asegurarse de que permanecía inconsciente, el bribón exasperado ató por la espalda las manos de Evaristus y procedió a extraer de una bolsa mal cosida un artilugio metálico con dos partes móviles. La superior estaba diseñada para adaptarse a la cabeza cual si fuera un casco. A la altura de la nuca, esta especie de casco se unía a una pinza de presión con forma de herradura, aunque de tamaño mayor. Los extremos de la pinza permanecían cerrados gracias a un resorte que hacía de muelle. Entre los dos esbirros movieron el cuerpo de Evaristus hasta dejarlo recargado contra la pared a la que estaba fija la cadena. Luego, el malhumorado impuso el casco al prisionero, tomó las pinzas que colgaban a la altura de la nuca, las abrió venciendo la mediana resistencia del resorte y las colocó de modo que los extremos, al cerrarse, presionaran las mejillas de Evaristus contra sus molares justo en la cavidad conformada por el maxilar superior, el inferior y el masetero. Al verificar que la pieza estuviera bien colocada, el blando de la pareja tuvo que sacudirse la conmiseración moviendo casi violentamente la cabeza del prisionero de atrás hacia adelante y de lado a lado. Perfecto. La articulación del instrumento funcionaba más que bien permitiendo la movilidad general sin que las pinzas dejaran de presionar en el sitio indicado. Antes de retirarse, los hombres dispusieron una venda ajustada que impedía el movimiento espontáneo de la mandíbula inferior y se retiraron dilucidando cuál de los dos herreros competentes del Portus habría realizado una forja tan admirable.

El efecto del sedante ligero administrado con el agua de la cubeta comenzó a esfumarse al poco tiempo. El ayuno, la confusión residual aportada por el somnífero y el maltrato generalizado impidieron que Evaristus recobrara la conciencia de inmediato. En los primeros instantes de la vigilia, el joven no logró explicarse quién o qué le atenazaba el rostro de esa manera. Primero, a ojos cerrados, se dio a ensoñar que la vieja trataba de administrarle por la fuerza algún remedio nada apetitoso. "¡Abre ya esa boca!", resonaba la voz de la blanca mientras él se divertía con la impaciencia de su aya que, dicho sea de paso, nunca bastó para inspirarle miedo genuino. Luego, el reclamo de la vieja se transformó en una arenga ininteligible que le dirigía un águila antropomorfa mientras le inmovilizaba la cabeza clavándole las garras en las mejillas. Los ojos amarillos de la mujer-pájaro lucían venillas inverosímiles que daban a la mirada un toque de perversidad. Y fueron precisamente esas venillas las que derivaron en la vuelta incontrovertible a la miseria del cuchitril. Frente a él estaba Boro. Supervisaba la correcta disposición del artefacto cuando el muchacho comenzó a volver en sí.

El salteador le recorría el contorno del mentón con la yema del índice izquierdo. De una pinza a la otra. Y vuelta a empezar. El salvoconducto de la narcosis le permitía acercarse para constatar a sus anchas esa perfección que él se encargaría de corromper. Absorto en el preludio de la antedicha corrupción, Boro se dio a deshacer el nudo del vendaje que prevenía el movimiento de la mandíbula inferior, lo que, sumado a la debilidad y el estupor de Evaristus, hizo entrar en acción el resorte del aparato en cuanto las muelas se separaron. Las pinzas se cerraron atenazando en el interior de la boca las dos mejillas de Evaristus. Más que el dolor instantáneo, la sorpresa fue el origen de la desesperación incipiente. El pobre muchacho no atinaba a explicarse quién o qué le metía las mejillas entre los dientes. La presión era tanta que la carne de ambos lados de la cara se tocaba en el interior. La reacción desesperada del cautivo fue tratar de abrir las pinzas entre gemidos desesperados, pero fue entonces que se supo maniatado y comenzó a entender al menos parte de lo que sucedía. El rostro, deformado lo indecible por la presión extrema de las pinzas, semejaba al de un pez recién capturado que se afana inútilmente por una bocanada de agua cuando se le va la vida entre tanto aire. Ni los gemidos ni los gruñidos ni el terror absoluto afincado en la mirada daban cuenta del caos que el episodio generaba en Evaristus. De hecho, el único elemento que le permitía explicarse al menos un fragmento de esa realidad inusitada era el propio Boro. Por un momento, el muchacho llegó a agradecer en abstracto la presencia de ese rostro que, además del dolor, le daba la certeza de existir en el mismo mundo de antes, el que precedía al secuestro. Vaya alivio, pero alivio era.

"¿Te cuesta respirar, bonito?", insistió Boro simulando la acción de las pinzas con su mano derecha y dándose al remedo grosero de la boca pisciforme. Por increíble que parezca, la obscenidad de la mueca fue tal que brindó un centro momentáneo al muchacho, un punto de equilibrio a partir del cual podía implantarse algo que aspiraba a la normalidad. Al notar que su víctima recobraba la conciencia y una mínima parte de su aplomo, Boro dejó de comportarse como un niño y pidió a uno de sus ayudantes que aliviara la presión de las tenazas. El tipo se aproximó desconfiado a Evaristus y abrió las pinzas cuidando muy bien que el encadenado no fuera a jugarle una mala pasada con las piernas. El alivio fue evidente en cuanto la propia lengua dejó de asfixiarlo, pero duró apenas lo suficiente para que las mandíbulas de Evaristus volvieran a cerrarse impidiendo que las pinzas conquistaran de nuevo la cavidad bucal con su rigor férreo. Entonces comprendió: al relajar aunque fuera mínimamente la apretura de las mandíbulas, las pinzas presionaban hundiendo la carne entre las muelas. Para impedir la intromisión era necesario apretar una vez más los dientes, pero el remedio obligaba a mascar el interior de las mejillas.

A falta de un mal menor que constituyera una opción real, Evaristus se propuso resistir, resistir a toda costa sin ceder ni lo mínimo ante las pretensiones de Boro, fueran las que fueran. Si el empecinamiento le costaba la vida, igual daba. Ni pizca de pragmatismo era posible encontrar en la resolución del propietario debido quizás a la arraigada juventud. Lo gobernaba un ardor desconocido, una furia que ni remotamente habría tenido cabida en el cotidiano de Pagala. Sólo las cadenas y otros hierros logran contener pasiones como aquella y nada más que la muerte puede extinguirlas. Algo arcano en la inflamación del muchacho le permitió recuperar de súbito las fuerzas que creía extintas y, revolcándose en la propia suciedad acumulada a su alrededor durante todos esos días de abandono, giró repentinamente hasta prender con las piernas los tobillos del ayudante de Boro que, a pesar de sus cuidados, no pudo repeler la agresión del encadenado. En cuanto el hombre se vino abajo, Evaristus alzó todo lo posible la pierna izquierda y estampó el talón en el cuello del caído hiriéndole gravemente la tráquea. El guardia que cuidaba la puerta evitó apenas que el encadenado rematara al herido con un segundo golpe. "No, no. Déjalo ahí. Éste no se salva con nada", comentó Boro afectando calma después de interponer la distancia indispensable para saberse seguro. "Que le haga compañía a este animal, pero quítenle la ropa. No vaya a ser que le sirva a nuestro huésped para olvidarse del frío", ordenó Boro dando por terminada la entrevista mientras el otro comenzaba a desnudar a su compañero moribundo.

El pobre tardó varias horas en morir. En su muda agonía y cual si hiciera honor a las previsiones de Boro, el guardia herido en efecto representó un tímido pero eficaz paliativo a la desgracia de Evaristus. El solo hecho de escuchar su respiración irregular era agradable. Además, la condición del moribundo dio a nuestro encadenado la siniestra pero efectiva posibilidad de distraerse adivinando el momento en que la muerte se cargaría al vecino. Falló en los dos primeros intentos y en el tercero se produjo el deceso, apenas antes de que el haz recurrente alcanzara un punto determinado. Adiós al juego. Decidido a aprovechar el ocio para olvidarse de aquello que lo estragaba y ávido de conocimiento como lo había sido siempre, Evaristus puso toda su atención en el cadáver que la suerte le había tendido cerca. Agradeció genuinamente que el imbécil de Boro mandara desnudar al muerto, pues así podría constatar la irrefrenable descomposición de los hombres que los escritos hipocráticos detallaban con solvencia admirable. Cualquier cosa con tal de no pensar segundo a segundo en las tenazas, en la ruina de las facciones, en el hambre de nuevo omnipresente, en la supervivencia indispensable para vengar algún día el dolor que le cargaban a la cuenta. Pensándolo bien, era curioso percatarse de que las fantasías de venganza lo llevaban a iniciarse exactamente en el mismo camino que Boro llevaba quince años recorriendo. Vaya paciencia la necesaria para tragarse la rabia tanto tiempo. Vaya inquina.

El haz de siempre anunciaba la caída de la tarde cuando la puerta del calabozo se abrió de par en par. Los grises vespertinos iluminaron con su melancolía buena parte de la celda, pero no el rincón en que Evaristus se arrellanaba para procurarse calor y fuerza. Boro pidió que le iluminaran el cuarto para cerciorarse de que el prisionero no estaba en condiciones de atacarlo como al otro. Una vez realizada la inspección, el malviviente puso cara de contento y pareció orgulloso de mostrarse ante el atribulado en compañía de una pequeña muy atildada que miraba la escena con desinterés.

—Toma, mi amor —dijo dando una manzana enorme a la chiquilla—. Gana el que le atine al mugroso sin pasarse de esta ramita —explicó señalando una brizna de paja que el azar le había puesto en el sitio indicado.

—¡Aquí apesta, papá! —dijo la niña con más ganas de devolver la manzana que de arrojarla al desdichado.

—Y eso que el muerto no se hincha todavía, tesoro. Mira, hazlo así...

Boro hizo rodar una manzana que estuvo a un tris de tocar la nalga izquierda de Evaristus y la niña imitó malamente el lanzamiento.

—Muy bien. Inténtalo otra vez con esta naranja y yo lo hago con este pedazo de pan. ¿Te parece?

La variante logró interesar a la niña, pero no lo bastante como para intentar hacer blanco con la naranja.

—Vamos a la casa —propuso la chiquilla, visiblemente afectada por la crudeza de la escena que se le presentaba—. Me dan miedo —abundó refiriéndose a los desnudos y dejando caer la naranja al tiempo que abrazaba la pierna de su padre.

—Tranquila, Aladah, que no pasa nada —afirmó dulcemente el salteador acariciando el cabello de su rapaza—. Levanta la naranja y dásela al criado. Anda ya —apuró el padre, medio arrepentido de mostrar el trofeo a la niña.

Cuando Boro y la cría se ausentaron, los sirvientes dispusieron en el suelo una cesta de frutas, una hogaza caliente y dos onzas de queso fresco. Con sumo cuidado fueron empujando los alimentos hasta que estuvieron al alcance del prisionero, casi tocando al costado del cadáver. Listo. Visiblemente aliviados por la inmovilidad de Evaristus, los ayudas fijaron una tea muy cerca de la puerta y salieron pitorreándose de las condiciones en que se hallaba el joven para disminuir la tensión generada por el encargo. El inmundo debía pasar la noche con el fuego encendido. Órdenes eran órdenes.

Ni la inflamación que empezaba a deformar el rostro entero, ni el dolor que amenazaba con tronarle las muelas por compresión, ni la carne entumecida, ni el frío de siempre, ni el hambre de a cada rato evitaron que el cautivo esbozara una sonrisa mínima ante el candor de Boro. La idea de hacerle sufrir mirando comida podría haber sido viable durante los primeros tres o cuatro días del ayuno, pero ahora no. Al contrario. La indiferencia de Evaristus frente a la supuesta tentación llegaba a ser interesante por sí misma. El cuerpo empezaba a confiar más en la escasez que en la improbable satisfacción de las carencias. Para vivir, la carne se congraciaba con la desdicha dándole la espalda al deseo. Era como si, en un intento desesperado por adaptarse a la nueva situación, el Evaristus corpóreo tuviera que prescindir de la esperanza para alimentar la espera, el impostergable permanecer ahí, la quietud, la soledad. Y es que, aunque cueste trabajo entenderlo, en condiciones semejantes a las descritas el espíritu sospecha de la esperanza y la arroja por la borda para evitar o aplazar el naufragio. No dispone de ningún otro recurso más noble, más leal, que la adaptación a lo posible. Entonces, la nueva idea que encarna lo verdaderamente asequible matiza, desdibuja, atomiza y rediseña la esperanza para tornarla útil, peligrosa, reactiva, ajena pues a la desazón inerte, a la estúpida inacción. Así, la nueva antítesis del hambre adormilada de Evaristus no se centraba en el alimento, sino en la resistencia ya aludida. Despreciando la solución evidente se castraba al problema, se le disfrazaba, se le convertía en otra cosa menos áspera, menos grave y hasta insustancial, como sucede cuando el forzudo amenazante ha de ponerse faldas en las comedias de poca monta. Así, el trance del hambre va pareciéndose paulatinamente al trance de muerte en que la inminencia ya no está conformada por el terror al cambio abrupto, sino por la predisposición sosegada a la nueva realidad. Lo lógico, lo conducente en ese mundo demudado, la aspiración plausible era el vacío del hambre, no la saciedad urgente. Si a algo aspiraba el Evaristus de las cadenas, ese algo se parecía más a la comunión con el hierro que a la libertad vaporosa de su vida anterior. En fin, que por eso sonreía apenas el aherrojado, que por eso gozaba cuando el entorno orientaba las baterías a la extinción del placer. En ese contexto, la tentación de la fruta y el pan, la ironía de tener que comerse vivo si quería conservar la vida, terminaba por ser más una chanza de gusto muy dudoso que un fino tormento.

Sin embargo, lo más doloroso de aquella noche fue la luz. Aunque la inflamación prácticamente le cerraba los ojos, los resquicios aún disponibles le impedían entregarse al sueño, a esa mullida negrura que de cuando en cuando se apiada y deja el futuro para después. Qué difícil olvidarse de sí mismo si la luz interrumpe el flujo de la nada, el cauce del no ser, el habitar ingrávido en el mundo. Porque el sueño, ciego de tanto desdeñar la luz, aspira a poderlo todo entretejido a la enormidad de la sombra. Porque la sombra es ingente y la luz la achata, la recorta, la magulla, la abolla, la deslustra, la exhibe sin agotarle los confines ni de chiste. Sorpresa: no los tiene. De tanto ensancharse, la prieta se fue quedando sin fronteras, sin límites, sin forma. Aprendió a simular vacío, a hacerse la hueca, a fingir ausencia. Mustia. Pero ahí estaba la prueba de tanta falsía. La luz de la tea, entrometida, grosera, mundana, lastraba el extravío indispensable para seguir adelante sin tanta monserga. Los largos paréntesis que el sueño le asestaba a Evaristus eran balsa en el mar aquel, pero la balsa ya no estaba. Sin dormir, el transcurso duraba al menos seis veces más, las ligaduras desesperaban el triple y las pinzas se obstinaban lo indecible. Eso sí: gracias a lo que fuera, las lastimaduras lo dejaron en paz. Los dolores individuales eran tantos ya que terminaron por conformar un amasijo miscible con el entorno. La puerta, la brizna más próxima, las deyecciones, la fruta, la cubeta, el cadáver, la voz del plagiario, la incompetencia de los esbirros y hasta los fragmentos aislados de Esquilo que le sobrevenían espontáneamente, todo parecía fundirse en una pangea repentina, densa, oblonga, que facilitaba la asimilación de la pena. Lo fascinante de la situación era que, al igual que había sucedido con el hambre unos días atrás, el dolor cedía su matiz hirsuto para congraciar al desdichado con la existencia. La vida, esa agitación invertebrada, se adaptaba con tal de ser en el mundo y no perderse en la sucesión infinita de las noches. Lo mismo que el cuerpo, el resto de Evaristus se entumecía para aproximarse lo más posible al inalcanzable, al inasequible sueño que ni sabía ni quería saber de luces.

Mas el tiempo, que todo lo cura, lo mata, lo entierra, lo aviva, lo trunca, lo puede, lo azota, lo siente, lo agota, lo ahueca, lo arruina, lo seca, lo moja, lo forma o lo quiebra; el tiempo alado, mercurial, piadoso, quiso regalar al miserable un duermevela raído, translúcido por desgaste pero duermevela al fin. El paliativo no tenía descanso que ofrecer al prisionero, mas la intención era legítima y el constante ir y venir de la vigilia a su contrario derivaba en una suave confusión casi onírica, casi reparadora. Pero el trance, aunque suficiente, duró apenas lo indispensable, pues al poco tiempo Boro irrumpió de nuevo en esa realidad paralela que ya no se enteraba ni de días ni de noches.

Tampoco lograba dormir, aunque los motivos eran completamente distintos. Desde niño le habían inculcado a ramalazos que jamás debía regalarse mucho tiempo para hacer las cosas. "Quienes se toman su tiempo no piensan en la muerte, y a esos se les llama idiotas. Con 'i'. ¿Te queda claro?", solía explicar la madre antes de propinarle al Boro niño un sonoro coscorrón teñido de amor filial. La insistencia de la mujer derivó en una impaciencia de pragmatismo salvaje. Si a esto sumamos costales de ambición, don de mando, frialdad, carretadas de indefinición moral, astucia, una tendencia clara a los excesos de la más diversa índole, esto aderezado con una pizca de sensiblería y un gusto comprensible pero desmedido por las mujeres de cabello largo y grandes nalgas, podremos darnos una idea precisa de la conformación temperamental del salteador. Caótico, eficiente, obsesivo, Boro había dedicado las últimas horas a imaginar al detalle el tormento de Evaristus. Con la mirada fija en el techo de su dormitorio, se solazó una vez más pensando en el lento consumirse de sí mismo que ideara para el enemigo. Qué razón había tenido al ensañarse:

nadie debe vivir con esa belleza adosada al cuerpo como hijo a la hembra. "Hay que matarla." Harto de esperar, se enfundó en una manta y a deshoras se encaminó a la celda tras despertar a cuatro escoltas amodorrados. Seis estadios mediaban entre los aposentos de Boro y los de Evaristus. El infame los recorrió pensando en los hilillos de sangre que paulatina pero indefectiblemente escurrirían de las mejillas para ir a enredarse en el cuello, en el pecho, en el sexo, en las piernas. Pensaba también en el momento justo de retirar las pinzas para mirarle al otro las mejillas arruinadas, su belleza rota como la vida de la madre y las hermanas. Eso sí: pasara lo que pasara, nadie podría achacarle injusticia o deshonor en la revancha. Nada de eso. Injusto era matarlo, pues él a nadie había matado. Bastaba con el tormento, con el desfiguro, con la indignidad del sometido y sus mil ayes. A unos pasos de la curtiduría, Boro se detuvo en seco y ordenó a sus hombres que iniciaran la revisión de rigor antes de adentrarse en el sitio. Le costó lo suyo aguardar ahí de pie hasta que los guardias terminaran la rutina de seguridad. Cuánto le desesperaba tener que aguardar a que la vida transcurriera con ese talante cansino, con ese ritmo que nunca se cansa de sí mismo. "Carajo. ¿Qué tanto hacen?" Lo que fuera, lo hicieron y Boro pasó de largo los patios hasta ver la luz de la tea que se mostraba por una de las ventanas. Al entrar en la bodega, el irreconocible Evaristus hizo lo posible por distinguirlo. La inflamación cerraba ya los ojos de ese rostro sin facciones en que las pinzas se cebaban. Acuciado por el mecanismo de muelle, faltaba poco para que el artefacto llegara a tocar las encías y sus muelas. Y eso por pura compresión, pues el cautivo ni siquiera había tocado los alimentos con que se pretendía tentarlo para obligarlo a comerse solo si quería sobrevivir.

¿Quién se creía ese infeliz para burlarse así? Pelagatos. Enfurecido por la resistencia del pagalo, Boro la emprendió a patadas con el pan, la fruta y el cadáver. El berrinche estuvo a punto de hacer reír a dos de los guardias, pero cuando faltaba poco para que rompieran en carcajadas, Boro pareció calmarse de súbito y, tras respirar hondo varias veces, ordenó que retiraran la tranca y el tablero de una pequeña ventana ubicada a unos pasos del mugriento.

Días antes del secuestro, Boro ordenó que se fijaran dos argollas paralelas en la parte externa del muro, una a cada lado del ventanuco y a muy poca distancia del borde inferior. Nada de especial tenía dicha faena, a no ser por el interés que el jefe mostraba en calcular el sitio preciso. Para ello, entró a la bodega, se plantó de hinojos y recargó la cabeza en el borde inferior de la ventana. "Aquí, a la altura de mi boca", precisó al desconcertado herrero, que no se explicaba para qué podía querer el patrón instalar los fierros tan cerca del suelo. Por lo común, ese tipo de implementos se adosaban a mayor altura para facilitar el atado de las cabalgaduras, pero seguramente Boro tenía una intención distinta. Y vaya que así era.

En cuanto la ventana quedó abierta, el aire más bien frío de aquella noche se dio a la tarea de volver respirable el ambiente pestífero. Inmune al hedor, Boro ordenó a su gente que hincaran a Evaristus frente a la ventana. Ninguna resistencia opuso el muchacho cuando los ayudantes lo arrastraron hasta el lugar indicado. Obedeciendo las instrucciones del salteador, uno de los hombres se encargó de inmovilizar la cabeza del cautivo sobre el borde inferior del ventanuco mientras otro abría las pinzas que atenazaban la cara de Evaristus para retirarlas junto con el casco. La huella del hierro era tan honda que se podía distinguir el interior de la boca entre una mezcolanza de sangre, baba y carne. Los huecos que las pinzas habían horadado con su tenacidad eran las únicas depresiones en ese rostro vejado. Las facciones se habían rendido. Los pómulos, el mentón perfecto, los ojazos y las cejas, la guapura toda era historia. Relato con un dejo de sorna. Lo que se quiera. Pero belleza no.

El bello que ya no lo era estaba arrodillado, decíamos, con el amasijo que otrora fuera barbilla apoyado en el marco inferior, entre las anillas. Tanto tiempo llevaba el pobre Evaristus apretando la mandíbula para evitar la entrada de las pinzas, que el músculo masetero se le había atrofiado y ahora ni queriendo podría abrir solo la boca. Por eso tuvo Boro que auxiliarlo haciendo palanca con un punzón bastante más largo que el ancho de la ventana. Separados ya los dientes, ningún trabajo costó mantenerlos así con ayuda de un cuero que, doblado en cuatro, fue puesto entre las mandíbulas para evitar que volvieran a cerrarse. Entonces Boro dejó al cautivo en manos de sus ayudantes, salió de la bodega y la rodeó para llegar al otro lado de la ventana. Desde afuera, la luz de la antorcha delineaba el contorno prácticamente esférico de la cabeza de Evaristus. "Agárralo bien", indicó Boro a uno de adentro mientras pasaba la punta filosa del punzón por una de las anillas para luego hundirla en la mejilla estropeada del pagalo. La atravesó sin esfuerzo, metió un dedo en la boca del atormentado para asegurarse de que la lengua no lo asfixiara, y empujó el fierro perforando la otra mejilla hasta que el extremo del punzón pasó por el aro del otro flanco. Jamás imaginó Boro que la piel quedara tan endeble por la simple apretura. La falta de circulación había necrosado el músculo y la piel de la zona. De no ser por las comisuras de los labios que aún se mantenían firmes al quedar fuera del alcance de las pinzas, la boca se habría transformado en un gran tajo echando a perder el juego. Nada de eso. Ni de broma, siendo que las comisuras eran justo lo que daba sentido a la trama, pues permitían mantener ensartado al joven en esa postura infame, con el cuerpo a cubierto y la testa al fresco atravesada por el fierro e inmovilizada por las anillas.

Satisfecho con el resultado, Boro se retiró llevándose la tea. Mejor así.

Nunca imaginó el maleante que su idea terminaría por brindar alivio a la víctima. El retiro de las pinzas fue uno de los mejores regalos que Evaristus podía recibir encontrándose en la situación descrita. Comparada con la presión continua que el aparato ejercía en las mandíbulas, la perforación de los carrillos había sido prácticamente indolora. Más aún, sin tenazas de por medio el muchacho comenzó a desinflamarse un poco, lo que le permitió entreabrir los ojos y solazarse con el claro de luna que deambulaba por aquel paraje miserable. Aunque la noche era fría, el hecho de tener el cuerpo metido en la bodega-prisión hacía llevadero el asunto. Claro que la varilla bastaba y sobraba para destrozar los inocentes paliativos que el vejado se inventaba, mas en esos primeros instantes del tormento los cambios mínimos terminaban por volver a agitar la vida. Así, de ser posible, Evaristus habría saltado de contento al darse cuenta de que podía reposar si soportaba el peso de la cabeza apoyando la articulación mandibular sobre el punzón mismo. La insensibilidad era su aliada y pensaba aprovecharla.

Aquello que regía a Evaristus parecía pensamiento, pero no terminaba de ajustarse a la noción tradicional. El ajuste de cuentas trastocaba cualquier idea incipiente al restarle intención. Era tan poco lo posible y tan improbable la supervivencia que la mente se entretenía en hallar vínculos fútiles y erráticos que ninguna relación tenían entre sí. Con ello, el desaliento se mantenía a raya y era factible tolerar la marcha indiferente del tiempo. Si en condiciones normales el proceso cognitivo semejaba una cadena por los muchos vínculos y sucesiones, en las de Evaristus la cadena ya no era por componerse nada más de sus eslabones aislados, inconsecuentes. El hilo conductor de aquellas cuentas era roto por la inanición y el displacer generalizado. Sin hilo, del collar ni rastro. Las ideas carecían de referentes o los referentes eran arbitrarios. En cierto modo, el caos psicológico constituía la única manifestación posible del desamparo que embargaba a Evaristus. La coherencia y el sosiego eran entelequias que ya no cabían en ese universo reactivo, igual que sucede a las palabras cuando hartas de su ineptitud expresiva se transforman en grito con tal de volver a ser en el mundo. Porque lo contrario es extinción. Porque lo otro es silencio. Porque el hombre acallado se desvanece paulatinamente, como los humos, como la infancia, como el hielo que insiste en ser agua.

Fue precisamente el agua la que pudo sacudirle uno de esos sueños que, de no parar a tiempo, arraigan. La llovizna se fue juntando hasta formar dos o tres hilillos que, por azar, fueron a desaguar en los labios. El boquiabierto reaccionó tratando de mover la cabeza, pero pronto se acordó de sí mismo y volvió a la inmovilidad, a no ser por la lengua que se distraía con los sabores primarios del punzón. Esta mínima actividad era el último nexo del hombre con su mundo. Dejar de lamer aquello implicaba la vuelta a un sueño que ya tenía ganas de echárselo a la espalda para llevarlo a modo. Una de dos: o se abandonaba o... La segunda opción nunca le vino a mientes. Buscarla estaba de más. La inteligencia descollante pertenecía a la otra vida. En ésta, llenarse los pulmones en pleno era una aventura que exigía todos sus arrestos y ya no los tenía. Para demostrárselo hizo acopio de fuerzas y, en efecto, ni eso pudo. Ya hemos dicho que mover la lengua sí podía. Menuda prebenda. Y también oía. Lo supo porque la llovizna ya no quiso estar callada y arreció. El agua abundante lo hizo gemir del gusto. Luego agradeció candoroso a los hados el que Boro quisiera asestarle intemperie, pues estuvo seguro de que sin ésta la vida ya le habría cobrado el peaje. Algo en esa gratitud supo aliarse con el agua, pues entrambas lograron que los párpados se abrieran algo más que al serle retirado el instrumento de tortura. Y las rendijas, chiquititas pero ávidas, se atragantaron con el fulgor de la noche y sus relámpagos. "Aférrate", se dijo. "Donde puede la luz puede la vida", abundó para sí. Entonces, de la oscuridad fue emergiendo una silueta que la tormenta iluminaba a capricho. Entre relámpago y relámpago, la silueta se aproximaba.

—Madre muerte —saludó contento, como si el martirio no existiera.

—No, primor. Soy el aya. Cálmate. Agitarte en este estado puede llevar a la asfixia. Jala el aire despacito para evitar los accesos de tos. Eso. Muy bien, mi niño. Ya. Tranquilo. Apóyate de nuevo en el fierro para que puedas descansar, pero no te dejes conducir a esa ausencia oscura e ingrávida que parece sueño, porque entonces sí que no volveremos a jugar con nuestro perro. Te extraña tanto. Ayuna desde que ayunas tú. Como si lo supiera, como si lo único que importara en esta tierra fuera acompañarte en tu dolor, en tu prueba, en tu caída, en esa condena justa e injusta que vino a ejecutarse a traición. A nosotros siempre nos afrentan por la espalda, porque de frente no pueden, mi amor. Somos mejores. Somos limpios. Somos dignos. Brillamos. Los salvajes no. Si pudiera echarles el guante ya les estaría corriendo fuego y horror por las venas en lugar de sangre. Ni tú ni yo estaríamos aquí, pero no me dejan serte útil. Después de rogar como una loca, lo más que pude fue venir a distraerte, que no es poco. Hoy el tiempo no es tu amigo. Debes frenarlo, apurarlo, ignorarlo, pero no dejes que te pase por encima. Si las fuerzas no alcanzan, para eso tienes a tu vieja. Sabe que mi destino, mi bendición fue ser vieja desde niña y por eso el tiempo me limpia las calzas. La bisabuela me olisqueó el cuello de recién nacida y concluyó desconcertada que su nieta le olía a anciana. Pero esa es otra historia que algún día me sacaré de la manga. Esta noche no viene a cuento. Esta noche nada viene a cuento. Si me pides opinión, hoy las estrellas están de más; sobran como el pelo al cuerpo —sentenció esa blanca para después callar mientras le tocaba las heridas más visibles al muchacho. La mano le temblaba—. Son crueles conmigo. Saber curar y no curarte. Verte muriendo para tener que dedicarme a espantarte el sueño o esa cosa negra como hulla. Si supieras lo que me cuesta saberte cansado y no dejarte dormir. Ofrecí mi vida con tal de cerrarte las heridas y ni así. Tu dolor vale más que el resto de mis días. Desesperada, pregunté si en algún momento dejarías de dolerte, lo que por fuerza implicaría que quedarás vivo, pero hay tanto que no se dignan mencionar ante tu vieja, como si mi opinión no valiera ni la polvareda que levanta un asno en el camino. Soy bicoca, pues, pero sólo para ti. Tu bicoca que ayer podía las cosas y hoy sólo las quiere. Un poco igual que tú, mi niño. Eso de poder para luego no poder para luego quién sabe si se pueda es el estilo más puro de la vida, su obrar natural. La regla principal de este juego es jamás quedarse igual. Si lo piensas, la muerte es lo opuesto: inmovilidad, permanencia, apatía de los sentidos. En el fondo es justo lo que tu enemigo quiere propinarte, aunque diga lo contrario. Por eso te tiene así, imitando a lo muerto, a lo que ya no requiere movimiento, a lo que únicamente aspira a convertirse en un desecho pardo-gris. Por eso me tienes aquí, para moverte, para sacudirte, para enterarte, para mantenerte despierto por las buenas o por las malas, aunque la verdad es que las malas no pueden ya nada contigo… Resiste, Evaristus. Qué ironía. Los primeros siete años de tu vida me la pasé contándote historias para que te durmieras y hoy tendré que hacerlo para que te mantengas despierto. A ver: te cuento —dijo la vieja esa procurando hablar más alto para hacerse oír con claridad sobre la tormenta. Tres veces dio la impresión de iniciar el relato, mas pronto se interrumpía cual si no estuviera segura de hacer lo correcto. La cuarta fue la vencida—. Si supieras cuántas veces me he preguntado qué se sentirá vivir dentro de ti, rumiarlo todo con tu cabeza que tanto sabe y de todo se acuerda, como si una voz inseparable viviera para recordarte lo pertinente, lo útil, lo provechoso, como si nunca te debatieras entre decir esto o aquello. La madera de una es otra. A diferencia de ti, me criaron a base de ignorancia y no de conocimiento. Prepararme para la vida era vaciarme de saber y llenarme de intuición. En tu caso, la intuición se ha ido escondiendo en los rincones para hacerle hueco al ilustrado. El alegre, el judío y el muerto te enseñaron muchísimo, pero no te diste cuenta de que poco a poco fuiste convirtiendo lo sabido en lo único que sabes. La mayoría termina siendo lo que sabe, pero tu caso, adivinaste, es diferente a los otros. Para alguien como tú, la ignorancia es capital, porque ignorar no es un vacío o una carencia, sino el presupuesto indispensable de la intuición. Intuir te permite avanzar a tientas cuando el cabo se extingue. Intuir es saber a contraluz, llenarse de ojos la espalda y las palmas de las manos y las plantas de los pies. Es oír y mirar de cuerpo entero. Mi gente ha afilado esas habilidades durante siglos con las piedras de la montaña. Tú que tanto sabes ni idea tienes de los míos. Noches enteras preguntando cosas raras al judío ese tan pesado pero a mí nada —dijo la silueta de la blanca ligeramente celosa—, como si sólo leyendo se pudiera aprender o enseñar. Tenía el alma anquilosada de letras y la barba le apestaba a venado. ¿Lo notaste? ...tú siempre defendiendo a los amigos, Evaristus. No se les puede tocar ni con el pétalo de una rosa. Pero no he venido aquí para molestar con regaños. Lo mío es hacer que camines derecho por el filo de la muerte sin irte a resbalar. Así. Pero no cierres los ojos tanto tiempo, que me pones nerviosa. Malvado. Te mato si vuelves a hacer el muerto, ¿eh? Ya ni sé qué te decía. Yo distrayéndote y termino distraída. Como sea, ha valido la pena. Ya noto que estás de buenas y sonreirías si no te tuvieran anillado como a un toro sin cabezada. Ah, ya. La intuición, te decía, es cultivada en la montaña con idéntica pasión que las ganjikas, pero desde antes. Los dibujos, las tallas y los tesoros de nuestras cuevas sagradas son herencia de ellos, los primeros, los llegados de quién sabe dónde, los perseguidos. Fueron héroes que cumplieron cabalmente con su encomienda. Somos hijos de su empeño, de su astucia, de su piedad. Cuidaron de Tilia día y noche hasta ponerla a salvo por allá lejísimos, en donde nadie llega por casualidad. Porque en nuestra montaña no hay huéspedes, sino hijos y hermanos. Porque llegar a nuestra montaña, más que hacer camino, es cumplir destino. ¿Y cómo se llega ahí si no precede un camino? La principal ruta de acceso es delirante, niño mío. Dicen que hay otras, pero yo no las conozco. No hace falta. En todo caso, Tilia decide por dónde allegarse al sitio. Tilia decide siempre. Tilia decide todo. Tilia manda desde que el mundo es mundo y el cielo, cielo. Ahí tienes, sabihondo, lo que ninguno de tus ilustrados puede enseñarte, porque sólo un puñado que rara vez sale, que rara vez habla, que rara vez oye, conoce el paradero de la niña-luz, de la encarnada. Sí, amor. Soy una del puñado por nacer bisnieta de mi bisabuela. Qué mujer. Dicen que nadie, nunca, pudo sostenerle la mirada. Si quieres otro día la llamo. Te ama con locura… pero no más que yo —agregó la silueta de la blanca tras una pausa mínima—. Y claro que antes de nosotras Tilia tuvo otras criadas, otros guardias. Sospecho que son legión. ¿Te gusta el cuento, Evaristus? Entonces sigo contando como si lo fuera. Desde el principio mejor, pero a condición de que no duermas. Promételo, guapo. Bien. Tilia es la diosa y la representante de la diosa en la Tierra y la hija de la diosa. Es, sin más. No tiene pasado. No nació en lugar alguno ni los meteoros festejaron su llegada porque siempre ha sido y lo que ha estado y sido allí y aquí y atrás y adelante, dentro y fuera, arriba y abajo, mañana y pasado mañana y anteayer, no llega. Si la vieras, vivir ya no tendría sentido. ¿Cómo amar si ya vi a Tilia? Nadie trabaja si la divisa, porque es imposible hacer otra cosa que no sea pensar en Tilia y ver a Tilia aquí y allá, y soñarla dormido y despierto, y de nada más puede ocuparse lo humano si ve a Tilia. Comer no, que ya vi a Tilia. ¿Te imaginas perder el tiempo en lo que sea que no implique recordar a Tilia? Líbranos Tilia, Tilia Madre, Tilia Luna, Tilia Agua, Tilia Logos, Tilia Luz, Tilia Hongo, Tilia Piedra, Tilia Serpiente, Tilia Bosque, Tilia Nube. Tilia Mujer, Tilia Hombre. Tilia Espiga. Tilia Pensamiento. Todo Tilia. Todo lo que la memoria sabe antes de irse al olvido es Tilia. Aquello visto con la mirada de todos los tiempos es Tilia. Eso en común tenemos: Tilia. El más hermoso nombre de la diosa. La que sin darse cuenta al despeinarse con la brisa y pestañear crea belleza. Bendita por fijarse en ti y en mí. Imagínate si no. Tú que tanto sabes y aprendes en todas esas lenguas y no sabes de Tilia. Pobre. Ser en el mundo y no conocer a Tilia se me figura como vivir en un armario, de lactante a viejo, sin abrir siquiera las puertas. Porque hasta la historia del nombre es belleza: uno que la oyó pasar se enamoró de lo primero que vio y por eso el nombre del tilo. Sí. Fue Tilia, la madre. Fue ella quien decidió que el tilo fuera el árbol del amor desde que hizo el amor y los árboles. Ay, desde antaño. Ay, desde entonces. A Tilia no la vemos y sin embargo nos cubre, nos ilumina. Creernos solos es falaz porque Tilia está y todos estamos rodeados de Tilia. Tilia Sol. Y Tilia encarnó en una hija cuya visión los mortales podían tolerar —afirmó la silueta con voz ligeramente entrecortada—. La llamó Tilia y la puso entre los hombres para explicarles el mundo, para que dieran inicio en simultáneo cien diálogos trascendentes, para que partieran desde ella cien caminos rectos y cien en meandros. Tilia madre dispuso que Tilia niña viviera en uno de los poblados más bonitos, en el mejor iluminado, sin que el grueso de la gente lo supiera con tal de no modificar el orden de las cosas. La ciudad elegida tuvo dos nombres, uno público y uno secreto. Sólo cuatrocientos treinta y dos personas han conocido ambos sumados al de la diosa y hoy quiere Tilia que seas el cuatrocientos treinta y tres. Los iniciados le llamaban Katharevousa y el común, Eleusis. Eran años tan diferentes a los nuestros que parecían trascurrir a un ritmo distinto, con primaveras más largas y veranos tempestuosos que se extendían hasta los fríos. La Eleusis célebre de las procesiones populares, la que da sello a lo griego entero, era una pequeña comunidad agrícola entre tantas, apenas conocida; su templo era poco más que un granero ambicioso con techumbre de paja, a la usanza antigua, sin importancia ni hálito divino. La mayoría de los habitantes se dedicaban a las artes marinas y la colina que hoy se adorna con esos templos famosos estaba yerma. La gruta de

Perséfone, tan mentada por el de los abalorios y por los rollos del muerto, era ya frecuentada instintivamente, igual que la mayoría de las cuevas. Nadie buscaba en ella evidencias del secuestro de la diosa porque a nadie se le habría ocurrido que tal cosa pudiera ser ni en fantasía. Los relatos que hoy se repiten a pies juntillas o no se habían inventado o no habían acaecido o eran innecesarios. Tilia permitía que cada terruño fuera conformando su fe sin inventarse historias complicadas para obsesionar a los poetas. Te digo que eran otros tiempos —remató el esbozo de la vieja cediendo momentáneamente a esa tendencia melancólica que Evaristus solía criticarle. Tras una breve pausa, continuó—: Unos dicen que Tilia salió del mar, otros que creció en la copa de un fresno gigante y los más ingenuos afirman que se impregnó en una mujer que no había conocido marido. Habladas. Tilia llegó de pronto, sin hacerse anunciar por esos descocados que la hacen de profetas para ganarse una vida que ni parece vida en los desiertos. Allá ellos. Te decía que Tilia llegó sin más una mañana, luminosa, blanca, ojizarca, rubia. Se apareció a una pastora que sufría porque su cabra había parido muerta una cría muy necesaria. Le revivió el cabrito por imposición de manos como si nada y de la cabra madre nacieron cuatro más que sólo pudieron tener cabida en ese vientre por disposición excepcional. La multiplicación de las cabras fue la muestra primera de que la niña era lo que decía ser. También se dice que al caminar por los prados las criaturas de los bosques salían de entre la espesura para seguirle la ruta en una procesión que terminaba cuando Tilia hacía una seña. En fin, que la niña dorada fue enseñando a esos pobres gran parte de lo que ignoraban, como el correcto aprovechamiento de los ciclos agrícolas, ciertas técnicas de cultivo y rituales eficientes para vencer la animadversión de los animales, los hombres y ciertas cosas supuestamente inanimadas. Ella les enseñó que el alma anida en todo lo que pesa, en todo lo que cae si se le suelta. La chispa divina, el toque de la vida habitaba en cada piedra, en el pelo de los linces, en las escamas de las culebras bastardas. Hasta el polvo estaba vivo. Lo yerto, dijo Tilia, no tenía cabida en su festín. Un día se sentó bajo un tilo joven de unos diez codos de altura e indicó que le construyeran un adoratorio alrededor. El trazo principal lo hizo ella misma con un palito sobre la tierra. Ni puertas ni ventanas. El techo debería ser lo suficientemente alto como para contener al árbol. Empezaron a edificarle su capullo de piedra, y ella ahí sentada, mirando de frente a la nada, silente, en espera de algo, sin comer, sin beber, sin apegarse a los protocolos básicos de la vida en la tierra, como desdeñándolos, como desdiciéndolos. El hombre que colocó la última piedra le miró los ojos antes de enclaustrarla para cerciorarse de su anuencia. Así, niña y árbol quedaron encerrados. Nueve meses después, según lo estipulado, el de la última piedra la retiró primero que las otras y al espiar por el hueco vio a la niña amamantando. Llamó de inmediato a sus compañeros, retiró dos piedras más para ensanchar el hueco y lograr que al menos otros cuatro pudieran asomarse al prodigio. Se estremecía la piel al ver a ese hijo de la mujer y el árbol. Dicen que el llanto de la criatura nunca fue infantil, sino más grave, más austero. Veintiocho días más tarde, el bebé era ya un muchacho. Llegado su momento, no les importó yacer enfrente de todos. La pareja esperó luego sentada al pie del tilo. Vistos desde el mencionado hueco en el techo, ni él ni ella se movían. Era tan poco lo que podía mirarse desde ahí, que nadie se percató de un detalle interesante: el vientre de la Tilia inmóvil crecía. Ochenta y cuatro días después de que apareciera el consorte, pasada la medianoche, el llanto fortísimo de un crío despertó al caserío de Katharevousa. Estando oscuro, nada pudieron espiar por la abertura del techo, pero les quedaba claro que el tiempo apremiaba. El llanto cada vez más intenso los llevó a discutir seriamente si convenía entrar en el templo sin la anuencia de Tilia. "¿Afrenta? Afrenta sería entrar demasiado tarde y encontrarlo muerto", argumentó un cardador, dando peso excesivo a cada una de sus palabras. Quitaron otras piedras para entrar lo más pronto posible y al hacerlo se encontraron con una escena que parecía surgida de la imaginación incendiaria de las viejas: la diosa, el consorte y el árbol se habían petrificado. Entre las piernas abiertas de la piedra que poco antes era ella, yacía un recién nacido con pulmones de león a juzgar por el berrido. O de leona, porque la criatura que chillaba en el suelo con el cordón umbilical cortado a las prisas era una niña —dijo el contorno de la blanca asegurándose de que Evaristus estuviera atento dándole palmaditas en la frente—. La pastora que había atestiguado el primer prodigio de Tilia se abrió paso entre los curiosos para encargarse de la niña. Lo hizo con la autoridad irrebatible de las hembras que conocen su lugar en el mundo. La mujer tenía sus años y a nadie se le ocurría que pudiera amamantar como lo hizo. Horas antes, tenía las tetas resecas y enflaquecidas por la falta de retoños. Sin embargo, al momento de hacerse con la criatura y sacarse el pecho, la leche le brotaba más que el agua a la fuente Castalia. Al saciarse, la niña emitía un rumor melódico que enternecía desde la primera escucha. Las cerca de treinta personas ahí presentes coincidieron al referir que, sin darse cuenta, la mayoría fue imitando el rumor ese tan lindo. Cuando la recién nacida y el coro quedaron satisfechos, la pastora se retiró caminado paso a pasito, temerosa de espantarle el sueño a la cría mientras el resto de la comunidad empezaba a debatir sobre qué hacer con el complejo escultórico de la madre, el hijo consorte y el tilo. Aunque ninguno de ellos había visto un mármol tallado con maestría para poder comparar, estuvieron de acuerdo en que las piezas eran sublimes. Tenían que protegerlas; el capullo de piedra no era suficiente. Discutieron acaloradamente y por fin se pusieron de acuerdo en lo principal: transportarían el viejo templo desvencijado piedra a piedra para construir los cimientos del nuevo y entre todos aportarían para desechar la paja y disponer un techo de madera fina en el recinto —remató aquella blanca acomodando el fleco empapado a su muchacho, quien emitió un gemido ronco dando a entender que la figura de la vieja lograba su cometido al ahuyentarle el descanso peligroso, traidor, definitivo—. Todo esto sucedió muchísimo antes de que el guapo se empinara a la loba troyana, muchísimo antes de que llegaran los salvajes del norte siendo uno con sus bestias de monta e inspirando a los centauros, mucho antes de que se escribieran esos cueros viejos que te aprendías con el indio. Imagínate: Tilia no se dignaba enseñar a los hombres trazos memoriosos todavía. Por razones que sólo ella entiende, se dedicó al principio a mostrar aquí y allá la forma correcta de hacer labores menudas por cotidianas, como la apretura ideal del hilo al tejer la lana, el trato especial que debían darle quién sabe por qué a cierto tipo de centeno, la técnica correcta para dar casa a las abejas a cambio de su miel, la primera extracción en frío del tesoro del olivo a fuerza de almazara y muela, además de enseñar la técnica bendita que pudre la leche a modo haciendo durar la masa seis lunas o hasta más. Los procedimientos específicos iban surgiendo de la pastora-nodriza cual si de pronto la mujer se hubiera ilustrado con los sabios más creativos. En un tris, la líder de rebaño se transformó en la primera pitonisa que esta parte del mundo conoció. Todo a través de su boca nacía porque Tilia nada fuera del rumor susodicho emitió. Ni pío. Miraba y callaba. Hacía y callaba. Pensaba y callaba. Mas al pensar, el Logos de la diosa tendía puentes novísimos entre ella y su cuidadora para luego extenderlos hacia todos los que quisieran escuchar. Mi bisa decía que la intermediaria era de rigor porque el Logos directo de la diosa enloquece, pero aquí entre nos, mi bisabuela sabroseaba los relatos y a veces se excedía. Lo que sí es verdad es que la muda maravilla dejó de crecer a los doce años, cuando la noticia de sus hechos se extendía por los puntos cardinales haciendo que la gente caminara meses para verla, preguntar y largarse un minuto después teniendo respuesta para rato. El caserío de Katharevousa empezó a figurar en las descripciones de la región, en los mapas incipientes, en las fantasías infantiles que toman lo serio y lo vuelven juego o en las de los mayores que toman el juego y lo vuelven serio. La discreción que Tilia madre había sugerido en principio para no afectar lo cotidiano fue quedando en el olvido frente a la nueva realidad que transformaba el caserío. Así, primero fue un colega pastor de Salamina el que acudió a la pitonisa para hacerse de respuestas. Luego, no menos de diez consultantes por luna se presentaban. En un descuido, la gente empezó a formarse todos los días mucho antes de romper el alba frente al templo nuevo. Sedientos, hambrientos y exhaustos, los peregrinos exigían servicios que los locales no tardaron en ofrecer. La insignificante Katharevousa, con sus quince o veinte chozas, se iba convirtiendo en el centro de culto más importante de la zona. Entonces, durante una benévola noche invernal en que los principales del pueblo se contaban mentiras para entretenerse, la pastora se les plantó enfrente con la mirada extraviada y los pechos al aire, como si algo o alguien la hubiera obligado a dejar lo que hacía en ese instante, sin permitir siquiera el aliño de los vestidos. Desde que Tilia se comunicaba a través de ella, la mujer había alterado su comportamiento alarmantemente, tanto que el marido prefería dejarle dormir en el templo antes que compartir el lecho de paja con su exaltada. ¿A quién podía gustarle esa pinta estrafalaria o el imparable bla-bla-bla? Hacía lunas que no se enjuagaba la boca por atender a la Tilia y los dientes verdecidos comenzaban a pudrirse, pero nada de eso tenía importancia si se le comparaba con la delicada inspiración que la pastora demostraba en sus respuestas, en los acertijos, en los apotegmas. De hecho, uno de los contertulios de la cálida noche invernal se dedicaba desde el otoño a memorizar y repetir las andanzas de la pitonisa a cuanto interesado se le cruzara en el camino. El éxito de los relatos devenía en propinas tan suculentas, que el tipo iba sin darse cuenta convirtiéndose en aedo profesional de la diosa. Fue él quien hizo acallar al resto con una seña para no perder ni sílaba de lo que la pitonisa deseaba comunicar aquella noche. "Hyginos, Kosmas, Phaidnos, Zenobios: quiere la reina que alrededor de la casita se construya ahora sí un templo de dimensiones mayores, de piedra blanca, con graderío descubierto para cinco cientos y graderío cubierto para cinco cientos más. Hyginos: a ti la inspiración para el trazo, el ingenio para la ejecución y el oro para los gastos. Que la memoria de tu nombre dure tanto como la luz y la verdad que nacerán de tu ingenio. Kosmas: a ti la hondura y la prudencia para elaborar el sacramento, el kykeon, el néctar, la ambrosía que, al igual que ella, tiene mil nombres. Que la memoria de tu obra dure tanto como el secreto de su elaboración.

Phaidnos: de ella obtendrás minucias esenciales para el rito y su oficio. Harás de hierofante, de puente entre quienes dudan y la que responde. La niña ya no será vista, pues urge hacerla idea, abstracción, omnipresencia. Que la memoria de tu nombre dure tanto como la felicidad que repartirás a manos llenas oficiando. Zenobios: defenderás con tu vida a la niña que no muere, pase lo que pase, sea lo que fuere. A ti, el corazón de los héroes en uno solo y un puñado de valientes. Que la memoria de tu nombre dure tanto como la divina Tilia encarnada. Y yo, a cantar su voluntad, a darle voz a su silencio de oro, de gruta, de plata. Y cuando ni tú, ni tú, ni tú, ni tú, ni yo estemos, vendrán otros como tú, y tú, y tú, y tú y yo para atenderla, para adorarla, para entenderla. Con ella, junto a ella, por ella, seremos para siempre en el mundo de los hombres, como ese tilo que es hijo de tilo y nieto y bisnieto de tilo. Si llegara a amarnos como la amamos, ¿se imaginan?", concluyó la palabrista dejándolos con un palmo de narices y sin saber ni qué decir. Pobres héroes. Pobres almas —sentenció el espectro de la blanca pegadito al oído de Evaristus, cercanía que aprovechó para verificar que le pulsara la arteria más prominente de las sienes—. Los adalides de Tilia cumplieron el encargo con una reciedumbre ejemplar. El templo original, con su decoroso techo de madera, fue el centro alrededor del cual se expandió el complejo. La guarida de Tilia niña quedó aislada del entorno conforme las nuevas construcciones se levantaron en la parte superior de la colina. El hierofante y la pitonisa fueron convirtiéndose en el rostro de la diosa, en su personificación, en su milagro. A la muerte de Hyginos, su primogénito asumió la responsabilidad de las obras continuando con el inspirado proyecto del padre. Algo semejante ocurrió en el caso de Kosmas, pero siendo un hombre sin hijos se decidió colegiadamente que el secreto del kykeon pasara a manos de un sobrino piadoso. Nadie salvo el joven conoció la intimidad del preparado que Kosmas había obtenido de su Señora. Ni el mismísimo Phaidnos en su calidad de oficiante pudo arrancarle la esencia del misterio. Con idéntico hermetismo se topó Zenobios cuando arguyó la necesidad de que un tercero conociera los detalles de la ambrosía para evitar su pérdida accidental. Nada. Cada quién con su responsabilidad. A cada cual su encargo. La descendencia de cada uno cumpliría con lo dispuesto por la niña, pasara lo que pasara. Cuatro estirpes y una elegida al azar por Tilia nada más. Sellaron el pacto con libaciones por pura formalidad. Al final de su discurso solemne, la ex cabrera cometió un desliz y brindó no por Katharevousa, sino por Eleusis, que era el nombre informal de la colina y sus alrededores. La suerte estaba echada. El universo espiritual de la Hélade estrenaba centro de gravedad, común denominador, identidad. Milenios de trajines iniciaron esa tarde al sellarse el pacto con una suave pasta hecha de sangre, miel, tierra y saliva. ¡Qué tiempos aquellos! —exclamó el fantasma de la blanca con entusiasmo desmedido para espabilar al moribundo—. A veces me da por imaginar las historias que se sucedieron en esa colina, en las innumerables procesiones que para llegar a ella partieron del ágora de Atenas. ¿Has pensado en las vidas de todos esos hombres y mujeres unidos por la lengua, la pureza y el sigilo? Sus andanzas estarán perdidas en busca de alguien que las encuentre para volverlas a la vida, para volverlas placer, relato. La de amores, inquinas, envidias, nacimientos, derrotas, revelaciones, victorias y muertes que se habrán ventilado entre aquellas piedras sagradas. Piénsalo, Evaristus: miles y miles de semejantes llevando esperanzas y angustias a la espalda, como si fueran fardo, como jorobas. Ay, los afanes. Arenillas dispersas. Arenillas ocultas. Arenillas cubiertas de arenilla y enarenadas por el desierto inmenso de los tiempos. Mar de polvo. E igual que esas andanzas van extraviándose entre tantas parecidas, la niña Tilia fue quedando en el centro del templo, aislada, recubierta por muretes que luego fueron muros y después murallas. La arenilla de Tilia se fue encubriendo con nácar de leyenda como la perla que era y, de tanto hacerlo, el centro se perdió. A no ser por la celosa memoria de las cuatro estirpes, el nombre de la diosa niña aquella se fundió con la piedad aledaña y la postrera. El tilo se fue volviendo espiga por caprichos del destino. Apenas habían transcurrido unos ciento catorce años y ya el nombre original de la encarnada era historia muerta, subterráneo. Los miles de millares, en su mayoría campesinos, entonaron himnos a Ceres y luego a Deméter y luego a Perséfone y luego a ambas. El rito fue sufriendo también las modificaciones lógicas para adaptarse a los miedos de las épocas. Se fijaron fechas especiales para realizar las procesiones, se dividió en dos la ceremonia de revelación y se instituyó el secreto obligatorio de lo revelado. Una economía entera fue creciendo a la par del culto nuevo en la colina y las inmediaciones. E igual que todo lo que es uno tiende a convertirse en dos por resquebrajamiento, la adoración de Tilia se escindió de la popular para volverse cofrada mientras la otra siguió su expansión a los cuatro vientos. Mira qué modos tiene la vida —resumió incrédula esa calca de la blanca moviendo la cabeza de derecha a izquierda—. Tú me dijiste una vez que la moneda falsa termina por desplazar a la moneda genuina. Explicaste que la falsía puede convertirse en un impulso tan poderoso como el valor intrínseco de lo falseado y, siendo más sencillo allegarse la copia que el original, éste termina relegado y hasta confundido con el sucedáneo. Si a la fórmula agregas la intransigencia de los años, el tartamudeo en la transmisión oral comparada con la inscrita y la imbecilidad del pueblo que se arroba con el engaño hallándole una especie de placer culpable, una delicia corrupta, es fácil entender que el resplandor de Tilia quedara matizado primero, emborronado después, para ser finalmente suprimido del culto popular. Así, lo conveniente se va disfrazando de lo verdadero y al poco ya nadie nota la diferencia. El dorado pasa por oro, vaya. La máscara es rostro. La nube, cielo. Y el engaño se concreta precisamente cuando el original, de repente, sin más, se esfuma haciendo imposible la comparación. Así con Tilia y lo mismo con el sacramento, vehículo indispensable para allegarse a su gloria en cuya preparación se fue improvisando por falta de materia prima, para reducir los costos o simplemente para adaptar la experiencia límite al entendimiento y gusto de los suplicantes. La revelación tendió a confundirse con lo revelado. El matiz pragmático, tan apto para lo que no requiere hondura, le puso el delantal a la verdad, transformándola de reina en criada. La profunda hermosura del culto originario derivó en obsesiones llanas por boato, en fanfarronería eficiente, convincente, displicente. Ni traza de riesgo quedaba en el viaje espiritual que antes podía mudar cualquier cosa en su contrario. De este modo, la navaja perdía el filo. ¿De qué sirve la vida si no la entintas de peligro? Ir por ahí paseándola suelta, en volandas, se hace costumbre, ligereza. Y acostumbrarse a la vida, gangrena. Amorata. Tara. Diluye. Afea. Degrada. Percude. Pero agrada, y ya con eso —pontificó el símil de la anciana descompuesto por la frivolidad indecente que se encuentra uno hasta debajo de las piedras—. Imagina el desfiguro al que se llega cuando el rumor venerable de Tilia se transforma en una arenga. Los intereses particulares fueron disfrazándose de bien común y las aportaciones voluntarias para el sostenimiento del culto devinieron en cuotas fijas que, con el pretexto de la ampliación siempre en marcha del recinto, terminaron por ser obligatorias. Las largas filas que al inicio de esos tiempos se formaban cotidianamente para consultar a Tilia por mediación de su emisaria y bajo la mirada atenta de Phaidnos, derivaron en dos procesiones multitudinarias por año, lo que permitió organizar la afluencia, los costos y las utilidades. Esta forma de hacer las cosas también facilitó que los poderes aledaños a Eleusis negociaran con los oficiantes el tono de lo revelado para inclinar la balanza en su favor. La mancuerna de lo divino y lo terreno funcionó de maravilla. Eleusis fue así enterrando a Katharevousa. Una Ceres mucho menos abstracta le plantó cara a Tilia y ésta no pareció molestarse. Las cuatro estirpes designadas para el cuidado de la niña se convirtieron de facto en tres cuando el linaje de Hyginos, el arquitecto, se unió por matrimonio al del oficiante, y entrambas familias se bastaron para la administración del culto y su supuesta secrecía, porque del secreto original, de la niña hermosa que ni hablaba ni moría, del conjunto escultórico con diosa, mancebo y tilo, ya prácticamente nada sabía nadie. Los descendientes de Hyginos y Phaidnos construyeron sobre los cimientos del templo antiguo. Para nada servían ya. Del esplendor primero iba quedando un vacío autónomo que quiso tragarse en seco la historia de la niña. Sucedió, mi Evaristus precioso, mi zafiro, que la arenilla que fuera centro y origen de esa perla tan inmensa se extravió o desapareció o huyó dejando una oquedad que ya nadie supo interpretar. En el extravío, desaparición o huida, el heredero del heredero del heredero de Kosmas se llevó consigo el secreto del kykeon, lo que no significó problema alguno para el culto popular eleusino, pues desde décadas atrás se utilizaba para las ceremonias un sucedáneo psicoactivo elaborado a base de centeno infectado por cornezuelo. Y no me cabe duda de que los descendientes de Zenobios cumplieron a cabalidad con su obligación de proteger a la niña, pues de un día para otro ni uno de los suyos fue visto otra vez. Ha pasado tanto desde entonces. Millares de inviernos y primaveras. Tres, cuatro. Ya nadie sabe. Lo cierto es que no hay noticias de la niña y su séquito hasta muchísimo tiempo después. El suceso fue famoso por la matanza de cincuenta discípulos de una secta griega dedicada a los números, en casa del famoso Milos, en Crotona. La explicación que la gente se fue dando por falta de elementos adjudicó la carnicería a las rivalidades vetustas entre el grupo y otro similar llegado de lejos, pero lo cierto es que Tilia era resguardada secretamente en esa casa y la noticia de ello acabó por generar infamia. No tenemos idea de quiénes la perseguían ni de los motivos que los impulsaban. Sean cuales fueren, los peligros llevaron al séquito de la niña hacia la creciente fértil del levante mediterráneo. Dicen que luego vivió mimetizada en la barahúnda de Babilonia durante largo tiempo hasta que una nueva urgencia la hizo retomar la marcha hacia el este. Entonces, cuando se adentraban en el valle del Indo, la pitonisa en turno sufrió convulsiones que le hicieron sangrar la nariz, la boca y los oídos. La hemorragia fue tan profusa que hasta el más optimista desahució a la pobre, pero entonces sobrevino una fiebre que coincidió con el fin de los sangrados y le provocó delirios lúcidos bastante más violentos que de costumbre. La revelación fue antecedida por una caterva de insultos personalizados que, al diluirse, dio paso a una voz radicalmente distinta. Los más reconocieron a Tilia por los trinos, por la paz repentina que inundaba el ambiente, por el sonido como de agua que corre sin prisa ni espuma haciendo coro a sus dichos. Y la ensangrentada de los insultos, ya serena, habló de perderse en la enormidad de las montañas que nacerían del horizonte tras andar dos días. Aves y árboles les irían señalando la ruta hasta llegar al Sinthos. Entonces se dirigirían al norte para esperar instrucciones en un caserío miserable localizado en las faldas de la montaña. Obedecieron y se adentraron en ese mundo aislado del mundo, en ese vientre de la tierra capaz de generar cualquier cosa para el resto. Claro que entonces sólo un puño de valientes se adentraba. Ninguno había oído hablar de la Senda de los Huesos porque la ruta no tenía ese nombre todavía. Ni griegos ni negros ni rubios de ojos azules habían sido vistos por aquí. Los lugareños se entendían a señas con los pocos que llegaban y ese manojo de señas bastaba —abundó la aparecida refrenando el deseo natural de explayarse sobre el idílico pasado del enclave. Le preocupaba que el relato se extendiera demasiado, hartando a su muchacho. La arteria de la sien palpitaba, sí, mas las pulsaciones no eran tan fuertes como antes—. ¿Me oyes, Evaristus? —cuestionó alarmada esa instancia de la blanca para luego machacarle que respirara más hondo, que evitara quedarse dormido—. No te desesperes, pajarito, no te rindas. Respira para que te enteres de lo que viene en este cuento infinito. Tilia sigue ahí. Extiende los hilos, teje desde el alma misma de la montaña. Las innominadas la han atendido hasta hoy. Mi bisa fue la principal en su momento y Tilia, aunque no me ha bendecido mostrándose todavía, le permitió contarme su historia para que te la refiera yo aquí, en este muladar, corazón, granate. Aguanta, porque Tilia te ama. Respira, porque Tilia llama. Ya, Evaristus. No te hagas el chistoso. Respira un poquito, ¿sí? Anda.

"¡Respira!", confirmó a todo pulmón uno de los principales del grupo que comandaba el enano mientras éste se abría paso entre un bosque de piernas para allegarse a su amo. Eureka. Lo habían encontrado después de buscar hasta en la aljaba de Croto.

*

Un pariente dedicado a la recolección de espárragos silvestres proponía negocios al tío de Evaristus cuando el recadero de la casa se presentó agitado. Su urgencia era tal que interrumpió la bien estudiada argumentación del esparraguero para informar al otro que su sobrino faltaba. A partir de ese momento, el caos reinó en la incipiente celebración de los pagalos. El teatro estaba prácticamente lleno y sólo faltaba la llegada del sacerdote de Dionisio para que los importantes ocuparan su lugar, por lo que el tío ordenó que las cuadrillas disponibles se organizaran rápido para la búsqueda en el recinto y sus alrededores. Algo le olió muy mal desde el principio, tanto que no esperó al resultado de las pesquisas para reunirse en los camerinos con el capataz,

Anpú y Frixo. Desde el anuncio de la desaparición se había controlado el ingreso y salida de la skené, lo que permitió que el capataz y sus cinco colaboradores más cercanos dieran inicio a los interrogatorios en el teatro mismo. Anpú y Frixo se harían con quince hombres armados cada uno para indagar en los comederos, hostales, tabernas y mercados del Portus y Bibakta.

Oro y espadas fungieron como cédula de presentación durante el resto de ese día y los siguientes. La violencia con que la pareja cumplió el mandato del tío fue tema de conversación por más de dos lunas. No era para menos si se tiene en cuenta que a Frixo le dio por entrar a los locales dando alaridos y estampándole en la cara una vara delgada a los infelices que dudaban en obedecerle al punto. Si el castigo no bastaba para corregir entendederas, los azotes se multiplicaban hasta que todos guardaban compostura. Bien amedrentados, uno a uno se iban sentando a la mesa que Frixo escogía para el interrogatorio. El trato era especialmente áspero para el primer infortunado, tomando en cuenta que éste siempre era el dueño o principal responsable del local y que sus respuestas iban prefigurando las que el resto tramaba a la espera de su turno. Así, tras un repaso fugaz de los generales, Frixo preguntaba sin rodeos si se tenía alguna información relevante sobre la desaparición del dueño de Pagala. En caso de negativa, se refrescaba la memoria del cuestionado con un golpe de maza en la primera falange del meñique. De ahí en adelante todo era horror hasta que alguna hebra útil de información se obtenía. Como los futuros cuestionados presenciaban el martirio de los principales, tenían buen tiempo para irse ablandando con el ejemplo. En consecuencia, pasado el trabajo intensivo con el primer cuestionado, pronto se obtenían datos espontáneos del fondo de la galería. De no ser el caso, se tomaba a uno de los más asustados y la maza de combate volvía a aplastarles las reservas para acelerar el proceso. Si quedaban desechos el meñique y el anular faltando los tan necesarios resultados positivos, de plano era mejor convencer a otro por las malas o las peores. No obstante, independientemente de los métodos utilizados o del estilo desplegado en los interrogatorios, lo único que Anpú y Frixo lograron averiguar durante el primer día de sus tropelías, fue que el poderoso salteador estaba detrás del asunto, pero de eso a obtener datos relevantes sobre el paradero de Evaristus, nada. Según las versiones que también corroboró el tío por sus medios, la gente de Boro desapareció del puerto y la isla al menos tres días antes del secuestro, lo que era habitual cuando se traían algo grande entre manos. La dispersión era uno de sus elementos de seguridad más apreciados. Por ningún motivo el personal podía mostrarse en público acompañado de un igual, a menos que la trama en curso lo exigiera. De este modo, aunque la gente fuera identificando a la escoria en el trato diario, desconocía sus relaciones operativas. Si se toma en cuenta que los sitios de reunión predeterminados variaban de continuo y que estos solían encontrarse en parajes de difícil acceso, era prácticamente imposible obtener datos valiosos si los rufianes se desperdigaban a tiempo.

Tres días más tarde, habiendo asolado medio puerto y toda Bibakta, los pagalos pudieron hacerse con el nombre de una decena de gavilleros y otros datos que les permitieron atar cabos. Ninguno tenía familiares conocidos en la zona gracias a la obsesión de Boro por conseguir descastados de otras partes, pero ni el jefe podía evitar los enamoramientos entre su gente y las profesionales más guapas y melifluas. Ellas sí sabían tirar de la lengua a los clientes cuando bajaban la guardia en los amores. La camaradería que el enano mantenía con varias desde años antes facilitó el trato casi tanto como el metálico que éste distribuía generoso. Ni una sola vez empleó la maza para provocarle verborrea a las perfumadas, pues ninguna de esas flores estaba para sacudidas. A sonrisas y oro averiguó un dato importante: los responsables del plagio habían actuado desde adentro infiltrándose con gran anticipación para no despertar sospechas. Siendo tan reducido el círculo íntimo del propietario, no fue difícil orientar la investigación hacia los participantes de la obra. El problema era que, sumados el coro, los actores, tramoyistas, costureros y ayudantes en general, el número a interrogar pasaba del ciento. Además, era bien distinto exprimir la lengua de los desconocidos que la de los muchos parientes, amigos y trabajadores que integraban la compañía de Evaristus. Pero el tiempo apremiaba y los miramientos tuvieron que obviarse. Transcurría el día ocho desde que la afrenta se había concretado.

Poco antes del noveno amanecer, la tensión acumulada estuvo a punto de desbordar a Frixo. Las dos o tres horas de sueño que la emergencia le permitía al día eran ya insuficientes para controlarle la disposición anímica. Harto de no dar con la clave del embrollo, mandó llamar a la vaquera escuálida que tan bien le entretenía a pesar de su fealdad. Recién desfogado, Frixo ignoró las primeras dos preguntas que le planteó su flaca, pero cuando la mujer insistió una tercera vez, el enano prestó oídos desganado. "Vengan las estupideces", se dijo Frixo resignado a soplarse algún chisme de cuadras, pero no. La vaquera le reprochó liviandad al cuestionar primero a los actores y no a los miembros del coro, en donde se concentraba el mayor número de desconocidos. Es más, si de ella dependiera, empezaría por esos cuatro pesados que evitaban convivir con el resto. Rechazar sus avances era inútil, pues volvían a las andadas sin importar las negativas o los desdenes. Animales. Brutos. Y nadie los había vuelto a ver desde la tragedia. Frixo se quedó helado. ¿Por qué había esperado hasta entonces para decírselo?

—Imbécil. ¡Tres veces imbécil! —insultó el enano sin que a la amante le quedara claro si la ofensa estaba dirigida a ella o a él mismo. Acostumbrada a tenerse por víctima, reaccionó a la defensiva diciéndole al exhausto:

—Imbécil tú, que yo llevo cuatro días buscándote sin que te dignes responder ni uno de mis recados. Y encima me dejas hablando sola, como haces con tus amiguitas. Cabrón maldito. Adefesio —le recetó a su adorado, que a medio vestir se dirigía ya a las oficinas del capataz para enterarlo de las nuevas.

Nadie los había vuelto a ver desde aquella mañana. Ni siquiera participaron en la puesta improvisada que fue necesario organizar con un sustituto de Prometeo para evitar que el escándalo se saliera de control. Cuatro ausencias inexplicables que nadie reportó en su momento, que nadie indagó, se convertían de pronto en la clave del enigma.

El tío decidió encargarse personalmente de las averiguaciones en la heredad mientras Anpú y Frixo removían las aguas en un par de poblados vecinos para verificar los datos. En una de estas incursiones, Anpú confirmó al fin el nombre de uno de los sospechosos y, a partir de entonces, la trama fue desenredándose a un ritmo muy distinto al de los primeros días. Para empezar, Anpú arrestó a veinticuatro miembros de la familia extendida del indiciado. La madre, que ni enterada estaba de lo que había pasado en Pagala, fue desollada en la plazuela de su caserío natal ante la mirada atónita de buena parte del pueblo. Y eso era sólo el principio. Si nadie hablaba, repetirían la faena hasta acabar con todos. ¿Alguna duda? Por si acaso, Anpú garroteó a un viejo pariente que, sordo y prácticamente ciego, nada podía aportar a la investigación descontando el escarmiento, pero a nadie pareció importarle el sufrimiento del infeliz. Muy distinta fue la reacción cuando el inquisidor cambió la estrategia disuasiva: lo ideal era amedrentar a un joven de edad semejante a la del buscado para que la madre, el padre o los hermanos resintieran ahora sí lo que a nadie importaba tratándose del sordo. Él mismo eligió al veinteañero y dispuso que le rompieran una rodilla para abrir boca. Cuando el pobre se revolcaba de dolor y la gente de Anpú lo detenía para tronarle la otra, la madre del muchacho se acercó al jefe con un aplomo memorable y le murmuró algo al oído. Los ojos del verdugo se clavaron fijo en la mujer. "Si me mientes les quemo el pueblo entero." Ella asintió sin pensarlo dos veces y se apartó con Anpú para hablarle en privado. Le dijo que toda esa desgracia era culpa de una lagartona del Portus que reclutaba jóvenes para la vida a salto de mata. Ella convenció a su sobrino de que... de que... no lo tenía muy claro, pero el muchacho cambió y al poco dejaron de verlo. La puerca esa tenía vara alta con Boro. Puerca, puerca y mil veces puerca. "Ahora cúmpleme y suelte al niño."

Ya entrada la noche de esa misma jornada, reunidos el tío, el capataz, Anpú, el enano y otros dos, debatieron sobre qué hacer a continuación. El capataz apoyaba la idea de capturar a la mujer en ese mismo momento en tanto el tío se inclinaba por invertir al menos un día más en las investigaciones. Si la reclutadora se negaba a hablar o de plano ignoraba los hechos, nada obtendrían de esa pista y darían al traste con el elemento sorpresa, pues seguro que la noticia del interrogatorio llegaría hasta los captores. Después de considerarlo bien, se optó por redoblar las averiguaciones en el círculo de la mujer aludida. El enano tenía que organizar la trama esa misma noche para que sus emisarios pusieran manos a la obra. Un día y no más. Pasado el lapso, allanarían la casa de la mujer cargando con cualquiera que encontraran en ella. Ya se enterarían de lo grave que era jugar sesgo con Pagala.

Faltaba lo suyo para que la aurora quebrara esa noche tensa cuando el primer enviado de Frixo se encaminó al Portus con una canasta de quesos frescos. El niño, de unos diez años, era más listo que cualquiera de los demás. Su avaricia de viejo y la innata capacidad de disimulo lo convertían en el espía perfecto para hacer migas con la mocita que hacía mandados para la denunciada. El chaval abordó al objetivo con el pretexto de venderle queso para el desayuno a un precio de risa y el objetivo mordió el anzuelo, movido más por la simpatía chispeante del espía que por la baratura o apetencia del producto. Entre bromas y guiños, el farsante dijo compadecerse de la otra por tener que dedicarse la mayor parte del día a ir de aquí a allá con los recados, pero a ésta le gustaba el oficio. Claro que nunca faltaba la cizaña en el trigo y a veces había que soportar cada cosa… a ella le asqueaba que el mensajero del gordo le palpara los pechos cada vez que traía algo a la patrona. Eso sí no lo aguantaba.

—Tú dime en dónde lo encuentro y ya verás que no se vuelve a meter contigo.

—Quién sabe en dónde viva, pero da vueltas por el Portus vendiendo leña. La lleva en la espalda como un burro —dijo la pequeña, correspondiendo al galanteo del supuesto quesero con un toque de complicidad.

El sol no llegaba todavía a lo más alto cuando el pregonero fue capturado mientras descansaba en una barriada cercana al puerto. La operación fue discreta y, al parecer, los testigos se tragaron el cuento de que el hombre se encaminaba de buenas en compañía de los otros con todo y leña. El puñal en los riñones fue tan convincente como el resto de las amenazas que se sucedieron.

Ya en un sitio seguro del mismo Portus, el enano se entregó al interrogatorio con una ilusión desbordante. Algo le decía que habían dado en el clavo esta vez. Los ojos del pelafustán denotaban un terror distinto al de los otros, un terror culpable que se distinguía por la urgencia de convencer a los captores de lo que fuera sin siquiera averiguar qué se pretendía de él. "Éste conoce la falta", dijo Frixo a un auxiliar para luego picarle el ojo al recadero. El grito estremeció al ayudante, pero no fue nada comparado con los alaridos que el cuchillo al rojo provocó en el otro al vaciarle la cuenca. El ahora tuerto se quebró declarando muy solemne que no conocía a Boro, pero sí al empleado que le manejaba la comunicación. También podía dar detalles de las nueve mujeres con las que Boro yacía en el Portus y en Bibakta. Se escribía regularmente con tres y era casi seguro que los niños de éstas le pertenecían porque les mandaba dulces y frutas frescas de cuando en cuando. Adoraba a los niños, decían. Si le dejaban bueno el ojo izquierdo, el picado, prometía ser útil hasta el fin. Le cumplieron tras sacarle minucias de las nueve.

Por mucha esperanza que lo revelado diera al enano, estaban lejos de conocer el paradero de Evaristus. Boro no tenía residencia fija. Sí, al visitar el

Portus se alojaba con alguna de las queridas, pero eso no bastaba para colegir la ubicación del amo ni mucho menos. De haber respetado la vida del patrón, lo más probable era que se le tuviera recluido, vejado, suplicante y eso sí que no lo toleraba Frixo. La posibilidad le hería tanto como el cuchillo al de la leña. Más, incluso. Enardecido al imaginar que Boro aplicaba a Evaristus un rigor idéntico al padecido por el pregonero, Frixo rompió en llanto. Se desconocía. Nunca antes había salido con ridiculeces semejantes, pero nunca antes había tenido que soportar situaciones de tamaño apremio. Estaba convencido de que su dueño sufría más que todos los interrogados juntos, lo que le desgarraba el pecho. Y algo le decía que era inútil desgarrárselo también al estafeta. Ni horrores ni dineros habían valido para acercarlos al sitio correcto, si es que existía. "Dámelo de vuelta vivo", rogó Frixo, contrito por la culpa de no hallarlo. Entonces se le ocurrió una forma de obligar a que Boro asomara la nariz.

El plan apostaba el todo por el todo. Tenían que ponerlo en marcha a la brevedad, pues de no hacerlo, Boro notaría la ausencia del recadero, despertando sus sospechas. En dos días estaría listo para la ejecución si el tío aprobaba: nueve comandos de cuatro elementos cada uno se presentarían simultáneamente en casa de las nueve amantes del enemigo. Una vez aniquiladas sus mujeres, los hombres llevarían a los críos hasta un sitio seguro para esperar la respuesta. Por las mañanas dejarían la cabeza de un menor en la puerta de alguna de las madres asesinadas. "Un muerto nuevo cada mañana para restregarle la pena. Enloquecerá de dolor sin sus perras ni los cachorros", anunció el enano dejando estupefactos a sus escuchas. "Si no puede reparar la falta por haber matado a nuestro señor, la venganza será ya considerable sumando luego a la otra niña que lo acompaña. Si le respeta la vida, la desesperación lo llevará a capitular para salvar a los hijos que le queden", concluyó. Dos días más tarde, el baño de sangre estremeció a la región entera.

Ninguno de los informantes apostados cerca de las casas dijo haber visto al salteador entre quienes se allegaron para apoyar a los deudos de tamaña tragedia, esto a pesar de que la noticia de las nueve muertas y sus veintidós niños desaparecidos se extendió veloz. Era tan difícil explicarse la crueldad desplegada que la imaginería popular, sin conocer más que de oídas el embrollo de Pagala e ignorando la relación entre las muertas, se dio a inventar cuanta barbaridad pudo para subsanar la incongruencia de los hechos sin lograrlo ni medianamente. Las versiones contradictorias o de plano absurdas se multiplicaron. Para unos, los crímenes eran una advertencia de la inminente invasión de ejércitos pagalos al Portus para controlar el tráfico de bienes y personas en las rutas comerciales, mas el cuento se venía abajo al oponerle el detalle de que los vecinos ya controlaban dicho tráfico en perfecta armonía con los dueños y autoridades de la comarca —de hecho, el teatro había funcionado como elemento unificador, pues se cuidó desde el principio que en el proyecto intervinieran las familias principales para no alentar viejas reyertas—. En otras versiones, ni el criminal ni el propietario figuraban para cederle el lugar a espectros tan admirablemente organizados como para agredir en simultáneo, perpetrando además un secuestro masivo. El propio Boro fue víctima de este caos informativo cuando le advirtieron de una muerta primero y luego de otra, confirmándole después el deceso de la tercera, la cuarta y la quinta. Cuando le comentaron del noveno homicidio, ya no le quedaban insultos, rabietas o lágrimas qué repartir. Alelado por la desdicha, Boro se puso a mirar el atardecer sentado bajo un ébano hasta que la noche y el pesar le dispusieron el sueño. Su escolta fue testigo de que el salteador lloraba dormido. Entre sollozos reclamaba por su nombre a los chiquitos y luego se mostraba complacido, como si los niños atendieran el llamado a la primera. El vicio se dolía y mirar el duelo, aunque increíble, enternecía. "Pobre", pensó el escolta, conmovido al notar que su jefe temblaba de pena.

Las horas postreras de aquella noche le regalaron un descanso tranquilo, pero la serenidad se interrumpió drásticamente cuando el jefe despertó gritando "Aladah" y corrió hasta la carpa en que la niña se alojaba con su nana. Al verla dormida respiró tranquilizado para luego confiar la vigilancia a su mercenario más celoso. "Si la descuidas te corto las bolas", amenazó Boro retomando el tono habitual de mando. Sin embargo, el ímpetu, la fibra, el nervio del hombre se había quebrado.

Pasado un rato tras el desayuno, Boro advirtió que el jefe de la escolta discutía vivamente con el líder de los informantes. La abulia que lo invadía era tal que ni se preocupó por enterarse de las razones del pleito. Ya le vendrían con el chisme. Ni remotamente imaginaba que el personal se debatía entre notificarle o no la última desdicha: la cabeza de su varón consentido, el morenito vivaracho con ojos rasgados, había aparecido colgada de los pelos en un travesaño de la casa de la madre. Al enterarse, Boro pidió a su ayuda carbón y un trapo limpio. Luego, escribió a las prisas en la tela y se la entregó al ayuda. "Que llegue a Pagala hoy mismo. Y nos vamos mañana." Le habían ganado la partida.

La nota con la ubicación del calabozo llegó a manos del tío pasada la medianoche. Nada más leerla, ordenó que prepararan el caballo más veloz para el estafeta más confiable. "Que corra al Portus y entregue esto a Frixo. Y dile a los míos que se alisten. ¡Corre!", vociferó el tío con los ánimos caldeados.

Encontraron al muchacho justo antes de romper el alba.

Contra todo presagio, respiraba.

*

La blanca perdió el sentido al verlo envuelto en lodo, sangre y heces, pero lo recuperó segundos después de la caída sin que fuera necesario reanimarla. La jorobada del huerto se apuró a levantarla y de inmediato volvió a ocuparse del agua caliente, las compresas y la multitud de hierbas que estaban cuidadosamente ordenadas de acuerdo a sus virtudes. Ya en pie, la blanca probó fuerzas azotando el bastón contra una columna repleta de incrustaciones alabastradas y luego siguió dando órdenes a la ayudante como si el desmayo hubiera sido un estornudo. Después se lamentaría. En ese momento era indispensable concentrarse en el orden de las oraciones para bendecir cada implemento propiciando la suma de sus dones. Dando vueltas al lecho de Evaristus, la vieja musitaba sortilegios con la respiración entrecortada por la ansiedad. El andar cansino de toda la vida parecía acentuarse a cada paso, como si la emergencia y el dolor hondísimo le atacaran las rodillas, las caderas. De repente, la vieja guardó un silencio tan abrupto que sobresaltó a la otra como un grito. Inmóvil, se quedó mirando a su niño entreabriendo los labios. De la comisura izquierda empezó a brotarle un hilillo salivoso que le escurrió hasta el mentón sin que la blanca hiciera por limpiarlo. Era como si el tiempo le hubiera suspendido la vida para ventilarle la angustia y diferirle la rabia. El mutis se fue haciendo tan largo que la otra se alarmó sin por ello atreverse a intervenir. Eso no. Por suerte para ella, la blanca pareció volver de donde estaba, confusa pero entera. "Enciende el brasero y vete", pidió a la tullida sin retirar la mirada de Evaristus.

Cuando estuvo sola, puso manos a la obra y, por mera imposición, luchó con la necrosis del rostro ese que días antes embobaba. Imposible reconocerlo. Las facciones pasaban a ser meras irregularidades amoratadas dispuestas en torno a los abismos. Porque entre tanta inflamación el vacío de las mejillas era, sí, abisal. El daño, tan profuso, impedía cualquier arreglo a base de sutura, pero el tenerlo ahí con vida era prebenda de prebendas y reparar en idioteces no ayudaría a salvarlo de las ganas de la muerte. "Concéntrate. Ruega", se exigió la blanca, distraída por la necesidad imperiosa de lavarlo. Pero la limpieza de nada servía sin encomendarse a la usanza de la bisa. Cerró los ojos y rebuscó en la memoria hasta encontrar la imagen de la diosa que le habían enseñado allá en las cuevas, la que, dicen, estaba tallada en la roca desde antes que la roca fuera.

> *Madre creación, madre agua, madre luna; cielo del mundo, fuente de bondad, de la pureza, de virtud, de la belleza, de lo que nace y desaparece. Señora de los mil nombres: Isis, Inanna, Astarté, Sekiná, Ashera, Ceres, Deméter, Perséfone, Gea, Rea, ojizarca Atenea, salvaje Diana de los bosques, Venus de las almas, Sofía de las luces, muda del tilo. Tú, madre, que habitas el corazón de los hombres, que lo conmueves y lo acaricias y lo acallas cuando quieres, escucha a tu devota, a la esclava que te pide, que te ruega con el blanco de sus huesos por la vida de…*

Y entonces, como por arte de magia, del amasijo aquél en que le habían convertido al niño, brotó la palabra más linda y breve que le dedicaran en toda su vida: aya. Y una cascada de alegría le bajó por las mejillas.

—Aya —insistió el rumor proveniente del pequeño túmulo que hacía las veces de boca—. ¿Fue?

—Delirabas —contestó la blanca, disponiéndose ahora sí a sahumar el cuarto con salvia e incienso del más fino.

*

La recuperación inicial fue lenta. Alimentarlo era un problema, pues líquidos y sólidos se le escapaban por los agujeros de las mejillas, dificultando el consumo. Además, el ayuno prolongado exigía alimentos muy blandos para comenzar la vuelta al mundo y estos no eran suficientes para reestablecerlo, por lo que tuvieron que esperar hasta que el enfermo asimiló mejor las papillas vegetales para añadir a la mezcla algo de pescado magro. Sin embargo, el enemigo más peligroso era la deshidratación, por lo que se extremaban precauciones para contener la diarrea. Siguiendo el consejo de la blanca, se ordenó hervir media mañana el agua destinada al consumo del paciente, idea extravagante que serviría para maldita la cosa en opinión de los pinches, pero ninguno se atrevió a desobedecerla, pues en lo relativo a la salud, la autoridad de la mujer era indiscutida.

A los cuatro días de su rescate, el maltratado asimilaba ya la preparación y la firmeza de sus deyecciones permitió un pronóstico menos sombrío. Aunque la desinflamación de la cara parecía haberse estancado, la piel muerta que rodeaba las heridas principales ya no supuraba gracias a la imposición y al emplasto de bayas de laurel que tan eficiente resultó para contener el avance del pus. Las encías, arruinadas por la presión abrasiva de las pinzas, dejaban entrever el hueso mandibular, lo que no preocupaba a la blanca por estimar que las fracturas, de existir, sanarían sin comprometer a la larga el funcionamiento del cóndilo. De hecho, a excepción del daño irreversible causado en el rostro, las demás lesiones parecían anecdóticas. Los cardenales, abrasiones e hinchamientos eran producto de magulladuras que de ningún modo pondrían en peligro la vida. En cuanto a la reciedumbre del muchacho para tolerar la carencia a la que había sido sometido, la vieja era de lo más optimista. Aunque su adorado estaba enflaquecido, el tono muscular mejoraba día a día. Además, la responsable había instruido a Anpú para que flexionara sistemáticamente las articulaciones principales, promoviendo la circulación en los tejidos afectados y espantando el entumecimiento que afectaba la cintura y rodillas de Evaristus, producto de las posturas antinaturales a las que había sido sometido. Como fuera, la movilidad no preocupaba grandemente ni a la blanca ni al resto de la familia, pero en lo relativo a la disposición anímica, la cosa era bien distinta. A nadie le cabía duda de que el hombre estaba consciente: cooperaba de uno u otro modo en las sesiones de flexión y masaje y apartaba trabajosa pero eficientemente las mandíbulas para ser alimentado. La cosa era distinta al tratarse de la comunicación. Desde la mínima pregunta formulada al aya la noche del rescate, ni una palabra había pronunciado el joven. Vaya, que ni un quejido le habían sonsacado durante las curaciones y el mutismo sí que preocupaba al círculo íntimo. El tío llegó a temer que le hubieran extraído el alma al cuerpo por medio de encantamientos, pero la blanca desechó la idea con un desdén que estuvo a punto de herir la susceptibilidad del pagalo. "Nada. Duerme la mitad del tiempo y la otra mitad piensa. Le falta claridad pero conserva la hondura. Está en alguna parte que no nos atañe pero es él, señor", remató la vieja sin ocultar el desagrado que la idea de un cuerpo vacío le provocaba. "Anoche lo miraba callada y juro que entreabrió los ojos al quitarle las compresas. Y la respiración se le emociona cuando lo agito con mis historias para que no se aburra de tanta cama", abundaba la mujer en defensa de su hipótesis, sin convencer a los demás ni terminar de hacerlo consigo misma. Algo en la actitud de su niño le recordaba el aislamiento irremediable que apartara a don Evaristus de los suyos en los días posteriores a la desgracia de los mazapanes. Se descomponía al pensar en que una sombra parecida fuera a proyectarse sobre la vida de Evaristus. Pero qué locura: los casos eran bien diferentes y la conformación caracterológica de padre e hijo lo era aún más. El pobre muchacho se recuperaba mínimamente y ya le presionaba ella con sus comparaciones. Insensata.

Pasada la medianoche de la undécima jornada en convalecencia, la blanca se quedó dormida en el incómodo y minúsculo banco de ordeña que usaba para cuidar a su muchacho sin que el sueño la distrajera, precisamente. El sinsentido fue memorable porque, al despertar, la mujer vio a su enfermo sentado en la cama. Con la mano izquierda sostenía una charola pequeña de plata bruñida que, haciendo las veces de espejo, le permitía analizar el reflejo del nuevo rostro que la vida le ponía sobre los hombros. Sí, faltaban dos o tres lunas para que los estropicios provisionales dieran paso a los definitivos, pero ya era posible vislumbrar la extensión del daño. La blanca trató de retirarle la charola aduciendo que nada podían sacar en claro en ese momento, que no valía la pena obtener conclusiones apresuradas, que lo mejor era seguir durmiendo hasta que el sueño reparara lo que tuviera remedio, que se volviera a recostar, que comiera, que bebiera su leche de coco con durio o una infusión de tulipán, que la dejara arrullarlo, que se distrajera, que no pensara, que se desahogara con ella. Mas nada respondió el otro. Era como si el abanico de sugerencias se diluyera al contacto con el aire dejándole intacta la obsesión por el reflejo de esa belleza descamada, desmembrada, desflorada, deshilachada, desmentida, desdeñada. Horadada. Pasado un rato largo, Evaristus puso la charola sobre la ropa de cama y se tendió fingiendo cansancio con tal de que la vieja lo dejara en paz.

Pero la muy necesaria serenidad no parecía tener cabida en la alcoba del muchacho. Su mundo interno exigía una reorganización de grandes proporciones que, hasta ese momento, estaba lejos de concretarse. La tolvanera levantada por la venganza de Boro ensombrecía el entendimiento y faltaba lo suyo para que la mente del joven volviera a encontrar un centro al que aferrarse entre todo ese caos predispuesto al dolor, a la derrota, a las fantasías revanchistas o a las tibias sensaciones de abandono que el maltrecho experimentaba al imaginarse completamente solo. Mira tú: ahora que ninguna infamia le imponía la postura, el hambre o la sed, le daba por extrañar la soledad de la curtiduría, con su silencio de cueva y ese aire a antesala de la muerte al que cuesta tanto acostumbrarse para luego no saber desprenderse de él. Porque en la antesala de la muerte había aspirado una libertad tufosa incompatible con el mundo, pero libertad al cabo, de esas que se encuentra uno por casualidad andando solo por la noche o al cerrar los ojos bajo el agua dejando el aliento y la vida en pausa; la clase de libertad que pone sobre la mesa todas las opciones o ninguna, según le venga en gana; la que demuestra que lo mismo obtienen el que puede todo y el que puede nada. La falsa dicotomía quedaba en evidencia al contrastar instantes vecinos, colindantes, como la incipiente puesta del Prometeo y la vejación del secuestro. La libertad era la misma pero cambiaba de máscara en el baile de la vida. Por rigurosa e inflexible que fuera, esa libertad cuestionable, esa libertad manida, esa libertad supuesta comenzaba a ser más real que el mundillo tapizado de suelo a cielo por las atenciones de la vieja, por la buena intención del tío, del primo capataz, de Frixo, de Anpú y hasta del viejo tibetano que había dejado buena parte de su pelambre en la nerviosísima espera del amo. Y la libertad de los hierros, la solitaria, comenzaba a ser más real porque daba cabida a un hombre que ya no se avenía al mundo anterior a su desgracia. El espantajo en que Boro lo había convertido necesitaba desesperadamente un contexto nuevo para reconocerse. Así, mientras la blanca se desvivía por atenderlo, Evaristus derivaba en una criatura incompatible con su pasado y su presente. La charola de plata no mentía. Ay, la belleza ida. Era tan guapa.

Fuerte como el toro, como el bisonte, como el íbice que era, se recuperó meditando largamente un futuro que o no le interesaba o ya no le pertenecía. El espíritu visionario que el tío, la vieja, Akasa, Pinjas y el muerto habían cincelado, servía hoy para maldita la cosa. Era tan raro verlo con la cabeza en alto que hasta se barajó la posibilidad de que el tormento le hubiera restado estatura. Y a la guapura, ni se la mencionaba por decencia. Sin ánimo de hacerse escuchar todavía, el silente se paseaba intramuros para no ir a alimentar leyendas grotescas entre los niños, las mujeres y los demás trabajadores. Ya bastante inventaban sin haberlo visto. Cuando al fin habló, lo hizo sólo con la blanca. En sus brazos se desahogó como un chiquillo con la madre. Terminados los consuelos, el aya tomó un bote con polvo de alheña, agregó agua y se puso a tatuarle con una espina un triángulo equilátero dentro de un círculo perfecto.

—Espéralos, zafiro, que ellos sabrán llegar a ti. Te conocen desde antes de nacer y te aman lo mismo que yo. Enséñales la marca. La montaña se encargará del resto —dijo la blanca, medio embobada con el trazo de uno de los vértices del triángulo.

—¿Y si me pierdo?

—Perdido estás. En tu caso sólo se puede salir del extravío. Confía en mi gente, Evaristus, que es de fiar por ser la tuya también.

Cuatro días más tarde, el tío quedó con un palmo de narices cuando la blanca le informó de la partida del sobrino. Había tomado camino con ropa de pastor para no ser identificado en su paso hacia las tierras altas. "Como si alguien pudiera reconocerlo."

Avi

El menosprecio que los devotos del Brahma sentían por lo griego era tan acentuado que el común de la población, repitiendo sus dichos sin entender apenas el sentido, solía decir que ninguna criatura era comparable en bajeza con un *yavan*, término utilizado para referirse a los helenos en general y a los jonios en particular. Esta afirmación inveterada fue puesta en duda por la visita de un extranjero excepcional que había dado sistema al universo con base en el principio de atracción y en el heliocentrismo. Viajero incansable, este maestro jonio o *yavanacharva* había vivido largas temporadas en Tiro, Mileto, Tebas y Babilonia dedicado al estudio de la doctrina de Zoroastro, a la astrología, la curación, los números, la geometría, la adivinación y otras artes mágicas. Sus dotes proyectaron luces nuevas en los estudiosos de la región y sentaron la base de un intercambio que se haría cada vez más frecuente.

Creso consultaba el oráculo de Delfos cuando este erudito misterioso que tanto aportara al saber de aquellos pueblos empezó a ser identificado con Pitágoras, el divino, el nacido para servir a la humanidad de cualquier tiempo. Fue más fácil hallar las fuentes del Nilo que confirmar aquella versión, pero lo cierto es que la comunidad fundada en Crotona por el filósofo de Samos incorporaba en sus usos y costumbres elementos clásicos de la tradición vedanta, como el vegetarianismo estricto, la tendencia a elaborar tesis no teístas para explicar la realidad, el misticismo simbólico, la teoría de las almas que transmigran para renacer y la elaboración de la idea de lo Uno como origen de la existencia y del orden cósmico.

Poco importa si el mismo Pitágoras tendió los puentes, pero el roce de tradiciones supuestamente antagónicas produjo una corriente nueva que fundía las inquietudes religiosas con la observación desinteresada del entorno. Esta especie de misticismo empírico derivó en un sistema de aprendizaje relacionado sólo tangencialmente con la enseñanza tradicional, pues a diferencia de ésta, la de los pitagóricos se concretaba en el silencio y no en la polémica. Los aspirantes a iniciados, ya fueran hombres o mujeres, permanecían cinco años en silencio escuchando al maestro. Una vez superada la durísima prueba, les era dado conversar con ese hombre alto, fuerte, pulcro, hermoso y de bondad extrema que a cambio de su sabiduría exigía el más absoluto secreto en relación con el obrar y saber de la cofradía. Sólo los acallados vivían en la comuna y podían enseñar con la palabra en su momento; el resto iba y venía según las conveniencias. Se les instruía en cuestiones de índole práctica y, al cabo, podían enseñar con el ejemplo nada más.

Este esquema mixto de pertenencia solventaba las relaciones entre el pueblo de Crotona y su afamada cofradía, mas era inevitable que la escisión llevara a suspicacias, a envidias, puesto que acaso cinco de cada cien aspirantes llegaban a convertirse en iniciados. Además, cada año llegaban más buscadores de conocimiento procurando el mínimo contacto con la luminaria, lo que inquietó a las autoridades locales cuando éstos se contaron por miles. El círculo del maestro sumaba ya un par de cientos que vivían de fijo en casa del célebre Milos, yerno de Pitágoras. Si a estos sumamos el influjo de la población flotante que giraba alrededor de la figura del maestro, podemos darnos una idea de la inquietud que el poder del samio iba causando en los más sesgos. En los zafios. Los medianos.

Los rumores de que Pitágoras y su grupo pretendían hacerse con el dominio político de la región fueron aumentando, por más que el célebre lo negara en redondo aduciendo la completa veracidad de sus palabras —era famoso el hecho de que el sabio ni de niño había mentido—. Si a lo anterior sumamos el odio que generaba la gran cantidad de aspirantes rechazados, podemos tener una idea de la tensión que vivió la comuna en los tiempos que antecedieron a la noche del drama, esa en que más de cincuenta discípulos fueron asesinados y quemados junto con la casa-sede de Milos.

Muy poco agrega la historia a este horrendo episodio que sacudió al mundo griego hasta lo más íntimo. Entre todas las certezas posibles sólo disponemos de un puñado: que la mayoría de los iniciados escaparon, que se destruyeron infinidad de objetos y obras de valor inestimable y que la escuela, consecuentemente, se fragmentó en grupúsculos más o menos destacados, más o menos visibles, más o menos representativos. Del luminoso genio de Samos y su destino, tenemos cuando menos trece versiones que van de su muerte en el lugar de los hechos hasta las redomadamente absurdas. Todas falsas. El filósofo no se dejó morir de hambre en un bosque de Metaponte, ni fue alcanzado por los perseguidores al negarse a pisar un campo de habas, ni exhaló el último aliento en Agrigento, Siracusa o cualquier otra ciudad de su amada Magna Grecia. La realidad es que, en esa noche bárbara, el samio de las luces se ocupó no tanto en salvar la propia vida, sino más bien la de una pequeña de ojos indescriptibles que vivía secretamente en lo recóndito de la sede, custodiada por una veintena de forzudos y atendida por seis mujeres que nadie había visto y por tres hermanos albinos. El medio centenar de discípulos caídos en la refriega había entregado la vida para dar tiempo a que la niña y su séquito de treinta escapara entre las sombras cargando un arcón repleto de obras y objetos preciosos. La arcana, que así se referían a la pequeña, debía ser salvada a toda costa.

Pitágoras nunca olvidaría el fulgor que el incendio de la sede derramaba en la colina más linda de Crotona. Bien oculto en la espesura de las inmediaciones, el ilustre meditó con la mirada perdida en ese fuego que arrasaba el proyecto más noble que habían visto los hombres. Cerca del amanecer tomó una decisión dolorosa: si querían salvar a la arcana, debían dividirse para no llamar la atención. El primer grupo partiría en dirección a Brindisi con la idea de hacerse a la mar y establecerse en las islas sin llamar la atención ni hacer referencia a su líder. El segundo grupo se dirigiría a Sicilia en busca de un adepto que les daría albergue en Agrigento o Selinunte, dependiendo de las circunstancias. El tercer grupo, el de la arcana, estaría integrado por las mujeres, los albinos, siete de guardia y el propio Pitágoras. Con el arcón a cuestas, este reducido grupo de fieles partió hacia Mileto y luego fue visto en Tiro y Babilonia, los mismos lugares que, curiosamente, eran tan caros para el afamado y misterioso yavan-acharva. En Babilonia, siendo alcanzados por la noticia de los hechos de Crotona, el fragmento de la secta se vio obligado a hacer camino de nuevo, ya sin el divino Pitágoras que, con su alma de número, se sumó al éter del que parecía haber surgido. Antes de volar, encargó a sus discípulos sobrantes que por ningún motivo dejaran expósita a la arcana, que la llevaran lejos con los tesoros del cofre, que se ocultaran mejor esta vez para evitarse pasar por lo mismo. Y les sugirió acudir a viejas amistades suyas que no dudarían en ayudar si lograban llegar a la zona del Pariyatra Parvata, la más segura por él conocida, la inaccesible, la que dividía a rajatabla las estepas bactrianas de las indias. Cinco años después de aquel consejo, el remanente del tercer grupo localizó al fin a uno de los contactos de su maestro y se adentró en el Kush, como tantos otros antes y después.

*

Para entonces, el origen de la gnosis ya se había hundido en las aguas revueltas del tiempo. Aunque la mayoría insistía en derivar este conocimiento secreto de los supremos sacerdotes de Amón y sus oficios, en Tebas, otra facción nada despreciable encontraba elementos caldeos prácticamente en cada postulado de las teorías. Por supuesto que a los eruditos no se les escapaba el hecho de que la influencia del saber hermético tebano permeaba a la fuerza cualquier otra cosmovisión de la época, pero la perspectiva caldea renovaba casi sin quererlo la tradición filosófico-religiosa del alto Egipto al tamizarla con el rigor de la observación astronómica y con la delicia de la predicción astrológica. Si a esto añadimos el monoteísmo dualista que el zoroastrismo popularizó desde Siria oriental hasta el Hindukush, obtenemos un entramado de atractivo excepcional para su adopción entre las clases populares de aquel Gran Irán. Sin embargo, la exploración matemática derivada de los tránsitos astrales, de sus constantes y variables, subproducto esencial de esa novedosa interpretación del mundo, quedó sepulta por la floritura misma del sistema. El número, corpúsculo de la abstracción, y la geometría, su proyección espacial, quedaron reservados al dominio y análisis de escasísimos ilustrados que no cejaron en la exploración de esa metafísica que parecía tener el don de justificarse a sí misma, de explicarse a cada paso, como sucedía con buena parte de lo vivo. Y no era cuestión de casualidad. El número respiraba. El número latía. Más incluso: llevando las cosas a sus últimas consecuencias teóricas, el número era la vida. Visto así, dejando de ser simple expresión de la cuantía para transformarse en pulso fundamental del mundo, el número tenía la capacidad de desdoblarse desde un plano bidimensional hasta uno de tres dimensiones. Ese tránsito inexplicable, esa justificación abstracta de lo concreto fue transformándose en sistema, en escuela, en religión. "Mathesis", la nominó algún intelecto ejemplar: la gnosis de las cosas que son, la que se da a explicar el mundo a partir de la unidad numérica, de su anonadante capacidad de desdoblamiento. Por no hablar de su belleza.

El complejo amorío entre el número, la belleza y la creación, derivó en teofanía. No podía ser de otra manera si se piensa en que de esta disciplina sublime nacían milagros incontrovertibles, creaciones exclusivas de lo humano que no era dable encontrarse por ahí en el mundo. El triángulo, los paralelogramos, sus correspondencias y demás maravillas daban para enfrascarse en el debate hasta el fin de los tiempos pero, atendiendo a la verdad, ni siquiera estas espléndidas elucubraciones podían compararse con la perfección del círculo. De sus proporciones. Por ejemplo, si se traza un círculo perfecto, se le puede rodear con otros seis del mismo tamaño logrando angulaciones ideales. El círculo inicial, rodeado de sus seis iguales, representaba el siete de la perfección, de la divinidad.

Si a estos siete sumamos el círculo que los seis del perímetro exterior conforman, tenemos un octavo círculo que contiene a los otros siete y que, al mismo tiempo, está conformado por ellos.

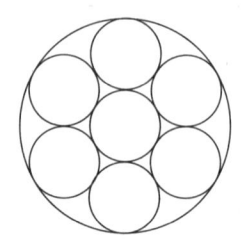

La perfección del siete en el plano bidimensional es abarcada por la naturaleza infinita que el ocho, lemniscata vertical, representa. Este octavo círculo que contiene a los siete primeros, puede ser rodeado por otros seis círculos para volver a comenzar el ciclo infinito, mágico, de la progresión geométrica.

Si pasamos del plano bidimensional al tridimensional usando esferas en lugar de círculos, la esfera inicial podría rodearse a la perfección con otras doce esferas de idéntico tamaño. El trece resultante simbolizaba la perfección tridimensional de la figura que, replicándose infinitamente, terminaba por ser el bloque esencial de la materia. Ahora, imaginemos que las trece esferas de nuestra proyección estuvieran compuestas por un material flexible y que las doce que rodean a la inicial ejercieran una presión simultánea, desde afuera hacia el centro, sobre la primera. Gracias a la presión, la esfera primordial quedaría convertida en un dodecaedro, alma de la estructura del mundo e íntimo secreto que la divinidad otorgaba a los pocos elegidos para alentar el desvelamiento de la realidad. En suma, para los sabios iniciados en el misterio de los números, el dodecaedro era la más sagrada de las revelaciones divinas por sintetizar la conformación del mundo y de los hombres. Más incluso, este poliedro era el símbolo último de aquella gnosis invisible, inefable, que proyectaba su luz en la tierra y el entendimiento humano.

Lo Uno, el seis y el siete contenían las claves para la interpretación cabal del círculo, en tanto que lo Uno, el doce y el trece eran la vía de acceso a las excentricidades teóricas de la esfera, a su perfección abrumadora. Si a esto agregamos el que nada en el mundo material se podía comparar plenamente a la esfera y que era imposible su existencia sin emparejarla con lo humano, tenemos ya los elementos básicos de una teología revolucionaria en que el todo surge de lo Uno para comunicar divinidad por medio del número. Más aún, a diferencia de los infinitos mitos de origen que planteaban el misterio de la existencia en términos que nunca convencieron a los temperamentos más puntillosos, el número facilitaba la comprobación de los planteamientos y su réplica universal. Ni qué dudar: la geometría era una teofanía y el número su sagrada escritura. Lo Uno hablaba al intelecto desde una esfera, explayándose en el seis, siete, doce y trece, pero era indispensable justificar el tránsito lógico de lo Uno a lo demás, de la unidad a la multiplicidad. Y no, el dos no era la llave de aquella cerradura.

La supuesta transparencia del dos quedaba empañada al ser imposible desdoblarlo en una realidad tridimensional. En cambio el tres, justo medio entre la unidad y la primera expresión divina, el seis, proporcionaba un entramado teórico de dimensiones fabulosas por asociarse directamente con el triángulo, ese otro gran acertijo que hace de zapapico para quien se propone conquistar alturas intelectuales. Por si no bastara, el tres representaba inmejorablemente la tríada de la condición humana (hombre-mujer-hijo, nacimiento-desarrollo-muerte) y la tríada primordial del mundo (tierra, sol, luna). El mismo orden de ideas conciliaba además al triángulo con varios sistemas metafísicos que, partiendo del valle del Indo, habían ejercido su influencia en muy buena parte del mundo conocido. Así, lo ingenerable, lo autogenerable y lo generable sustentaban con su tríada el origen en lo Uno y la multiplicidad en lo ternario. El sistema respondía justificándose a sí mismo. El triángulo, montado en ese tres tan suyo, brindaba una trinidad metafísica coherente que derivaba por naturaleza en las complejidades del círculo y la esfera. El triángulo, el círculo, la esfera y el consecuente dodecaedro podían explicar el acontecer en el mundo y la existencia. Todo era Uno, como insistía el Upanishad. Todo derivaba de una semilla primordial y se reproducía en tríadas. Todo podía ser sintetizado, deducido, explicado con los números, esencia misma de las almas y lenguajes que agitan a los hombres. Todo, el universo entero, podía representarse con un símbolo de fabulosa sencillez: un círculo dentro de un triángulo equilátero o a la inversa. Los iniciados en los misterios podían usarlo abiertamente para identificarse, siempre y cuando guardaran en secreto su significado. También les estaba prohibido mencionar la existencia misma de la cofradía y sus postulados. Del dodecaedro, ni hablar. Esa maravilla, emanada de la esfera y revelada por la arcana, debía resguardarse con la vida si era necesario. La mathesis, gnosis de las cosas que son, había nacido.

Igual que sucede con lo Uno, la cofradía originaria tuvo que desdoblarse en varias para ser en el mundo. La envidia, la ambición y otras emociones teñidas de carencia se coludieron con el vaivén histórico atomizando las ideas originales y combinándolas con otros sistemas más o menos afines. De este modo, la mathesis ahijó un sinfín de sectas bajo el manto de su verdad hermética. Cada cual fue redefiniendo los postulados originales adaptándolos a su circunstancia. A su preferencia. Lo ingenerable adoptó cien nombres propios, lo autogenerable derivó en magias trascendentales y prácticas de muy diverso calibre y lo generable se reorganizó en codificaciones y modelos de conducta que, al paso de los siglos, fueron olvidando su origen divino para transformarse en sistemas de control social disfrazados de culto popular o de religión organizada, según el caso y la escala. Pero ni la dispersión ni la conveniencia ni la voluntad de dominio obstaron para que algunos grupos, los menos por mucho, conservaran y desarrollaran principios esenciales de este saber arcano-matemático que, como caudal subterráneo, corría al margen de la luz pública redefiniendo, puliendo, matizando oscuridades. Y cuando esta tendencia a la sombra parecía revertirse en pro de las mayorías, de una evolución social supuestamente justa e indispensable, quiso el hado sepultar esa flor de lo humano devolviéndola a la clandestinidad con el tristísimo episodio de Crotona y otros más que llevaron a los sabios a agachar la cabeza y levantar la guardia. Los principios de la arcana, de Sofía, llegaban al mundo para desvelarse en las sombras, lejos de las calles, ágoras, plazas y mercados. Así lo habían advertido los primeros iluminados, los siguientes y una larga cadena de virtuosos que, desde el anonimato o desde la celebridad, removieron secretamente las aguas tímidas, primordiales, de ese manantial precioso. Pitágoras, el puro, por las razones que se quiera, había desechado las reservas de los Maestros de Justicia antecedentes con los resultados ya descritos, por lo que se imponía un golpe de timón que garantizara la supervivencia de la gnosis. Las tres comunidades derivadas del grupo de Crotona volvieron a la discreción absoluta que tan buenos resultados ofreció durante siglos. Con los votos renovados, supieron cumplir su parte haciéndola de postillón para los siguientes cofrades. La mathesis sobrevivió de mano en mano, por así decirlo, disfrazada siempre de otra cosa pero desenvolviéndose sin pausa, asimilando los resplandores venidos de otras tradiciones dignas de crédito, de otras magias, de otras cosmovisiones. En el fondo, a pesar de las variables, la arcana Sofía era Una y en ella se reconocieron los Maestros de Justicia venideros, desconocidos el grueso y famosísimos los menos. Allá, lejos, se hablaba de Lao Tzu, de Mencio, del yavan-acharva, mientras acá se recitaban los paradójicos versos épicos de Parménides, los preciosismos de Gorgias, los diálogos de Platón, las obras de su alumno principal o las sospechosas églogas cifradas de Teócrito. Y lo mismo sucedía en otros lares, en las inmediaciones del alto y bajo Egipto, fuente de casi todos los ríos del hombre y asiento del mundo nuevo, rico, diverso, que se montaba en el originario como jinete en cabalgadura. Así, durante siglos se mencionó en Alejandría la supuesta pertenencia de Eratóstenes, de Filón, de Josefo al grupo, pero existiendo cientos de comunidades religiosas asentadas en los desiertos aledaños, era prácticamente imposible distinguir el trigo de la paja alejandrina. Y bajo toda esa paja, fuere como fuere, la gnosis, ya con una dosis de verdad y de mentira, alimentó los sistemas que el cristianismo originario atacaría con una ignorancia y un celo que, de plano, llevaban a pensar que en ello les iba la vida. O la doctrina. Cuánta mentira, Clemente. Cuánta falsía, Ireneo.

Pero la infamia de este par nos atañe de soslayo. Nuestra historia, hija de tiempos e ideas más nobles, regresa a la montaña, a su jungla, a las flores.

*

Y sí: la grisura clara que Avi distinguió al final del túnel derivó en una noche nueva, la primera del resto de sus días. Al desembarcar, tuvo la sensación de que las tonalidades, las formas y los sonidos comunicaban una realidad distinta o, más bien, de que las tonalidades, las formas y los sonidos comunicaban su realidad a un hombre distinto, capaz, ahora sí, de asumir los laudos de la incertidumbre sin ascos ni acrimonia. A partir de ese momento, Avi tuvo en claro que, paradójicamente, se había convertido en lo que había sido desde siempre. Las aguas subterráneas, su beso, lavaban el fango del miedo para devolver al joven naturaleza y naturalidad, como sucede con las calzas nuevas cuando se les quita el barro. A pesar de que el crepúsculo disimulaba la paleta de aquel cuadro, el arribado se intuía parte esencial de la escena, de los gradientes. La avidez inquieta del recién llegado estaba ausente, siendo de facto sustituida por un alivio suave e íntimo que recordaba más bien la vuelta a casa, la bienvenida con beso, sopa caliente y cama. La improbable familiaridad fue tanta que Avi apretó los párpados con la esperanza de estar en casa al abrirlos, de mirar al hermano, a Hannah, a la tía de los bailes y los consuelos. Por un instante se solazó imaginando que el periplo había sido una ocurrencia semejante al sueño, pero al abrir los ojos constató que el sueño delirante había sido aquél, el babilonio, el de la vida tibia, el de la vida roma. Ahora, sin embargo, la predisposición a la serenidad retornaba como si nada, afectando inocencia, taimada, como los ausentes que al volver repentinamente se comportan cual si nunca se hubieran ido. Supo entonces que, por primera vez en su vida, llegaba al destino y no a la encrucijada más reciente. Era como si de pronto el mundo le entregara un centro nuevo alrededor del cual disponer la vida, como si ese atardecer tan particular le dibujara en el cielo una rosa de los vientos con rumbos laterales y colaterales nunca antes vistos. En el centro de esa rosa estaba el origen de los caminos, la noción misma de los viajes y desplazamientos. Tanto tiempo buscando la llegada cuando lo indispensable era encontrar el punto de partida. Ciego. Mil veces ciego había sido al considerar que lo tenía por hallarse en mitad de cierta ruta o por el simple hecho de dirigirse a alguna parte. Pero no. Al menos en su caso, los años de vida se habían invertido en llegar no a la meta sino a la línea de salida. En cierto modo, era cual regresar sin haberse ido.

El cambio radical de perspectiva se avenía perfectamente a la muy favorable disposición de la vieja que, alegrada por la vuelta al terruño, lucía una sonrisa que parecía dos veces mayor a la habitual. De los gestos indómitos, ni el recuerdo. El entusiasmo era tal que, por momentos, la blanca se olvidaba de sus años y daba tres o cuatro pasos sin apoyarse en el bastón-rama que poco antes le regalara Avi, usándolo para señalar la colina aquella, la de más allá o las tres o cuatro casas visibles que iban hundiéndose en la noche de aquel día. La de Anpú, el barquero, era una de ellas; la segunda, para ser exactos. Entonces la blanca detuvo la marcha y se volvió para otear el camino recorrido. Menos de un estadio los separaba del susodicho, quien habiéndose retrasado fijando amarras y secando el remo, iba alcanzando a los otros dos sin proponérselo siquiera. La antorcha que el hombre portaba en la diestra sería pronto tan necesaria como lo había sido en las cavernas. Mientras esperaban a que Anpú les diera alcance, una chiquilla salió de entre las plantas y los recorrió con la mirada en silencio. Tras unos instantes de duda, la niña volvió a adentrarse en la espesura de la que había salido alertando a gritos la presencia de los extraños. O casi, porque las tres mujeres y los críos que acudieron al llamado parecieron reconocer a la blanca a la distancia y se postraron esperando que ella, el chico y el barquero que les iba a la zaga se acercaran para mostrarles el debido respeto. "Madre grande", pronunció una de ellas con la mirada hundida en el suelo y las otras dos se contentaron con imitarla. La blanca asintió en respuesta al saludo y vio de soslayo el fuerte coscorrón que una de las menores daba a otra de edad semejante por atreverse a espiar a los recién llegados antes de que éstos les dirigieran la palabra. La imprudente se sobaba la cabeza tramando una venganza desmedida cuando advirtió que la blanca la miraba fijo. Sin pensarlo dos veces, apartó la mirada y se encomendó a la diosa rogando que su descuido no fuera a contrariar a esa mujer famosa por la naturalidad con que gobernaba lo invisible. "Dicen que el señor nació en sus manos", susurró la golpeadora a la espantada mientras ésta, respirando apenas, constataba que la vieja poderosa, en su infinita benevolencia, le había permitido seguir siendo lo que era. Habrase visto tanta suerte.

Avi y la blanca esperaron a Anpú para continuar la marcha. Pasado el trío, las mujeres y cuatro de los niños se pusieron a seguirlo cuidando las distancias y las formas. Al cabo de unos minutos, el improvisado comité de recepción hizo alto frente a la vivienda del barquero en espera de que algo interesante sucediera tras el ingreso del trío. La luna brillaba en lo alto cuando el postigo de la única ventana se cerró dando por terminadas las posibilidades de ese día excepcional, el de la vida nueva.

*

A no ser por las idas y venidas de Anpú, nada digno de mención advirtieron los curiosos apostados en las cercanías de la cabaña durante los primeros dos días de estancia. La llegada de la blanca y su huésped había removido la imaginación de buena parte de la comunidad, pues la mujer, legendaria, apenas había sido vista en persona por los pobladores de la montaña. Su papel principalísimo en la vida del líder era de todos conocido, lo mismo que el poder extraordinario de su voluntad. Con ella, se decía, la vieja había hecho volar a un muerto y eso era sólo una muestra mínima de la holgura y dimensión de su talento. Su mirada curaba o enfermaba, lo mismo que el roce de su piel. La voz, que nada especial tenía en el habla cotidiana, hacía obedecer a las bestias cuando se transformaba en canto y ella misma, rumoraban, podía convertirse en animal volante si lo deseaba. Sus talismanes, eficientes y escasos, llegaban a cotizarse en sumas francamente ridículas, tanto que, a últimas fechas, se habían encontrado en el mercado del Portus imitaciones que no valían ni un chalkoi vendiéndose por el oro de comarca y media. Pero ni la probada eficacia de sus talismanes se comparaba con el aura mítica que la estrecha relación con Evaristus daba a la anciana. Ella conocía detalles de su nacimiento que nadie más podía confirmar. Ella le había escogido las nodrizas y le había enseñado a hablar. Ella. Ella. Ella. La blanca encarnaba, desde el punto de vista popular, la maravilla que Evaristus repartía a cuentagotas entre sus fieles, su saber, su verdad. Ella había enseñado al Único todo lo que sabía siendo éste todavía un niño. Esa blanca. Esa vieja. "Llegó el aya." ¿Quién no querría dejar lo que estuviera haciendo para ir a echar un vistazo? Pero de nada valió la curiosidad, decíamos, al menos durante los dos primeros días posteriores a la llegada.

Avi durmió hasta el siguiente mediodía. De no ser por el hambre alebrestada con los guisos sencillos que la blanca improvisaba en un fogón junto a la puerta abierta, habría dormido otro tanto cuando menos. Ya saciado, el joven comenzó a plantear a la vieja las preguntas de rigor. Algunas tuvieron respuesta y otras no; en ciertos casos, ella se explayó sin que fuera necesario sonsacarle las palabras, pero en otros, los más, adujo ignorancia o afirmó no ser quién para contestar. En cualquier caso, las estampas de la vieja fueron el salvoconducto que permitió a Avi tener una primera idea del mundo único, tan suyo y tan ajeno a un tiempo. "El Kush, inabarcable, es un mundo de mundos, mi niño. Estas montañas saben contener lo más preciado, saben guardarlo de la luz o de las sombras, según convenga. Los cientos de cumbres que divisan la tierra desde sus cielos son guardianas celosas, inflexibles, repletas de hielos, piedras, vientos, bestias y abismos. Los que aquí nacimos, tenemos claro que estas señoras de la alzada contienen lo que por una u otra razón no debe formar parte del mundo de los hombres. Hay cosas, Avi, muy graves, muy hondas, que no deben ni conocerse por el grueso ni desaparecer de plano, objetos, ideas, sujetos, obras que han de esperar un mejor momento o que deben ejercer su influjo a la distancia, moviendo los hilos desde lejos. Para estas fuerzas desmedidas, para contenerlas, diezmarlas, adorarlas, cuidarlas, conservarlas, cambiarlas, domarlas o padecerlas, estamos nosotros, los de siempre, los de antiguo. Tú y yo y los que aguardan afuera somos un mundo al margen del mundo, un mundo insertado en el otro para detentar lo valioso, lo indeleble. Los que hoy estamos viviendo en los espinazos de esta cordillera inmensa, cumplimos. Sábelo, niño: nadie nace o llega aquí por casualidad. Que no. Que no. Todos los que somos, lo somos por virtud de ella, la que dibuja destinos con una vara en el polvo, la que ilumina aquello que mira. Fíjate si no en la disposición que uno siente en cuanto respira el aire fresco al bajar de la barca. Es imposible querer estar en otra parte. ¿O no? Imagina que de repente, al abrir los ojos después de un parpadeo, te descubres otra vez en el Portus, deambulando antes o después de la subas-ta. Estremece pensarlo. Desde aquí te veo la piel de gallina. Lo mismo sentirás al pensarte en donde sea, con quien sea, en las condiciones que se quiera, porque ya estuviste en la montaña, porque ya la respiraste. Porque le perteneces. Porque el que entra ya no sale completo al mundo de siempre. Eres joven para saber de pasiones, pero te adelanto que habiendo amado a esta mole voluble, mágica, ni podrás ni querrás amar otra. Nos ha pasado a todos. Te sucederá", advirtió la vieja interrumpiendo el discurso abruptamente para servir leche de cabra en un cuenco desportillado que luego ofreció al muchacho.

La luz natural que entraba en esa, la única habitación de la vivienda, servía acaso para destacar los contornos de la blanca y su escucha, pero era insuficiente para distinguir el color y la mayoría de las texturas. En ese contexto, las palabras de la anciana daban la impresión de revolotear en la grisura con el único fin de volver a asentarse en donde fuera, como el polvo que vuela sin alas ni sentido para regalarse el suave vértigo de la caída, el placer de la vuelta al punto de partida. Igual que las palabras, Avi se imaginaba levantado por las rachas de un azar sospechoso para asentarse después en ese suelo, muy cerca de sí mismo. Estando ahí, nada faltaba. Estando ahí, qué caso tenía ir a otra parte. Y ese notable cansancio que se le pegaba al cuerpo todavía, terminaba por acentuar un abandono cercano a la bienaventuranza.

Con la mirada detenida en el cuenco y sin haber tocado la leche, Avi se atrevió a la pregunta eterna.

—¿Por qué yo?

—Porque tu pequeñez contiene al fuego, como chispa. Porque tu fuego vino al mundo para iluminar lo que ha de ser visto, lo que ha de arrancársele violentamente a la noche de la noche. Porque eres el que sabe ver y ni siquiera lo sabe. Porque las ganjikas te quieren, te necesitan para ver el mundo con tus ojos y a cambio te mostrarán lo que no debe verse. Porque eres los ojos de mil ciegos que necesitan ver y no pueden. Porque siendo niño sabes ya de culpas, de errores, de miedos, de soledades y porque a pesar de todo eso, confías. Porque naciste para tolerar la certidumbre que a otros derrumbaría como un ariete. Porque estás a un paso de conocer tu verdadera casa, de presentarte ante las hijas que cantan (y qué voz la de las plantas). Porque podrás ir y regresar, milagro que nos está reservado a unos pocos. Porque tu semilla acompañará a la semilla de Evaristus por doce generaciones. Porque quiso la arcana que fueras el fundador de ojos grandes, porque quiso ella darte una luz que por lo común enceguece. Porque la suma de tus números, de tus estrellas, de tus facetas, de tus angulaciones, es igual a Uno. Porque sólo tú, ingenuo, chiquillo, y luego tu primogénito y después el primogénito de éste y otro y otro y otro y seis más, llegarán al sembradío.

—No entiendo, pero siento que algo va cobrando sentido.

—Toma la leche, que es lo único permitido mientras se bendice la tinta. Nada sólido. Acábatela. Con ganas, como si te murieras de sed y la saciaras en el paraíso. Bien. Pronto se te vendrán encima los plomos del sueño, pero no dormirás. Al contrario. Estarás más despierto que nunca e inmóvil, con el cuerpo anclado y el alma vibrante como número, levantisca. Ya se te pone la piel de gallina. Ja. Toda. Mírate. De la cabeza a los pies.

La delicia abrumó a Avi con una violencia inesperada, ajena a la beatitud dulzona, inofensiva, que el joven atribuía a las experiencias místicas relatadas en los libros de su gente. El estremecimiento generalizado no daba la impresión de originarse en o dirigirse a algo remotamente parecido a la paz. Esa delicia, la delicia, tenía más de arrebato autosuficiente que de plenitud extática. La ola de placer que invadía a Avi satisfacía simultáneamente todos los deseos sin cancelarlos, sin contraponerlos, sin tildarlos de carencia y nada más. El placer, espalda de la belleza, tan brutal como su anverso, lo torturó hasta dejarlo quieto, boquiabierto, estulto, expectante, insatisfecho y listo para empezar de nuevo. Porque el placer constata incesantemente lo que la belleza sabe. Porque el placer olvida lo que recién ha aprendido o consumado y vuelve a empezar por el principio incapaz de sustraerse a la insistencia de los ciclos. Porque el placer no sabe hartarse de sí mismo. Vuela, eso sí, pero anticipando la vuelta al mundo.

Tras las alturas, Avi quedó con la sensibilidad tumefacta. El ambiente adoptaba matices indefinibles, arbitrarios. Así, no supo qué pensar cuando la blanca llenó la habitación de velas que encendió al compás de un tarareo reiterativo. Fue entonces que decidió moverse y corroboró que no, que por obra de la leche quedaba contenido en un cúmulo de carne ingobernable. La voluntad era condenada a ser toda potencia, sin acto, sin armas ni herramientas ni elementos con qué impactar la realidad circundante. La vida, pues, quedaba reducida a su mínima expresión, a la pasividad de la mirada. No obstante, la parálisis no desataba en el joven ninguna inquietud. Al contrario: confiaba más que nunca en esa mujer estrambótica e iluminada que daba la sensación de haber recorrido todos los caminos antes de acompañarlo en el suyo.

Las seis primeras velas fueron dispuestas en el suelo formando un círculo amplio. Luego, cada vela fue rodeada por otras seis. Las cuarenta y dos flamas iluminaban salvajemente el interior del chozo cuando la vieja ordenó que Avi ingresara en el círculo de luz. Algo ajeno al muchacho y a la voluntad, ya marginada, obedeció sin chistar llevando al cuerpo hasta el lugar exacto. Sin saber ni cómo, Avi se vio de pronto sentado en el centro de los fuegos mientras la blanca salmodiaba obsesiva al tiempo que cogía unas tijeras de muelle repletas de inscripciones. El bronce de las tijeras parecía bruñido para la ocasión. Sus resplandores alardeaban dándoselas de oro en tanto la vieja comprobaba la resistencia del mecanismo. Tres veces las abrió y tres veces las cerró, quedando evidentemente complacida por el resultado. Entonces, aumentó el volumen de la retahíla, ingresó al círculo de flamas y cortó un mechón del cabello de Avi que quemó de inmediato en la flama de uno de los cabos. El olor a pelo quemado invadía el cuarto entero cuando la vieja cortó un nuevo mechón y lo quemó con otra de las flamas. El procedimiento se repitió en cuarenta y dos ocasiones, dejando el cráneo de Avi casi al rape y la estancia completamente ahumada. Llegado este momento, la vieja abrió una caja con la tapa maltratada para extraer una navaja también cúprica con la que se dio a batir jabonadura. Cuando estuvo a punto, la untó en la cabeza de Avi y completó un afeite casi perfecto antes de volver a la caja para sacar esta vez un punzón de bambú rematado en tres puntas pequeñísimas y de filo excepcional. Revisó el instrumento, lo dejó sobre la mesa y tomó el cuenco que había usado para dar la leche a Avi. En éste, mezcló un sinfín de elementos que obtenía o de la caja o de entre sus ropas o de algún lugar en las inmediaciones de la cabaña, pues salió al menos tres veces, regresando al poco tiempo. Retornó de la última salida con un ato de salvia muy parecido al utilizado en el río subterráneo, pero seco, y con un tizón sostenido entre las tijeras grabadas. Acercó el tizón a la salvia. Luego dio varias vueltas al círculo de velas ahumándolo todo entre plegarias y encantamientos. Entonces tomó el punzón, introdujo el extremo en el preparado negro del cuenco, sopló siete veces mientras el exceso de tinta escurría, apoyó los filos menudísimos en la testa y, con ayuda de un pequeño bloque de madera, comenzó a tatuar lo que terminarían siendo cinco líneas de caracteres sánscritos que, partiendo un dedo atrás de la línea del cabello, se extendían hasta llegar cerca de la protuberancia occipital.

Pasado un rato largo de deleite, Avi se percató de que el rumor insistente que detectaba a lo lejos se originaba en él mismo, en su centro. El sonido se fue alojando en la piel y se convirtió en una sensación táctil que lindaba los agobios del dolor sin parecérsele a las claras. Así debían doler las coronas de espinas que imponían los romanos a los sediciosos hermoseándolos para el fin. "No es decente irse a morir con la cabeza descubierta", se había burlado su padre en un raro acceso de crueldad que al Avi niño no le pasó desapercibido. Pasaban por la plaza de las ejecuciones cuando el leproso que hacía de verdugo sustituto poco antes de las plagas tejía las ramas cuidando que las espinas más largas apuntaran en el mismo sentido. "Pobre gente", se dijo Avi sintiendo asco por los dedos puercos del verdugo que sangraban de tanto pinchazo que el sustituto ni sentía por la avanzada enfermedad. "No lo mires. Nunca es bueno cargarle la mirada a los que han visto todo ese miedo", explicó el padre antes de echar un vistazo al sol para cambiar el tema aludiendo a lo tarde que era. Con idéntica intención, la vieja fue adornando el tat-tat-tat del punzón con melodías tarareadas primorosamente alrededor de esos tresillos perfectos. La base rítmica distrajo a Avi del dolor sumiéndolo en un trance breve pero intenso que no era muy distinto al abandono de la danza, esto a pesar de la inmovilidad a que el tatuado seguía sometido. Entonces la escisión: el espíritu danzaba, el cuerpo padecía y Avi era ambos a un tiempo. Placer y displacer. La dicotomía lo hizo apretar los dientes hasta el desvanecimiento. El pobre recobró el sentido aliviado, a pesar de que el dolor era más fuerte que nunca. A la izquierda de las cinco líneas de caracteres, la blanca había tatuado un triángulo equilátero dentro de un círculo perfecto; a la derecha, un círculo perfecto contenido en un triángulo equilátero. El silencio era tan intenso que más de uno hubiera jurado que sí, que aguzando el oído se advertía el vago runrún de la sangre agolpándose bajo la piel inflamada a tinta y puyas.

—Estás cerca de convertirte en uno de nosotros. El nuevo hermano. El nuevo hijo. Todos los que aquí estamos somos tus hermanos, tus hijos, tus padres y tus madres. Tienes suerte: la arcana quiso que se te dibujara lo indeleble en la cabeza, un lugar reservado a los santos de vida larga que han de ocultar su origen por el bien de todos. Y ya está. Ahora duele como hierro al rojo, pero verás que el emplasto de ganjika te deja como nuevo en unos días. Sobra leche de aquella. ¿Quieres gozarla otra vez? Hay tiempo.

—Pues sí —respondió Avi aliviado al constatar que ya podía hablar con normalidad.

—Entonces párate, sal de entre las luces, vuelve a recostarte y disfruta porque sí, porque se puede. Le cuesta un trabajo a los judíos —criticó gratuitamente la blanca mientras servía el resto de la leche en el cuenco tan manido.

El placer raptó al muchacho con mayor intensidad que antes. La mente cobraba una autonomía que libró a Avi del peso de las decisiones, de las ideas, de las omisiones. De pronto, sintió que los pensamientos asumidos como propios eran más bien entes genéricos que anclaban provisionalmente en la persona adecuada para determinar las inclinaciones, las conveniencias. Las ideas elegían a los hombres en el momento justo, se avenían a ellos para instigarles las suertes, las mandas, las encomiendas. Las ideas eran el arma del destino y el babilonio de nuestra historia, engañadísimo, creyéndose la fuente, el generador. "Cuidado con quienes buscan sembrarte ideas. Son los más peligrosos porque aducen inocencia", recomendaba el papá cuando le daba por ponerse sentencioso de vino y tedio. Avi, acostumbrado a la frase desde que tenía memoria, asumió que era una expresión hueca, una fórmula que ni resuelve ni ejecuta. Pero no. Que no. Los pensamientos se concretaban en imágenes y las imágenes caían meciéndose en la indecisión, en la ligereza, hasta tocarle la piel y hundírsele en ella penetrando, reconformando, redefiniendo. "El que piensa algo, lo que sea, no vuelve a ser el mismo", se dijo Avi convencido. Y la idea de convencerse le produjo tal placer que, sin más, el talante especulativo, las ideas, los pensamientos y su carga de vericuetos se esfumaron dejando otra vez ese placer sin origen ni causa, sin transcurso, consustancial al mundo, paralelo al sueño, cuello de las hembras para ellos, ojos de los hombres para ellas.

Entretanto, la blanca hablaba cadenciosa sabiendo que, mediando el éxtasis descrito, lo dicho, fuere lo que fuere, nunca pasaría de ser música de fondo. Igual le daba.

"Imagina un pasillo sin entrada ni salida; o una palabra que nadie dirá; o un crimen sin criminal, sin víctima. Así de ocioso es pensar en la existencia sin destino, porque el destino es nuestra capacidad innata de incidir en el mundo, de modificarlo. Nadie existe sin modificar profunda e irremediablemente la realidad circundante, igual que nadie modifica el mundo o la suerte o el destino sin antes existir. Vivir es, precisamente, ir modificando el mundo conforme el mundo nos modifica. Pensar es tomar nota de este intercambio, clasificarlo, henchirlo de sentido; pero al hacerlo el mundo cambia también y lo intercambiado, lo clasificado, lo henchido, es nuevamente, de otra forma y bajo otro aspecto. Igual que el día siguiente es una versión única, distinta, del hoy y éste del ayer. Piensa en un desierto. El desierto es sin más. No obstante, ese desierto, harto de jugar a las dunas con el viento, advierte de pronto un movimiento distinto. El escarabajo, por ejemplo. Míralo. Está ahí. El desierto ya no lo es. Por contraste, ha cambiado. El desierto ya no es lo que era por el simple hecho de que el escarabajo existe y no es el desierto. El desierto empezaría a ser lo que no era y el escarabajo sólo podría serlo si asumimos que no es desierto. Nada es lo que era cuando lo otro cobra existencia. Lo otro, el otro, nos modifica automáticamente. Nada, salvo lo Uno, puede ser sin modificar la esencia de lo otro. Acuérdate de la serpiente y el camello de Sambastai. Ni tú ni yo tendríamos sentido en el mundo sin la sabia y el jorobado. Hasta el simple hecho de mirar la hoja de ese árbol que se mueve, modifica a fondo la estructura del mundo y de la vida que en él vivimos. En ese sentido existir es destino. Lo que precede el nacimiento es también nuestro destino, pero siendo que nuestra existencia cambia también lo que nos precedió, terminamos siendo el destino formativo de los demás y ellos el nuestro. Aquí nada juega para sí mismo ni queriendo. Eso sería como inventar un lenguaje cada vez que nace una entidad capaz del verbo. Y no. Y no. O como requerir un mundo independiente para cada ser. Y eso tampoco. En resumen, el que existe está determinado por la existencia de los demás. El albedrío nunca es libre, ni siquiera teniendo la fortuna de ser el escarabajo único y primero en nuestro hipotético desierto. Pero mira nada más: ya sueno a Evaristus. Si supieras las que el destino le ha jugado a él, ni a preguntar "¿por qué yo?" te hubieras atrevido. La misma pregunta me planteó él hace menos de quince años, mientras le tatuaba yo los signos. Era un jovencito mi Evaristus y le acababan de desgraciar la belleza para romperle el alma —no pudieron, porque al desfigurarle el rostro lo pusieron de camino a la montaña y en ella el alma, lejos de morírsele, creció hasta entonar la música de las esferas celestiales—. Igual que tú al huir de aquellas plagas, Evaristus tenía miedo de perderse. Era joven y estaba herido. Todo él era una herida cuando echó a andar pisoteando las primeras nieves de ese invierno ingente, crudo, medular. Un Adonis humillado, un Adonis ofendido se alejaba cabizbajo en dirección a ya lo sabes. Pero él no lo sabía, como tú tampoco al llegar en caravana dotado para la vida con un pedazo de bdellium. En su inocencia, torció el camino y terminó acosado por un temporal que le dificultó buscar refugio. Sin querer, fue a toparse con una cavidad que le permitió pasar la noche y los primeros momentos de la mañana. La ventisca cedía y con ella la nevada que impedía a Evaristus ver a un palmo de sus narices. Al abrir los ojos, el milagro estaba ahí: a cuarenta y dos codos se levantaba una cabaña de piedra probablemente deshabitada, a juzgar por la gran cantidad de nieve que bloqueaba la entrada y por la falta de humo, huellas u otra señal de vida en las inmediaciones. El momento, según me dijo personalmente, era sobrecogedor: el frío lastimaba más que la tormenta de la noche anterior; encima de la chimenea brillaba todavía una luna roja con proporciones de sol. Gigantesca. Juró no tener fuerzas para llegar a la entrada, pero fue en vano.

Con la nieve hasta la mitad del muslo, empujó la puerta, que se abrió prácticamente sola al no estar cerrada por dentro. Las cornamentas de íbice que adornaban cada lado del lecho eran aún más grandes que la de la entrada principal. Al revisar la estantería, encontró conservas, aperos, dos trampas, una espada y un hacha, todo en buen estado a pesar de que la gruesa capa de polvo revelaba desuso. Habiendo entrado en calor y tras mordisquear la carne seca de uno de los frascos, revisó los alrededores de la alquería. El cobertizo adjunto había perdido buena parte de su techo, pero al menos la mitad de la leña ahí guardada podía usarse de inmediato si conseguía yesca suficiente y un par de buenas piedras. Vaya ironía el haber estado a tiro de piedra de ese paraíso cuando la nieve le negociaba una muerte por exposición a unos pasos de la entrada. El destino y sus jugadas. Nadie pasó por ahí mientras Evaristus se reconstruía a solas, como un animal al fondo de su cueva. La nieve no cedió durante poco más de una semana y él, guardado, manoseando sus rencores, administrando esa soledad absoluta que apestaba a locura por las noches. Tenía tanto en qué pensar que no lograba pensar en nada. Si no fuera por la necesidad de mantener el fuego encendido, yo creo que Evaristus podría haber perdido el juicio, aunque él lo niega. Ni en sus peores momentos, dice, sintió perder las riendas de su yo. Ya te digo que yo creo otra cosa, pero no le comentes cuando lo veas. Para qué", acotó la vieja, medio avergonzada por pasarse de la raya con sus apreciaciones. "Decía que la nieve no paró en más de una semana. En ese lapso, el pabellón dejó de ser paradisíaco para convertirse en el último encierro. La nieve cubrió el refugio casi por entero sin que Evaristus quitara la vista del fuego. La chimenea trabajaba a destajo con lo que buenamente pudo el joven acarrear antes de que el techo restante del cobertizo se derrumbara, lo que en nada le afectó, pues casi toda la madera que no pudo recuperar estaba húmeda. Comía nueces, granos y avena con agua porque la carne seca, a pesar de estar en buen estado, le resultaba nauseabunda. Y miraba el fuego de reojo, de frente, de soslayo, de hito en hito o fijamente, con la disposición marchita, encuerada, sobrexpuesta. Y la nieve no acababa, danza que danza, montándose en los hombros de sí misma para ver más lejos, sepultando a Evaristus. Ay, mi niño. Lo que ha padecido", lamentó la blanca enjugándose una lágrima invisible con el extremo de la manga. "Seguía mirando el fuego mientras dormía. Imagina que tu vida, tu esperanza, tu comida, tu calor, se consumieran frente a tus ojos en ese fuego de entre hielos. Afuera, la nevada amainaba dejando sepultada prácticamente toda la cabaña, a no ser por el tiro de la chimenea. Dentro, tu señor, crisálida, ignoraba el armisticio de la nieve al tiempo que se convertía en un hombre muy distinto al que entrara al pabellón unos doce días antes. En total, Evaristus pasó veintidós días ahí dentro, comiendo lo posible y rogando que el sol lo sacara vivo de ahí. Poco antes de animarse a salir cuando la nieve al fin lo permitió, no estaba seguro de vivir ni de haber muerto. Así de trastocado lo tenía el destino que te digo. Porque venía de otros horrores. Había perdido la noción del tiempo, del día y de la noche. El fuego, que debía haberlo cegado, le dejó los ojos íntegros, aunque de un tono distinto. Yo pienso que se le metió hasta el fondo del alma y lo calmó, lo cauterizó, le incineró los odios y le enseñó la profunda belleza de su fealdad, el sentido del sinsentido en que se había convertido su vida en un tris, así como así, de repente, como si tal la cosa."

La vieja tronó los dedos sacando a Avi del trance voluptuoso que lo retenía. Le revisó las pupilas, los colores de las encías, le palpó el mentón, le tocó la frente.

"Te queda ensueño para rato. Qué suerte tienes", dijo al tiempo que le limpiaba saliva espumosa de las comisuras. Con la manga. "El fuego y lo que se encontró al salir lo modelaron: entre los restos todavía abundantes de la nevada, en el costado norponiente del pabellón, se entreveía una lápida tallada con la mitad izquierda del escudo familiar. Eso significaba que ahí yacían los restos de una pagala importante. ¿Qué sentido tenía? Intrigado, Evaristus se arrodilló para quitar la nieve a mano limpia. Bajo el medio escudo encontró la talla de un triángulo dentro de un círculo, idéntica a la del tatuaje que semanas antes le había yo hecho. Rápido de mientes, ató los cabos sueltos que sin querer yo y otros le habíamos ido dando y sospechó que estaba ante la tumba de su madre. Las sospechas se volvieron certezas cuando el deshielo reveló partes de una osamenta en las inmediaciones del sepulcro. El cráneo y la mayoría de los huesos largos habían sido desperdigados por los carroñeros, pero las vértebras permanecían en tosca hilera sobre la tumba. A corta distancia, entre la tierra y varias falanges, Evaristus encontró el anillo con el sello de la casa, idéntico al del tío e idéntico al que él se había quitado antes de partir. El muerto diseminado era su padre, que quién sabe por qué ventura o desventura había ido a morir sobre la tumba de su última esposa, la que el hermano y yo mandamos cavar por órdenes suyas. Así se las gastaba don Evaristus. Y así se las gastó el destino a su heredero. Una luna pegado a la tumba de una madre que nunca conoció, junto a los huesos desperdigados del padre cuya ausencia lamentó hondo cada día. Se probó el anillo. Le ajustaba perfecto. Lo usa desde entonces", remató la vieja antes de irse a buscar la ganjika molida, la manteca y otros ingredientes del emplasto que aplicaría a Avi para sanarle la marca. Cuando las cosas estuvieron a punto, se dio a las mezclas escuchando los débiles gemidos de placer que Avi emitía de cuando en cuando.

"Muévete lo menos posible para evitar la náusea. Nuestra leche y el movimiento repentino se llevan mal. Así. De lado. Con calma. Entrégate. Bien. Ya pasó. Te contaba del encuentro que la vida le regaló a Evaristus después de haberlo deseado como el ciego a la luz. Obviamente, los hechos fueron distintos a lo anticipado en las plegarias, pero al cabo se le concedió. Conoció a su padre de modo bien peculiar. Lo tocó. Lo sirvió al reunir cada hueso que pudo encontrar en los alrededores. Al meditar sobre la posición de los huesos y analizar las marcas dejadas por éstos sobre la tierra, concluyó que su padre adorado se había tendido a morir al fresco sobre la tumba de mamá. La posición de las vértebras dejaba pocas dudas. Como fuera, el que su padre hubiera terminado los días en el famoso pabellón de caza a solas con la dama, enterneció a Evaristus. Esos dos no sabían ni morirse distanciados. Quiso el hijo que la pareja volviera a acariciarse y para ello excavó hasta dar con el sudario de la madre. Desamarró las cintas funerarias y removió la tela para permitir la entrada de los huesos paternos. Lamentó muchísimo no poder reunirlos en forma por la falta del cráneo, pero al amarrar nuevamente los lazos le embargó la certeza de haber tomado la decisión correcta. Cuando aman, Avi, hasta muertos se las arreglan para abrazar. Soy una vieja cursi. Qué historia tan linda", resumió la blanca limpiándose la nariz con el dorso de la mano izquierda. "Reunidos los padres, el hijo dibujó con un pedazo de carbón la otra mitad del escudo familiar que faltaba en la lápida original. Tenía la intención de vagar por ahí unos días, pero a la mitad de esa noche se presentó en el pabellón un albino para conducirlo a su montaña. Hace quince años de eso. Hoy eres tú el que llega. Fuimos puntuales, Avi. Cumplimos."

—¿Y ahora qué? —preguntó Avi, sorprendiendo a la anciana por la soltura con que hablaba a pesar de aquella leche.

—Goza tu pregunta, grábatela, querido, porque no volverás a buscarle respuesta. Ahora esperamos que los cielos den la orden para tu iniciación. La posición de las estrellas, las volutas de los humos sagrados, el vuelo de ciertas aves y varios factores más tienen que coincidir hoy, mañana tal vez. Cuando se trata de las alturas mayores, son otros los que dicen sí o no, los sabios, los ungidos por la arcana. Mi trabajo termina al embarrarte esto. Tú quieto —interrumpió la mujer iniciando la aplicación cuidadosa del ungüento. El olor a ganjika se adueñó de la cabaña—. Siéntela en la piel. Siente cómo se va metiendo en el cuerpo para ensanchar, para sanar, para dar al mundo un sentido diferente. Estás teniendo el encuentro más importante de tu vida. Tienes ahora en la cabeza tu razón de ser, tu herramienta, tu arma. El millar que vive en el paraje se dedica a las ganjikas desde el inicio de los tiempos. Ellos les conocen los caprichos, las virtudes, los excesos. La planta divina nos ha provisto en abundancia. Quienes la siembran de continuo viven lejos, cerca de la barranca mayor de este valle. Ellos tienen su mundo, nosotros el nuestro. Cuando ellos cumplen, otros con habilidades distintas se encargan del curado, del procesamiento si lo hay, de los preparados. Porque la ganjika que se inhala es distinta a la que se unta y a la que se come, y de nada le sirve a un enfermo de tristeza la preparación tópica, por ejemplo. Estos preparadores, Avi, siguen instrucciones precisas que dan a las ganjikas su poder restaurador e iluminador. Luego, una vez al año, entrado ya el otoño, nuestro pequeño ejército distribuidor entra al juego. Los jóvenes más confiables halan sus jumentos cargados y se dirigen a los cuatro puntos cardinales para llevar la mercancía. A su regreso, traen consigo lo trocado, artículos específicos que hacen falta. Pocos, pero indispensables. La vida ha cambiado mínimamente desde que los choznos de nuestros choznos se entregaron a este comercio que reparte destino a su manera, sin que nadie sepa cuál es el origen de nuestro tesoro, porque hay de ganjikas a ganjikas, y las que crecemos aquí son incomparables en efecto y aptitudes. Cientos han tratado de seguir a los llevadores pero ninguno ha llegado con ellos a la vuelta. La montaña se encarga. La arcana.

—¿Cómo es ella? —inquirió Avi ilusionándose por la simple posibilidad de averiguarlo—. ¿Sabe volar?

—Sabe todo. Sus ojos se llenan de luz al mirar cualquier cosa y entonces ilumina. Vino al mundo para dar luz a los hombres, cuando las montañas éstas eran jóvenes, en otro lugar, lejos, en otro tiempo. Y cuando llegó aquí huyendo escoltada por valientes, la recibieron, la glorificaron, la ocultaron los sembradores de ganjikas con un amor y una fe dignas de encomio. Ni siquiera se les ocurrió pedir alguna prueba de su poder infinito, de su amor, tan grande y hermoso como el de todas las mujeres juntas. Qué momento para la historia de los pueblos, para los lugareños, para nosotros.

—¿Quiénes somos? —aventuró medroso Avi.
—Los que supimos escucharla desde antiguo. Cuatro linajes acompañaban a la arcana cuando llegó: los guardias, que no la dejaban ni a sol ni a sombra, a menos que ella lo exigiera; los albinos, quienes le servían de mensajeros; las mujeres, que empezaron interpretando sus palabras de diosa para que los hombres entendieran y terminaron por ser encantadoras expertas; y los ungidos, tres sabios o magis que protegen el conocimiento numérico, geométrico, mágico, esencial, administrándolo de acuerdo con los tiempos. Somos los descendientes de esos linajes antiguos. Los esclavos de la niña, de sus ojos-soles. Somos el diamante que se esconde en el diamante, el secreto maravilloso de las cumbres. Los ganjikeros llevan eones protegiéndonos y nosotros a ellos. A cambio de su secreto, hemos dado alma a sus plantas asegurándoles el sustento. Las ganjikas de esta montaña, chiquito mío, son diosas en sí mismas. Curan, divierten, excitan, engañan, enseñan. Nos gustan y les gustamos. Nacieron para nosotros. Ahora ya tiene algo de sentido responderte la pregunta: no somos. Yo soy heredera de un montón de viejas que pueden todo lo que ella quiere, cuando ella quiere, cuando manda. Mi bisa decía que nacíamos viejas para no distraernos con hijos y hombres. Quién sabe. Inventaba cada cosa… pero acababa por decir la verdad tarde o temprano. Tú, hasta donde sé, llegas para ver lo que otros no, para fundirte al círculo cerrado e íntimo de Evaristus, el señor de señores, el líder de los tres, el benévolo, el señor del tilo, el iracundo, el amoroso, el

consorte, el de la dulzura extrema, el áspero, el geómetra, el mago, el gran maestro de sabiduría que sabe sentarse a la diestra de Sofía. Tu destino está ligado al de las ganjikas. Me lo dijo él. Vienes a buscarlas. Vienes a encontrarlas. Vienes para llevarlas. Vienes para irte y luego regresar y volver a hacerlo. Verás.

Avi tenía los ojos en blanco, la boca abierta. Tras verificar minuciosamente que el muchacho no corría peligro de ahogarse con su propia lengua, la blanca uso un palito para evitar que la boca se cerrara por accidente. Tomó una pizca de sal, se la puso al boquiabierto en la lengua y le escupió antes de tatuarle un círculo defectuoso en la parte interna de la mejilla derecha y un triángulo quizá peor en la izquierda. La blandura de la carne ensalivada hacía difícil el trazo más simple. "Es igual", se dijo a media voz sabiendo que lo importante eran las cicatrices consecuentes, no el trazo. "Toca la circular con la punta de la lengua para corroborar la pureza de intenciones; la otra para saber qué conviene y qué no conviene decir a tus huéspedes. Confía, insisto. Se te da bien. Demasiado, a veces." A pesar de la postura estrambótica, Avi escuchaba y comprendía. Las mejillas le ardían; por más que intentaba, no podía lamerse las heridas porque la lengua simple y llanamente se negaba a obedecer. "Nunca vuelvas a comer animales, ni vivos ni muertos. Respeta a tu compañera. Defiende al débil. Desprecia el oro. Si puedes, calma el dolor, el hambre y la sed de lo vivo. Para llamarla, para atenderla, para invocarla, para acudir a la riqueza de nuestro tesoro, ponte una toga blanca y aprieta en la mano derecha un ágata de la tierra del Kushan. ¿Listo?", preguntó la añosa al tiempo que le quitaba a Avi el palito de la boca. Los ojos antes blancos volvían a tener mirada. La sal y la escupitina se le mezclaban en la boca. Tragó. Le volvió de pronto un poco de la suficiencia experimentada en la plaza de Bibakta al ponerse la ropa aquella. El dolor de la cabeza cedía, el de las mejillas aumentaba, pero ninguno pudo distraer al joven de la mirada inamovible del aya. Se dio cuenta de que lo invitaba a perderse en la nébula de sus ojos. Aceptó.

*

Al recuperar la conciencia, caminaba con la frente en alto. No tuvo que bajar la mirada para saber que vestía una toga nívea, elegante, ligera y con una caída excepcional que le iba acariciando la piel a cada paso. La seda era tan blanca que proyectaba los resplandores de las antorchas aledañas. Frixo y Anpú encabezaban la procesión, también ataviados con seda impoluta pero, a diferencia de Avi, llevaban la cabeza encapuchada, por lo que el muchacho fue incapaz de reconocer en ellos a los protagonistas del desbarajuste de la plaza. A su derecha, la blanca renqueaba ayudándose con la rama que el joven le regalara mientras iluminaba la ruta con una antorcha más pequeña y liviana que la de los otros dos. Pasados unos segundos, Avi cobró arrestos para verificar lo que sucedía a sus espaldas: más de un ciento de hombres y mujeres, todos de blanco, portaban antorchas que daban a la escena una solemnidad particular, ajena en cierto sentido al contexto multitudinario en que se desarrollaba la marcha por el silencio aderezado con el roce de las telas, con los jadeos inherentes al ascenso.

Sintió frío en los pies y notó que estaba descalzo. Las manchas de lodo le llegaban hasta la mitad de la pantorrilla, lo que sugería que el camino andado había sido aciago. Se ocupó entonces de la carne viva del tatuaje; estaba apaciguada. Palpó la cabeza buscándose el emplasto, pero nada de ganjika o grasa le devolvió su pesquisa. Acaso los dedos sugerían el olor característico de la planta, pero tan débilmente que Avi no supo determinar si el aroma era memoria o presente. Tampoco dolían los crudos garabatos de las mejillas. Constató con la punta de la lengua y sí, estaban ahí. El roce de la lengua en las heridas detonó inmediatamente una confianza laxa.

No tenía idea de cuánto tiempo llevaba caminando. Tampoco la tenía sobre el destino que le aguardaba, pero su disposición había cambiado. Era como si la respuesta a todas las preguntas residiera en él. No hacía falta procurarse respuestas ni con la intención. La fe nueva le embargó temores, culpas, dudas. Imaginó la tierra lista para hacerse de semillas, la tierra fértil que los parientes más pobres araban en primavera para no morirse de hambre en el otoño babilónico de las invasiones, de la enfermedad. Él era esa tierra que ofrecía la salvación. ¿Y las semillas? ¿Y el azadón? Se le ocurrió que el azadón era la vida. Así de simple. Así de llano. A cada paso se le entrometía la luz de esos fuegos piadosos en la piel inexperta. En la piel dulce. En la piel tersa de la juventud. Y la juventud, ese pretexto que sirve para casi todo, le redobló los ánimos empujándolo a quién sabe dónde en pos de quién sabe qué semilla. La suya, en cualquier caso.

Se detuvieron al dar con una pared de roca que se perdía en la oscuridad de las alturas. Frixo trepó a un monolito para destacarse ante los antorchados, sacó una campanilla de entre sus ropas y la agitó en lo alto. En respuesta, la multitud encendida hizo repicar un ciento de campanillas semejantes. Luego, el silencio de las cumbres, que no se parece más que al del abismo porque viene del mismo sitio para encontrarse a la postre con lo mismo. El enano volvió a hacer sonar su campanilla con envidiable dramatismo y los montañeses lo imitaron con mayor largueza, dando la impresión de prolongar la respuesta para evitar la oscuridad de un silencio análogo al primero. Seis o siete campanillas resonaban todavía cuando Frixo insistió por tercera vez. La respuesta de la multitud fue muy distinta en esta ocasión, pues de pronto todos, incluidos la vieja, Frixo y Anpú, tiraron las antorchas para después apagarlas a pisotones. El olor a hojarasca chamuscada con un toque de cuero se esparció por esa cumbre mientras la gente se sentaba con las piernas cruzadas y la suela de las sandalias renegridas por el fuego apisonado.

Sin ver ni la punta de su nariz, Avi jugó a abrir y cerrar los ojos nada más para saber si era posible notar la diferencia. Al tercer parpadeo creyó advertir un resplandor a poca altura del muro de roca. "Ideas mías", se dijo en el preciso momento que la luz lo desmentía. Un resplandor algo más intenso y menos fugaz se fue dibujando hasta develar la entrada de una cueva situada a unos diez codos del suelo. El acceso tenía la altura de dos adultos cuando menos y la anchura era todavía mayor. Avi se preguntó si la supuesta leche seguía tramando jugarretas, pues no recordaba haber visto nada semejante en la pared de roca antes de que los fuegos se extinguieran, pero qué duda cabía. La cueva estaba ahí. Pensaba corroborar con la vieja cuando un joven de blancura absurda se concretó en la boca de la cueva llevando en la mano izquierda una antorcha ligera, similar a la que portara la blanca momentos antes. Un escalofrío invadió a Avi al recordar al albino de las nieves. La mujer lo vio de reojo antes de sonreír discretamente.

Al joven le siguió otra de su tipo que se distinguía de aquél por un tocado rico en flores anaranjadas. La mujer arrastró una escala del interior a la entrada de la cueva y, usando el reborde como punto de apoyo, la fue bajando peldaño a peldaño hasta que el peso hizo necesario que alguien la ayudara desde abajo. Anpú se adelantó unos pasos para hacerlo y cerciorarse de que la escalera estaba firme. Convencido de la estabilidad, esperó a que la mujer saliera de nuevo a la boca de la cueva para pasarle una segunda escalera y después una tercera, acaso más pesada que las otras dos. La blanca se acercó al muro de roca, le recargó el bastón-rama y subió sin demasiado esfuerzo hasta donde el albino podía echarle una mano. Ya arriba, la innominada exigió a señas que le pasaran la rama, a lo que el enano se aprestó medio avergonzado por no haberlo hecho motu proprio.

Entretanto, Anpú se acercó a Avi para indicarle que subiera por la escalera del centro. Hasta entonces se percató el muchacho de que los pies helados presentaban raspones y magulladuras menores que, aunque molestos, no dificultaron el ascenso. Al estirar la cabeza para echar un vistazo en el interior de la cueva, se encontró con una escena inesperada: Evaristus en persona, hercúleo y vestido de seda nívea igual que los demás, desataba las sandalias de la anciana. La humildad del cuadro contrastaba con el personaje inusitado, distante, que el místico había representado para atraer a Avi. Entonces tomó una jarra de alabastro, una jofaina del mismo material y procedió a lavarle los pies al aya en tanto la dama tarareaba encantada acariciándole el cabello.

La mano que le ofreció el albino terminó con el aire beatífico del reencuentro entre ambos personajes. Al arreglarse las ropas, Avi distinguió a otras dos figuras encapuchadas que subían de la oscuridad repentina al resplandor de la oquedad por las escaleras laterales. Molesto consigo mismo por la distracción, el joven se olvidó de quienes venían detrás. Al volverse, vio que el magi Evaristus secaba los pies limpios con una borla de lana cruda antes de calzar de nuevo a la añosa. La ayudó a incorporarse y se adentró con ella en la galería llevándola del brazo. La estampa tenía un aire conmovedor acentuado por la diferencia en altura y complexión. Cada pocos pasos, el aya le recargaba la cabeza unos instantes y después la separaba para seguir mirando fijo al otro con la cara levantada, como niña que busca nidos en las ramas elevadas. Cuando se acercaban al recodo, Avi se dio cuenta de que la mujer había dejado el bastón en el suelo, pero mejor que advertirle rompiendo la bienaventuranza que se respiraba, optó por llevarlo consigo para dárselo después. Por lo pronto, el bastón le venía de maravilla teniendo los pies lastimados. Ensayó algunos pasos sin poderse resistir a imitar los de la anciana pero al poco le enmendó la plana un temor reverencial que ya no lo abandonaría. En ese instante comenzó el recuerdo de la blanca, porque jamás volvió a encontrarla.

Cuando el par se fundió a la penumbra, Avi se sintió inmensamente solo. Redobladamente huérfano. Expósito. Además, los temores que la vieja le dosificaba se aprestaban a mortificarlo. La angustia se le iba de las manos pero la albina del tocado, pendiente al extremo del muchacho, fue y le tomó una para llevarlo otra vez cerca del banco en que había estado el aya. Lo hizo sentarse sin decir ni pío y tomó la jarra de alabastro que el magi había usado con su nana. Le lavó los pies, los tobillos y la mitad de la pantorrilla con una devoción conmovedora. A una distancia prudente, el albino de la antorcha aguardaba junto con los dos personajes que habían subido por las escalas laterales. Cuando la mujer terminó de secarle los pies con la misma borra de lana, instó a que Avi se pusiera de pie para seguirle en dirección al recodo en que Evaristus y la blanca habían doblado, el único camino posible. Sobre su hombro, vio como el albino ayudaba a que otro se sentara para lavarle los pies luego del ascenso.

Faltaban seis pasos para llegar a la vuelta cuando la albina de las flores se detuvo. Hizo un ademán denotando que Avi debía seguir solo o, cuando menos, hacerla de avanzada. Los miedos que se habían soltado el pelo al ausentarse la vieja con Evaristus se sosegaron ante la expectativa del reencuentro con la amiga, mas eso no obstaba para que la oscuridad apenas contenida por el fuego remoto de la antorcha dejara de ser intimidante. Sin pensarlo mucho, continuó andando al tiempo que apretaba la empuñadura de la rama por instinto. Viró a la derecha siguiendo el pasillo para encontrar tres fuegos que, a una distancia aún considerable, iluminaban una cámara mediana que parecía dar fin a la galería. Al aproximarse vio que las lumbreras efectivamente revelaban una cámara con unos cincuenta codos de ancho por algo menos de fondo. Las paredes y el techo de la gruta estaban cubiertas con inscripciones caóticas de muy diversa factura, algunas labradas en la roca, otras escritas a la ligera con tiza. Los caracteres eran irreconocibles para Avi, pero no se le escapó que eran muy distintos entre sí como para pertenecer al mismo alfabeto o contener el mismo lenguaje. Se preguntaba cómo habrían alcanzado el centro del techo de la cámara para trazar lo que parecía estar a la altura de cuatro hombres espigados. No vio andamios o cosas semejantes. Tampoco vio alguna salida distinta a la que había usado él para entrar. Y no obstante, ni rastro de la vieja o Evaristus. Se estremeció.

Salía del estremecimiento cuando algo se movió en la zona mejor iluminada. Una niña muy blanca de unos ocho años, delgada, vestida igual que el resto, estaba sentada y se entretenía formando un montoncito de arena entre sus piernas. Tan clara era la piel que Avi, en un primer reconocimiento del sitio, la había confundido con la claridad de las piedras que la chiquilla tenía a sus espaldas. El cabello le caía sobre el rostro, lo que impedía al joven cerciorarse de lo que prometía ser la cara más bonita del mundo. La luz de las flamas que la rodeaban parecía provenir de ella más que iluminarla. Lucía tan sencilla, tan abstraída, tan plena, que el joven sintió pena de interrumpirla. Se disponía a aclarar la garganta cuando la chiquita levantó el rostro para inundarlo con la luz de su mirada. El azul de los ojos era intenso, vivo, idéntico en el tono a los ojos que le cerrara en la sede de ingenieros a su Hannah. Viéndolos bien, el parecido iba más allá de la tonalidad. Por dios. Era Hannah quien lo veía atentamente desde la esquina esa, la de las luces. El cabello, la boca. La inocencia también. Su frente estaba límpida, sin el hilo de sangre que ensuciaba el recuerdo de sí, el origen.

Avi se cubrió el rostro con las manos y se postró desolado, dispuesto a aceptar lo que viniera. Estaba de más deshacerse en disculpas. Lo había hecho antes y después de morírsele la hermana, tanto que no encontró sentido en insistir. El daño era el daño.

—Teníamos miedo, dijo entre dientes.

—El fatal decoro del miedo —le sentenció Evaristus al oído mientras el chico seguía tapándose la cara. Al instante retiró las manos y se replegó del susto.

El deforme que con su letrerillo tetralingüe le cambiara el destino en las inmediaciones del mercado, el que le despertara en los hornos derruidos de Bibakta, el de la plaza, era bien diferente al que ahora, encuclillado, lo miraba transmitiendo una serenidad incompatible con el Evaristus de antes. Los desfiguros del rostro lucían menos contundentes bajo la escasa luminosidad, pero algo además de la luz suavizaba el conjunto de ese hombre sobrenaturalmente hermoso a pesar de la fealdad rotunda.

—Guarda tus preguntas para después, que serán respondidas. Ahora vive el para siempre, el imposible, lo ingenerado. Míralo, Avi, mira cómo te mira. ¿Sientes el amor? ¿Lo atemporal? Porque a eso viniste. En su presencia, el tiempo se detiene. Lo mismo la enfermedad, la vida, el día y la noche… todo lo que transcurre. Por eso ella es tu hermana, tu madre, la mía, tu padre, el perro, el ave, la hija. Arcana es la palabra que diseñó para contenerla, que no para representarla. Eso sería un nombre y ella no se llama. Ni nace, ni muere, ni habla. Juega con sus trece canicas de ágata que no se rompen por más que lleven milenios chocando. Nunca lo ha confirmado, pero creo que el azar le propone destinos y ella va eligiendo según la disposición única de sus trece esferitas. Cambian de color cuando las toca. Fíjate.

El montoncito de arena que la niña formaba entre sus piernas ya no estaba. De pronto, de las pequeñas manos surgieron una a una canicas de colores cambiantes. El tamaño de las ágatas hacía imposible que la arcana las hubiera guardado en una o las dos manos pero ahí, ante los ojos de Avi, las trece esferas fueron conformando un medio arco. La generación espontánea aceleró el pulso del joven al recordarle el cuchillo mellado, las monedas.

—¿Cómo es que ella y Hannah…

—Ella es Hannah. Es lo debido para cada quién. Tilia es indescriptible, puesto que dos no logran nunca verla igual. Para mí, ahora mismo, es mi madre. Le gusta encontrarme así. Tú miras a tu hermana. Los que vienen contigo esta noche verán lo que ella disponga. Tilia es todo en simultáneo. O nada. Es una discusión muy vieja iniciada entre letrados que juraban, en un momento dado, que la niña les miraba, lo que era imposible porque nadie puede mirar atenta y simultáneamente a siete que le formaban círculo alrededor. Al inquirirle respetuosos, ella se convirtió en un animal distinto para cada sabio, todo en el mismo instante. Uno dijo verla serpiente y el de enfrente la describió garza, lo que sucedió exactamente cuando un tercero se echó de espaldas para protegerse del tigre que se le acercaba. Igual con los otros cuatro, cada uno a su modo. Nunca, te digo, hemos logrado describirla, porque ella es y no es lo que sea al mismo tiempo y bajo el mismo aspecto. Carece de principio de identidad. Sin embargo, hay registros anecdóticos que coinciden al decir que se presenta hecha árbol para invitar a la reflexión bajo la copa. Tilo, por lo regular. No se puede negar que al rogarle con el apelativo de Tilia, los asuntos se facilitan, se resumen, se resuelven o se esfuman.

—Ya no está —dijo Avi de repente.

—Siempre está. En cualquier sitio. Es el corazón de cada uno. La luz de todos, la que siendo luz nos cubre, nos rodea enteramente sin que la notemos. Tú eres Tilia si ella así lo quiere. Pídele permiso y si te anima, ruégale una muestra. Sabe convencer y para eso se vale de argucias imprevisibles. Es la maravilla. Nada se puede anticipar tratándose de ella.

En ese momento, la omnipresente que no estaba avivó la flama de sus lumbreras, acto simbólico que antecedió el verdadero milagro: cada una de las inscripciones que tapizaban la cámara cobró sentido para el muchacho. Cada sentencia, los nombres, el sentido intrínseco de las iluminaciones, las fechas, los símbolos eran explícitos, transparentes. La gran certeza fue en él. Todos los sentidos agolpados. En un parpadeo Avi se hizo con la tradición entera de la arcana, desde las brumas del origen hasta ese instante que ya había sido y sería infinidad de veces. El don de lenguas y significados abolió las dudas. Entonces, las sólidas divisiones del acontecer en que partimos el transcurso pasado, presente y futuro, se fundieron. La gruta menuda contuvo al mundo entero.

—Qué difícil ser tú —afirmó Avi sabiéndolo en mente y cuerpo—. Qué largo.

—Son los primeros resabios de su gloria. Anda, póstrate, que después de lo que has sabido sólo así se puede vivir, sólo así se puede la paz, sólo así se recupera el olvido. Ruega. Agradece.

Avi conoció el fervor.

Ajeno al mundo, rogó por la entereza para vivir sabiendo lo que nadie más. Ni siquiera tenía idea de por qué rezaba lo que rezaba, pero algo hondo en él indicó que lo venidero dejaba de serlo, ante lo cual el alma se le rebelaba inútilmente por reaccionar de alguna manera.

El trance duró quién sabe, pero lo cierto es que al volver de aquella correría indescifrable e indescriptible cual Tilia, los dos personajes que entraran a la cueva detrás de Avi se postraban cada quien en su arrebato por otros puntos de la cámara. Y otra vez, cerca del fuego, la arcana se dejaba ver, también niña pero otra más altiva, por decir. La chiquita cruzó las piernas y puso ambas manos frente a sí, sobre el suelo. Las elevó lentamente. Conforme lo hacía, iba surgiendo de su palma o de la tierra (imposible saberlo), lo que terminó siendo un trío de hongos de belleza estremecedora, rojos con puntos blancos, de los que sólo crecen al pie de los abetos o de los pinos oscuros. Los amanitas tenían un palmo de altura, con sombrerillos de diámetro un poco mayor. Cuando estuvieron en plenitud, la arcana repitió la operación tres veces más, quedando inmersa en un semicírculo de doce amanitas que, en grupos de tres, daban a la gruta la frescura típica del bosque en las mañanas de otoño.

Evaristus se acercó a la niña, desprendió los sombrerillos poniéndolos en una charola de cobre y después arrancó los pies solitarios devolviéndolos a la arcana. Ella guardó seis en una manga y seis en la otra.

"El eón vital está unido al hombre como este Chrestos al árbol del cuerpo. Sofía eterna, consagra el entendimiento para estar a la altura de lo que te dignas comunicar", dijo Evaristus mientras la niña jugaba ya otra vez con sus canicas. Enseguida, el maestro de justicia y sabiduría colocó la charola sobre un fogón idéntico al que la blanca había utilizado antes de marcar a Avi en la cabaña. "Ustedes tres que han de conocer al Chrestos en el día más glorioso de su vida, acérquense descubiertos." Avi ya lo estaba, así que se limitó a cambiar de lugar. Pensaba en el olor particular de los hongos al tueste cuando una mujer se descubrió antes de hincarse a su derecha, siguiendo instrucciones del magi. El mundo le dio un vuelco al reconocer a la seria, la subastada de Bibakta que le había robado el corazón con su mano de Fátima en el pecho. Por la diosa que no había sido culpa suya olvidarla. Si de él hubiera dependido… pero la huida, los viajes, las sendas, las barcas se le interpusieron. No tenía la culpa. Si la arcana lo permitía, si la niña le otorgaba que ésta le volviera a regalar un parpadeo de la mirada, la atendería de día y noche haciéndola feliz hasta el fin de la vida. "De veras, madre Tilia", rogó temblando. "Déjamela cerca." Supo entonces que ya antes de descubrir a la seria en la encapuchada, que ya desde antes de la subasta, la respuesta era sí. La emoción le iba llenando el pecho con una cascada atronadora. La arcana confirmaba. Pero su adorada ni siquiera lo miraba todavía. ¿Lo reconocería rapado, con los tatuajes en la cabeza igual que un guerrero o un monje mendicante? La posibilidad de que no fuera así le generó una sensación parecida a la angustia, pero fugaz y con un aire irrisorio que le domó los ánimos. Buscó la mirada de Evaristus para refrendar la complicidad, para agradecerle los oficios si es que los hubiera, pero el desmejillado era todo atenciones para ayudar a que el otro participante se arrodillara en el lugar indicado. "Aladah", dijo Avi adelantándose al descubrimiento de la mujer con el desparpajo de los niños. Los dones eran fascinantes; ni estrenándolos logró que la seria lo mirara. Pobre Aladah: junto a la suya era nada.

El maestro se alejó de los tres postulantes dedicándose al tueste de los amanitas. Comenzaban a perder el rojo característico de la capucha para estrenar un dorado que, poco a poco, iba suavizando el contraste entre las motas blancas y el resto. A intervalos regulares, Evaristus volteaba cada sombrerillo hablando de la entereza, del deber, del sentido de la obligación que la prebenda de la arcana entrañaba para él y para los iniciados.

"No hay en el mundo amor que pueda compararse a la fusión con el Chrestos. Su carne y la nuestra están hechas la una para la otra. Desde el contacto visual, el pequeño deleitoso sabe estremecer. No importa si se le busca: llega cuando debe a la vida de la gente. Se aparece a quien debe conocerlo, en el momento exacto, con la intención justa. Frente al Chrestos las rodillas tiemblan, el corazón palpita violento. Es la simulación que se estremece de pura verdad que tiene enfrente. Es la mentira acordándose de su oquedad. Es la bajeza que no puede con el mal de alturas. Tiembla el demiurgo que nos habita al saberse insulso, improcedente. Tiembla porque el sacramento revela con la mera presencia la fatuidad extensísima del engaño. Su largueza. Tiembla lo que no sabe volar porque el vuelo es inminente. Tiemblan los lastres, pues. Porque el Chrestos es todo alas, todo aire dentro de esa carne blanda. Ya empieza a anunciarse ese olor parecido al de un animal que se rostiza con pelo o plumas. Es el cuerpo del Chrestos desecándose para alcanzar la eternidad. Aquí, en tierra, nada es posible sin el agua que sobra allá a donde vamos. El principio de la vida es otro, mucho más ligero que el aire. Imagínenlo como una luz encerrada en el fuego y que se transfiere a lo que toca. Tres de los cuatro elementos primordiales prexisten al fuego y éste, el cuarto, modifica a los otros tres, a veces por fuerza o de buena gana, como parece que sucede ahora. Agucen el oído y díganme —es importante— si en el crepitar encuentran dejos de llanto o risas. Son los niños de la diosa, sus artífices, que expresan tristeza o contento por el encuentro inminente. A estos niños que dan cuerpo al destino individual, que lo orientan como sea para ser lo que debe ser, les llamamos fortuna. Son despropósitos que, sin embargo, están llenos de intención. Insensibles, les da igual torcer que rectificar si ella lo determina. Los niños del Chrestos obedecen a la arcana. Ciegamente. Ya dicen que la fortuna es ciega y dicen bien. Escuchen, les digo. ¿Llantos o risas?"

—Risas —contestó Avi detectándolas de inmediato y sintiendo cómo le estremecían la piel.

—Llantos —dijo la seria con la mirada hundida en el piso, visiblemente consternada. Qué voz tan linda.

Aladah negó discretamente con la cabeza clavando también la mirada en el suelo pedregoso. El cabello rubio le tapaba el rostro prácticamente entero.

"Mi vida, mi sol, mi niña… es el miedo que no te deja. Tómate tu tiempo, Aladah. Ruega. Confía como los otros. A cada cual su circunstancia, lo sé, no se me escapa, pero ya es hora de fiarse. Tu viejo yo es lo único temible. Suéltalo. Déjalo ya que no te sirve. Que sueltes, primor. Anda. Bien. Te aseguro que son llantos. ¿No? ¿Risas?", preguntó Evaristus, divertido por la ocurrencia de la arcana que se tapaba la mitad de la boca para mostrar media sonrisa. No era raro que la niña se divirtiera jugando con los otros, pero duraba poco. En esos casos, era importante esperar a que el favor de la divina se aclarara, pues de ello dependía la disposición ideal de los sombreros al calor del fuego. A las risas correspondían dos cabezas en posición normal y una con las láminas radiales hacia arriba. Al contrario, cuando la seria habló de llanto, el maestro dispuso dos cabezas al revés y una con el anverso hacia arriba. Avi notó que de las cuatro ternas, sólo la cuarta permanecía con los tres sombreros boca abajo. "Risas", confirmó al fin Aladah tras un buen rato de silencio.

El silencio se fue adueñando de la cámara conforme el tueste procedía. Alguno que otro tizón crepitaba en el anafre, pero fuera de ello, nada se escuchaba en el corazón de la tierra. La gruta de las inscripciones parecía horadada en la piedra por la luz que las lumbreras proyectaban. En un momento dado, la seria temió que los fuegos se extinguieran, no por la oscuridad, sino porque tuvo la idea de que, siendo el caso, la roca se expandiría atrapándolos para siempre cual materia detrítica. Los dos restantes se entretenían en devaneos igualmente frívolos mientras el magi revisaba que los amanitas llegaran al punto exacto de cocción. Los tizones dejaron de crepitar.

Evaristus se ayudó con las faldas de la túnica para quitar la charola caliente del fuego. La colocó entre dos de los fuegos y el tercero se extinguió al instante. De la niña, ni sus luces. Evaristus tomó los amanitas de la terna de Avi, separó los sombreros que se habían desecado boca abajo, tomó uno en cada mano y los alzó sobre su cabeza como ofrendándolos al cielo. Enseguida, se acercó a Avi pidiendo que extendiera los brazos y le puso ambos amanitas en las manos. El calor de los hongos se transmitió al instante al cuerpo de Avi. La tibieza emanaba un placer difícilmente comparable con cualquier otro, incluyendo el de la leche-paraíso.

"Mastica lentamente y ayúdate a tragar con un poco de agua cada vez. Al terminar, toma el resto del agua y recuéstate", indicó Evaristus dando la espalda a Avi para acercarse de nuevo a la charola. En esta ocasión, tomó el amanita de la segunda terna que había sido tostado con el anverso hacia arriba, lo alzó consagrando y se lo dio a la seria dándole idénticas instrucciones. La dosificación era esencial para llegar a los resultados deseados, una media entre la risa y el llanto, según el temperamento de cada cual. En cuanto a Aladah, la dosis fue idéntica a la de Avi. El magi fue el único que consagró para sí las tres cabezas grandes con su diámetro de palmo, todas desecadas boca abajo. Una vez hecho lo anterior, comió a ojos cerrados, igual que el resto de los cofrades; bebió de un tarro que de pronto estaba y luego no, lo mismo que los demás. En cuanto pasó el primer bocado, se apagaron las lumbreras restantes. La vida se transformó en una entidad primigenia. El mundo ya no se atrevía a ser lo que era.

El tránsito a la gnosis fue breve. Durante los primeros estadios, la diferencia con el cotidiano partió de una languidez que poco a poco fue asemejándose a una somnolencia extrema. Por momentos, la oscuridad, el sueño y el silencio se parecieron a lo que el joven concebía como la muerte, pero sin el matiz definitivo. Y sin la carga de miedo. Al contrario, la paz que le embargaba era consustancial al entorno, a la negrura que se adueñaba de su yo acallándolo, como la hembra que le cierra el pico a la cría a punta de teta hasta dormirlo con la magia del hartazgo. Pero esta paz no se hartaba de sí misma para irse a convertir en otra cosa; en cambio, se desdibujaban los atributos de Avi, las fronteras de su persona. La negrura, el silencio y los primeros efectos del Chrestos acabaron con la identidad del muchacho. Se conformaba una esencia nueva integrada por el entretejimiento de su identidad con la de los otros tres. Ni Avi, ni la seria, ni Aladah, ni el magi de la túnica luminosa podían reconocerse en los términos anteriores a la ingesta. Ninguno era hombre o mujer. Nadie tenía edad, nombre, historia. La existencia abarcaba el pasado, el presente y el futuro —el tiempo triple— en mancomún, y las ideas, inútiles, se desintegraban al no encontrar oposiciones que dirimir ni egos que redibujar. Los cuatro de ayer eran lo Uno. El tiempo y el ser trocaban su natural inclinación al tránsito por una existencia delicada, marginal, suspensa entre el antes, el ahora, el después, el todo y la nada. La luz, fuente de la multiplicidad, ninguna esencia podía dirimir en esa oscuridad-pangea que, como un novísimo disolvente universal, aniquilaba identidades, contornos. Las fronteras del yo, desdibujadas e irreconocibles como la luna en noche cerrada, dejaron de repartir miedo y suspicacia. Con las emociones y la existencia en punto muerto, en flotación, rozando el cero, ingrávidas, dispuestas e indispuestas en simultáneo, ni la duda ni la palabra para expresarla eran posibles. En más de un sentido, ese todo con faldas de nada derivaba en teofanía.

El ser, despojado al fin de sus accidentes, disponía los elementos para un orden nuevo en que la incertidumbre no cabía. El origen. Sí. En cierto sentido, era como si el mundo con su sinfín de normativas volviera a girar desde la primera vuelta, reiniciándolo todo, tejiendo con agujas mejores el estambre que por necesidad había destejido. La deconstrucción sistemática revertía en su contrario tras llegar a un punto de no retorno semejante a la disolución, igual que la caída de una pelota termina convertida en su contrario al dar con el piso, pues nada es el descenso sin el ascenso que lo justifique y a la inversa.

El reensamblaje de cada cual fue mucho más lento que la desintegración. Mientras sucedía, algo parecido al amanecer acaeció en la cueva. El renacimiento de la luz, esa multiplicidad renovada que sólo a fulgores tiende sus redes, encontró a los cuatro recostados en el sitio de la ingesta, conscientes pero volatilizados. La narcosis, a diferencia de la que suele invadir por la ingesta de somníferos u otros paliativos, se anclaba en el ser entero y no únicamente en las inmediaciones de los ojos y las frentes, por lo que esa instancia universal del reconocimiento, el yo, no se había abalanzado sobre los iniciados con sus pretensiones de derrotero. Existían ilimitada, enfáticamente, porque la existencia aún no les fabricaba referentes. Ni contrastes. La luz envolvía pero no iluminaba en el sentido tradicional, pues su claridad no provenía de lo alto, de una estrella, sino que se proyectaba desde todos los puntos en todas direcciones, como si el despliegue tuviera el objetivo de esfumar las sombras. Las dudas. Sabían, pero sin tener idea de qué sabían. Existían, pero no estaban seguros de ello porque no les reponían aún la multiplicidad de los seres, los nombres. Y hasta que los nombres denotaron otra vez, se articuló para ellos el lenguaje-retruécano, el que viene y va y deriva, definidor de mundos, el lenguaje generador de realidades, el recuperador de la memoria, el lenguaje-historia, medida del triple tiempo. Ese verbo que somos, pues. El verbo.

Avi tomó su tiempo antes de abrir los ojos. Por fin se acordaba de sí, pero el solo hecho de pensar su circunstancia le incomodó. La vulgaridad del miedo, indispensable para refrendar el ser individual, se le fue inmiscuyendo en las ideas y, al cabo, pudo reconstruirle los sentidos, la identidad. A ojos cerrados todavía, disfrutó el tinte rosáceo que los fuegos de la cueva le regalaban a través de los párpados. Pensó en abrirlos, pero supo que la niña lo miraba fijo, con los ojos siempre abiertos, muy de cerca. Ya sería después. Por ahora, mejor era averiguar de dónde le venía ese frío generalizado que avanzaba y retrocedía por todo su cuerpo. Se percató entonces de que estaba sudando a mares. Tenía la túnica pegada a la piel y eso lo atería. Además, se dio cuenta de que salivaba en exceso. Cada dos por tres tragaba gordo o de plano permitía que la saliva le resbalara por una de las comisuras haciéndose hilillo para alcanzar el suelo.

Harto del frío, hizo acopio de valor, abrió los ojos y respiró reconfortado, constatando que la arcana estaba en otra parte. Ahí tirado sólo podía advertir el contorno de un cuerpo vecino al suyo. La luz inverosímil le permitió hacer sentido una vez más de parte de lo escrito en las paredes de la cueva. La magia seguía ahí. Sin más, se incorporó de un salto. La agilidad de su cuerpo tenía matices que lo dejaron sorprendido. Sintió fuerza redoblada en brazos y piernas al tiempo que los instintos más básicos le afloraban. El deseo fragmentado por cientos de carencias se unificaba redefiniendo objetivos y jerarquías. Nada, absolutamente nada le interesaba más que hacerse de una presa. El cazador nato, el de la vida hambrienta, el sobreviviente de todos los días renacía en Avi con una potencia desmesurada. De pronto, ir vestido así de pulcro se le antojó ridículo y sin más se desnudó, arrojando la túnica contra el muro más próximo. Por fin. El frío ya no podía con él. Ni nada. Saltó para corroborar lo que ya sabía: al menos el doble de lo normal se había elevado. El poder de las piernas y ancas daba para abalanzarse a la distancia sobre cualquier víctima. Soñó a ojos abiertos con el placer de morderle el cuello a una presa grande, peligrosa, defensiva. Soñó con liquidarla a mano limpia llenándose los dedos de sangre caliente para luego lamerla satisfecho. Supo que, de ser el caso, habría vencido a un lobo él solo, de tú a tú, en serio. De frente. Y de no vencer, la muerte sería una consecuencia indiscutible, leal. Morir o matar. O tú o yo. Contundente como el principio de los tiempos o como un juego de suma cero. La piedad, las reservas, el asco, el amor propio, el miedo, pertenecían a otra vida, a otro mundo denodadamente artificial en comparación. La luz del Chrestos iluminaba resquicios imposibles para cualquier otro resplandor. Chrestos Rex.

Comprobó el poder de sus piernas tres veces más. Cada salto dejaba corto al anterior. La fuerza, medida básica de la conmoción, desdeñaba al intelecto con una sorna tal vez represible en un contexto ajeno al de la cueva. En el trance, la saliva abundaba cada vez más. El flujo era tal que fue mejor dejarlo escurrir a sus anchas que escupirlo.

Babeante, el Avi de la cueva notó un aguzamiento repentino del olfato. Se allegó a uno de los muros y, encaramándose en una saliente mínima, acechó a una araña-corazón que nadie en sus cinco sentidos habría advertido. En un descuido, el pobre bicho ciego fue capturado y engullido sin traza de repulsa. El bocado que ni loco se hubiera atrevido a considerar horas atrás le proporcionaba ahora un placer consecuente. Efímero. Listo. Ya. A otra cosa. Venga lo que sea, la fiera, la víctima segura, la de hoy. El placer de matar para seguir viviendo se convirtió en una oblación a sí mismo, en una fanfarria que celebraba el nicho amoral de la existencia. Lo posible, lo necesario, lo correcto, quedaba supeditado a una voluntad vital que ya no se regía por el ansia de subsistencia, sino por el entramado del impulso creador. El artista, el arte, lo vivo y la vida equivalían. La sutil diferencia ente el sujeto y el objeto era menos que la escoria en ese universo panteísta que se empeñaba en abolir la multiplicidad de lo divino, lo natural y lo universal. Y entonces Avi tuvo la seguridad de haber sido engañado cuando se le enseñó un mundo dividido entre lo vivo y lo inerte, frontera artificial, artificiosa, atrabiliaria. En el fondo, la araña-corazón y él eran lo mismo. Y la piedra de la gruta. Y la luz esa capaz de iluminar sin la vecindad de la sombra. El Chrestos tendía puentes, vínculos, rimas, consonancias. Y si nada se opone a nada, y si nada es lo que otra cosa no es, vuelta a lo Uno.

La seria, el iluminado, el huérfano, Aladah, el bocado y el hongo eran lo mismo cuando los habitaba el Chrestos. Vuelta a esa luz. Mírala. Dale cabida. Te ensancha. ¿Ves? Te desdobla. ¿Ves? Te envuelve. ¿Ves? Te flota. ¿Ves? Te sana. Te mira cuando miras y cuando no. ¿Ves? Mira que te existe. Abre los ojos para mirarla y mírate. ¿La ves? No te confundas: los objetos que miras distraen. ¿Que no? El truco está en hacer creer que miras las cosas cuando llevas todos tus días viendo lo mismo y ni cuenta te das porque sólo te es permitido ver la luz. Esa luz. Si el fulgor recae en esto o en aquello, pamplinas. Sandeces. Chaquira. Lo iluminado es su creación. Su consecuencia. Tú y ella y ella y yo somos el invento de su luz, ideas del Chrestos. Él nos concibe, nos modela entre sombras y luego nos hace hálito, vida, cuerpo, peso, gravedad, textura, con la anuencia de la arcana, su madre, su fuente, su esposa. La arcana y el Chrestos consorte. Árbol y amanita. Por eso, desde hace tanto que la memoria no llega, se dice que somos criaturas de luz, que el mundo lo es. ¿Y no, criatura? Inmerso en la oscuridad mostrenca, eterna, ¿estarías seguro de seguir siendo lo que te figuras ser?

El efecto de las palabras iba más allá de su significado puntual porque, aún siendo discurso en forma, Avi desconocía si el emisor era Evaristus o la niña o cualquiera de las otras dos. O la propia voz. Por instinto, procuró reír para salir de la confusión y lo logró pensando que hasta cabía la posibilidad de que las ideas fueran caprichos de la araña-corazón. Y cuando rio, un coro de risillas indeterminadas le festejó la ocurrencia. "Buena señal", se dijo. Le dijeron.

Y después no le dijeron nada. El silencio plúmbeo fue un pretexto ideal para inquietarse tras confiar tanto. Se constató analizándose las manos y concluyó que sí, que eran las suyas, que la uña mal mordisqueada la víspera seguía doliéndole al presionar la yema del anular izquierdo. Entonces recordó que el Chrestos le había sobrevenido en compañía y se sintió profundamente aliviado. A su izquierda, la seria hablaba sola recargada contra una inscripción más bien irónica que conservaba la malicia a pesar de los siglos. Por increíble que parezca, Avi no se dio cuenta de que su seria estaba desnuda, como él. Quizás lo contrario lo habría escandalizado pues, en ese contexto, la ropa terminaba por ser muchísimo más intrusiva que la piel. Lo cierto es que, por el motivo que fuera, Avi tampoco reparó en que Evaristus y su Aladah conversaban desnudos al pie de un tilo joven. El místico guardaba la mano derecha de su dama entre las suyas. De cuando en cuando la descubría para besarle el nudillo más prominente y volvía a clavarle la mirada reiniciando un intercambio al que no le faltaba nada. La plenitud henchida de la pareja terminaba por destacar el aislamiento de Avi y la seria. Ella, repegada al muro inscrito, estaba absorta en una diatriba que ni el judío ni nadie podía escuchar, pero la vehemencia de los gestos delataba agitación, por decir lo menos. Al convencerse de que intervenir era imprudente, Avi sintió que la agitación de aquel pecho conmovedor renacía como por embrujo en el propio, acelerándole el pulso al tiempo que le detonaba el placer inmenso de compartir lo que fuera precisamente con ella. Igual daba si lo compartido era desdicha o bienaventuranza. Lo procedente, lo natural, era ser conmovido por la misma fuerza para resistir o doblegarse a la par. Con ella.

En esas se abstraía el enamorado mientras la niña, sentada con las piernas cruzadas frente a él, a dos codos de sus rodillas, tal vez tres, le clavaba la vista aquella que ni idea tenía del parpadeo con una fijeza casi dolosa. Y Avi ni en cuenta. Entonces, la seria se volvió de improviso, asintió, y luego caminó con cierto desparpajo hasta sentarse a la izquierda de Avi, muy obediente, muy bien dispuesta a cualquier cosa que la niña le pidiera. La desnudez que antes pasara desapercibida, arma blanca, quiso el desagravio e intentó convertirse en medida de todas las cosas para el joven. Una barahúnda emocional se le vino encima con toda la piel, la más entera que había visto en la vida. Sin embargo, el ardor se disipó con la misma presteza de la llegada al fijarse Avi por fin en la presencia de la arcana. La luz ubicua la iluminaba. O quizás era ella la que radiaba. Dueña de su atención, la muda se incorporó y, dándoles la espalda, se alejó de ellos para acercarse al oasis en que Evaristus y Aladah cuchicheaban. Sorprendido por la presencia inesperada del tilo, Avi observó boquiabierto el ascenso de la niña por el tronco y su posterior ocultamiento entre el follaje.

Trataba de atisbar algún indicio de la arcana cuando reparó en que Aladah acariciaba con la mano libre una mejilla de Evaristus. La mirada de la mujer enternecía por la devoción que le dedicaba a ese hombre de hermosura casi culpable, mitológica.

Avi se talló los ojos para convencerse de que aquel rostro seráfico era a fin de cuentas el mismo de Bibakta, el de los hornos de pan, el de la máscara emplumada. En donde antes asomaban las quijadas con sus hileras de dientes, la piel era perfecta. Lozana. En ese momento le vino a mientes el desfiguro del monstruo que insistía en masticar su nabo en la vía del mercado, el que gustaba de arrojarle piedrecillas. En nada semejaba al Dionisio de la montaña que se le aparecía ahora restaurado e imponente en la cueva de las sentencias vivas. Un pálpito divino debía apurarle la sangre para dar el tinte rosáceo perfecto a la cara de ese hombre de hermosura peligrosa, rotunda, feroz por la contundencia de su embate, por la capacidad de inclinar la balanza en su favor valiéndose de un guiño o insinuando una sonrisa. Cualquier balanza. La belleza del señor hacía inútil hasta el nombre. ¿Para qué tenerlo si nada puede confundirse con él? Un guapo de ese tenor, calibró el muchacho, queda individuado al paso. Ni la historia personal es necesaria para distinguirlo de los otros porque ya, de plano, así como así, una persona tal existe en un habitáculo de lo humano que no se parece al resto ni requiere antecedentes que lo justifiquen o expliquen. Porque la belleza es y punto. Porque si es belleza lo sabemos todos y de nada sirve resistirse a cargar con ella en la memoria. Porque la belleza pica, arde, inflama, hiere, hiende, altera, convence, desdice, arroba, derrota y marca, y nada de eso se olvida, a no ser muriendo. Acaso.

O amando. Porque sólo el amor sobrevive a la extinción de una belleza parecida, lo mismo que la huella sobrevive la despedida del paso que la imprime.

Precisamente el amor, tan dado a arrebatar corduras, se encargó de devolver la suya a Avi. El extravío en que se había transformado la contemplación del bello se esfumó con el roce de una mano que, medrosa, inauguraba un vínculo que duraría hasta el final. Suave, trémulo, el meñique de la seria se trenzó con el meñique del tatuado. Ningún gesto le había calado tan hondo. Ninguna otra alegría. Antes de volverse y mirarla para siempre, agradeció a la arcana cada uno de los pasos que lo habían llevado hasta esa gruta de esencias sin saberlo: las plagas, la serpiente de Sambastai que le torciera el destino a costa del camello, la subasta, la Senda de los Huesos, el beso de la lamia. "Gracias, madre silencio." Y nadie respondió.

Y es que la respuesta lo miraba. Sí. La seria ya no lo era. Con ojos abiertísimos se lo adueñaba en espera de que Avi la declarara suya de un vistazo. No había en el mundo amargura capaz de volver a arrugarle la frente. Los episodios de la novela que la llevó a la cueva tenían sentido. Habitada ahora por el Chrestos, nada en ella era vacío. Ni en él. Colmados, se miraron. Se urdieron. Se reconocieron.

—Mi vida —aseveró ella.

—Tú la mía —constató él.

El pudor la venció tras algunos instantes de abandono. La ruptura del contacto visual angustió a Avi tanto como un rechazo, pero el vínculo intacto de los meñiques le dio arrestos para recomponerse sin que la otrora seria notara el vaivén emocional.

El encuentro con la piel de una mujer asequible iba tiñéndose de embrujo. La afinidad indiscutible, el tono de esa voz que en dos palabras le birlaba la existencia y hasta el condenado recato, alteraron significativamente el talante de los hechos. El mundo de Avi giraba alrededor de la otra. Sol. Locura. Tenía tanto que decirle, tanto que contarle y él allí, idiotizado sin saber cómo reanimar el intercambio ese que ya lo había transformado en un hombre distinto. De pronto, Avi se sintió orgulloso de su historia, que era ya la de ella. Todo lo suyo había sido con el único objeto de llegar ahí. Lo que hubiera dado el babilonio por pasar los días escuchando la historia de su hembra, esa historia que le pertenecía ya de pleno derecho porque daba sentido y congruencia a la propia. Los ramales escindidos la diosa sabe cuándo confluían una vez más en la búsqueda del mismo mar. Se pertenecían. La pareja. A partir de ese momento, ya nunca se concibió Avi como un ser independiente de la otra. Se unían lo dispar, lo contradictorio, la luz y la sombra, el ascenso y el descenso, la emoción y la sensación, la calma y el espanto, el vuelo y la carrera. Era el emparejamiento primordial que rige la vida, el acoplamiento de las emanaciones, un milagro con nombre propio, como todo lo que se afana por existir. Syzygy, le decían los iniciados. Eones.

Algo muy semejante ocurría en la seria. Con la vista hundida aún en el suelo de la gruta, meditaba hondo el cambio que el Chrestos le imponía. A pesar de los esfuerzos, no hallaba en sí misma un yo que no fuera nosotros. El vínculo-meñique tenía alma de hierro. Entonces la seria vio frente a sí los pies de Aladah y de inmediato alzó la vista para corroborarla. La desnudez estelar de la otra subastada le pasó de largo en un primer momento, mas no así la sonrisa bienaventurada con que la iniciada parecía invitarlos a unírseles bajo el tilo. A la distancia, por entre las piernas de Aladah, la seria vio cómo Evaristus, el grande hombre, se incorporaba. Pensó que la vida, a su modo, la hacía testigo del nacimiento de una montaña. Y si la montaña no se acercaba, era lógico asumir que ellos debían ir a encontrarla.

Aladah tendió una mano a la chica y la otra a Avi. La fuerza descomunal del Chrestos pervivía, pues ni siquiera la conmovieron al levantarse ambos ayudándose con sus manos. Cuando el trío estuvo de pie, la hija de Boro les dio la espalda y corrió para reunirse con Evaristus haciendo gala de una agilidad que ni la seria ni el muchacho podían emularle bajo los efectos del amanita. Muy al contrario, Avi se supo incapaz ya no de correr, sino de caminar incluso. Trataba de explicarse cuando su mujer se le adelantó con un "te ayudo" que le derritió las reservas, si es que todavía le quedaba alguna. Y juntos, tambaleantes, se acercaron a la otra pareja que, al pie del tilo, les daba la bienvenida.

El encuentro dejó en claro que las cosas, por el motivo que fuere, habían cambiado diametralmente. El Evaristus desnudo, el monumental, ya no inspiraba miedo. Por supuesto que la reserva mínima, tan semejante al temor reverencial, seguía estando presente, pero sin endilgarles la angustia que la incertidumbre reparte con largueza. En paz, los cuatro se abrazaron. La vida plena.

El tilo dio la impresión de refulgir un poco más de lo normal cuando Evaristus rompió el abrazo pidiendo a los demás que se acomodaran bajo el árbol que no entiende de sombras. El pagalo fue el último en tomar asiento. Al hacerlo, se cuidó muy bien de pegar la espalda recta al tronco; cuando estuvo seguro de que la postura era perfecta, cruzó las piernas y estiró los brazos para constatar que al hacerlo podía tocar la cabeza de los otros tres sin romper el contacto con el tilo. Así. Entonces, pidió que Avi intercambiara el lugar con la seria para poder hablarle de frente, hecho lo cual el maestro tomó con la mano izquierda la derecha de la seria y con la otra la siniestra de su Aladah. "Anda, flor, tiéndele la mano a tu nueva hermana y cierra el triángulo", instó Evaristus. La figura conformada por la terna dejaba fuera al muchacho que, desconcertado, esperó a ser incluido de algún modo. Pero no. Evaristus ajustó la postura pegándose al tronco aún más y comenzó a murmurar algo incomprensible que paulatinamente fue adquiriendo cadencia y volumen. La musicalidad de la plegaria sustituyó al instante la falta de sentido dando a los participantes la certeza de entender el sánscrito vedanta en que la pieza estaba compuesta. El metro perfecto de los versos fue cantado en un tono cada vez más grave que derivó en reverberación larguísima, imposible sin tener pulmones cuatro veces más grandes que los normales. Al agotársele el aliento, el oficiante guardó silencio a ojos cerrados y el resto lo imitó.

Avi fue el primero en abrirlos al escuchar un silbido proveniente de la copa del tilo. Ni el magi ni las otras daban la impresión de haberlo advertido. Nada era distinto. Desde su perspectiva frontal, la mitad superior del tronco parecía brotar del cuerpo de Evaristus. Otro silbido.

Entonces la vio reptar entre las ramas medias. La serpiente era prácticamente idéntica al mascarón que adornaba la proa de la barca en que Anpú los había conducido por el río subterráneo. Aunque aquella estaba recubierta de oro y enseñaba los colmillos por sistema, la semejanza era sorprendente. Cuando el reptil se mostró un poco más, Avi quedó deleitado por los miles de hexágonos verdeblanquirrojos que le engalanaban los meandros. Los colores y su disposición le recordaron la máscara emplumada que Evaristus llevaba puesta el día de la subasta, pero el joven supo evitar las distracciones para concentrarse en el movimiento hipnótico de la criatura, en los destellos que esas escamas de brillo celestial emitían como si tal la cosa. El alardoso despliegue continuó hasta que la serpiente llegó a la frontera entre la copa y el tronco. Los ojos siempre abiertos mostraron un rojo idéntico al de los hexágonos correspondientes, algo más claro que el tono de la sangre pero sin llegar a diluirse en naranja. La fijeza de ese rojo aligerado inmovilizó de súbito a Avi. Sin más, los labios le quedaron entreabiertos, los ojos pasmados y el pecho quieto. Pasó algo de tiempo antes de que Avi se percatara de que ya no respiraba. Curiosamente, al darse cuenta perdió el mínimo temor que le quedaba. Todo menos miedo podía sentirse frente a esa emanación divina que al robarle el aire lo eternizaba.

Siguió inmovilizado después de que el ofidio le quebrara el contacto visual. A pesar de los ojos abiertos, nada de lo externo miraba nuestro Avi. Al contrario. Miraba en sus adentros. Miraba partes olvidadas de su historia, de la historia de sus padres, de los abuelos. De la tía famosa. Miró el instante de su concepción. Se supo vivo al llorar entre las piernas de su madre, ensangrentado y recién nacido. Fue y vino jugando a esto y lo otro con la hermana y de pronto se encontró olisqueando el bdellium para corroborar que los caravaneros no le daban gato por liebre. Y luego le vinieron los destellos de cuchillos, con filos mellados y nuevos. Y los deslumbres esos fascinantes. Eucrátides. Oro.

Entretanto, la serpiente volvió a la avanzada dejándolo en el laberinto que la vida había ido tejiendo. Hallándose a un palmo de la testa de Evaristus, la divina inteligencia silbó por tercera ocasión. La punta de la lengua bífida rozó el cabello del mago. Los ojos se le abrieron y quedaron enfrentados a los de Avi. Lo conducente era afirmar que se miraban, pero no. Observaban una realidad traslúcida que mediaba entre uno y otro. Un algo invisible pero innegable. Como el alma.

Lograda la convergencia, la criatura comenzó a enredarse en el cuello de Evaristus para irse después a rodear al tronco del tilo antes de retornar al magi. La espiral que se formaba alrededor del sabio y el árbol terminó por abarcar desde el cuello hasta la cintura. Justo sobre el ombligo, la larga paró el enroscamiento y cambió de dirección para deslizarse cuidadosa sobre el pene de Evaristus. Cuando la cabeza pasó entera sobre éste, la serpiente se erigió entre el oficiante y el judío quedando inmóvil. Ninguno respiraba. Ni ellas. La vida suspensa.

"Me sientes. Estamos. ¿Qué me cuentas de la vida al margen? Fuera del triángulo, el tiempo triple es una pérdida de tiempo, sin transcurso, sin acontecer. Siente la delicia. Ni una arteria te palpita. Si en este momento pudieras pegar la oreja a tu pecho, escucharías el eco de los latidos que ahora están quietos. Pura nostalgia. Porque el corazón, sábelo, sueña sistemáticamente con los pálpitos perdidos o con los que nunca han existido. El pálpito perdido se desahoga siempre con el pálpito venidero. ¿Y en el medio? ¿Y entretanto? Le da lo mismo el aquí y el ahora. Si mira al frente teme, si mira atrás, añora. Nunca en paz. Todo avante. Es el futuro que ya viene. Míralo. Es el pasado que se va. La despedida. ¿Será que la vida es ese visitante que se la pasa llegando y yéndose sin jamás quedarse? Cuántos han soñado, Avi bueno, con detenerla un rato para darse un respiro. Para escapar. Para pasar desapercibidos. Para ser llana y simplemente, sin apremios ni lastres; sin la fusta ni la brida. Maldito caballo bronco que el mundo nos endilga. Apenas montado, se desboca. Y no, Avi: la vida no puede ser una cabalgata eterna, una carrera en pos de ninguna parte. Sin embargo, lo es para el común, para noventa y nueve de cada cien. A esos muchos, se les enseña que vivir es aferrarse fuertemente de la crin y tolerar la cabalgata sin ascos ni aspavientos. Por su parte, el solitario intuye que la carrera es un engaño a los sentidos, una prisa sobrepuesta a la serenidad originaria. Desde que el hombre es hombre, los solitarios han unidos esfuerzos para jalar el freno a la vida, detenerla y sonsacarle, si no una riestra de verdades al menos una pizca de sosiego. Sin saberlo, esos gambusinos del tesoro humano fueron como dándose la mano para comunicarse los hallazgos. Unos encontraron el remanso en la respiración sublimada y en la práctica de posturas extremas. Otros, buscaron a la diosa en sus creaciones no humanas y fueron encontrando bosques de prodigios, claves dispersas aquí y allá para ser reunidas en el momento ideal. Así como los niños van explicándose a poco las posibilidades de sus juguetes para armar, los iluminados van preparando hilos en la urdidera que otros aprovechan. Porque el hombre es un continuo que soporta de buena gana el peso de los que se han ido para ahorrarle sinsentido a quienes vienen detrás. Somos las únicas criaturas que lo hacemos a sabiendas, suponemos, porque ningún otro vivo pasa de garantizarle la existencia a los futuros por mera multiplicación. Eso de allanar caminos, eso de amar hondo a quienes no han venido al mundo, es humano sin más. Humanidad. Por mor de la niña."

La serpiente reinició el avance entre las piernas de Evaristus. Tras enredársele, lo iba soltando conforme reptaba en dirección a Avi. El joven seguía mirando al frente sin alterarse por la falta de aire ni por el ofidio ni por nada. El animal fue cruzando el triángulo que formaban los brazos de las damas y el maestro para internarse entre las piernas cruzadas de Avi. Luego, le subió por la ingle y comenzó a rodearle la cintura, el vientre, el pecho con todo y brazos. El cuello. Por fin la testa. Ya. Inmóvil en lo alto de Avi, apoyando la cabeza en el tatuaje aún rojizo e inflamado, la serpiente se puso a mirar al guapo desde la atalaya opuesta.

"Tenía algunos años menos que tú cuando llegó a mi vida uno de estos solitarios que ni se acuerdan de sí mismos por tanto amor que se echan entre pecho y espalda. El uno por ciento. No. Uno entre todos. Fue el primero de mis maestros formales. Se llamaba Akasa y no dejaba de sonreír ni para abordar los temas más sensibles. Su sencillez contrastaba con el boato de mi vida. Podía atravesar el Kush con lo puesto. Yo pienso que era tan sencillo porque le faltaba miedo. Mi Akasa querido no sabía temer. Intrigado por el origen de esa calma radicalmente distinta de la apatía o la insensibilidad, le pregunté de frente un día si en verdad era ventaja apagarse las alarmas a sabiendas, como él. Le hizo gracia mi manera de plantearle la cuestión pues, adivinaste, el magi rio. No recuerdo que me haya dado una respuesta sin una risa antecedente. Y su voz era alegre como trino. 'Las alarmas desaparecen, lo mismo que todo lo que no hace falta, cuando la vida en pausa te enseña a ver. Casi nadie aprende.' El tono de esa última frase me inquietó, ya que nunca mencionaba a los demás ni para bien ni para mal por considerarlo petulante. Dicha actitud puede parecer excesiva, pero nada lo es si hablamos de un descendiente de Kanua, el profeta, el vidente de videntes. Su linaje lleva siglos adelantándose a los hechos y, lo principal, administrando juiciosamente un saber tan delicado. Hay cosas que, por su naturaleza, exigen el conocimiento de alguno o algunos sin que el tiempo apropiado haya llegado para el grueso. Así ha sido desde el inicio de los tiempos y el linaje Kanua es uno de los encargados de soportar el peso de la verdad futura. Y puedes creerme que no cualquiera. 'Enséñame', le dije orondo, pues era joven y me creía capaz de aprender lo que fuera, si es que se podía enseñar. Akasa rio más fuerte esta vez y respondió al cabo: 'No todo es para ti, Evaristus. Te falta desprendimiento y te sobra amor propio, lo que no es reprochable en sí mismo. Eres uno de esos para los que la vida no es nada sin el imprevisto. A falta de furor te apagarías, hermoso. Porque la avidez y el furor son las primeras víctimas del saber anticipado.' Para qué negarte que el sabio me hirió. Parte de la herida correspondía a mi vanidad y otra buena medida, la mayor, provenía de la impasibilidad de su sentencia. Jamás me había negado nada y su primera negativa me cancelaba de plano la capacidad de avizorar. Evaristus, el insuficiente. Antes de irse, en una cueva joven, no como ésta, nos encerramos a departir el Chrestos que él trajera desde Lanka para mí. Fue el gran regalo que me habían hecho en la vida. En la aventura, él lo veía todo y luchaba para contenerlo. Sólo la risa constante lo relajaba. Yo veía lo permitido, lo conveniente, y eso a mí no me venía bien. Pero, ¿quién es uno para juzgar esa clase de cosas? La arcana, con quien todavía no me fundía por la falta de años, me confirmó de mala gana que lo mío era distinto, que para ser y crecer había visto y vería, pero que en algún momento debía volverme ciego al destino, como el común de la gente, un Prometeo sin nada que ocultar, sin la visión aguzada. Pero ya, que me desvío… Con la guía del rishi supe cosas de mí que jamás habría obtenido buscándome en los textos principales. En uno de los tres días que duró mi gestación en la cueva, se me presentó la niña, pero no siendo tan joven como acostumbra cuando hay terceros. Esa vez tenía, calculo, doce años cerrados. Akasa se quedó de a cuatro al verla frente a mí: por su risa que jamás se presentaba en la primera ingesta. Al entender que la arcana se dirigiría a mí con el lenguaje que habla en su silencio, se apartó a un resquicio lejano de la cueva. Con paciencia de madre, la arcana logró hacerme entender que de día vivía en la luz del mundo y de noche en su negrura. Me dijo, textualmente, que el sol, la Tierra y la luna le cabían en una mano, junto a sus trece canicas de ágata. Explicó también el principio-resplandor de las parejas celestiales, el syzygy, que reina también entre nosotros. Para satisfacerlo, la arcana se fecundó a sí misma con la noción de un dios niño. La dualidad hacía inteligible el mensaje de la diosa a sus criaturas, porque en el fondo nadie entiende que lo dual pueda derivar de lo Uno. Es mucho más sencillo convencer de que lo Uno deriva de lo dual que comulga. La magia es la misma, pero el entendimiento no se complica ni la mitad. Porque esta versión, por si fuera poco, coincide con la estructura del mundo visible. Conviene. Y quiso ella darme a entender una miríada de esencias que, en conjunto, fueron dando sentido nuevo a lo que me rodeaba. Y esto te interesará: por ella supe de ti. Nacerías el día que yo cumpliera quince años y quince después te encontraría, humilde, candoroso, amedrentado, ignorante, hambriento. Pero sabe, Avi, que esa versión de ti es el escudo que elegiste para pasar desapercibido. Ni te afanes. Hoy, con nosotros, eres lo que siempre has sido. En uno de los tantísimos motivos que la vida asigna a sus accidentes, quiso ella que vinieras a ser lo que no puedo ser yo. Eres mis ojos. Eres los ojos de mi gente. Viniste al mundo para enseñarnos el camino a tu manera. El tatuaje se fijó al cuero. Ahí está. La tinta esa no se afinca en la piel impostora. Llegaste a tiempo para cumplir un ciclo más de su infinita gloria. Te lo explico: el siete alcanza la perfección y el ocho, infinito, la perpetúa. Los números, con su argumento para todo, defienden los ciclos. En lo que nos atañe para atender el dictado de la arcana, cada ciclo ha de iniciarse con uno semejante a mí y uno semejante a ti. Pensemos en nosotros. Con este sacramento se inaugura el ciclo de Evaristus, y el tuyo. Yo me quedaré aquí con Aladah a velar por lo que ni imaginas mientras tú irás al mundo en compañía de la elegida, tu señora. Somos los últimos de una larga sucesión que ha protegido el secreto del Chrestos. Para lograrlo, dimos con la estrategia de ofrecer a los hombres sucedáneos divertidos. Hace un milenio que en Eleusis no se prueba el verdadero kykeon, el que te tiene en las alturas, en pausa. En cambio, la diosa lleva cerca de cinco siglos prodigándose en la montaña. Desde aquí, oculta entre estos picos, sus siervos y sus junglas de ganjikas, la arcana reparte cordura cuando se necesita, o locura o inspiración o revelación o rebeldía. Las plantas son portavoces de lo que su pureza demanda. Son sus instrumentos. Igual que nosotros. Ni más ni menos. En la montaña se trabaja de sol a sol en su cultivo, desde la primavera hasta fines del otoño. No tienes la menor idea de los confines que han alcanzado las flores de nuestras plantas. Han cruzado mares que todavía no existen ni siquiera en la imaginación. Han inspirado a todo tipo de hombres y mujeres. A diferencia de las ganjikas comunes, éstas portan a la diosa. Quienes las comen o las respiran hechas humo reciben el aliento de la arcana. Y ese aliento obra en cada cual según ella lo quiera. Tu labor será completar la mía conforme los indicados te busquen creyendo que el azar o la mera necesidad personal los lleva a tu puerta. El tatuaje indica que sabrás reconocerlos, que las flores venidas desde aquí, hechas humareda, te permitirán ver y determinar qué de lo visto debes comunicar al consultante. Ese es tu don. Pero cuidado, Avi, que la prebenda de la arcana trae aparejadas dificultades enormes para alguien como tú porque, fuera de determinar lo que puedes relatar de la experiencia, ninguna potestad tendrás sobre lo visto. Verás cosas que te atañen y otras que no. Unas dulces y otras amargas. Conocerás el destino de los inocentes y de los culpables, la justicia y el opuesto en sus vidas. Enfrentarás las minucias de tu propio camino. Y eso duele. Asimilarlo te llevará una vida. Es tu cruz, como dicen los romanos. Yo cargo la mía. Cada año regresarás solo a la montaña, que es tuya, por la vía que ya conoces o por la que la niña disponga. Volverás a casa con las flores y repetirás el viaje al año siguiente. Cuando tu primogénito varón cumpla ocho años, has de traerlo contigo. Antes no. Tú y los demás le enseñarán lo que saben para que las flores y el designio sigan alcanzando el objetivo. En su momento, su primogénito lo acompañará a los ocho, como el tuyo a ti. Doce veces, hasta cumplir el ciclo. Doce generaciones de primogénitos trabajarán para la arcana. Y abundo en lo que sé, que no es mucho más puesto que esa labor es tuya: el octavo primogénito se llamará igual que un afluente del Jordán. No llegará a la montaña. Su destino será encontrarse con otra versión de mí en donde ella diga, en un barco o qué sé yo. Cada quién su periplo. Tu descendiente y el mío reiniciarán el ciclo. Por ella. Por nosotros. Por los que saben mantener el fuego encendido. Por los que urden la historia paralela, los del río subterráneo."

Al poco tiempo de que Evaristus guardó silencio, la serpiente liberó a Avi para rondar a Aladah y luego a la seria. Muy lentamente. Impregnándolas. Luego, la criatura subió al tilo para hundirse entre las hojas de las que provenía. Entonces el maestro pidió explícitamente que las mujeres se soltaran para asirle las manos a Avi. El triángulo del tiempo triple quedó libre. El hálito vital les regresó al pecho. La vida rediviva.

Cuando la respiración se normalizó sacando a los tres iniciados del marasmo, el magi les indicó que se recostaran boca arriba tocando el tilo con la cabeza. Los pies de cada cual debían apuntar a una dirección específica, quedando los de Evaristus orientados al norte, los de Avi al sur, los de Aladah al este y los de la seria al oeste. La estrella viva de los cuatro sentidos, con el tilo gobernando el centro, reinauguró el ciclo de los doce. La escena se prolongó sin cambios durante largo tiempo. Cuando el cuarteto daba la impresión de haberse quedado dormido, Evaristus abrió los ojos para encontrarse con el techo inscrito. El rostro del magi lucía más bello que nunca. Las pupilas daban la impresión de refulgir, siempre expuestas, sin parpadeos, como las de la niña. Al poco tiempo, los demás volvieron de donde fuera a la gruta. A diferencia del otro, parpadeaban normalmente. El norte de la cruz se levantó para hacer aguas en el recipiente que antes contuviera el agua indispensable para la ingesta del amanita. Apremiado por la urgencia, Avi buscó un lugar apartado para orinar pero Evaristus llamó su atención con un ademán silencioso. El judío se acercó para recibir un recipiente idéntico al del magi.

"Guárdala aquí. Ni una gota de este maná debe tocar el suelo. Cuando termines, bébelo y espera. El agua del Chrestum es indispensable para el descenso y el descenso es también necesario para que las esferas celestiales inauguren el ciclo. Visitarás a solas los calabozos de las almas hasta encontrar el de la tuya y penarás en él lo que disponga la arcana. Ahí sí estarás solo. Será como mirarte en un espejo oscuro. Enfrentarás tus carencias y excesos en una existencia liminar que deforma el tiempo en instantes o eternidades, según convenga. Una cosa más:

no temas. Siendo varón, ascenderás de nuevo a esta cueva, pase lo que pase. Con las mujeres el pronóstico es distinto. Ellas no. No ahora. Vamos", apremió Evaristus para después beberse hasta la última gota de su orina. Avi hizo lo propio con la suya antes de alejarse en compañía del magi al extremo opuesto de la gruta. Así, los varones esperaron el descenso discutiendo un aforismo que venía a cuento mientras las damas aguardaban recostadas al pie del tilo. Llegado el momento, el iluminado y el discípulo se despidieron para no volverse a ver.

*

Y Avi retornó a la gruta de las inscripciones convertido en una versión decantada de sí mismo. Al abrir los ojos confirmó que había dejado atrás al niño, al inocente. Sabía. Confundido aún por los efectos residuales del Chrestos, buscó a los cofrades para encontrarse únicamente con la seria. La suya. Su dueña. Lo esperaba iluminándose con tres cabos que no terminaban de consumirse. Al verlo despertar, brincó de contento y se acercó a Avi ofreciéndole el abrigo de la túnica blanca, que ya estaba completamente seca. Tras enfundarse en ella, se abrazaron e inquirieron sobre el amor mutuo. Dijeron que sí y luego se tomaron de la mano para adentrarse en el túnel que llevaba al único acceso de la cueva. La albina del tocado los esperaba para disponer la escala y ayudarlos a salir. El sol los deslumbraba.

En el exterior esperaba Anpú afilando la punta de un palo con un filo mellado. Habían pasado tres días. Cuando le seguían los pasos al barquero para romper el ayuno en la cabaña, Avi se acordó de preguntar el nombre a su compañera. "Hannah", respondió quitada de la pena para luego esgrimir una sonrisa de oreja a oreja.

Dos días después, antes del amanecer, Hannah montó en un burro cargado a tope con flores de ganjika secas, curadas y listas para utilizarse. Avi los condujo por un sendero de curso enrevesado que Anpú le había descrito con precisión. Avanzaron hacia el sur y, a la mañana siguiente, dejaron atrás la jungla de las flores por una vereda empinada que hacía desconfiar a la montura. La ruta de salida era tan larga que, por un momento, la pareja temió lo peor. Extraviarse en el Kush podía acabar siendo un llamado a la muerte, claro está, mas la angustia fue breve. Allá, lejos, los saludaba el gigantesco baniano del monolito que Avi reconoció de inmediato. Hallada la referencia principal, se dieron a contarse la vida, como sucede desde que el emparejamiento es.

Avi, juicioso, propuso seguir el camino largo que les refirió un cabrero feo como rudra para evitar la Senda de los Huesos. Era idiota someterse a la crueldad del paraje si el tiempo no apremiaba. Como sea, llegaron con el cuerpo, el burro y la carga intacta hasta Sambastai.

Tras reponerse, Avi ajustaba la carga de flores al lomo del burro cuando se encontró con una bolsa de tela que no había notado en todo el viaje. Al indagarle, encontró lo que buscaba: las diez monedas de plata y los tres eucrátides de oro, grandes como un limón chipriota, estaban ahí cual si no hubiera pasado nada. Avi sintió que una lágrima gruesa le rodaba hasta el mentón. El guiño de Evaristus, del Becerro enmascarado, lo abrumó tanto como el recuerdo de ese día estelar en la plaza de Bibakta, el de su renacimiento. Avi de Sirkap. Se estremeció completo al escuchar el apelativo en sus adentros. "Sea, magi", exclamó el vidente sabiendo que el cielo lo miraba. Si Hannah estaba de acuerdo, torcerían la ruta ahí mismo para dirigirse a Sirkap. Y lo hicieron.

El fundador y su mujer arribaron al poblado bajo una lluvia pertinaz. El primer chiquillo que encontraron cubriéndose bajo un árbol los condujo a casa del rabí de la comunidad. El viaje terminaba.

Los humos de Avi trajeron ventura a quienes ventura correspondía y futuro a los indicados. El cabello le ocultaba ya enteramente el tatuaje cuando los peregrinos empezaron a buscarle en la puerta de su casa a medio edificar. Unas lunas después, el trabajo era tanto que el fundador rogaba por irse al sembradío, a la jungla de las flores. Cuando llegó la época propicia, besó a Hannah y se puso a andar llevando en la diestra una rama que hacía las veces de bastón. Una rama fea. Una rama cualquiera que nunca cambió por otra, ni por el bastón más fino. Ocho años después, ofreció la rama a su hijo, el mayor, desde la primera etapa del camino.

*

Día y medio invirtió Tóbit en detallar a Adah las líneas principales del relato anterior. Su padre le había contado la historia del fundador en el primer viaje a la montaña, siendo categórico al advertir que lo referido o lo visto en la jungla de las flores debía quedar entre ellos. Sin excepción. De la razón que lo llevó a romper el secreto, poco podemos afirmar. La intimidad del casorio reciente, la dulce camaradería de su Adah, quizás. Lo cierto es que, gracias a la inteligencia y al natural reservado de su mujer, la indiscreción flagrante del abuelo de Kerit no tuvo repercusión alguna, al menos mientras vivió. La abuela Adah nunca tocó el tema con Manóaj, el duodécimo primogénito de la estirpe, pues la intuición le previno de ventilar asuntos tan delicados habiéndose ido su Tóbit del alma.

No obstante, cincuenta y cuatro años después de esa conversación con el marido, con sesenta y nueve cumplidos y temiendo a la oscuridad de su alcoba, como ya hemos dicho, Adah supo que el desliz de Tóbit no había sido en vano. El hijo de ambos, melancólico y retraído, se había marchado al sembradío con el ánimo desmenuzado. Algo le decía que las cosas no iban bien. Vamos pues: la vieja Adah sospechó de algún modo que su Manóaj, hijo de Tóbit y padre del jovencísimo Kerit, no regresaría. El día que el niño cumplió un año sin que Manóaj se apareciera por Sirkap con el burro cargado de flores, la abuela Adah supo que las sospechas estaban confirmadas.

La desaparición de Manóaj estremeció hasta lo más hondo la vida familiar. Además de la ausencia, tuvieron que soportar la falta de esas ganjikas que no se parecían a ninguna otra y que, previsiblemente, eran el sustento principal de la familia desde que Avi la fundara. A propuesta de Adah misma, recolectaron las semillas que pudieron de cargamentos anteriores y las plantaron en un paraje soleado de tierra negra, generosa y bien drenada. Los resultados fueron buenos pero en ningún modo comparables a la honda verdad, a la delicia que las plantas del sembradío brindaban a manos llenas. El Kush reservaba la magia de sus ganjikas entre miles de cumbres y nada se podía hacer para remediar las cosas. ¿O sí?

La idea se le fue metiendo en la cabeza conforme Kerit crecía. El destino de los videntes dependía de ella y del niño. Kerit, siendo el nieto décimo tercero, tenía que partir al sembradío a los ocho, y si el padre no podía llevarlo cogido de la mano como era menester, lo haría ella. Arrestos y fuerzas no le faltaban. Además, Adah era de esas que no se arredraba por ser mujer y andar sola por el mundo con un niño. Nada más faltaba.

A nadie comentó sus intenciones. Con paciencia admirable, aprovechó los años que faltaban para los ocho del nieto recopilando información sobre las rutas de acceso al Kush, sobre la Senda de los Huesos y sobre muchos otros parajes y puntos de referencia que Tóbit mencionara en su relato. Así, uniendo retazos de información obtenida de cuanto viajero, guía o conocido se encontrara, la abuela Adah preparó la travesía. Con suficiente anticipación reunió lo necesario, sin olvidar la rama-bastón que usaría ella y la otra, que le daría al niño. Un día antes del cumpleaños ocho de la criatura, la abuela esculcó en cajas viejas hasta dar con un envoltorio ya casi podrido que Tóbit le diera como prueba de las maravillas que le había contado. Ahí estaba la moneda de oro gigante, grande como… como… limón chipriota, la moneda que el fundador quiso guardarle a la posteridad para convencerse de la realidad de lo vivido. Y junto a la moneda encontró un cuchillito sin mango, vetusto y con el filo mellado. Si no fuera porque estaba guardado con el tesoro, lo hubiera tirado en ese mismo instante. Guardar basura era de ratas. O de ardillas, no de mujeres cabales.

Seis días después del cumpleaños, partió llevando al nieto detrás, en las ancas de la montura. Mintió a la familia diciendo que lo enseñaría a buscar nidos en el bosque de la ladera. Llegados a dicho bosque, la abuela recogió dos costales chicos que había escondido entre juncáceas y enfiló a Sambastai dispuesta a jugársela por la Senda de los Huesos. Miedo no. Nunca. Ellos no. Su destino era distinto.

El de la abuela Adah, tristemente, se rompió en el camino. La edad, el frío… Quiso la arcana que un bondadoso viajante judío recogiera a la criatura expósita que encontró llorando junto al cadáver de su vieja en la zona de las cuevas. Lo crió como si fuera un hijo, muy lejos, en su Jerusalén natal y, pasados algunos años, notándole ambiciones y dotes especiales, lo entregó al templo, feliz de ver a su Kerit convertido en un joven guapísimo e inteligente. Mas la vida, queriéndolo en otra parte, lo tuvo poco tiempo ahí. El padrastro se empeñó en acompañarlo hasta Haifa para verlo embarcar en el barides *Ambracia* con la recomendación escrita de los ilustrados del templo para sus iguales en Alejandría. "Viniste al mundo para trascender. Que nadie te convenza de lo contrario", dijo a Kerit, logrando terminar la frase antes de romper en llanto.

Casi al tiempo en que el segundo anunciaba a gritos la partida, Kerit tentaleó el contenido de un bolsillo oculto que el padrastro le cosiera por dentro a sus vestidos. El tesoro estaba allí prendido al dobladillo. Y dudó que el mundo hubiese visto una moneda igual, así de grande, de oro puro.

El *Ambracia*

De camino a la bodega principal, Minucio contó al capitán que, al menos en Alejandría, nadie conocía los verdaderos motivos de la cuarentena. A juzgar por lo que mencionaban los colegas en la Oficina de Control y Abastecimiento, era claro que las autoridades perseguían un fin distinto al control sanitario, pues se había ordenado revisar a detalle la carga y la lista de pasajeros de cuanto mercante llegara a las aguas del puerto, sin que las instrucciones precisaran nada relativo a la salud de los arribados o sus animales. Más bien al contrario: inspectores y aduaneros debían seguir atentos al contrabando tradicional, pero los mandamases habían insistido en que se pusiera atención a los intentos por introducir obras escritas en papiro, pergamino u hoja cortada. Igual que en los viejos tiempos de Ptolomeo Sóter o de Filadelfo, cualquier obra escrita sería confiscada para su análisis y eventual copia, pero no se especificaba nada relativo a la devolución de los originales a sus dueños. "Muy, muy extraño", meditaba Minucio acariciándose la papada. "Es como si quisieran echar el guante a algún particular, tal vez un ladrón de esos que se piensan que aquí sobra mercado para los documentos importantes. Y sí. Todavía los compran a precios ridículamente altos", afirmó el inspector mientras se esforzaba revisando la procedencia de algunas morcillas de caballo bajo la luz insuficiente de la bodega. Una vez dado el visto bueno, los porteadores cerraban los empaques para llevarlos a alguno de los botes de descarga.

—Supongo que nada parecido tenemos por aquí, mi queridísimo Serifón —dijo Minucio mientras se inclinaba para recoger un paño de muselina del suelo. Tras revisarlo unos segundos, lo dejó donde estaba y se puso a elegir al azar barriles que debían abrirse para la inspección.

—Ni un solo rollo he visto en este viaje —mintió el capitán levantando discretamente la muselina para revisarle los pormenores, que no eran comunes, por cierto.

Al hacerlo, advirtió Serifón algunas astillas y un poco de aserrín en el piso. Buscando el origen, volteó al techo del cuarto de trebejos y barriles, quedando consternado al notar que al menos un tablón grande había sido removido de su sitio y vuelto a colocar sin demasiado cuidado. La coloración de las junturas delataba la faena. La curiosidad se tornó suspicacia al caer en cuenta de que el camarote negro estaba justo encima del tablón aludido, pero ya tendría tiempo para hacer averiguaciones. Ahora lo importante era liberar la carga, ajustar gravámenes y darse el lujo precioso de deambular en esa tierra firme, la más espectacular que el mundo podía ofrecer.

Pragmático desde crío, Serifón optó por acelerar procesos y calmar el celo del inspector con una propuesta difícil de rehusar:

—A ver, viejo lobo: te apuesto a que ni aquí se consigue lo que te pienso regalar.

—Estoy cubierto de oídos.

—Ya me voy cansando de que pasen los años y me sigas cobrando la deuda, así que hoy pienso saldarla. ¿Has oído hablar del vino de Catania? No me refiero al normal, sino al que sazonan las ciegas de las Molucas.

—Ni idea. Te has vuelto más mundano con los años —respondió Minucio con un toque de impaciencia.

—Pues hoy nos vamos a emborrachar con un modio de esa maravilla y verás si te acuerdas del que me bebí hace años para sobrevivir —anunció el capitán, festivo, antes de ordenar a un grumete que fuera a vaciar su ánfora personal para llenarla luego con el vino de ese barril—. Si te gusta, te regalo el resto. Es único y no lo conseguirás ni en el bazar grande de la ciudad.

—Mmmm… ¿Para qué discutir contigo, viejo razonable? Mejor vamos ya a beber, que las deudas viejas no deben esperar a ser saldadas —respondió el inspector de muy buen humor, pidiendo con señas a su ayudante que le pasara el lacre para sellar la bitácora y los inventarios del *Ambracia*.

*

El sol alejandrino caía a plomo sobre Kerit, el tripolino y los otros pasajeros que viajaban en el bote de desembarco. Cuando estaban ya muy cerca de tocar tierra, un funcionario romano que los esperaba en el muelle tomó un megáfono de cobre y anunció que los aduaneros harían una revisión especial a los recién llegados. El judío, que nunca antes había robado ni una mirada, sintió que la culpa y el miedo se le venían encima. No tenía idea de que los puertos egipcios establecieran ese tipo de controles. Y él con los rollos esos metidos en la ropa, los del muerto. Se calmó diciéndose que a nadie le importaban, que buscaban otras cosas, que quién era él para ellos y demás. El caso es que se tranquilizó y fingió naturalidad mientras, recién desembarcado, hacía fila a espaldas del peletero tripolino.

La revisión era exhaustiva y la carga del peletero exigía que por lo menos dos funcionarios le removieran las pertenencias. Estaba Kerit ya harto de la espera cuando uno de los aduaneros hizo sonar un silbato de hueso que le pendía del cuello. Una bolsa repleta de oro no declarado le habían encontrado escondida en el mayor de los atados. Dos guardias se presentaron sin tardanza y arrastraron al peletero mientras su mujer, dramática y de sangre pesada, daba alaridos invocando la benevolencia de Isis para ablandar a los captores. De nada sirvió, pero su escándalo era tal que uno de los aduaneros, harto de escucharla, le propinó una sonora bofetada que la hizo callar al punto. Al ver esto, el peletero, quien se debatía tratando de negociar con los guardias, se soltó para abalanzarse sobre el funcionario egipcio. ¿Quién se creía el maldito? A ver si se atrevía a pegarle a él como había hecho con su esposa.

El desbarajuste del tripolino dio al traste con el orden de toda la garita de Kibotos. Otros guardias se presentaron rápidamente y sometieron a la pareja ofendida, que, por cierto, era combativa como pocas. El testimonio de su beligerancia se lo llevó el aduanero, quien quedó sangrando por la nariz y la boca en lo que canta un gallo. Entre humillado y ofendido, el funcionario dejó pasar a Kerit sin esculcarle lo poco que llevaba. "Por allá", dijo cubriéndose la boca e indicando a la salida con la mano libre.

Al dejar atrás el muelle de Kibotos, Kerit sintió que Alejandría se le venía encima. Los estímulos eran miles, simultáneos, fascinantes. A la distancia, el mármol de algunos edificios sugería la grandiosidad que le esperaba llegando a la carrera principal, pero antes de ir a entretenerse debía encontrar las señas que le anotara su padre, el adoptivo. Ni idea tenía de en dónde estaba el barrio judío, por lo que decidió acercarse al primero que vestía a la usanza griega para preguntarle sin pasar apuros con la lengua. Se figuraba cómo plantear la pregunta en koiné cuando sintió que algo le golpeaba justo en la oreja derecha. A volverse, nada vio. El destino le daba la bienvenida al resto de sus días. Y también los cormoranes. Y las gaviotas. Y las picofeas.

Nota del autor

Un mínimo reconocimiento para tres obras de importancia capital que exigen mucha mayor atención de la que han tenido hasta ahora. Sin ellas, ni mi noción del mundo ni esta novela serían lo que son. Me refiero a *Fragments of a Faith Forgotten*, de G. R. S. Mead; *The Sacred Mushroom and the Cross*, de John M. Allegro; y *El mito de la diosa,* de Anne Baring y Jules Cashford. Toda mi gratitud.

Fue de Vicente Herrasti
se terminó de imprimir en noviembre de 2017
en los talleres de
Litográfica Ingramex, S.A. de C.V.
Centeno 162-1, Col. Granjas Esmeralda, C.P. 09810
Ciudad de México.